台灣書房

台灣書房

水滸傳

上

明・施耐庵 著

五南圖書出版公司 印行

梁山泊「天罡星」三十六員

天魁星「呼保義」宋江

天罡星「玉麒麟」盧俊義

天機星「智多星」吳用

天閒星「入雲龍」公孫勝

天勇星「大刀」關勝

天雄星「豹子頭」林沖

天猛星「霹靂火」秦明

天威星「雙鞭」呼延灼

天英星「小李廣」花榮

天貴星「小旋風」柴進

天富星「撲天鵰」李應

天滿星「美髯公」朱仝

天孤星「花和尚」魯智深

天傷星「行者」武松

天立星「雙槍將」董平

天捷星「沒羽箭」張清

天暗星「青面獸」楊志

天佑星「金槍手」徐寧

天空星「急先鋒」索超

天速星「神行太保」戴宗

天異星「赤髮鬼」劉唐

天殺星「黑旋風」李逵

天微星「九紋龍」史進

天究星「沒遮攔」穆弘

天退星「插翅虎」雷橫

天壽星「混江龍」李俊

天劍星「立地太歲」阮小二

天平星「船火兒」張橫

天罪星「短命二郎」阮小五

天損星「浪裡白條」張順

天敗星「活閻羅」阮小七

天牢星「病關索」楊雄

天慧星「拚命三郎」石秀

天暴星「兩頭蛇」解珍

天哭星「雙尾蠍」解寶

天巧星「浪子」燕青

梁山泊「地煞星」七十二員

地魁星「神機軍師」朱武
地煞星「鎮三山」黃信
地勇星「病尉遲」孫立
地傑星「醜郡馬」宣贊
地雄星「井木犴」郝思文
地威星「百勝將」韓滔
地英星「天目將」彭玘
地奇星「聖水將」單廷珪
地猛星「神火將」魏定國
地文星「聖手書生」蕭讓
地正星「鐵面孔目」裴宣
地闊星「摩雲金翅」歐鵬
地闔星「火眼狻猊」鄧飛
地強星「錦毛虎」燕順
地暗星「錦豹子」楊林
地軸星「轟天雷」凌振
地會星「神算子」蔣敬
地佐星「小溫侯」呂方
地祐星「賽仁貴」郭盛
地靈星「神醫」安道全
地獸星「紫髯伯」皇甫端
地微星「矮腳虎」王英
地慧星「一丈青」扈三娘
地暴星「喪門神」鮑旭
地然星「混世魔王」樊瑞
地猖星「毛頭星」孔明
地狂星「獨火星」孔亮
地飛星「八臂哪吒」項充
地走星「飛天大聖」李衮
地巧星「玉臂匠」金大堅
地明星「鐵笛仙」馬麟
地進星「出洞蛟」童威
地退星「翻江蜃」童猛
地滿星「玉旛竿」孟康
地遂星「通臂猿」侯健
地周星「跳澗虎」陳達

地隱星「白花蛇」楊春
地理星「九尾龜」陶宗旺
地樂星「鐵叫子」樂和
地速星「中箭虎」丁得孫
地稽星「操刀鬼」曹正
地妖星「摸著天」杜遷
地伏星「金眼彪」施恩
地空星「小霸王」周通
地全星「鬼臉兒」杜興
地角星「獨角龍」鄒潤
地藏星「笑面虎」朱富
地損星「一枝花」蔡慶
地察星「青眼虎」李雲
地醜星「石將軍」石勇
地陰星「母大蟲」顧大嫂
地壯星「母夜叉」孫二娘
地健星「險道神」郁保四
地賊星「鼓上蚤」時遷

地異星「白面郎君」鄭天壽
地俊星「鐵扇子」宋清
地捷星「花項虎」龔旺
地鎮星「小遮攔」穆春
地魔星「雲裡金剛」宋萬
地幽星「病大蟲」薛永
地僻星「打虎將」李忠
地孤星「金錢豹子」湯隆
地短星「出林龍」鄒淵
地囚星「旱地忽律」朱貴
地平星「鐵臂膊」蔡福
地奴星「催命判官」李立
地惡星「沒面目」焦挺
地數星「小尉遲」孫新
地刑星「菜園子」張青
地劣星「活閃婆」王定六
地耗星「白日鼠」白勝
地狗星「金毛犬」段景住

目錄

上冊

第一回 張天師祈禳瘟疫 洪太尉誤走妖魔 一
第二回 王教頭私走延安府 九紋龍大鬧史家村 九
第三回 史大郎夜走華陰縣 魯提轄拳打鎮關西 二八
第四回 趙員外重修文殊院 魯智深大鬧五臺山 三八
第五回 小霸王醉入銷金帳 花和尚大鬧桃花村 五二
第六回 九紋龍剪徑赤松林 魯智深火燒瓦罐寺 六二
第七回 花和尚倒拔垂楊柳 豹子頭誤入白虎堂 七二
第八回 林教頭刺配滄州道 魯智深大鬧野豬林 八一
第九回 柴進門招天下客 林沖棒打洪教頭 八八
第十回 林教頭風雪山神廟 陸虞候火燒草料場 九八
第十一回 朱貴水亭施號箭 林沖雪夜上梁山 一〇六
第十二回 梁山泊林沖落草 汴京城楊志賣刀 一一五
第十三回 青面獸北京鬥武 急先鋒東郭爭功 一二二
第十四回 赤髮鬼醉臥靈官殿 晁天王認義東溪村 一三一

第十五回　吳學究說三阮撞籌　公孫勝應七星聚義　一三九
第十六回　楊志押送金銀擔　吳用智取生辰綱　一四九
第十七回　花和尚單打二龍山　青面獸雙奪寶珠寺　一六〇
第十八回　美髯公智穩插翅虎　宋公明私放晁天王　一七一
第十九回　林沖水寨大併火　晁蓋梁山小奪泊　一八一
第二十回　梁山泊義士尊晁蓋　鄆城縣月夜走劉唐　一九二
第二十一回　虔婆醉打唐牛兒　宋江怒殺閻婆惜　二〇三
第二十二回　閻婆大鬧鄆城縣　朱仝義釋宋公明　二一四
第二十三回　橫海郡柴進留賓　景陽岡武松打虎　二二二
第二十四回　王婆貪賄說風情　鄆哥不忿鬧茶肆　二三一
第二十五回　王婆計啜西門慶　淫婦藥鴆武大郎　二五五
第二十六回　偷骨殖何九叔送喪　供人頭武二郎設祭　二六三
第二十七回　母夜叉孟州道賣人肉　武都頭十字坡遇張青　二七五
第二十八回　武松威震安平寨　施恩義奪快活林　二八三
第二十九回　施恩重霸孟州道　武松醉打蔣門神　二九〇
第三十回　施恩三入死囚牢　武松大鬧飛雲浦　二九七
第三十一回　張都監血濺鴛鴦樓　武行者夜走蜈蚣嶺　三〇七
第三十二回　武行者醉打孔亮　錦毛虎義釋宋江　三一七

第三十三回 宋江夜看小鰲山 花榮大鬧清風寨 三三一
第三十四回 鎮三山大鬧青州道 霹靂火夜走瓦礫場 三四〇
第三十五回 石將軍村店寄書 小李廣梁山射雁 三五〇
第三十六回 梁山泊吳用舉戴宗 揭陽嶺宋江逢李俊 三六一
第三十七回 沒遮攔追趕及時雨 船火兒夜鬧潯陽江 三七〇
第三十八回 及時雨會神行太保 黑旋風鬥浪裡白條 三八一
第三十九回 潯陽樓宋江吟反詩 梁山泊戴宗傳假信 三九三
第四十回 梁山泊好漢劫法場 白龍廟英雄小聚義 四〇七
第四十一回 宋江智取無為軍 張順活捉黃文炳 四一六
第四十二回 還道村受三卷天書 宋公明遇九天玄女 四二八
第四十三回 假李逵剪徑劫單身 黑旋風沂嶺殺四虎 四三八
第四十四回 錦豹子小徑逢戴宗 病關索長街遇石秀 四五二
第四十五回 楊雄醉罵潘巧雲 石秀智殺裴如海 四六五
第四十六回 病關索大鬧翠屏山 拚命三火燒祝家店 四七八
第四十七回 撲天雕雙修生死書 宋公明一打祝家莊 四八七
第四十八回 一丈青單捉王矮虎 宋公明二打祝家莊 四九八
第四十九回 解珍解寶雙越獄 孫立孫新大劫牢 五〇五
第五十回 吳學究雙用連環計 宋公明三打祝家莊 五一七

第五十一回　插翅虎枷打白秀英　美髯公誤失小衙內　五二五
第五十二回　李逵打死殷天錫　柴進失陷高唐州　五三五
第五十三回　戴宗二取公孫勝　李逵獨劈羅真人　五四五
第五十四回　入雲龍鬥法破高廉　黑旋風下井救柴進　五五七
第五十五回　高太尉大興三路兵　呼延灼擺布連環馬　五六六
第五十六回　吳用使時遷偷甲　湯隆賺徐寧上山　五七五
第五十七回　徐寧教使鉤鐮槍　宋江大破連環馬　五八四
第五十八回　三山聚義打青州　眾虎同心歸水泊　五九四
第五十九回　吳用賺金鈴吊掛　宋江鬧西嶽華山　六〇三
第六十回　公孫勝芒碭山降魔　晁天王曾頭市中箭　六一三

下冊

第六十一回　吳用智賺玉麒麟　張順夜鬧金沙渡　六二三
第六十二回　放冷箭燕青救主　劫法場石秀跳樓　六三五
第六十三回　宋江兵打北京城　關勝議取梁山泊　六四八
第六十四回　呼延灼月夜賺關勝　宋公明雪天擒索超　六五七
第六十五回　托塔天王夢中顯聖　浪裡白條水上報冤　六六五
第六十六回　時遷火燒翠雲樓　吳用智取北京城　六七四
第六十七回　宋江賞馬步三軍　關勝降水火二將　六八二

第六十八回　宋公明夜打曾頭市　盧俊義活捉史文恭　六九二
第六十九回　東平府誤陷九紋龍　宋公明義釋雙槍將　七〇一
第七十回　沒羽箭飛石打英雄　宋公明棄糧擒壯士　七〇九
第七十一回　忠義堂石碣受天文　梁山泊英雄排座次　七一六
第七十二回　柴進簪花入禁院　李逵元夜鬧東京　七三一
第七十三回　黑旋風喬捉鬼　梁山泊雙獻頭　七四一
第七十四回　燕青智撲擎天柱　李逵壽張喬坐衙　七五〇
第七十五回　活閻羅倒船偷御酒　黑旋風扯詔罵欽差　七五九
第七十六回　吳加亮布四斗五方旗　宋公明排九宮八卦陣　七六六
第七十七回　梁山泊十面埋伏　宋公明兩贏童貫　七七九
第七十八回　十節度議取梁山泊　宋公明一敗高太尉　七八八
第七十九回　劉唐放火燒戰船　宋江兩敗高太尉　七九六
第八十回　張順鑿漏海鰍船　宋江三敗高太尉　八〇四
第八十一回　燕青月夜遇道君　戴宗定計出樂和　八一七
第八十二回　梁山泊分金大買市　宋公明全夥受招安　八二七
第八十三回　宋公明奉詔破大遼　陳橋驛滴淚斬小卒　八三八
第八十四回　宋公明兵打薊州城　盧俊義大戰玉田縣　八四八
第八十五回　宋公明夜渡益津關　吳學究智取文安縣　八五七

第八十六回　宋公明大戰獨鹿山　盧俊義兵陷青石峪　八六七
第八十七回　宋公明大戰幽州　呼延灼力擒番將　八七五
第八十八回　顏統軍陣列混天象　宋公明夢授玄女法　八八三
第八十九回　宋公明破陣成功　宿太尉頒恩降詔　八九四
第九十回　五臺山宋江參禪　雙林鎮燕青遇故　九〇三
第九十一回　宋公明兵渡黃河　盧俊義賺城黑夜　九一〇
第九十二回　振軍威小李廣神箭　打蓋郡智多星密籌　九一九
第九十三回　李逵夢鬧天池　宋江兵分兩路　九二六
第九十四回　關勝義降三將　李逵莽陷眾人　九三三
第九十五回　宋公明忠感后土　喬道清術敗宋兵　九四三
第九十六回　幻魔君術窘五龍山　入雲龍兵圍百穀嶺　九四九
第九十七回　陳瓘諫官升安撫　瓊英處女做先鋒　九五四
第九十八回　張清緣配瓊英　吳用計鴆鄔梨　九六〇
第九十九回　花和尚解脫緣纏井　混江龍水灌太原城　九七一
第一百回　張清瓊英雙建功　陳瓘宋江同奏捷　九七九
第一百一回　謀墳地陰險產逆　蹈春陽妖艷生奸　九八六
第一百二回　王慶因姦吃官司　龔端被打師軍犯　九九二
第一百三回　張管營因妾弟喪身　范節級為表兄醫臉　九九九

第一百四回 段家莊重招新女婿 房山寨雙併舊強人 一〇〇七
第一百五回 宋公明避暑療軍兵 喬道清回風燒賊寇 一〇一五
第一百六回 書生談笑卻強敵 水軍汨沒破堅城 一〇二一
第一百七回 宋江大勝紀山軍 朱武打破六花陣 一〇二八
第一百八回 喬道清興霧取城 小旋風藏炮擊賊 一〇三四
第一百九回 王慶渡江被捉 宋江剿寇成功 一〇四五
第一百一十回 燕青秋林渡射雁 宋江東京城獻俘 一〇五五
第一百十一回 張順夜伏金山寺 宋江智取潤州城 一〇六七
第一百十二回 盧俊義分兵宣州道 宋公明大戰毗陵郡 一〇七八
第一百十三回 混江龍太湖小結義 宋公明蘇州大會垓 一〇八八
第一百十四回 寧海軍宋江弔孝 湧金門張順歸神 一〇九八
第一百十五回 張順魂捉方天定 宋江智取寧海軍 一一一〇
第一百十六回 盧俊義分兵歙州道 宋公明大戰烏龍嶺 一一二〇
第一百十七回 睦州城箭射鄧元覺 烏龍嶺神助宋公明 一一二九
第一百十八回 盧俊義大戰昱嶺關 宋公明智取清溪洞 一一三八
第一百十九回 魯智深浙江坐化 宋公明衣錦還鄉 一一五〇
第一百二十回 宋公明神聚蓼兒窪 徽宗帝夢遊梁山泊 一一六七

第一回　張天師祈禳瘟疫　洪太尉誤走妖魔

話說大宋仁宗天子在位，嘉祐三年三月三日五更三點，天子駕坐紫宸殿，受百官朝賀。但見：

祥雲迷鳳閣，瑞氣罩龍樓。含煙御柳拂旌旗，帶露宮花迎劍戟。天香影裡，玉簪朱履聚丹墀；仙樂聲中，繡襖錦衣扶御駕。珍珠簾捲，黃金殿上現金轝；鳳羽扇開，白玉階前停寶輦。隱隱淨鞭三下響，層層文武兩班齊。

當有殿頭官喝道：「有事出班早奏，無事捲簾退朝。」只見班部叢中，宰相趙哲、參政文彥博出班奏曰：「目今京師瘟疫盛行，傷損軍民甚多。伏望陛下釋罪寬恩，省刑薄稅，祈禳天災，救濟萬民。」天子聽奏，急敕翰林院隨即草詔，一面降赦天下罪囚，應有民間稅賦，悉皆赦免；一面命在京宮觀寺院，修設好事禳災。

不料其年瘟疫轉盛。仁宗天子聞知，龍體不安，復會百官計議。向那班部中，有一大臣越班啓奏。天子看時，乃是參知政事范仲淹。拜罷起居，奏曰：「目今天災盛行，軍民塗炭，日夕不能聊生。以臣愚意，要禳此災，可宣嗣漢天師星夜臨朝，就京師禁院，修設三千六百分羅天大醮，奏聞上帝，可以禳保民間瘟疫。」仁宗天子准奏。急令翰林學士草詔一道，天子御筆親書，並降御香一炷，欽差內外提點殿前太尉洪信為天使，前往江西信州龍虎山，宣請嗣漢天師張真人星夜來朝，祈禳瘟疫。就金殿上焚起御香，親將丹詔付與洪太尉，即便登程前去。洪信領了聖敕，辭別天子，背了詔書，盛了御香，帶了數十人，上了鋪馬，一行部從，離了東京，取路逕投信州貴溪縣來。但見：

遙山疊翠，遠水澄清。奇花綻錦繡鋪林，嫩柳舞金絲拂地。風和日暖，時過野店山村；路直沙平，夜宿郵亭驛館。羅衣蕩漾紅塵內，駿馬馳驅紫陌中。

且說太尉洪信齎擎御詔，一行人從上了路途，夜宿郵亭，朝行驛站，遠程近接，渴飲飢餐不止一日，來到江西信州。大小官員出郭迎接，隨即差人報知龍虎山上清宮住持道眾，準備接詔。次日，眾位官同送太尉到於龍虎山下。只見上清宮許多道眾，鳴鐘擊鼓，香花燈燭，幢幡寶蓋，一派仙樂，都下山來迎接丹詔，直至上清宮前下馬。太尉看那官殿時，端的是好座上清宮。但見：

青松屈曲，翠柏陰森。門懸敕額金書，戶列靈符玉篆。虛皇壇畔，依稀垂柳名花；煉藥爐邊，掩映蒼松老檜。左壁廂天丁力士，參隨著太乙真君；右勢下玉女金童，簇捧定紫微大帝。披髮仗劍，北方真武踏龜蛇；趿履頂冠，南極老人伏龍虎。前排二十八宿星君，後列三十二帝天子。階砌下流水潺湲，牆院後好山環繞。鶴生丹頂，龜長綠毛。樹梢頭獻果蒼猿，莎草內銜芝白鹿。三清殿上，擊金鐘道士步虛；四聖堂前，敲玉磬真人禮斗。獻香臺砌，彩霞光射碧琉璃；召將瑤壇，赤日影搖紅瑪瑙。早來門外祥雲現，疑是天師送老君。

當下，上自住持真人，下及道童侍從，前迎後引，接至三清殿上，請將詔書居中供養著。洪太尉便問監宮真人道：「天師今在何處？」住持真人向前稟道：「好教太尉得知：這代祖師，號曰虛靖天師，性好清高，倦於迎送，自向龍虎山頂，結一茅庵，修真養性，因此不住本宮。」太尉道：「目今天子宣詔，如何得見？」真人答道：「容稟：詔敕權供在殿上，貧道等亦不敢開讀。且請太尉到方丈獻茶，再煩計議。」當時將丹詔供養在三清殿上，與眾官都到方丈，太尉居中坐下，執事人等獻茶，就進齋供，水陸俱備。

齋罷，太尉再問真人道：「既然天師在山頂庵中，何不著人請將下來相見，開宣丹詔？」真人稟道：「太尉，這代祖師雖在山頂，其實道行非常，能駕霧興雲，蹤跡不定，貧道等如常亦難得見，怎生教人請得下來？」太尉道：「似此如何得見！目今京師瘟疫盛行，今上天子特遣下官為使，齎捧御書丹詔，親奉龍香，來請天師，要做三千六百分羅天大醮，以禳天災，救濟萬民。似此怎生奈何？」真人稟道：「天子要救萬民，只除是太尉辦一點志誠心，齋戒沐浴，更換布衣，休帶從人，自背詔書，焚燒御香，步行上山禮拜，叩請天師，方許得見。如若心不志誠，空走一遭，亦難得見。」太尉聽說，便道：「俺從京師食素到此，如何心不志誠？既然恁地，依著你說，明日絕早上山。」當晚各自權歇。

次日五更時分，眾道士起來，備下香湯齋供，請太尉起來沐浴，換了一身新鮮布衣，腳下穿上麻鞋草履，吃了素齋，取過丹詔，用黃羅包袱背在脊梁上，手裡提著銀手爐，降降地燒著御香。許多道眾人等，送到後山，指與路徑。真人又稟道：「太尉要救萬民，休生退悔之心，只顧志誠上去。」太尉別了眾人，口誦天尊寶號，縱步上山來。將至半山，望見大頂直侵霄漢，果然好座大山。正是：

根盤地角，頂接天心。遠觀磨斷亂雲痕，近看平吞明月魄。高低不等謂之山，側石通道謂之岫，孤嶺崎嶇謂之路，上面平極謂之頂，頭圓下壯謂之巒，藏虎藏豹謂之穴，隱風隱雲謂之岩，高人隱居謂之洞，有境有界謂之府，樵人出沒謂之徑，能通車馬謂之道，流水有聲謂之澗，古渡源頭謂之溪，岩崖滴水謂之泉。左壁為掩，右壁為映。出的是雲，納的是霧。錐尖像小，崎峻似峭，懸空似險，削儠如平。千峰競秀，萬壑爭流。瀑布斜飛，藤蘿倒掛。虎嘯時風生谷口，猿啼時月墜山腰。恰似青黛染成千塊玉，碧紗籠罩萬堆煙。

這洪太尉獨自一個，行了一回，盤坡轉徑，攬葛攀藤。約莫走過了數個山頭，三二里多路，看看腳酸腿軟，正走不動，口裡不說，肚裡躊躇，心中想道：「我是朝廷貴官公子，在京師時，重裀而臥，列鼎而食，尚兀自倦怠，何曾穿草鞋，走這般山路！知他天師在那裡，卻教下官受這般苦！」又行不到三、五十步，掇著肩氣喘。只見山凹裡起一陣風，風過處，向那松樹背後，奔雷也似吼一聲，撲地跳出一個吊睛白額錦毛大蟲來。洪太尉吃了一驚，叫聲：「阿呀！」撲地望後便倒。偷眼看那大蟲時，但見：

毛披一帶黃金色，爪露銀鉤十八隻。
睛如閃電尾如鞭，口似血盆牙似戟。
伸腰展臂勢猙獰，擺尾搖頭聲霹靂。
山中狐兔盡潛藏，澗下獐麅皆斂迹。

那大蟲望著洪太尉，左盤右旋，咆哮了一回，托地望後山坡下跳了去。洪太尉倒在樹根底下，諕的三十六個牙齒捉對兒廝打，那心頭一似十五個吊桶，七上八落的響，渾身卻如中風麻木，兩腿一似鬥敗公雞，口裡連聲叫苦。大蟲去了一盞茶時，方才爬將起來，再收拾地上香爐，還把龍香燒著，再上山來，務要尋見天師。

又行過三、五十步，口裡嘆了數口氣，怨道：「皇帝御限差俺來這裡，教我受這場驚恐！」說猶未了，只覺得那裡又一陣風，吹得毒氣直衝將來。太尉定睛看時，山邊竹藤裡簌簌地響，搶出一條吊桶大小、雪花也似蛇來。太尉見了，又吃一驚，撇了手爐，叫一聲：「我今番死也！」望後便倒在盤陀石邊。微閃開眼看那蛇時，但見：

昂首驚飆起，掣目電光生。動蕩則折峽倒岡，呼吸則吹雲吐霧。鱗甲亂分千片玉，尾梢斜捲一堆銀。

那條大蛇，逕搶到盤陀石邊，朝著洪太尉盤做一堆，兩隻眼迸出金光，張開巨口，吐出舌頭，噴那毒氣在洪太尉臉上。驚得太尉三魂蕩蕩，七魄悠悠。那蛇看了洪太尉一回，望山下一溜，卻早不見了。太尉方才爬得起來，說道：「慚愧！驚殺下官！」看身上時，寒粟子比餶飿兒大小。口罵那道士：「叵耐無禮，戲弄下官，教俺受這般驚恐！若山上尋不見天師，下去和他別有話說。」再拿了銀提爐，整頓身上詔敕，並衣服巾幘，卻待再要上山去。正欲移步，只聽得松樹背後隱隱地笛聲吹響，漸漸近來。太尉定睛看時，只見那一個道童，倒騎著一頭黃牛，橫吹著一管鐵笛，轉出山凹來。太尉看那道童時，但見：

頭綰兩枚丫髻，身穿一領青衣。腰間絛結草來編，腳下芒鞋麻間隔。明眸皓齒，飄飄並不染塵埃；綠鬢朱顏，耿耿全然無俗態。

昔日呂洞賓有首牧童詩道得好：

草鋪橫野六七里，笛弄晚風三四聲。
歸來飽飯黃昏後，不脫簑衣臥月明。

只見那個道童笑吟吟地騎著黃牛，橫吹著那管鐵笛，正過山來。洪太尉見了，便喚那個道童：「你從那裡來？認得我麼？」道童不睬，只顧吹笛。太尉連問數聲，道童呵呵大笑，拿著鐵笛，指著洪太尉說道：「你來此間，莫非要見天師麼？」太尉大驚，便道：「你是牧童，如何得知？」道童笑道：「我早間在草庵中服侍天師，聽得天師說道：『今上皇帝差個洪太尉齎擎丹詔、御香，到來山中，宣我往東京做三千六百分羅天大醮，祈禳天下瘟疫。我如今乘鶴駕雲去也。』這早晚想是去了，不在庵中。你休上去，山內毒蟲猛獸極多，恐傷害了你性命。」太尉再問道：「你不要說謊？」道童笑了一聲，也不回應，又吹著鐵笛，轉過山坡去了。太尉尋思道：「這小的如何盡知此事？想是天師吩咐他，一定是了。」欲待再上山去，「方才驚諕的苦，爭些兒送了性命，不如下山去罷。」

太尉拿著提爐，再尋舊路，奔下山來。眾道士接著，請至方丈坐下，真人便問太尉道：「曾見天師麼？」太尉說道：「我是朝中貴官，如何教俺走得山路，吃了這般辛苦，爭些兒送了性命！為頭上至半山裡，跳出一隻吊睛白額大蟲，驚得下官魂魄都沒了。又行不過一個山嘴，竹藤裡搶出一條雪花大蛇來，盤做一堆，攔住去路。若不是俺福分大，如何得性命回京？儘是你這道眾戲弄下官！」真人覆道：「貧道等怎敢輕慢大臣？這是祖師試探太尉之心。本山雖有蛇、虎，並不傷人。」太尉又道：「我正走不動，方欲再上山坡，只見松樹旁邊轉出一個道童，騎著一頭黃牛，吹著管鐵笛，正過山來。我便問他：『那裡來？識得俺麼？』他道：『已都知了。』說：『天師吩咐：早晨乘鶴駕雲，望東京去了。』下官因此回來。」真人道：「太尉可惜錯過，這個牧童，正是天師！」太尉道：「他既是天師，如何這等猥獕？」真人答道：「這代天師非同小可，雖然年幼，其實道行非常。他是額外之人，四方顯化，極是靈驗。世人皆稱為『道通祖師』。」洪太尉道：「我直如此有眼不識真師，當面錯過！」真人道：「太尉且請放心！既然祖師法旨，道是去了，比及太尉回京之日，這場醮事，祖師已都完了。」太尉見說，方才放心。真人一面教安排筵宴，款待太尉，請將丹詔收藏於御書匣內，留在上清宮中，龍香就三清殿上燒了。當日方丈內大排齋供，設宴飲酌。至晚席罷，止宿到曉。

次日早膳以後，真人、道眾並提點、執事人等請太尉遊山，太尉大喜。許多人從跟隨著，步行出方丈，前面兩個道童引路，行至宮前宮後，看玩許多景致。三清殿上，富貴不可盡言。左廊下，九天殿、紫微殿、北極殿；右廊下，太乙殿、三官殿、驅邪殿，諸宮看遍。行到右廊後一所去處，洪太尉看時，另外一所殿宇，一遭都是搗椒紅泥牆，正面兩扇朱紅槅子，門上使著胳膊大鎖鎖著，交叉上面貼著十數道封皮，封皮上又是重重疊疊使著朱印。簷前一面朱紅漆金字牌額，左書四個金字，寫道「伏魔之殿」。

太尉指著門道：「此殿是甚麼去處？」真人答道：「此乃是前代老祖天師，鎖鎮魔王之殿。」太尉又問道：「如何上面重重疊疊貼著許多封皮？」真人答道：「此是老祖大唐洞玄國師封鎖魔王在此。但是經傳一代天師，親手便添一道封皮，使其子子孫孫不得妄開。走了魔君，非常利害。今經八、九代祖師，誓不敢開。鎖用銅汁灌鑄，誰知裡面的事。小道自來住持本宮三十餘年，也只聽聞。」洪太尉聽了，心中驚怪，想道：「我且試看魔王一看。」便對真人說道：「你且開門來，我看魔王甚麼模樣。」真人告道：「太尉，此殿決不敢開！先祖天師叮嚀告戒：『今後諸人不許擅開。』」太尉笑道：「胡說！你等要妄生怪事，煽惑百姓良民，故意安排這等去處，假稱鎖鎮魔王，顯耀你們道術。我讀一鑒之書，何曾見鎖魔之法？神鬼之道，處隔幽冥，我不信有魔王在內。快與我打開，我看魔王如何！」真人三回五次稟說：「此殿開不得，恐惹利害，有傷於人。」太尉大怒，指著道眾說道：「你等不開與我看，回到朝廷，先奏你們眾道士阻擋宣詔，違別聖旨，不令我見天師的罪犯；後奏你等私設此殿，假稱鎖鎮魔王，煽惑軍民百姓。把你都追了度牒，刺配遠惡軍州受苦。」真人等懼怕太尉權勢，只得喚幾個火工道人來，先把封皮揭了，將鐵錘打開大鎖。眾人把門推開，看裡面時，黑洞洞地，但見：

昏昏默默，杳杳冥冥。數百年不見太陽光，億萬載難瞻明月影。不分南北，怎辨東西。黑煙靄靄撲人寒，冷氣陰陰侵體顫。人跡不到之處，妖精往來之鄉。閃開雙目有如盲，伸出兩手不見掌。常如三十夜，卻似五更時。

眾人一齊都到殿內，黑暗暗不見一物。太尉教從人取十數個火把點著，將來打一照時，四邊並無一物，只中央一個石碑，約高五、六尺，下面石龜趺坐，大半陷在泥裡。照那碑碣上時，前面都是龍章鳳篆，天書符籙，人皆不識。照那碑後時，卻有四個真字大書，鑿著「遇洪而開」。卻不是一來天罡星合當出世，二來宋朝必顯忠良，三來湊巧遇著洪信。豈不是天數！洪太尉看了這四個字，大喜，便對真人說道：「你等阻擋我，卻怎地數百年前已注定我姓字在此？『遇洪而開』，分明是教我開看，卻何妨！我想這個魔王，都只在石碑底下。汝等從人，與我多喚幾個火工人等，將鋤頭鐵鍬來掘開。」真人慌忙諫道：「太尉，不可掘動！恐有利害，傷犯於人，不當穩便。」太尉大怒，喝道：「你等道眾，省得甚麼？碑上分明鑿著遇我教開，你如何阻擋？快與我喚人來開。」真人又三回五次稟道：「恐有不好。」太尉那裡肯聽？只得聚集眾人，先把石碑放倒，一齊併力掘那石龜，半日方才掘得起。又掘下去，約有三、四尺深，見一片大青石板，可方丈圍。洪太尉叫再掘起來。真人又苦稟道：「不可掘動！」太尉那裡肯聽？眾人只得把石板一齊扛起，看時，石板底下卻是一個萬丈深淺地穴。只見穴內刮剌剌一聲響亮，那響非同小可，恰似：

天摧地塌，岳撼山崩。錢塘江上，潮頭浪擁出海門來；泰華山頭，巨靈神一劈山峰碎。共工奮怒，去盔撞倒了不周山；力士施威，飛錘擊碎了始皇輦。一風撼折千竿竹，十萬軍中半夜雷。

那一聲響亮過處，只見一道黑氣，從穴裡滾將起來，掀塌了半個殿角。那道黑氣直衝上半天裡，空中散作百十道金光，望四面八方去了。眾人吃了一驚，發聲喊，都走了，撇下鋤頭鐵鍬，盡從殿內奔將出來，推倒攧翻無數。驚得洪太尉目睜口呆，罔知所措，面色如土。奔到廊下，只見真人向前叫苦不迭。太尉問道：「走了的卻是甚麼妖魔？」那真人言不過數句，話不過一席，說出這個緣由。有分教：一朝皇帝，夜眠不穩，晝食忘餐。直使：

宛子城中藏虎豹，蓼兒窪內聚神蛟。

畢竟龍虎山真人說出甚麼言語來？且聽下回分解。

第二回　王教頭私走延安府　九紋龍大鬧史家村

話說當時住持真人對洪太尉說道：「太尉不知，此殿中當初是祖老天師洞玄真人傳下法符，囑咐道：『此殿內鎮鎖著三十六員天罡星，七十二座地煞星，共是一百單八個魔君在裡面。上立石碑。鑿著龍章鳳篆天符，鎮住在地。若還放他出世，必惱下方生靈。』如今太尉放他走了，怎生是好？」有詩為證：

千古幽扃一旦開，天罡地煞出泉臺。
自來無事多生事，本為禳災卻惹災。
社稷從今雲擾擾，兵戈到處鬧垓垓。
高俅奸佞雖堪恨，洪信從今釀禍胎。

當時洪太尉聽罷，渾身冷汗，捉顫不住。急急收拾行李，引了從人，下山回京。真人並道眾送官罷，自回宮內，修整殿宇，起豎石碑，不在話下。

再說洪太尉在途中吩咐從人，教把走妖魔一節，休說與外人知道，恐天子知而見責。於路無話，星夜回至京師，進得汴梁城，聞人所說：「天師在東京禁院做了七晝夜好事，普施符籙，禳救災病，瘟疫盡消，軍民安泰。天師辭朝，乘鶴駕雲，且回龍虎山去了。」洪太尉次日早朝，見了天子奏說：「天師乘鶴駕雲，先到京師，臣等驛站而來，才得到此。」仁宗准奏，賞賜洪信，復還舊職，亦不在話下。後來仁宗天子在位共四十二年，晏駕，無有太子，傳位濮安懿王允讓之子，太宗皇帝的孫，立帝號曰英宗。在位四年，傳位與太子神宗。神宗在位一十八年，傳位與太子哲宗。那時天下盡皆太平，四方無事。

且說東京開封府汴梁宣武軍，一個浮浪破落戶子弟，姓高，排行第二，自小不成家業，只好刺槍使棒，最是踢得好腳氣毬。京師人口順，不叫高二，卻都叫他做高俅。後來發跡，便將氣毬那字去了毛旁，添作立人，便改作姓高名俅。這人吹彈歌舞，刺槍使棒，相撲玩耍，頗能詩書詞賦；若論仁義禮智，信行忠良，卻是不會，只在東京城裡、城外幫閒。因幫了一個生鐵王員外兒子使錢，每日三瓦兩舍，風花雪月，被他父親在開封府裡告了一紙文狀，府把高俅斷了四十脊杖，迭配出界發放，東京城裡人民不許容他在家宿食。高俅無計奈何，只得來淮西臨淮州，投奔一個開賭坊的閒漢柳大郎，名喚柳世權。他平生專好惜客養閒人，招納四方乾隔澇漢子。高俅投托得柳大郎家，一住三年。後來哲宗天子因拜南郊，感得風調雨順，放寬恩大赦天下，那高俅在臨淮州，因得了赦宥罪犯，思量要回東京。這柳世權卻和東京城裡金梁橋下開生藥鋪的董將士是親戚，寫了一封書札，收拾些人事盤纏，齎發高俅回東京，投奔董將士家過活。

當時高俅辭了柳大郎，背上包裹，離了臨淮州，迤邐回到東京，逕來金梁橋下董生藥家，下了這一封書。董將士一見高俅，看了柳世權來書，自肚裡尋思道：「這高俅，我家如何安著得他？若是個志誠老實的人，可以容他在家出入，也教孩兒們學些好；他卻是個幫閒的破落戶，沒信行的人，亦且當初有過犯來，開封府被斷配出境的人，倘或留住在家中，倒惹得孩兒們不學好了。待不收留他，又撇不過柳大郎面皮。」當時只得權且歡天喜地相留在家宿歇，每日酒食款待。

住了十數日，董將士思量出一個路數，將出一套衣服，寫了一封書簡，對高俅說道：「小人家下，螢火之光，照人不亮，恐後誤了足下。我轉薦足下與小蘇學士處，久後也得個出身。足下意內如何？」高俅大喜，謝了董將士。董將士使個人將著書簡，引領高俅逕到學士府內。門吏轉報小蘇學士，出來見了高俅，看罷來書。知道高俅原是幫閒浮浪的人，心下想道：「我這裡如何安著得他？不如做個人情，薦他去駙馬王晉卿府裡做個親隨；人都喚他做小王都太尉，他便喜歡這樣的人。」當時回了董將士書札，留高俅在府裡住了一夜。

次日，寫了一封書呈，使個幹人，送高俅去那小王都太尉處。這太尉乃是哲宗皇帝妹夫，神宗皇帝的駙馬。他喜愛風流人物，正用這樣的人。一見小蘇學士差人馳書送這高俅來，拜見了便喜。隨即寫了回書，收留高俅在府內做個親隨。自此，高俅遭際在王都尉府中出入，如同家人一般。自古道：「日遠日疏，日親日近。」忽一日，小王都太尉慶誕生辰，吩咐府中安排筵宴，專請小舅端王。這端王乃是神宗天子第十一子，哲宗皇帝御弟，現掌東駕，排號九大王，是個聰明俊俏人物。這浮浪子弟門風幫閒之事，無一般不曉，無一般不會，更無一般不愛；更兼琴棋書畫，儒釋道教，無所不通，踢毬打彈，品竹調絲，吹彈歌舞，自不必說。當日，王都尉府中準備筵宴，水陸俱備。但見：

香焚寶鼎，花插金瓶。仙音院競奏新聲，教坊司頻逞妙藝。水晶壺內，盡都是紫府瓊漿；琥珀杯中，滿泛著瑤池玉液。玳瑁盤堆仙桃異果，玻璃碗供熊掌駝蹄。鱗鱗膾如銀絲，細細茶烹玉蕊。紅裙舞女，盡隨著象板鸞簫；翠袖歌姬，簇捧定龍笙鳳管。兩行珠翠立階前，一派笙歌臨座上。

且說這端王來王都尉府中赴宴，都尉設席，請端王居中坐定，都尉對席相陪。酒進數杯，食供兩套，那端王起身淨手，偶來書院裡少歇，猛見書案上一對兒羊脂玉碾成的鎮紙獅子，極是做得好，細巧玲瓏。端王拿起獅子，不落手看了一回，道：「好！」王都尉見端王心愛，便說道：「再有一個玉龍筆架，也是這個匠人一手做的，卻不在手頭，明日取來，一併相送。」端王大喜道：「深謝厚意，想那筆架必是更妙。」王都尉道：「明日取出來送至宮中便見。」端王又謝了。兩個依舊入席。至暮，盡醉方散。端王相別回宮去了。

次日，小王都太尉取出玉龍筆架和兩個鎮紙玉獅子，著一個小金盒子盛了，用黃羅包袱包了，寫了一封書呈，卻使高俅送去。高俅領了王都尉鈞旨，將著兩般玉玩器，懷中揣著書呈，逕投端王宮中來。把門官吏轉報與院公。沒多時，院公出來問道：「你是那個府裡來的人？」高俅施禮罷，答道：「小人是王駙馬府中，特送玉玩器來進大王。」院公道：「殿下在庭心裡和小黃門踢氣毬，你自過去。」高俅道：「相煩引進。」院公引到庭門。高俅看時，見端王頭戴軟紗唐巾，身穿紫繡龍袍，腰繫文武雙穗絛；把繡龍袍前襟拽扎起，揣在絛兒邊。足穿一雙嵌金線飛鳳靴，三、五個小黃門相伴著蹴氣毬。高俅不敢過去衝撞，立在從人背後伺候。

也是高俅合當發跡，時運到來。那個氣毬騰地起來，端王接個不著，向人叢裡直滾到高俅身邊。那高俅見氣毬來，也是一時的膽量，使個「鴛鴦拐」踢還端王。端王見了大喜，便問道：「你是甚人？」高俅向前跪下道：「小的是王都尉親隨，受東人使令，齎送兩般玉玩器來進獻大王。有書呈在此拜上。」端王聽罷，笑道：「姐夫真如此掛心？」高俅取出書呈進上。端王開盒子看了玩器。都遞與堂候官收了去。那端王且不理玉玩器下落，卻先問高俅道：「你原來會踢氣毬？你喚做甚麼？」高俅叉手跪覆道：「小的叫高俅，胡亂踢得幾腳。」端王道：「好，你便下場來踢一回耍。」高俅拜道：「小的是何等樣人，敢與恩王下腳！」端王道：「這是齊雲社，名為天下圓，但踢何傷。」高俅再拜道：「怎敢。」三回五次告辭，端王定要他踢，高俅只得叩頭謝罪，解膝下場。才踢幾腳，端王喝采，高俅只得把平生本事都使出來奉承端王，那身分模樣，這氣毬一似鰾膠黏在身上的。端王大喜，那肯放高俅回府去，就留在宮中，過了一夜；次日，排個筵會，專請王都尉宮中赴宴。

卻說王都尉當日晚不見高俅回來，正疑思間，只見次日門子報道：「九大王差人來傳令旨，請太尉到宮中赴宴。」王都尉出來，見了幹人，看了令旨，隨即上馬，來到九大王府前，下馬入宮來，見了端王。端王大喜，稱謝兩般玉玩器，入席飲宴間，端王說道：「這高俅踢得兩腳好氣毬，孤欲索此人做親隨，如何？」王都尉答道：「既殿下欲用此人，就留在宮中服侍殿下。」端王歡喜，執杯相謝。二人又閒話一回，至晚席散，王都尉自回駙馬府去，不在話下。

且說端王自從索得高俅做伴之後，留在宮中宿食。高俅自此遭際端王，每日跟隨，寸步不離。未及兩個月，哲宗皇帝晏駕，沒有太子，文武百官商議，冊立端王為天子，立帝號曰徽宗，便是玉清教主微妙道君皇帝。登基之後，一向無事。忽一日，與高俅道：「朕欲要抬舉你，但要有邊功，方可升遷，先教樞密院與你入名，只是做隨駕遷轉的人。」後來沒半年之間，直抬舉高俅做到殿帥府太尉職事。正是：

不拘貴賤齊雲社，一味模棱天下圓。
抬舉高俅毬氣力，全憑手腳會當權。

且說高俅得做太尉，揀選吉日良辰去殿帥府裡到任。所有一應合屬公吏衙將，都軍監軍，馬步人等，盡來參拜，各呈手本，開報花名。高殿帥一一點過，於內只欠一名八十萬禁軍教頭王進，半月之前，已有病狀在官，患病未痊。不曾入衙門管事。高殿帥大怒，喝道：「胡說！既有手本呈來，卻不是那廝抗拒官府，搪塞下官！此人即係推病在家，快與我拿來！」隨即差人到王進家來捉拿王進。

且說這王進卻無妻子，只有一個老母，年已六旬之上。牌頭與教頭王進說道：「如今高殿帥新來上任，點你不著，軍正司稟說染病在家，見有患病狀在官。高殿帥焦躁，那裡肯信，定要拿你，只道是教頭詐病在家。教頭只得去走一遭。若還不去，定連累眾人，小人也有犯罪。」王進聽罷，只得捱著病來；進得殿帥府前，參見太尉，拜了四拜，躬身唱個喏，起來立在一邊。高俅道：「你那廝便是都軍教頭王昇的兒子？」王進稟道：「小人便是。」高俅喝道：「這廝！你爺是街上使花棒賣藥的！你省得甚麼武藝？前官沒眼，參你做個教頭，如何敢小覷我，不服俺點視！你托誰的勢要，推病在家安閒快樂？」王進告道：「小人怎敢！其實患病未痊。」高太尉罵道：「賊配軍！你既害病，如何來得？」王進又告道：「太尉呼喚，不敢不來。」高殿帥大怒，喝令左右：「拿下！加力與我打這廝！」眾多牙將都是和王進好的，只得與軍正司同告道：「今日是太尉上任好日頭，權免此人這一次。」高太尉喝道：「你這賊配軍！且看眾將之面，饒恕你今日之犯！明日卻和你理會！」王進謝罪罷，起來抬頭看了，認得是高俅。出得衙門，嘆口氣道：「我的性命今番難保了！俺道是甚麼高殿帥，卻原來正是東京幫閒的圓社高二！比先時曾學使棒，被我父親一棒打翻，三、四個月將息不起。有此之仇，他今日發跡，得做殿帥府太尉，正待要報仇。我不想正屬他管！自古道：『不怕官，只怕管。』俺如何與他爭得？怎生奈何是好？」回到家中，悶悶不已，對娘說知此事。母子二人抱頭而哭。娘道：「我兒，三十六著，走為上著。只恐沒處走！」王進道：「母親說得是。兒子尋思，也是這般計較。只有延安府老种經略相公，鎮守邊庭，他手下軍官多有曾到京師的，愛兒子使槍棒，何不逃去投奔他們？那裡是用人去處，足可安身立命。」正是：

用人之人，人始為用。恃己自用，人為人送。
彼處得賢，此間失重。若驅若引，可惜可痛。

當下母子二人商議定了。其母又道：「我兒，和你要私走，只恐門前兩個牌軍，是殿帥府撥來服侍你的，若他得知，須走不脫。」王進道：「不妨。母親放心，兒子自有道理措置他。」

當下日晚未昏。王進先叫張牌入來，吩咐道：「你先吃了些晚飯，我使你一處去幹事。」張牌道：「教頭使小人那裡去？」王進道：「我因前日患病，許下酸棗門外嶽廟裡香願，明日早要去燒炷頭香。你可今晚先去吩咐廟祝，教他來日早些開廟門，等我來燒炷頭香，就要三牲獻劉、李王。你就廟裡歇了等我。」張牌答應，先吃了晚飯，叫了安置，望廟中去了。當夜母子二人收拾了行李衣服，細軟銀兩，做一擔兒打挾了；又裝兩個料袋袱駝，拴在馬上。等到五更，天色未明，王進叫起李牌，吩咐道：「你與我將這些銀兩，去嶽廟裡和張牌買個三牲煮熟，在那裡等候；我買些紙燭，隨後便來。」李牌將銀子望廟中去了。王進自去備了馬，牽出後槽，將料袋袱駝搭上，把索子拴縛牢了，牽在後門外，扶娘上了馬；家中粗重都棄了。鎖上前後門，挑了擔兒，跟在馬後，趁五更天色未明，乘勢出了西華門，取路望延安府來。

且說兩個牌軍買了福物煮熟，在廟等到巳牌，也不見來。李牌心焦，走回到家中尋時，只見鎖了門，兩頭無路，尋了半日，並無有人曾見。看看待晚，嶽廟裡張牌疑忌，一直奔回家來，又和李牌尋了一黃昏。看看黑了，兩個見他當夜不歸，又不見了他老娘。次日，兩個牌軍又去他親戚之家訪問，亦無尋處。兩個恐怕連累，只得去殿帥府首告：「王教頭棄家在逃，母子不知去向。」高太尉見告，大怒道：「賊配軍在逃，看那廝待走那裡去！」隨即押下文書，行開諸州各府捉拿逃軍王進。二人首告，免其罪責，不在話下。

且說王教頭母子二人自離了東京，免不了饑餐渴飲，夜住曉行。在路一月有餘。忽一日，天色將晚，王進挑著擔兒跟在娘的馬後，口裡與母親說道：「天可憐見！慚愧了我母子兩個脫了這天羅地網之厄。此去延安府不遠了，高太尉便要差拿我也拿不著了！」母子二人歡喜，在路上不覺錯過了宿頭，走了這一晚，不遇著一處村坊，那裡去投宿是好？正沒理會處，只見遠遠地林子裡閃出一道燈光來。王進看了，道：「好了！遮莫去那裡陪個小心，借宿一宵，明日早行。」當時轉入林子裡來看時，卻是一所大莊院，一周遭都是土牆，牆外卻有二、三百株大柳樹。看那莊院，但見：

前通官道，後靠溪岡。一周遭青縷如煙，四下裡綠陰似染。轉屋角牛羊滿地，打麥場鵝鴨成群。田園廣野，負傭莊客有千人。家眷軒昂，女使兒童難計數。正是家有餘糧雞犬飽，戶多書籍子孫賢。

當時王教頭來到莊前，敲門多時，只見一個莊客出來。王進放下擔兒，與他施禮。莊客道：「來俺莊上有甚事？」王進答道：「實不相瞞，小人母子二人，貪行了些路程，錯過了宿店，來到這裡，前不巴村，後不巴店，欲投貴莊借宿一宵。明日早行，依例拜納房金。萬望周全方便！」

莊客答道：「既是如此，且等一等，待我去問莊主太公。肯時，但歇不妨。」王進又道：「大哥方便。」莊客入去多時，出來說道：「莊主太公教你兩個入來。」王進請娘下了馬。王進挑著擔兒，就牽了馬，隨莊客到裡面打麥場上，歇下擔兒，把馬拴在柳樹上。

母子二人，直到草堂上來見太公。那太公年近六旬之上，鬚髮皆白，頭戴遮塵暖帽，身穿直縫寬衫，腰繫皂絲縧，足穿熟皮靴。王進見了便拜。太公連忙道：「客人休拜。你們是行路的人，辛苦風霜，且坐一坐。」王進母子兩個敘禮罷，都坐定。太公問道：「你們是那裡來的？如何昏晚到此？」王進答道：「小人姓張，原是京師人。今來消折了本錢，無可營用，要去延安府投奔親眷。不想今日路上貪行了程途，錯過了宿店，欲投貴莊借宿一宵。來日早行，房金依例拜納。」太公道：「不妨。如今世上人那個頂著房屋走哩。你母子二位，敢未打火？」叫莊客安排飯來。沒多時，就廳上放開條桌子。莊客托出一桶盤，四樣菜蔬，一盤牛肉，鋪放桌上，先盪酒來篩下。太公道：「村落中無甚相待，休得見怪。」王進起身謝道：「小人母子無故相擾，得蒙厚意此恩難報。」太公道：「休這般說，且請吃酒。」一面勸了五、七杯酒，搬出飯來。二人吃了，收拾碗碟，太公起身引王進母子到客房裡安歇。王進告道：「小人母親騎的頭口，相煩寄養，草料望乞應付，一發拜還。」太公道：「這個亦不妨。我家也有頭口騾馬，教莊客牽出後槽，一發餵養，草料亦不用憂，」王進謝了，挑那擔兒到客房裡來。莊客點上燈火，一面提湯來洗了腳。太公自回裡面去了。王進母子二人謝了莊客，掩上房門，收拾歇息。

次日，睡到天曉，不見起來。莊主太公來到客房前過，聽得王進老母在房裡聲喚。太公問道：「客官，天曉好起了？」王進聽得，慌忙出房來見太公，施禮說道：「小人起多時了。夜來多多攪擾，甚是不當。」太公問道：「誰人如此聲喚？」王進道：「實不相瞞太公說，老母鞍馬勞倦，昨夜心疼病發。」太公道：「即然如此，客人休要煩惱，教你老母且在老夫莊上住幾日。我有個醫心疼的方，叫莊客去縣裡撮藥來，與你老母親吃。教他放心，慢慢地將息。」王進謝了。

話休絮繁。自此，王進母子二人在太公莊上服藥，住了五、七日。覺道母親病患痊了，王進收拾要行。當日因來後槽看馬，只見空地上一個後生脫膊著，刺著一身青龍，銀盤也似一個面皮，約有十八、九歲，拿條棒在那裡使。王進看了半晌，不覺失口道：「這棒也使得好了，只是有破綻，贏不得真好漢。」那後生聽了大怒，喝道：「你是甚麼人，敢來笑話我的本事！俺經了七、八個有名的師父，我不信倒不如你！你敢和我扠一扠麼？」說猶未了，太公到來，喝那後生：「不得無禮！」那後生道：「叵耐這廝笑話我的棒法！」太公道：「客人莫不會使槍棒？」王進道：「頗曉得些。敢問長上，這後生是宅上何人？」太公道：「是老漢的兒子。」王進道：「既然是宅內小官人，若愛學時，小人點撥他端正，如何？」太公道：「恁地時，十分好。」便教那後生來拜師父。那後生那裡肯拜，心中越怒道：「阿爹，休聽這廝胡說！若吃他贏得我這條棒時，我便拜他為師！」王進道：「小官人，若是不當村時，較量一棒耍子。」

那後生就空地當中，把一條棒使得風車兒似轉，向王進道：「你來！你來！怕你不算好漢！」王進只是笑，不肯動手。太公道：「客官既是肯教小頑時，使一棒何妨？」王進笑道：「恐衝撞了令郎時，須不好看。」太公道：「這個不妨。若是打折了手腳，亦是他自作自受。」王進道：「恕無禮。」去槍架上拿了一條棒在手裡，來到空地上使個旗鼓。那後生看了一看，拿條棒滾將入來，逕奔王進。王進托地拖了棒便走。那後生掄著棒又趕入來。王進回身，把棒望空地裡劈將下來。那後生見棒劈來，用棒來隔。王進卻不打下來，對棒一掣，卻望後生懷裡直搠將來，只一繳，那後生的棒丟在一邊，撲地望後倒了。王進連忙撇了棒，向前扶住，道：「休怪，休怪。」那後生爬將起來，便去傍邊掇條凳子納王進坐，便拜道：「我枉自經了許多師家，原來不值半分！師父，沒奈何，只得請教！」王進道：「我母子二人連日在此攪擾宅上，無恩可報，當以效力。」

太公大喜，教那後生穿了衣裳，一同來後堂坐下。叫莊客殺一個羊，安排了酒食果品之類，就請王進的母親一同赴席。四個人坐定，一面把盞。太公起身勸了一杯酒，說道：「師父如此高強，必是個教頭，小兒有眼不識泰山。」王進笑道：「奸不廝欺，俏不廝瞞。小人不姓張，俺是東京八十萬禁軍教頭王進的便是。這槍棒終日搏弄。為因新任一個高太尉，原被先父打翻，今做殿帥府太尉，懷挾舊仇，要奈何王進，小人不合屬他所管，和他爭不得，只得母子二人逃上延安府去，投托老种經略相公處勾當。不想來到這裡，得遇長上父子二位如此看待。又蒙救了老母病患，連日管顧，甚是不當。既然令郎肯學時，小人一力奉教。只是令郎學的都是花棒，只好看，上陣無用。小人從新點撥他。」太公見說了，便道：「我兒，可知輸了？快來再拜師父。」那後生又拜了王進。正是：

好為師患負虛名，心服應難以力爭。
只有胸中真本事，能令頑劣拜先生。

太公道：「教頭在上，老漢祖居在這華陰縣界，前面便是少華山。這村便喚做史家村，村中總有三、四百家都姓史。老漢的兒子從小不務農業，只愛刺槍使棒，母親說他不得，嘔氣死了。老漢只得隨他性子，不知使了多少錢財投師父教他。又請高手匠人與他刺了這身花繡，肩臂胸膛，總有九條龍。滿縣人口順，都叫他做『九紋龍』史進。教頭今日既到這裡，一發成全了他亦好。老漢自當重重酬謝。」王進大喜道：「太公放心！既然如此說時，小人一發教了令郎方去。」自當日為始，吃了酒食，留住王教頭母子二人在莊上。史進每日求王教頭點撥十八般武藝，一一從頭指教。那十八般武藝？

矛錘弓弩銃，鞭簡劍鏈撾。
斧鉞並戈戟，牌棒與槍杈。

話說這史進每日在莊上款待王教頭母子二人，指教武藝。史太公自去華陰縣中承當里正，不在話下。不覺荏苒光陰，早過半年之上，正是：

窗外日光彈指過，席間花影坐前移。
一杯未進笙歌送，階下辰牌又報時。

前後得半年之上，史進把這十八般武藝，從新學得十分精熟。多得王進盡心指教，點撥得件件都有奧妙。王進見他學得精熟了，自思：「在此雖好，只是不了。」一日想起來，相辭要上延安府去。史進那裡肯放，說道：「師父只在此間過了。小弟奉養你母子二人以終天年，多少是好。」王進道：「賢弟，多蒙你好心，在此十分之好；只恐高太尉追捕到來，負累了你，不當穩便，以此兩難。我一心要去延安府，投著在老种經略處勾當。那裡是鎮守邊庭，用人之際，足可安身立命。」史進並太公苦留不住，只得安排一個席筵送行，托出一盤兩個緞子，一百兩花銀謝師。次日，王進收拾了擔兒，備了馬，母子二人相辭史太公、史進。王進請娘乘了馬，望延安府路途進發。史進叫莊客挑了擔兒，親送十里之程，心中難捨。史進當時拜別了師父，灑淚分手，和莊客自回。王教頭依舊自挑了擔兒，跟著馬，母子二人自取關西路上去了。

話中不說王進去投軍役。只說史進回到莊上，每日只是打熬氣力，亦且壯年，又沒老小，半夜三更起來演習武藝，白日裡只在莊射弓走馬。不到半載之間，史進父親太公染患病症，數日不起。史進使人遠近請醫士看治，不能痊可。嗚呼哀哉，太公歿了。史進一面備棺槨盛殮，請僧修設好事，追齋理七，薦拔太公。又請道士建立齋醮，超度升天，整做了十數壇好事功果道場，選了吉日良時，出喪安葬，滿村三、四百史家莊戶都來送喪掛孝，埋殯在村西山上祖墳內了。史進家業自此無人管業。史進又不肯務農，只要尋人使家生，較量槍棒。自史太公死後，又早過了三、四個月日。

時當六月中旬，炎天正熱，那一日，史進無可消遣，提個交床，坐在打麥場柳陰樹下乘涼。對面松林透過風來，史進喝采道：「好涼風！」正乘涼哩，只見一個人探頭探腦在那裡張望。史進喝道：「作怪！誰在那裡張俺莊上？」史進跳起身來，轉過樹背後，打一看時，認得是獵戶摽免李吉。史進喝道：「李吉，張我莊內做甚麼？莫不是來相腳頭！」李吉向前聲喏道：「大郎，小人要尋莊上矮丘乙郎吃碗酒，因見大郎在此乘涼，不敢過來衝撞。」史進道：「我且問你：往常時，你只是擔些野味來我莊上賣，我又不曾虧了你，如何一向不將來賣與我？敢是欺負我沒錢？」李吉答道：「小人怎敢？一向沒有野味，以此不敢來。」史進道：「胡說！偌大一個少華山，恁地廣闊，不信沒有個獐兒、兔兒？」李吉道：「大郎原來不知。如今上面添了一夥強人，紮下一個山寨，聚集著五、七百個小嘍囉，有百十匹好馬。為頭那個大王，喚作『神機軍師』朱武，第二個喚做『跳澗虎』陳達，第三個喚做『白花蛇』楊春。這三個為頭打家劫舍。華陰縣裡捉他不得，出三千貫賞錢召人拿他。誰敢上去拿他？因此上，小人們不敢上山打捕野味，那討來賣！」史進道：「我也聽得說有強人。不想那廝們如此大弄。必然要惱人。李吉，你今後有野味時，尋些來。」李吉唱個喏，自去了。

史進歸到廳前，尋思：「這廝們大弄，必要來薅惱村坊。」既然如此，便叫莊客揀兩頭肥水牛來殺了，莊內自有造下的好酒，先燒了一陌順溜紙，便叫莊客去請這當村裡三、四百史家村戶，都到家中草堂上序齒坐下，教莊客一面把盞勸酒。史進對眾人說道：「我聽得少華山上有三個強人，聚集著五、七百小嘍囉打家劫舍。這廝們既然大弄，必然早晚要來俺村中囉唣。我今特請你眾人來商議。倘若那廝們來時，各家準備。我莊上打起梆子，你眾人可各執槍棒前來救應；你各家有事，亦是如此。遞相救護，共保村坊。如果強人自來，都是我來理會。」眾人道：「我等村農只靠大郎做主，梆子響時，誰敢不來？」當晚眾人謝酒，各自分散回家，準備器械。自此，史進修整門戶牆垣，安排莊院，設立幾處梆子，拴束衣甲，整頓刀馬，提防賊寇，不在話下。

且說少華山寨中，三個頭領坐定商議。為頭的神機軍師朱武，那人原是定遠人氏，能使兩口雙刀，雖無本事，卻精通陣法，廣有謀略；有八句詩單道朱武好處：

道服裁棕葉，雲冠剪鹿皮。

臉紅雙眼俊，面白細髯垂。
陣法方諸葛，陰謀勝范蠡。
華山誰第一，朱武號神機。

第二個好漢，姓陳名達，原是鄴城人氏，使一條出白點鋼槍；亦有詩贊道：

力健身雄性粗魯，丈二長槍撒如雨。
鄴中豪傑霸華陰，陳達人稱跳澗虎。

第三個好漢，姓楊名春，蒲州解良縣人氏，使一口大桿刀。亦有詩贊道：

腰長臂瘦力堪誇，到處刀鋒亂撒花。
鼎立華山真好漢，江湖名播白花蛇。

當日朱武與陳達、楊春說道：「如今我聽知華陰縣裡出三千賞錢，召人捉我們，誠恐來時要與他廝殺。只是山寨錢糧欠少，如何不去劫擄些來，以供山寨之用？聚積些糧食在寨裡，防備官軍來時，好和他打熬。」跳澗虎陳達道：「說得是。如今便去華陰縣裡先問他借糧，看他如何。」白花蛇楊春道：「不要華陰縣去；只去蒲城縣，萬無一失。」陳達道：「蒲城縣人戶稀少，錢糧不多，不如只打華陰縣；那裡人民豐富，錢糧廣有。」楊春道：「哥哥不知。若是打華陰縣時，須從史家村過。那個九紋龍史進，是個大蟲，不可去撩撥他。他如何肯放我們過去？」陳達道：「兄弟好懦弱！一個村坊過去不得，怎地敢抵敵官軍？」楊春道：「哥哥，不可小覷了他！那人端的了得！」朱武道：「我也曾聞他十分英雄，說這人真有本事。兄弟，休去罷。」陳達叫將起來，說道：「你兩個閉了鳥嘴！長別人志氣，滅自己威風！他只是一個人，須不三頭六臂？我不信！」喝叫小嘍囉：「快備我的馬來！如今便先去打史家莊，後取華陰縣！」朱武、楊春再三諫勸。陳達那裡肯聽，隨即披掛上馬，點了一百四、五十小嘍囉，鳴鑼擂鼓，下山望史家村去了。

且說史進正在莊前整製刀馬，只見莊客報知此事。史進聽得，就莊上敲起梆子來。那莊前，莊後，莊東，莊西，三、四百家莊戶，聽得梆子響，都拖槍拽棒，聚起三、四百人，一齊都到史家莊上。看了史進，頭戴一字巾，身披朱紅甲，上穿青錦襖，下著抹綠靴，腰繫皮搭膊，前後鐵掩心，一張弓，一壺箭，手裡拿一把三尖兩刃四竅八環刀。莊客牽過那匹火炭赤馬，史進上了馬，綽了刀，前面擺著三、四十壯健的莊客，後面列著八、九十村蠢的鄉夫及史家莊戶，都跟在後頭，一齊吶喊，直到村北路口擺開。那少華山陳達，引了人馬飛奔到山坡下，將小嘍囉擺開。史進看時，見陳達頭戴乾紅凹面巾，身披裹金生鐵甲，上穿一領紅衲襖，腳穿一對吊墩靴；腰繫七尺攢線搭膊；坐騎一匹高頭白馬，手中橫著丈八點鋼矛。小嘍囉趁勢便吶喊。二員將就馬上相見。

陳達在馬上看著史進，欠身施禮。史進喝道：「汝等殺人放火，打家劫舍，犯著彌天大罪，都是該死的人！你也須有耳朵。好大膽！直來太歲頭上動土！」陳達在馬上答道：「俺山寨裡欠少些糧，欲往華陰縣借糧。經由貴莊，假一條路，並不敢動一根草。可放我們過去，回來自當拜謝。」史進道：「胡說！俺家現當里正，正要拿你這夥賊；今日到來，經由我村中過卻不拿你，倒放你過去，本縣知道，須連累於我。」陳達道：「四海之內，皆兄弟也。相煩借一條路。」史進道：「甚麼閒話！我便肯時，有一個不肯！你問得他肯，便去！」陳達道：「好漢叫我問誰？」史進道：「你問得我手裡這口刀肯，便放你去！」陳達大怒道：「趕人不要趕上！休得要逞精神！」史進也怒，掄手中刀，驟坐下馬，來戰陳達。陳達也拍馬挺槍來迎史進。兩個交馬，但見：

一來一往，一上一下。一來一往，有如深水戲珠龍；一上一下，卻似半岩爭食虎。九紋龍忿怒，三尖刀只望頂門飛；跳澗虎生嗔，丈八矛不離心坎刺。好手中間逞好手，紅心裡面奪紅心。

兩個交馬，鬥了多時，史進賣個破綻，讓陳達把槍望心窩裡搠來。史進卻把腰閃，陳達和槍攧入懷裡來。史進輕舒猿臂，款扭狼腰，只一挾，把陳達輕輕摘離了嵌花鞍，款款揪住了線搭膊，丟在馬前受降。那匹戰馬撥風也似去了。史進叫莊客把陳達綁縛了。眾人把小嘍囉一趕都走了。史進回到莊上，把陳達綁在庭心內柱上，等待一發拿了那兩個賊首，一併解官請賞，且把酒來賞了眾人，教且權散。眾人喝采：「不枉了史大郎如此豪傑！」

休說眾人歡喜飲酒。卻說朱武、楊春兩個，正在寨裡猜疑，捉摸不定，且教小嘍囉再去探聽消息。只見回去的人牽著空馬，奔到山前，只叫道：「苦也！陳家哥哥不聽二位哥哥所說，送了性命！」朱武問其緣故。小嘍囉備說交鋒一節，怎當史進英雄！朱武道：「我的言語不聽，果有此禍！」楊春道：「我們盡數都去，與他死拚如何？」朱武道：「亦是不可。他尚自輸了，你如何拚得他過？我有一條苦計，若救他不得，我和你都休。」楊春問道：「如何苦計？」朱武附耳低言說道：「只除恁地。」楊春道：「好計！我和你便去！事不宜遲！」

再說史進正在莊上忿怒未消，只見莊客飛報道：「山寨裡朱武，楊春自來了。」史進道：「這廝合休！我教他兩個一發解官！快牽過馬來！」一面打起梆子。眾人早都到來。史進上了馬，正待出莊門，只見朱武、楊春步行已到莊前，兩個雙雙跪下，擎著四行眼淚。史進下馬來喝道：「你兩個跪下如何說？」朱武哭道：「小人等三個，累被官司逼迫，不得已上山落草。當初發願道：『不求同日生，只願同日死。』雖不及關、張、劉備的義氣，其心則同。今日小弟陳達不聽好言，誤犯虎威，已被英雄擒捉在貴莊，無計懇求，今來一逕就死。望英雄將我三人，一發解官請賞，誓不皺眉。我等就英雄手內請死，並無怨心！」史進聽了，尋思道：「他們直恁義氣！我若拿他去解官請賞時，反教天下好漢們恥笑我不英雄。自古道：『大蟲不吃伏肉。』」史進便道：「你兩個且跟我進來。」朱武、楊春並無懼怯，隨了史進直到後廳前跪下，又教史進綁縛。史進三回五次叫起來。他兩個那裡肯起來。惺惺惜惺惺，好漢識好漢。史進道：「你們既然如此義氣深重，我若送了你們，不是好漢。我放陳達還你，如何？」朱武道：「休得連累了英雄，不當穩便，寧可把我們解官請賞。」史進道：「如何使得。你肯吃我酒食麼？」朱武道：「一死尚然不懼，何況酒肉乎！」有詩為證：

姓名各異死生同，慷慨偏多計較空。
只為有冠無義狹，遂令草澤見奇雄。

當時史進大喜，解放陳達，就後廳上座，置酒設席，款待三人。朱武、楊春、陳達，拜謝大恩。酒至數杯，少添春色。酒罷，三人謝了史進，回山去了。史進送出莊門，自回莊上。

卻說朱武等三人歸到寨中坐下，朱武道：「我們非這條苦計，怎得性命在此？雖然救了一人，卻也難得史大郎為義氣上放了我們。過幾日備些禮物送去，謝他救命之恩。」話休絮繁，過了十數日，朱武等三人收拾得三十兩蒜條金，使兩個小嘍囉送去史家莊上，當夜初更時分敲門。莊客報知，史進火急披衣，來到莊前，問小嘍囉：「有甚話說？」小嘍囉道：「三個頭領再三拜覆，特地使小校獻些薄禮，酬謝大郎不殺之恩。不要推卻，望乞笑留。」取出金子遞與史進。史進初時推卻，次後尋思道：「既然好意送來，回禮可酬。」受了金子，叫莊客置酒款待小校，吃了半夜酒，把些零碎銀兩賞了小校回山去了。又過半月餘，朱武等三人在寨中商議擄掠得一串好大珠子，又使小嘍囉連夜送來莊上。史進受了，不在話下。

又過了半月，史進尋思道：「也難得這三個敬重我，我也備些禮物回奉他。」次日，叫莊客尋個裁縫，自去縣裡買了三匹紅錦，裁成三領錦襖子；又揀肥羊煮了三個，將大盒子盛了，委兩個莊客送去。史進莊上有個為頭的莊客王四，此人頗能答應官府，口舌利便，滿莊人都叫他做「賽伯當」。史進教他同一個得力的莊客，挑了盒擔，直送到山下。小嘍囉問了備細，引到山寨裡見了朱武等。三個頭領大喜，受了錦襖子並肥羊酒禮，把十兩銀子賞了莊客，每人吃了十數碗酒，下山同歸莊內，見了史進，說道：「山上頭領，多多上覆。」史進自此常常與朱武等三人往來。不時間，只是王四去山寨裡送物事，不則一日。寨裡頭領也頻頻地使人送金銀來與史進。

荏苒光陰，時遇八月中秋到來。史進要和三人說話，約至十五夜來莊上賞月飲酒，先使莊客王四帶一封請書，直去少華山上請朱武、陳達、楊春，來莊上赴席。王四馳書逕到山寨裡，見了三位頭領，下了來書。朱武看了，大喜。三個應允，隨即寫封回書，賞了王四五兩銀子，吃了十來碗酒。王四下得山來，正撞著時常送物事來的小嘍囉，一把抱住，那裡肯放，又拖去山路邊村酒店裡，吃了十數碗酒。王四相別了回莊，一面走著，被山風一吹，酒卻湧上來，踉踉蹌蹌，一步一攧。走不得十里之路，見座林子，奔到裡面，望著那綠茸茸莎草地上撲地倒了。

原來摽兔李吉正在那坡下張兔兒，認得是史家莊上王四，趕入林子裡來扶他，那裡扶得動，只見王四搭搏裡突出銀子來。李吉尋思道：「這廝醉了，那裡討得許多？何不拿他些？」也是天罡星合當聚會，自是生出機會來。李吉解那搭膊，望地下只一抖，那封回書和銀子都抖出來。李吉拿起，頗識幾字；將書拆開看時，見上面寫著少華山朱武、陳達、楊春；中間多有兼文帶武的言語，卻不識得，只認得三個名字。李吉道：「我做獵戶，幾時能夠發跡？算命道我今年有大財，卻在這裡！華陰縣裡現出三千貫賞錢捕捉他三個賊人。叵耐史進那廝，前日我去他莊上尋矮丘乙郎，他道我來相腳頭躧盤，你原來倒和賊人來往！」銀子並書都拿去了，望華陰縣裡來出首。

卻說莊客王四一覺直睡到二更方醒，覺得看見月光微微照在身上，吃了一驚，跳將起來，卻見四邊都是松樹；便去腰裡摸時，搭膊和書都不見了；四下裡尋時，只見空搭膊在莎草地上。王四只管叫苦，尋思道：「銀子不打緊，這封回書卻怎生得好？正不知被甚人拿去了？……」眉頭一縱，計上心來，自道：「若回去莊上，說脫了回書，大郎必然焦躁，定是趕我出去。不如只說不曾有回書，那裡查照？」計較定了，飛也似取路歸來莊上，卻好五更天氣。史進見王四回來，問道：「你如何方才歸來？」王四道：「托主人福蔭，寨中三個頭領都不肯放，留住王四吃了半夜酒，因此回來遲了。」史進又問：「曾有回書麼？」王四道：「三個頭領要寫回書，卻是小人道：三位頭領既然準時赴席，何必回書？小人又有杯酒，路上恐有些失支脫節，不是耍處。」史進聽了大喜，說道：「不枉了諸人叫你賽伯當！真個了得！」王四應道：「小人怎敢差遲，路上不曾住腳，一直奔回莊上。」史進道：「既然如此，教人去縣裡買些果品案酒伺候。」

不覺中秋節至。是日晴明得好。史進當日吩咐家中莊客，宰了一腔大羊，殺了百十個雞鵝，準備下酒食筵宴。看看天色晚來，怎見得好個中秋，但見：

年夜初長，黃昏已半，一輪月掛如銀。冰盤如晝，賞玩正宜人。清影十分圓滿，桂花玉兔交馨。簾攏高捲，金杯頻勸酒，歡笑賀升平。年年當此節，酩酊醉醺醺。莫辭終夕飲，銀漢露華新。

少華山上朱武、陳達、楊春，三個頭領吩咐小嘍囉看守寨柵，只帶三五個做伴，將了朴刀，各跨口腰刀，不騎鞍馬，步行下山，逕來到史家莊上。史進接著，各敘禮罷，請入後園。莊內已安排下筵宴。史進請三位頭領上坐，史進對席相陪，便叫莊客把前後莊門拴了，一面飲酒。莊內莊客輪流把盞，一邊割羊勸酒。酒至數杯，卻早東邊推起那輪明月。但見：

桂花離海嶠，雲葉散天衢，彩霞照萬里如銀，素魄映千山似水。影橫曠野，驚獨宿之烏鴉；光射平湖，照雙栖之鴻雁。冰輪展出三千里，玉兔平吞四百州。

史進和三個頭領敘說舊話新言，只聽得牆外一聲喊起，火把亂明。史進大驚，跳起身來道：「三位賢友且坐，待我去看！」喝叫莊客不要開門，掇條梯子上牆打一看時，只見是華陰縣尉在馬上，引著兩個都頭，帶著三、四百士兵，圍住莊院。史進及三個頭領只管叫苦。外面火光中照見鋼叉、朴刀、五股叉、留客住，擺得似麻林一般。兩個都頭口裡叫道：「不要走了強賊！」不是這夥人來捉史進並三個頭領，怎地教史進先殺了一兩個人，結識了十數個好漢？直教：

蘆花深處屯兵士，荷葉陰中治戰船。

畢竟史進與三個頭領怎地脫身？且聽下回分解。

第三回　史大郎夜走華陰縣　魯提轄拳打鎮關西

話說當時史進道：「卻怎生是好？」朱武等三個頭領跪下道：「哥哥，你是乾淨的人，休為我等連累了。大郎可把索來綁縛我三個出去請賞，免得負累了你不好看。」史進道：「如何使得！恁地時，是我賺你們來，捉你請賞，枉惹天下人笑我。若是死時，我與你們同死，活時同活。你等起來，放心別作圓便。且等我問個來歷緣故情由。」史進上梯子問道：「你兩個何故半夜三更來劫我莊上？」那兩個都頭道：「大郎，你兀自賴哩！見有原告人李吉在這裡。」史進喝道：「李吉，你如何誣告平人？」李吉應道：「我本不知；林子裡拾得王四的回書，一時間把在縣前看，因此事發。」史進叫王四，問道：「你說無回書，如何卻又有書？」王四道：「便是小人一時醉了，忘記了回書。」史進大喝道：「畜生！卻怎生好！」外面都頭人等，懼怕史進了得，不敢奔入莊裡來捉人。三個頭領把手指道：「且答應外面。」史進會意，在梯子上叫道：「你兩個都頭都不必鬧動，權退一步，我自綁縛出來，解官請賞。」那兩個都頭都怕史進，只得應道：「我們都是沒事的，等你綁出來，同去請賞。」史進下梯子，來到廳前，先將王四帶進後園，把來一刀殺了。喝教許多莊客，把莊裡有的沒的細軟等物，即便收拾，盡教打疊起了；一壁點起三、四十個火把。莊裡史進和三個頭領全身披掛，槍架上各人跨了腰刀，拿了朴刀，拽扎起，把莊後草屋點著；莊客各自打拴了包裹，外面見裡面火起，都奔來後面看。

且說史進卻就中堂又放起火來，大開莊門，吶聲喊，殺將出來。史進當頭，朱武、楊春在中，陳達在後，和小嘍囉並莊客，衝將出來，正迎著兩個都頭並李吉，史進見了大怒。仇人相見，分外眼明！兩個都頭見勢頭不好，轉身便走。李吉也卻得回身。史進早到，手起一朴刀，把李吉斬做兩段。兩個都頭正待走時，陳達、楊春趕上，一個一朴刀，結果了兩個性命。縣尉驚得跑馬走回去了。眾士兵那裡敢向前，各自逃命散了，不知去向。史進引著一行人，且殺且走，直到少華山上寨內坐下。喘息方定，朱武等忙叫小嘍囉一面殺牛宰馬，賀喜飲宴，不在話下。

一連過了幾日，史進尋思：「一時間要救三人，放火燒了莊院。雖是有些細軟家財，粗重什物，盡皆沒了！」心內躊躇：「在此不了。」開言對朱武等說道：「我師父王教頭在關西經略府勾當，我先要去尋他，只因父親死了，不曾去得。今來家私莊院廢盡，我如今要去尋他。」朱武三人道：「哥哥休去，只在我寨中且過幾日，又作商議。如是哥哥不願落草時，待平靜了，小弟們與哥哥重整莊院，再作良民。」史進道：「雖是你們的好情分，只是我心去意難留。我若尋得師父，也要那裡討個出身，求半世快樂。」朱武道：「哥哥便在此間做個寨主，卻不快活？雖然寨小，亦堪歇馬。」史進道：「我是個清白好漢，如何肯把父母遺體來玷汙了！你勸我落草，再也休題。」史進住了幾日，定要去。朱武等苦留不住。史進帶去的莊客都留在山寨；只自收拾了些散碎銀兩，打拴一個包裹，餘者多的，盡數寄留在山寨。史進頭帶白范陽氈大帽，上撒一撮紅纓；帽兒下裹一頂渾青抓角軟頭巾。頂上明黃縷帶；身穿一領白紵絲兩上領戰袍；腰繫一條揸五指梅紅攢線搭膊；青白間道行纏絞腳，襯著踏山透土多耳麻鞋；跨一口銅鈸磐口雁翎刀；背上包裹；提了朴刀；辭別朱武等三人。眾多小嘍囉都送下山來。朱武等灑淚而別，自回山寨去了。只說史進提了朴刀，離了少華山，取路投關西正路。望延安府路上來。但見：

崎嶇山嶺，寂寞孤村。披雲霧夜宿荒林，帶曉月朝登險道。落日趲行聞犬吠，嚴霜早促聽雞鳴。

史進在路，免不得饑食渴飲，夜住曉行；獨自行了半月之上，來到渭州。「這裡也有個經略府，莫非師父王教頭在這裡？」史進便入城來看時，依然有六街三市。只見一個小小茶坊，正在路口。史進便入茶坊裡來，揀一副座位坐了。史進問道：「這裡經略府在何處？」茶博士道：「只在前面便是。」史進道：「借問經略府內有個東京來的教頭王進麼？」茶博士道：「這府裡教頭極多，有三、四個姓王的，不知那個是王進。」道猶未了，只見一個大漢大踏步入來，進入茶坊裡。

史進看他時，是個軍官模樣，頭裹芝麻羅萬字頂頭巾，腦後兩個太原府紐絲金環，上穿一領鸚哥綠紵絲戰袍，腰繫一條文武雙股鴉青縧，足穿一雙鷹爪皮四縫乾黃靴，生得面圓耳大，鼻直口方，腮邊一部落腮鬍鬚，身長八尺，腰闊十圍。那人入到茶房裡面坐下。茶博士道：「客官，要尋王教頭，只問這位提轄，便都認得。」史進忙起身施禮道：「客官，請坐拜茶。」那人見史進長大魁偉，像條好漢，便來與他施禮。兩個坐下。史進道：「小人大膽，敢問官人高姓大名？」那人道：「洒家是經略府提轄，姓魯，諱個達字。敢問阿哥，你姓甚麼？」史進道：「小人是華州華陰縣人氏。姓史名進。請問官人，小人有個師父，是東京八十萬禁軍教頭，姓王名進，不知在此經略府中有也無？」魯提轄道：「阿哥，你莫不是史家村甚麼九紋龍史大郎？」史進拜道：「小人便是。」魯提轄連忙還禮，說道：「聞名不如見面！見面勝似聞名。你要尋王教頭，莫不是在東京惡了高太尉的王進？」史進道：「正是那人。」魯達道：「俺也聞他名字，那個阿哥不在這裡。洒家聽得說，他在延安府老种經略相公處勾當。俺這渭州，卻是小种經略相公鎮守。那人不在這裡。你即是史大郎時，多聞你的好名字，你且和俺上街去吃杯酒。」

魯提轄挽了史進的手，便出茶坊來。魯達回頭道：「茶錢，洒家自還你。」茶博士應道：「提轄但吃不妨，只顧去。」兩個挽了胳膊，出得茶坊來，上街行得三、五十步，只見一簇眾人，圍住白地上。史進道：「兄長，我們看一看。」分開人眾看時，中間裡一個人，仗著十來條桿棒，地上攤著十數個膏藥，一盤子盛著，插把紙標兒在上面，卻原來是江湖上使槍棒賣藥的。史進見了，卻認得他。原來是教史進開手的師父，叫做「打虎將」李忠。史進就人叢中叫道：「師父，多時不見。」李忠道：「賢弟如何到這裡？」魯提轄道：「既是史大郎的師父，也和俺去吃三杯。」李忠道：「待小子賣了膏藥，討了回錢，一同和提轄去。」魯達道：「誰奈煩等你！去便同去！」李忠道：「小人的衣飯，無計奈何。提轄先行，小人便尋將來。賢弟，你和提轄先行一步。」魯達焦躁，把那看的人，一推一交，罵道：「這廝們夾著屁眼撒開！不去的洒家便打！」眾人見是魯提轄，一鬨都走了。李忠見魯達兇猛，敢怒而不敢言，只得陪笑道：「好急性的人！」當下收拾了行頭藥囊，寄頓了槍棒。三個人轉彎抹角，來到州橋之下，一個潘家有名的酒店，門前挑出望竿，掛著酒旗，漾在空中飄蕩。怎見得好座酒肆，有詩為證：

風拂煙籠錦旆揚，太平時節日初長。
能添壯士英雄膽，善解佳人愁悶腸。
三尺曉垂楊柳外，一竿斜插杏花旁。
男兒未遂平生志，且樂高歌入醉鄉。

三人來到潘家酒樓上揀個濟楚閣兒裡坐下。提轄坐了主位，李忠對席，史進下首坐了。酒保唱了喏，認的是魯提轄便道：「提轄官人，打多少酒？」魯達道：「先打四角酒來。」一面鋪下菜蔬果品按酒，又問道：「官人，吃甚下飯？」魯達道：「問甚麼！但有，只顧賣來，一發算錢還你！這廝只顧來聒噪！」酒保下去，隨即燙酒上來，但是下口肉食，只顧將來擺一桌子。

三個酒至數杯，正說較量些槍法，說得入港，只聽得隔壁閣子裡有人哽哽咽咽啼哭。魯達焦躁，便把碟兒盞兒都丟在樓板上。酒保聽得，慌忙上來看時，見魯提轄氣憤地。酒保抄手道：「官人，要甚東西，吩咐買來。」魯達道：「洒家要甚麼？你也須認得洒家！卻恁地教甚麼人在間壁吱吱的哭，打攪俺弟兄們吃酒。洒家須不曾少了你酒錢！」酒保道：「官人息怒。小人怎敢教人啼哭打攪官人吃酒。這個哭的是綽酒座兒唱的父女兩人，不知官人們在此吃酒，一時間自苦了啼哭。」魯提轄道：「可是作怪！你與我喚得他來。」酒保去叫。不多時，只見兩個到來前面：一個十八、九歲的婦人，背後一個五、六十歲的老兒，手裡拿串拍板，都來到面前。看那婦人，雖無十分的容貌，也有些動人的顏色，但見：

鬅鬆雲髻，插一枝青玉簪兒；裊娜纖腰，繫六幅紅羅裙子。素白舊衫籠雪體，淡黃軟襪襯弓鞋。蛾眉緊蹙，汪汪淚眼落珍珠；粉面低垂，細細香肌消玉雪。若非兩病雲愁，定是懷憂積恨。

那婦人拭著淚眼，向前來深深的道了三個萬福。那老兒也都相見了。魯達問道：「你兩個是那裡人家？為甚麼啼哭？」那婦人便道：「官人不知，容奴告稟：奴家是東京人氏，因同父母來渭州投奔親眷，不想搬移南京去了。母親在客店裡染病身故。父女二人流落在此生受。此間有個財主，叫做『鎮關西』鄭大官人，因見奴家，便使強媒硬保，要奴作妾。誰想寫了三千貫文書，虛錢實契，要了奴家身體。未及三個月，他家大娘子好生利害，將奴趕打出來，不容完聚，著落店主人家，追要原典身錢三千貫。父親懦弱，和他爭執不得。他又有錢有勢。當初不曾得他一文，如今那討錢來還他？沒計奈何，父親自小教得奴家些小曲兒，來這裡酒樓上趕座子，每日但得些錢來，將大半還他，留些少父女們盤纏。這兩日，酒客稀少，違了他錢限，怕他來討時受他羞恥。父女們想起這苦楚來，無處告訴，因此啼哭。不想誤犯了官人，望乞恕罪，高抬貴手！」

魯提轄又問道：「你姓甚麼？在那個客店裡歇？那個鎮關西鄭大官人在那裡住？」老兒答道：「老漢姓金，排行第二。孩兒小字翠蓮。鄭大官人便是此間狀元橋下賣肉的鄭屠，綽號鎮關西。老漢父女兩個只在前面東門裡魯家客店安下。」魯達聽了道：「呸！俺只道那個鄭大官人，卻原來是殺豬的鄭屠！這個腌臢潑才，投托著俺小种經略相公門下，做個肉鋪戶，卻原來這等欺負人！」回頭看著李忠、史進，道：「你兩個且在這裡，等洒家去打死了那廝便來！」史進、李忠抱住勸道：「哥哥息怒，明日卻理會。」兩個三回五次勸得他住。魯達又道：「老兒，你來。洒家與你些盤纏，明日便回東京去，如何？」父女兩個告道：「若是能夠回鄉去時，便是重生父母，再長爺娘。只是店主人家如何肯放？鄭大官人須著落他要錢。」魯提轄道：「這個不妨事，俺自有道理。」便去身邊摸出五兩來銀子，放在桌上，看著史進道：「洒家今日不曾多帶得些出來；

你有銀子，借些與俺，洒家明日便送還你。」史進道：「值甚麼，要哥哥還。」去包裹裡取出一錠十兩銀子放在桌上。魯達看著李忠道：「你也借些出來與洒家。」李忠去身邊摸出二兩來銀子。魯提轄看了，見少，便道：「也是個不爽利的人！」魯達只把這十五兩銀子與了金老，吩咐道：「你父女兩個將去做盤纏，一面收拾行李。俺明日清早來發付你兩個起身，看那個店主人敢留你！」金老並女兒拜謝去了。魯達把這兩銀子丟還了李忠。三人再吃了兩角酒，下樓來叫道：「主人家，酒錢洒家明日送來還你。」主人家連聲應道：「提轄只顧自去，但吃不妨，只怕提轄不來賒。」三個人出了潘家酒肆，到街上分手。史進、李忠，各自投客店去了。只說魯提轄回到經略府前下處。到房裡，晚飯也不吃，氣憤憤地睡了。主人家又不敢問他。

再說金老得了這一十五兩銀子，回到店中，安頓了女兒，先去城外遠處覓下一輛車兒，回來收拾了行李，還了房宿錢，算清了柴米錢，只等來日天明，當夜無事。次早五更起來，父女兩個先打火做飯，吃罷，收拾了，天色微明，只見魯提轄大腳步走入店裡來，高聲叫道：「店小二，那裡是金老歇處？」小二道：「金公，魯提轄在此尋你。」金老開了房門，便道：「提轄官人裡面請坐。」魯達道：「坐甚麼！你去便去，等甚麼！」金老引了女兒，挑了擔兒，作謝提轄，便待出門。店小二攔住道：「金公，那裡去？」魯達問道：「他少了你房錢？」小二道：「小人房錢，昨夜都算還了；須欠鄭大官人典身錢，著落在小人身上看他哩。」魯提轄道：「鄭屠的錢，洒家自還他，你放了老兒還鄉去！」那店小二那裡肯放。魯達大怒，叉開五指，去那小二臉上只一掌，打得那店小二口中吐血；再復一拳，打落當門兩個牙齒。小二爬將起來，一道煙跑向店裡去躲了。店主人那裡敢出來攔他。金老父女兩個忙忙離了店中，出城自去尋昨日覓下的車兒去了。且說魯達尋思，恐怕店小二趕去攔截他，且向店裡掇條凳子坐了兩個時辰，約莫金公去得遠了，方才起身，逕到狀元橋來。

且說鄭屠開著間門面，兩副肉案，懸掛著三五片豬肉。鄭屠正在門前櫃身內坐定，看那十來個刀手賣肉。魯達走到門前，叫聲：「鄭屠。」鄭屠看時，見是魯提轄，慌忙出櫃身來唱喏道：

「提轄恕罪。」便叫副手：「掇條凳子來，提轄請坐。」魯達坐下，道：「奉著經略相公鈞旨要十斤精肉，切做臊子，不要見半點肥的在上面。」鄭屠道：「使得，你們快選好的切十斤去。」魯提轄道：「不要那等腌臢廝們動手，你自與我切。」鄭屠道：「說的是，小人自切便了。」自去肉案上揀了十斤精肉，細細切做臊子。那店小二把手帕包了頭，正來鄭屠家報說金老之事，卻見魯提轄坐在肉案門邊，不敢攏來，只得遠遠的立住，在房簷下望。這鄭屠整整自切了半個時辰，用荷葉包了，道：「提轄，教人送去？」魯達道：「送甚麼！且住！再要十斤都是肥的，不要見些精的在上面，也要切做臊子。」鄭屠道：「卻才精的，怕府裡要裹餛飩；肥的臊子何用？」魯達睜著眼，道：「相公鈞旨吩咐洒家，誰敢問他？」鄭屠道：「是合用的東西，小人切便了。」又選了十斤實膘的肥肉，也細細的切做臊子，把荷葉來包了。整弄了一早晨，卻得飯罷時候。那店小二那裡敢過來，連那正要買肉的主顧也不敢攏來。鄭屠道：「著人與提轄拿了，送將府裡去？」魯達道：「再要十斤寸金軟骨，也要細細地剁做臊子，不要見些肉在上面。」鄭屠笑道：「卻不是特地來消遣我！」魯達聽得，跳起身來，拿著那兩包臊子在手，睜著眼看著鄭屠，道：「洒家特地要消遣你！」把兩包臊子劈面打將去，卻似下了一陣的「肉雨」。鄭屠大怒，兩條忿氣從腳底下直衝到頂門；心頭那一把無名業火，焰騰騰的按納不住；從肉案上搶了一把剔骨尖刀，托地跳將下來。魯提轄早拔步在當街上。眾鄰舍並十來個火家，那個敢向前來勸；兩邊過路的人都立住了腳；和那店小二也驚得呆了。

鄭屠右手拿刀，左手便來要揪魯達；被這魯提轄就勢按住左手，趕將入去，望小腹上只一腳，騰地倒在當街上。魯達再入一步，踏住胸脯，提著醋鉢兒大小拳頭，看著這鄭屠道：「洒家始投老种經略相公，做到關西五路廉訪使，也不枉了叫做『鎮關西』！你是個賣肉的操刀屠戶，狗一般的人，也叫做『鎮關西』！你如何強騙了金翠蓮？」撲的只一拳，正打在鼻子上，打得鮮血迸流，鼻子歪在半邊，卻便似開了個醬油鋪，鹹的酸的辣的，一發都滾出來。鄭屠掙不起來，那把尖刀也丟在一邊，口裡只叫：「打得好！」魯達罵道：「直娘賊！還敢應口！」提起拳頭來，就眼眶際眉梢只一拳，打得眼睖縫裂，烏珠迸出，也似開了個彩帛鋪的；紅的黑的絳的，都滾將出來。兩邊看的人懼怕魯提轄，誰敢向前來勸？

鄭屠當不過，討饒。魯達喝道：「咄！你是個破落戶！若只和俺硬到底，洒家便饒你了！你如今對俺討饒，洒家偏不饒你！」又只一拳，太陽上正著，卻似做了一全堂水陸的道場；磬兒鈸兒鐃兒一齊響。魯達看時，只見鄭屠挺在地上，口裡只有出的氣，沒了入的氣，動彈不得。魯提轄假意道：「你這廝詐死，洒家再打！」只見面皮漸漸的變了。魯達尋思道：「俺只指望打這廝一頓，不想三拳真個打死了他。洒家須吃官司，又沒人送飯，不如及早撒開。」拔步便走，回頭指著鄭屠屍道：「你詐死！洒家和你慢慢理會！」一頭罵，一頭大踏步去了。街坊鄰舍並鄭屠的伙家，誰敢向前來攔他。魯提轄回到下處，急急捲了些衣服盤纏，細軟銀兩；但是舊衣粗重都棄了。提了一條齊眉短棒，奔出南門，一道煙走了。

且說鄭屠家中眾人和那報信的店小二救了半日，不活，嗚呼死了。老小鄰人逕來州衙告狀，候得府尹升廳，接了狀子，看罷，道：「魯達係經略府提轄，不敢擅自逕來捉捕凶身。」府尹隨即上轎，來到經略府前，下了轎子，把門軍士入去報知。經略聽得，教請到廳上，與府尹施禮罷。經略問道：「何來？」府尹稟道：「好教相公得知，府中提轄魯達，無故用拳打死市上鄭屠。不曾稟過相公，不敢擅自捉拿凶身。」經略聽了，吃了一驚，尋思道：「這魯達雖好武藝，只見性格粗魯。今番做出人命事，俺如何護得短？須教他推問使得。」經略回府尹道：「魯達這人，原是我父親老經略處的軍官。為因俺這裡無人幫護，撥他來做個提轄。既然犯了人命罪過，你可拿他依法度取問。如若供招明白，擬罪已定，也須教我父親知道，方可斷決。怕日後父親處邊上要這個人時，卻不好看。」府尹稟道：「下官問了情由，合行申稟老經略相公知道，方敢斷遣。」府尹辭了經略相公，出到府前，上了轎，回到州衙裡，升廳坐下，便喚當日緝捕使臣，押下文書，捉拿犯人魯達。

當時王觀察領了公文，將帶二十來個做公的人，逕到魯提轄下處。只見房主人道：「卻才帶了些包裹，提了短棒出去了。小人只道奉著差使，又不敢問他。」王觀察聽了，教打開他房門看時，只有些舊衣舊裳和些被臥在裡面。王觀察就帶了房主人，東西四下裡去跟尋，州南走到州北，捉拿不見。王觀察又捉了兩家鄰舍並房主人，同到州衙廳上回話道：「魯提轄懼罪在逃，不知去向，只拿得房主人並鄰舍在此。」府尹見說，且教監下，一面教拘集鄭屠家鄰佑人等，點了仵作行人，著仰本地方官人並坊廂里正，再三檢驗已了，鄭屠家自備棺木盛殮，寄在寺院。一面疊成文案，一壁差人杖限緝捕凶身。原告人保領回家。鄰佑杖斷有失救應。房主人並下處鄰舍，只得個不應。魯達在逃。行開個海捕的文書，各處追捉；出賞一千貫；寫了魯達的年甲貫址，畫了他的形貌，到處張掛。一干人等疏放聽候。鄭屠家親人，自去做孝，不在話下。且說魯達自離了渭州，東逃西奔，急急忙忙，卻似：

失群的孤雁，趁月明獨自貼天飛；漏網的活魚，乘水勢翻身衝浪躍。不分遠近，豈顧高低。心忙撞倒路行人，腳快有如臨陣馬。

行過了幾處州府，正是「饑不擇食，寒不擇衣，慌不擇路，貧不擇妻」。魯達心慌搶路，正不知投那裡去的是；一連地行了半月之上，卻走到代州雁門縣；入得城來，見這市井鬧熱，人煙輳集，車馬駢馳，一百二十行經商買賣，諸物行貨都有，端的整齊，雖然是個縣治，勝如州府，魯提轄正行之間，卻見一簇人圍住了十字街口看榜。但見：

扶肩搭背，交頸並頭。紛紛不辨賢愚，擾擾難分貴賤。張三蠢胖，不識字只把頭搖；李四矮銼，看別人也將腳踏。白頭老叟，盡將拐棒拄髭鬚；綠鬢書生，卻把文房抄款目。行行總是蕭何法，句句俱依律令行。

魯達看見眾人看榜挨滿在十字路口，也鑽在人叢裡聽時，魯達卻不識字。只聽得眾人讀道：「代州雁門縣依奉太原府指揮使司，該准渭州文字，捕捉打死鄭屠犯人魯達，即係經略府提轄。如有人停藏在家宿食者，與犯人同罪；若有人捕獲前來或首到告官，支給賞錢一千貫文。」魯提轄正聽到那裡，只聽得背後一個人大叫道：「張大哥，你如何在這裡？」攔腰抱住，扯離了十字路口。不是這個人看見了，橫拖倒拽將去，有分教：魯提轄剃除頭髮，削去髭鬚，倒換過殺人姓名，薅惱殺諸佛羅漢。直教：

禪杖打開危險路，戒刀殺盡不平人。

畢竟扯住魯提轄的是甚人？且聽下回分解。

第四回　趙員外重修文殊院　魯智深大鬧五臺山

話說當下魯提轄扭過身來看時，拖扯的不是別人，卻是渭州酒樓上救了的金老。那老兒直拖魯達到僻靜處，說道：「恩人！你好大膽！現今明明地張掛榜文，出一千貫賞錢捉你，你緣何卻去看榜？若不是老漢遇見時，卻不被做公的拿了？榜上現寫著你年甲、貌相、貫址！」魯達道：「洒家不瞞你說，因為你事，就那日回到狀元橋下，正迎著鄭屠那廝，被洒家三拳打死了，因此上在逃。一到處撞了四、五十日，不想來到這裡。你緣何不回東京去，也來到這裡？」金老道：「恩人在上：自從得恩人救了，老漢尋得一輛車子，本欲要回東京去；又怕這廝趕來，亦無恩人在彼搭救，因此不上東京去。隨路望北來，撞見一個京師古鄰來這裡做買賣，就帶老漢父女兩口兒到這裡。虧殺了他，就與老漢女做媒，結交此間一個大財主趙員外，養做外宅，衣食豐足，皆出於恩人。我女兒常常對他孤老說提轄大恩，那個員外也愛刺槍使棒。常說道：『怎地得恩人相會一面，也好。』想念如何能夠得見？且請恩人到家過幾日，卻再商議。」魯提轄便和金老行不得半里，到門首，只見老兒揭起簾子，叫道：「我兒，大恩人在此。」那女孩兒濃粧豔飾。從裡面出來，請魯達居中坐了，插燭也似拜了六拜，說道：「若非恩人垂救，怎能夠有今日！」魯達看那女子時，另是一般丰韻，比前不同。但見：

> 金釵斜插，掩映烏雲；翠袖巧裁，輕籠瑞雪。櫻桃口淺暈微紅，春筍手半舒嫩玉。纖腰裊娜，綠羅裙微露金蓮；素體輕盈，紅繡襖偏宜玉體。臉堆三月嬌花，眉掃初春嫩柳。香肌撲簌臺月，翠鬢籠鬆楚岫雲。

拜罷，便請魯提轄道：「恩人，上樓去請坐。」魯達道：「不須生受，洒家便要去。」金老便道：「恩人既到這裡，如何肯放你便去！」老兒接了桿棒包裹，請到樓上坐定。老兒吩咐道：「我兒，陪侍恩人坐坐，我去安排飯來。」魯達道：「不消多事，隨分便飯好。」老兒道：「提轄恩念，殺身難報；量些粗食薄味，何足掛齒！」女子留住魯達在樓上坐地。金老下來，叫了家中新討的小廝，吩咐那個丫鬟一面燒著火。老兒和這小廝上街來買了些鮮魚嫩雞、釀鵝肥鮓，時新果子之類歸來。一面開酒，收拾菜蔬，都早擺了。搬上樓來，春臺上放下三個盞子，三雙筷子，鋪下菜蔬果子下飯等物。丫鬟將銀酒壺燙上酒來。

父女二人輪番把盞，金老倒地便拜。魯提轄道：「老人家，如何恁地下禮？折殺俺也！」金老說道：「恩人聽稟：前日老漢初到這裡，寫個紅紙牌兒，旦夕一炷香，父女兩個兀自拜哩；今日恩人親身到此，如何不拜！」魯達道：「卻也難得你這片心，」三人慢慢地飲酒。將及天晚，只聽得樓下打將起來。魯提轄開窗看時，只見樓下二、三十人，各執白木棍棒，口裡都叫：「拿將下來！」人叢裡，一個官人騎在馬上，口裡大喝道：「休叫走了這賊！」魯達見不是頭，拿起凳子，從樓上打將下來。金老連忙拍手叫道：「都不要動手！」那老兒搶下樓去，直至那騎馬的官人身邊，說了幾句言語。那官人笑起來，便喝散了那二三十人，各自去了。

那官人下馬，入到裡面。老兒請下魯提轄來。那官人撲翻身便拜道：「聞名不如見面，見面勝似聞名！義士提轄受禮。」魯達便問那金老道：「這官人是誰？素不相識，緣何便拜洒家？」老兒道：「這個便是我兒的官人趙員外。卻才只道老漢引甚麼郎君子弟在樓上吃酒，因此引莊客來廝打。老漢說知，方才喝散了。」魯達道：「原來如此，怪員外不得。」趙員外再請魯提轄上樓坐定，金老重整杯盤，再備酒食相待。趙員外讓魯達上首坐地。魯達道：「洒家怎敢。」員外道：「聊表小弟相敬之禮。多聞提轄如此豪傑，今日天賜相見，實為萬幸。」魯達道：「洒家是個粗鹵漢子，又犯了該死的罪過；若蒙員外不棄貧賤，結為相識，但有用洒家處，便與你去。」趙員外大喜，動問打死鄭屠一事，說些閒話，較量些槍法，吃了半夜酒，各自歇了。

次日天明，趙員外道：「此處恐不穩便，欲請提轄到敝莊住幾時。」魯達問道：「貴莊在何處？」員外道：「離此間十里多路，地名七寶村便是。」魯達道：「最好。」員外先使人去莊上，再牽兩匹馬來。未及晌午，馬已到來，員外便請魯提轄上馬，叫莊客擔了行李。魯達相辭了金老父女二人，和趙員外上了馬。兩個並馬行程，於路說些閒話，投七寶村來。不多時，早到莊前下馬。趙員外攜住魯達的手，直至草堂上，分賓而坐；一面叫殺羊置酒相待，晚間收拾客房安歇。次日又備酒食款待。魯達道：「員外錯愛洒家，如何報答！」趙員外便道：「四海之內，皆兄弟也。如何言報答之事。」

話休絮煩。魯達自此之後在這趙員外莊上住了五、七日。忽一日，兩個正在書院裡閒坐說話，只見金老急急奔來莊上，逕到書院裡，見了趙員外並魯提轄；見沒人，便對魯達道：「恩人，不是老漢多心。為是恩人前日老漢請在樓上吃酒，員外誤聽人報，引領莊客來鬧了街坊，後卻散了。人都有些疑心，說開去，昨日有三、四個做公的，來鄰舍街坊打聽得緊，只怕要來村裡緝捕恩人。倘或有些疏失，如之奈何？」魯達道：「恁地時，洒家自去便了。」趙員外道：「若是留提轄在此，恐誠有些山高水低，教提轄怨恨，若不留提轄來，許多面皮都不好看。趙某卻有個道理，教提轄萬無一失，足可安身避難，只怕提轄不肯。」魯達道：「洒家是個該死的人，但得一處安身便了，做甚麼不肯！」趙員外道：「若如此，最好。離此間三十餘里，有座山，喚做五臺山。山上有一個文殊院，原是文殊菩薩道場。寺裡有五、七百僧人，為頭智真長老，是我弟兄。我祖上曾捨錢在寺裡，是本寺的施主檀越。我曾許下剃度一僧在寺裡，已買下一道五花度牒在此，只不曾有個心腹之人了這條願心。如是提轄肯時，一應費用，都是趙某備辦。委實肯落髮做和尚麼？」魯達尋思道：「如今便要去時，那裡投奔人？不如就了這條路罷。」便道：「既蒙員外做主，洒家情願做和尚。專靠員外照管。」當時說定了，連夜收拾衣服盤纏，緞疋禮物排擔了。

次日早起來，叫莊客挑了，兩個取路望五臺山來。辰牌已後，早到那山下。魯提轄看那五臺山時，果然好座大山！但見：

雲遮峰頂，日轉山腰；嵯峨彷彿接天關，崒嵂參差侵漢表。岩前花木舞春風，暗吐清香；洞口藤蘿披宿雨，倒懸嫩線。飛雲瀑布，銀河影浸月光寒；峭壁蒼松，鐵角鈐搖龍尾動。山根雄峙三千界，巒勢高擎幾萬年。

趙員外與魯提轄兩乘轎子抬上山來，一面使莊客前去通報。到得寺前，早有寺中都寺、監寺出來迎接。兩個下了轎子，去山門外亭子上坐定。寺內智真長老得知，引著首座、侍者出山門外來迎接。趙員外和魯達向前施禮。智真長老打了問訊，說道：「施主遠出不易。」趙員外答道：「有些小事，特來上剎相浼。」智真長老便道：「且請員外方丈吃茶。」趙員外前行，魯達跟在背後。看那文殊寺，果然是好座大剎。但見：

山門侵翠嶺，佛殿接青雲。鐘樓與月窟相連，經閣共峰巒對立。香積廚通一泓泉水，眾僧寮納四在煙霞。老僧方丈斗牛邊，禪客經堂雲霧裡。白面猿時時獻果，將怪石敲響木魚；黃斑鹿日日銜花，向寶殿供養金佛。七層寶塔接丹霄，千古聖僧來大剎。

當時智真長老請趙員外並魯達到方丈。長老邀員外向客席而坐。魯達便去下首坐禪椅上。員外叫魯達附耳低言：「你來這裡出家，如何便對長老坐地？」魯達道：「洒家不省得。」起身立在員外肩下。面前首座、維那、侍者、監寺、都寺、知客、書記，依次排立東西兩班。莊客把轎子安頓了，一齊將盒子搬入方丈來，擺在面前。長老道：「何故又將禮物來？寺中多有相瀆檀越處。」趙員外道：「些小薄禮，何足稱謝。」道人、行童收拾去了。趙員外起身道：「一事啓堂頭大和尚：趙某舊有一條願心，許剃一僧在上剎，度牒、詞簿都已有了，到今不曾剃得。今旦這個表弟，姓魯名達，是關西軍漢出身；因見塵世艱辛，情願棄俗出家。萬望長老收錄，大慈大悲，看趙某薄面，披剃為僧。一應所用，弟子自當準備。煩望長老玉成，幸甚！」長老見說，答道：

「這個事緣是光輝老僧山門，容易，容易！且請拜茶。」只見行童托出茶來。茶罷，收了盞托，智真長老便喚首座、維那，商議剃度這人。吩咐監寺、都寺，安排辦齋。

只見首座與眾僧自去商議道：「這個人不似出家的模樣。一雙眼卻恁兇險！」眾僧道：「知客，你去邀請客人坐地，我們與長老計較。」知客出來，請趙員外、魯達到客館裡坐地。首座、眾僧稟長老說道：「卻才這個要出家的人，形容醜惡，相貌凶頑，不可剃度他，恐久後累及山門。」長老道：「他是趙員外檀越的兄弟。如何撇得他的面皮？你等眾人且休疑心，待我看一看。」焚起一炷信香，長老上禪椅盤膝而坐，口誦咒語，入定去了。一炷香過，卻好回來，對眾僧說道：「只顧剃度他。此人上應天星，心地剛直。雖然時下凶頑，命中駁雜，久後卻得清淨。正果非凡，汝等皆不及他。可記吾言，勿得推阻。」首座道：「長老只是護短，我等只得從他。不諫不是，諫他不從，便了！」

長老叫備齋食，請趙員外等方丈會齋。齋罷，監寺打了單帳。趙員外取出銀兩，教人買辦物料；一面在寺裡做僧鞋、僧衣、僧帽、袈裟、拜具。一、兩日都已完備。長老選了吉日良時，教鳴共鐘，擊動法鼓，就法堂內會集大眾。整整齊齊五、六百僧人，盡披袈裟，都到法座下合掌作禮，分作兩班。趙員外取出銀錠、表禮、信香，向法座前禮拜了。表白宣疏已罷，行童引魯達到法座下。維那教魯達除下巾幘，把頭髮分做九路綰了，捆揲起來。淨髮人先把一周遭都剃了，卻待剃髭鬚。魯達道：「留下這些兒還洒家也好。」眾僧忍笑不住。真長老在法座上道：「大眾聽偈。」念道：「寸草不留，六根清淨；與汝剃除，免得爭競。」長老念罷偈言，喝一聲：「咄！盡皆剃去！」剃髮人只一刀，盡皆剃了。首座呈將度牒，上法座前請長老賜法名。長老拿著空頭度牒，而說偈曰：「靈光一點，價值千金；佛法廣大，賜名智深。」長老賜名已罷，把度牒轉將下來。書記僧填寫了度牒，付與魯智深收受。長老又賜法衣、袈裟，教智深穿了。監寺引上法座前，長老用手與他摩頂受記，道：「一要皈依佛性，二要皈奉正法，三要皈敬師友；此是『三皈』。『五戒』者：一不要殺生，二不要偷盜，三不要邪淫，四不要貪酒，五不要妄語。」智深不曉得禪宗答應能否二字，卻便道：「洒家記得。」眾僧都笑。受記已罷，趙員外請眾僧到雲堂裡坐下，焚香設齋供獻。大小職事僧人，各有上賀禮物。都寺引魯智深參拜了眾師兄、師弟，又引去僧堂背後叢林選佛場坐地。當夜無事。

次日，趙員外要回，告辭長老，留連不住。早齋已罷，並眾僧都送出山門。趙員外合掌道：「長老在上，眾師父在，凡事慈悲。小弟智深乃是愚魯直人，早晚禮數不到，言語冒瀆，誤犯清規，萬望覷趙某薄面，恕免，恕免！」長老道：「員外放心。老僧自慢慢地教他念經誦咒，辦道參禪。」員外道：「日後自得報答。」人叢裡，喚智深到松樹下，低低吩咐道：「賢弟，你從今日難比往常。凡事自宜省戒，切不可托大。倘有不然，難以相見。保重，保重！早晚衣服，我自使人送來。」智深道：「不索哥哥說，洒家都依了。」當時趙員外相辭了長老，再別了眾人上轎，引了莊客，抬了一乘空轎，取了盒子，下山回家去了。當下長老自引了眾僧回寺。

話說魯智深回到叢林選佛場中禪床上，撲倒頭便睡。上下肩兩個禪和子推他起來，說道：「使不得；既要出家，如何不學坐禪？」智深道：「洒家自睡，干你甚事？」禪和子道：「善哉！」智深喝道：「團魚洒家也吃，甚麼『鱔哉？』」禪和子道：「卻是苦也！」智深便道：「團魚大腹，又肥甜好吃，那得苦也？」上下肩禪和子都不睬他，由他自睡了；次日，要去對長老說知智深如此無禮。首座勸道：「長老說道，他後來正果非凡，我等皆不及他，只是護短。你們且沒奈何，休與他一般見識。」禪和子自去了。智深見沒人說他，每到晚便放翻身體，橫羅十字，倒在禪床上睡，夜間鼻如雷響；要起來淨手，大驚小怪，只在佛殿後撒尿、撒屎，遍地都是。侍者稟長老說：「智深好生無禮，全沒些個出家人禮面，叢林中如何安著得此等之人？」長老喝道：「胡說！且看檀越之面，後來必改。」自此無人敢說。

魯智深在五臺山寺中，不覺打攪了四、五個月，時遇初冬天氣，智深久靜思動。當日晴明得好，智深穿了皂布直裰，繫了鴉青縧，換了僧鞋，大踏步走出山門來，信步行到半山亭子上，坐在鵝項懶凳上，尋思道：「干鳥麼！俺往常好酒好肉，每日不離口；如今教洒家做了和尚，餓得乾癟了！趙員外這幾日又不使人送些東西來與洒家吃，口中淡出鳥來！這早晚怎地得些酒來吃也好！」正想酒哩，只見遠遠地一個漢子挑著一副擔桶，唱上山來，上蓋著桶蓋。那漢子手裡拿著一個旋子，唱著上來；唱道：

九里山前作戰場，牧童拾得舊刀槍。
順風吹動烏江水，好似虞姬別霸王。

魯智深觀見那漢子挑擔桶上來，坐在亭子上看。這漢子也來亭子上，歇下擔桶。智深道：「兀那漢子，你那桶裡甚麼東西？」那漢子道：「好酒。」智深道：「多少錢一桶？」那漢子道：「和尚，你真個也作是耍？」智深道：「洒家和你耍甚麼？」那漢子道：「我這酒，挑上去只賣與寺內火工、道人、直廳、轎夫、老郎們，做生活的吃。本寺長老已有法旨：但賣與和尚們吃了，我們都被長老責罰，追了本錢，趕出屋去。我們現關著本寺的本錢，現住著本寺的屋宇，如何敢賣與你吃？」智深道：「真個不賣？」那漢子道：「殺了我也不賣！」智深道：「洒家也不殺你，只要問你買酒吃！」那漢子見不是頭，挑了擔桶便走。智深趕下亭子來，雙手拿住扁擔，只一腳，交襠踢著。那漢子雙手掩著，做一堆蹲在地下，半日起不得。智深把那兩桶酒都提在亭子上，地下拾起旋子，開了桶蓋，只顧舀冷酒吃。無移時，兩桶酒吃了一桶。智深道：「漢子，明日來寺裡討錢。」那漢子方才疼止，又怕寺裡長老得知，壞了衣飯，忍氣吞聲，那裡討錢，把酒分做兩半桶挑了，拿了旋子，飛也似下山去了。

只說魯智深在亭子上坐了半日，酒卻上來；下得亭子，松樹根邊又坐了半歇，酒越湧上來。智深把皂直裰褪膊下來，把兩支袖子纏在腰裡，露出脊背上花繡來，扇著兩個膀子上山來。但見：

頭重腳輕，眼紅面赤：前合後仰，東倒西歪。踉踉蹌蹌上山來，似當風之鶴；擺擺搖搖回寺去，如出水之蛇。指定天宮，叫罵天蓬元帥；踏開地府，要拿催命判官。裸形赤體醉魔君，放火殺人花和尚。

看看來到山門下，兩個門子遠遠地望見，拿著竹篦來到山門下，攔住魯智深，便喝道：「你是佛家弟子，如何喝得爛醉了上山來?你須不瞎，也見庫局裡貼著的曉示：『但凡和尚破戒吃酒，決打四十竹篦，趕出寺去；如門子縱容醉的僧人入寺，也吃十下。』你快下山去，饒你幾下竹篦！」魯智深一者初做和尚，二來舊性未改，睜起雙眼罵道：「直娘賊！你兩個要打洒家，俺便和你廝打！」門子見勢頭不好，一個飛也似入來報監寺，一個虛拖竹篦攔他。智深用手隔過，張開五指，去那門子臉上只一掌，打得踉踉蹌蹌，卻待掙扎；智深再復一拳，打倒在山門下，只是叫苦。魯智深道：「洒家饒你這廝！」踉踉蹌蹌攧入寺裡來。

監寺聽得門子報說，叫起老郎、火工、直廳、轎夫，三、二十人，各執白木棍棒，從西廊下搶出來，卻好迎著智深。智深望見，大吼了一聲，卻似嘴邊起個霹靂，大踏步搶入來。眾人初時不知他是軍官出身，次後見他行得凶了，慌忙都退入藏殿裡去，便把亮槅關上。智深搶入階來，一拳一腳，打開亮槅。二、三十人都趕得沒路，奪條棒從藏殿裡打將出來。監寺慌忙報知長老。長老聽得，急引了三、五個侍者直來廊下，喝道：「智深！不得無禮！」智深雖然酒醉，卻認得是長老。撇了棒，向前來打個問訊，指著廊下，對長老道：「智深吃了兩碗酒，又不曾撩撥他們，他眾人又引人來打洒家。」長老道：「你看我面，快去睡了，明日卻說。」魯智深道：「俺不看長老面，洒家直打死你那幾個禿驢！」長老叫侍者扶智深到禪床上，撲地便倒了，齁齁地睡了。眾多職事僧人圍定長老，告訴道：「向日徒弟們曾諫長老來，今日如何?本寺那容得這等野貓，亂了清規！」長老道：「雖是如今眼下有些囉唣，後來卻成得正果。無奈何，且看趙員外檀越之面，容恕他這一番。我自明日叫去埋怨他便了。」眾僧冷笑道：「好個沒分曉的長老！」各自散去歇息。

次日，早齋罷，長老使侍者到僧堂裡坐禪處喚智深時，尚兀自未起。待他起來，穿了直裰，赤著腳，一道煙走出僧堂來，侍者吃了一驚，趕出外來尋時，卻走在佛殿後撒屎。侍者忍笑不住，等他淨了手，說道：「長老請你說話。」智深跟著侍者到方丈。長老道：「智深雖是個武夫出身，今來趙員外檀越剃度了你，我與你摩頂受記。教你『一不可殺生，二不可偷盜，三不可邪淫，四不可貪酒，五不可妄語。』此五戒乃僧家常理。出家人第一不可貪酒。你如何夜來吃得大醉，打了門子，傷壞了藏殿上朱紅槅子，又把火工、道人都打走了，口出喊聲，如何這般行為！」智深跪下道：「今番不敢了。」長老道：「既然出家。如何先破了酒戒，又亂了清規？我不看你施主趙員外面，定趕你出寺。再後休犯。」智深起來，合掌道：「不敢，不敢。」長老留住在方丈裡，安排早飯與他吃；又用好言勸他；取一領細布直裰，一雙僧鞋，與了智深，教回僧堂去了。昔有一名賢，走筆作一篇口號，單說那酒。端的做得好！道是：

從來過惡皆歸酒，我有一言為世剖。
地水火風合成人，麵麴米水和醇酎。
酒在瓶中寂不波，人未酣時若無口。
誰說孩提即醉翁，未聞食糯顛如狗。
如何三杯放手傾，遂令四大不自有！
幾人涓滴不能嘗，幾人一飲三百斗。
亦有醒眼是狂徒，亦有酕醄神不謬。
酒中賢聖得人傳，人負邦家因酒覆。
解嘲破惑有常言：「酒不醉人人醉酒。」

但凡飲酒，不可盡歡。常言：「酒能成事，酒能敗事。」便是小膽的人吃了，也胡亂做了大膽，何況性高的人！再說這魯智深自從吃酒醉鬧了這一場，一連三、四個月不敢出寺門去。忽一日，天氣暴暖，是二月間天氣，離了僧房，信步踱出山門外立地，看著五臺山，喝采一回。猛聽得山下叮叮噹噹的響聲，順風吹上山來。智深再回僧堂裡取了些銀兩揣在懷裡，一步步走下山來；出得那「五臺福地」的牌樓來。看時，原來卻是一個市井，約有五、七百戶人家。智深看那市鎮上時，也有賣肉的，也有賣菜的，也有酒店、麵店。智深尋思道：「乾呆麼！俺早知有這個去處，不奪他那桶酒吃，也自下來買些吃。這幾日熬的清水流，且過去看有甚東西買些吃。」聽得那響處，卻是打鐵的在那裡打鐵。間壁一家，門上寫著「父子客店」。

智深走到鐵匠鋪門前看時，見三個人打鐵。智深便問道：「兀那待詔，有好鋼鐵麼？」那打鐵的看魯智深腮邊新剃，暴長短鬚，戧戧地好滲瀨人，先有五分怕他。那待詔住了手道：「師父，請坐。要打甚麼生活？」智深道：「洒家要打條禪杖，一口戒刀。不知有上等好鐵麼？」待詔道：「小人這裡正有些好鐵。不知師父要打多少重的禪杖、戒刀？但憑吩咐。」智深道：「洒家只要打一條一百斤重的。」待詔笑道：「重了。師父，小人打怕不打了。只恐師父如何使得動？便是關王刀，也只有八十一斤。」智深焦躁道：「俺便不及關王？他也只是個人！」那待詔道：「小人據說，只可打條四、五十斤的，也十分重了。」智深道：「便依你說，比關王刀，也打八十一斤的。」待詔道：「師父，肥了不好看，又不中使。依著小人，好生打一條六十二斤水磨禪杖與師父。使不動時，休怪小人。戒刀已說了，不用吩咐。小人自用十分好鐵打造在此。」智深道：「兩件家生，要幾兩銀子？」待詔道：「不討價，實要五兩銀子。」智深道：「俺便依你五兩銀子，你若打得好時，再有賞你。」那待詔接了銀子，道：「小人便打在此。」智深道：「俺有些碎銀子在這裡，和你買碗酒吃。」待詔道：「師父穩便。小人趕趁些生活，不及相陪。」

智深離了鐵匠人家，行不到三、二十步，見一個酒望子挑出在房簷上。智深掀起簾子，入到裡面坐下，敲著桌子，叫道：「將酒來。」賣酒的主人家說道：「師父少罪，小人住的房屋也是寺裡的，本錢也是寺裡的，長老已有法旨：但是小人們賣酒與寺裡僧人吃了，便要追小人們的本錢，又趕出屋。因此只得休怪。」智深道：「胡亂賣些與洒家吃，俺須不說是你家便了。」那店主人道：「胡亂不得，師父別處去吃，休怪，休怪。」智深只得起身，便道：「洒家別處吃得，卻來和你說話！」出得店門，行了幾步，又望見一家酒旗兒直挑出在門前。智深一直走進去，坐下，叫道：「主人家，快把酒來賣與俺吃。」店主人道：「師父，你好不曉事！長老已有法旨，你須也知，卻來壞我們衣飯！」智深不肯動身。三回五次，那裡肯賣。智深情知不肯，起身又走，連走了三、五家，都不肯賣。智深尋思一計，「若不生個道理，如何能夠酒吃？」遠遠地杏花深處，市梢盡頭，一家挑出個草帚兒來。智深走到那裡看時，卻是個傍村小酒店。但見：

傍村酒肆已多年，斜插桑麻古道邊。
白板凳鋪賓客坐，須蘺笆用棘荊編。
破甕榨成黃米酒，柴門挑出布青帘。
更有一般堪笑處，牛屎泥牆畫酒仙。

智深走入店裡來，倚窗坐下便叫道：「主人家，過往僧人買碗酒吃。」莊家看了一看道：「和尚，你那裡來？」智深道：「俺是行腳僧人，遊方到此經過，要賣碗酒吃。」莊家道：「和尚，若是五臺山寺裡的師父，我卻不敢賣與你吃。」智深道：「洒家不是。你快將酒賣來。」莊家看見魯智深這般模樣，聲音各別，便道：「你要打多少酒？」智深道：「休問多少，大碗只顧篩來。」約莫也吃了十來碗，智深問道：「有甚肉？把一盤來吃。」莊家道：「早來有些牛肉，都賣沒了。只有些菜蔬在此。」智深猛聞得一陣肉香，走出空地上看時，只見牆邊砂鍋裡煮著一隻狗在那裡。智深道：「你家現有狗肉，如何不賣與俺吃？」莊家道：「我怕你是出家人，不吃狗肉，因此不來問你。」智深道：「洒家的銀子有在這裡！」便摸銀子遞與莊家，道：「你且賣半隻與俺吃。」那莊家連忙取半隻熟狗肉，搗些蒜泥，將來放在智深面前。智深大喜，用手扯那狗肉蘸著蒜泥吃，一連又吃了十來碗酒。吃得口滑，只顧要吃，那裡肯住。莊家到都呆了，叫道：「和尚，只恁地罷！」智深睜起眼道：「洒家又不白吃你的！管俺怎地？」莊家道：「再要多少？」智深道：「再打一桶來。」莊家只得又舀一桶來。智深無移時又吃了這桶酒，剩下一腳狗腿，把來揣在懷裡；臨出門，又道：「多的銀子，明日又來吃。」嚇得莊家目瞪口呆，罔知所措，看他時卻向那五臺山上去了。

智深走到半山亭子上，坐下一回，酒卻湧上來；跳起身，口裡道：「俺好些時不曾拽拳使腳，覺道身體都困倦了。洒家且使幾路看！」下得亭子，把兩隻袖子搭在手裡，上下左右使了一回，使得力發，只一膀子扇在亭子柱上，只聽得刮剌剌一聲響亮，把亭子柱打折了，坍了亭子半邊，門子聽得半山裡響，高處看時，只見魯智深一步一攧，搶上山來。兩個門子叫道：「苦也！這畜生今番又醉得可不小！」便把山門關上，把拴拴了。只在門縫裡張時，見智深搶到山門下，見關了門，把拳頭擂鼓也似敲門。兩個門子那裡敢開。

智深敲了一回，扭過身來，看了左邊的金剛，喝一聲道：「你這個鳥大漢，不替俺敲門，卻拿著拳頭嚇洒家！俺須不怕你！」跳上臺基，把柵剌子只一拔，卻似撧蔥般扳開了；拿起一根折木頭，去那金剛腿上便打，簌簌地泥和顏色都脫下來。門子張見，道：「苦也！」只得報知長老。智深等了一會，調轉身來，看著右邊金剛，喝一聲道：「你這廝張開大口，也來笑洒家！」便跳過右邊臺基上，把那金剛腳上打了兩下。只聽得一聲震天價響，那金剛從臺基上倒撞下來。智深提著折木頭大笑。兩個門子去報長老。長老道：「休要惹他，你們自去。」只見這首座、監寺、都寺並一應職事僧人，都到方丈稟說：「這野貓今日醉得不好！把半山亭子、山門下金剛，都打壞了！如何是好？」長老道：「自古天子尚且避醉漢，何況老僧乎？若是打壞了金剛，請他的施主趙員外來塑新的；倒了亭子，也要他修蓋。這個且由他。」眾僧道：「金剛乃是山門之主，如何把來換過？」長老道：「休說壞了金剛，便是打壞了殿上三世佛，也沒奈何，只得迴避他。你們見前日的行凶麼？」眾僧出得方丈，都道：「好個囫圇竹的長老！門子，你且休開門，只在裡面聽。」智深在外面大叫道：「直娘的禿驢們！不放洒家入寺時，山門外討把火來燒了這個鳥寺！」眾僧聽得叫，只得叫門子：「拽了大拴，由那畜生入來！若不開時，真個做出來！」門子只得捻腳捻手拽了拴，飛也似閃入房裡躲了，眾僧也各自迴避。

只說那魯智深雙手把山門盡力一推，撲地攧將入來，吃了一跤；爬將起來，把頭摸一摸，直奔僧堂。來到得選佛場中。禪和子正打坐間，看見智深揭起簾子，鑽將入來，都吃一驚，盡低了頭。智深到得禪床邊，喉嚨裡咯咯地響，看著地下便吐。眾僧都聞不得那臭，個個道：「善哉！」齊掩了口鼻。智深吐了一回，爬上禪床，解下絛，把直裰帶子，都咇咇剝剝扯斷了，脫下那腳狗腿來。智深道：「好，好！正肚飢哩！」扯來便吃。眾僧看見，把袖子遮了臉。上下肩兩個禪和子遠遠地躲開。智深見他躲開，便扯一塊狗肉，看著上首的禪和子道：「你也到口！」上首的那和尚把兩隻袖子死掩了臉。智深道：「你不吃？」把肉望下首的禪和子嘴邊塞將去。那和尚躲不迭，卻待下禪床。智深把他劈耳朵揪住，將肉便塞。對床四、五個禪和子跳過來勸時，智深撇了狗肉，提起拳頭，去那光腦袋上剝剝只顧鑿。滿堂僧眾大喊起來，都去櫃中取了衣缽要走。此亂喚做「捲堂大散」。首座那裡禁約得住。智深一味地打將出來。大半禪客都躲出廊下來。監寺、都寺，不與長老說知，叫起一班職事僧人，點起老郎、火工、道人、直廳、轎夫，約有一、二百人，都執杖叉棍棒，盡使手巾盤頭，一齊打入僧堂來。智深見了，大吼一聲；別無器械，搶入僧堂裡佛面前，推翻供桌。搠了兩條桌腳，從堂裡打將出來。但見：

心頭火起，口角雷鳴。奮八九尺猛獸身軀，吐三千丈凌雲志氣。按不住殺人怪膽，圓睜起捲海雙睛。直截橫衝，似中箭般崖虎豹；前奔後湧，如著槍跳澗豺狼。直饒揭帝也難當，便是金剛須拱手。

眾多僧行見他來得兇了，都拖了棒退到廊下。智深兩條桌腳著地捲將起來。眾僧早兩下合攏來。

智深大怒，指東打西，指南打北；只饒了兩頭的。

當時智深直打到法堂下，只見長老喝道：「智深！不得無禮！眾僧也休動手！」兩邊眾人被打傷了數十個，見長老來，各自退去。智深見眾人退散，撇了桌腳，叫道：「長老與洒家做主！」此時酒已七、八分醒了。長老道：「智深，你連累殺老僧！前番醉了一次，攪擾了一場，我教你兄趙員外得知，他寫書來與眾僧陪話；今番你又如此大醉無禮，亂了清規，打坍了亭子，又打壞了金剛，這個且由他，你攪得眾僧捲堂而走，這個罪業非小！我這裡五臺山文殊菩薩道場，千百年清淨香火去處，如何容得你這等穢汙？你且隨我來方丈裡過幾日，我安排你一個去處。」智深隨長老到方丈去。長老一面叫職事僧人留住眾禪客，再回僧堂，自去坐禪，打傷了的和尚，自去將息。長老領智深到方丈歇了一夜。

次日，長老與首座商議，收拾了些銀兩，齎發他，教他別處去，可先說與趙員外知道。長老隨即修書一封，使兩個直廳道人，逕到趙員外莊上說知就裡，立等回報。趙員外看了來書，好生不然，回書來拜覆長老，說道：「壞了的金剛、亭子，趙某隨即備價來修。智深任從長老發遣。」長老得了回書，便叫侍者取領皂布直裰，一雙僧鞋，十兩白銀，房中喚過智深。長老道：「智深你前番一次大醉，鬧了僧堂，便是誤犯；今次又大醉，打壞了金剛，坍了亭子，捲堂鬧了選佛場，你這罪業非輕，又把眾禪客打傷了。我這裡出家，是個清淨去處。你這等做，甚是不好。看你趙檀越面皮，與你這封書，投一個去處安身。我這裡決然安你不得了。我夜來看了，贈汝四句偈言，終身受用。」智深道：「師父，教弟子那裡去安身立命？願聽俺師四句偈言。」智真長老指著魯智深，說出這幾句言語，去這個去處，有分教：這人笑揮禪杖，戰天下英雄好漢；怒掣戒刀，砍世上逆子讒臣。畢竟智真長老與智深說出甚言語來，且聽下回分解。

第五回　小霸王醉入銷金帳　花和尚大鬧桃花村

話說當日智真長老道：「智深，你此間決不可住了。我有一個師弟，現在東京大相國寺住持，喚做智清禪師。我與你這封書去投他那裡，討個職事僧做。我夜來看了，贈汝四句偈言，你可終身受用，記取今日之言。」智深跪下道：「洒家願聽偈言。」長老道：「遇林而起，遇山而富，遇水而興，遇江而止。」魯智深聽了四句偈言，拜了長老九拜，背了包裹、腰包、肚包，藏了書信，辭了長老並眾僧人，離了五臺山，逕到鐵匠間壁客店裡歇了，等候打了禪杖、戒刀完備就行。寺內眾僧得魯智深去了，無一個不歡喜。長老教火工、道人，自來收拾打壞了的金剛、亭子。過不得數日，趙員外自將若干錢來五臺山，再塑起金剛，重修起半山亭子，不在話下。有詩為證：

禪林辭去入禪林，知己相逢義斷金。
且把威風驚賊膽，浸將妙理悅禪心。
綽名久喚花和尚，道號親名魯智深。
俗願了時終證果，眼前爭奈沒知音。

再說這魯智深就客店裡住了幾日，等得兩件傢伙都已完備，做了刀鞘，把戒刀插放鞘內，禪杖卻把漆來裹了；將些碎銀子賞了鐵匠，背上包裹，跨了戒刀，提了禪杖，作別了客店主人並鐵匠，行程上路。過往人看了，果然是個莽和尚。但見：

皂直裰背穿雙袖，青圓絛斜綰雙頭。鞘內戒刀，藏春冰三尺；肩頭禪杖，橫鐵蟒一條。鷺鷥腿緊繫腳絣，蜘蛛肚牢拴衣鉢。嘴縫邊攢千條斷頭鐵線，胸脯上露一帶蓋膽寒毛。

生成食肉餐魚臉，不是看經念佛人。

智深自離了五臺山文殊院，取路投東京來；行了半月之上，於路不投寺院去歇，只是客店內打火安身，白日間酒肆裡買吃。一日，正行之間，貪看山明水秀，不覺天色已晚，趕不上宿頭；路中又沒人作伴，那裡投宿是好？又趕了三、二十里田地，過了一條板橋，遠遠地望見一簇紅霞，樹木叢中閃著一所莊院，莊後重重疊疊都是亂山。魯智深道：「只得投莊上去借宿。」逕奔到莊前看時，見數十個莊家，急急忙忙，搬東搬西。魯智深到莊前，倚了禪杖，與莊客唱個喏。莊客道：「和尚，日晚來我莊上做甚的？」智深道：「洒家趕不上宿頭，欲借貴莊投宿一宵，明早便行。」莊客道：「我莊今晚有事，歇不得。」智深道：「胡亂借洒家歇一夜，明日便行。」莊客道：「和尚快走，休在這裡討死！」智深道：「也是怪哉！歇一夜打甚麼不緊，怎地便是討死？」莊家道：「去便去，不去時便捉來縛在這裡！」魯智深大怒道：「你這廝村人好沒道理！俺又不曾說什的，便要綁縛洒家！」莊客們也有罵的，也有勸的。魯智深提起禪杖，卻待要發作。只見莊裡走出一個老人來。魯智深看那老人時，年近六旬之上，拄一條過頭拄仗，走將出來，喝問莊客：「你們鬧甚麼？」莊客道：「可奈這個和尚要打我們。」智深便道：「洒家是五臺山來的僧人，要上東京去幹事。今晚趕不上宿頭，借貴莊投宿一宵。莊家那廝無禮，要綁縛洒家。」那老人道：「既是五臺山來的師父，隨我進來。」智深跟那老人直到正堂上，分賓主坐下。

那老人道：「師父休要怪，莊家們不省得師父是活佛去處來的，他作尋常一例相看。老漢從來敬信佛天三寶。雖是我莊上今夜有事，權且留師父歇一宵了去。」智深將禪杖倚了，起身，唱個喏，謝道：「感承施主。洒家不敢動問貴莊高姓？」老人道：「老漢姓劉。此間喚做桃花村。鄉人都叫老漢做桃花莊劉太公，敢問師父法名，喚做甚麼諱字？」智深道：「俺師父是智真長老，與俺取了個諱字，因洒家姓魯，喚作魯智深。」太公道：「師父請吃些晚飯，不知肯吃葷腥也不？」魯智深道：「洒家不忌葷酒，遮莫甚麼渾清白酒，都不揀選；牛肉、狗肉，但有便吃。」

太公便道：「既然師父不忌葷酒，先叫莊客取酒肉來。」

沒多時，莊客掇張桌子，放下一盤牛肉，三、四樣菜蔬，一雙筷，放在魯智深面前。智深解下腰包、肚包坐定，那莊客旋了一壺酒，拿一只盞子，篩下酒與智深吃。這魯智深也不謙讓，也不推辭，無一時，一壺酒、一盤肉，都吃了，太公對席看見，呆了半晌，莊客搬飯來，又吃了。抬過桌子，太公吩咐道：「胡亂教師父在外面耳房中歇一宵。夜間如若外面熱鬧，不可出來窺望。」智深道：「敢問貴莊今夜有甚事？」太公道：「非是你出家人閒管的事。」智深道：「太公，緣何模樣不甚喜歡？莫不怪洒家來攪擾你麼？明日洒家算還你房錢便了。」太公道：「師父聽說，我家時常齋僧布施；那爭師父一個。只是我家今夜小女招夫，以此煩惱。」魯智深呵呵大笑道：「男大須婚，女大須嫁，這是人倫大事，五常之禮，何故煩惱？」太公道：「師父不知，這頭親事不是情願與的。」智深大笑道：「太公，你也是個癡漢！既然不兩相情願，如何招贅做個女婿？」太公道：「老漢只有這個小女，如今方得一十九歲，被此間有座山，喚做桃花山，近來山上有兩個大王，紮了寨柵，聚集著五、七百人，打家劫舍。此間青州官軍捕盜，禁他不得，因來老漢莊上討進奉，見了老漢女兒，撇下二十兩金子，一匹紅錦為定禮，選著今夜好日，晚間來入贅。老漢莊上又和他爭執不得，只得與他，因此煩惱。非是爭師父一個人。」

智深聽了，道：「原來如此！洒家有個道理，教他回心轉意，不要娶你女兒，如何？」太公道：「他是個殺人不眨眼魔君，你如何能夠得他回心轉意？」智深道：「洒家在五臺山智真長老處學得說因緣，便是鐵石人也勸得他轉。今晚可教你女兒別處藏了。俺就你女兒房內說因緣，勸他便回心轉意。」太公道：「好卻甚好，只是不要捋虎鬚。」智深道：「洒家的不是性命？你只依著俺行，並不要說有洒家。」太公道：「卻是好也！我家有福，得遇這個活佛下降！」莊客聽得，都吃一驚。太公問智深：「再要飯吃麼？」智深道：「飯便不要吃，有酒再將些來吃。」太公道：「有，有。」隨即叫莊客取一隻熟鵝，大碗斟酒將來，叫智深盡意吃了三、二十碗。那隻熟鵝也吃了。叫莊客將了包裹，先安放房裡；提了禪杖，帶了戒刀，問道：「太公，你的女兒躲過了不曾？」太公道：「老漢已把女兒寄送在鄰舍莊裡去了。」智深道：「引洒家新婦房裡去。」太公引至房邊，指道：「這裡面便是。」智深道：「你們自去躲了。」太公與眾莊客自出外面安排筵席。智深把房中桌椅等物都掇過了，將戒刀放在床頭，禪杖把來倚在床邊；把銷金帳子下了，脫得赤條條地，跳上床去坐了。

太公見天色看看黑了，叫莊客前後點起燈燭熒煌，就打麥場上放下一條桌子，上面擺著香花燈燭；一面叫莊客大盤盛著肉，大壺溫著酒。約莫初更時分，只聽得山邊鑼鳴鼓響。這劉太公懷著鬼胎，莊家們都捏著兩把汗，盡出莊門外看時，只見遠遠地四、五十火把，照耀如同白日，一簇人馬飛奔莊上來。但見：

霧鎖青山影裡，滾出一夥沒頭神。煙迷綠樹林邊，擺著幾行爭食鬼。人人凶惡，個個猙獰。頭巾都戴茜根紅，衲襖盡披楓葉赤。纓槍對對，圍遮定吃人心肝的小魔王；梢棒雙雙，簇捧著不養娘爹的真太歲。夜間羅剎去迎親，山上大蟲來下馬。

劉太公看見，便叫莊客大開莊門，前來迎接，只見前遮後擁，明晃晃的都是器械、旗槍，盡把紅綠絹帛縛著；小嘍囉頭上亂插著野花。前面擺著四、五對紅紗燈籠，照著馬上那個大王：

頭戴撮尖乾紅凹面巾，鬢傍邊插一枝羅帛像生花，上穿一領圍虎體挽金繡綠羅袍，腰繫一條狼身銷金包肚紅搭膊，著一雙對掩雲跟牛皮靴，騎一匹高頭捲毛大白馬。

那大王來到莊前下了馬。只見眾小嘍囉齊聲賀道：「帽兒光光，今夜做個新郎；衣衫窄窄，今夜做個嬌客。」劉太公慌忙親捧臺盞，斟下一杯好酒，跪在地下。眾莊客都跪著。那大王把手來扶，道：「你是我的丈人，如何倒跪我？」太公道：「休說這話，老漢只是大王治下管的人戶。」那大王已有七、八分醉了，呵呵大笑道：「我與你做個女婿，也不虧負了你。你的女兒匹配我也好。」劉太公把了下馬杯。來到打麥場上，見了花香燈燭，便道：「泰山，何須如此迎接？」那裡又飲了三杯，來到廳上，喚小嘍囉教把馬去繫在綠楊樹上。小嘍囉把鼓樂就廳前擂將起來。大王上廳坐下，叫道：「丈人，我的夫人在那裡？」大公道：「便是怕羞不敢出來。」大王笑道：「且將酒來，我與丈人回敬。」那大王把了一杯，便道：「我且和夫人廝見了，卻來吃酒未遲。」那劉太公一心只要那和尚勸他，便道：「老漢自引大王去。」拿了燭臺，引著大王轉入屏風背後，直到新人房前太公指與道：「此間便是，請大王自入去。」太公拿了燭臺一直去了。未知凶吉如何，先辦一條走路。

那大王推開房門，見裡面洞洞地。大王道：「你看，我那丈人是個做家的人；房裡也不點盞燈，由我那夫人黑地裡坐地。明日叫小嘍囉山寨裡扛一桶好油來與他點。」魯智深坐在帳子裡，都聽得，忍住笑，不做一聲。那大王摸進房中，叫道：「娘子，你如何不出來接我？你休要怕羞，我明日要你做壓寨夫人。」一頭叫娘子，一頭摸來摸去；一摸摸著金帳子，便揭起來探一隻手入去摸時，摸著魯智的肚皮；被魯智深就勢劈頭巾角揪住，一按按將下床來。那大王卻掙扎。魯智深右手捏起拳頭，罵一聲：「直娘賊！」連耳根帶脖子只一拳。那大王叫一聲道：「做甚麼便打老公！」魯智深喝道：「教你認得老婆！」拖倒在床邊，拳頭腳尖一齊上，打得大王叫：「救人！」劉太公驚得呆了；只道這早晚說因緣勸那大王，卻聽得裡面叫救人。太公慌忙把著燈燭，引了小嘍囉，一齊搶將入來。

眾人燈下打一看時，只見一個胖大和尚，赤條條不著一絲，騎翻大王在床面前打。為頭的小嘍囉叫道：「你眾人都來救大王！」眾小嘍囉一齊拖槍拽棒入來救時，魯智深見了，撇下大王，床邊綽了禪杖，著地打將起來。小嘍囉見來得兇猛，發聲喊，都走了。劉太公只管叫苦。打鬧裡，那大王爬出房門，奔到門前摸著空馬，樹上析枝柳條，托地跳在馬背上。把鞭條便打那馬，卻跑不去。大王道：「苦也！這馬也來欺負我！」再看時，原來心慌，不曾解得韁繩，連忙扯斷了，騎著馬飛走，出得莊門，大罵劉太公：「老驢休慌！不怕你飛了去！」把馬打上兩柳條，撲喇喇地馱了大王山上去。劉太公扯住魯智深，道：「師父！你苦了老漢一家兒了！」魯智深說道：「休怪無禮。且取衣服和直裰來，洒家穿了說話。」莊家去房裡取來，智深穿了。太公道：「我當初只指望你說因緣，勸他回心轉意，誰想你便下拳打他這一頓。定是去報山寨裡大隊強人來殺我家！」智深道：「太公休慌，俺說與你。洒家不是別人，俺是延安府老种經略相公帳前提轄官。為因打死了人，出家做和尚。休道這兩個鳥人，便是一、二千軍馬來，洒家也不怕他。你們眾人不信時，提俺禪杖看。」莊客們那裡提得動。智深接過手裡，一似撚燈草一般使起來。太公道：「師父休要走了去，卻要救護我們一家兒使得！」智深道：「甚麼閒話！俺死也不走！」太公道：「且將些酒來師父吃，休得抵死醉了。」魯智深道：「洒家一分酒只有一分本事，十分酒便有十分氣力！」太公道：「恁地時最好；我這裡有的是酒肉，只顧教師父吃。」

且說這桃花山大頭領坐在寨裡，正欲差人下山來打聽做女婿的二頭領如何，只見數個小嘍囉，氣急敗壞，走到山寨裡，叫道：「苦也！苦也！」大頭領連忙問道：「有甚麼事，慌做一團？」小嘍囉道：「二哥哥吃打壞了！」大頭領大驚。正問備細，只見報道：「二哥哥來了！」大頭領看時，只見二頭領紅巾也沒了，身上綠袍扯得粉碎，下得馬，倒在廳前，口裡說道：「哥哥救我一救！」只得一句。大頭領問道：「怎麼來？」二頭領道：「兄弟下得山，到他莊上，入進房裡去，叵耐那老驢把女兒藏過了，卻教一個胖大和尚躲在女兒床上。我卻不提防，揭起帳子摸一摸，吃那廝揪住，一頓拳頭腳尖，打得一身傷損！那廝見眾人來救應，放了手，提起禪杖，打將出去，因此，我得脫了身，拾得性命。哥哥與我做主報仇！」大頭領道：「原來恁地。你去房中將息，我與你去拿那賊禿來。」喝叫左右：「快備我的馬來！」眾小嘍囉都去。大頭領上了馬，綽槍在手，盡數引了小嘍囉，一齊吶喊下山來。

再說魯智深正吃酒哩。莊客報道：「山上大頭領盡數都來了！」智深道：「你等休慌。洒家但打翻的，你們只顧縛了，解去官司請賞。取俺的戒刀出來。」魯智深把直裰脫了，拽扎起下面衣服，跨了戒刀，大踏步，提了禪杖，出到打麥場上。只見大頭領在火把叢中，一騎馬搶到莊前，馬上挺著長槍，高聲喝道：「那禿驢在那裡？早早出來決個勝負！」智深大怒，罵道：「腌臢打脊潑才！叫你認得洒家！」掄起禪杖，著地捲將起來。那大頭領逼住槍，大叫道：「和尚，且休要動手。你的聲音好廝熟。你且通個姓名。」魯智深道：「洒家不是別人，老种經相公帳前提轄魯達的便是。如今出了家做和尚，喚作魯智深。」那大頭領呵呵大笑，滾下馬，撇了槍，撲翻身便拜，道：「哥哥，別來無恙？可知二哥著了你手！」魯智深只道賺他，托地跳退數步，把禪杖收住；定睛看時，火把下，認得不是別人，卻是江湖上使槍棒賣藥的教頭打虎將李忠。原來強人下拜，不說此二字，為軍中不利。只喚作「翦拂」，此乃吉利的字樣。李忠當下翦拂了起來，扶住魯智深道：「哥哥緣何做了和尚？」智深道：「且和你到裡面說話。」劉太公見了，又只叫苦：「這和尚原來也是一路！」

魯智深到裡面，再把直裰穿了，和李忠都到廳上敘舊。魯智深坐在正面，喚劉太公出來。那老兒不敢向前。智深道：「太公休怕他，他是俺的兄弟。」那老兒見說是兄弟，心裡越慌，又不敢不出來。李忠坐了第二位；太公坐了第三位。魯智深道：「你二位在此，俺自從渭州三拳打死了鎮關西，逃走到代州雁門縣，因見了洒家齎發他的金老。那老兒不曾回東京去，卻隨個相識也在雁門縣住。他那個女兒就與了本處一個財主趙員外。和俺廝見了，好生相敬。不想官司追捉得洒家甚緊，那員外陪錢送俺去五臺山智真長老處落髮為僧。洒家因兩番酒後鬧了僧堂，本師長老與俺一封書，教洒家去東京大相國寺投了智清禪師，討個職事僧做。因為天晚，到這莊上投宿。不想與兄弟相見。卻才俺打的那漢是誰？你如何又在這裡？」李忠道：「小弟自從那日與哥哥在渭州酒樓上同史進三人分散，次日聽得說哥哥打死了鄭屠。我去尋史進商議，他又不知投那裡去了。小弟聽得差人緝捕，慌忙也走了，卻從這山經過。卻才被哥哥打的那漢，先在這裡桃花山紮寨，喚作『小霸王』周通，那時引人下山來和小弟廝殺，被我贏了，他留小弟在山上為寨主，讓第一把交椅教小弟坐了，以此在這裡落草。」智深道：「既然兄弟在此，劉太公這頭親事再也休提；他只有這個女兒，要養終身；不爭被你把了去，教他老人家失所。」太公見說了，大喜，安排酒食出來款待二位。小嘍囉們每人兩個饅頭，兩塊肉，一大碗酒都教吃飽了。太公將出原定的金子、緞疋。魯智深道：「李家兄弟，你與他收了去。這件事都在你身上。」李忠道：「這個不妨事。且請哥哥去小寨住幾時。劉太公也走一遭。」太公叫莊客安排轎子，抬了魯智深，帶了禪杖、戒刀、行李。李忠也上了馬。太公也乘了一乘小轎。

卻早天色大明，眾人上山來。智深、太公來到寨前，下了轎子。李忠也下了馬，邀請智深入到寨中，向這聚義廳上，三人坐定。李忠叫請周通出來。周通見了和尚，心中怒道：「哥哥卻不與我報仇，倒請他來寨裡，讓他上面坐！」李忠道：「兄弟，你認得這和尚麼？」周通道：「我若認得他時，須不吃他打了。」李忠笑道：「這和尚便是我日常和你說的，三拳打死鎮關西的便是他。」周通把頭摸一摸，叫聲：「阿呀！」撲翻身便翦拂。魯智深答禮道：「休怪衝撞。」三個坐定，劉太公立在面前。魯智深便道：「周家兄弟，你來聽俺說。劉太公這頭親事，你卻不知。他只有這個女兒，養老送終，奉祀香火，都在他身上。你若娶了，教他老人家失所，他心裡怕不情願。你依著洒家，把他棄了，別選一個好的。原定的金子、緞疋將在這裡。你心下如何？」周通道：「並聽大哥言語，兄弟不敢登門。」智深道：「大丈夫作事卻休要翻悔。」周通折箭為誓。劉太公拜謝了，納還金子、緞疋，自下山回莊去了。

李忠、周通，殺牛宰馬，安排筵席，款待了數日，引魯智深山前山後觀看景致。果是好座桃花山生得凶怪，四圍險峻，單單只一條路上去，四下裡漫漫都是亂草。智深看了道：「果然好險隘去處！」住了幾日，魯智深見李忠、周通，不是個慷慨之人，作事慳吝，只要下山，兩個苦留，那裡肯住，只推道：「俺如今既出了家，如何肯落草。」李忠、周通，道：「哥哥既然不肯落草，要去時，我等明日下山，但得多少，盡送與哥哥作路費。」次日，山寨裡面殺羊宰豬，且做送路筵席，安排整頓許多金銀酒器，設放在桌上。正待入席飲酒，只見小嘍囉報來說：「山下有兩輛車，十數個人來也！」李忠、周通見報了，點起眾多小嘍囉，只留一、二個服侍魯智深飲酒。兩個好漢道：「哥哥，只顧請自在吃幾杯。我兩個下山去取得財來，就與哥哥送行。」吩咐已罷，引領眾人下山去了。

且說魯智深尋思道：「這兩個人好生慳吝！現放著有許多金銀，卻不送與俺；直等要去打劫得別人的，送與洒家！這個不是把官路當人情，只苦別人？洒家且教這廝吃俺一驚！」便喚這幾個小嘍囉近前來篩酒吃。方才吃得兩盞，跳起身來，兩拳打翻兩個小嘍囉，便解搭膊做一塊兒捆了，口裡都塞了些麻核桃；便取出包裹打開，沒緊要的都撇了，只拿了桌上的金銀酒器，都踏扁了，拴在包裹；胸前度牒袋內，藏了智真長老的書信；跨了戒刀，提了禪杖，頂了衣包，便出寨來。到山後打一望時，都是險峻之處，卻尋思道：「洒家從前山去，一定吃那廝們撞見，不如就此間亂草處滾將下去。」先把戒刀和包裹拴了，望下丟落去；又把禪杖也攛落去；卻把身望下只一滾，骨碌碌直滾到山腳邊，並無傷損，詩曰：

絕險曾無鳥道開，欲行且止自疑猜。
光頭包裹從高下，瓜熟紛紛落蒂來。

當時魯智深從險峻處滾下，跳將起來，尋了包裹，跨了戒刀，拿了禪杖，拽開腳步，取路便走。再說李忠、周通下到山邊，正迎著那十數個人，各有器械。李忠、周通挺著槍，小嘍囉吶著喊，搶向前來，喝道：「兀那客人，會事的留下買路錢！」那客人內有一個便撚著朴刀來斬李忠，一來一往，一去一回，鬥了十餘合，不分勝負，周通大怒，趕向前來，喝一聲，眾小嘍囉一齊都上，那夥客人抵擋不住，轉身便走，有那走得遲的，早被搠死七、八個，劫了車子，才和著凱歌，慢慢地上山來；到得寨裡打一看時，只見兩個小嘍囉捆做一塊在亭柱邊，桌子上金銀酒器都不見了。周通解了小嘍囉，問其備細：「魯智深那裡去了？」小嘍囉說道：「把我兩個打翻捆縛了，捲了若干器皿，都拿去了。」周通道：「這賊禿不是好人！倒著了那廝手腳！卻從那裡去了？」

團團尋蹤跡到後山，見一帶荒草平平地都滾倒了。周道看了便道：「這禿驢倒是個老賊！這險峻山岡，從這裡滾了下去！」李忠道：「我們趕上去問他討，也羞那廝一場！」周通道：「罷，罷！賊去關門，那裡去趕？便趕得著時，也問他取不成。倘有些不然起來，我和你又敵他不過，後來倒難見了；不如罷手，後來倒好相見。我們且自把車子上包裹打開，將金銀緞疋分作三分，我和你各提一分，一分賞了眾小嘍囉。」李忠道：「是我不合引他上山，折了你許多東西，我的這一分都與了你。」周通道：「哥哥，我和你同死同生，休恁地計較。」看官牢記話頭：這李忠、周通，自在桃花山打劫。

再說魯智深離了桃花山，放開腳步，從早晨走到午後，約莫走了五、六十里多路，肚裡又飢，路上又沒個打火處，尋思：「早起只顧貪走，不曾吃得些東西，卻投那裡去好？」東觀西望，猛然聽得遠遠地鈴鐸之聲。魯智深聽得道：「好了！不是寺院，便是宮觀，風吹得簷前鈴鐸之聲。洒家且尋去那裡投奔。」不是魯智深投那個去處，有分教：半日裡送了十餘條性命生靈；一把火燒了有名的靈山古蹟。直教：

黃金殿上生紅焰，碧玉堂前起黑煙。

畢竟魯智深投甚麼寺觀來，且聽下回分解。

第六回　九紋龍剪徑赤松林　魯智深火燒瓦罐寺

話說魯智深走過數個山坡，見一座大松林，一條山路。隨著那山路行去，走不得半里，抬頭看時，卻見一所敗落寺院，被風吹得鈴鐸響；看那山門時，上有一面舊朱紅牌額，內有四個金字，都昏了，寫著「瓦罐之寺」。又行不得四、五十步，過座石橋，再看時，一座古寺，已有年代。入得山門裡，仔細看來，雖是大剎，好生崩損。但見：

鐘樓倒塌，殿宇崩摧。山門盡長蒼苔，經閣都生碧蘚。釋迦佛蘆芽穿膝，渾如在雪嶺之時；觀世音荊棘纏身，卻似守香山之日。諸天壞損，懷中鳥雀營巢；帝釋欹斜，口內蜘蛛結網。沒頭羅漢，這法身也受災殃；折臂金剛，有神通知如何施展。香積廚中藏兔穴，龍華臺上印狐蹤。

入得寺來，便投知客寮去。只見知客寮門前大門也沒了，四圍壁落全無。智深尋思道：「這個大寺如何敗落得恁地？」直入方丈前看時，只見滿地都是燕子糞，門上一把鎖鎖著，鎖上儘是蜘蛛網。智深把禪杖就地下搠著，叫道：「過往僧人來投齋。」叫了半日，沒一個答應。回到香積廚下看時，鍋也沒了，灶頭都塌了。智深把包裹解下，放在監齋使者面前，提了禪杖，到處尋去。尋到廚房後面一間小屋，見幾個老和尚坐地，一個個面黃肌瘦。

智深喝一聲道：「你們這和尚好沒道理！由洒家叫喚，沒一個應！」那和尚搖手道：「不要高聲！」智深道：「俺是過往僧人，討頓飯吃，有甚利害？」老和尚道：「我們三日不曾有飯落肚，那裡討飯與你吃？」智深道：「俺是五臺山來的僧人，粥也胡亂請洒家吃半碗。」老和尚道：「你是活佛去處來的僧，我們合當齋你；爭奈我寺中僧眾走散，並無一粒齋糧。老僧等端的餓了三日！」智深道：「胡說！這等一個大去處，不信沒齋糧？」老和尚道：「我這裡是個非細去處；只因是十方常住，被一個雲遊和尚引著一個道人來此住持，把常住有的沒的都毀壞了。他兩個無所不為，把眾僧趕出去了。我幾個老的走不動，只得在這裡過，因此沒飯吃。」智深道：「胡說！量他一個和尚，一個道人，做得甚麼事？卻不去官府告他？」老和尚道：「師父，你不知這裡衙門又遠，便是官軍也禁不得的。他這和尚、道人好生了得，都是殺人放火的人！如今向方丈後面一個去處安身。」智深道：「這兩個喚做甚麼？」老和尚道：「那和尚姓崔，法號道成，綽號『生鐵佛』；道人姓丘，排行小乙，綽號『飛天夜叉』。這兩個那裡似個出家人，只是綠林中強賊一般，把這出家影占身體！」

智深正問間，猛聞得一陣香來。智深提了禪杖，踅過後面打一看時，見一個土灶，蓋著一個草蓋，氣騰騰透將進來。智深揭起看時，煮著一鍋粟米粥。智深罵道：「你這幾個老和尚沒道理！只說三日沒飯吃，如今現煮一鍋粥。出家人何故說謊？」那幾個老和尚被智深尋出粥來，只得叫苦，把碗、碟、鉢頭、杓子、水桶，都搶過了。智深肚飢，沒奈何；見了粥要吃；沒做道理處，只見灶邊破漆春臺只有些灰塵在上面，智深見了，人急智生，便把禪杖倚了，就灶邊拾把草，把春臺揩抹了灰塵；雙手把鍋掇起來，把粥望春臺只一傾。那幾個老和尚都來搶粥吃，被智深一推一跤，倒的倒了，走的走了。智深卻把手來捧那粥吃。才吃幾口，那老和尚道：「我等端的三日沒飯吃！卻才去那裡抄化得這些粟米，胡亂熬些粥吃，你又吃我們的！」智深吃了五、七口，聽得了這話，便撇了不吃。

只聽得外面有人嘲歌。智深洗了手，提了禪杖，出來看時；破壁子裡望見一個道人，頭戴皂巾，身穿布衫，腰繫雜色絛，腳穿麻鞋，挑著一擔兒，一頭是個竹籃兒，裡面露出魚尾，並荷葉托著些肉；一頭擔著一瓶酒，也是荷葉蓋著。口裡嘲歌著，唱道：

你在東時我在西，你無男子我無妻。

我無妻時猶閒可，你無夫時好孤淒！

那幾個老和尚趕出來，搖著手，悄悄地指與智深，道：「這個道人便是飛天夜叉丘小乙！」智深見指說了，便提著禪杖，隨後跟去。那道人不知智深在後面跟來，只顧走入方丈後牆裡去。智深隨即跟到裡面看時，見綠槐樹下放著一條桌子，鋪著些盤饌，三個盞子，三雙筷子。當中坐著一個胖和尚，生得眉如漆刷，臉似墨裝，疙瘩的一身橫肉，胸脯下露出黑肚皮來。邊廂坐著一個年幼婦人。那道人把竹籃放下來，也來坐地。

智深走到面前，那和尚吃了一驚，跳起身來便道：「請師兄坐，同吃一盞。」智深提著禪杖道：「你這個如何把寺來廢了！」那和尚便道：「師兄，請坐。聽小僧……」智深睜著眼道：「你說！你說！」那和尚道：「在先敝寺十分好個去處，田莊又廣，僧眾極多，只被廊下那幾個老和尚吃酒撒潑，將錢養女，長老禁約他們不得，又把長老排告了出去；因此把寺來都廢了，僧眾盡皆走散，田土已都賣了。小僧卻和這個道人，新來住持此間，正欲要整理山門，修蓋殿宇。」智深道：「這婦人是誰？卻在這裡吃酒！」那和尚道：「師兄容稟這個娘子，他是前村王有金的女兒。在先他的父親是本寺檀越，如今消乏了家私，近日好生狼狽，家間人口都沒了，丈夫又患了病，因來敝寺借米。小僧看施主檀越之面，取酒相待，別無他意。師兄休聽那幾個老畜生說！」智深聽了他這篇話，又見他如此小心，便道：「叵耐幾個老僧戲弄洒家！」提了禪杖，再回香積廚來。這幾個老僧方才吃些粥，正在那裡。看見智深忿忿的出來，指著老和尚，道：「原來是你這幾個壞了常住，猶自在俺面前說謊！」老和尚們一齊都道：「師兄休聽他說，現今養一個婦女在那裡。他恰才見你有戒刀、禪杖，他無器械，不敢與你相爭。你若不信時，再去走一遭，看他和你怎地。師兄，你自尋思：他們吃酒吃肉，我們粥也沒的吃，恰才還只怕師兄吃了。」智深道：「說得也是。」倒提了禪杖，再往方丈後來，見那角門卻早關了。

智深大怒，只一腳開了，搶入裡面看時，只見那生鐵佛崔道成仗著一條朴刀，從裡面趕到槐樹下來搶智深。智深見了，大吼一聲，掄起手中禪杖，來鬥崔道成。兩個鬥了十四、五合，那崔道成鬥智深不過，只有架隔遮攔，掣杖躲閃，抵擋不住，卻待要走。這丘道人見他擋不住，卻從背後拿了條朴刀，大踏步搠將來。智深正鬥間，忽聽得背後腳步響，卻又不敢回頭看他，不時見一個人影來，知道有暗算的人，叫一聲：「著！」那崔道成心慌，只道著他禪杖，托地跳出圈子外去。智深恰才回身，正好三個摘腳兒廝見。崔道成和丘道人兩個又併了十合之上。智深一來肚裡無食，二來走了許多程途，三者擋不得他兩個生力；只得賣個破綻，拖了禪杖便走。兩個撚著朴刀直殺出山門外來。智深又鬥了幾合，掣了禪杖便走。兩個趕到石橋下，坐在欄杆上，再不來趕。

智深走得遠了，喘息方定，尋思道：「洒家的包裹放在監齋使者面前，只顧走來，不曾拿得，路上又沒一分盤纏，又是飢餓，如何是好？」待要回去，又敵他不過。「他兩個併我一個，枉送了性命。」信步望前面去，行一步，懶一步。走了幾里，見前面一個大林，都是赤松樹。但見：

虬枝錯落，盤數千條赤腳老龍；怪影參差，立幾萬道紅鱗巨蟒。遠觀卻似判官鬚，近宛如魔鬼髮。誰將鮮血灑林梢，疑是朱砂鋪樹頂。

魯智深看了，道：「好座猛惡林子！」觀看之間，只見樹影裡一個人探頭探腦，望了一望，吐了一口唾，閃入去了。智深道：「俺猜這個撮鳥是個剪徑的強人，正在此間等買賣，見洒家是個和尚，他道不利市，吐了一口唾，走入去了。那廝卻不是鳥晦氣！撞了洒家，洒家又一肚皮鳥氣，正沒處發落，且剝這廝衣裳當酒吃！」提了禪杖，逕搶到松林邊，喝一聲：「兀那林子裡的撮鳥！快出來！」那漢子在林子聽得，大笑道：「禿驢！你自當死！不是我來尋你！」智深道：「教你認得洒家！」掄起禪杖，搶那漢。那漢撚著朴刀來鬥和尚，恰待向前，肚裡尋思道：「這和尚聲音好熟。」便道：「兀那和尚，你的聲音好熟。你姓甚？」智深道：「俺且和你鬥三百合卻說姓名！」那漢大怒，仗手中朴刀，來迎禪杖。兩個鬥到十數合後，那漢暗暗喝采道：「好個莽和尚！」又鬥了四、五合，那漢叫道：「少歇，我有話說。」兩個都跳出圈子外來。那漢便問道：「你端的姓甚名誰？聲音好熟。」智深說姓名畢，那漢撇了朴刀，翻身便剪拂，說道：「認得史進麼？」智深笑道：「原來是史大郎！」兩個再剪拂了，同到林子裡坐定。智深問道：「史大郎，自渭州別後，你一向在何處？」史進答道：「自那日酒樓前與哥哥分手，次日，聽得哥哥打死了鄭屠，逃走去了，有緝捕的訪知史進和哥哥齎發那唱的金老，因此，小弟亦便離了渭州，尋師父王進。直到延州，又尋不著。回到北京住了幾時，盤纏使盡，以此來在這裡尋些盤纏。不想得遇哥哥。緣何做了和尚？」智深把前面過的話從頭說了一遍。史進道：「哥哥既肚飢，小弟有乾肉、燒餅在此。」便取出來教智深吃。史進又道：「哥哥有既包裹在寺內，我和你討去。若還不肯時，何不結果了那廝？」智深道：「是！」當下和史進吃得飽了，各拿了器械，再回瓦罐寺來。

到寺前，看見那崔道成、丘小乙，二個兀自在橋上坐地。智深大喝一聲道：「你這廝們，來！來！今番和你鬥個你死我活！」那和尚笑道：「你是我手裡敗將，如何再敢廝併！」智深大怒，掄起鐵禪杖，奔過橋來；生鐵佛生嗔，仗著朴刀，殺下橋去。智深一者得了史進，肚裡膽壯；二乃吃得飽了，那精神氣力越使得出來。兩個鬥到八、九合，崔道成漸漸力怯，只辦得走路。那飛天夜叉丘道人見了和尚輸了，便仗著朴刀來協助。這邊史進見了，便從樹林裡跳將出來，大喝一聲：「都不要走！」掀起笠兒，挺著朴刀，來戰丘小乙。四個人兩對廝殺。智深與崔道成正鬥到深澗裡，智深得便處，喝一聲：「著！」只一禪杖，把生鐵佛打下橋去。那道人見倒了和尚，無心戀戰，賣個破綻便走。史進喝道：「那裡去！」趕上望後心一朴刀，撲地一聲響，道人倒在一邊。史進踏入去，掉轉朴刀，望下面只顧肐肢肐察的搠。智深趕下橋去，把崔道成背後一禪杖。可憐兩個強徒，化作南柯一夢，智深、史進把這丘小乙、崔道成兩個屍首都縛了，攛在澗裡。兩個再打入寺裡來，香積廚下拿了包裹。那幾個老和尚因見智深輸了去，怕崔道成、丘小乙來殺他，自己都吊死。智深、史進直走入方丈角門內看時，那個擄來的婦人投井而死；直尋到裡面八、九間小屋，打將入去並無一人，只見床上三四包衣服。史進打開，都是衣裳，包了些金銀，揀好的包了一包袱。尋到廚房，見魚及酒肉，兩個打水燒火，煮熟來，都吃飽了。兩個各背包裹，灶前縛了兩個火把，撥開火爐，火上點著，焰騰騰的，先燒著後面小屋；燒到門前，再縛幾個火把，直來佛殿下後簷點著燒起來，湊巧風緊，刮刮雜雜地火起，竟天價燒起來。智深與史進看著，等了一回，四下都著了。二人道：「梁園雖好，不是久戀之家；俺二人只好撤開。」二人廝趕著行了一夜。天色微明，兩個遠遠地見一簇人家，看來是個村鎮。兩個投那村鎮上來。獨木橋邊一個小小酒店，但見：

柴門半掩，布幕低垂。酸醨酒甕土林邊，墨畫神仙塵壁上。村童量酒，想非滌器之相如；醜婦當壚，不是當時之卓氏。牆間大字，村中學究醉時題；架上蓑衣，野外漁郎乘興當。

智深、史進，來到村中酒店內，一面吃酒，一面叫酒保買些肉來，借些米來，打火做飯。兩個吃酒，訴說路上許多事務。吃了酒飯，智深便問史進道：「你今投那裡去？」史進道：「我如今只得再回少華山去，奔投朱武等三人入了夥，且過幾時，卻再理會。」智深見說了，道：「兄弟也是。」便打開包裹，取些酒器，與了史進。二人拴了包裹，拿了器械，還了酒錢。二人出得店門，離了村鎮，又行不過五、七裡，到一個三岔路口。智深道：「兄弟，須要分手。洒家投東京去。你休相送。你到華州，須從這條路去。他日卻得相會。若有個便人，可通個信息來往。」史進拜辭了智深，各自分了路。史進去了。只說智深自往東京，在路又行了八、九日，早望見東京。入得城來，但見：

千門萬戶，紛紛朱翠交輝；三市六街，濟濟衣冠聚集。鳳閣列九重金玉，龍樓顯一派玻璃。花街柳陌，眾多嬌艷名姬；楚館秦樓，無限風流歌妓。豪門富戶呼盧會，公子王孫買笑來。

來到城中，陪個小心問人道：「大相國寺在何處？」街坊人答道：「前面州橋便是。」智深提了禪杖便走，早到寺前。入得山門看時，端的好一座大刹。但見：

山門高聳，梵宇清幽。當頭敕額字分明，兩下金剛形猛烈。五間大殿，龍鱗瓦砌碧成行；四壁僧房，龜前磨磚花嵌縫。鐘樓森立，經閣巍峨。旛竿高峻接青雲，寶塔依稀侵碧漢。木魚橫掛，雲板高懸。佛前燈燭熒煌，爐內香煙繚繞。幢旛不斷，觀音殿接祖師堂；寶蓋相連，水陸會通羅漢院。時時護法諸天降，歲歲降魔尊者來。

進得寺來；東西廊下看時，逕投知客寮內去。道人撞見，報與知客。無移時，知客僧出來，見了智深生得凶猛，提著鐵禪杖，跨著戒刀。背著個大包裹，先有五分懼他。知客問道：「師兄何方來？」智深放下包裹、禪杖，打個問訊，知客回了問訊。智深說道：「洒家五臺山來，本師智真長老有書在此，著俺來投上剎清大師長老處，討個職事僧做。」知客道：「既是智真大師長老有書，合當同到方丈裡去。」知客引了智深，直到方丈，解開包裹，取出書來，拿在手裡。知客道：「師兄，你如何不知體面？即刻長老出來，你可解了戒刀，取出那七條、坐具、信香來禮拜長老使得。」智深道：「你卻何不早說！」隨即解了戒刀，包裹內取出信香一炷，坐具、七條，半晌沒做道理處。知客又與他披了架裟，教他先鋪坐具。

少刻，只見智清禪師出來。知客向前稟道：「這僧人從五臺山來，有真禪師書在此，」清長老道：「師兄多時不曾有法帖來。」知客叫智深道：「師兄，快來禮拜長老。」只見智深先把那炷香插在爐內。拜了三拜，將書呈上。清長老接書拆開看時，中間備細說著魯智深出家緣由，並今下山投托上剎之故，「萬望慈悲收錄，做個職事人員，切不可推故。此僧久後必當證果。」清長老讀罷來書，便道：「遠來僧人且去僧堂中暫歇，吃些齋飯。」智深謝了。收拾起坐具、七條，提了包裹，拿了禪杖、戒刀，跟著行童去了。

清長老喚集兩班許多職事僧人，盡到方丈，乃言：「汝等眾僧在此，你看我師兄智真禪師好沒分曉！這個來的僧人原是經略府軍官，原為打死了人，落髮為僧，二次在彼鬧了僧堂，因此難著他。你那裡安他不得，卻推來與我！待要不收留他，師兄如此千萬囑咐，不可推故；待要著他在這裡，倘或亂了清規，如何使得？」知客道：「便是弟子們，看那僧人全不似出家人模樣。本寺如何安著得他？」都寺便道：「弟子尋思起來，只有酸棗門外退居廨宇後那片菜園，時常被營內軍健們並門外那二十來個破落戶侵害，縱放羊馬，好生囉唣。一個老和尚在那裡住持，那裡敢管他。何不教此人去那裡住持，倒敢管得下。」清長老道：「都寺說得是。」教侍者去僧堂內客房裡，等他吃罷飯，便將他喚來。

侍者去不多時，引著智深到方丈裡。清長老道：「你既是我師兄智真大師薦將來我這寺中掛搭，做個職事僧人員，我這敝寺有個大菜園，在酸棗門外嶽廟間壁，你可去那裡住持管領，每日教種地人納十擔菜蔬，餘者都屬你用度。」智深便道：「本師智真長老著洒家投大剎討個職事僧做，卻不教僧做個都寺、監寺，如何教洒家去管菜園？」首座便道：「師兄，你不省得。你新來掛搭，又不曾有功勞，如何便做得都寺？這管菜園也是個大職事人員。」智深道：「洒家不管菜園；俺只要做都寺、監寺！」知客又道：「你聽我說與你。僧門中職事人員，各有頭項。且如小僧做個知客，只理會款待往來客官僧眾。至如維那、侍者、書記、首座，這都是清職，不容易得做。都寺、監寺、提點、院主；這個都是掌管常住財物。你才到得方丈，怎便得上等職事？還有那管藏的喚做藏主；管殿的喚做殿主；管閣的喚做閣主；管化緣的喚做化主；管浴堂的喚做浴主；這個都是主事人員，中等職事。還有那管塔的塔頭，管飯的飯頭，管茶的茶頭，管東廁的淨頭與這管菜園的菜頭；這個都是頭事人員，末等職事。假如師兄，你管了一年菜園好，便升你做個塔頭，又管了一年好，升你做個浴主；又一年好，才做監寺。」智深道：「既然如此，也有出身時，洒家明日便去。」清長老見智深肯去，就留在方丈裡歇了。當日議定了職事，隨即寫了榜文，先使人去菜園裡退居廨宇內，掛起庫司榜文，明日交割。當夜各自散了。

次早，清長老升法座，押了法帖，委智深管菜園。智深到座前領了法帖，辭了長老，背了包裹，跨了戒刀，提了禪杖，和兩個送入院的和尚直來酸棗門外廨宇裡來住持。詩曰：

自古白雲無去住，幾多變化任縱橫。
相國寺中重掛搭，種蔬園內且經營。
古剎今番經劫火，中原從此動力兵。
萍蹤浪跡入東京，行盡山林數十程。

且說菜園左近，有二、三十個賭博不成才破落戶潑皮，泛常在園內偷盜菜蔬，靠著養身，因來偷菜，看見廨宇門上新掛一道庫司榜文，上說：「大相國寺仰委管菜園僧人魯智深前來住持，自明日為始掌管，並不許閒雜人等入園攪擾。」那幾個潑皮看了，便去與眾破落戶商議，道：「大相國寺差一個和尚，甚麼魯智深來管菜園。我們趁他新來，尋一場鬧，一頓打下頭來，教那廝服我們！」數中一個道：「我有一個道理。他又不曾認得我，我們如此便去尋得鬧？等他來時，誘他去糞窖邊，只做參賀他，雙手搶住腳，翻筋斗，攧那廝上糞窖去，只是小耍他。」眾潑皮道：「好！好！」商量已定，且看他來。

卻說魯智深來到廨宇退居內房中，安頓了包裹、行李，倚了禪杖，掛了戒刀，那數個種地道人都來參拜了，但有一應鎖鑰盡行交割。那兩個和尚，同舊住持老和尚相別了，盡回寺去。且說智深出到菜園地上東觀西望，看那園圃。只見這二、三十個潑皮，拿著些果盒、酒禮，都嘻嘻的笑道：「聞知師父新來住持，我們鄰舍街坊都來作慶。」智深不知是計，直走到糞窖邊來。那夥潑皮一齊向前，一個來搶左腳，一個便搶右腳，指望來攧智深。只教智深腳尖起處，山前猛虎心驚；拳頭落時，海內蛟龍喪膽。正是：

方圓一片閒園圃，目下排成小戰場。

那夥潑皮怎的來攧智深？且聽下回分解。

第七回　花和尚倒拔垂楊柳　豹子頭誤入白虎堂

話說那酸棗門外三、二十外個潑皮破落戶中間，有兩個為頭的，一個叫做「過街老鼠」張三，一個叫做「青草蛇」李四。這兩個為頭接將來。智深也卻好去糞窖邊，看見這夥人都不走動，只立在窖邊，齊道：「俺特來與和尚作慶。」智深道：「你們既是鄰舍街坊，都來廨宇裡坐地。」張三、李四，便拜在地上不肯起來，只指望和尚來扶他，便要動手。智深見了，心裡早疑忌，道：「這夥人不三不四，又不肯近前來，莫不要攧洒家？那廝卻是倒來捋虎鬚！俺且走向前去，教那廝看洒家手腳！」智深大踏步近眾人面前來。那張三、李四，便道：「小人兄弟們特來參拜師父。」口裡說，便向前去，一個來搶左腳，一個來搶右腳。智深不等他上身，右腳早起，騰的把李四先踢下糞窖裡去。張三恰待走，智深左腳早起，兩個潑皮都踢在糞窖裡掙扎。後頭那二、三十個破落戶驚的目瞪口呆，都待要走。智深喝道：「一個走的一個下去！兩個走的兩個下去！」眾潑皮都不敢動彈。只見那張三、李四，在糞窖裡探起頭來。原來那座糞窖沒底似深。兩個一身臭屎，頭髮上蛆蟲盤滿，立在糞窖裡，叫道：「師父！饒恕我們！」智深喝道：「你那眾潑皮，快扶那鳥上來，我便饒你眾人！」眾人打一救，攙到葫蘆架邊，臭穢不可近前。

智深呵呵大笑，道：「兀那蠢物！你且去菜園池裡洗了來，和你眾人說話。」兩個潑皮洗了一回，眾人脫件衣服與他兩個穿了。智深叫道：「都來廨宇裡坐地說話。」智深先居中坐了，指著眾人，道：「你那夥鳥人休要瞞洒家！你等都是甚麼鳥人，到這裡戲弄洒家？」那張三、李四並眾伙伴一齊跪下，說道：「小人祖居在這裡，都只靠賭博討錢為生。這片菜園是俺們衣飯碗。大相國寺裡幾番使錢，要奈何我們不得。師父卻是那裡來的長老？恁的了得！相國寺裡不曾見有師父，今日我等情願服侍。」智深道：「洒家是關西延安府老种經略相公帳前提轄官，只為殺得人多，因此情願出家，五臺山來到這裡。洒家俗姓魯，法名智深。休說你這三、二十個人直甚麼！

便是千軍萬馬隊中，俺敢直殺得入去出來！」眾潑皮喏喏連聲，拜謝了去。智深自來廨宇裡房內，收拾整頓歇臥。

次日，眾潑皮商量，湊些錢物，買了十瓶酒，牽了一個豬來請智深，都在廨宇安排了，請魯智深居中坐了。兩邊一帶，坐定那三、二十潑皮飲酒。智深道：「甚麼道理叫你眾人們壞鈔？」眾人道：「我們有福，今日得師父在這裡與我等眾人做主。」智深大喜。吃到半酣裡。也有唱的，也有說的，也有拍手的，也有笑的。正在那裡喧哄，只聽門外老鴉哇哇的叫。眾人有扣齒的，齊道：「赤口上天，白舌入地。」智深道：「你們做甚麼鳥亂？」眾人道：「老鴉叫，怕有口舌。」智深道：「那裡取這話？」那種地道人笑道：「牆角邊綠楊樹上新添了一個老鴉巢，每日直聒到晚。」眾人道：「把梯子上面去拆了那巢便了。」有幾個道：「我們便去。」智深也乘著酒興，都到外面看時，果然綠樹上一個老鴉巢。眾人道：「把梯子上去拆了，也得耳根清淨。」李四便道：「我與你盤上去，不要梯子。」智深相了一相，走到樹前，把直裰脫了，用右手向下，把身倒繳著；卻把左手拔住上截，把腰只一趁，將那株綠楊樹帶根拔起。眾潑皮見了，一齊拜倒在地，只叫：「師父非是凡人，正是真羅漢！身體無千萬斤氣力，如何拔得起！」智深道：「打甚鳥緊？明日都看洒家演武使器械。」眾潑皮當晚各自散了。

從明日為始，這二、三十個破落戶見智深匾匾的伏，每日將酒肉來請智深，看他演武使拳。過了數日，智深尋思道：「每日吃他們酒食多矣，洒家今日也安排些還席。」叫道人去城中買了幾般果子，沽了兩、三擔酒，殺翻一口豬、一腔羊。那時正是三月盡，天氣正熱。智深道：「天色熱！」叫道人綠槐樹下鋪了蘆席，請那許多潑皮團團坐定。大碗斟酒，大塊切肉，叫眾人吃得飽了，再取果子吃酒。又吃得正濃，眾潑皮道：「這幾日見師父演拳，不曾見師父使器械；怎得師父教我們看一看，也好。」智深道：「說得是。」自去房內取出渾鐵杖，頭尾長五尺，重六十二斤。眾人看了，盡皆吃驚，都道：「兩臂沒水牛大小氣力，怎使得動！」智深接過來，颼颼的使動；渾身上下沒半點兒參差。眾人看了，一齊喝采。

智深正使得活泛，只見牆外一個官人看見，喝采道：「端的使得好！」智深聽得，收住了手看時，只見牆缺邊立著一個官人，頭戴一頂青紗抓角兒頭巾，腦後兩個白玉圈連珠鬢環。身穿一領單綠羅團花戰袍，腰繫一條雙搭尾龜背銀帶。穿一對磕瓜頭朝樣皂靴，手中執一把摺疊紙西川扇子。那官人生的豹頭環眼，燕頷虎鬚，八尺長短身材，三十四、五年紀，口裡道：「這個師父端的非凡，使得好器械！」眾潑皮道：「這位教師喝采，必然是好。」智深問道：「那軍官是誰？」眾人道：「這官人是八十萬禁軍槍棒教頭林武師，名喚林沖。」智深道：「何不就請來廝見？」那林教頭便跳入牆來。兩個就槐樹下相見了，一同坐地。林教頭便問道：「師兄何處人氏？法諱喚做甚麼？」智深道：「洒家是關西魯達的便是。只為殺得人多，情願為僧。年幼時也曾到東京，認得令尊林提轄。」林沖大喜，就當結義智深為兄。智深道：「教頭今日緣何到此？」林沖答道：「恰才與拙荊一同來間壁嶽廟裡還香願，林沖聽得使棒，看得入眼，著女使錦兒自和荊婦去廟裡燒香，林沖就只此間相等，不想得遇師兄。」智深道：「智深初到這裡，正沒相識，得這幾個大哥每日相伴；如今又得教頭不棄，結為弟兄，十分好了。」便叫道人再添酒來相待。恰才飲得三杯，只見女使錦兒慌慌急急，紅了臉，在牆缺邊叫道：「官人！休要坐地！娘子在廟中和人合口！」林沖連忙問道：「在那裡？」錦兒道：「正在五嶽樓下來，撞見個詐奸不及的，把娘子攔住了，不肯放！」林沖慌忙道：「卻再來望師兄，休怪，休怪。」

林沖別了智深，急跳過牆缺，和錦兒逕奔嶽廟裡來；搶到五嶽樓看時，見了數個人拿著彈弓、吹筒、粘竿，都立在欄干邊，胡梯上一個年少的後生獨自背立著，把林沖的娘子攔著，道：「你且上樓去，和你說話。」林沖娘子紅了臉，道：「清平世界，是何道理把良人調戲！」林沖趕到跟前，把那後生肩胛只一扳過來，喝道：「調戲良人妻子，當得何罪！」恰待下拳打時，認得是本管高太尉螟蛉之子高衙內。原來高俅新發跡，不曾有親兒，無人幫助，因此過房這阿叔高三郎兒子在房內為子。本是叔伯弟兄，卻與他做乾兒子，因此，高太尉愛惜他。那廝在東京倚勢豪強，專一愛淫垢人家妻女。京師人怕他權勢，誰敢與他爭口？叫他做「花花太歲」。有詩為證：

臉前花現醜難親，心裡花開愛婦人。
撞著年庚不順利，方知太歲是凶神。

當時林沖扳將過來，卻認得是本官高衙內，先自手軟了。高衙內說道：「林沖，干你甚事，你來多管！」原來高衙內不曉得他是林沖的娘子；若還曉得時，也沒這場事。見林沖不動手，他發這話。眾多閒漢見鬧，一齊攏來勸道：「教頭休怪。衙內不認得，多有衝撞。」林沖怒氣未消，一雙眼睜著瞅那高衙內。眾閒漢勸了林沖，和哄高衙內出廟上馬去了。林沖將引妻小並使女錦兒也轉出廊下來，只見智深提著鐵禪杖，引著那二、三十個破落戶，大踏步搶入廟來。林沖見了，叫道：「師兄，那裡去？」智深道：「我來幫你廝打！」林沖道：「原來是本官高太尉的衙內，不認得荊婦，時間無禮。林沖本待要痛打那廝一頓，太尉面上須不好看。自古道：『不怕官，只怕管。』林沖不合吃著他的請受，權且讓他這一次。」智深道：「你卻怕他本官太尉，洒家怕他甚鳥？俺若撞見那撮鳥時，且教他吃洒家三百禪杖了去！」林沖見智深醉了，便道：「師兄說得是。林沖一時被眾人勸了，權且饒他。」智深道：「但有事時，便來喚洒家與你去！」眾潑皮見智深醉了，扶著道：「師父，俺們且去，明日再得相會。」智深提著禪杖道：「阿嫂休怪，莫要笑話。阿哥，明日再會。」智深相別，自和潑皮去了。林沖領了娘子並錦兒取路回家，心中只是鬱鬱不樂。

且說這高衙內引了一班兒閒漢，自見了林沖娘子，又被他衝散了，心中好生著迷，怏怏不樂，回到府中納悶。過了三、兩日，眾多閒漢都來伺候；見衙內心焦，沒撩沒亂，眾人散了。數內有一個幫閒的，喚作「乾鳥頭」富安，理會得高衙內意思，獨自一個到府中伺候，見衙內在書房中閒坐。那富安走近前去，道：「衙內近日面色清減，心中少樂，必然有件不悅之事。」高衙內道：「你如何省得？」富安道：「小子一猜便著。」衙內道：「你猜我心中甚事不樂？」富安道：「衙內是思想那『雙木』的。這猜如何？」衙內道：「你猜得是。只沒個道理得他。」富安道：「有何難哉！衙內怕林沖是個好漢，不敢欺他。這個無傷；他現在帳下聽使喚，大請大受，怎敢惡了太尉？輕則便刺配了他，重則害了他性命。小閒尋思有一計，使衙內能夠得他。」高衙內聽得，便道：「自見了許多好女娘，不知怎的只愛他，心中著迷，鬱鬱不樂。你有什見識，能得他時，我自重重的賞你。」富安道：「門下知心腹的陸虞候陸謙，他和林沖最好。明日衙內躲在陸虞候樓上深閣，擺下些酒食，卻叫陸謙去請林沖出來吃酒，教他直去樊樓上深閣裡吃酒。小閒便去他家，對林沖娘子說道：『你丈夫教頭和陸謙吃酒，一時重氣，悶倒在樓上，叫娘子快去看哩！』賺得他來到樓上，婦人家水性，見衙內這般風流人物，再著些甜話兒調和他，不由他不肯。小閒這一計如何？」高衙內喝采道：「好計！就今晚著人去喚陸虞候來吩咐了。」原來陸虞候家只在高太尉家隔壁巷內。次日，商量了計策，虞候一時聽允，也沒奈何；只要小衙內歡喜，卻顧不得朋友交情。

且說林沖連日悶悶不已，懶上街去。巳牌時，聽得門首有人道：「教頭在家麼？」林沖出來看時，卻是陸虞候，慌忙道：「陸兄何來？」陸謙道：「特來探望，兄何故連日街前不見？」林沖道：「心裡悶，不曾出去。」陸謙道：「我同兄去吃三杯解悶。」林沖道：「少坐拜茶。」兩個吃了茶，起身。陸虞候道：「阿嫂，我同兄長到家去吃三杯。」林沖娘子趕到布簾下，叫道：「大哥，少飲早歸。」林沖與陸謙出得門來，街上閒走了一回。陸虞候道：「兄，我們休家去，只就樊樓內吃兩杯。」當時兩個上到樊樓內，占個閣兒，喚酒保吩咐，叫取兩瓶上色好酒。稀奇果子按酒，兩個敘說閒話。林沖嘆了一口氣。陸虞候道：「兄何故嘆氣？」林沖道：「陸兄不知！男子漢空有一身本事，不遇明主，屈沈在小人之下，受這般腌臢的氣！」陸虞候道：「如今禁軍中雖有幾個教頭，誰人及兄的本事？太尉又看承得好，卻受誰的氣？」林沖把前日高衙內的事告訴陸虞候一遍。陸虞候道：「太尉必不認得嫂子。兄且休氣，只顧飲酒。」

林沖吃了八、九杯酒，因要小遺，起身道：「我去淨手了來。」林沖下得樓來，出酒店門，投東小巷內去淨了手，回身轉出巷口，只見女使錦兒叫道：「官人，尋得我苦！卻在這裡！」林沖慌忙問道：「做甚麼？」錦兒道：「官人和陸虞候出來，沒半個時辰，只見一個漢子慌慌急急奔來家裡，對娘子說道：『我是陸虞候家鄰舍。你家教頭和陸謙吃酒，只見教頭一口氣不來，便撞倒了！』叫娘且快來看視，娘子聽得，連忙央間壁王婆看了家，和我跟那漢子去。直到太尉府前巷內一家人家，上至樓上，只見桌子上擺著些酒食，不見官人。恰待下樓，只見前日在嶽廟裡囉唣娘子的那後生出來道：『娘子少坐，你丈夫來也。』錦兒慌忙下得樓時，只聽得娘子在樓上叫：『殺人！』因此，我一地裡尋官人不見，正撞著賣藥的張先生道：『我在樊樓前過，見教頭和一個人入去吃酒。』因此特奔到這裡。官人快去！」林沖見說，吃了一驚，也不顧女使錦兒，三步做一步，跑到陸虞候家；搶到胡梯上，卻關著樓門。只聽得娘子叫道：「清平世界，如何把我良人妻子關在這裡！」又聽得高衙內道：「娘子，可憐見救俺！便是鐵石人，也告得回轉！」林沖立在胡梯上，叫道：「大嫂！開門！」那婦人聽得是丈夫聲音，只顧來開門。高衙內吃了一驚，斡開了樓窗，跳牆走了。林沖上得樓上，尋不見高衙內，問娘子道：「不曾被這廝玷汙了？」娘子道：「不曾。」林沖把陸虞候家打得粉碎，將娘子下樓；出得門外看時，鄰舍兩邊都閉了門。女使錦兒接著，三個人一處歸家去了。

林沖拿了一把解腕尖刀，逕奔到樊樓前去尋陸虞候，也不見了；卻回來他門前等了一晚，不見回家，林沖自歸。娘子勸道：「我又不曾被他騙了，你休得胡做！」林沖道：「叵耐這陸謙畜生！廝趕著稱兄稱弟，你也來騙我！只怕不撞見高衙內，也照管著他頭面！」娘子苦勸，那裡肯放他出門。陸虞候只躲在太尉府內，亦不敢回家。林沖一連等了三日，並不見面。府前人見林沖面色不好，誰敢問他。第四日飯時候，魯智深逕尋到林沖家相探，問道：「教頭如何連日不見面？」林沖答道：「小弟少冗，不曾探得師兄。既蒙到我寒舍，本當草酌三杯，爭奈一時不能周備，且和師兄一同上街閒玩一遭，市沽兩盞如何？」智深道：「最好。」兩個同上街來，吃了一日酒，又約明日相會。自此每日與智深上街吃酒，把這件事都放慢了。正是：

丈夫心事有親朋，談笑酣歌散鬱蒸。
只有女人愁悶處，深閨無語病難興。

且說高衙內從那日在陸虞候家樓上吃了那驚，跳牆脫走，不敢對太尉說知，因此在府中臥病。陸虞候和富安兩個來府裡望衙內，見他容顏不好，精神憔悴。陸謙道：「衙內何故如此精神少樂？」衙內道：「實不瞞你們說：我為林沖老婆，兩次不能夠得他，又吃他那一驚，這病越添得重了，眼見得半年三個月性命難保！」二人道：「衙內且寬心，只在小人兩個身上，好歹要共那人完聚；只除他自縊死了，便罷。」正說間，府裡老管也來看衙內病證。只見：

不癢不痛，渾身上或寒或熱；沒撩沒亂，滿腹中又飽又饑。白晝忘餐，黃昏廢寢。對爺娘怎訴心中恨，見相識難遮臉上羞。

那陸虞候和富安見老都管來問病，兩個商量道：「只除……恁的。」等候老都管看病已出來了，兩個邀老都管僻靜處說道：「若要衙內病好，只除教太尉得知，害了林沖性命，方能夠得他老婆和衙內在一處，這病便得好。若不如此，一定送了衙內性命。」老都管道：「這個容易，老漢今晚便稟太尉得知。」兩個道：「我們已有計了，只等你回話。」老都管至晚來見太尉，說道：「衙內不害別的症，卻害林沖的老婆。」高俅道：「林沖的老婆何時見他的？」都管稟道：「便是前月二十八日，在嶽廟裡見來；今經一月有餘。」又把陸虞候設的計備細說了。高俅道：「如此因為他渾家，怎地害他！我尋思起來，若為惜林沖一個人時，須送了我孩兒性命，卻怎生得好？」都管道：「陸虞候和富安有計較。」高俅道：「既是如此，教喚二人來商議。」老都管隨即喚陸謙、富安入到堂裡唱了喏。高俅問道：「我這小衙內的事，你兩個有甚計較？救得我孩兒好了時，我自抬舉你二人。」陸虞候向前稟道：「恩相在上，只除……如此如此使得。」高俅道：

「既如此，你明日便與我行。」不在話下。

再說林沖每日和智深吃酒，把這件事不記心了。那一日，兩個同行到閱武坊巷口，見一條大漢，頭戴一頂抓角兒頭巾，穿一領舊戰袍，手裡拿著一口寶刀，插著個草標兒，立在街上，口裡自言自語說道：「不遇識者，屈沈了我這口寶刀！」林沖也不理會，只顧和智深說著話走。那漢又跟在背後道：「好口寶刀！可惜不遇識者！」林沖只顧和智深走著，說得入港。那漢又在背後說道：「偌大一個東京，沒一個識得軍器的！」林沖聽得說，回過頭來。那漢颼的把那口刀掣將出來，明晃晃的奪人眼目。林沖合當有事，猛可地道：「將來看。」那漢遞將過來。林沖接在手內，同智深看了，但見：

清光奪目，冷氣侵人。遠看如玉沼春冰，近看似瓊臺瑞雪。花紋密布，如豐城獄內飛來。紫氣橫空，似楚昭夢中收得。太阿巨闕應難比，莫邪干將亦等閒。

吃了一驚，失口道：「好刀！你要賣幾錢？」那漢道：「索價三千貫，實價二千貫。」林沖道：「價是值二千貫，只沒個識主。你若一千貫時，我買你的。」那漢道：「我急要些錢使；你若端的要時，饒你五百貫，實要一千五百貫。」林沖道：「只是一千貫，我便買了。」那漢嘆口氣，道：「金子做生鐵賣了！罷！罷！一文也不要少了我的。」林沖道：「跟我來家中取錢還你。」回身卻與智深道：「師兄，且在茶房裡少待，小弟便來。」智深道：「洒家且回去，明日再相見。」林沖別了智深，自引了賣刀的那漢去家中將銀子折算價貫準，還與他，就問那漢道：「你這口刀那裡得來？」那漢道：「小人祖上留下，因為家道消乏，沒奈何，將出來賣了。」林沖道：「你祖上是誰？」那漢道：「若說時，辱沒殺人！」林沖再也不問。那漢得了銀兩自去了。林沖把這口刀翻來覆去看了一回，喝采道：「端的好把刀！高太尉府中有一口寶刀，胡亂不肯教人看。我幾番借看，也不肯將出來。今日我也買了這口好刀，慢慢和他比試。」林沖當晚不落手看了一晚，夜間掛在壁上，未等天明又去看刀。

次日，巳牌時分，只聽得門首有兩個承局叫道：「林教頭，太尉鈞旨，道你買一口好刀，就叫你將去比看。太尉在府裡專等。」林沖聽得，說道：「又是甚麼多口的報知了！」兩個承局催得林沖穿了衣服，拿了那口刀，隨這兩個承局來。一路上，林沖道：「我在府中不認得你。」兩個人說道：「小人新近參隨。」卻早來到府前。進得到廳前，林沖立住了腳。兩個又道：「太尉在裡面後堂內坐地。」轉入屏風至後堂，又不見太尉，林沖又住了腳。兩個又道：「太尉直在裡面等你，叫引教頭進來。」又過了兩、三重門，到一個去處，一周遭都是綠欄杆。兩個又引林沖到堂前，說道：「教頭，你只在此少待，等我入去稟太尉。」林沖拿著刀，立在簷前。兩個人自入去了；一盞茶時，不見出來。林沖心疑，探頭入簾看時，只見簷前額上有四個青字，寫著「白虎節堂」。林沖猛省道：「這節堂是商議軍機大事處，如何敢無故輒入！」急待回身，只聽得靴履響，腳步鳴，一個人從外面入來。林沖看時，不是別人，卻是本官高太尉，林沖見了，執刀向前聲喏。太尉喝道：「林沖！你又無呼喚，安敢輒入白虎節堂！你知法度否？你手裡拿著刀，莫非來刺殺下官！有人對我說，你兩、三日前，拿刀在府前伺候，必有歹心！」林沖躬身稟道：「恩相，恰才蒙兩個承局呼喚林沖，將刀來比看。」太尉喝道：「承局在那裡？」林沖道：「恩相，他兩個已投堂裡去了。」太尉道：「胡說！甚麼承局，敢進我府堂裡去？左右！與我拿下這廝！」話猶未了，旁邊耳房裡走出三十餘人，把林沖橫推倒拽下去。恰似皂雕紫燕，渾如猛啖羊羔。高太尉大怒道：「你既是禁軍教頭，法度也還不知道！因何手執利刃，故入節堂，欲殺本官。」叫左右把林沖推下。不知性命如何。不因此等，有分教：大鬧中原，縱橫海內。直教：

農夫背上添心號，漁父舟中插認旗。

畢竟看林沖性命如何？且聽下回分解。

第八回　林教頭刺配滄州道　魯智深大鬧野豬林

話說當時太尉喝叫左右排列軍校，拿下林沖要斬，林沖大叫冤屈。太尉道：「你來節堂有何事務？見今手裡拿著利刃，如何不是來殺下官？」林沖告道：「太尉不喚，怎敢入來？現有兩個承局望堂裡去了，故賺林沖到此。」太尉喝道：「胡說！我府中那有承局？這廝不服斷遣！」喝叫左右：「解去開封府，吩咐滕府尹好生推問，勘理明白處決！就把這刀封了去！」左右領了鈞旨，監押林沖投開封府來。恰好府尹坐衙未退。但見：

緋羅繳壁，紫綬桌圍。當頭額掛朱紅，四下簾垂斑竹。官僚守正，戒石上刻御製四行；令史謹嚴，漆牌中書低聲二字。提轄官能掌機密，客帳司專管牌單。吏兵沉重，節級嚴威。執藤條祗候立階前，持大杖離班分左右。戶婚詞訟，斷時有似玉衡明；鬥毆是非，判處恰如金鏡照。雖然一郡宰臣官，果是四方民父母。直使囚從冰上立，盡教人向鏡中行。說不盡許多威儀，似塑就一堂神道。

高太尉幹人把林沖押到府前，跪在階下。將太尉言語對滕府尹說了，將上太尉封的那把刀放在林沖面前。府尹道：「林沖，你是個禁軍教頭，如何不知法度，手執利刃，故入節堂？這是該死的罪犯！」林沖告道：「恩相明鏡，念林沖負屈銜冤！小人雖是粗魯的軍漢，頗識些法度，如何敢擅入節堂？為是前月二十八日，林沖與妻到嶽廟還香願，正迎見高太尉的小衙內把妻子調戲，被小人喝散了。次後，又使陸虞候賺小人吃酒，卻使富安來騙林沖妻子到陸虞候家樓上調戲，亦被小人趕去。是把陸虞候家打了一場。兩次雖不成姦，皆有人證。次日，林沖自買這口刀，今日太尉差兩個承局來家呼喚林沖，叫將刀來府裡比看；因此，林沖同二人到節堂下。兩個承局進堂裡去了，不想太尉從外面進來，設計陷害林沖，望恩相做主！」府尹聽了林沖口詞，且叫與了回文，一面取刑具枷扭來枷了，推入牢裡監下。林沖家裡自來送飯，一面使錢。林沖的丈人張教頭亦來買上告下，使用財帛。

正值有個當案孔目，姓孫名定，為人最耿直，十分好善，只要周全人，因此人都喚做「孫佛兒」。他明知道這件事，轉轉宛宛在府上說知就裡，稟道：「此事果是屈了林沖，只可周全他。」府尹道：「他做下這般罪，高太尉批仰定罪，定要問他『手執利刃，故入節堂，殺害本官』，怎周全得他？」孫定道：「這南衙開封府，不是朝廷的。是高太尉家的？」府尹道：「胡說！」孫定道：「誰不知高太尉當權，倚勢豪強。更兼他府裡無般不做，但有人小小觸犯，便發來開封府，要殺便殺，要剮便剮，卻不是他家官府！」府尹道：「據你說時，林沖事怎的方便他，施行斷遣？」孫定道：「看林沖口詞，是個無罪的人。只是沒拿那兩個承局處。如今著他招認做：『不合腰懸利刃，誤入節堂』，脊杖二十，刺配遠惡軍州。」滕府尹也知道這件事了，自去高太尉面前再三稟說林沖口詞。高俅情知理短，又礙府尹，只得准了。就此日，府尹回來升廳，叫林沖，除了長枷，斷了二十脊杖，喚個文筆匠刺了面頰，量地方遠近，該配滄州牢城；當廳打一面七斤半團頭鐵葉護身枷釘了，貼上封皮，押了一道牒文，差兩個防送公人監押前去。

兩公人是董超、薛霸。二人領了公文，押送林沖出開封府來。只見眾鄰舍並林沖的丈人張教頭都在府前接著，同林沖兩個公人，到州橋下酒店裡坐定。林沖道：「多得孫孔目維持，這棒不毒，因此走動得。」張教頭叫酒保安排按酒果子，款待兩個公人。酒至數杯，只見張教頭將出銀兩，齎發他兩個防送公人已了。林沖執手對丈人說道：「泰山在上，年災月厄，撞了高衙內，吃了一屈官司；今日有句話說，上稟泰山：自蒙泰山錯受，將令嫒嫁事小人，已經三載，不曾有半些兒差池；雖不曾生半個兒女，未曾面紅面赤，半點相爭。今小人遭這場橫事，配去滄州，生死存亡未保。娘子在家，小人心去不穩，誠恐高衙內威逼這頭親事；況兼青春年少，休為林沖誤了前程。卻是林沖自行主張，非他人逼迫。小人今日就高鄰在此，明白立紙休書，任從改嫁。並無爭執。如此，林沖去得心穩，免得高衙內陷害。」張教頭道：「賢婿，甚麼言語！你是天年不齊，遭了橫事，又不是你作將出來的。今日權且去滄州躲災避難，早晚天可憐見，放你回來時，依舊夫妻完聚。老漢家中也頗有些過活，便取了我女家去，並錦兒，不揀怎的，三年五載，養贍得他。又不叫他出入，高衙內便要見，也不能夠。休要憂心，在老漢身上。你在滄州牢城，我自頻頻寄書並衣服與你。休得要胡思亂想。只顧放心去。」林沖道：「感謝泰山厚意。只是林沖放心不下。枉自兩相耽誤。泰山可憐見林沖，依允小人，便死也瞑目！」張教頭那裡肯應承。眾鄰舍亦說行不得。林沖道：「若不依允小人之時，林沖便掙扎得回來，誓不與娘子相聚！」張教頭道：「既然恁地時，權且由你寫下，我只不把女兒嫁人便了。」當時叫酒保尋個寫文書的人來，買了一張紙來。那人寫，林沖說道是：

東京八十萬禁軍教頭林沖，為因身犯重罪，斷配滄州，去後存亡不保。有妻張氏年少，情願立此休書，任從改嫁，之無爭執。委是自行情願，並非相逼。恐後無憑，立此文約為照。年月日。

林沖當下看人寫了，借過筆來，去年月下押個花字，打個手模。正在閣裡寫了，欲付與泰山收時，只見林沖的娘子，號天哭地叫將來。女使錦兒抱著一包衣服，一路尋到酒店裡。林沖見了，起身接著道：「娘子，小人有句話說，已稟過泰山了。為是林沖年災月厄，遭這場屈事，今去滄州，生死不保，誠恐誤了娘子青春，今已寫下幾字在此。萬望娘子休等小人，有好頭腦，自行招嫁，莫為林沖誤了賢妻。」那娘子聽罷，哭將起來，說道：「丈夫！我不曾有半些兒玷汙，如何把我休了？」林沖道：「娘子，我是好意。恐怕日後兩下相誤，賺了你。」張教頭便道：「我兒放心。雖是女婿恁的主張，我終不成下得你來再嫁人？這事且由他放心去。他便不來時，我安排你一世的終身盤費，只教你守志便了。」那娘子聽得說，心中哽咽，又見了這封書，一時哭倒聲絕在地。未知五臟如何，先見四肢不動。但見：

荊山玉損，可惜數十年結髮成親；寶鑑花殘，枉費九十日東君匹配。花容倒臥，有如西苑芍藥倚朱欄；檀口無言，一似南海觀音來入定。小園昨夜東風惡，吹折江梅就地橫。

林沖與泰山張教頭救得起來，半晌方才甦醒，兀自哭不住。林沖把休書與教頭收了。眾鄰舍亦有婦人來勸林沖娘子，攙扶回去。張教頭囑咐林沖道：「只顧前程去，掙扎回來廝見。你的老小，我明日便取回去養在家裡，待你回來完聚。你但放心去，不要掛念。如有便人，千萬頻頻寄些書信來！」林沖起身謝了，拜謝泰山並眾鄰舍，背了包裹，隨著公人去了。張教頭同鄰舍取路回家，不在話下。

且說兩個防送公人把林沖帶來使臣房裡寄了監。董超、薛霸各自回家收拾行李。只說董超正在家裡拴束包裹，只見巷口酒店裡酒保來說：「董端公，一位官人在小店中請說話。」董超道：「是誰？」酒保道：「小人不認得，只叫請端公便來。」原來宋時的公人都稱呼「端公」。當時董超便和酒保逕到店中閣兒內看時，見坐著一個人，頭戴頂萬字頭巾，身穿領皂紗背子，下面皂靴淨襪，見了董超，慌忙作揖道：「端公請坐。」董超道：「小人自來不曾拜識尊顏，不知呼喚有何使令？」那人道：「請坐，少間便知。」董超坐在對席。酒保面鋪下酒盞、菜蔬、果品、案酒都搬來擺了一桌。那人問道：「薛端公在何處住。」董超道：「只在前邊巷內。」那人喚酒保問了底腳，「與我去請將來。」酒保去了一盞茶時，只見請得薛霸到閣兒裡。董超道：「這位官人請俺說話。」薛霸道：「不敢動問大人高姓？」那人又道：「少刻便知，且請飲酒。」三人坐定，一面酒保篩酒。

酒至數杯，那人去袖子裡取出十兩金子，放在桌上，說道：「二位端公各收五兩，有些小事煩及。」二人道：「小人素不認得尊官，何故與我金子？」那人道：「二位莫不投滄州去？」董超道：「小人兩個奉本府差遣，監押林沖直到那裡。」那人道：「既是如此，相煩二位。我是高太尉府心腹人陸虞候便是。」董超、薛霸喏喏連聲，說道：「小人何等樣人，敢共對席。」陸謙道：「你二位也知林沖和太尉是對頭。今奉著太尉鈞旨，教將這十兩金子送與二位；望你兩個領諾，不必遠去，只就前面僻靜去處，把林沖結果了，就彼處討紙狀回來便了。若開封府但有話說，太尉自行吩咐，並不妨事。」董超道：「卻怕使不得！開封府公文只叫解活的去，卻不曾教結果了他。亦且本人年紀又不高大，如何作得這緣故，倘有些兜搭，恐不方便。」薛霸道：「老董，你聽我說。高太尉便叫你我死，也只得依他；莫說使這官人又送金子與俺。你不要多說，和你分了罷。落得做人情。日後也有顧俺處。前頭有的是大松林猛惡去處，不揀怎的，與他結果了罷！」當下薛霸收了金子，說道：「官人放心。多是五站路，少便兩程，便有分曉。」陸謙大喜道：「還是薛端公真是爽利！明日到地了時，是必揭取林沖臉上金印回來做表證。陸謙再包辦二位十兩金子相謝。專等好音。切不可相誤。」原來宋時，但是犯人徒流遷徒的，都臉上刺字，怕人恨怪，只喚做「打金印」。三個人又吃了一會酒，陸虞候算了酒錢。三人出酒肆來，各自分手。

只說董超、薛霸將金子分受入己，送回家中，取了行李包裹，拿了水火棍，便來使臣房裡取了林沖，監押上路。當日出得城來，離城三十里多路歇了。宋時途路上客店人家，但是公人監押囚人來歇，不要房錢。當下薛、董二人帶林沖到客店裡歇了一夜。第二日天明起來，打火吃了飯食，投滄州路上來。時遇六月天氣，炎暑正熱。林沖初吃棒時，倒也無事；次後兩三日間，天道盛熱，棒瘡卻發；又是個新吃棒的人，路上一步挨一步，走不動。薛霸道：「好不曉事！此去滄州二千里有餘的路，你這般樣走，幾時得到！」林沖道：「小人在太尉府裡折了些便宜，前日方才吃棒，棒瘡舉發。這般炎熱，上下只得擔待一步！」董超道：「你自慢慢的走，休聽咭咶。」薛霸一路上喃喃吶吶的，口裡埋冤叫苦，說道：「卻是老爺們晦氣，撞你這個魔頭！」看看天色又晚，但見：

火輪低墜，玉鏡將懸。遙觀野炊俱生，近睹柴門半掩。僧投古寺，雲林時見鴉歸；漁傍陰涯，風樹猶聞蟬噪。急急牛羊來熱坂，勞勞驢馬息蒸途。

三個人投村中客店裡來。到得房內，兩個公人放了棍棒，解下包裹。林沖也把包來解了，不等公人開口，去包裹取些碎銀兩，央店小二買些酒肉，糴些米來，安排盤饌，請兩個防送公人坐了吃。董超、薛霸又添酒來，把林沖灌得醉了，和枷倒在一邊，薛霸去燒一鍋百沸滾湯，提將來，傾在腳盆內，叫道：「林教頭，你也洗了腳好睡。」林沖掙的起來，被枷礙了，曲身不得。薛霸道：「我替你洗。」林沖忙道：「使不得。」薛霸道：「出路人那裡計較的許多！」林沖不知是計，只顧伸下腳來，被薛霸只一按，按在滾湯裡。林沖叫一聲：「哎也！」急縮得起時，泡得腳面紅腫了。林沖道：「不消生受！」薛霸道：「只見罪人服侍公人，那曾有公人服侍罪人！好意叫他洗腳，顛倒嫌冷嫌熱，卻不是『好心不得好報！』口裡喃喃的罵了半夜。」林沖那裡敢回話，自去倒在一邊。他兩個潑了這水，自換些水去外邊洗了腳收拾。

睡到四更，同店人都未起，薛霸起來燒了麵湯，安排打火做飯吃。林沖起來暈了，吃不得又走不動。薛霸拿了水火棍，催促動身。董超去腰裡解下一雙新草鞋，耳朵並索兒卻是麻編的，叫林沖穿。林沖看時，腳上滿面都是潦漿泡，只得尋覓舊草鞋穿，那裡去討，沒奈何，只得把新草鞋穿上。叫店小二算過酒錢，兩個公人帶了林沖出店，卻是五更天氣。林沖走不到三、二里，腳上泡被新草鞋打破了，鮮血淋漓，正走不動，聲喚不止。薛霸罵道：「走便快走！不走便大棍搠將起來！」林沖道：「上下方便！小人豈敢怠慢，俄延程途；其實是腳疼走不動！」董超道：「我扶著你走便了！」攙著林沖，只得又挨了四、五里路。看看正走不動了，早望見前面煙籠霧鎖，一座猛惡林子，但見：

枯蔓層層如兩腳，喬枝鬱鬱似雲頭。

不知天日何年照，惟有冤魂不斷愁。

這座林子有名喚野豬林，此是東京去滄州路上，第一個險峻去處。宋時，這座林子內，但有些冤仇的，使用些錢與公人，帶到這裡，不知結果了多少好漢。今日，這兩個公人帶林沖奔入這林子裡來。董超道：「走了一五更，走不得十里路程，似此，滄州怎的得到！」薛霸道：「我也走不得了，且就林子裡歇一歇。」三個人奔到裡面，解下行李包裹，都搬在樹根頭。林沖叫聲：「阿也！」靠著一株大樹便倒了。只見董超、薛霸道：「行一步，等一步，倒走得我困倦起來。且睡一睡卻行。」放下水火棍，便倒在樹邊；略略閉得眼，從地下叫將起來。林沖道：「上下，做甚麼？」董超、薛霸道：「俺兩個正要睡一睡，這裡又無關鎖，只怕你走了；我們放心不下，以此睡不穩。」林沖答道：「小人是好漢，官司既已吃了，一世也不走！」薛霸道：「那裡信得你說！要我們心穩，須得縛一縛。」林沖道：「上下要縛便縛，小人敢道怎的。」薛霸腰裡解下索子來，把林沖連手帶腳和枷緊緊的縛在樹上，同董超兩個跳將起來，轉過身來，拿起水火棍，看著林沖說道：「不是俺要結果你，自是前日來時，有那陸虞候傳著高太尉鈞旨，教我兩個到這裡結果你，立等金印回去回話。便多走的幾日，也是死數！只今日就這裡倒作成我兩個回去快些。休得要怨我弟兄兩個，只是上司差遣，不由自己。你須精細著：明年今日是你周年。我等已限定日期，亦要早回話。」林沖見說，淚如雨下，便道：「上下！我與你二位，往日無仇，近日無冤。你二位如何救得小人，生死不忘！」董超道：「說甚麼閒話！救你不得！」薛霸便提起水火棍來，望著林沖腦袋上劈將來。可憐豪傑束手就死！正是：

萬里黃泉無旅店，三魂今夜落誰家。

畢竟林沖性命如何？且聽下回分解。

第九回　柴進門招天下客　林沖棒打洪教頭

話說當時薛霸雙手舉起棍來，望林沖腦袋上便劈下來。說時遲，那時快；薛霸的棍恰舉起來，只見松樹背後，雷鳴也似一聲，那條鐵禪杖飛將來，把這水火棍一隔，丟去九霄雲外，跳出一個胖大和尚來，喝道：「洒家在林子裡聽你多時！」兩個公人看那和尚時，穿一領皂布直裰，跨一口戒刀，提著禪杖，掄起來打兩個公人。林沖方才閃開眼看時，認得是魯智深。林沖連忙叫道：「師兄！不可下手！我有話說。」智深聽得，收住禪杖。兩個公人呆了半晌，動彈不得。林沖道：「非干他兩個事；儘是高太尉使陸虞候吩咐他兩個公人，要害我性命。他兩個怎不依他？你若打殺他兩個，也是冤屈！」

魯智深扯出戒刀，把索子都割斷了，便扶起林沖，叫：「兄弟，俺自從和你買刀那日相別之後，洒家憂得你苦。自從你受官司，俺又無處去救你。打聽得你斷配滄州，洒家在開封府前又尋不見，卻聽得人說監在使臣房內；又見酒保來請兩個公人，說道：『店裡一位官尋說話。』以此，洒家疑心，放你不下。恐這廝們路上害你，俺特地跟將來。見這兩個撮鳥帶你入店裡去，洒家也在那店裡歇。夜間聽得那廝兩個，做神做鬼，把滾湯賺了你腳，那時俺便要殺這兩個撮鳥，卻被客店裡人多，恐防救了。洒家見這廝們不懷好心，越放你不下。你五更裡出門時，洒家先投奔這林子裡來，等殺這廝兩個撮鳥。他倒來這裡害你，正好殺這廝兩個！」林沖勸道：「既然師兄救了我，你休害他兩個性命。」魯智深喝道：「你這兩個撮鳥！洒家不看兄弟面時，把你這兩個都剁做肉醬！且看兄弟面皮，饒你兩個性命！」就那裡插了戒刀，喝道：「你們這兩個撮鳥，快攙兄弟，都跟洒家來！」提了禪杖先走。兩個公人那裡敢回話，只叫：「林教頭救俺兩個！」依前背上包裹，拾了水火棍，扶著林沖，又替他拿了包裹，一同跟出林子來。行得三、四里路程，見一座小酒店在村口。看那店時，但見：

前臨驛路，後接溪村。數株桃柳綠陰濃，幾處葵榴紅影亂。門外森森麻麥，窗前猗猗荷花。輕輕酒旆舞薰風，短短蘆遮酷日。壁邊瓦甕，白冷冷滿貯村醪；架上磁瓶，香噴噴新聞社醞。白髮田翁親滌器，紅顏村女笑當壚。

四人入來坐下，喚酒保買五、七斤肉，打兩角酒來吃，回些麵來打餅。酒保一面把酒來篩。兩個公人道：「不敢拜問師父在那個寺裡住持？」智深笑道：「你兩個撮鳥，問俺住處做甚麼？莫不去教高俅做甚麼奈何洒家？別人怕他，俺不怕他！洒家若撞著那廝，教他吃三百禪杖！」兩個公人那裡敢再開口。吃了些酒肉，收拾了行李，還了酒錢，出離了村口。林沖問道：「師兄，今投那裡去？」魯智深道：「殺人須見血，救人須救徹；洒家放你不下，直送兄弟到滄州。」兩個公人聽了。暗暗地道：「苦也！卻是壞了我們的勾當！轉去時怎回話！」且只得隨順他一處行路。有詩為證：

最恨奸謀欺白日，獨持義氣薄黃金。
迢遙不畏千程路，辛苦惟存一片心。

自此，途中被魯智深要行便行，要歇更歇，那裡敢扭他；好便罵，不好便打。兩個公人不敢高聲，只怕和尚發作。行了兩程，討了一輛車子，林沖上車將息，三個跟著車子行著。兩個公人懷著鬼胎，各自要保性命，只得小心隨順著行。魯智深一路買酒買肉，將息林沖。那兩個公人也吃。遇著客店，早歇晚行，都是那兩個公人打火做飯。誰敢不依他？二人暗商量：「我們被這和尚監押定了，明日回去，高太尉必然奈何俺！」薛霸道：「我聽得大相國寺菜園廨宇裡新來了個僧人，喚做魯智深，想來必是他。回去實說，俺要在野豬林結果他，被這和尚救了，一路護送到滄州，因此下手不得。捨得還了他十兩金子，著陸謙自去尋這和尚便了。我和你只要躲得身子乾淨。」董超道：「說得也是。」兩個暗暗商量了不題。

話休絮繁。被智深監押不離，行了十七、八日，近滄州只七十里程，一路去都有人家，再無僻靜處了。魯智深打聽得實了，就松林裡少歇。智深對林沖道：「兄弟，此去滄州不遠了，前路都有人家，別無僻靜去處，洒家已打聽實了。俺如今和你分手。異日再得相見。」林沖道：「師兄回去，泰山處可說知。防護之恩，不死當以厚報！」魯智深又取出一、二十兩銀子與林沖；把三、二兩與兩個公人，道：「你兩個撮鳥，本是路上砍了你兩個頭，兄弟面上，饒你兩個鳥命。如今沒多路了，休生歹心！」兩個道：「再怎敢！皆是太尉差遣。」接了銀子，卻待分手。魯智深看著兩個公人，道：「你兩個撮鳥的頭，硬似這松樹麼？」二人答道：「小人頭是父母皮肉包著些骨頭。」智深輪起禪杖，把松樹只一下，打得樹有二寸深痕，齊齊折了，喝一聲：「你兩個撮鳥，但有歹心，教你頭也與這樹一般！」擺著手，拖了禪杖，叫聲：「兄弟，保重！」自回去了。董超、薛霸，都吐出舌頭來，半晌縮不入去。林沖道：「上下，俺們自去罷。」兩個公人道：「好個莽和尚！一下打折了一株樹！」林沖道：「這個值得甚麼；相國寺一株柳樹，連根也拔將出來。」二人只把頭來搖，方才得知是實。三人當下離了松林。行到晌午，早望見官道上一座酒店，但見：

古道孤村，路傍酒店。楊柳岸，曉垂錦旆；蓮花蕩，風拂青簾。劉伶仰臥畫床前，李白醉眠描壁上，社醞壯農夫之膽，村醪助野叟之容。神仙玉佩曾留下，卿相金貂也當來。

三個入到裡面來，林沖讓兩個公人上首坐了。董、薛二人半日方才得自在。只見那店裡有幾處座頭，三、五個篩酒的酒保都手忙腳亂，搬東搬西。林沖與兩個公人坐了半個時辰，酒保並不來問。林沖等得不耐煩，把桌子敲著，說道：「你這店主人好欺客，見我是個犯人，便不來睬著！我須不白吃你的！是甚道理？」主人說道：「你這人原來不知我的好意。」林沖道：「不賣酒肉與我，有甚好意？」店主人道：「你不知俺這村中有個大財主，姓柴名進，此間稱為柴大官人，江湖上都喚做小旋風。他是大周柴世宗子孫。自陳橋讓位，太祖武德皇帝敕賜與他『誓書鐵券』在家，無人敢欺負他。專一招集天下往來的好漢，三、五十個養在家中。常常囑咐我們酒店裡：『如有流配的犯人，可叫他投我莊上來，我自資助他。』我如今賣酒肉與你吃得面皮紅了，他道你自有盤纏，便不助你。我是好意。」林沖聽了，對兩個公人道：「我在東京教軍時，常常聽得軍中人傳說柴大官人名字，卻原來在這裡。我們何不同去投奔他？」薛霸、董超尋思道：「既然如此，有甚虧了我們處？」就便收拾包裹，和林沖問道：「酒店主人，柴大官人莊在何處？我等正要尋他。」店主人道：「只在前面，約過三、二里路，大石橋邊轉彎抹角，那個大莊院便是。」

林沖等謝了店主人，三個出門，果然三、二里，見座大石橋。過得橋來，一條平坦大路，早望見綠柳陰中顯出那座莊院。四下一周遭一條澗河，兩岸邊都是垂楊大樹，樹陰中一遭粉牆。轉彎來到莊前，看時，好個大莊院，但見：

門迎黃道，山接青龍。萬枝桃綻武陵溪，千樹花開金谷苑。聚賢堂上，四時有不謝奇花；百卉廳前，八節賽長春佳景。堂懸敕額金牌，家有誓書鐵券。朱甍碧瓦，掩映著九級高堂；畫棟雕梁，真乃是三微精舍。不是當朝勳戚第，也應前代帝王家。

那條闊板橋上坐著四、五個莊客，都在那裡乘涼。三個人來到橋邊，與莊客施禮罷，林沖說道：「相煩大哥報與大官人知道，京師有個犯人送配牢城，姓林的求見。」莊客齊道：「你沒福；若是大官人在家時，有酒食錢財與你，今早出獵去了。」林沖道：「如此是我沒福，不得相遇，我們去罷。」別了眾莊客，和兩個公人再回舊路，肚裡好生愁悶。行了半里多路，只見遠遠的從林子深處，一簇人馬奔莊上來；但見：

人人俊麗，個個英雄。數十匹駿馬嘶風，兩三面繡旗弄日。粉青氈笠，似倒翻荷葉高擎；
絳色紅纓，如爛熳蓮花亂插。飛魚袋內，高插著裝金雀畫細輕弓；獅子壺中，整攢著點
翠雕翎端正箭。牽幾隻趕獐細犬，擎數對拿兔蒼鷹。穿雲俊鶻頓絨絛，脫帽錦雕尋護指。
標槍風利，就鞍邊微露寒光；畫鼓團圞，向馬上時聞響震。鞍邊拴繫，無非天外飛禽；
馬上擎抬，盡是山中走獸。好似晉王臨紫塞，渾如漢武到長楊。

中間捧著一位官人，騎一匹雪白捲毛馬。馬上那人生得龍眉鳳目，皓齒朱唇；三牙掩口髭鬚，三十四、五年紀；頭戴一頂皂紗轉角簇花巾；身穿一領紫繡花袍；腰繫一條玲瓏嵌寶玉環縧；足穿一雙金線抹綠皂朝靴；帶一張弓，插一壺箭；引領從人，都到莊上來。林沖看了尋思道：「敢是柴大官人麼？」又不敢問他，只肚裡躊躇。只見那馬上年少的官人縱馬前來問道：「這位帶枷的是甚人？」林沖慌忙躬身答道：「小人是東京禁軍教頭，姓林名沖。為因惡了高太尉，尋事發下開封府，問罪斷遣，刺配此滄州。聞得前面酒店裡說，這裡有個招賢納士好漢柴大官人；因此特來相投。不期緣淺，不得相遇。」那官人滾鞍下馬，飛奔前來，說道：「柴進有失迎迓！」就草地上便拜。林沖連忙答禮。那官人攜住林沖的手，同行到莊上來，那莊客們看見，大開了莊門。

柴進直請到廳前，兩個敘禮罷。柴進說道：「小可久聞教頭大名，不期今日來踏賤地，足稱平生渴仰之願！」林沖答道：「微賤林沖，聞大人名傳播海宇，誰人不敬！不想今日因得罪犯，流配來此，得識尊顏，宿生萬幸！」柴進再三謙讓，林沖坐了客席。董超、薛霸，也一帶坐下。跟柴進的伴當，各自牽了馬去院後歇息，不在話下。柴進便喚莊客叫將酒來。不移時，只見數個莊客托出一盤肉、一盤餅，溫一壺酒；又一個盤子，托出一斗白米，米上放著十貫錢，都一發將出來。柴進見了道：「村夫不知高下！教頭到此，如何恁地輕意！快將進去！先把果盒酒來，隨即殺羊相待。快去整治！」林沖起身謝道：「大官人，不必多賜，只此十分夠了。」柴進道：「休如此說，難得教頭到此，豈可輕慢。」莊客不敢違命，先捧出果盒酒來。柴進起身，一面手執三

杯。林沖謝了柴進，飲酒罷。兩個公人一同飲了。柴進道：「教頭請裡面少坐。」柴進隨即解了弓袋箭壺，就請兩個公人一同飲酒。

柴進當下坐了主席，林沖坐了客席，兩個公人在林沖肩下，敍說些閒話，江湖上的勾當。不覺紅日西沈，安排得酒食果品海味擺在桌上，抬在各人面前。柴進親自舉杯，把了三巡，坐下叫道：「且將湯來吃！」吃得一道湯，五、七杯酒，只見莊客來報道：「教師來也。」柴進道：「就請來一處坐地相會亦好，快抬一張桌子。」林沖起身看時，只見那個教師入來，歪戴著一頂頭巾，挺著脯子，來到後堂。林沖尋思道：「莊客稱他做教師，必是大官人的師父。」急急躬身唱喏道：「林沖謹參。」那人全不睬著，也不還禮。林沖不敢抬頭。柴進指著林沖對洪教頭道：「這位便是東京八十萬禁軍槍棒教頭林武師林沖的便是，就請相見。」林沖聽了，看著洪教頭便拜。那洪教頭說道：「休拜。起來。」卻不躬身答禮。柴進看了，心中好不快意。林沖拜了兩拜，起身讓洪教頭坐。洪教頭亦不相讓，走去上首便坐。柴進看了，又不喜歡。林沖只得肩下坐了。兩個公人亦就坐了。

洪教頭便問道：「大官人今日何故厚禮款待配軍？」柴進道：「這位非比其他的，乃是八十萬禁軍教頭師父，如何輕慢！」洪教頭道：「大官人只因好習槍棒，往往流配軍人都來倚草附木，皆道：『我是槍棒教頭。』來投莊上誘得些酒食錢米。大官人如何忒認真！」林沖聽了，並不做聲。柴進便道：「凡人不可易相，休小覷他。」洪教頭怪這柴進說「休小覷他」，便跳起身來，道：「我不信他！他敢和我使一棒看，我便道他是真教頭！」柴進大笑道：「也好，也好。林武師，你心下如何？」林沖道：「小人卻是不敢。」洪教頭心中忖量道：「那人必是不會，心中先怯了。」因此，越要來惹林沖使棒。柴進一來要看林沖本事，二者要林沖贏他，滅那廝嘴。柴進道：「且把酒來吃著，待月上來也罷。」當下又吃過了五、七杯酒，卻早月上來了，見廳堂裡面，如同白日。柴進起身道：「二位教頭，較量一棒。」林沖自肚裡尋思道：「這洪教頭必是柴大官人師父；我若一棒打翻了他，柴大官人面上須不好看。」柴進見林沖躊躇，便道：「此位洪教頭也到此不多時。此間又無對手。林武師休得要推辭。小可也正要看二位教頭的本事。」柴進說這話，原來只怕林沖礙柴進的面皮，不肯使出本事來。林沖見柴進說開就裡，方才放心。只見洪教頭先起身道：「來，來，來！和你使一棒看！」一齊都哄出堂後空地上。

莊客拿一束棍棒來放在地下。洪教頭先脫衣裳，拽扎起裙子，掣條棒，使個旗鼓，喝道：「來，來，來！」柴進道：「林武師，請較量一棒。」林沖道：「大官人，休要笑話。」就地也拿了一條棒起來，道：「師父，請教。」洪教頭看了，恨不得一口水吞了他。林沖拿著棒，使出山東大擂打將入來。洪教頭把棒就地下鞭了一棒，來搶林沖。兩個教頭在明月地下交手，真個好看。怎見是山東大擂，但見：

山東大擂，河北夾槍。大擂棒是鰌魚穴內噴來，夾槍棒是巨蟒窠中竄出。大擂棒似連根拔怪樹，夾槍棒如遍地捲枯藤。兩條海內搶珠龍，一對岩前爭食虎。

使了四、五合棒。只見林沖托地跳出圈子外來，叫一聲：「少歇。」柴進道：「教頭如何不使本事？」林沖道：「小人輸了。」柴進道：「未見二位較量，怎便是輸了？」林沖道：「小人只多這具枷，因此權當輸了。」柴進道：「是小可一時失了計較。」大笑道：「這個容易。」便叫莊客取十兩銀來。當時將至。柴進對押解兩個公人道：「小可大膽，相煩二位下顧，權把林教頭枷開了。明日牢城營內，但有事務，都在小可身上。白銀十兩相送。」董超、薛霸，見了柴進人物軒昂，不敢違他；落得做人情，又得了十兩銀子，亦不怕他走了，薛霸隨即把林沖護身枷開了。柴進大喜道：「今番兩位教師再試一棒。」洪教頭見他卻才棒法怯了，肚裡平欺他，便提起棒，卻待要使。柴進叫道：「且住。」叫莊客取出十錠銀來，重二十五兩。無一時，至面前。柴進乃道：「二位教頭比試，非比其他。這錠銀子權為利物。若是贏的，便將此銀子去。」柴進心中只要林沖把出本事來，故意將銀子丟在地下。洪教頭深怪林沖來，又要爭這個大銀子，又怕輸了銳氣，把棒來盡心使個旗鼓，吐個門戶，喚做「把火燒天勢」。林沖想道：「柴大官人心裡只要我贏他。」也橫著棒，使個門戶，吐個勢，喚做「撥草尋蛇勢」。洪教頭喝一聲：「來，來，來！」便使棒蓋將入來。林沖望後一退。洪教頭趕入一步，提起棒，又復一棒下來。林沖看他腳步已亂了，把棒從地下一跳。洪教頭措手不及，就那一跳裡，和身一轉，那棒直掃著洪教頭骨上，撇了棒，撲地倒了。柴進大喜，叫快將酒來把盞。眾人一齊大笑。洪教頭那裡掙扎起來，眾莊客一頭笑著。扶了洪教頭，羞慚滿面，自投莊外去了。柴進攜住林沖的手，再入後堂飲酒，叫將利物來送還教師。林沖那裡肯受，推托不過，只得收了。正是：

欺人意氣總難堪，冷眼旁觀也不甘。
請看受傷並折利，方知驕傲是羞慚。

柴進留林沖在莊上，一連住了幾日，每日好酒好食相待。又住了五、七日，兩個公人催促要行。柴進又置席面相待送行；又寫兩封書，吩咐林沖道：「滄州大尹也與柴進好，牢城管營、差撥，亦與柴進交厚。可將這兩封書去下，必然看覷教頭。」即捧出二十五兩一錠大銀送與林沖；又將銀五兩齎發兩個公人，吃了一夜酒。次日天明，吃了早飯，叫莊客挑了三個的行李。林沖依舊帶上枷，辭了柴進便行。柴進送出莊門作別，吩咐道：「待幾日，小可自使人送冬衣來與教頭。」林沖謝道：「如何報謝大官人！」兩個公人相謝了。三人取路投滄州來。將及午牌時候，已到滄州城裡。打發那挑行李的回去，逕到州衙裡下了公文，當廳引林沖參見了州官大尹。大尹當下收了林沖，押了回文，一面帖下判送牢城營內來。兩個公人自領了回文，相辭了回東京去，不在話下。只說林沖送到牢城營內來。看那牢城營時，但見：

門高牆壯，地闊池深。天王堂畔，兩行細柳綠垂煙；點視廳前，一簇喬松青潑黛。來往的，盡是咬釘嚼漢；出入的，無非瀝血剖肝人。

牢城營內收管林沖，發在單身房裡聽候點視。卻有那一般的罪人，都來看覷他，對林沖說道：「此間管營、差撥，都十分害人，只是要詐人錢物。若有人情錢物送與他時，便覷的你好；若是無錢，將你撇在土牢裡，求生不生，求死不死。若得了人情，入門便不打你一百殺威棒，只說有病，把來寄下；若不得人情時，這一百棒打得個七死八活。」林沖道：「眾兄長如此指教，且如要使錢，把多少與他？」眾人道：「若要使得好時，管營把五兩銀子與他，差撥也得五兩銀子送他，十分好了。」林沖與眾人正說之間，只見差撥過來問道：「那個是新來的配軍？」林沖見問，向前答應道：「小人便是。」那差撥不見他把錢出來，變了面皮，指著林沖便罵道：「你這個賊配軍！見我如何不下拜，卻來唱喏！你這廝可知在東京做出事來！見我還是大剌剌的！我看這賊配軍滿臉都是餓紋，一世也不發跡！打不死，拷不殺的頑囚！你這把賊骨頭好歹落在我手裡！教你粉骨碎身！少間叫你便見功效！」把林沖罵得「一佛出世」，那裡敢抬頭應答。眾人見罵，各自散了。林沖等他發作過了，去取五兩銀子，陪著笑臉，告道：「差撥哥哥，些小薄禮，休言輕微。」差撥看了，道：「你教我送與管營，和俺的都在裡面？」林沖道：「只是送與差撥哥哥的；另有十兩銀子，就煩差撥哥哥送與管營。」

差撥見了，看著林沖笑道：「林教頭，我也聞你的好名字。端的是個好男子！想是高太尉陷害你了。雖然目下暫時受苦，久後必然發跡。據你的大名，這表人物，必不是等閒之人，久後必做大官！」林沖笑道：「皆賴差撥照顧。」差撥道：「你只管放心。」又取出柴大官人的書禮，說道：「相煩老哥將這兩封書下一下。」差撥道：「即有柴大官人的書，煩惱做甚？這一封書值一錠金子。我一面與你下書。少間管營來點你，要打一百殺威棒時，你便只說一路患病，未曾痊可。我自來與你支吾，要瞞生人的眼目。」林沖道：「多謝指教。」差撥拿了銀子並書，離了單身房，自去了。林沖嘆口氣道：「『有錢可以通神，』此語不差！端的有這般的苦處！」原來差撥落了五兩銀子，只將五兩銀子並書來見管營，備說：「林沖是個好漢，柴大官人有書相薦，在此呈上。已是高太尉陷害配他到此，又無十分大事。」管營道，「況是柴大官人有書，必須要看顧他。」便教喚林沖來見。

且說林沖正在單身房裡悶坐，只見牌頭叫道：「管營在廳上，叫喚新到罪人林沖來點名。」林沖聽得喚，來到廳前。管營道：「你是新到犯人，太祖武德皇帝留下舊制：『新入配軍須吃一百殺威棒』。左右！與我馱起來！」林沖告道：「小人於路感冒風寒，未曾痊可，告寄打。」牌頭道：「這人現今有病，乞賜憐恕。」管營道：「果是這人症候在身，權且寄下，待病痊可卻打。」差撥道：「見天王堂看守的多時滿了，可教林沖去替換他。」就廳上押了帖文，差撥領了林沖，單身房裡取了行李，來天王堂交替。差撥道：「林教頭，我十分周全你：教看天王堂時，這是營中第一樣省氣力的勾當，早晚只燒香掃地便了。你看別的囚徒，從早直做到晚，尚不饒他；還有一等無人情的，撥他在土牢裡，求生不生，求死不死！」林沖道：「謝得照顧。」又取三、二兩銀子與差撥，道：「煩望哥哥一發周全，開了項上枷更好。」差撥接了銀子，便道：「都在我身上。」連忙去稟了管營，就將枷也開了。林沖自此在天王堂內安排宿食處，每日只是燒香掃地。

不覺光陰早過了四、五十日。那管營、差撥，得了賄賂，日久情熟，由他自在，亦不來拘管他。柴大官人又使人送冬衣並人事與他，那滿營內囚徒亦得林沖救濟。話不絮煩。時遇隆冬將近，忽一日，林沖巳牌時分偶出營前閒走。正行之間，只聽得背後有人叫道：「林教頭，如何卻在這裡？」林沖回頭過來看時，看了那人，有分教：林沖火煙堆裡，爭些斷送餘生；風雪途中，幾被傷殘性命。畢竟林沖見了的是甚人？且聽下回分解。

第十回　林教頭風雪山神廟　陸虞候火燒草料場

話說當日林沖正閒走間，忽然背後人叫，回頭看時，卻認得是酒生兒李小二。當初在東京時，多得林沖看顧；後來不合偷了店主人家錢財，被捉住了，要送官司問罪，又得林沖主張陪話，救了他免送官司，又與他陪了些錢財，方得脫免；京中安不得身，又虧林沖齎發他盤纏，於路投奔人，不想今日卻在這裡撞見。林沖道：「小二哥，你如何也在這裡？」李小二便拜，道：「自從得恩人救濟，齎發小人，一地裡投奔人不著，迤邐不想來到滄州，投托一個酒店主人，姓王，留小人在店中做過賣。因見小人勤謹，安排的好菜蔬，調和的好汁水，來吃的人都喝采，以此買賣順當，主人家有個女兒，就招了小人做女婿。如今丈人、丈母都死了，只剩得小人夫妻兩個，權在營前開了個茶酒店，因討錢過來，遇見恩人。恩人不知為何事在這裡？」林沖指著臉上，道：「我因惡了高太尉，生事陷害，受了一場官司，刺配到這裡。如今叫我管天王堂，未知久後如何。不想今日在此見你。」李小二就請林沖到家裡坐定，叫妻子出來拜了恩人。兩口兒歡喜道：「我夫婦二人正沒個親眷，今日得恩人到來，便是從天降下。」林沖道：「我是罪囚，恐怕玷辱你夫妻兩個。」李小二道：「誰不知恩人大名！休恁地說。但有衣服，便拿來家裡漿洗縫補。」當時款待林沖酒食，至夜送回天王堂，次日又來相請；因此，林沖得李小二家來往，不時間送湯送水來營裡與林沖吃。因見他兩口兒恭敬孝順，常把些銀兩與他做本錢。

且把閒話休題，只說正話。光陰迅速卻早冬來。林沖的棉衣裙襖，都是李小二渾家整治縫補。忽一日，李小二正在門前安排菜蔬下飯，只見一個人閃將進來，酒店裡坐下，隨後又一人閃入來；看時，前面那個人是軍官打扮，後面這個走卒模樣，跟著也來坐下。李小二入來問道：「可要吃酒？」只見那個人將出一兩銀子與李小二，道：「且收放櫃上，取三、四瓶好酒來。客到時，果品酒饌，只顧將來，不必要問。」李小二道：「官人請甚客？」那人道：「煩你與我去營裡請管營、差撥兩個來說話。問時，你只說有個官人請說話，商議些事務，專等，專等。」李小二應承了，來到牢城裡，先請了差撥，同到管營家裡請了管營，都到酒店裡。

只見那個官人和管營、差撥兩個講了禮。管營道：「素不相識，動問官人高姓大名？」那人道：「有書在此，少刻便知。且取酒來。」李小二連忙開了酒，一面鋪下菜蔬、果品、酒饌。那人叫討副勸盤來，把了盞，相讓坐了。小二獨自一個攛梭也似服侍不暇。那跟來的人討了湯桶，自行燙酒。約計吃過十數杯，再討了按酒，鋪放桌上。只見那人說道：「我自有伴當燙酒，不叫，你休來。我等自要說話。」李小二應了，自來門首叫老婆，道：「大姐，這兩個人來得不尷尬！」老婆道：「怎麼的不尷尬？」小二道：「這兩個人語言聲音是東京人；初時又不認得管營；向後我將按酒入去，只聽得差撥口裡吶出一句『高太尉』三個字來，這人莫不與林教頭身上有些干礙？我自在門前理會，你且去閣子背後聽說甚麼。」老婆道：「你去營中尋林教頭來認他一認。」李小二道：「你不省得。林教頭是個性急的人，摸不著便要殺人放火。倘或叫得他來看了，正是前日說的甚麼陸虞候，他肯便罷？做出事來，須連累了我和你。你只去聽一聽，再理會，」老婆道：「說得是。」便入去聽了一個時辰，出來說道：「他那三、四個交頭接耳說話，正不聽得說甚麼。只見那一個軍官模樣的人，去伴當懷裡取出一帕子物事，遞與管營和差撥。帕子裡面的莫不是金銀？只聽差撥口裡說道：『都在我身上；好歹要結果他性命！』」正說之時，閣子裡叫：「將湯來。」李小二急去裡面換湯時，看見管營手裡拿著一封書。小二換了湯，添些下飯。又吃了半個時辰，算還了酒錢，管營、差撥先去了。次後，那兩個低著頭也去了。

轉背不多時，只見林沖走將入店裡來，說道：「小二哥，連日好買賣？」李小二慌忙道：「恩人請坐，小二卻待正要尋恩人，有些要緊說話。」正是：

謀人重念震天門，悄語低言號六軍。
豈獨隔牆原有耳，滿前神鬼盡知聞。

當下林沖問道：「甚麼要緊的事？」李小二請林沖到裡面坐下，說道：「卻才有個東京來的尷尬人，在我這裡請管營、差撥吃了半日酒。差撥口裡吶出『高太尉』三個字來，小二心下疑惑，又著渾家聽了一個時辰。他卻交頭接耳，說話都不聽得。臨了，只見差撥口裡應道『都在我兩個身上。好歹要結果了他！』那兩個把一包金銀遞與管營、差撥，又吃一回酒，各自散了。不知甚麼樣人。小人心疑，只怕在恩人身上有些妨礙。」林沖道：「那人生得甚麼模樣？」李小二道：「五短身材，白淨面皮，沒甚髭鬚，約有三十餘歲。那跟的也不長大，紫棠色面皮。」林沖聽了大驚道：「這三十歲的正是陸虞候！那潑賤敢來這裡害我！休要撞著我，只教他骨肉為泥！」李小二道：「只要提防他便了；豈不聞古人云：『吃飯防噎，走路防跌？』」林沖大怒，離了李小二家，先去街上買把解腕尖刀帶在身上，前街後巷一地裡去尋。李小二夫妻兩個捏著兩把汗。當晚無事。林沖次日天明起來，洗漱罷，帶了刀，又去滄州城裡城外，小街夾巷，團團尋了一日，牢城營裡，都沒動靜；又來對李小二道：「今日又無事。」小二道：「恩人，只願如此。只是自放仔細便了。」林沖自回天王堂，過了一夜。街上尋了三、五日，不見消耗，林沖也自心下慢了。

到第六日，只見管營叫喚林沖到點視廳上，說道：「你來這裡許多時，柴大官人面皮，不曾抬舉得你。此間東門外十五里有座大軍草料場，每月但是納草料的，有些貫例錢取覓。原來是一個老軍看管。如今我抬舉你去替老軍來守天王堂，你在那裡尋幾貫盤纏。你可和差撥便去那裡交割。」林沖應道：「小人便去。」當時離了營中，逕到李小二家，對他夫妻兩個說道：「今日管營撥我去大軍草料場管事，卻如何？」李小二道：「這個差使，又好似天王堂。那裡收草料時有些貫例錢鈔。往常不使錢時，不能夠這差使。」林沖道：「卻不害我，倒與我好差使，正不知何意？」李小二道：「恩人，休要疑心。只要沒事便好了。正是小人家離得遠了，過幾時挪工夫來望恩人。」就在家裡安排幾杯酒，請林沖吃了。

話不絮煩，兩個相別了。林沖自到天王堂，取了包裹，帶了尖刀，拿了條花槍，與差撥一同辭了管營。兩個取路投草料場來。正是嚴冬天氣，彤雲密布，朔風漸起；卻早紛紛揚揚，捲下一天大雪來。那雪早下得密了，但見：

凜凜嚴凝霧氣昏，空中祥瑞降紛紛。須臾四野難分路，頃刻千山不見痕。銀世界，玉乾坤，望中隱隱接崑崙。若還下到三更後，彷彿填平玉帝門。

林沖和差撥兩個在路上又沒買酒吃處。早來到草料場外，看時，一周遭有些黃土牆，兩扇大門。推開看裡面時，七、八間草屋做著倉廒，四下裡都是馬草堆，中間兩座草廳。到那廳裡，只見那老軍在裡面向火。差撥說道：「管營差這個林沖來替你回天王堂看守，你可即便交割。」老軍拿了鑰匙，引著林沖，吩咐道：「倉廒內自有官司封記。這幾堆草，一堆堆都有數目。」老軍都點見了堆數，又引林沖到草廳上。老軍收拾行李，臨了說道：「火盆、鍋子、碗碟，都借與你。」林沖道：「天王堂內，我也有在那裡，你要，便拿了去。」老軍指壁上掛一個大葫蘆，說道：「你若買酒吃時，只出草場投東大路去二、三里便有市井。」老軍自和差撥回營裡來。

只說林沖就床上放了包裹被臥，就床邊生些焰炎起來；屋後有一堆柴炭，拿幾塊來生在地爐裡；仰面看那草屋時，四下裡崩壞了，又被朔風吹撼，搖振得動。林沖道：「這屋如何過得一冬？待雪晴了，去城中喚個泥水匠來修理。」向了一回火，覺得身上寒冷，尋思：「卻才老軍所說，二里路外有那市井，何不去沽些酒來吃？」便去包裹裡取些碎銀子，把花槍挑了酒葫蘆，將火炭蓋了，取氈笠子戴上，拿了鑰匙出來，把草廳門拽上；出到大門首，把兩扇草場門反拽上鎖了，帶了鑰匙，信步投東，雪地裡踏著碎瓊亂玉，迤邐背著北風而行。那雪正下得緊。行不上半里多路，看見一所古廟，林沖頂禮道：「神明庇佑，改日來燒紙錢。」又行了一回，望見一簇人家。林沖住腳看時，見籬笆中，挑著一個草帚兒在露天裡。林沖逕到店裡。主人道：「客人，那裡來？」林沖道：「你認得這個葫蘆兒？」主人看了道：「這葫蘆是草料場老軍的。」林沖道：「原來如此。」店主道：「即是草料場看守大哥，且請少坐；天氣寒冷，且酌三杯，權當接風。」店家切一盤熟牛肉，燙一壺熱酒，請林沖吃。又自買了些牛肉，又吃了數杯，就又買了一葫蘆酒，包了那兩塊牛肉，留下些碎銀子，把花槍挑著酒葫蘆，懷內揣了牛肉，叫聲：「相擾。」便出籬笆門，仍舊迎著朔風回來。看那雪到晚越下得緊了。古時有個書生，做了一個詞，單題那貧苦的恨雪：

廣莫嚴風刮地，這雪兒下的正好。拈絮撏綿，裁幾片大如拷栳。見林間竹屋茅茨，爭些兒被他壓倒。富室豪家，卻言道壓瘴猶嫌少。向的是獸炭紅爐，穿的是綿衣絮襖。手拈梅花，唱道國家祥瑞，不念貧民些小。高臥有幽人，吟詠多詩草。

再說林沖踏著那瑞雪，迎著北風。飛也似奔到草場門口，開了鎖入內看時，只叫得苦。原來天理昭然，佑護善人義士，因這場大雪，救了林沖的性命。那兩間草廳，已被雪壓倒了。林沖尋思：「怎地好？」放下花槍、葫蘆在雪裡；恐怕火盆內有火炭延燒起來，搬開破壁子，探半身人去摸時，火盆內火種都被雪水浸滅了。林沖把手床上摸時，只拽得一條絮被。林沖鑽將出來，見天色黑了，尋思：「又沒打火處，怎生安排？這半里路上有個古廟可以安身。我且去那裡宿一夜，等到天明，卻作理會。」把被捲了，花槍挑著酒葫蘆，依舊把門拽上，鎖了，望那廟裡來。入得廟門，再把門掩上。傍邊正有一塊大石頭，撥將過來靠了門。入得裡面看時，殿上塑著一尊金甲山神，兩邊一個判官，一個小鬼，側邊堆著一堆紙。團團看來，又沒鄰舍，又無廟主。林沖把槍和酒蘆放在紙堆上；將那條絮被放開；先取下氈笠子，把身上雪都抖了；把上蓋白布衫脫將下來，早有五分濕了，和氈笠放供桌上；把被扯來，蓋了半截下身；卻把葫蘆冷酒提來慢慢地吃，就將懷中牛肉下酒。正吃時，只聽得外面咇咇剝剝地爆響。林沖跳起身來，就壁縫裡看時，只見草料場裡火起，刮刮雜雜的燒著。但見：

雪歎火勢，草助火威。偏愁草上有風，更訝雪中送炭。赤龍鬥躍，如何玉甲紛紛；粉蝶爭飛，遮莫火蓮焰焰。初疑炎帝縱神駒，此方芻牧；又猜南方逐朱雀，遍處營巢。誰知是白地裡起災殃，也須信暗室中開電目。看這火，能教烈士無明髮；對這雪，應使奸邪心膽寒。

當時林沖便拿了花槍，卻待開門來救火，只聽得外面有人說將話來，林沖就伏門邊聽時，是三個人腳步響。直奔廟裡來，用手推門，卻被石頭靠住了，再也推不開。

三人在廟簷下立地看火。數內一個道：「這一條計好麼？」一個應道：「端的虧管營、差撥，兩位用心！回到京師，稟過太尉，都保你二位做大官。這番張教頭沒得推故了！」一個道：「林沖今番直吃我們對付了！高衙內這病必然好了！」又一個道：「張教頭那廝！三回五次托人情去說：『你的女婿沒了。』張教頭越不肯應承，因此衙內病患看看重了，太尉特使俺兩個央浼二位幹這件事；不想而今完備了！」又一個道：「小人直爬入牆裡去，四下草堆上點了十來個火把，待走那裡去！」那一個道：「這早晚燒個八分過了。」又聽得一個道：「便逃得性命時，燒了大軍草料場，也得個死罪！」又一個道：「我們回城裡去罷。」一個道：「再看一看，拾得他一、兩塊骨頭回京，府裡見太尉和衙內時，也道我們也能會幹事。」林沖聽那三個人時，一個是差撥，一個是陸虞候，一個是富安，自思道：「天可憐見林沖！若不是倒了草廳，我准定被這廝們燒死了！」輕輕把石頭開，挺著花槍，左手拽開廟門，大喝一聲：「潑賊那裡去！」

三個人都急要走時，驚得呆了，正走不動，林沖舉手，察的一槍，先搠倒差撥。陸虞候叫聲：「饒命。」嚇的慌了手腳，走不動。那富安走不到十來步，被林沖趕上，後心只一槍，又搠倒了。翻身回來，陸虞候卻才行得三、四步，林沖喝聲道：「好賊！你待那裡去！」劈胸只一提，丟翻在雪地上，把槍搠在地裡，用腳踏住胸脯，身邊取出那口刀來，便去陸謙臉上擱著，喝道：「潑賊！我自來又和你無甚麼冤仇，你如何這等害我！正是『殺人可恕，情理難容！』」陸虞候告道：

「不干小人事，太尉差遣，不敢不來。」林沖罵道：「奸賊！我與你自幼相交，今日倒來害我！怎不干你事？且吃我一刀！」把陸謙上身衣扯開，把尖刀向心窩裡只一剜，七竅迸出血來，將心肝提在手裡，回頭看時，差撥正爬將起來要走。林沖按住，喝道：「你這廝原來也恁的歹，且吃我一刀！」又早把頭割下來，挑在槍上。回來把富安、陸謙頭都割下來，把尖刀插了，將三個人頭髮結做一處，提入廟裡來，都擺在山神面前供桌上。再穿了白布衫，繫了搭膊，把氈笠子帶上，將葫蘆裡冷酒都吃盡了。被與葫蘆都丟了不要，提了槍，便出廟門投東去。走不到三、五里，早見近村人家都拿了水桶、鉤子來救火。林沖道：「你們快去救應！我去報官了來！」提著槍只顧走。有詩為證：

天理昭昭不可誣，莫將奸惡作良圖。
若大風雪沽村酒，定被焚燒化朽枯。
自謂冥中施計毒，誰知暗裡有神扶。
最憐萬死逃生地，真是魁奇偉丈夫。

那雪越下得猛。林沖投東走了兩個更次，身上單寒，當不過那冷，在雪地裡看時，離得草料場遠了，只見前面疏林深處，樹木交雜，遠遠地數間草屋，被雪壓著，破壁縫裡透火光出來。林沖逕投那草屋來。推開門，只見那中間坐著一個老莊客，周圍坐著四、五個小莊家向火，地爐裡面焰焰地燒著柴火。林沖走到面前，叫道：「眾位拜揖：小人是牢城營差使人，被雪打濕了衣裳，借此火烘一烘，望乞方便。」莊客道：「你自烘便了，何妨礙。」林沖烘著身上濕衣服，略有些乾，只見火炭裡煨著一個甕兒，裡面透出酒香。林沖便道：「小人身邊有些碎銀子，望煩回些酒吃。」老莊客道：「我們每夜輪流看米囤，如今四更，天氣正冷，我們這幾個吃尚且不夠，那得回與你。休要指望！」林沖又道：「胡亂只回三、兩碗與小人擋寒。」老莊客道：「你那人休纏！

休纏！」林沖聞得酒香，越要吃，說道：「沒奈何，回些罷。」眾莊客道：「好意著你烘衣裳向火，便要酒吃！去！不去時，將來吊在這裡！」林沖怒道：「這廝們好無道理！」把手中槍看著塊焰焰著的火柴頭，望老莊家臉上只一挑，又把槍去火爐裡只一攪。那老莊家的髭鬚焰焰的燒著。眾莊客都跳將起來。林沖把槍桿亂打，老莊家先走了，莊客們都動彈不動，被林沖趕打一頓，都走了。林沖道：「都走了！老爺快活吃酒！」土坑上卻有兩個椰瓢，取一個下來，傾那甕酒來吃了一會，剩了一半，提了槍，出門便走，一步高一步低，踉踉蹌蹌，捉腳不住；走不過一里路，被朔風一掉，隨著那山澗邊倒了，那裡掙得起來。大凡醉人一倒便起不得。當時林沖醉倒在雪地上。

卻說眾莊客引了二十餘人，拖槍拽棒，都奔草屋下看時，不見了林沖；卻尋著蹤跡，趕將來，只見倒在雪地裡，花槍丟在一邊。眾莊客一齊上，就地拿起林沖來，將一條索縛了，趁五更時分把林沖解投一個去處來。那去處不是別處，有分教：蓼兒窪內，前後擺數千支戰艦艨艟；水滸寨中，左右列百十個英雄好漢。正是：

說時殺氣侵人冷，講處悲風透骨寒。

畢竟看林沖被莊客解投甚處來？且聽下回分解。

第十一回　朱貴水亭施號箭　林沖雪夜上梁山

話說豹子頭林沖當夜醉倒在雪裡地上，掙扎不起，被眾莊客向前綁縛了，解送來一個莊院。只見一個莊客從院裡出來，說道：「大官人未起，眾人且把這廝高吊起在門樓下！」看天色曉來，林沖酒醒，打一看時，果然好個大莊院。林沖大叫道：「甚麼人敢吊我在這裡！」那莊客聽得叫，手拿柴棍，從門房裡走出來，喝道：「你這廝還自好口！」那個被燒了髭鬚的老莊客說道：「休要問他，只顧打！等大官人起來，好生推問！」眾莊客一齊上。林沖被打，掙扎不得，只叫道：「不妨事！我有分辯處！」只見一個莊客來叫道：「大官人來了。」林沖朦朧地見個官人背叉著手，行將出來，至廊下，問道：「你等眾打甚麼人？」眾莊客答道：「昨夜捉得個偷米賊人。」那官人向前來看時，認得是林沖，慌忙喝退莊客，親自解下，問道：「教頭緣何被吊在這裡？」眾莊客看，一齊走了。林沖看時，不是別人，卻是小旋風柴進；連忙叫道：「大官人救我！」柴進道：「教頭為何到此被村夫恥辱？」林沖道：「一言難盡！」兩個且到裡面坐下，把這火燒草料場一事備細告訴。柴進聽罷道：「兄長如此命蹇！今日天假其便，但請放心。這裡是小弟的東莊。且住幾時，卻再商量。」叫莊客取一籠衣裳出來，叫林沖徹裡至外都換了，請去暖閣坐地，安排酒食杯盤款待。自此，林沖只在柴進東莊上住了五、七日，不在話下。

且說滄州牢城營裡管營首告：林沖殺死差撥、陸虞候、富安等三人，放火延燒大軍草料場。州尹大驚，隨即押了公文帖，仰緝捕人員將帶做公的，沿鄉歷邑，道店村坊，畫影圖形，出三千貫信賞錢，捉拿正犯林沖。看看挨捕甚緊，各處村坊講動了。

且說林沖在柴大官人東莊上聽得這話，如坐針氈。俟候柴進回莊，林沖便說道：「非是大官人不留小弟，爭奈官司追捕甚緊，排家搜捉，倘或尋到大官人莊上時，須負累大官人不好。既蒙大官人仗義疏財，求借林沖些小盤纏，投奔他處棲身。異日不死，當效犬馬之報。」柴進道：「既是兄長要行，小人有個去處，作書一封與兄長去。」正是：

豪傑蹉跎運未通，行藏隨處被牢籠。
不因柴進修書薦，焉得馳名水滸中。

林沖道：「若得大官人如此周濟，教小人安身立命。只不知投何處去？」柴進道：「是山東濟州管下一個水鄉，地名梁山泊，方圓八百餘里，中間是宛子城、蓼兒窪。如今有三個好漢在那裡紮寨，為頭的喚做『白衣秀士』王倫，第二個喚做『摸著天』杜遷，第三個喚做『雲裡金剛』宋萬。那三個好漢聚集著七、八百小嘍囉打家劫舍。多有做下彌天大罪的人，都投奔那裡躲災避難，他都收留在彼。三位好漢亦與我交厚，常寄書緘來。我今修一封書與兄長，去投那裡入夥，如何？」林沖道：「若得如此顧盼，最好。」柴進道：「只是滄州道口現今官司張掛榜文；又差兩個軍官在那裡搜檢，把住道口。兄長必用從那裡經過……」柴進低頭一想道：「再有個計策，送兄長過去。」林沖道：「若蒙周全，死而不忘！」

柴進當日先叫莊客背了包裹出關去等。柴進卻備了二、三十匹馬，帶了弓箭旗槍，駕了鷹鵰，牽著獵狗，一行人馬多打扮了，卻把林沖雜在裡面，一齊上馬，都投關外。卻說把關軍官坐在關上，看見是柴大官人，卻都認得。原來這軍官來襲職時曾到柴進莊上，因此識熟。軍官起身道：「大官人又去快活？」柴進下馬問道：「二位官人緣何在此？」軍官道：「滄州太尹行移文書，畫影圖形，捉拿犯人林沖，特差某等在此把守；但有過往客商，一一盤問，才放出關。」柴進笑道：「我這一夥人內，中間夾帶著林沖，你緣何不認得？」軍官也笑道：「大官人是識法度的，不到得肯夾帶了出去。請尊便上馬。」柴進又笑道：「只恁地相托得過？拿得野味回來相送。」作別了，一齊上馬，出關去了。行得十四、五里，卻見先去的莊客在那裡等候。柴進叫林沖下了馬，脫去打獵的衣服，卻穿上莊客帶來的自己衣裳，繫了腰刀，戴上紅纓氈笠，背上包裹，提了袞刀，相辭柴進，拜別了便行。只說那柴進一行人上馬自去獵，到晚方回，依舊過關送些野味與軍官，回莊上去了，不在話下。

且說林沖與柴大官人別後，上路行了十數日，時遇暮冬天氣，彤雲密布，朔風緊起，又見紛紛揚揚下著滿天大雪。行不到二十餘里，只見滿地如銀。昔金完顏亮有篇詞，名百字令，單題著大雪，壯那胸中殺氣。

天丁震怒，掀翻銀海，散亂珠箔。六出奇花飛滾滾，平填了山中丘壑。皓虎顛狂，素麟猖獗，掣斷珍珠索。玉龍酣戰，鱗甲滿天飄落。誰念萬里關山，征夫僵立，縞帶霑旗腳。色映戈矛，光搖劍戟，殺氣橫戎幕。貔虎豪雄，偏裨英勇，共與談兵略。須拚一醉，看取碧空寥廓。

林沖踏著雪只顧走，看看天色冷得緊切，漸漸晚了，遠遠望見枕溪靠湖一個酒店，被雪漫漫地壓著。但見：

銀迷草舍，玉映茅簷。數十株老樹杈枒，三五處小窗關閉。疏荊籬落，渾如膩粉輕鋪；黃土繞牆，卻似鉛華布就。千團柳絮飄簾幕，萬片鵝毛舞酒旗。

林沖奔入那酒店裡來，揭開蘆簾，拂身入去，倒側身看時，都是座頭，揀一處坐下，倚了袞刀，解放包裹，掛了氈笠，把腰刀也掛了。只見一個酒保來問道：「客官，打多少酒？」林沖道：「先取兩角酒來。」酒保將個桶兒打兩角酒，將來放在桌上。林沖又問道：「有甚麼下酒？」酒保道：「有生熟牛肉、肥鵝、嫩雞。」林沖道：「先切二斤熟牛肉來。」酒保去不多時，將來鋪下一大盤牛肉，數盤菜蔬，放個大碗，一面篩酒。林沖吃了三、四碗酒，只見店裡一個人背叉著手，走出來門前看雪。那人問酒保道：「甚麼人吃酒？」林沖看那人時，頭戴深簷暖帽，身穿貂鼠皮襖，腳著一雙獐皮窄靿靴，身材長大，相貌魁宏，雙拳骨臉，三丫黃髯，只把頭來仰著看雪。林沖叫酒保只顧篩酒。林沖說道：「酒保，你也來吃碗酒。」酒保吃了一碗，林沖問道：「此間去梁山泊還有多少路？」酒保答道：「此間要去梁山泊雖只數里，卻是水路，全無旱路。若要去時，須用船去，方才渡得到那裡。」林沖道：「你可與我覓隻船兒。」酒保道：「這般大雪，天色又晚了，那裡去尋船隻。」林沖道：「我多與你些錢，央你覓隻船來，渡我過去。」酒保道：「卻是沒討處。」林沖尋思道：「這般卻怎的好？」又吃了幾碗酒，悶上心來，驀然想起：「我先在京師做教頭，每日六街三市遊玩吃酒；誰想今日被高俅這賊坑陷了我這一場，文了面，直斷送到這裡，閃得我有家難奔，有國難投，受此寂寞！」因感傷懷抱，問酒保借筆硯來，乘著一時酒興，向那白粉壁上寫下八句道：

仗義是林沖，為人最樸忠。
江湖馳譽望，京國顯英雄。
身世悲浮梗，功名類轉蓬。
他年若得志，威鎮泰山東！

撇下筆，再取酒來。正飲之間，只見那個穿皮襖的漢子向前來把林沖劈腰揪住，說道：「你好大膽！你在滄州做下彌天大罪，卻在這裡！現今官司出三千貫信賞錢捉你，卻是要怎地？」林沖道：「你道我是誰？」那漢道：「你不是豹子頭林沖？」林沖道：「我自姓張。」那漢笑道：「你莫胡說。現今壁上寫下名字。你臉上文著金印，如何要賴得過！」林沖道：「你真個要拿我？」那漢笑道：「我卻拿你做甚麼！」便邀到後面一個水亭上，叫酒保點起燈來，和林沖施禮，對面坐下。那漢問道：「卻才見兄長只顧問梁山泊路頭，要尋船去，那裡是強人山寨，你待要去做甚麼？」林沖道：「實不相瞞，如今官司追捕小人緊急，無安身處，特投這山寨裡好漢入夥，因此要去。」那漢道：「雖然如此，必有個人薦兄長來入夥？」林沖道：「滄州橫海郡故友舉薦將來。」那漢道：「莫非小旋風柴進麼？」林沖道：「足下何以知之？」那漢道：「柴大官人與山寨中大王頭領交厚，常有書信往來。」原來王倫當初不得第之時，與杜遷投奔柴進，多得柴進留在莊子上住了幾時，臨起身又齎發盤纏銀兩，因此有恩。

林沖聽了便拜道：「有眼不識泰山！願求大名。」那漢慌忙答禮。說道：「小人是王頭領手下耳目，姓朱名貴。原是沂州沂水縣人氏。江湖上俱叫小弟做『旱地忽律』。山寨裡教小弟在此間開酒店為名，專一探聽往來客商經過。但有財帛者，便去山寨裡報知。但是孤單客人到此，無財帛的，放他過去；有財帛的，來到這裡，輕則蒙汗藥麻翻，重則登時結果，將精肉片為羓子，肥肉煎油點燈。卻才見兄長只顧問梁山泊路頭，因此不敢下手。次後見寫出大名來，曾有東京來的人，傳說兄長的豪傑，不期今日得會。既有柴大官人書緘相薦，亦是兄長名震寰海，王頭領必當重賞。」隨即安排魚肉，盤饌酒餚，到來相待。兩個在水亭上吃了半夜酒。林沖道：「如何能夠船來渡過去？」朱貴道：「這裡自有船隻，兄長放心，且暫宿一宵，五更卻請起來同往。」當時兩個各自去歇息。

睡到五更時分，朱貴自來叫起林沖來。洗漱罷，再取三、五杯酒相待，吃了些肉食之類。此時天尚未明。朱貴到水亭上把盒子開了，取出一張鵲畫弓，搭上那一枝響箭，覷著對港敗蘆折葦裡面射將去。林沖道：「此是何意？」朱貴道：「此是山寨裡的號箭。少頃便有船來。」沒多時，只見對過蘆葦泊裡，三、五個小嘍囉搖著一隻快船過來，逕到水亭下。朱貴當時引了林沖，取了刀仗、行李下船。小嘍囉把船搖開，望泊子裡去奔金沙灘來。林沖看時，見那八百里梁山水泊，果然是個陷人去處！但見：

山排巨浪，水接遙天。亂蘆攢萬隊刀槍，怪樹列千層劍戟。濠邊鹿角，俱將骸骨攢成。

寨內碗瓢，盡使骷髏做就。剝下人皮蒙戰鼓，截來頭髮做繮繩。阻當官軍，有無限斷頭港陌。遮攔盜賊，是許多絕徑林巒。鵝卵石疊疊如山，苦材槍森森似雨。斷金亭上愁雲起，聚義廳前殺氣生。

當時小嘍囉把船搖到金沙灘岸邊，朱貴同林沖上了岸。小嘍囉背了包裹，拿了刀仗，兩個好漢上山寨來。那幾個小嘍囉自把船搖到小港裡去了。林沖看岸上時，兩邊都是合抱的大樹，半山裡一座斷金亭子。再轉將過來，見座大關。關前擺著鎗刀劍戟，弓弩戈矛，四邊都是擂木砲石。小嘍囉先去報知。

二人進得關來，兩邊夾道旁擺著隊伍旗號；又過了兩座關隘，方才到寨門口。林沖看見四面高山，三關雄壯，團團圍定；中間裡鏡面也似一片平地，可方三、五百丈；靠著山口才是正門，兩邊都是耳房。朱貴引著林沖來到聚義廳上，中間交椅上坐著一個好漢，正是白衣秀士王倫，左邊交椅上坐著摸著天杜遷，右邊交椅坐著雲裡金剛宋萬。朱貴、林沖向前聲喏了。林沖立在朱貴側邊。朱貴便道：「這位是東京八十萬禁軍教頭，姓林名沖，綽號豹子頭。因被高太尉陷害，刺配滄州。那裡又被火燒了大軍草料場。爭奈殺死三人，逃走在柴大官人家，好生相敬，因此特寫書來，舉薦入夥。」林沖懷中取書遞上。王倫接來拆開看了，便請林沖來坐第四位交椅，朱貴坐了第五位；一面叫小嘍囉取酒來，把了三巡，動問：「柴大官人近日無恙？」林沖答道：「每日只在郊外獵較樂情。」王倫動問了一回，驀然尋思道：「我卻是個不及第的秀才，因鳥氣合著杜遷來這裡落草，續後宋萬來，聚集這許多人馬伴當。我又沒十分本事，杜遷、宋萬武藝也只平常。如今不爭添了這個人，他是京師禁軍教頭，必然好武藝。倘若被他識破我們手段，他須占強，我們如何迎敵？不若只是一怪，推卻事故，發付他下山去便了，免致後患。只是柴進面上卻不好看，忘了日前之恩。如今也顧他不得！」正是：

未同豪氣豈相求，縱遇英雄不肯留。
秀士自來多嫉妒，豹頭空嘆覓封侯。

當下王倫叫小嘍囉一面安排酒食，整理筵宴，請林沖赴席。眾好漢一同吃酒。將次席終，王倫叫小嘍囉把一個盤子，托出五十兩白銀，兩匹紵絲來。王倫起身說道：「柴大官人舉薦將教頭來敝寨入夥，爭奈小寨糧食缺少，屋宇不整，人力寡薄，恐日後誤了足下，亦不好看。略有些薄禮，望乞笑留。尋個大寨安身歇馬，切勿見怪。」林沖道：「三位頭領容覆：小人千里投名，萬里投主，憑托柴大官人面皮，逕投大寨入夥。林沖雖然不才，望賜收錄，當以一死向前，並無諂佞，實為平生之幸，不為銀兩齎發而來。乞頭領照察。」王倫道：「我這裡是個小去處，如何安著得你?休怪，休怪。」

朱貴見了便諫道：「哥哥在上，莫怪小弟多言。山寨中糧食雖少，近村遠鎮可以去借；山場水泊，木植廣有，便要蓋千間房屋，卻也無妨。這位是柴大官人力舉薦來的人，如何教他別處去?抑且柴大官人自來與山上有恩，日後得知不納此人，須不好看。這位又是有本事的人，他必然來出氣力。」杜遷道：「山寨中那爭他一個。哥哥若不收留，柴大官人知道時見怪，顯的我們忘恩背義；日前多曾虧了他，今日薦個人來，便恁推卻，發付他去!」宋萬也勸道：「柴大官人面上，可容他在這裡做個頭領也好。不然，見得我們無義氣，使江湖上好漢見笑。」王倫道：「兄弟們不知。他在滄洲雖是犯了彌天大罪，今日上山，卻不知心腹。倘或來看虛實，如之奈何？」林沖道：「小人一身犯了死罪，因此來投入夥，何故相疑？」王倫道：「既然如此，你若真心入夥，把一個投名狀來。」林沖便道：「小人頗識幾字。」乞紙筆來便寫。朱貴笑道：「教頭，你錯了。但凡好漢們入夥，須要納投名狀。是教你下山去殺得一個人，將頭獻納，他便無疑心；這個便謂之『投名狀』。」林沖道：「這事也不難，林沖便下山去等。只怕沒人過。」王倫道：「與你三日限。若三日內有投名狀來，便容你入夥；若三日內沒時，只得休怪。」林沖應承了。自回房中宿歇，悶悶不已。正是：

愁懷鬱鬱若難開，可恨王倫忒弄乖。
明日早尋山路去，不知那個送頭來。

當夜席散，朱貴相別下山，自去守店。林沖到晚取了刀仗、行李，小嘍囉引去客房內歇了一夜。次日早起來，吃些茶飯，帶了腰刀，提了朴刀，叫一個小嘍囉領路下山，把船渡過去，在僻靜小路上等候客人過往。從朝至暮，等了一日，並無一個孤單客人經過。林沖悶悶不已，和小嘍囉再過渡來，回到山寨中。王倫問道：「投名狀何在？」林沖答道：「今日並無一個過往，以此不曾取得。」王倫道：「你明日若無投名狀時，也難在這裡了。」林沖再不敢答應，心內自己不樂；來到房中討些飯吃了，歇了一夜；次日，清早起來，和小嘍囉吃了早飯，拿了朴刀又下山來。小嘍囉道：「俺們今日投南山路去等。」兩個過渡，來到林子裡等候，並不見一個客人過往。伏到午牌時候，一夥客人，約有三百餘人，結蹤而過，林沖又不敢動手，看他過去。又等了一歇，看看天色晚來，又不見一個客人過。林沖對小嘍囉道：「我恁地晦氣！等了兩日，不見一個孤單客人過往，如何是好？」小嘍囉道：「哥哥且寬心；明日還有一日限，我和哥哥去東山路上等候。」當晚依舊渡回。王倫說道：「今日投名狀如何？」林沖不敢答應，只嘆了一口氣。王倫笑道：「想是今日又沒了？我說與你三日限，今已兩日了。若明日再無，不必相見了，便請挪步下山投別處去。」林沖回到房中，端的是心內好悶有臨江仙詞一篇云：

悶似蛟龍離海島，愁如猛虎困荒田，悲秋宋玉淚漣漣。江淹初去筆，項羽恨無船。高祖滎陽遭困厄，昭關伍相憂煎，曹公赤壁火連天。李陵臺上望，蘇武陷居延。

當晚林沖仰天長嘆道：「不想我今日被高俅那賊陷害流落到此，天地也不容我，直如此命蹇時乖！」過了一夜，次日，天明起來，討飯食吃了，打拴那包裹，撇在房中，跨了腰刀，提了朴刀，又和小嘍囉下山過渡，投東山路上來。林沖道：「我今日若還取不得投名狀時，只得去別處安身立命！」兩個來到山下東路林子裡潛伏等候。看看日頭中了，又沒一個人來。時遇殘雪初晴，日色明朗。林沖提著朴力，對小嘍囉道：「眼見得又不濟事了！不如趁早天色未晚，取了行李，只得往別處去尋個所在！」小校用手指道：「好了！兀的不是一個人來？」林沖看時，叫聲：「慚愧！」只見那個人遠遠在山坡下望見行來。待他來得較近，林沖把朴刀桿剪了一下，驀地跳將出來。那漢子見了林沖，叫聲「阿也！」撇了擔子，轉身便走。林沖趕得去，那裡趕得上；那漢子閃過山坡去了。

林沖道：「你看我命苦麼？來了三日，甫能等得一個人來，又吃他走了！」小校道：「雖然不殺得人，這一擔財帛可以抵擋。」林沖道：「你先挑了上山去，我再等一等。」小嘍囉先把擔兒挑出林去，只見山坡下轉出一個大漢來。林沖見了，說道：「天賜其便！」只見那人挺著朴刀，大叫如雷，喝道：「潑賊！殺不盡的強徒！將俺行李那裡去！洒家正要捉你這廝們，倒來拔虎鬚！」飛也似踴躍將來。林沖見他來得勢猛，也使步迎他。不是這個人來鬥林沖，有分教：梁山泊內，添幾個弄風白額大蟲；水滸寨中，輳幾隻跳澗金睛猛獸。畢竟來與林沖鬥的正是甚人？且聽下回分解。

第十二回　梁山泊林沖落草　汴京城楊志賣刀

話說林沖打一看時，只見那漢子頭戴一頂范陽氈笠，上撒著一托紅纓；穿一領白緞子征衫，繫一條縱線絛。下面青白間道行纏，抓著褲子口，獐皮襪，帶毛牛膀靴。跨口腰刀，提條朴刀。生得七尺五、六身材，面皮上老大一搭青記，腮邊微露些少赤鬚。把氈笠子掀在脊梁上，坦開胸脯。帶著抓角兒軟頭巾，挺手中朴刀，高聲喝道：「你那潑賊！將俺行李財帛那裡去了？」林沖正沒好氣，那裡答應，圓睜怪眼，倒豎虎鬚，挺著朴刀，搶將來，鬥那個大漢。

此時殘雪初晴，薄雲方散。溪邊踏一片寒冰，岸畔湧兩條殺氣。一往一來，鬥到三十來合，不分勝敗，兩個又鬥了十數合。正鬥到分際，只見山高處叫道：「兩位好漢，不要鬥了。」林沖聽得，驀地跳出圈子外來。兩個收住手中朴刀，看那山頂上時，卻是白衣秀士王倫和杜遷、宋萬，並許多小嘍囉。走下山來，將船渡過了河，說道：「兩位好漢，端的好兩口朴刀，神出鬼沒！這個是俺的兄弟豹子頭林沖。青面漢，你卻是誰？願通姓名。」那漢道：「洒家是三代將門之後，五侯楊令公之孫，姓楊名志。流落在此關西。年紀小時曾應過武舉，做到殿司制使官。道君因蓋萬歲山，差一般十個制使去太湖邊搬運花石綱，赴京交納。不想洒家時乖運蹇，押著那花石綱來到黃河裡，遭風打翻了船，失陷了花石綱，不能回京走任，逃去他處避難。如今赦了俺們罪犯。洒家今來收的一擔兒錢物，待回東京去樞密院使用，再理會本身的勾當。打從這裡經過，雇請莊家挑那擔兒，不想被你們奪了。可把來還洒家，如何？」王倫道：「你莫不是綽號喚做『青面獸』的？」楊志道：「洒家便是。」王倫道：「既然是楊制使，就請到山寨吃三杯水酒，納還行李，如何？」楊志道：「好漢既然認得洒家，便還了俺行李，更強似請吃酒。」王倫道：「制使，小可數年前到東京應舉時，便聞制使大名。今日幸得相見，如何教你空去？且請到山寨少敘片時，並無他意。」楊志聽說了，只得跟了王倫一行人等過了河，上山寨來。就叫朱貴同上山寨相會。

都來到寨中聚義廳上。左邊一帶，四把交椅，卻是王倫、杜遷、宋萬、朱貴；右邊一帶，兩把交椅，上首楊志，下首林沖。都坐定了。王倫叫殺羊置酒，安排筵宴，款待楊志，不在話下。

話休絮煩。酒至數杯，王倫心裡想道：「若留林沖，實形容得我們不濟，不如我做個人情，並留了楊志，與他作敵。」因指著林沖對楊志道：「這個兄弟，他是東京八十萬禁軍教頭，喚做豹子頭林沖；因這高太尉那廝安不得好人，把他尋事刺配滄州，那裡又犯了事，如今也新到這裡。卻才制使上東京勾當，不是王倫糾合制使，小可兀自棄文就武，來此落草，制使又是有罪的人，雖經赦宥，難復前職；亦且高俅那廝現掌軍權，他如何肯容你？不如只就小寨歇馬，大秤分金銀，大碗吃酒肉，同做好漢。不知制使心下主意若何？」楊志答道：「重蒙眾頭領如此帶攜，只是洒家有個親眷，現在東京居住。前者官事連累了，不曾酬謝得他，今日欲要投那裡走一遭，望眾頭領還了洒家行李。如不肯還，楊志空手也去了。」王倫笑道：「既是制使不肯在此，如何敢勒逼入夥。且請寬心住一宵，明日早行。」楊志大喜。當日飲酒到一更方歇，各自去歇息了。次日早起來，又置酒與楊志送行。吃了早飯，眾頭領叫一個小嘍囉，把昨夜擔兒挑了，一齊都送下山。來到路口，與楊志作別。叫小嘍囉渡河，送出大路。眾人相別了，自回山寨。王倫自此方才肯教林沖坐第四位，朱貴坐第五位。從此，五個好漢在梁山泊打家劫舍，不在話下。

只說楊志出了大路，尋個莊家挑了擔子，發付小嘍囉自回山寨。楊志取路，不數日，來到東京。入得城來，尋個客店安歇下，莊客交還擔兒，與了些銀兩，自回去了。楊志到店中放下行李，解了腰刀、朴刀，叫店小二將些碎銀子買些酒肉吃了。過數日，央人來樞密院打點，理會本等的勾當，將出那擔兒金銀物買上告下，再要補殿司府制使職役。把許多東西都使盡了，方才得申文書，引去見殿帥高太尉，來到廳前。那高俅把從前歷事文書都看了，大怒道：「既是你等十個制使去運花石綱，九個回到京師交納了，偏你這廝把花石綱失陷了！又不來首告，倒又在逃，許多時捉拿不著！今日再要勾當，雖經赦宥所犯罪名，難以委用！」把文書一筆都批倒了，將楊志趕出殿司府來。楊志悶悶不已，只到客店中，思量：「王倫勸俺，也見得是。只是洒家清白姓字，不肯將父母遺體來玷汙了，指望把一身本事，邊庭上一槍一刀，搏個封妻蔭子，也與祖宗爭口氣；不想又吃這一閃！高太尉，你忒毒害，恁地刻薄！」心中煩惱了一回。在客店裡又住幾日，盤纏都使盡了。正是：

花石綱原沒紀綱，奸邪到底困忠良。
早知廊廟當權重，不若山林聚義長。

楊志尋思道：「卻是怎地好？只有祖上留下這口寶刀，從來跟著洒家；如今事急無措，只得拿去街上貨賣，得千百貫錢鈔，好做盤纏，投往他處安身。」當日將了寶刀，插了草標兒，上市去賣。走到馬行街內，立了兩個時辰，並無一個人問。將立到晌午時分，轉來到天漢州橋熱鬧處去賣。楊志立未久，只見兩邊的人都跑入河下巷內去躲。楊志看時，只見都亂攛，口裡說道：「快躲了！大蟲來也！」楊志道：「好作怪！這等一片錦城池，卻那得大蟲來？」當下立住腳看時，只見遠遠地黑凜凜一條大漢，吃得半醉，一步一攧撞將來。楊志看那人時，形貌生得粗陋。但見：

面目依稀似鬼，身持仿佛如人。杈枒怪樹，變為肐膊形骸；臭穢枯樁，化作腌臢魍魎。渾身遍體，都生滲滲瀨瀨沙魚皮；夾腦連頭，盡長拳拳彎彎捲螺髮。胸有一片緊頑皮，額上三條強拗皺。

原來這個人，是京師有名的破落戶潑皮，叫做「沒毛大蟲」牛二，專在街上撒潑、行兇、撞鬧，連為幾頭官司，開封府也治他不下；以此，滿城人見那廝來都躲了。卻說牛二搶到楊志面前，就手裡把那口寶刀扯將出來，問道：「漢子，你這刀要賣幾錢？」楊志道：「祖上留下寶刀，要賣三千貫。」牛二喝道：「甚麼鳥刀！要賣許多錢！我三十文買一把，也切得肉，切得豆腐！

你的鳥刀有甚好處，叫做寶刀？」楊志道：「洒家的須不是店上賣的白鐵刀，這是寶刀。」牛二道：「怎地喚做寶刀？」楊志道：「第一件，砍銅剁鐵，刀口不捲；第二件，吹毛得過；第三件，殺人刀上沒血。」牛二道：「你敢剁銅錢麼？」楊志道：「你便將來，剁與你看。」牛二便去州橋下香椒鋪裡討了二十文當三錢，一垛兒將來放在州橋欄杆上，叫楊志道：「漢子，你若剁得開時，我還你三千貫！」那時看的人雖然不敢近前，向遠遠地圍住了望。楊志道：「這個值得甚麼！」把衣袖捲起，拿刀在手，看的較準，只一刀把銅錢剁做兩半。眾人喝采。牛二道：「喝甚麼鳥采！你且說第二件是甚麼？」楊志道：「吹毛得過；若把幾根頭髮，望刀口上只一吹，齊齊都斷。」牛二道：「我不信！」自把頭上拔下一把頭髮，遞與楊志，「你且吹我看。」楊志左手接過頭髮，照著刀口上盡氣力一吹，那頭髮都做兩段，紛紛飄下地來。

眾人喝采。看的人越多了。牛二又問：「第三件是甚麼？」牛志道：「殺人刀上沒血。」牛二道：「怎地殺人刀上沒血？」楊志道：「把人一刀砍了，並無血痕。只是個快。」牛二道：「我不信！你把刀來剁一個人我看。」楊志道：「禁城之中，如何敢殺人。你不信時，取一隻狗來殺與你看。」牛二道：「你說殺人，不曾說殺狗！」楊志道：「你不買便罷！只管纏人做甚麼？」牛二道：「你將來我看！」楊志道：「你只顧沒了當！洒家又不是你撩撥的！」牛二道：「你敢殺我！」楊志道：「和你往日無冤，昔日無仇，一物不成，兩物現在，沒來由殺你做甚麼。」牛二緊揪住楊志，說道：「我偏要買你這口刀！」楊志道：「你要買，將錢來！」牛二道：「我沒錢！」楊志道：「你沒錢，揪住洒家怎地？」牛二道：「我要你這口刀！」楊志道：「我不與你！」牛二道：「你好男子，剁我一刀！」楊志大怒，把牛二推了一跤。牛二爬將起來，鑽入楊志懷裡。楊志叫道：「街坊鄰舍都是證見：楊志無盤纏，自賣這口刀，這個潑皮強奪洒家的刀，又把俺打！」街坊人都怕這牛二，誰敢向前來勸。牛二喝道：「你說我打你，便打殺，直甚麼！」口裡說，一面揮起右手，一拳打來。楊志霍地躲過，拿著刀搶入來，一時性起，望牛二顙根上搠個著，撲地倒了。楊志趕入去，把牛二胸脯上又連搠了兩刀，血流滿地，死在地上。

楊志叫道：「酒家殺死這個潑皮，怎肯連累你們。潑皮既已死了，你們都來同洒家去官府裡出首！」坊隅眾人慌忙攏來，隨同楊志逕投開封府出首。正值府尹坐衙。楊志拿著刀，和地方鄰舍眾人都上廳來，一齊跪下，把刀放在面前。楊志道：「小人原是殿司制使，為因失陷花石綱，削去本身職役，無有盤纏，將這口刀在街貨賣，不期被個潑皮破落戶牛二強奪小人的刀，又用拳打小人，因此一時性起，將那人殺死。眾鄰舍都是證見。」眾人亦替楊志告說，分訴了一回。府尹道：「既是自行前來出首，免了這廝入門的款打。」且叫取一面長枷枷了，差兩員相官帶了仵作行人，監押楊志並眾鄰舍一干人犯，都來天漢州橋邊登場檢驗了，疊成文案。眾鄰舍都出了供狀保放，隨衙聽候，當廳發落，將楊志於死囚牢裡監守。但見：

推臨獄內，擁入牢門。黃鬚節級，麻繩準備吊綳揪；黑面押牢，木匣安排牢鎖鐐。殺威棒，獄卒斷時腰痛；撒子角，囚人見了心驚。休言死去見閻王，只此便知真地獄。

且說楊志押到死囚牢裡，牢裡眾多押牢禁子，節級見說楊志殺死沒毛大蟲牛二，都可憐他是個好男子，不來問他取錢，又好生看覷他。天漢州橋下眾人為是楊志除了街上害人之物，都斂些盤纏，湊些銀兩來與他送飯，上下又替他使用。推司也覷他是個有名的好漢，又與東京街上除了一害，牛二家又沒苦主，把款狀都改得輕了，三推六問，卻招做「一時鬥毆殺傷，誤傷人命」。待了六十日限滿，當廳推司稟過府尹，將楊志帶出廳前，除了長枷，斷了二十脊杖，喚個文墨匠人刺了兩行「金印」，迭配北京大名府留守司充軍。那口寶刀沒官入庫。當廳押了文牒，差兩個防送公人，免不得是張龍、趙虎，把七斤半鐵葉子盤頭護身枷釘了，吩咐兩個公人，便教監押上路。天漢州橋那幾個大戶科斂些銀兩錢物，等候楊志到來，請他兩個公人一同到酒店裡吃了些酒食；把出銀兩，賫發兩位防送公人，說道：「楊志個好漢，與民除害；今去北京，路途中望乞二位上下照覷，好生看他一看。」張龍、趙虎道：「我兩個也知他是好漢，亦不必你眾位吩咐，但請放心。」楊志謝了眾人。其餘多的銀兩盡送與楊志做盤纏，眾人各自散了。

話裡只說楊志同兩個公人來到原下的客店裡，算還了房錢、飯錢，取了原寄的衣服、行李，安排些酒食請了兩個公人，尋醫士贖了幾個棒瘡的膏藥，貼了棒瘡，便同兩個公人上路。三個望北京進發，五里單牌，十里雙牌，逢州過縣，買些酒肉，不時請張龍、趙虎吃。三個在路，夜宿旅館，曉行驛道，不數日來到北京，入得城中，尋個客店安下。原來北京大名府留守司，上馬管軍，下馬管民，最有權勢。那留守喚作梁中書，諱世傑；他是東京當朝太師蔡京的女婿。當日是二月初九日。留守升廳。兩個公人解楊志到留守司廳前，呈上開封府公文。梁中書看了。原在東京時，也曾認得楊志。當下一見了，備問情由。楊志便把高太尉不容復職，使盡錢財，將寶刀貨賣，因而殺死牛二的實情，通前一一告稟了。梁中書聽得大喜，當廳就開了枷，留在廳前聽用，押了批回與兩個公人，自回東京，不在話下。

只說楊志自在梁中書府中早晚殷勤聽候使喚。梁中書見他謹勤，有心要抬舉他，欲要遷他做個軍中副牌，月支一分請受，只恐眾人不服。因此，傳下號令，教軍政司告示大小諸將人員，來日都要出東郭門教場中去演武試藝。當晚，梁中書喚楊志到廳前。梁中書道：「我有心要抬舉你做個軍中副牌，月支一分請受，只不知你武藝如何？」楊志稟道：「小人應過武舉出身，曾做殿司制使職役。這十八般武藝，自小習學。今日蒙恩相抬舉，如撥雲見日一般。楊志若得寸進，當效銜環背鞍之報。」梁中書大喜，賜與一副衣甲。當夜無事。

次日天曉，時當二月中旬，正值風和日暖。梁中書早飯已罷，帶領楊志上馬，前遮後擁，往東郭門來。到得教場中。大小軍卒並許多官員接見，就演武廳前下馬，到廳上，正面撒著一把渾銀交椅，坐下。左右兩邊，齊臻臻地排著兩行官員：指揮使、團練使、正制使、統領使、牙將、校尉、正牌軍、副牌軍。前後周圍，惡狠狠地列著百員將校。正將臺上立著兩個都監：一個喚做「李天王」李成，一個喚做「聞大刀」聞達。二人皆有萬夫不當之勇，統領著許多軍馬，一齊都來朝著梁中書呼三聲喏。卻早將臺上豎起一面黃旗來。將臺兩邊，左右列著三、五十對金鼓手，一齊發起擂來。品了三通畫角，發了三通擂鼓，教場裡面誰敢高聲。又見將臺上豎起一面淨平旗來，前後五軍一齊整肅。將臺上把一面引軍紅旗麾動，只見鼓聲響處，五百軍列成兩陣，軍士各執器械在手。將臺上又把白旗招動，兩陣馬軍齊齊地都立在面前，各把馬勒住。

梁中書傳下令來，叫喚副牌軍周謹向前聽令。右陣裡周謹聽得呼喚，躍馬到廳前，跳下馬，插了槍，暴雷也似聲個大喏。梁中書道：「著副牌軍施逞本身武藝。」周謹得了將令，綽槍上馬，在演武廳前，左盤右旋，右旋左盤，將手中槍使了幾路。眾人喝采。梁中書道：「叫東京對撥來的軍健楊志。」楊志轉過廳前，唱個大喏。梁中書道：「楊志，我知你原是東京殿司府制使軍官，犯罪配來此間。即日盜賊猖狂，國家用人之際。你敢與周謹比試武藝高低？如若贏時，便遷你充其職役。」楊志道：「若蒙恩相差遣，安敢有違鈞旨。」梁中書叫取一匹戰馬來，教甲仗庫隨行官吏應付軍器；教楊志披掛上馬，與周謹比試。楊志去廳後把取來衣甲穿了；拴束罷，帶了頭盔、弓箭、腰刀，手拿長槍上馬，從廳後跑將出來。梁中書看了道：「著楊志與周謹先比槍。」周謹怒道：「這個賊配軍！敢來與我交槍！」誰知惱犯了這個好漢，來與周謹鬥武。不因這番比試，有分教：楊志在萬馬叢中聞姓字，千軍隊裡奪頭功。畢竟楊志與周謹比試，引出甚麼人來？且聽下回分解。

第十三回　青面獸北京鬥武　急先鋒東郭爭功

話說當時周謹、楊志兩個勒馬在於旗下，正欲交戰交鋒。只見兵馬都監聞達喝道：「且住！」自上廳來稟覆梁中書道：「覆恩相：論這兩個比試武藝，雖然未見本事高低，槍刀本是無情之物，只宜殺賊剿寇，今日軍中自家比試，恐有傷損，輕則殘疾，重則致命。此乃於軍不利。可將兩根槍去了槍頭，各用氈片包裹，地下蘸了石灰，再各上馬，都與皂衫穿著，但是槍尖廝搠，如白點多者當輸。」梁中書道：「言之極當。」隨即傳令下去。兩個領了言語，向這演武廳後去了槍尖，都用氈片包了，縛成骨朵。身上各換了皂衫，各用槍去石灰桶裡蘸了石灰，再各上馬，出到陣前。

那周謹躍馬挺槍，直取楊志；這楊志也拍戰馬，撚手中槍，來戰周謹。兩個在陣前，來來往往，番番復復；攪做一團，扭做一塊；鞍上人鬥人，坐下馬鬥馬。兩個鬥了四、五十合，看周謹時，恰似打翻了豆腐的，斑斑點點，約有三、五十處；看楊志時，只有左肩胛下一點白。梁中書大喜，叫喚周謹上廳，看了跡道：「前官參你做個軍中副牌，量你這般武藝，如何南征北討？怎生做得正請受的副牌？教楊志替此人職役。」管軍兵馬都監李成上廳稟覆梁中書道：「周謹槍法生疏，弓馬熟嫻；不爭把他來逐了職事，恐怕慢了軍心。再教周謹與楊志比箭，如何？」梁中書道：「言之極當。」再傳下將令來，叫楊志與周謹比箭。

兩個得了將令，都扎了槍，各關了弓箭。楊志就弓袋內取出那張弓來，扣得端正，擎了弓，跳上馬，跑到廳前，立在馬上，欠身稟覆道：「恩相，弓箭發處，事不容情；恐有傷損，乞請鈞旨。」梁中書道：「武夫比試，何慮傷殘？但有本事，射死勿論。」楊志得令，回到陣前。李成傳下言語，叫兩個比箭好漢，各關與一面遮箭牌防護身體，兩個各領了遮箭防牌，綰在臂上，楊志說道：「你先射我三箭，後卻還你三箭。」周謹聽了，恨不得把楊志一箭射個透明。楊志終是個軍官出身，識破了他手段，全不把他為事。怎見得兩個比箭：

這個曾向山中射虎，那個慣從風裡穿楊。彀滿處，兔狐喪命，箭發時，雕鶚魂傷。較藝術，當場比並；施手段，對眾揄揚。一個磨鞦解，實難抵當；一個閃身解，不可提防。頃刻內要觀勝負，霎時間便見存亡。

當時將臺上早把青旗麾動，楊志拍馬望南邊去。周謹縱馬趕來，將繮繩搭在馬鞍上，左手拿著弓，右手搭上箭，拽得滿滿地，望楊志後心颼地一箭。楊志聽得背後弓弦響，霍地一閃，去鐙裡藏身，那枝箭早射個空。周謹見一箭射不著，卻早慌了；再去壺中急取第二枝箭來，搭上了弓弦，覷的楊志較親，望後心再射一箭。楊志聽得第二枝箭來。卻不去鐙裡藏身，那枝箭風也似來，楊志那時也取弓在手，用弓梢只一撥，那枝箭滴溜溜撥下草地裡去了。周謹見第二枝箭又射不著，心裡越慌。楊志的馬早跑到教場盡頭；霍地把馬一兜，那馬便轉身望正廳上走回來。周謹也把馬只一勒，那馬也跑回，就勢裡趕將來。去那綠茸茸芳草地上，八個馬蹄，翻盞撒鈸相似，勃喇喇地風團兒也似般走。周謹再取第三枝箭搭在弓弦上，扣得滿滿地，盡平生氣力，眼睜睜地看著楊志後心窩上只一箭射將來。楊志聽得弓弦響，扭回身，就鞍上把那枝箭只一綽，綽在手裡，便縱馬入演武廳前，撇下周謹的箭。

梁中梁書見了，大喜，便下號令，卻叫楊志也射周謹三箭。將臺上又把青旗麾動。周謹撇了弓箭，拿了防牌在手，拍馬望南而走。楊志在馬上把腰只一縱，略將腳一拍，那馬潑喇喇的便趕。楊志先把弓虛扯一扯，周謹在馬上聽得腦後弓弦響，扭轉身來，便把防牌來迎，卻早接個空。周謹尋思道：「那廝只會使槍，不會射箭。等他第二枝箭再虛詐時，我便喝住了他，便算我贏了。」周謹的馬早到教場南盡頭，那馬便轉望演武廳來。楊志的馬見周謹馬跑轉來，那馬也便回身。楊志早去壺中掣出一枝箭來，搭在弓弦上，心裡想道：「射中他後心窩，必至傷了他性命；我和他又沒冤仇，洒家只射他不致命處便了。」左手如托泰山，右手如抱嬰孩；弓開如滿月，箭去似流星；說時遲，那時快；一箭正中周謹左肩，周謹措手不及，翻身落馬。那匹空馬直跑過演武廳背後去了。眾軍卒自去救那周謹去了。梁中書見了大喜，叫軍政司便呈文案來，教楊志截替了周謹職役。楊志喜氣洋洋，下了馬便向廳前來拜謝恩相，充其職役。正是：

得罪幽燕作配兵，當場比試死相爭。
能將一箭穿楊手，奪得牌軍半職榮。

不想，階下左邊轉上一個人來，叫道：「休要謝職！我和你兩個比試！」楊志看那人時，身材七尺以上長短，面圓耳大，唇闊口方，腮邊一部落腮鬍鬚，威風凜凜，相貌堂堂，直到梁中書面前聲了喏，稟道：「周謹患病未痊，精神不在，因此誤輸與楊志。小將不才，願與楊志比試武藝。如若小將折半點便宜與楊志，休教截替周謹，便教楊志替了小將職役，雖死而不怨。」梁中書看時，不是別人，卻是大名府留守司正牌軍索超。為是他性急，撮鹽入火，為國家面上，只要爭氣，當先廝殺；以此人都叫他做「急先鋒」。李成聽得，便下將臺來，直到廳前稟覆道：「相公，這楊志既是殿司制使，必然好武藝，雖和周謹不是對手。正好與索正牌比試武藝，便見優劣。」梁中書聽了，心中想道：「我指望一力要抬舉楊志，眾將不服；一發等他贏了索超，他們也死而無怨，卻無話說。」梁中書隨即喚楊志上廳，問道：「你與索超比試武藝，如何？」楊志稟道：「恩相將令，安敢有違。」。梁中書道：「既然如此，你去廳後換了裝束，好生披掛。」教甲仗庫隨行官吏取應用軍器給與，就叫：「牽我的戰馬借與楊志騎。小心在意，休覷得等閒。」。楊志謝了，自去結束。

卻說李成吩咐索超道：「你卻難比別人。周謹是你徒弟，先自輸了，你若有些疏失，吃他把大名府軍官都看得輕了。我有一匹慣曾上陣的戰馬並一副披掛，都借與你。小心在意，休教折了銳氣！」索超謝了，也自去結束。梁中書起身，走出階前來。從人移轉銀交椅，直到月臺欄杆邊放下。梁中書坐定，左右只候兩行，喚打傘的撐開那把銀葫蘆頂茶褐羅三簷涼傘來，蓋定在梁中書背後。將臺上傳下將令，早把紅旗招動，兩邊金鼓齊鳴，發一通擂，去那教場中兩陣內，各放了個炮。炮響處，索超跑馬入陣內，藏在門旗下；楊志也從陣前跑馬入軍中，直到門旗背後，將臺上又把黃旗招動，又發了一通擂。兩軍齊吶一聲喊，教場中誰敢做聲，靜蕩蕩的。再一聲鑼響，扯起淨平白旗，兩下眾官沒一個敢走動，胡言說話，靜靜地立著。將臺上又青旗招動。只見第三通戰鼓響處，去那左邊陣內門旗下，看看分開。鸞鈴響處，閃出正牌軍索超，直到陣前，兜住馬，拿軍器在手，果是英雄！但見：

頭戴一頂熟鋼獅子盔，腦袋斗大來一顆紅纓；身披一副鐵葉攢成鎧甲；腰繫一條鍍金獸面束帶，前後兩面青銅護心鏡；上籠著一領緋紅團花袍，上面垂兩條綠絨縷頷帶；下穿一雙斜皮氣跨靴；左帶一張弓，右懸一壺箭；手裡橫著一柄金蘸斧，坐下李都監那匹慣戰能征雪白馬。

看那馬時，又是一匹好馬。但見：

色按庚辛，仿佛南山白額虎；毛堆膩粉，如同北海玉麒麟。衝得陣，跳得溪，喜戰鼓，性如君子；負得重，走得遠，慣嘶風，必是龍媒。勝如伍相梨花馬，賽過秦王白玉駒。

左陣上急先鋒索超兜住馬，掗著金蘸斧，立馬在陣前。右邊陣內門旗下，看看分開。鸞鈴響處，楊志提手中槍出馬直至陣前，勒住馬，橫著槍在手，果是勇猛！但見：

頭戴一頂鋪霜耀日鑌鐵盔，上撒著一把青纓；身穿一副鈎嵌梅花榆葉甲，繫一條紅絨打就勒甲縧，前後獸面掩心；上籠著一領白羅生色花袍，垂著條紫絨飛帶；腳登一雙黃皮襯底靴；一張皮靶弓，數根鑿子箭；手中挺著渾鐵點鋼槍，騎的是梁中書那匹火塊赤千里嘶風馬。

看那馬時，又是匹無敵的好馬。但見：

駿分火焰，尾擺朝霞。渾身亂掃胭脂，兩耳對攢紅葉。侵晨臨紫塞，馬蹄迸四點寒星；日暮轉沙堤，就地滾一團火塊。休言南極神駒，真乃壽亭赤兔。

右陣上青面獸楊志拈手中槍，勒坐下馬，立於陣前。兩邊軍將暗暗地喝采；雖不知武藝如何，先見威風出眾。

正南上旗牌官拿著銷金「令」字旗，驟馬而來，喝道：「奉相公鈞旨，教你兩個俱各用心。如有虧誤處，定行責罰。若是贏時，多有重賞。」二人得令，縱馬出陣，都到教場中心。兩馬相交，二般兵器並舉。索超忿怒，掄手中大斧，拍馬來戰楊志。楊志逞威，撚手中神槍來迎索超。兩個在教場中間，將臺前面。二將相交，各賭平生本事。一來一往，一去一回；四條臂膊縱橫，八隻馬蹄撩亂。但見：

征旗蔽日，殺氣遮天。一個金蘸斧直奔頂門，一個渾鐵槍不離心坎。這個是扶持社稷毘沙門，托塔李天王；那個是整頓江山掌金闕，天蓬大元帥。一個槍尖上吐一條火焰，一個斧刃中迸幾道寒光。那個是七國中袁達重生，這個是三分內張飛出世。一個是巨靈神忿怒，揮大斧劈碎山根；一個如華光藏生嗔，仗金槍搠開地府。這個圓彪彪睜開雙眼，肐查查斜砍斧頭來；那個必剝剝咬碎牙關，火焰焰搖得槍桿斷。各人窺破綻，那放半些閒。

兩個鬥到五十餘合，不分勝敗，月臺上梁中書看得呆了。兩邊眾軍官看了，喝采不迭。陣前上軍士們遞相廝覷，道：「我們做了許多年軍，也曾出了幾遭征，何曾見這等一對好漢廝殺！」李成、聞達，在將臺上，不住聲叫道：「好鬥！」聞達心上只恐兩個內傷了一個，慌忙招呼旗牌官拿著「令」字旗，與他分了。將臺上忽的一聲鑼響，楊志和索超鬥到是處，各自要爭功，那裡肯回馬。旗牌官飛來叫道：「兩個好漢歇了，相公有令！」楊志、索超，方才收了手中軍器，勒坐下馬，各跑回本陣來，立馬在旗下，看那梁中書，只等將令。

李成、聞達，下將臺來，直到月臺下，稟覆梁中書道：「相公，據這兩個武藝，一般皆可重用。」梁中書大喜，傳下將令，喚楊志、索超。旗牌官傳令，喚兩個到廳前，都下了馬。小校接了二人的軍器。兩個都上廳來，躬身聽令。梁中書叫取兩錠白銀、兩副表裡來賞賜二人；就叫軍政司將兩個都升做管軍提轄使；便叫貼了文案，從今日便參了他兩個。

索超，楊志都拜謝了梁中書，將著賞賜下廳來，解了槍刀、弓箭，卸了頭盔、衣甲，換了衣裳。索超也自去了披掛，換了錦襖。都上廳來，再拜謝了眾軍官。梁中書叫索超、楊志兩個也見了禮，入班做了提轄。眾軍卒打著得勝鼓，把著那金鼓旗先散。梁中書和大小軍官都在演武廳上筵宴。看看紅日西沈，筵席已罷，梁中書上了馬，眾官員都送歸府。馬頭前擺著這兩個新參的提轄，上下肩都騎著馬，頭上都帶著紅花，迎入東郭門來。兩邊街道扶老攜幼，都看了歡喜。梁中書在馬上問道：「你那百姓歡喜為何？」眾老人都跪了稟道：「老漢等生在北京，長在大名府，從不曾見今日這等兩個好漢將軍比試！今日教場中看了這般敵手，如何不歡喜！」梁中書在馬上聽了大喜。回到府中，眾官各自散了。索超自有一班弟兄請去作慶飲酒。楊志新來，未有相識，自去梁府宿歇，早晚殷勤聽候使喚，都不在話下。

且把這閒話丟過，只說正話。自東郭演武之後，梁中書十分愛惜楊志，早晚與他並不相離，月中又有一分請受，自漸漸地有人來結識他。那索超見了楊志手段高強，心中也自欽服。不覺光陰迅速，又早春盡夏來。時逢端午，蕤賓節至。梁中書與蔡夫人在後堂家宴，慶賀端陽。但見：

盆栽綠艾，瓶插紅榴。水晶簾卷蝦鬚，錦繡屏開孔雀。菖蒲切玉，佳人笑捧紫霞杯；角黍堆銀，美女高擎青玉案。食烹異品，果獻時新。葵扇風中，奏一派聲清韻美；荷衣香裡，出百般舞態嬌姿。

當日梁中書正在後堂與蔡夫人家宴，慶賞端陽，酒至數杯，食供兩套，只見蔡夫人道：「相公自從出身，今日為一統帥，掌握國家重任，這功名富貴從何而來？」梁中書道：「世傑自幼讀書，頗知經史；人非草木，豈不知泰山之恩？提攜之力，感激不盡！」蔡夫人道：「相公既知我父恩德，如何忘了他生辰？」梁中書道：「下官如何不記得，泰山是六月十五日生辰。已使人將十萬貫收買金珠寶貝，送上京師慶壽。一月之前，幹人都關領去了，現今九分齊備。數日之間，也待打點停當，差人起程。只是一件在躊躇。上年收買了許多玩器並金珠寶貝，使人送去，不到半路，盡被賊人劫了，枉費了這一遭財物，至今嚴捕賊人不獲，今年叫誰人去好？」蔡夫人道：「帳前現有許多軍校，你選擇知心腹的人去便了。」梁中書道：「尚有四、五十日，早晚催併禮物完足，那時選擇去人未遲。夫人不必掛心。世傑自有理會。」當日家宴，午牌至二更方散。自此不在話下。

卻說山東濟州鄆城縣新到任一個知縣，姓時名文彬。當日升廳公座，左右兩邊排著公吏人等。知縣隨即叫喚尉司捕盜官員並兩個巡捕都頭。本縣尉司管下有兩個都頭：一個喚做步兵都頭，一個喚做馬兵都頭。這馬兵都頭管著二十匹坐馬弓手，二十個土兵；那步兵都頭管著二十個使槍的頭目，二十個土兵。這馬兵都頭姓朱名仝，身長八尺四五，有一部虎鬚髯，長一尺五寸；面如重棗，目若朗星，似關雲長模樣；滿縣人都稱他做「美髯公」；原是本處富戶，只因他仗義疏財，結識江湖上好漢，學得一身好武藝。怎見得朱仝氣象？但見：

義膽忠肝豪傑，胸中武藝精通，超群出眾果英雄。彎弓能射虎，提劍可誅龍。一表堂堂神鬼怕，形容凜凜威風。面如重棗色通紅，雲長重出世，人號美髯公。

那步兵都頭姓雷名橫，身長七尺五寸，紫棠色面皮，有一部扇圈鬍鬚；為他膂力過人，能跳三、二丈闊澗，滿縣人都稱他做「插翅虎」；原是本縣打鐵匠人出身，後來開張碓房，殺牛放賭；雖然仗義，只有些心地褊窄，也學得一身好武藝。怎見得雷橫的氣象？但見：

天上罡星臨世上，就中一個偏能，都頭好漢是雷橫。拽拳神臂健，飛腳電光生。江海英雄推武勇，跳牆過澗身輕，豪雄誰敢與相爭。山東插翅虎，寰海盡聞名。

那朱仝、雷橫，兩個專管擒拿賊盜。當日，知縣呼喚兩個上廳來，聲了喏，取臺旨。知縣道：「我自到任以來，聞知本府濟州管下所屬水鄉梁山泊賊盜聚眾打劫，拒敵官軍。亦恐各鄉村盜賊猖狂，小人甚多。今喚你等兩個，休辭辛苦，與我將帶本管士兵人等，一個出西門，一個出東門，分投巡捕。若有賊人，隨即剿獲申解。不可擾動鄉民。體知東溪村山上有株大紅葉樹，別處皆無，你們眾人採幾片來縣裡呈納，方表你們曾巡到那裡。若無紅葉，便是汝等虛妄，定行責罰不恕。」兩個都領了臺旨，各自回歸，點了本管士兵，分投自去巡察。

不說朱仝引人出西門，自去巡捕。只說雷橫當晚引了二十個士兵出東門，繞村巡察，遍地裡走了一遭，回來到東溪村山上，眾人採了那紅葉，就下村來。行不到三、二里，早到靈官廟前，見殿門不關。雷橫道：「這殿裡又沒有廟祝，殿門不關，莫不有歹人在裡面麼？我們直入去看一看。」眾人拿著火一齊將入來。只見供桌上赤條條地睡著一個大漢。天道又熱，那漢子把些破衣裳團做一塊，作枕頭枕在項下，齁齁的沈睡著了在供桌上。雷橫看了道：「好怪！好怪！知縣相公忒神明！原來這東溪村真個有賊！」大喝一聲。那漢卻待要掙扎，被二十個士兵一齊向前，把那漢子一條索綁了，押出廟門，投一個保正莊上來。不是投那個去處，有分教：直使得東溪村裡，聚三、四籌好漢英雄；鄆城縣中，尋十萬貫金珠寶貝。正是：

天上罡星來聚會，人間地煞得相逢。

畢竟雷橫拿住那漢投解甚處來？且聽下回分解。

第十四回　赤髮鬼醉臥靈官殿　晁天王認義東溪村

話說當時雷橫來到靈官殿上，見了這大漢睡在供桌上。眾士兵上前把條索子綁了，捉離靈官殿來。天色卻早，是五更時分。雷橫道：「我們且押這廝去晁保正莊上討些點心吃了，卻解去縣裡取問。」一行眾人卻都奔這保正莊上來。

原來那東溪村保正姓晁名蓋，祖是本縣本鄉富戶，平生仗義疏財，專愛結識天下好漢，但有人來投奔他的，不論好歹，便留在莊上住。若要去時，又將銀兩齎助他起身；最愛刺槍使棒，亦自身強力壯，不娶妻室，終日只是打熬筋骨。鄆城縣管下東門外有兩個村坊，一個東溪村，一個西溪村，只隔著一條大溪。當初這西溪村常常有鬼，白日迷人下水，聚在溪裡，無可奈何。忽一日，有個僧人經過，村中人備說此事。僧人指個去處，教用青石鑿個寶塔，放於所在，鎮住溪邊。其時西溪村的鬼，都趕過東村來。那時晁蓋得知了，大怒。從溪裡走將過去，把青石寶塔獨自奪了過來東溪邊放下。因此，人皆稱他做「托塔天王」。晁蓋獨霸在那村坊，江湖上都聞他名字。

那早雷橫並士兵押著那漢，來到莊前敲門，莊裡莊客聞知，報與保正。此時晁蓋未起，聽得報是雷都頭到來，慌忙叫開門。莊客開得莊門，眾士兵先把那漢子吊在門房裡。雷橫自引了十數個為頭的人，到草堂上坐下。晁蓋起來接待，動問道：「都頭有甚公幹到這裡？」雷橫答道：「奉知縣相公鈞旨：著我與朱仝兩個引了部下士兵，分投下鄉村各處巡捕賊盜。因走得力乏，欲得少歇，逕投貴莊暫息。有驚保正安寢。」晁蓋道：「這個何礙。」一面叫莊客安排酒食款待，先把湯來吃。晁蓋動問道：「敝村曾拿得個把小賊麼？」雷橫道：「卻才前面靈官殿上，有個大漢睡著在那裡。我看那廝不是良善君子，一定是醉了，就便睡著。我們把索子縛綁了，本待便解去縣裡見官，一者忒早些，二者也要教保正知道，恐日後父母官問時，保正也好答應。現今吊在貴莊門房裡。」晁蓋聽了，記在心，稱謝道：「多虧都頭見報。」少刻，莊客捧出盤饌酒食。晁蓋說道：「此間不好說話，不如去後廳軒下少坐。」便叫莊客裡面點起燈燭，請都頭裡面酌杯。

晁蓋坐了主位，雷橫坐了客席。兩個坐定，莊客鋪下果品、按酒、菜蔬、盤饌，莊客一面篩酒。晁蓋又叫置酒與士兵眾人吃，莊客請眾人都引去廊下客位裡款待，大盤肉，大碗酒，只管叫眾人吃。晁蓋一頭相待雷橫飲酒，一面自肚裡尋思：「村中有甚小賊吃他拿了？我且自去看是誰。」相陪吃了五、七杯酒，便叫家裡一個主管出來，「陪奉都頭坐一坐，我去淨了手便來。」那主管陪侍著雷橫吃酒。晁蓋卻去裡面拿了個燈籠，逕來門樓下看時，士兵都去吃酒，沒一個在外面。晁蓋便問看門的莊客：「都頭拿的賊吊在那裡？」莊客道：「在門房裡關著。」晁蓋去推開門打一看時，只見高高吊起那漢子在裡面，露出一身黑肉，下面抓起兩條黑魆魆毛腿，赤著一雙腳。晁蓋把燈那人臉時，紫黑闊臉，鬢邊一搭朱砂記，上面生一片黑黃毛。晁蓋便問道：「漢子，你是那裡人？我村中不曾見有你。」那漢道：「小人是遠鄉客人，來這裡投奔一個人，卻把我拿來做賊。我須有分辨處。」晁蓋道：「你來我這村中投奔誰？」那漢道：「我來這村中投奔一個好漢。」晁蓋道：「這好漢叫做甚麼？」那漢道：「他喚做晁保正。」晁蓋道：「你卻尋他有甚勾當？」那漢道：「他是天下聞名的義士好漢，如今我有一套富貴要與他說知，因此而來。」晁蓋道：「你且住，只我便是晁保正。卻要我教你，你只認我做娘舅之親。少刻，我送雷都頭那人出來時，你便叫我做阿舅，我便認你做外甥。便說四、五歲離了這裡，今只來尋阿舅。因此不認得。」那漢道：「若得如此救護，深感厚恩。義士提攜則個！」正是：

黑甜一枕古祠中，被獲高懸草舍東。
百萬贓私天不佑，解圍晁蓋有奇功。

當時晁蓋提了燈籠自出房來，仍舊把門拽上，急入後廳來見雷橫，說道：「甚是慢客。」雷橫道：「多多相擾，理甚不當。」兩個又吃了數杯酒，只見窗子外射入天光來。雷橫道：「東方動了，小人告退，好去縣中畫卯。」晁蓋道：「都頭官身，不敢久留。若再到敝村公幹，千萬來走一遭。」雷橫道：「卻得再來拜望，請保正免送。」晁蓋道：「卻罷也送到莊門口。」兩個同走出來，那夥士兵眾人都吃了酒食，吃得飽了，各自拿了槍棒，便去門房裡解了那漢，背剪縛著帶出門外，晁蓋見了，說道：「好條大漢！」雷橫道：「這廝便是靈官殿裡捉的賊。」說猶未了，只見那漢叫一聲：「阿舅！救我則個！」晁蓋假意看他一看，喝問道：「兀的這廝不是王小三麼？」那漢道：「我便是。阿舅救我！」眾人吃了一驚。

雷橫便問晁蓋道：「這人是誰？如何卻認得保正？」晁蓋道：「原來是我外甥王小三。這廝如何在廟裡歇？乃是家姐的孩兒，從小在這裡過活，四、五歲時隨家姐夫和家姐上南京去住，一去了十數年。這廝十四、五歲又來走了一遭，跟個本京客人來這裡販賣，向後再不曾見面。多聽得人說這廝不成器，如何卻在這裡！小可本也認他不得，為他鬢邊有這一搭朱砂記，因此影影記得。」晁蓋喝道：「小三，你如何不逕來見我，卻去村中做賊？」那漢叫道：「阿舅！我不曾做賊！」晁蓋喝道：「你既不做賊，如何拿你在這裡？」奪過士兵手裡棍棒，劈頭劈臉便打。雷橫並眾人勸道：「且不要打，聽他說。」那漢道：「阿舅息怒，且聽我說。自從十四、五歲時來走了這遭，如今不是十年了！昨夜路上多吃了一杯酒，不敢來見阿舅；權去廟裡睡得醒了卻來尋阿舅。不想被他們不問事由，將我拿了；卻不曾做賊！」

晁蓋拿起棍來又要打，口裡罵道：「畜生！你卻不逕來見我，且在路上貪圖這口黃湯！我家中沒得與你吃？辱沒殺人！」雷橫勸道：「保正息怒。你令甥本不曾做賊。我們見他偌大一條大漢，在廟裡睡得蹊蹺，亦且面生，又不認得，因此設疑，捉了他來這裡。若早知是保正的令甥，定不拿他。」喚士兵快解了綁縛的索子，放還保正。眾士兵登時解了那漢。雷橫道：「保正休怪，早知是令甥，不致如此。甚是得罪。小人們回去。」晁蓋道：「都頭且住，請入小莊，再有話說。」雷橫放了那漢，一齊再入草堂裡來，晁蓋取出十兩花銀，送與雷橫，說道：「都頭，休嫌輕微，望賜笑留。」雷橫道：「不當如此。」晁蓋道：「若是不肯收受時，便是怪小人。」雷橫道：「既是保正厚意，權且收受。改日得報答。」晁蓋叫那漢拜謝了雷橫。晁蓋又取些銀兩賞了眾士兵，再送出莊門外。雷橫相別了，引著士兵自去。

晁蓋卻同那漢到後軒下，取幾件衣裳與他換了，取頂頭巾與他戴了，便問那漢姓甚名誰，何處人氏。那漢道：「小人姓劉名唐，祖貫東潞州人氏；因這鬢邊有這搭朱砂記，人都喚小人做赤髮鬼。特地送一套富貴來與保正哥哥，昨夜晚了，因醉倒廟裡，不想被這廝們捉住，綁縛了來。今日幸得在此，哥哥坐定，受劉唐四拜。」拜罷，晁蓋道：「你且說送一套富貴與我，現在何處？」劉唐道：「小人自幼飄蕩江湖，多走途路，專好結識好漢，往往多聞哥哥大名，不期有緣得遇。曾見山東、河北做私商的，多曾來投奔哥哥，因此，劉唐肯說這話。這裡別無外人，方可傾心吐膽對哥哥說。」晁蓋道：「這裡都是我心腹人，但說不妨。」劉唐道：「小弟打聽得北京大名府梁中書，收買十萬貫金珠寶貝玩器等物，送上東京，與他丈人蔡太師慶生辰。去年也曾送十萬貫金珠寶貝，來到半路裡，不知被誰人打劫了，至今也無捉處。今年又收買十萬貫金珠寶貝，早晚安排起程，要趕這六月十五日生辰。小弟想此一套是不義之財，取之何礙？便可商議個道理去半路上取了。天理知之，也不為罪，聞知哥哥大名，是個真男子，武藝過人。小弟不才，頗也學得本事，休道三、五個漢子，便是一、二千軍馬隊中，拿條槍，也不懼他。倘蒙哥哥不棄時，情願相助一臂。不知哥哥心內如何？」晁蓋道：「壯哉！且再計較，你既來這裡，想你吃了些艱辛，且去客房裡將息少歇。待我從長商議，來日說話。」晁蓋叫莊客引劉唐廊下客房裡歇息。莊客引到房中，也自去幹事了。

且說劉唐在房裡尋思道：「我著甚來由苦惱這遭？多虧晁蓋完成，解脫了這件事。只叵耐雷橫那廝平白地要陷我做賊，把我吊這一夜！想那廝去未遠，我不如拿了條棒趕上去，齊打翻了那廝們，卻奪回那銀子送還晁蓋，也出一口惡氣。此計大妙！」劉唐便出房門，去槍架上拿了一條朴刀，便出莊門，大踏步投南趕來；此時天色已明，但見：

北斗初橫，東方欲白。天涯曙色才分，海角殘星漸落。金雞三唱，喚佳人傅粉施朱；寶馬頻嘶，催行客爭名競利。幾縷丹霞橫碧漢，一輪紅日上扶桑。

這赤髮鬼劉唐挺著朴刀，趕了五、六里路，卻早見雷橫引著士兵，慢慢地行將去。劉唐趕上來，大喝一聲：「兀那都頭不要走！」雷橫吃了一驚，回過頭來，見是劉唐撚著朴刀趕來。雷橫慌忙去士兵手裡奪條朴刀拿著，喝道：「你那廝趕將來做甚麼？」劉唐道：「你曉事的，留下那十兩銀子還了我，我便饒了你！」雷橫道：「是你阿舅送我的，干你甚事？我若不看你阿舅面上，直結果了你這廝性命！剗地問我取銀子！」劉唐道：「我須不是賊，你卻把我吊了一夜！又騙了我阿舅十兩銀子！你曉事的，將來還我，佛眼相看！你若不還我，叫你目前流血！」雷橫大怒，指著劉唐大罵道：「辱門敗戶的謊賊！怎敢無禮！」劉唐道：「你那詐害百姓的腌臢潑才！怎敢罵我！」雷橫又罵道：「賊頭賊臉賊骨頭！必然要連累晁蓋！你這等賊心賊肝，我行須使不得！」劉唐大怒道：「我來和你見個輸贏！」撚著朴刀，直奔雷橫。雷橫見劉唐趕上來，呵呵大笑，挺手中朴刀來迎。兩個就大路上廝併，但見：

一來一往，似鳳翻身；一撞一衝，如鷹展翅。一個照搠，盡依良法；一個遮攔，自有悟頭。這個丁字腳，搶將入來；那個四換頭，奔將進去。兩句道：「雖然不上凌煙閣，只此堪描入畫圖。」

當時兩個就大路上鬥了五十餘合，不分勝敗。眾士兵見雷橫贏劉唐不得，卻待都要一齊上併他，只見側首籬門開處，一個人掣兩條銅鍊，叫道：「你兩個好漢且不要鬥。我看了多時，權且歇一歇。我有話說。」便把銅鍊就中一隔。兩個都收住了朴刀。跳出圈子外來，立了腳，看那人時，似秀才打扮，戴一頂桶子樣抹眉梁頭巾，穿一領皂沿邊麻布寬衫，腰繫一條茶褐鑾帶，下面絲鞋淨襪，生得眉目清秀，面白鬚長。這人乃是智多星吳用，表字學究，道號加亮先生，祖貫本鄉人氏；曾有一首臨江仙讚吳用的好處：

萬卷經書曾讀過，平生機巧心靈，六韜三略究來精。胸中藏戰將，腹內隱雄兵。謀略敢欺諸葛亮，陳平豈敵才能。略施小計鬼神驚。字稱吳學究，人號智多星。

當時吳用手提銅鍊，指著劉唐，叫道：「那漢且住！你因甚和都頭爭執？」劉唐光著眼看吳用道：「不干你秀才事！」雷橫便道：「教授不知，這廝夜來赤條條地睡在靈官殿裡，被我們拿了這廝，帶到晁保正莊上，原來卻是保正的外甥，看他母舅面上，放了他。晁保正請我們吃了酒，送些禮物與我，這廝瞞了他阿舅，直趕到這裡問我取，你道這廝大膽麼？」吳用尋思道：「晁蓋我都是自幼結交，但是有些事，便和我商議計較。他的親眷相識，我都知道，不曾見有這個外甥。亦且年甲也不相登。必有些蹊蹺，我且勸開了這場鬧，卻再問他。」吳用便道：「大漢休執迷。你的母舅與我至交，又和這都頭亦過得好。他便送些人情與這都頭，你卻來討了，也須壞了你母舅面皮。且看小生面，我自與你母舅說。」劉唐道：「秀才！你不省得！這個不是我阿舅甘心與他，他詐取了我阿舅的銀兩！若不還我，誓不回去！」雷橫道：「只除是保正自來取，便還他！卻不還你！」劉唐道：「你冤屈人做賊，詐了銀子，怎麼不還？」雷橫道：「不是你的銀子！不還！不還！」劉唐道：「你不還，只除問得手裡朴刀肯便罷！」吳用又勸：「你兩個鬥了半日，又沒輸贏，只管鬥到幾時是了？」劉唐道：「他不還我銀子，直和他拼個你死我活便罷！」雷橫大怒道：「我若怕你，添個士兵來拚你，也不算好漢！我自好歹搠翻你便罷！」劉唐大怒，拍著胸前，叫道：「不怕！不怕！」便趕上來。這邊雷橫便指手畫腳也趕攏來。兩個又要廝併。這吳用橫身在裡面勸，那裡勸得住。劉唐撚著朴刀，只待鑽將過來。雷橫口裡千賊萬賊價罵，挺起朴刀正待要鬥。只見眾士兵道：「保正來了！」

劉唐回身看時，只見晁蓋被著衣裳，前襟攤開，從大路上趕來，大喝道：「畜生！不得無禮！」那吳用大笑道：「須是保正自來，方才勸得這場鬧。」晁蓋趕得氣問道：「怎的趕來這裡鬥朴刀？」雷橫道：「你的令甥拿著朴刀趕來問我取銀子。小人道：『不還你，我自送還保正，非干你事。』他和小人鬥了五十合。教授解勸在此。」晁蓋道：「這畜生！小人並不知道，都頭看小人之面請回，自當改日登門陪話。」雷橫道：「小人也知那廝胡為，不與他一般見識。又勞保正遠出。」作別自去，不在話下。

且說吳用對晁蓋說道：「不是保正自來，幾乎做出一場大事，這個令甥端的非凡！是好武藝！小生在籬笆裡看了，這個有名慣使朴刀的雷都頭也敵不過，只辦得架隔遮攔。若再鬥幾合，雷橫必然有失性命。因此，小生慌忙出來間隔了。這個令甥從何而來？往常時，莊上不曾見有。」晁蓋道：「卻待正要來請先生到敝莊商議句話。正欲使人來，只是不見了他，槍架上朴刀又沒了。只見牧童報說：『一個大漢拿條朴刀望南一直趕去。』我慌忙隨後追來了，早是得教授諫勸住了。請尊步同到敝莊，有句話計較計較。」那吳用還至書齋，掛了銅鍊在書房裡，吩咐主人家道：「學生來時，說道先生今日有幹，權放一日假。」有詩為證：

文才不下武才高，銅鏈猶能勸朴刀。
只愛雄談偕義士，豈甘枯坐伴兒曹。
放他眾鳥籠中出，許爾群蛙野外跳。
自是先生多好動，學生歡喜主人焦。

吳用拽上書齋門，將鎖鎖了，同晁蓋、劉唐，到晁家莊上。晁蓋逕邀進後堂深處，分賓而坐。吳用問道：「保正，此人是誰？」晁蓋道：「此人江湖上好漢，姓劉名唐，是東潞州人氏。因此有一套富貴，特來投奔我，夜來他醉臥在靈官廟裡，卻被雷橫捉了，拿到我莊上。我因認他做外甥，方得脫身。他說有北京大名府梁中書，收買十萬貫金珠寶貝，送上東京與他丈人蔡太師慶生辰，早晚從這裡經過，此等不義之財，取之何礙？他來的意正應我一夢。我昨夜夢見北斗七星直墜在我屋脊上，斗柄上另有一顆小星，化道白光去了。我想星照本家，安得不利？今早正要求請教授商議此一件事若何。」吳用笑道：「小生見劉兄趕來蹺蹊，也猜個七、八分了。此一事卻好。只是一件，人多不得，人少又做不得。宅上空有許多莊客，一個也用不得。如今只有保正、劉兄、小生三人，這件事如何團弄？便是保正與劉兄十分了得，也擔負不下。這段事須得七、八個好漢方可，多也無用。」晁蓋道：「莫非要應夢中星數？」吳用便道：「兄長這一夢也非同小可。莫非北地上再有扶助的人來？」尋思了半晌，眉頭一縱，計上心來，說道：「有了！有了！」晁蓋道：「先生既有心腹好漢，可以便去請來，成就這件事。」吳用不慌不忙，疊兩個指頭，說出這句話來，有分教：東溪莊上，聚義漢翻作強人；石碣村中，打漁船權為戰艦。正是：

指揮說地談天口，來誘翻江攪海人。

畢竟智多星吳用說出甚麼人來？且聽下回分解。

第十五回　吳學究說三阮撞籌　公孫勝應七星聚義

話說當時吳學究道：「我尋思起來，有三個人義膽包身，武藝出眾，敢赴湯蹈火，同死同生。只除非得這三個人，方才完得這件事。」晁蓋道：「這三個卻是甚麼樣人？姓甚名誰？何處居住？」吳用道：「這三人是弟兄三個，在濟州梁山泊邊石碣村住，日常只打漁為生，亦曾在泊子裡做私商勾當。本身姓阮，弟兄三人一個喚做『立地太歲』阮小二，一個喚做『短命二郎』阮小五，一個喚做『活閻羅』阮小七，這三個是親兄弟。小生舊日在那裡住了數年，與他相交時，他雖是個不通文墨的人，為見他與人結交，真有義氣，是個好男子，因此和他來往，今已好兩年不曾相見。若得此三人，大事必成。」晁蓋道：「我也曾聞這阮家三弟兄的名字，只不曾相會。石碣村離這裡只有百十里以下路程，何不使人請他們來商議？」吳用道：「著人去請他們，如何肯來？小生必須自去那裡，憑三寸不爛之舌，說他們入夥。」晁蓋大喜道：「先生高見，幾時可行？」吳用答道：「事不宜遲，只今夜三更便去，明日晌午可到那裡。」晁蓋道：「最好。」當時叫莊客且安排酒食來吃。吳用道：「北京到東京也曾行過，只不知『生辰綱』從那條路來；再煩劉兄休辭生受，連夜去北京路上，探聽起程的日期，端的從那條路上來。」劉唐道：「小弟只今夜也便去。」吳用道：「且住。他生辰六月十五日，如今卻是五月初頭，尚有四、五十日。等小生先去說了三阮弟兄回來，那時卻教劉兄去。」晁蓋道：「也是。劉兄弟只在我莊上等候。」

話休絮煩。當日吃了半晌酒食。至三更時分，吳用起來洗漱罷，吃了些早飯，討了些銀兩藏在身邊，穿上草鞋。晁蓋、劉唐送出莊門。吳用連夜投石碣村來。行到晌午時分，早來到那村中。但見：

青鬱鬱山峰疊翠，綠依依桑柘堆雲。四邊流水繞孤村，幾處疏篁沿小徑。茅檐傍澗，古木成林。籬外高懸沽酒旆，柳陰閒纜釣魚船。

吳學究自來認得，不用問人，來到石碣村中，逕投阮小二家來，來得門前看時，只見枯樁上纜著數隻小漁船，疏籬外曬著一張破魚網，倚山傍水，約有十數間草房。吳用叫一聲道：「二哥在家麼？」只見一個人從裡面走出來，生得如何，但見：

瞘兜臉兩眉豎起，略綽口四面連拳。胸前一帶蓋膽黃毛，背上兩枝橫生板肋。臂膊有千百斤氣力，眼睛射幾萬道寒光。休言村裡一漁人，便是人間真太歲。

那阮小二走將出來，頭戴一頂破頭巾，身穿一領舊衣服，赤著雙腳，出來見了是吳用。慌忙聲喏，道：「教授何來？甚風吹得到此？」吳用答道：「有些小事，特來相浼二郎。」阮小二道：「有何事？但說不妨。」吳用道：「小生自離了此間，又早二年。如今在一個大財主家做門館，他要辦筵席，用著十數尾重十四、五斤的金色鯉魚，因此特地來相投足下。」阮小二笑了一聲，說道：「小人且和教授吃三杯，卻說。」吳用道：「小生的來意，也正欲要和二郎吃三杯。」阮小二道：「隔湖有幾處酒店，我們就在船裡蕩將過去。」吳用道：「最好，也要就與五郎說句話，不知在家也不在？」阮小二道：「我們一同去尋他便了。」兩個來到泊岸邊，枯樁上纜的小船解了一隻，便扶著吳用下船去了。樹根頭拿了一把船槳，只顧蕩，早蕩將開去，望湖泊裡來。正蕩之間，只見阮小二把手一招，叫道：「七哥，曾見五郎麼？」吳用看時，只見蘆葦中搖出一隻船來。那漢生的如何，但見：

疙疸臉橫生怪肉，玲瓏眼突出雙睛。腮邊長短淡黃鬚，身上交加烏黑點。渾如生鐵打成，疑是頑銅鑄就。世上降生真五道，村中喚做活閻羅。

那阮小七頭戴一頂遮日黑箬笠，身上穿個棋子布背心，腰繫著一條生布裙，把那隻船蕩著，問道：「二哥，你尋五哥做甚麼？」吳用叫一聲：「七郎，小生特來相央你們說話。」阮小七道：「教授恕罪，好幾時不曾相見。」吳用道：「一同和二哥去吃杯酒。」阮小七道：「小人也欲和教授吃杯酒，只是一向不曾見面。」兩隻船廝跟著在湖泊裡。不多時，划到個去處，團團都是水，高埠上七、八間草房。阮小二叫道：「老娘，五哥在麼？」那婆婆道：「說不得！魚又不得打，連日去賭錢，輸得沒了分文，卻才討了我頭上釵兒出鎮上賭去了！」阮小二笑了一聲，便把船划開。阮小七便在背後船上說道：「哥哥正不知怎地，賭錢只是輸，卻不晦氣？莫說哥哥不贏，我也輸得赤條條地！」吳用暗想道：「中了我的計了。」兩隻船廝併著，投石碣村鎮上來。划了半個時辰，只見獨木橋邊一個漢子，把著兩串銅錢，下來解船。阮小二道：「五郎來了！」吳用看時，但見：

一雙手渾如鐵棒，兩隻眼有似銅鈴。面上雖有些笑容，眉間卻帶著殺氣。能生橫禍，善降非災。拳打來，獅子心寒；腳踢處，蚖蛇喪膽。何處覓行瘟使者，只此是短命二郎。

那阮小五斜戴著一頂破頭巾，鬢邊插朵石榴花，披著一領舊布衫，露出胸前刺著的青鬱鬱一個豹子來，裡面匾紮起褲子，上面圍著一條間道棋子布手巾。吳用叫一聲道：「五郎，得采麼？」阮小五道：「原來卻是教授。好兩年不曾見面，我在橋上望你們半日了。」阮小二道：「我和教授直到你家尋你，老娘說道：『出鎮上賭錢去了。』因此同來這裡尋你。且來和教授去水閣上吃三杯。」阮小五慌忙去橋邊解了小船，跳在艙裡，捉了划楫，只一划，三隻船廝併著划了一歇，早到那個水閣酒店前。看時，但見：

前臨湖泊，後映波心。數十株槐柳綠如煙，一雨蕩荷花紅照水。涼亭上窗開碧檻，水閣中風動朱簾。休言三醉岳陽樓，只此便是蓬島客。

三隻船到水亭下荷花蕩中。三隻船都纜了，扶吳學究上了岸，入酒店裡來，都到水閣內揀一副紅油桌凳。阮小二便道：「先生，休怪我三個弟兄粗俗，請教授上坐。」吳用道：「卻使不得。」阮小七道：「哥哥只顧坐主位。請教授坐客席。我兄弟兩個便先坐了。」吳用道：「七郎只是性快！」四個人坐定了，叫酒保打一桶酒來。店小二把四只大盞子擺開，鋪下四雙箸，放了四盤菜蔬，打一桶酒放在桌子上。阮小七道：「有甚麼下口？」小二哥道：「新宰得一頭黃牛，花糕也似好肥肉！」阮小二道：「大塊切十斤來。」阮小五道：「教授休笑話，沒甚孝順。」吳用道：「倒來相擾，多激惱你們。」阮小二道：「休恁地說。」催促小二哥只顧篩酒，早把牛肉切做兩盤，將來放在桌上。阮家三兄弟讓吳用吃了幾塊，便吃不得了。那三個狼餐虎食，吃了一回。阮小五動問道：「教授到此貴幹？」阮小二道：「教授如今在一個大財主家做門館教學。今來要對付十數尾金色鯉魚。要重十四、五斤的，特來尋我們。」阮小七道：「若是每常，要三、五十尾也有，莫說十數個，再要多些，我兄弟們也包辦得。如今便要重十斤的也難得！」阮小五道：「教授遠來，我們也對付十來個重五、六斤的相送。」吳用道：「小生多有銀兩在，此隨算價錢。只是不用小的，須得十四、五斤重的便好。」阮小七道：「教授，卻沒討處。便是五哥許五、六斤的也不能夠；須要等得幾日才得。我的船裡有一桶小活魚，就把來吃些。」阮小七便去船內取將一桶小魚上來，約有五、七斤，自去灶上安排，盛做三盤，把來放在桌上。阮小七道：「教授，胡亂吃些酒。」四個又吃了一回，看看天色漸晚。

吳用尋思道：「這酒店裡須難說話。今夜必是他家權宿，到那裡卻又理會。」阮小二道：「今夜天色晚了，請教授權在我家宿一宵，明日卻再計較。」吳用道：「小生來這裡走一遭，千難萬難，幸得你們弟兄今日做一處。眼見得這席酒不肯要小生還錢。今晚，借二郎家歇一夜，小生有些銀子在此，相煩就此店中沽一甕酒，買些肉，村中尋一對雞，夜間同一醉，如何？」阮小二道：

「那裡要教授壞錢。我們弟兄自去整理，不煩惱沒對付處。」吳用道：「逕來要請你們三位。若還不依小生時，只此告退。」阮小七道：「既是教授這般說時，且順情吃了，卻再理會。」吳用道：「還是七郎性直爽快。」吳用取出一兩銀子付與阮小七，就問主人家沽了一甕酒，借個大甕盛了；買了二十斤生熟牛肉，一對大雞。阮小二道：「我的酒錢一發還你。」店主人道：「最好，最好。」四人離了酒店，再下了船，把酒肉都放在船艙裡，解了纜索，逕划將開去，一直投阮小二家來。到得門前上了岸，把船仍舊纜在樁上，取了酒肉，四人一齊都到後面坐地，便叫點起燈來。原來阮家兄弟三個，只有阮小二有老小；阮小五、阮小七都不曾婚娶。四個在阮小二家後面水亭上坐定。阮小七宰了雞，叫阿嫂同討的小猴子在廚下安排。約有一更相次，酒都搬來擺在桌上。

吳用勸他兄弟們吃了幾杯，又提起買魚事來，說道：「你這裡偌大一個去處，卻怎地沒了這等大魚？」阮小二道：「實不瞞教授說，這般大魚只除梁山泊裡便有。我這石碣湖中狹小，存不這等大魚。」吳用道：「這裡和梁山泊一望不遠，相通一脈之水，如何不去打些？」阮小二嘆了一口氣，道：「休說。」吳用又問道：「二哥如何嘆氣？」阮小五接了說道：「教授不知，在先這梁山泊是我弟兄們的衣飯碗，如今絕不敢去！」吳用道：「偌大去處，終不成官司禁打漁鮮？」阮小五道：「甚麼官司敢來禁打漁鮮！便是活閻王也禁治不得！」吳用道：「既沒官司禁治，如何絕不敢去？」阮小五道：「原來教授不知來歷，且和教授說知。」吳用道：「小生卻不理會得。」阮小七接著便道：「這個梁山泊去處，難說難言！如今泊子裡新有一夥強人占了，不容打漁。」吳用道：「小生卻不知。原來如今有強人？我那裡並不曾聞說。」阮小二道：「那夥強人為頭的是個落第舉子，喚做白衣秀士王倫；第二個叫做摸著天杜遷；第三個叫做雲裡金剛宋萬。以下有個旱地忽律朱貴，現在李家道口開酒店，專一探聽事情，也不打緊。如今新來一個好漢，是東京禁軍教頭，甚麼豹子頭林沖，十分好武藝。這幾個賊男女，聚集了五、七百人打家劫舍，搶擄來往客人。我們有一年多不去那裡打漁。如今泊子裡把住了，絕了我們的衣飯，因此一言難盡！」吳用道：「小生實是不知有這段事。如何官司不來捉他們？」阮小五道：「如今那官司一處處動彈便害百姓；但一聲下鄉村來，倒先把好百姓家養的豬、羊、雞、鵝盡都吃了，又要盤纏打發他！如今也好教這夥人奈何！那捕盜官司的人，那裡敢下鄉村來！若是那上司官員差他們緝捕人來，都嚇得屎尿齊流，怎敢正眼兒看他！」

阮小二道：「我雖然不打得大魚，也省了若干科差。」吳用道：「恁地時，那廝們倒快活？」阮小五道：「他們不怕天，不怕地，不怕官司；論秤分金銀，異樣穿綢錦；成甕吃酒，大塊吃肉如何不快活？我們弟兄三個空有一身本事，怎地學得他們！」吳用聽了，暗暗地歡喜道：「正好用計了。」阮小七說道：「『人生一世，草生一秋！』我們只管打漁營生，學得他們過一日也好！」吳用道：「這等人學他做甚麼！他做的勾當不是笞仗五、七十的罪犯，空自把一身虎威都撇了！倘或被官司拿住了，也是自做的罪。」阮小二道：「如今該管官司沒甚分曉，一片糊塗！千萬犯了彌天大罪的倒都沒事！我兄弟們不能快活，若是但有肯帶挈我們的，也去了罷。」阮小五道：「我也常常這般思量，我弟兄三個的本事又不是不如別人。誰是識我們的！」吳用道：「假如便有識你們的，你們便如何肯去。」阮小七道：「若是有識我們的，水裡水裡去，火裡火裡去！若能夠受用一日，便死了開眉展眼！」吳用暗暗喜道：「這三個都有意了。我且慢慢地誘他。」又勸他三個吃了兩巡酒。正是：

只為奸邪屈有才，天教惡曜下凡來。
試看阮氏三兄弟，劫取生辰不義財。

吳用又說：「你們三個敢上梁山泊捉這夥賊麼？」阮小七道：「便捉得他們，那裡去請賞？也吃江湖上好漢們笑話。」吳用道：「小生短見，假如你怨恨打漁不得，也去那裡撞籌，卻不是好？」阮小二道：「老先生，你不知我弟兄們幾遍商量，要去入夥。聽得那白衣秀士王倫的手下人都說道他心地窄狹，安不得人。前番那個東京林冲上山，嘔盡他的氣。王倫那廝不肯胡亂著人，因此，我弟兄們看了這般樣，一齊都心懶了。」阮小七道：「他們若似老兄這等慷慨，愛我弟兄們便好。」阮小五道：「那王倫若得似教授這般情分時，我們也去了多時，不到今日。我弟兄三個便替他死也甘心！」吳用道：「量小生何足道哉，如今山東、河北多少英雄豪傑的好漢。」阮小二道：「好漢們盡有，我弟兄自不曾遇著！」吳用道：「只此聞鄆城縣東溪村晁保正，你們曾認得他麼？」阮小五道：「莫不是叫做托塔天王的晁蓋麼？」吳用道：「正是此人。」

阮小七道：「雖然與我們只隔得百十里路程，緣分淺薄，聞名不曾相會。」吳用道：「這等一個人仗義疏財的好男子，如何不與他相見？」阮小二道：「我弟兄們無事，也不曾到那裡，因此不能夠與他相見。」吳用道：「小生這幾年也只在晁保正莊上左近教些村學。如今打聽得他有一套富貴待取，特地來和你們商議，我等就那半路裡攔住取了，如何？」阮小五道：「這個卻使不得。既是仗義疏財的好男子，我們卻去壞他的道路，須吃江湖上好漢們知時笑話。」吳用道：「我只道你們弟兄心志不堅，原來真個惜客好義！我對你們實說，果有協助之心，我教你們知此一事。我如今現在晁保正莊上住。保正聞知你三個大名，特地教我來請你們說話。」阮小二道：「我弟兄三個真真實實地沒半點假！晁保正敢有件奢遮的私商買賣，有心要帶挈我們？一定是煩老兄來。若還端的有這事，我三個若捨不得性命幫助你時，殘酒為誓，教我們都遭橫事，惡病臨身，死於非命！」

阮小五和阮小七把手拍著脖項，道：「這腔熱血，只要賣與識貨的！」吳用道：「你們三位弟兄在這裡，不是我壞心術來誘你們。這件事非同小可的勾當！目今朝內蔡太師是六月十五日生辰。他的女婿是北京大名府梁中書，即日起解十萬貫金珠寶貝與他丈人慶生辰。今有一個好漢，姓劉名唐，特來報知。如今欲要請你去商議，聚幾個好漢，向山凹僻靜去處取此一套不義之財，大家圖個一世快活；因此，特教小生，只做買魚來請你們三個計較，成此一事。不知你們心意如何？」阮小五聽了道：「罷！罷！」叫道：「七哥，我和你說甚麼來？」阮小七跳起來道：「一世的指望，今日還了願心！正是搔著我癢處，我們幾時去？」吳用道：「請三位即便去來。明日起個五更，一齊都到晁天王莊上去。」阮家三弟兄大喜。有詩為證：

學究知書豈愛財，阮郎漁樂亦悠哉！
只因不義金珠去，致使群雄聚義來。

當夜過了一宿。次早起來，吃了早飯，阮家三弟兄吩咐了家中，跟著吳學究，四個人離了石碣村，拽開腳步，取路投東溪村來。行了一日，早望見晁家莊。只見遠遠地綠槐樹下，晁蓋和劉唐在那裡等，望見吳用引著阮家三弟兄直到槐樹前，兩下都廝見了。晁蓋大喜道：「阮氏三雄，名不虛傳！且請到莊裡說話。」六人俱從莊外入來，到得後堂，分賓主坐定。吳用把前話說了。晁蓋大喜，便叫莊客宰殺豬羊，安排燒紙。阮氏三弟兄見晁蓋人物軒昂，語言灑落，三個說道：「我們最愛結識好漢，原來只在此間。今日不得吳教授相引，如何得會！」三個弟兄好生歡喜。當晚且吃了些飯，說了半夜話。次日天曉，去後堂前面列了金錢紙馬，香花燈燭，擺了夜來煮的豬羊、燒紙。

眾人見晁蓋如此志誠，盡皆歡喜，個個說誓道：「梁中書在北京害民，詐得錢物，卻把去東京與蔡太師慶生辰。此一等正是不義之財。我等六人中但有私意者，天誅地滅。神明鑒察。」六人都說誓了，燒化紙錢。六籌好漢，正在堂後散福飲酒，只見一個莊客報說：「門前有個先生要見保正化齋糧。」晁蓋道：「你好不曉事！見我款待客人在此吃酒，你便與他三、五升米便了，何須直來問我？」莊客道：「小人把米與他，他又不要，只要面見保正。」晁蓋道：「一定是嫌少，你便再與他三、二斗米去。你說與他：『保正今日在莊上請人吃酒，沒工夫相見。』」

莊客去了多時，只見又來說道：「那先生，與了他三斗米，又不肯去，自稱是一清道人，不為錢米而來，只要求見保正一面。」晁蓋道：「你這廝不會答應！便說今日委實沒工夫，教他改日卻來相見拜茶。」莊客道：「小人也是這般說。那個先生說道：『我不為錢米齋糧，聞知保正是個義士，特求一見。』」晁蓋道：「你也這般纏！全不替我分憂！他若再嫌少時，可與他三、四斗去，何必又來說？我若不和客人們飲時，便去廝見一面，打甚麼緊。你去發付他罷，再休要來說！」莊客去了沒半個時辰，只聽得莊門外熱鬧。又見一個莊客飛也似來，報道：「那先生發怒，把十來個莊客都打倒了！」晁蓋聽得，嚇了一驚，慌忙起身道：「眾位弟兄少坐。晁蓋自去看一看。」便從後堂出來。到莊門前看時，只見那個先生身長八尺，道貌堂堂，生得古怪，正在莊門外綠槐樹下，打那眾莊客。晁蓋看那先生，但見：

頭綰兩枚鬅鬆雙丫髻，身穿一領巴山短褐袍，腰繫雜色彩絲絛，背上松紋古銅劍。白肉腳襯著多耳麻鞋，綿囊手拿著鱉殼扇子。八字眉，一雙杏子眼；四方口，一部落腮鬍。

一頭打，一頭口裡說道：「不識好人！」晁蓋見了，叫道：「先生息怒。你來尋晁保正，無非是投齋化緣。他已與了你米，何故嗔怪如此？」那先生哈哈大笑道：「貧道不為酒食錢米而來，我覷得十萬貫如同等閒！特地來尋保正，有句話說。叵耐村夫無理，毀罵貧道，因此性發。」晁蓋道：「你可曾認得晁保正麼？」那先生道：「只聞其名，不曾會面。」晁蓋道：「小子便是。先生有甚話說？」那先生看了道：「保正休怪，貧道稽首。」晁蓋道：「先生少請，請到莊裡拜茶，如何？」那先生道：「多感。」

兩人進入莊裡來。吳用見那先生入來，自和劉唐、三阮一處躲過。且說晁蓋請那先生到後堂吃茶已罷。那先生道：「這裡不是說話處，別有甚麼去處可坐？」晁蓋見說，便邀那先生又到一處小小閣兒內，分賓坐定。晁蓋道：「不敢拜問先生高姓？貴鄉何處？」那先生答道：「貧道複姓公孫，單諱一個勝字，道號一清先生。貧道是薊州人氏，自幼鄉中好習槍棒，學成武藝多般，人但呼為公孫勝大郎。為因學得一家道術，善能呼風喚雨，駕霧騰雲，江湖上都稱貧道做入雲龍。

貧道久聞鄆城縣東溪村晁保正大名，無緣不曾拜識。今有十萬貫金珠寶貝，專送與保正作進見之禮。未知義士肯納受否？」晁蓋大笑道：「先生所言，莫非北地生辰綱麼？」那先生大驚道：「保正何以知之？」晁蓋道：「小子胡猜，未知合先生意否？」公孫勝道：「此一套富貴，不可錯過！古人云：『當取不取，過後莫悔。』保正心下如何？」正說之間，只見一個人從閣子外搶將入來，劈胸揪住公孫勝，說道：「好呀！明有王法，暗有神靈，你如何商量這等的勾當！我聽得多時也！」嚇得這公孫勝面如土色。正是：

機謀未就，爭奈窗外人聽；計策才施，又早蕭牆禍起。

畢竟搶來揪住公孫勝的卻是何人？且聽下回分解。

第十六回　楊志押送金銀擔　吳用智取生辰綱

話說當時公孫勝正在閣兒裡對晁蓋說：「這北京生辰綱是不義之財，取之何礙。」只見一個人從外面搶將入來，揪住公孫勝，道：「你好大膽！卻才商議的事，我都知了也！」那人卻是智多星吳學究。晁蓋笑道：「教授休慌，且請相見。」兩個敘禮罷，吳用道：「江湖上久聞人說入雲龍公孫勝一清大名，不期今日此處得會。」晁蓋道：「這位秀才先生便是智多星吳學究。」公孫勝道：「吾聞江湖上人多曾說加亮先生大名。豈知緣法卻在保正莊上得會。只是保正疏財仗義，以此天下豪傑，都投門下。」晁蓋道：「再有幾個相識在裡面，一發請進後堂深處相見。」三個人入到裡面，就與劉唐、三阮都相見了。正是：

金帛多藏禍有基，英雄聚會本無期。
一時豪俠欺黃屋，七宿光芒動紫薇。

眾人道：「今日此一會應非偶然，須請保正哥哥正面而坐。」晁蓋道：「量小子是個窮主人，怎敢占上！」吳用道：「保正哥哥年長。依著小生，且請坐了。」晁蓋只得坐了第一位。吳用坐了第二位。公孫勝坐了第三位。劉唐坐了第四位。阮小二坐了第五位。阮小五坐了第六位。阮小七坐了第七位。卻才聚義飲酒，重整杯盤，再備酒餚，眾人飲酌。

吳用道：「保正夢見北斗七星墜在屋脊上，今日我等七人聚義舉事，豈不應天垂象？此一套富貴，唾手而取。前日所說，央劉兄去探聽路程從那裡來，今日天晚，來早便請登程。」公孫勝道：「這一事不須去了。貧道已打聽知他來的路數了，只是黃泥岡大路上來。」晁蓋道：「黃泥岡東十里路，地名安樂村，有一個閒漢叫做『白日鼠』白勝，也曾來投奔我，我曾齎助他盤纏。」

吳用道：「北斗上白光，莫不是應在這人？自有用他處。」劉唐道：「此處黃泥岡較遠，何處可以容身？」吳用道：「只這個白勝家，便是我們安身處。亦還要用了白勝。」晁蓋道：「吳先生，我等還是軟取？卻是硬取？」吳用笑道：「我已安排定了圈套，只看他來的光景；力則力取，智則智取。我有一條計策，不知中你們意否？如此，如此。」

晁蓋聽了大喜，攧著腳，道：「好妙計！不枉了稱你做智多星！果然賽過諸葛亮！好計策！」吳用道：「休得再提。常言道：『隔牆須有耳，窗外豈無人？』只可你知我知。」晁蓋便道：「阮家三兄且請回歸，至期來小莊聚會。吳先生依舊自去教學。公孫先生並劉唐只在敝莊權住。」當日飲酒至晚，各自去客房裡歇息。次日五更起來，安排早飯吃了，晁蓋取出三十兩花銀，送與阮家三兄弟道：「權表薄意，切勿推卻。」三阮那裡肯受。吳用道：「朋友之意，不可相阻。」三阮方才受了銀兩。一齊送出莊外來。吳用附耳低言道：「這般這般，至期不可有誤。」三阮相別了，自回石碣村去。晁蓋留住公孫勝，劉唐在莊上。吳學究常來議事。正是：

取非其有官皆盜，損彼盈餘盜是公。
計就只須安穩待，笑他寶擔去匆匆。

話休絮煩。卻說北京大名府梁中書，收買了十萬貫慶賀生辰禮物完備，選日差人起程。當下一日在後堂坐下，只見蔡夫人問道：「相公，生辰綱幾時起程？」梁中書道：「禮物都已完備，明後日便可起身，只是一件事在躊躇未決。」蔡夫人道：「有甚事躊躇未決？」梁中書道：「上年費了十萬貫收買金珠寶貝送上東京去，只因用人不著，半路被賊人劫將去了，至今未獲；今年帳前眼見得又沒個了事的人送去，在此躊躇未決。」蔡夫人指著階下，道：「你常說這個人十分了得，何不著他委紙領狀送去走一遭？不致失誤。」梁中書看階下那人時，卻是青面獸楊志。

梁中書大喜，隨即喚楊志上廳，說道：「我正忘了你。你若與我送生辰綱去，我自有抬舉你處。」楊志叉手向前，稟道：「恩相差遣，不敢不依。只不知怎地打點？幾時起身？」梁中書道：「著落大名府差十輛太平車子；帳前十個廂禁軍監押著車；每輛上各插一把黃旗，上寫著『獻賀太師生辰綱』。每輛車子，再使個軍健跟著。三日內便要起身去。」楊志道：「非是小人推托。其實去不得。乞鈞旨別差英雄精細的人去。」梁中書道：「我有心要抬舉你，這獻生辰綱的札子內，另修一封書在中間，太師跟前重重保你，受道勅命回來。如何倒生支調，推辭不去？」楊志道：「恩相在上，小人也曾聽得上年已被賊人劫去了，至今未獲。今歲途中盜賊又多；此去東京又無水路，都是旱路。經過的是紫金山、二龍山、桃花山、傘蓋山、黃泥岡、白沙塢、野雲渡、赤松林，這幾處都是強人出沒的去處。便兼單身客人亦不敢獨自經過。他知道是金銀寶物，如何不來搶劫？枉結果了性命！以此去不得。」梁中書道：「恁地時多著軍校防護送去便了。」楊志道：「恩相便差一萬人去也不濟事；這廝們一聲聽得強人來時，都是先走了的。」梁中書道：「你這般地說時，生辰綱不要送去了？」楊志又稟道：「若依小人一件事，便敢送去。」梁中書道：「我既委在你身上，如何不依你說。」楊志道：「若依小人說時，並不要車子，把禮物都裝做十餘條擔子，只做客人的打扮；行貨也點十個壯健的廂禁軍，卻裝做腳夫挑著；只消一個人和小人去，卻打扮做客人，悄悄連夜上東京交付，恁地時方好。」梁中書道：「你甚說得是。我寫書呈，重重保你，受道誥命回來。」楊志道：「深謝恩相抬舉。」當日便叫楊志一面打拴擔腳，一面選揀軍人。

次日，叫楊志來廳前伺候，梁中書出廳來問道：「楊志，你幾時起身？」楊志稟道：「告覆恩相，只在明早准行，就委領狀。」梁中書道：「夫人也有一擔禮物，另送與府中寶眷，也要你領。怕你不知頭路，特地再教奶公謝都管，並兩個虞候和你一同去。」楊志告道：「恩相，楊志去不得了。」梁中書道：「禮物都已拴縛完備，如何又去不得？」楊志稟道：「此十擔禮物都在小人身上，和他眾人都由楊志，要早行便早行，要晚行便晚行，要住便住，要歇便歇，亦依楊志提調；如今又叫老都管並虞候和小人去，他是夫人行的人，又是太師府門下奶公，倘或路上與小人彆拗起來，楊志如何敢和他爭執得？若誤了大事時，楊志那其間如何分說？」梁中書道：「這個也容易，我叫他三個都聽你提調便了。」楊志答道：「若是如此稟過，小人情願便委領狀。倘有疏失，甘當重罪。」梁中書大喜道：「我也不枉了抬舉你！真有見識！」隨即喚老謝都管並兩個虞候出來，當廳內吩咐，道：「楊志提轄情願委了一紙領狀監押生辰綱，十一擔金珠寶貝赴京太師府交割。這干係都在他身上，你三人和他做伴去，一路上早起、晚行、住歇，都要聽他言語，不可和他彆拗。夫人處吩咐的勾當，你三人自理會。小心在意，早去早回，休教有失。」老都管一一都應了。

當日楊志領了，次日早起五更，在府裡把擔仗都擺在廳前。老都管和兩個虞候又將一小擔財帛，共十一擔，揀了十一個壯健的廂禁軍，都做腳夫打扮。楊志戴上涼笠兒，穿著青紗衫子，繫了纏帶，行履麻鞋，跨口腰刀，提條朴刀。老都管也打扮做個客人模樣。兩個虞候假裝做跟的伴當。各人都拿了條朴刀，又帶幾根藤條。梁中書付與了札付書呈。一行人都吃得飽了，在廳上拜辭了。梁中書看軍人擔仗起程。楊志和謝都管、兩個虞候監押著，一行共是十五人，離了梁府，出得北京城門，取大路投東京進發。此時正是五月半天氣，雖是晴明得好，只是酷熱難行。昔日吳七郡王有八句詩道：

玉屏四下朱闌遶，簇簇游魚戲萍藻。
簟鋪八尺白蝦鬚，頭枕一枚紅瑪瑙。
六龍懼熱不敢行，海水煎沸蓬萊島。
公子猶嫌扇力微，行人正在紅塵道。

這八句詩單題著炎天暑月，那公子王孫在涼亭上水閣中浸著浮瓜沈李，調冰雪藕避暑，尚兀自嫌熱；怎知客人為些微名薄利，又無枷鎖拘縛，三伏內，只得在那途路中行。今日楊志這一行人要取六月十五日生辰，只得路上行。自離了這北京五、七日，端的只是起五更，趁早涼便行；

日中熱時便歇。

五、七日後，人家漸少，行路又稀，一站站都是山路。楊志卻要辰牌起身，申時便歇。那十一個廂禁軍，擔子又重，無有一個稍輕，天氣熱了，行不得；見著林子便要去歇息。楊志趕著催促要行，如若停住，輕則痛罵，重則藤條便打，逼趕要行。兩個虞候雖只背些包裹行李，也氣喘了行不上。楊志便嗔道：「你兩個好不曉事！這干係須是俺的！你們不替洒家打這夫子，卻在背後也慢慢地挨！這路上不是要處！」那虞候道：「不是我兩個要慢走，其實熱了行不動，因此落後。前日只是趁早涼走，如今恁地正熱裡要行，正是好歹不均勻！」楊志道：「你這般說話，卻似放屁！前日行的須是好地面；如今正是尷尬去處，若不日裡趕過去，誰敢五更半夜走？」兩個虞候口裡不言，肚中尋思：「這廝不值得便罵人！」楊志提了朴刀，拿著藤條，自去趕那擔子。兩個虞候坐在柳陰樹下，等得老都管來；兩個虞候告訴道：「楊家那廝，強殺只是我相公門下一個提轄！直這般會做大老！」老都管道：「須是相公當面吩咐道：休要和他彆拗。因此我不做聲。這兩日也看他不得。權且耐他。」兩個虞候道：「相公也只是人情話兒，都管自做個主便了。」老都管又道：「且耐他一耐。」當日行到申牌時分，尋得一個客店裡歇了。那十一個廂禁軍兩汗通流，都嘆氣吹噓，對老都管說道：「我們不幸做了軍健！情知道被差出來。這般火似熱的天氣，又挑著重擔；這兩日又不揀早涼行，動不動老大藤條打來；都是一般父母皮肉，我們直恁地苦！」老都管道：「你們不要怨悵，巴到東京時，我自賞你。」那眾軍漢道：「若是似都管看待我們時，並不敢怨悵。」又過了一夜。

次日，天色未明，眾人起來，趁早乖涼起身去。楊志跳起來，喝道：「那裡去！且睡了！卻理會！」眾軍漢道：「趁早不走，日裡熱時走不得，卻打我們！」楊志大罵道：「你們省得甚麼！」拿了藤條要打。眾軍忍氣吞聲，只得睡了。當日直到辰牌時分，慢慢地打火吃了飯走。一路上趕打著，不許投涼處歇。那十一個廂禁軍口裡喃喃吶吶地怨悵；兩個虞候在老都管面前絮絮聒聒地搬口，老都管聽了，也不著意，心內自惱他。

話休絮煩。似此行了十四、五日，那十四個人沒一個不怨悵楊志。當日客店裡辰牌時分，慢慢地打火吃了早飯行，正是六月初四日時節，天氣未及晌午，一輪紅日當天，沒半點雲彩，其日十分大熱，古人有八句詩道：

祝融南來鞭火龍，火旗焰焰燒天紅。
日輪當午凝不去，萬國如在紅爐中。
五嶽翠乾雲彩滅，陽侯海底愁波竭。
何當一夕金風起，為我掃除天下熱。

當日行的路都是山僻崎嶇小徑，南山北嶺，卻監著那十一個軍漢。約行了二十餘里路程，那軍人們思量要去柳陰樹下歇涼，被楊志拿著藤條打將來，喝道：「快走！教你早歇！」眾軍人看那天時，四下裡無半點雲彩，其實那熱不可當。但見：

熱氣蒸人，囂塵撲面。萬里乾坤如甑，一輪火傘當天。四野無雲，風寂寂樹焚溪坼，千山灼焰，㗳剝剝石裂灰飛。空中鳥雀命將休，倒攧入樹林深處。水底魚龍鱗角脫，直鑽入泥土窖中。直教石虎喘無休，便是鐵人須汗落。

楊志催促一行人在山中僻路裡行。看看日色當午，那石頭上熱了，腳疼走不得。眾軍漢道：「這般天氣熱，兀的不曬殺人！」楊志喝著軍漢道：「快走！趕過前面岡子去，卻再理會。」正行之間，前面迎著那土岡子。但見：

頂上萬株綠樹，根頭一派黃沙。嵯峨渾似老龍形，險峻但聞風雨響。山邊茅草，亂絲絲攢遍地刀槍。滿地石頭，磣可可睡兩行虎豹。休道西川蜀道險，須知此是太行山。

一行十五人奔上岡子來，歇下擔仗，十四人都去松林樹下睡倒了。楊志說道：「苦也！這裡是甚麼去處，你們卻在這裡歇涼！起來快走！」眾軍漢道：「你便剁做我七、八段也是去不得了！」楊志拿起藤條，劈頭劈腦打去。打得這個起來，那個睡倒，楊志無可奈何。只見兩個虞候和老都管氣喘急急，也巴到岡子上松樹下坐下喘氣。看這楊志打那軍健，老都管見了，說道：「提轄！端的熱了走不得！休見他罪過！」楊志道：「都管，你不知。這裡正是強人出沒的去處，地名叫做黃泥岡。閒常太平時節，白日裡兀自出來劫人，休道是這般光景。誰敢在這裡停腳！」兩個虞候聽楊志說了，便道：「我見你說好幾遍了，只管把這話來驚嚇人！」老都管道：「權且教他們眾人歇一歇，略過日中行，如何？」楊志道：「你也沒分曉了！如何使得？這裡下岡子去，兀自有七、八里沒人家。甚麼去處。敢在此歇涼！」老都管道：「我自坐一坐了走，你自去趕他眾人先走。」楊志拿著藤條，喝道：「一個不走的，吃俺二十棍！」眾軍漢一齊叫將起來。

數內一個分說道：「提轄，我們挑著百十斤擔子，須不比你空手走的。你端的不把人當人！便是留守相公自來監押時，也容我們說一句。你好不知疼癢！只顧逞辯！」楊志罵道：「這畜生不嘔死俺！只是打便了！」拿起藤條，劈臉又打去。老都管喝道：「楊提轄！且住！你聽我說。我在東京太師府裡做奶公時，門下軍官見了無千無萬，都向著我喏喏連聲。不是我口淺，量你是個遭死的軍人，相公可憐，抬舉你做個提轄，比得芥菜子大小的官職，值得恁地逞能！休說我是相公家都管，便是村莊一個老的，也合依我勸一勸！只顧把他們打，是何看待！」楊志道：「都管，你須是城市裡人，生長在相府裡，那裡知道途路上千難萬難！」老都管道：「四川、兩廣也曾去來，不曾見你這般賣弄！」楊志道：「如今須不比太平時節。」都管道：「你說這話該剜口割舌！今日天下怎地不太平？」楊志卻待要回言，只見對面松林裡影著一個人，在那裡舒頭探腦價望。楊志道：「俺說甚麼，兀的不是歹人來了！」撇下藤條，拿了朴刀，趕入松林裡來，喝一聲道：「你這廝好大膽！怎敢看俺的行貨！」正是：

說鬼便招鬼，說賊便招賊，卻是一家人，對面不能識。

趕來看時，只見松林裡一字兒擺著七輛江州車兒；七個人，脫得赤條條的，在那裡乘涼；一個鬢邊老大一搭朱砂記，拿著一條朴刀。見楊志趕入來，七個人齊叫一聲：「呵也！」都跳起來。楊志喝道：「你等是甚麼人？」那七人道：「你是甚麼人？」楊志道：「你等小本經紀人，偏俺有大本錢？」那七人問道：「你顛倒問！我等是小本經紀，那裡有錢與你！」楊志又問道：「你等莫不是歹人？」那七人道：「我等弟兄七人是濠州人，販棗子上東京去；路途打從這裡經過，聽得多人說這裡黃泥岡上時常有賊打劫客商。我等一面走，一頭自道：『我七個只有些棗子，別無甚財務。』只顧過岡子來。上得岡子，當不過這熱，權且在這林子裡歇一歇，待晚涼了行，只聽有人上岡子來。我們只怕是歹人，因此使這個兄弟出來看一看。」楊志道：「原來如此。也是一般的客人。卻才見你們窺望，惟恐是歹人，因此趕來看一看。」那七個人道：「客官請幾個棗子了去。」楊志道：「不必。」提了朴刀再回擔邊來。老都管坐著，道：「既是有賊，我們去休。」楊志說道：「俺只道是歹人，原來是幾個販棗子的客人。」老都管別了臉對眾軍道：「似你方才說時，他們都是沒命的！」楊志道：「不必相鬧；俺只要沒事便好。你們且歇了，等涼些走。」眾軍漢都笑了。楊志也把朴刀插在地上，自去一邊樹下坐了歇涼。沒半碗飯時，只見遠遠地一個漢子，挑著一副擔桶，唱上岡子來；唱道：

赤日炎炎似火燒，野田禾稻半枯焦。農夫心內如湯煮，公子王孫把扇搖！

那漢子口裡唱著，走上岡子來，松林裡頭歇下擔桶，坐地乘涼。眾軍看見了，便問那漢子道：

「你桶裡是甚麼東西？」那漢子應道：「是白酒。」眾軍道：「挑往那裡去？」那漢子道：「挑出村裡賣。」眾軍道：「多少錢一桶？」那漢子道：「五貫足錢。」眾軍商量道：「我們又熱又渴，何不買些吃？也解暑氣。」正在那裡湊錢，楊志見了喝道：「你們又做甚麼？」眾軍道：「買碗酒吃。」楊志調過朴刀桿便打，罵道：「你們不得洒家言語，胡亂便要買酒吃，好大膽！」眾軍道：「沒事又來鳥亂！我們自湊錢買酒吃，干你甚事？也來打人！」楊志道：「你這村鳥理會得甚麼！到來只顧吃嘴！全不曉得路途上的勾當艱難！多少好漢被蒙汗藥麻翻了！」那挑酒的漢子看著楊志冷笑道：「你這客官好不曉事！早是我不賣與你吃，卻說出這般沒氣力的話來！」

正在松樹邊鬧動爭說，只見對面松林裡那夥販棗子的客人，提著朴刀走出來問道：「你們做甚麼鬧？」那挑酒的漢子道：「我自挑這個酒過岡子村裡賣，熱了在此歇涼。他眾人要問我買些吃，我又不曾賣與他，這個客官道我酒裡有甚麼蒙汗藥，你道好笑麼？說出這般話來！」那七個客人說道：「呸！我只道有歹人出來。原來是如此。說一聲也不打緊。我們正想酒來解渴，既是他疑心，且賣一桶與我們吃。」那挑酒的道：「不賣！不賣！」這七個客人道：「你這鳥漢子也不曉事！我們須不曾說你。你左右將到村裡去賣，一般還你錢，便賣些與我們，打甚麼要緊？看你不道得捨施了茶湯，便又救了我們熱渴。」那挑酒的漢子便道：「賣一桶與你不爭，只是被他們說的不好！又沒碗瓢舀吃。」那七人道：「你這漢子忒認真！便說了一聲，打甚麼要緊？我們自有椰瓢在這裡。」只見兩個客人去車子前取出兩個椰瓢來，一個捧出一大捧棗子來。七個人立在桶邊，開了桶蓋，輪替換著舀那酒吃，把棗子過口。無一時，一桶酒都吃盡了。七個客人道：「正不曾問你多少價錢？」那漢道：「我一了不說價，五貫足錢一桶，十貫一擔。」一個客人把錢還他，一個客人便去揭開桶蓋兜了一瓢，拿上便吃。那漢去奪時，這客人手拿半瓢酒，望松林裡便去，那漢趕將去。只見這邊一個客人從松林裡走將出來，手裡拿一個瓢，便來桶裡舀了一瓢。那漢看見，搶來劈手奪住，望桶裡一傾，便蓋了桶蓋，將瓢望地下一丟，口裡說道：「你這客人好不君子相！戴頭識臉的，也這般囉唣！」

那對過眾軍漢見了，心內癢起來，都待要吃。數中一個看著老都管道：「老爺爺，與我們說一聲！那賣棗子的客人買他一桶吃了，我們胡亂也買他這桶吃，潤一潤喉也好，其實熱渴了，沒奈何；這裡岡子上又沒討水吃處。老爺方便！」老都管見眾軍所說，自心裡也要吃得些，竟來對楊志說：「那販棗子客人已買了他一桶吃，只有這一桶，胡亂教他們買吃些避暑氣。岡子上端的沒處討水吃。」楊志尋思道：「俺在遠遠處望這廝們都買他的酒吃了；那桶裡當面也見吃了半瓢，想是好的。打了他們半日，胡亂容他買碗吃罷。」楊志道：「既然老都管說了，教這廝們買吃了，便起身。」眾軍健聽這話，湊了五貫足錢，來買酒吃。那賣酒的漢子道：「不賣了！不賣了！這酒裡有蒙汗藥在裡頭！」眾軍陪著笑，說道：「大哥，值得便還言語？」那漢道：「不賣了！休纏！」這販棗子的客人勸道：「你這個鳥漢子！他也說得差了，你也忒認真，連累我們也吃你說了幾聲。須不關他眾人之事，胡亂賣與他眾人吃些。」那漢道：「沒事討別人疑心做甚麼？」

這販棗子客人把那賣酒的漢子推開一邊，只顧將這桶酒提與眾軍去吃。那軍漢開了桶蓋，無甚舀吃，陪個小心，問客人借這椰瓢用一用。眾客人道：「就送這幾個棗子與你們過酒。」眾軍謝道：「甚麼道理！」客人道：「休要相謝。都一般客人。何爭在這百十個棗子上？」眾軍謝了。先兜兩瓢，叫老都管吃一瓢，楊提轄吃一瓢。楊志那裡肯吃。老都管自先吃了一瓢。兩個虞候各吃一瓢。眾軍漢一發上。那桶酒登時吃盡了。楊志見眾人吃了無事，自本不吃，一者天氣甚熱，二乃口渴難煞，拿起來，只吃了一半，棗子分幾個吃了。那賣酒的漢子說道：「這桶酒被那客人饒了一瓢吃了，少了你些酒，我今饒了你眾人半貫錢罷。」眾軍漢湊出錢來還他。那漢子收了錢，挑了空桶，依然唱著山歌，自下岡子去了。

那七個販棗子的客人立在松樹傍邊，指著這一十五人，說道：「倒也！倒也！」只見這十五個人，頭重腳輕，一個個面面廝覷，都軟倒了。那七個客人從松樹林裡推出這七輛江州車兒，把車子上棗子都丟在地上，將這十一擔金珠寶貝都裝在車子內，遮蓋好了，叫聲聒噪，一直望黃泥岡下推去了。正是：

誅求膏血慶生辰，不顧民生與死鄰。
始信從來招劫盜，虧心必定有緣因。

楊志口裡只是叫苦，軟了身體，掙扎不起，十五個人眼睜睜地看著那七個人把這金寶裝了去，只是起不來，掙不動，說不得。我且問你：這七人端的是誰？不是別人，原來正是晁蓋、吳用、公孫勝、劉唐、三阮這七個。卻才那個挑酒的漢子便是白日鼠白勝。卻怎地用藥？原來挑上岡子時，兩桶都是好酒，七個人先吃了一桶，劉唐揭起桶蓋，又兜了半瓢吃，故意要他們看著，只是叫人死心塌地，次後吳用去松林裡取出藥來，抖在瓢裡，只做走來饒他酒吃，把瓢去兜時，藥已攪在酒裡，假意兜半瓢吃；那白勝劈手奪來傾在桶裡，這個便是計策。那計較都是吳用主張。這個喚做「智取生辰綱。」原來楊志吃得酒少，便醒得快；爬將起來，兀自捉腳不住；看那十四個人時，口角流涎，都動不得。楊志憤悶道：「不爭你把了生辰綱去，教俺如何回去見梁中書，這紙領狀須繳不得。」就扯破了。「如今閃得俺有家難奔，有國難投，待走那裡去？不如就這岡子上，尋個死處！」撩衣破步，望著黃泥岡下便跳。正是：

斷送落花三月雨，摧殘楊柳九秋霜。

畢竟在黃泥岡上尋死，性命如何？且聽下回分解。

第十七回　花和尚單打二龍山　青面獸雙奪寶珠寺

話說楊志當時在黃泥岡上，被取了生辰綱去，如何回轉見得梁中書去，欲要就岡子上自尋死路；卻待望黃泥岡下躍身一跳，猛可醒悟，拽住了腳，尋思道：「爹娘生下洒家，堂堂一表，凜凜一軀。自小學成十八般武藝在身，終不成只這般休了？比及今日尋個死處，不如日後等他拿得著時，卻再理會。」回身再看那十四個人時，只是眼睜睜地看著楊志，沒個掙扎得起。楊志指著罵道：「都是你這廝們不聽我言語，因此做將出來，連累了洒家！」樹根頭拿了朴刀，掛了腰刀，周圍看時，別無物件，楊志嘆了口氣，一直下岡子去了。

那十四個人直到二更方才得醒。一個個爬將起來，口裡只叫得連珠箭的苦。老都管道：「你們眾人不聽楊提轄的好言語，今日送了我也！」眾人道：「老爺，今事已做出來了，且通個商量。」老都管道：「你們有甚見識？」眾人道：「是我們不是了。古人有言：『火燒到身，各自去掃；蜂蠆入懷，隨即解衣。』若還楊提轄在這裡，我們都說不過；如今他自去的不知去向，我們回去見梁中書相公，何不都推在他身上？只說道：『他一路上凌辱打罵眾人，逼迫我們都動不得。他和強人做一路，把蒙汗藥將俺們麻翻了，縛了手腳，將金寶都擄去了。』」老都管道：「這話也說得是。我們等天明先去本處官司首告；太師得知，著落濟州府追獲這夥強人便了。」次日天曉，老都管自和一行人來濟州府該管官吏首告，不在話下。

且說楊志提著朴刀，悶悶不已，離黃泥岡，望南行了半日，去林子裡歇了；尋思道：「盤纏又沒了，舉眼無相識，卻是怎地好？」漸漸天色明亮，只得趁早涼了行。又走了二十餘里，正是：

面皮青毒逞雄豪，白送金珠十一挑。
今日為何行急急，不知若個打藤條。

當時楊志走得辛苦，到一酒店門。楊志道：「若不得些酒吃，怎地打熬得過？」便入那酒店去，向這桑木桌凳座頭坐了，身邊倚了朴刀。只見灶邊一個婦人問道：「客官，莫不要打火？」楊志道：「先取兩角酒來吃，借些米來做飯。有肉安排些個。少停一發算錢還你。」只見那婦人先叫一個後生來面前篩酒，一面做飯，一面炒肉，都把來楊志吃了。楊志起身，綽了朴刀便出店門。那婦人道：「你的酒肉飯錢都不曾有！」楊志道：「待俺回來還你，權賒咱一賒。」說了便走。那篩酒的後生趕將出來揪住楊志，被楊志一拳打翻了。那婦人叫起屈來。楊志只顧走。只聽得背後一個人趕來叫道：「你那廝走那裡去！」楊志回頭看時，那人大脫著膊，拖著桿棒，搶奔將來。楊志道：「這廝卻不是晦氣，倒來尋洒家！」立即住了不走。看後面時，那篩酒後生也拿條擋叉。隨後趕來；又引著三、兩個莊客，各拿桿棒，飛也似都奔將來。楊志道：「結果了這廝一個，那廝們都不敢追來！」便挺著手中朴刀來鬥這漢。這漢也掄轉手中桿棒，槍來相迎。兩個鬥了三、二十合，這漢怎地敵得楊志，只辦得架隔遮攔，上下躲閃。

那後來的後生並莊客卻待一發上，只見這漢托地跳出圈子外來叫道：「且都不要動手！兀那使朴刀的大漢，你可通個姓名。」那楊志拍著胸道：「洒家行不更名，坐不改姓，青面獸楊志的便是！」這漢道：「莫不是東京殿司楊制使麼？」楊志道：「你怎地知道洒家是楊制使？」這漢撇了槍棒，便拜道：「小人有眼不識泰山！」楊志便扶這人起來，問道：「足下是誰？」這漢道：「小人原是開封府人氏。乃是八十萬禁軍都教頭林沖的徒弟。姓曹名正。祖代屠戶出身。小人殺的好牲口，挑筋剮骨，開剝推斬，只此被人喚做操刀鬼。為因本處一個財主將五千貫錢，教小人來山東做客，不想折了本，回鄉不得，在此入贅在這裡莊農人家。卻才灶邊婦人便是小人的渾家。這個拿擋叉的便是小人的妻舅。卻才小人和制使交手，見制使手段和小人師父林教師一般，因此抵敵不住。」楊志道：「原來你卻是林教師的徒弟。你的師父被高太尉陷害，落草去了。如今現在梁山泊。」曹正道：「小人也聽得人這般說將來，未知真實。且請制使到家少歇。」楊志便同曹正再回到酒店裡來。曹正請楊志裡面坐下，叫老婆和妻舅都來拜了楊志，一面再置酒食相待。

飲酒中間，曹正動問道：「制使緣何到此？」楊志把做制使失陷花石綱，並如今又失陷了梁中書的生辰綱一事，從頭備細告訴了。曹正道：「既然如此，制使且在小人家裡住幾時，再有商議。」楊志道：「如此，卻是深感你的厚意。只恐官司追捕將來，不敢久住。」曹正道：「制使這般說時，要投那裡去？」楊志道：「酒家欲投梁山泊，去尋你師父林教師。俺先前在那裡經過時，正撞著他下山來與洒家交手。王倫見了俺兩個本事一般，因此都留在山寨裡相會，以此認得你師父林沖。王倫當初苦苦相留，俺卻不肯落草；如今臉上又添了金印，卻去投奔他時，好沒志氣；因此躊躇未決，進退兩難。」曹正道：「制使見得是，小人也聽得人傳說王倫那廝心地偏窄，安不得人；說我師父林教頭上山時，受盡他的氣。不若小人此間，離不遠卻是青州地面，有座山喚做二龍山，山上有座寺喚做寶珠寺。那座山生來卻好，裹著這座寺，只有一條路上得去。如今寺裡住持還了俗，養了頭髮，餘者和尚都隨順了。說道他聚集的四、五百人打家劫舍。那人喚做『金眼虎』鄧龍。制使若有心落草時，到那裡去入夥，足可安身。」楊志道：「既有這個去處，何不去奪來安身立命？」當下就曹正家裡住了一宿，借了些盤纏，拿了朴刀，相別曹正，拽開腳步，投二龍山來。

行了一日，看看漸晚，卻早望見一座高山。楊志道：「俺去林子裡且歇一夜，明日卻上山去。」轉入林子裡來，吃了一驚。只見一個胖大和尚，脫得赤條條的，背上刺著花繡，坐在松樹根頭乘涼，那和尚見了楊志，就樹頭綽了禪杖，跳將起來，大喝道：「兀那撮鳥！你是那裡來的！」正是：

平將珠寶擔落空，卻問寶珠寺討帳。
要投入寺裡強人，先引出寺外和尚。

楊志聽了道：「原來也是關西和尚。俺和他是鄉中，問他一聲。」楊志叫道：「你是那裡來的僧人？」那和尚不回說，掄起手中禪杖，只顧打來。楊志道：「怎奈這禿廝無禮！且把他來出口氣！」挺起手中朴刀來奔那和尚。兩個就在林子裡一來一往，一上一下，兩個放對。但見：

兩條龍競寶，一對虎爭餐。禪仗起如虎尾龍筋，朴刀飛似龍鬐虎爪。崒嵂嵂，忽喇喇，天崩地塌，陣雲中黑氣盤旋。惡狠狠，雄赳赳，雷吼風呼，殺氣內金光閃爍。兩條龍競寶，嚇得那身長力壯仗霜鋒周處眼無光；一對虎爭餐，驚的這膽大心粗施雪刃卞莊魂魄喪。兩條龍競寶，眼珠放彩，尾擺得水母殿臺搖。一對虎爭餐，野獸奔馳，聲震的山神毛髮豎。

直鬥到四、五十合，不分勝敗。那和尚賣個破綻，托地跳出圈子外來，喝一聲：「且歇。」兩個都住了手。楊志暗暗地喝采道：「那裡來的和尚！真個好本事，手段高！俺卻剛剛地只敵得住他！」那和尚叫道：「兀那青面漢子，你是甚麼人？」楊志道：「洒家是東京制使楊志的便是。」那和尚道：「你不是在東京賣刀殺了破落戶牛二的？」楊志道：「你不見俺臉上金印？」那和尚道：「卻原來在這裡相見！」楊志道：「不敢問，師兄卻是誰？緣何知道洒家賣刀？」那和尚道：「洒家不是別人，俺是延安府老种經略相公帳前軍官魯提轄的便是。為因三拳打死了鎮關西，卻去五臺山淨發為僧。人見洒家背上有花繡，都叫俺做花和尚魯智深。」楊志笑道：「原來是自家鄉里。俺在江湖上多聞師兄大名。聽得說道，師兄在大相國寺裡掛搭，如今何故來這裡？」魯智深道：「一言難盡！洒家在大相國寺管菜園，遇著那豹子頭林沖，被高太尉要陷害他性命。俺卻路見不平，直送他到滄州，救了他一命。不想那兩個防送公人回來，對高俅那廝說道：『正要在野豬林裡結果林沖，卻被大相國寺魯智深救了。那和尚直送到滄州，因此害他不得。』這直娘賊恨殺洒家，吩咐寺裡長老不許俺掛搭；又差人來捉洒家，卻得一夥潑皮通報，不曾著了那廝的手；吃俺一把火燒了那菜園裡廨宇，逃走在江湖上，東又不著，西又不著，來到孟州十字坡過，險些兒被個酒店婦人害了性命，把酒家著蒙藥麻翻了。得他的丈夫歸來得早，見了酒家這般模樣，又見了俺的禪杖、戒刀吃驚，連忙把解藥救俺醒來，因問起洒家名字，留住俺過了幾日，結義洒家做了弟兄。那人夫妻兩個亦是江湖上好漢有名的，都叫他做菜園子張青，其妻母夜叉孫二娘，甚是好義氣。一住四、五日，打聽得這裡二龍山寶珠寺可以安身，洒家特地來奔那鄧龍入夥，叵耐那廝不肯安著洒家在這山上。鄧龍那廝和俺廝併，又敵洒家不過，只把這山下三座關牢牢地拴住，又沒別路上去。那撮鳥由你叫罵，只是不下來廝殺，氣得洒家正苦，在這裡沒個委結。不想卻是大哥來！」楊志大喜。兩個就林子剪拂了，就地坐了一夜。

楊志訴說賣刀殺死了牛二的事，並解生辰綱失陷一節，都備細說了；又說曹正指點來此一事，便道：「既是閉了關隘，俺們休在這裡，如何得他下來？不若且去曹正家商議。」兩個廝趕著行，離了那林子，來到曹正酒店裡。楊志引魯智深與他相見了，曹正慌忙置酒相待，商量要打二龍山一事。曹正道：「若是端的閉了關時，休說道你二位，便有一萬軍馬，也上去不得！似此，只可智取，不可力求。」魯智深道：「叵耐那撮鳥，初投他時只在關外相見。因不留俺，廝併起來，那廝小肚上被俺一腳點翻了。卻待要結果了他性命，被他那裡人多，救了上山去，閉了這鳥關，由你自在下面罵，只是不肯下來廝殺！」楊志道：「既然好去處，俺和你如何不用心去打！」魯智深道：「便是沒做個道理上去，奈何不得他！」曹正道：「小人有條計策，不知中二位意也不中？」楊志道：「願聞良策則個。」曹正道：「制使也休這般打扮，只照依小人這裡近村莊家穿著。小人把這位師父禪杖、戒刀都拿了；卻叫小人的妻弟帶幾個伙家，直送到那山下，把一條索子綁了師父。小人自會做活結頭。卻去山下叫道：『我們近村開酒店莊家。這和尚來我店中吃酒，吃得大醉了，不肯還錢，口裡說道，去報人來打你山寨；因此，我們聽得，乘他醉了，把他綁縛在這裡，獻與大王。』那廝必然放我們上山去。到得他山寨裡面見鄧龍時，把索子拽脫了活結頭，小人便遞過禪杖與師父。你兩個好漢一發上，那廝走往那裡去！若結果了他時，以下的人不敢不伏。此計若何？」魯智深、楊志齊道：「妙哉！妙哉！」有詩為證：

乳虎稱龍亦枉然，二龍山許二龍蟠。
人逢忠義情偏洽，事到顛危策愈全。

當晚眾人吃了酒食，又安排了些路上乾糧。次日，五更起來，眾人吃得飽了。魯智深的行李包裹，都寄放在曹正家。當日楊志、魯智深、曹正，帶了小舅子並五、七個莊家取路投二龍山來。晌午後，直到林子裡脫了衣裳，把魯智深用活結頭使索子綁了，教兩個莊家牢牢地牽著索頭。楊志戴了遮日頭涼笠兒，身穿破布衫，手裡倒提著朴刀。曹正拿著他的禪杖。眾人都提著棍棒在前後簇擁著。到得山下看那關時，都擺著強弩硬弓，灰瓶炮石。小嘍囉在關上看見綁得這個和尚來，飛也似報上山去。多樣時，只見兩個小頭目上關來問道：「你等何處人？來我這裡做甚麼？那裡捉得這個和尚來？」曹正答道：「小人等是這山下近村莊家，開著一個小酒店。這個胖和尚不時來我店中吃酒；吃得大醉，不肯還錢，口裡說道：『要去梁山泊叫千百個人來打此二龍山！和你這近村坊都洗蕩了！』因此小人只得將好酒請他；灌得醉了，一條索子綁縛這廝來獻與大王，表我等村鄰孝順之心，免得村中後患。」兩個小頭目聽了這話，歡天喜地，說道：「好了！眾人在此少待一時！」兩個小頭目就上山來報知鄧龍，說拿得那胖和尚來。鄧龍聽了大喜，叫：「解上山來！且取這廝的心肝來做下酒，消我這點冤仇之恨！」小嘍囉得令，來把關隘門開了，便叫送上來。

楊志、曹正，緊押魯智深，解上山來。看那三座關時，端的峻峻；兩下裡山環繞將來包住這座寺；山峰生得雄壯，中間只一條路上關來；三重關上擺著擂木炮石，硬弩強弓，苦竹槍密密地攢著。過得三處關閘，來到寶珠寺前看時，三座殿門，一段鏡面也似平地，周遭都是木柵為城。寺前山門下立著七、八個小嘍囉。看見縛得魯智深來，都指手罵道：「你這禿驢傷了大王，今日也吃拿了，慢慢的碎割了這廝！」魯智深只不做聲。押到佛殿看時，殿上都把佛來抬去了；中間放著一把虎皮交椅；眾多小嘍囉拿著鎗棒立在兩邊。少刻，只見兩個小嘍囉扶出鄧龍來，坐在交椅上。曹正、楊志緊緊地幫著魯智深到階下。

鄧龍道：「你那廝禿驢！前日點翻了我，傷了小腹，至今青腫未消，今日也有見我的時節！」魯智深睜圓怪眼，大喝一聲：「撮鳥休走！」兩個莊家把索頭只一拽，拽脫了活結頭，散開索子。魯智深就曹正手裡接過禪杖，雲飛掄動。楊志撇了涼笠兒，倒轉手中朴刀。曹正又掄起桿棒。眾莊家一齊發作，並力向前。鄧龍急待掙扎時，早被魯深智一禪杖當頭打著，把腦蓋劈作兩個半，和交椅都打碎了，手下的小嘍囉早被楊志搠翻了四、五個。曹正叫道：「都來投降！若不從者，便行掃除處死！」寺前寺後五、六百小嘍囉並幾個小頭目驚嚇得呆了，只得都來歸降投伏。隨即叫把鄧龍等屍首扛抬去後山燒化了。一面去點倉廒，整頓房舍，再去看看那寺後有多少物件，且把酒肉安排來吃。魯智深並楊志做了山寨之王，置酒設宴慶賀。小嘍囉們盡皆投伏了，仍設小頭目管領。曹正別了二位好漢，領了莊家自回家去了，不在話下。正是：

古刹雄奇隱翠微，翻為賊寨假慈悲。
天生神力花和尚，弄棒磨刀作住持。

又有詩一首並及楊志：

有智能深助智深，綠林豪客主叢林。
降龍伏虎真同志，獸面誰知有佛心。

卻說那押生辰綱老都管，並這幾個廂禁軍，曉行夜住，趕回北京，到得梁中書府，直至廳前，齊齊都拜翻在地下告罪。梁中書道：「你們路上辛苦，多虧了你眾人。」又問：「楊提轄何在？」眾人告道：「不可說！這人是個大膽忘恩的賊！自離了此間五、七日後，行得到黃泥岡，天氣大熱，都在林子裡歇涼。不想楊志和七個賊人通同，假裝做販棗子客商。楊志約會與他做一路，先推七輛江州車兒在這黃泥岡上松林裡等候；卻叫一個漢子挑一擔酒來岡子上歇下。小的眾人不合買他酒吃，被那廝把蒙汗藥都麻翻了，又將索子捆縛眾人。楊志和那七個賊人，卻把生辰綱財寶並行李盡裝載車上將了去。現今去本管濟州府呈告了，留兩個虞候在那裡，隨衙聽候捉拿賊人。小人等眾人星夜趕回來告知恩相。」梁中書聽了大驚，罵道：「這賊配軍！你是犯罪的囚徒，我一力抬舉你成人，怎敢做這等不仁忘恩的事！我若拿住他時，碎屍萬段！」隨即便喚書吏寫了文書，當時差人星夜來濟州投下；又寫一封家書，著人也連夜上東京報與太師知道。

且不說差人去濟州下公文。只說著人上東京來到太師府報知，見了太師，呈上書札。蔡太師看了大驚道：「這班賊人，甚是膽大！去年將我女婿送來的禮物打劫去了，至今未獲；今年又來無禮，如何干罷！」隨即押了一紙公文，著一個府幹親自賫了，星夜望濟州來，著落府尹，立等捉拿這夥賊人，便要回報。

且說濟州府尹自從受了北京大名府留守司梁中書札付，每日理論不下。正憂悶間，只見門吏報道：「東京太師府裡差府幹現到廳前，有緊急公文要見相公。」府尹聽得大驚道：「多管是生辰綱的事！」慌忙升廳，來與府幹相見了說道：「這件事，下官已受了梁府虞候的狀子，已經差緝捕的人跟捉賊人，未見蹤跡。前日留守司又差人行札付到來，又經著仰尉司並緝捕觀察，杖限跟捉，未曾得獲。若有些動靜消息，下官親到相府回話。」府幹道：「小人是太師府裡心腹人。今奉太師鈞旨，特差來這裡要這一干人。臨行時，太師親自吩咐，教小人到本府，只就州衙裡宿歇，立等相公要拿這七個販棗子的並賣酒一人，在逃軍官楊志各賊正身。限在十日捉拿完備，差人解赴東京。若十日不獲得這件公事時，怕不先來請相公去沙門島上走一遭。小人也難回太師府裡去，性命亦不知如何。相公不信，請看太師府裡行來的鈞帖。」

府尹看罷大驚，隨即便喚緝捕人等。只見階下一人聲喏，立在簾前。太守道：「你是甚人？」那人稟道：「小人是三都緝捕使臣何濤。」太守道：「前日黃泥岡上打劫了去的生辰綱，是你該管麼？」何濤答道：「稟覆相公，何濤自從領了這件公事，晝夜無眠，差下本管眼明手快的公人，去黃泥岡上往來緝捕。雖是累經杖責，到今未見蹤跡。非是何濤怠慢官府，實出於無奈。」府尹喝道：「胡說！上不緊，則下慢！我自進士出身，歷任到這一郡諸侯，非同容易！今日，東京太師府差一幹辦來到這裡，領太師臺旨：限十日內須要捕獲各賊正身，完備解京。若還違了限次，我非止罷官，必陷我投沙門島走一遭！你是個緝捕使臣，倒不用心，以致禍及於我！先把你這廝迭配遠惡軍州，雁飛不到去處！」便喚過文筆匠來，去何濤臉上刺下「迭配……州」字樣，空著甚處州名，發落道：「何濤！你若獲不得賊人，重罪決不饒恕！」正是：

臉皮打稿太乖張，自要平安人受殃。
賤面可無煩作計，本心也合細商量。

何濤領了臺旨下廳，前來到使臣房裡，會集許多做公的，都到機密房中商議公事。眾做公的都面面相覷，如箭穿雁嘴，釣搭魚腮，盡無言語。何濤道：「你們閒常時都在這房裡賺錢使用；如今有此一事難捉，都不做聲。你眾人也可憐我臉上刺的字樣！」眾人道：「上覆觀察：小人們人非草木，豈不省得？只是這一夥做客商的，必是他州外府山曠野強人，遇著一時劫了他的財寶，自去山寨裡快活，如何拿得著？便是知道，也只看得他一看。」何濤聽了，當初只有五分煩惱；見說了這話，又添了五分煩惱，自離了使臣房裡，上馬回到家中，把馬牽去後槽上拴了；獨自一個，悶悶不已。正是：

雙眉重上三鍠鎖，滿腹填平萬斛愁。
網裡漏魚何處覓？甕中捉鱉向誰求？

只見老婆問道：「丈夫，你如何今日這般嘴臉。」何濤道：「你不知。前日太守委我一紙批文，為因黃泥岡上一夥賊人，打劫了梁中書與丈人蔡太師慶生辰的金珠寶貝，計十一擔，正不知甚麼樣人打劫了去。我自從領了這道鈞批，到今未曾得獲。今日正去轉限，不想太師府又差幹辦來，立等要拿這一夥賊人解京，太守問我賊人消息，我回覆道：『未見次第，不曾獲得。』府尹將我臉上刺下『迭配……州』字樣，只不曾填甚去處，在後知我性命如何！」老婆道：「似此怎地好？卻是如何得了！」正說之間，只見兄弟何清來望哥哥。何濤道：「你來做甚麼？不去賭錢，卻來怎地？」何濤的妻子乖覺，連忙招手，說道：「阿叔，你且來廚下，和你說話。」

何清當時跟了嫂嫂進到廚下坐了。嫂嫂安擺些酒肉菜蔬，燙幾杯酒，請何清吃。何清問嫂嫂道：「哥哥忒殺欺負人！我不中，也是你一個親兄弟！你便奢遮殺，到底是我親哥哥！便叫我一處吃盞酒，有甚麼辱沒了你？」阿嫂道：「阿叔，你不知道。你哥哥心裡自過活不得哩！」何清道：「哥哥每日起了大錢大物，那裡去了？做兄弟的又不來，有甚麼過活不得處？」阿嫂道：「你不知。為這黃泥岡上，前日一夥販棗子的客人，打劫了北京梁中書慶賀蔡太師的生辰綱去，如今濟州府尹奉著太師鈞旨，限十日內定要捉拿各賊解京；若還捉不著正身時，便要刺配遠惡軍州去。你不見你哥哥，先吃府尹刺了臉上『迭配……州』字樣，只不曾填甚麼去處？早晚捉不著時，實是受苦！他如何有心和你吃酒？我卻已安排些酒食與你吃。他悶了幾時了，你卻怪他不得。」何清道：「我也誹誹地聽得人說道，有賊打劫了生辰綱去。正在那裡地面上？」阿嫂道：「只聽得說道黃泥岡上。」何清道：「卻是甚麼樣人劫了？」阿嫂道：「阿叔，你又不醉。我方才說了。是七個販棗子的客人打劫了去。」

何清呵呵的大笑道：「原來恁地。既道是販棗子的客人了，卻悶怎地？何不差精細的人去捉？」阿嫂道：「你倒說得好。便是沒捉處。」何清笑道：「嫂嫂，倒要你憂，哥哥放著常來的一班兒好酒肉弟兄，閒常不睬的是親兄弟！今日才有事，便叫沒捉處。若是教兄弟閒常捱得幾杯酒吃，今日這夥小賊倒有個商量處！」阿嫂道：「阿叔，你倒敢知得些風路？」何清笑道：「直等親哥臨危之際，兄弟或者有個道理救他。」說了，便起身要去。阿嫂留住再吃兩杯。那婦人聽了這話說得蹊蹺，慌忙來對丈夫備細說了。

何濤連忙叫請兄弟到面前。何濤陪著笑臉，說道：「兄弟，你既知此賊去向，如何不救我？」何清道：「我不知甚麼來耍。我自和嫂子說耍。兄弟何能救得哥哥？」何濤道：「好兄弟，休得要看冷暖。只想我日常的好處，休記我閒時的歹處，救我這條性命！」何清道：「哥哥，你別有許多眼明手快的公人，管下三、二百個，何不與哥哥出些氣力？量一個兄弟怎救得哥哥！」何濤道：「兄弟休說他們；你的話眼裡有些門路，休要把別人做好漢。你且說與我些去向，我自有補報你處。正教我怎地心寬！」何清道：「有甚去向！兄弟不省的！」何濤道：「你不要嘔我，只看同胞共母之面！」何清道：「不要慌。且待到至急處，兄弟自來出些氣力拿這夥小賊。」阿嫂便道：「阿叔，胡亂救你哥哥，也是弟兄情份。如今被太師府鈞帖，立等要這一干人，天來大事，你卻說小賊！」何清道：「嫂嫂，你須知我只為賭錢上，吃哥哥多少打罵。我是怕哥哥，不敢和他爭涉。閒常有酒有食，只和別人快活，今日兄弟也有用處！」

何濤見他話眼有些來歷，慌忙取一個十兩銀子放在桌上，說道：「兄弟，權將這銀子收了。日後捕得賊人時，金銀緞疋賞賜，我一力包辦。」何清笑道：「哥哥正是『急來抱佛腳，閒時不燒香！』我若要哥哥銀子時，便是兄弟勒掯你了。快把去收了，不要將來賺我。哥若如此，便不說。既是哥哥兩口兒我行陪話，我說與哥，不要把銀子出來驚我。」何濤道：「銀兩都是官司信賞出的，如何沒三、五百貫錢，兄弟，你休推卻。我且問你：這夥賊卻在那裡有些來歷？」何清拍著大腿道：「這夥賊，我都捉在便袋裡了！」何濤大驚道：「兄弟，你如何說這夥賊在你便袋裡？」何清道：「哥只莫管，我自都有在這裡便了。哥只把銀子收了去，不要將來賺我，只要常情便了。」何清不慌不忙，卻說出來。有分教：鄆城縣裡，引出仗義英雄；梁山泊中，聚一夥擎天好漢。畢竟何清說出甚麼來？且聽下回分解。

第十八回　美髯公智穩插翅虎　宋公明私放晁天王

話說當時何觀察與兄弟何清道：「這錠銀子是官司信賞的，非是我把來賺你，後頭再有重賞。兄弟，你且說這夥人如何在你便袋裡？」只見何清去身邊招文袋內摸出一個經折兒來，指道：「這夥賊人都在上面。」何濤道：「你且說怎的寫在上面？」何清道：「不瞞哥哥說，兄弟前日為賭博輸了，沒一文盤纏；有個一般賭博的引兄弟去北門外十五里，地名安樂村，有個王家客店內湊此碎賭。為是官司行下文書來著落本村，但凡開客店的須要置立文簿，一面上用勘合印信；每夜有客商來歇息，須要問他『那裡來？何處去？姓甚名誰？做甚買賣？』都要抄寫在簿子上。官司查時，每月一次去里正處報名。為是小二哥不識字，央我替他抄了半個月。當日是六月初三日，有七個販棗子的客人推著七輛江州車兒來歇。我卻認得一個為頭的客人，是鄆城縣東溪村晁保正。因何認得他？我比先曾跟一個賭漢去投奔他，因此我認得。我寫著文簿，問他道『客人高姓？』只見一個三鬚髭白淨面皮的搶將過來答應道：『我等姓李，從濠州來販棗子去東京賣。』我雖寫了，有些疑心。第二日，他自去了。店主帶我去村裡相賭，來到一處三叉路口，只見一個漢子挑兩個桶來，我不認得他。店主人自與他廝叫道：『白大郎，那裡去？』那人應道：『有擔醋，將去村裡財主家賣。』店主人和我說道：『這人叫做白日鼠白勝，也是個賭客。』我也只安在心裡。後來聽得沸沸揚揚地說道：『黃泥岡上夥的販棗子的客人把蒙汗藥麻翻了，劫了生辰綱去。』我猜不是晁保正卻是兀誰？如今只拿了白勝一問便知端的。這個經折兒是我抄的副本。」何濤聽了大喜，隨即引了兄弟何清逕到州衙裡見了太守。

府尹問道：「那公事有些下落麼？」何濤稟道：「略有些消息了。」府尹叫進後堂來說，仔細問了來歷。何清一一稟說了。當下便差八個做公的，一同何濤、何清，連夜來到安樂府。叫了店主人做眼，逕奔到白勝家裡，卻是三更時分。叫店主人賺開門來打火，只聽得白勝在床上做聲，問他老婆時，卻說道害熱病不曾得汗。從床上拖將起來，見白勝面色紅白，就把索子綁了，喝道：「黃泥岡上做得好事！」白勝那裡肯認；把那婦人捆了，也不肯招。眾做公的繞屋尋贓。尋到床底下，見地面不平，眾人掘開，不到三尺深，眾多公人發聲喊，白勝面如土色，就地取出一包金銀。隨即把白勝頭臉包了，帶他老婆，扛抬贓物，都連夜趕回濟州城裡來，卻好五更天明時分。把白勝押到廳前，便將索子捆了，問他主情造意。白勝抵賴，死不肯招晁保正等七人。連打三、四頓，打得皮開肉綻，鮮血迸流。府尹喝道：「賊首，捕人已知是鄆城縣東溪村晁保正了，你這廝如何賴得過！你快說那六人是誰，便不打你了。」白勝又捱了一歇，打熬不過，只得招道：「為首的是晁保正。他自同六人來糾合白勝與他挑酒，其實不認得那六人。」知府道：「這個不難。只拿住晁保正，那六人便有下落。」先取一面二十斤死囚枷枷了白勝；他的老婆也鎖了，押去女牢裡監收，隨即押一紙公文，就差何濤親自帶領二十個眼明手快的公人逕去鄆城縣投下，著落本縣，立等要捉晁保正並不知姓名六個正賊；就帶原解生辰綱的兩個虞候作眼拿人。

一同何觀察領了一行人，去時不要大驚小怪，只恐怕走透了消息。星夜來到鄆城縣，先把一行公人並兩個虞候都藏在客店裡，只帶一、兩個跟著來下公文，逕奔鄆城縣衙門前來。當下巳牌坊時分，卻值知縣退了早衙。縣前靜悄悄地。何濤走去縣對門一個茶坊裡坐下，吃茶相等，吃了一個泡茶，問茶博士道：「今日如何縣前恁地靜？」茶博士說道：「知縣相公早衙方散，一應公人和告狀的都去吃飯了，未來。」何濤又問道：「今日縣裡不知是那個押司直日？」茶博士指著道：「今日直日的押司來也。」何濤看時，只見縣裡走出一個吏員來。看那人時，怎生模樣，但見：

眼如丹鳳，眉似臥蠶。滴溜溜兩耳懸珠，明皎皎雙眼點漆。唇方口正，髭鬚地閣輕盈。額闊頂平，皮肉天倉飽滿。坐定時渾如虎相，走動時有若狼形。年及三旬，有養濟萬人之度量；身軀六尺，懷掃除四海之心機。志氣軒昂，胸襟秀麗。刀筆敢欺蕭相國，聲名不讓孟嘗君。

那押司姓宋名江，表字公明，排行第三。祖居鄆城縣宋家村人氏。為他面黑身矮，人都喚他做黑宋江；又且馳名大孝，為人仗義疏財，人皆稱他做孝義黑三郎。上有父親在堂，母親早喪；下有一個兄弟，喚做鐵扇子宋清，自和他父親宋太公在村中務農。守些田園過活。這宋江自在鄆城縣做押司，他刀筆精通，吏道純熟，更兼愛習槍棒，學得武藝多般。平生只好結識江湖上好漢；但有人來投奔他的，若高若低，無有不納，便留在莊上館穀，終日追陪，並無厭倦；若要起身，盡力資助。端的是揮金似土！人問他求錢物，亦不推托；且好做方便，每每排難解紛，只是周全人性命。時常散施棺材藥餌，濟人貧苦。賙人之急，扶人之困，因此，山東、河北聞名，都稱他做及時雨，卻把他比做天上下的及時雨一般，能救萬物。曾有一首臨江仙讚宋江好處：

起自花村刀筆吏，英靈上應天星，疏財仗義更多能。事親行孝敬，待士有聲名。濟弱扶傾心慷慨，高名水月雙清。及時甘雨四方稱，山東呼保義，豪傑宋公明。

當時宋江帶著一個伴當走將出縣前來。只見這何觀察當街迎住，叫道：「押司，此間請坐拜茶。」宋江見他一個公人打扮，慌忙答禮，道：「尊兄何處？」何濤道：「且請押司到茶坊裡面吃茶說話。」宋公明道：「謹領。」兩個人到茶坊裡坐定。伴當都叫去門前等候。宋江道：「不敢拜問尊兄高姓？」何濤答道：「小人是濟州府緝捕使臣何濤的便是。不敢動問押司高姓大名？」宋江道：「賤眼不識觀察，少罪。小吏姓宋名江的便是。」何濤倒地便拜，說道：「久聞大名，無緣不曾拜識。」宋江道：「惶恐，觀察請上坐。」何濤道：「小人安敢占上。」宋江道：「觀察是上司衙門的人，又是遠來之客。」兩個謙讓了一回，宋江便叫茶博士，將兩杯茶來。沒多時，茶到。兩個吃了茶。宋江道：「觀察到敝縣，不知上司有何公務？」何濤道：「實不相瞞，來貴縣有幾個要緊的人。」宋江道：「莫非賊情公事否？」何濤道：「有實封公文在此，敢煩押司作成。」宋江道：「觀察是上司差來該管的人，小吏怎敢怠慢。不知是甚麼賊情緊事？」何濤道：「押司是當案的人，便說也不妨。敝府管下黃泥岡上一夥賊人，共是八個，把蒙汗藥麻翻了北京大名府梁中書差遣送蔡太師的生辰綱軍健一十五人，劫去了十一擔金珠寶貝，計該十萬貫正贓。今捕得從賊一名白勝，指說七個正賊都在貴縣。這是太師府特差一個幹辦，在本府立等要這件公事，望押司早早維持！」宋江道：「休說太師處著落；便是觀察自賚公文來要，敢不捕送。只不知道白勝供指那七人名字？」何濤道：「不瞞押司說，是貴縣東溪村晁保正為首。更有六名從賊，不識姓名，煩乞用心。」

宋江聽罷，吃了一驚，肚裡尋思道：「晁蓋是我心腹弟兄。他如今犯了彌天大罪，我不救他時，捕獲將去，性命便休了。」心內自慌，卻答應道：「晁蓋這廝奸頑役戶，本縣內上下人沒一個不怪他。今番做出來了，好教他受！」何濤道：「相煩押司便行此事。」宋江道：「不妨，這事容易。『甕中捉，手到拿來。』只是一件，這實封公文須是觀察自己當廳投下，本官看了，便可施行發落，差人去捉。小吏如何敢私下擅開？這件公事非是小可，不當輕泄於人。」何濤道：「押司高見極明，相煩引進。」宋江道：「本官發放一早晨事務，倦怠了少歇。觀察略待一時，少刻坐廳時，小吏來請。」何濤道：「望押司千萬作成。」宋江道：「理之當然，休這等說話。小吏略到寒舍分撥了些家務便到，觀察少坐一坐。」何濤道：「押司尊便，小弟只在此專等。」

宋江起身，出得閣兒，吩咐茶博士道：「那官人要再用茶，一發我還茶錢。」離了茶坊，飛也似跑到下處，先吩咐伴當去叫直司在茶坊門前伺候，「若知縣坐堂時，便可去茶坊裡安撫那公人道『押司穩便』，叫他略待一待。」卻自槽上鞁了馬，牽出後門外去；袖了鞭子，慌忙的跳上馬，慢慢地離了縣治；出得東門，打上兩鞭，那馬撥喇喇的望東溪村攛將去；沒半個時辰早到晁蓋莊上。莊客見了，入去莊裡報知。正是：

義重輕他不義財，奉天法網有時開。
剝民官府過於賊，應為知交放賊來。

且說晁蓋正和吳用、公孫勝、劉唐，在後園葡萄樹下吃酒。此時三阮已得了錢財，自回石碣村去了。晁蓋見莊客報說宋押司在門前。晁蓋問道：「有多少人隨從著？」莊客道：「只獨自一個飛馬而來，說快要見保正。」晁蓋道：「必然有事！」慌忙出來迎接。宋江道了一個喏，攜了晁蓋手，便投側邊小房裡來。晁蓋問道：「押司如何來得慌速？」宋江道：「哥哥不知。兄弟是心腹弟兄，我捨著條性命來救你。如今黃泥岡事發！白勝已自拿在濟州大牢裡了，供出你等七人。濟州府差一個何緝捕，帶著若干人，奉著太師府鈞帖並本州文書來捉你等七人，道你為首。天幸撞在我手裡！我只推說知縣睡著，且教何觀察在縣對門茶坊裡等我，以此飛馬而來，報道哥哥。『三十六計，走為上計。』若不快走，更待甚麼？我回去引他當廳下了公文，知縣不移時便差人連夜下來。你們不可耽擱。倘有些疏失，如之奈何？休怨小弟不來救你。」

晁蓋聽罷，吃了一驚，道：「賢弟，大恩難報！」宋江道：「哥哥，你休要多話，只顧安排走路，不要纏障。我便回去也。」晁蓋道：「七個人：三個是阮小二、阮小五、阮小七，已得了財，自回石碣村去了；後面有三個在這裡，賢弟且見他一面。」宋江來到後園，晁蓋指著道：「這三位一個吳學究；一個公孫勝，薊州來的；一個劉唐，東潞州人。」宋江略講一禮，回身便走，囑咐道：「哥哥保重！作急快走！兄弟去也！」宋江出到莊前上了馬，打上兩鞭，飛也似望縣來了。當時有個學究，為此事作詩一首，也說得是。詩曰：

保正緣何養賊曹，押司縱賊罪難逃。
須知守法清名重，莫謂通情義氣高。
爵固畏鸇能害爵，貓如伴鼠豈成貓。

空持刀筆稱文吏，羞說當年漢相蕭。

且說晁蓋與吳用、公孫勝、劉唐三人道：「你們認得那來相見的這個人麼？」吳用道：「卻怎地慌慌忙忙便去了？正是誰人？」晁蓋道：「你三位還不知哩！我們不是他來時，性命只在咫尺休了！」三人大驚道：「莫不走了消息，這件事發了？」晁蓋道：「虧殺這個兄弟，擔著血海似干係來報與我們！原來白勝已自捉在濟州大牢裡了，供出我等七人。本州差個緝捕何觀察將帶若干人，奉著太師鈞帖來著落鄆城縣，立等要拿我們七個。虧了他穩住那公人在茶坊裡挨候，他飛馬先來報知我們。如今回去下了公文，少刻便差人連夜到來捕獲我們。卻是怎地好？」吳用道：「若非此人來報，都打在網裡！這大恩人姓甚名誰？」晁蓋道：「他便是本縣押司，呼保義宋江的便是。」吳用道：「只聞宋押司大名，小生卻不曾得會。雖是住居咫尺，無緣難得見面。」公孫勝、劉唐都道：「莫不是江湖上傳說的及時雨宋公明？」晁蓋點頭道：「正是此人。他和我心腹相交，結義兄弟。吳先生不曾得會？四海之內，名不虛傳！結義得這個兄弟也不枉了！」

晁蓋問吳用道：「我們事在危急，卻是怎地解救？」吳學究道：「兄長，不須商議。『三十六計，走為上計。』」晁蓋道：「卻才宋押司也教我們走為上計。卻是走那裡去好？」吳用道：「我已尋思在肚裡了。如今我們收拾五、七擔挑了，一齊都奔走石碣村三阮家裡去。今急遣一人先與他弟兄說知。」晁蓋道：「三阮是個打漁人家，如何安得我等許多人？」吳用道：「兄長，你好不精細！石碣村那裡一步步近去便是梁山泊。如今山寨裡好生興旺，官軍捕盜，不敢正眼兒看他。若是趕得緊，我們一發入了夥！」晁蓋道：「這一論極是上策！只恐怕他們不肯收留我們。」吳用道：「我等有的是金銀，送獻些與他，便入夥了。」正是：

無道之時多有盜，英雄進退兩俱難。
只因秀士居山寨，買盜猶然似買官。

當時晁蓋道：「既然恁地商量定了，事不宜遲！吳先生，你便和劉唐帶了幾個莊客，挑擔先去阮家安頓了，卻來旱路上接我。我和公孫先生兩個打併了便來。」吳用、劉唐把那生辰綱打劫的金珠寶貝做五、六擔裝了，叫五、六個莊客一發吃了酒食。吳用袖了銅鍊，劉唐提了朴刀，監押著五、七擔，一行十數人，投石碣村來。晁蓋和公孫勝在莊上收拾；有些不肯去的莊客，齎發他些錢物，從他去投別主；願去的，都在莊上併疊財物，打拴行李，正是：

須信錢財是毒蛇，錢財聚處即亡家。
人稱義士猶難保，天鑒貪官漫自誇。

再說宋江飛馬去到下處，連忙到茶坊裡來。只見何觀察正在門前望。宋江道：「觀察久等。卻被村裡有個親戚，在下處說些家務，因此耽擱了些。」何濤道：「有煩押司引進。」宋江道：「請觀察到縣裡。」兩個入得衙門來，正值知縣時文彬在廳上發落事務。宋江將著實封公文，引著何觀察直至書案邊，叫左右掛上迴避牌；低聲稟道：「奉濟州府公文，為賊情緊急公務，特差緝捕使臣何觀察到此下文書。」知縣接著，拆開就當廳看了，大驚，對宋江道：「這是太師府遣幹辦來立等要回話的勾當！這一干賊便可差人去捉！」宋江道：「日間去，只怕走了消息，只可差人就夜去捉。拿得晁保正來，那六人便有下落。」時知縣道：「這東溪村晁保正，聞名是個好漢，他如何肯做這等勾當？」隨即叫喚尉司並兩都頭：一個姓朱名仝，一個姓雷名橫。他兩個非是等閒人也！當下朱仝、雷橫，兩個來到後堂，領了知縣言話，和縣尉上了馬，逕到尉司，點起馬步弓手並士兵一百餘人，就同何觀察並兩個虞候作眼拿人。

當晚都帶繩索軍器，縣尉騎著馬，兩個都頭亦各乘馬，各帶了腰刀弓箭；手拿朴刀，前後馬步弓手簇擁著，出得東門，飛奔東溪村晁家來。到得東溪村裡，已是一更天氣，都到一個觀音庵取齊。朱仝道：「前面便是晁家莊。晁蓋家前後有兩條路，若是一齊去打他前門，他望後門走了；

一齊哄去打他後門，他奔前門走了。我須知晁蓋好生了得；又不知那六個是甚麼人，必須也不是善良君子。那廝們都是死命，倘或一齊殺出來，又有莊客協助，卻如何抵敵他？只好聲東擊西，那廝們亂攛，便好下手。不若我和雷都頭分做兩路：我與他分一半人，都是步行去，先望他後門埋伏了；等候呼哨響為號，你等向前門打入來，見一個捉一個，見兩個捉一雙！」雷橫道：「也說得是。朱都頭，你和縣尉相公從前門打入來。我去截往後門。」朱仝道：「賢弟，你不省得。晁蓋莊上有三條活路，我閒常時都看在眼裡了；我去那裡，須認得他的路數，不用火把便見。你還不知他出沒的去處，倘若走漏了事情，不是耍處。」縣尉道：「朱都頭說得是，你帶一半人去。」朱仝道：「只消得三十來個夠了。」朱仝領了十個弓手，二十個士兵，先去了。縣尉再上了馬。雷橫把馬步弓手都擺在前後，幫護著縣尉；士兵等都在馬前，明晃晃照著三、二十個火把，拿著擋叉、朴刀、留客住並鉤鐮刀，一齊都奔晁家莊來。

到得莊前，兀自有半里多路，只見晁蓋莊裡一縷火起，從中堂燒將起來，湧得黑煙遍地，紅焰飛空。又走不到十數步，只見前後四面八方，約有三、四十把火發；焰騰騰地一齊都著。前面雷橫挺著朴刀，背後眾士兵發著喊，一齊把莊門打開，都撲入裡面，看時，火光照得如同白日一般明亮，並不曾見有一個人；只聽得後面發著喊，叫將起來，叫前面捉人。原來朱仝有心要放晁蓋，故意賺雷橫去打前門。這雷橫亦有心要救晁蓋，以此爭先要來打後門；卻被朱仝說開了，只得去打他前門。故意這等大驚小怪，聲東擊西，要催逼晁蓋走了。朱仝那時到莊後時，兀自晁蓋收拾未了。莊客看見，來報與晁蓋，說道：「官軍到了！事不宜遲！」晁蓋叫莊客四下裡只顧放火，他和公孫勝引了十數個去的莊客，吶著喊，挺起朴刀，從後門殺出去，大喝道：「擋吾者死！避吾者生！」朱仝在黑影裡叫說：「保正休走！朱仝在這裡等你多時。」

晁蓋那裡聽得說，同公孫勝捨命只顧殺出來。朱仝虛閃一閃，放開路讓晁蓋走。晁蓋卻叫公孫勝引了莊客先走，他獨自押著後。朱仝使步弓手從後門撲入去，叫道：「前面趕捉賊人！」雷橫聽得，轉身便出莊門外，叫馬步弓手分頭去趕。雷橫自在火光之下，東觀西望做尋人。朱仝撇了士兵，挺著刀去趕晁蓋。晁蓋一面走，口裡說道：「朱都頭，你只管追我做甚麼？我須沒歹處！」朱仝見後面沒人，方才敢說道：「保正，你兀自不見我好處。我怕雷橫執迷，不會做人情，被我賺他打你前門，我在後門等你出來放你。你見我閃開條路讓你過走？你不可投別處去，只除梁山泊可以安身。」晁蓋道：「深感救命之恩，異日必報！」有詩為證：

捕盜如何與盜通，官贓應與盜贓同。
莫疑官府能為盜，自有皇天不肯容。

朱仝正趕間，只聽得背後雷橫大叫道：「休教走了人！」朱仝吩咐晁蓋道：「保正，你休慌，只顧一面走，我自使他轉去。」朱仝回頭叫道：「三個賊望東小路去了！雷都頭，你可急趕！」雷橫領了人，便投東小路上，並士兵眾人趕去。朱仝一面和晁蓋說著話，一面趕他，卻如防送的相似。漸漸黑影裡不見了晁蓋，朱仝只做失腳，撲地倒在地下。眾士兵隨後趕來，向前扶起。朱仝道：「黑影裡不見路徑，失腳走下野田裡，滑倒了，閃挫了左腳。」縣尉道：「走了正賊，怎生奈何！」朱仝道：「非是小人不趕，其實月黑了，沒做道理處。這些士兵全無幾個有用的人，不敢向前！」縣尉再叫士兵去趕。眾士兵心裡道：「兩個都頭尚兀自不濟事，近他不得，我們有何用！」都去虛趕了一回，轉來道：「黑地裡正不知那條路去了。」雷橫也趕了一直回來，心內尋思道：「朱仝和晁蓋最好，多敢是放了他去？我卻不見了人情！」回來說道：「那裡趕得上！這夥賊端的了得！」縣尉和兩個都頭回到莊前時，已是四更時分。何觀察見眾人四分五落，趕了一夜，不曾拿得一個賊人，只叫苦道：「如何回得濟州去見府尹！」縣尉只得捉了幾家鄰舍去，解將鄆城縣裡來。

這時知縣一夜不曾得睡，立等回報；聽得道：「賊都走了，只拿得幾家鄰舍。」知縣把一干拿到的鄰舍當廳勘問。眾鄰舍告道：「小人等雖在晁保正鄰近居住，遠者三、二里田地，近者也隔著些村坊。他莊上時常有搠槍使棒的人來，如何知他做這般的事。」知縣逐一問了時，務要問他們一個下落。數內一個貼鄰告道：「若要知他端的，除非問他莊客。」知縣道：「說他家莊客也都跟著走了。」鄰舍告道：「也有不願去的，還在這裡。」知縣聽了，火速差人，就帶了這個貼鄰做眼，來東溪村捉人。

無兩個時辰，早拿到兩個莊客。當廳勘問時，那莊客初時抵賴，吃打不過，只得招道：「先是六個人商議。小人只認得一個是本鄉中教學的先生，叫吳學究；一個叫做公孫勝，是全真先生；又有一個黑大漢，姓劉。更有那三個，小人不認得，卻是吳學究合將來的。聽得說道『他姓阮，在石碣村住。他是打漁的，弟兄三個。』只此是實。」知縣取了一紙招狀，把兩個莊客交與何觀察，回了一道備公文申呈本府。宋江自周全那一干鄰舍，保放回家聽候。

且說這眾人與何濤押解了兩個莊客連夜回到濟州，正值府尹升廳。何濤引了眾人到廳前，稟說晁蓋燒莊在逃一事，再把莊客口詞說一遍。府尹道：「既是恁地說時，再拿出白勝來！」問道：「那三個姓阮的在那裡？」白勝抵賴不過，只得供說：「三個姓阮的，一個叫做立地太歲阮小二，一個叫做短命二郎阮小五，一個是活閻羅阮小七。都在石碣村湖裡住。」知府道：「還有那三個姓甚麼？」白勝告道：「一個是智多星吳用，一個是入雲龍公孫勝，一個叫做赤髮鬼劉唐。」知府聽了，便道：「既有下落，且把白勝依原監了，收在牢裡。」隨即又喚何觀察，差去石碣村，「只拿了姓阮三個便有頭腦。」不是此一去，有分教：天罡地煞，來尋際會風雲；水滸山城，去聚縱橫人馬。畢竟何觀察怎生差去石碣村緝捕？且聽下回分解。

第十九回　林沖水寨大併火　晁蓋梁山小奪泊

話說當下何觀察領了知府臺旨下廳來，隨即到機密房裡與眾人商議。眾多做公的道：「若說這個石碣村湖蕩，緊靠著梁山泊，都是茫茫蕩蕩，蘆葦水港。若不得大隊官軍，舟船人馬誰敢去那裡捕捉賊人！」何濤聽罷，說道：「這一論也是。」再到廳上稟覆府尹，道：「原來這石碣村湖泊正傍著梁山水泊，周圍儘是深港水汊，蘆葦草蕩。閒常時也兀自劫了人，莫說如今又添了那一夥強人在裡面。若不起得大隊人馬，如何敢去那裡捕獲得人！」府尹道：「既是如此說時，再差一員了得事的捕盜巡檢，點與五百官兵人馬，和你一處去緝捕。」何觀察領了臺旨，再回機密房來，喚集這眾多做公的，整選了五百餘人，各各自去準備什物器械。次日，那捕盜巡檢領了濟州府帖文，與同何觀察兩個，點起五百軍兵，同眾多做公的一齊奔石碣村來。

且說晁蓋、公孫勝，自從把火燒了莊院，帶同十數個莊客來到石碣村，半路上撞見三阮弟兄各執器械，卻來接應到家。七個人都在阮小五莊上。那時阮小二已把老小搬入湖泊裡，七人商議要去投梁山泊一事。吳用道：「現今李家道口，有那旱地忽律朱貴在那裡開酒店，招接四方好漢。但要入夥的，須是先投奔他。我們如今安排了船隻，把一應的物件裝在船裡，將些人情送與他引進。」大家正在那裡商議投奔梁山泊，只見幾個打漁的來報道：「官軍人馬，飛奔村裡來也！」晁蓋便起身叫道：「這廝們趕來，我等休走！」阮小二道：「不妨！我自對付他！叫那廝大半下水裡去死，小半都搠殺他！」公孫勝道：「休慌！且看貧道的本事！」晁蓋道：「劉唐兄弟，你和學究先生且把財賦老小裝載船裡，逕撐去李家道口左側相等。我們看些頭勢，隨後便到！」阮小二選兩隻棹船，把娘和老小，家中財賦，都裝下船裡。吳用、劉唐各押著一隻，叫七、八個伴當搖了船，先到李家道口去等。又吩咐阮小五，阮小七撐駕小船，如此迎敵。兩個各棹船去了。

且說何濤並捕盜巡檢帶領官兵，漸近石碣村，但見河埠有船，盡數奪了。便使會水的官兵下船裡進發。岸上的騎馬，船騎相迎，水陸並進。到阮小二家，一齊吶喊，人兵並起，撲將入去。早是一所空房，裡面只有些粗重傢伙，何濤道：「且去拿幾家附近漁戶。」問時，說道：「他的兩個兄弟，阮小五、阮小七，都在湖泊裡住，非船不能去。」

何濤與巡檢商議道：「這湖泊裡港汊又多，路徑甚雜。抑且水蕩陂塘，不知深淺。若是四分五落去捉時，又怕中了這賊人奸計。我們把馬匹都教人看守在這村裡，一發都下船裡去。」當時捕盜巡檢並何觀察，一同做公的人等都下了船。那時捉的船非止百十隻，也有撐的，亦有搖的，一齊都望阮小五打漁莊上來。行不到五、六里水面，只聽得蘆葦中間有人嘲歌。眾人且住了船聽時，那歌道：

打漁一世蓼兒窪，不種青苗不種麻。
酷吏贓官都殺盡，忠心報答趙官家！

何觀察並眾人聽了，盡吃一驚。只見遠遠地一個人，獨棹一隻小船兒唱將來。有認得的指道：「這個便是阮小五！」何濤把手一招，眾人併力向前，各執器械，挺著迎將去。只見阮小五大笑，罵道：「你這等虐害百姓的賊官，直如此大膽！敢來引老爺做甚麼！卻不是來捋虎鬚！」何濤背後有會射弓箭的，搭上箭，拽滿弓，一齊放箭。阮小五放箭來，拿著樺鍬，翻筋斗鑽下水裡去，眾人趕來跟前，拿個空。又撐不到兩條港汊，只聽得蘆葦蕩裡打唿哨。眾人把船擺開，見前面兩個人棹著一隻船來。船頭上立著一個人，頭戴青箬笠，身披綠蓑衣，手裡撚著條筆管槍，口裡也唱著道：

老爺生長石碣村，稟性生來要殺人。
先斬何濤巡檢首，京師獻與趙王君！

何觀察並眾人聽了，又吃一驚。有認得的說道：「這個正是阮小七！」何濤喝道：「眾人併力向前，先拿住這個賊，休教走了！」阮小七聽得，笑道：「潑賊！」便把槍只一點，那船便使轉來，望小港裡串著走。眾人捨命喊，趕將去。這阮小七和那搖船的飛也似搖著櫓，口裡打著唿哨，串著小港汊中只顧走。眾官兵趕來趕去，看見那水港窄狹了。何濤道：「且住！把船且泊了，都傍岸邊。」上岸看時，只見茫茫蕩蕩，都是蘆葦，正不見一些旱路。何濤內心疑惑，卻商議不定，便問那當村住的人。說道：「小人們雖是在此居住，也不知道這裡有許多去處。」何濤便差划著兩隻小船，船上各帶三個做公的去前面探路。去了兩個時辰有餘，不見回報。何濤道：「這廝們好不了事！」再差五個做公的，又划兩隻船去探路。這幾個做公的划了兩隻船，又去了一個多時辰，並不見些回報。

何濤道：「這幾個都久慣做公的四清六活的人，卻怎地也不曉事！如何不著一隻船轉來回報？不想這些帶來的官兵，人人亦不知顛倒！」天色又看看晚了，何濤思想：「在此不著邊際，怎生奈何？我須用自走一遭。」揀一隻疾快小船，選了幾個老郎做公的，各拿了器械，槳起五、六把樺楫，何濤坐在船頭上，望這個蘆葦港裡蕩將去。那時已是日沒沈西。划得船開，約行了五、六里水面，看見側邊岸上一個人，提著把鋤頭走將來。何濤問道：「兀那漢子，你是甚人？這裡是甚去處？」那人應道：「我是這村裡莊家。這裡喚做『斷頭溝』，沒路了。」何濤道：「你曾見兩隻船過來麼？」那人道：「不是來捉阮小五的？」何濤道：「你怎地知得是來捉阮小五的？」那人道：「他們只在前面烏林裡廝打。」何濤道：「離這裡還有多少路？」那人道：「只在前面望得見便是。」

何濤聽得，便叫攏船，前去接應，便差兩個做公的，拿了攩叉上岸來。只見那漢提起鋤頭來，手到把這兩個做公的，一鋤頭一個，翻筋斗都打下水裡去。何濤見了吃一驚，急跳起身來時，卻待奔上岸，只見那隻船忽地搪將開去，水底下鑽起一個人來，把何濤兩腿只一扯，撲通地倒撞下水裡去。那幾個船裡的卻待要走，被這提鋤頭的趕將上船來，一鋤頭一個，排頭打下去，腦漿也打出來。這何濤被水底下的這人倒拖上岸來，就解下他的搭膊來綑了。看水底下這人，卻是阮小七；岸上提鋤頭的那漢便是阮小二。弟兄兩個看著何濤，罵道：「老爺弟兄三個，從來只愛殺人放火！量你這廝值得甚麼！你如何大膽，特地引著官兵來捉我們！」何濤道：「好漢！小人奉上命差遣，蓋不由己。小人怎敢大膽，要來捉好漢！望好漢可憐現家中有個八十歲的老娘，無人養贍，望乞饒性命則個！」阮家弟兄道：「且把他來綑做個粽子，撇在船艙裡！」把那幾個屍首都攛去水裡去了。兩個唿哨一聲，蘆葦叢中，竄出四、五個打漁的人來，都上了船。阮小二、阮小七，各駕了一隻船出來。

且說這捕盜巡檢領著官兵，都在那船裡，說道：「何觀察他道做公的不了事，自去探路，也去了許多時，不見回來！」那時正是初更左右，星光滿天，眾人都在船上歇涼。忽然只見起一陣怪風，但見：

飛沙走石，捲水搖天。黑漫漫堆起烏雲，昏鄧鄧催來急雨。滿川荷葉，半空中翠蓋交加；遍水蘆花，遶湖面白旗繚亂。吹折崑崙山頂樹，喚醒東海老龍君。

從背後吹將來，吹得眾人掩面大驚，只叫得苦，把那纜船索都刮斷了。正沒擺布處，只聽得後面唿哨響；迎著風看時，只見蘆花側畔射出一派火光來。眾人道：「今番卻休了！」那大船小船約有四、五十隻，正被這大風刮得你撞我磕，捉摸不住，那火光卻早來到面前。原來都是一叢小船，兩隻價幫住，上面滿滿堆著蘆葦柴草，刮刮雜雜燒著，乘著順風直衝將來。那四、五十隻官船，屯塞做一塊，港汊又狹，又沒迴避處；那頭等大船也有十數隻，卻被他火船推來，鑽在大船隊裡一燒。水底下原來又有人扶助著船燒將來，燒得大船上官兵都跳上岸來逃命奔走。不想四邊盡是蘆葦野港，又沒旱路。只見岸上蘆葦又刮刮雜雜也燒將起來。那捕盜官兵兩頭沒處走。風又緊，火又猛，眾官兵只得都奔爛泥裡立地。火光叢中，只見一隻小快船，船尾上一個搖著船，船頭上坐著一個先生，手裡明晃晃地拿著一口寶劍，口裡喝道：「休教走了一個！」眾兵都在爛泥裡慌做一堆。

說猶未了，只見蘆葦東岸，兩個人引著四、五個打漁的，都手裡明晃晃拿著刀槍走來。這邊蘆葦西岸又是兩個人，也引著四、五個打漁的，手裡也明晃晃拿著飛魚鉤走來。東西兩岸四個好漢，並這夥人一齊動手，排頭兒搠將來。無移時，把許多官兵都搠死在爛泥裡。東岸兩個是晁蓋、阮小五，西岸兩個是阮小二、阮小七。船上那個先生便是祭風的公孫勝。五位好漢引著十數個打漁的莊家，把這夥官兵都搠死在蘆葦蕩裡。單單只剩得一個何觀察，綑做粽子也似，丟在船艙裡。阮小二提將上岸來，指著罵道：「你這廝是濟州一個詐害百姓的蠹蟲！我本待把你碎屍萬段，卻要你回去對那濟州府管事的賊驢說：俺這石碣村阮氏三雄、東溪村天王晁蓋，都不是好撩撥的！我也不來你城裡借糧，他也休要來我這村中討死！倘或正眼兒覷著，休道你是一個小小州尹，也莫說蔡太師差幹人來要拿我們，便是蔡京親自來時，我也搠他三、二十個透明的窟窿！俺們放你回去，休得再來！傳與你的那個鳥官人，教他休要討死！這裡沒大路，我著兄弟送你出路口去！」當時阮小七把一隻小快船載了何濤，直送他到大路口喝道：「這裡一直去，便有尋路處！別的眾人都殺了，難道只恁地好好放了你去？也吃你那州尹賊驢笑！且請下你兩個耳朵來做表證！」阮小七身邊拔起尖刀，把何觀察兩個耳朵割下來，鮮血淋漓。插了刀，解了搭膊，放上岸去。詩曰：

官兵盡付斷頭溝，要放何濤不便休。留著耳朵聽說話，旋將驢耳代驢頭。

何濤得了性命，自尋路回濟州去了。且說晁蓋、公孫勝和阮家三弟兄，並十數個打漁的，一發都駕了五、七隻小船，離了石碣村湖泊，逕投李家道口來。到得那裡，相尋著吳用、劉唐船隻，合做一處。吳用問起拒敵官兵一事，晁蓋備細說了。吳用眾人大喜，整頓船隻齊了，一同來到旱地忽律朱貴酒店裡。朱貴見了許多人來，說投托入夥，慌忙迎接。吳用將來歷實說與朱貴聽了，大喜。逐一都相見了，請入廳上坐定，忙叫酒保安排分例酒來款待眾人；隨即取出一張皮靶弓來，搭上一枝響箭，望著那對港蘆葦中射去。響箭到處，早見有小嘍囉搖出一隻船來。朱貴急寫了一封書呈，備細寫眾豪傑入夥姓名人數，先付與小嘍囉齎了，教去寨裡報知，一面又殺羊款待。

眾好漢過了一夜，次日早起，朱貴喚一隻大船，請眾多好漢下船，就同帶了晁蓋等來的船隻，一齊望山寨裡來。行了多時，早來到一處水口，只聽的岸上鼓響鑼鳴。晁蓋看時，只見七、八個小嘍囉划出四隻哨船來，見了朱貴，都聲了喏，自依舊先去了，再說一行人來到金沙灘上岸，便留老小船隻並打漁的人在此等候。又見數十個小嘍囉下山來接引到關上。王倫領著一班頭領出關迎接。晁蓋等慌忙施禮，王倫道：「小可王倫，久聞晁天王大名，如雷貫耳。今日且喜光臨草寨。」晁蓋道：「晁某是個不讀書史的人，甚是粗魯，今日事在藏拙，甘心與頭領帳下做一小卒，不棄幸甚。」王倫道：「休如此說，且請到小寨，再有計議。」一行從人都跟著上山來。到得大寨聚義廳上，王倫再三謙讓晁蓋一行人上階。晁蓋等七人在右邊一字兒立下；王倫與眾頭領在左邊一字兒立下。一個個都講禮罷，分賓主對席坐下。王倫喚階下眾小頭目聲喏已畢，一壁廂動起山寨中鼓樂。先叫小頭目去山下款待來的從人，關下另有客館安歇。曰：

入夥分明是一群，相留意氣便須親。
如何待彼為賓客，只恐身難作主人。

且說山寨裡宰了兩頭黃牛、十個羊、五個豬，大吹大擂筵席。眾頭領飲酒中間，晁蓋把胸中之事，從頭至尾，都告訴王倫等眾位。王倫聽罷，駭然了半晌，心內躊躇，做聲不得。自己沈吟，虛作應答。筵宴至晚，席散，眾頭領送晁蓋等眾人關下客館內安歇，自有來的人服侍。晁蓋心中歡喜，對吳用等六人說道：「我們造下這等彌天大罪，那裡去安身？不是這王頭領如此錯愛。我等皆已失所，此恩不可忘報！」吳用只是冷笑。晁蓋道：「先生何故只是冷笑？有事可以通知。」

吳用道：「兄長性直，你道王倫肯收留我們？兄長不看他的心，只觀他的顏色動靜規模。」晁蓋道：「觀他顏色怎地？」吳用道：「兄長不見他早間席上，與兄長說話倒有交情；次後因兄長說出殺了許多官兵、捕盜巡檢，放了何濤，阮氏三雄如此豪傑，他便有些顏色變了。雖是口中答應，心裡好生不然。若是他有心收留我們，只就早上便議定了坐位。杜遷、宋萬這兩個自是粗鹵的人，待客之事如何省得？只有林沖那人原是京師禁軍教頭，大郡的人，諸事曉得，今不得已，坐了第四位。早間見林沖看王倫答應兄長模樣，他自便有些不平之氣，頻頻把眼瞅這王倫，心內自已躊躇。我看這人倒有顧盼之心，只是不得已。小生略放片言，教他本寨自相火併！」晁蓋道：「全仗先生妙策。」當夜七人安歇了。

次日天明，只見人報道：「林教頭相訪！」吳用便對晁蓋道：「這人來相探，中俺計了。」七個人慌忙起來迎接，邀請林沖入到客館裡面。吳用向前稱謝道：「夜來重蒙恩賜，拜擾不當。」林沖道：「小可有失恭敬。雖有奉承之心，奈緣不在其位，望乞恕罪。」吳學究道：「我等雖是不才，非為草木，豈不見頭領錯愛之心，顧盼之意？感恩不淺！」晁蓋再三謙讓林沖上坐。林沖那裡肯，推晁蓋上首坐了。林沖便在下首坐定。吳用等六人一帶坐下。晁蓋道：「久聞教頭大名，不想今日得會。」林沖道：「小人舊在東京時，與朋友交，禮節不曾有誤。雖然今日能夠得見尊顏，不得遂平生之願，特地逕來陪話。」晁蓋稱謝道：「深感厚意。」吳用便動問道：「小生舊日久聞頭領在東京時，十分豪傑，不知緣何與高俅不睦，致被陷害？後聞在滄州亦被火燒了大軍草料場，又是他的計策，向後不知誰薦頭領上山？」林沖道：「若說高俅這賊陷害一節，但提起，毛髮直立！又不能報得此仇！來此容身，皆是柴大官人舉薦到此。」吳用道：「柴大官人，莫非是江湖上稱為『小旋風』柴進的麼？」林沖道：「正是此人。」晁蓋道：「小可多聞人說柴大官人仗義疏財，接納四方豪傑，說是大周皇帝嫡派子孫，如何能夠會他一面也好！」

吳用又對林沖道：「據這柴大官人，名聞寰海，聲播天下的人，教頭若非武藝超群，他如何肯薦上山？非是吳用過稱，理合王倫讓這第一位與頭領坐。此天下公論，也不負了柴大官人的書信。」林沖道：「承先生高談。只因小可犯下大罪，投奔柴大官人，非他不留林沖，誠恐負累他不便，自願上山。不想今日去住無門！非在位次低微，只為王倫心術不定，語言不准，難以相聚！」吳用道：「王頭領待人接物，一團和氣，如何心地倒恁窄狹？」林沖道：「今日山寨幸得眾多豪傑到此，相扶相助，似錦上添花，如旱苗得雨。此人只懷嫉妒賢能之心，但恐眾豪傑勢力相壓。夜來因見兄長所說眾位殺死官兵一節，他便有些不然，就懷不肯相留的模樣；以此請眾豪傑來關下安歇。」吳用道：「既然王頭領有這般之心，我等休要待他發付，自投別處去便了。」林沖道：「眾豪傑休生見外之心，林沖自有分曉。小可只恐眾豪傑生退去之意，特來早早說知。今日看他如何相待。若這廝語言有理，不似昨日，萬事罷論。倘若這廝今朝有半句話參差時，盡在林沖身上！」晁蓋道：「頭領如此錯愛，俺弟兄皆感厚意。」吳用便道：「頭領為我弟兄面上，倒與舊弟兄分顏。若是可容即容，不可容時，小生等登時告退。」林沖道：「先生差矣！古人有言：『惺惺惜惺惺，好漢惜好漢。』量這一個潑男女，腌臢畜生，終作何用！眾豪傑且請寬心。」林沖起身別了眾人，說道：「少間相會。」眾人相送出來。林沖自上山去了。正是：

如何此處不留人，休言自有留人處。
應留人者怕人留，身苦難留留客住。

沒多時，只見小嘍囉到來相請，說道：「今日山寨裡頭領，相請眾好漢去山南水寨亭上筵會。」晁蓋道：「上覆頭領，少間便到。」小嘍囉去了。晁蓋問吳用道：「先生，此一會如何？」吳學究笑道：「兄長放心，此一會倒有分做山寨之主。今日林教頭必然有火併王倫之意。他若有些心懶，小生憑著三寸不爛之舌，不由他不火併。兄長身邊各藏了暗器，只看小生把手撚鬚為號，兄長便可協力。」晁蓋等眾人暗喜。辰牌已後，三、四次人來邀請。晁蓋和眾頭領各各帶了器械，暗藏在身上，結束得端正，卻來赴席。只見宋萬親自騎馬，又來相請。小嘍囉抬了七乘山轎。七個人都上轎子，一逕投南山水寨裡來，直到水亭子前下了轎。王倫、杜遷、林沖、朱貴，都出來相接，邀請到那水亭子上，分賓主坐定。看那水亭一遭景致時，但見：

四面水簾高捲，周迴花壓朱欄。滿目香風，萬朵芙蓉鋪綠水；迎眸翠色，千枝荷葉遶芳塘。華檐外陰陰柳影，鎖窗前細細松聲。江山秀氣滿亭臺，豪傑一群來聚會。

當下王倫與四個頭領——杜遷、宋萬、林沖、朱貴——坐在左邊主位上；晁蓋與六個好漢——吳用、公孫勝、劉唐、三阮——坐在右邊客席；階下小嘍囉輪番把盞。酒至數巡，食供兩次，晁蓋和王倫盤話。但提起聚義一事，王倫便把閒話支吾開去。吳用把眼來看林沖時，只見林沖側坐在椅上把眼瞅王倫身上。看看飲酒至午後，王倫回頭叫小嘍囉取來。三、四個人去不多時，只見一人捧個大盤子，裡放著五錠大銀。王倫便起身把盞，對晁蓋說道：「感蒙豪傑到此聚義，只恨敝山小寨，是一窪之水，如何安得許多真龍？聊備些小薄禮，萬望笑留。煩投大寨歇馬，小可使人親到麾下納降。」晁蓋道：「小子久聞大山招賢納士，一逕地特來投托入夥，若是不能相容，我等眾人自行告退。重蒙所賜白金，決不敢領。非敢自誇豐富，小可聊有些盤纏使用，速請納回厚禮，只此告別。」王倫道：「何故推卻？非是敝山不納眾位豪傑，奈緣只為糧少房稀，恐日後誤了足下眾位面皮不好，因此不敢相留。」

說言未了，只見林沖雙眉剔起，兩眼圓睜，坐在交椅上，大喝道：「你前番我上山來時，也推道糧少房稀！今日晁兄與眾豪傑到此山寨，你又發出這等言語來，是何道理？」吳用便道說：「頭領息怒，自是我等來的不是，倒壞了你山寨情分。今日王頭領以禮發付我們下山，送與盤纏，又不曾熱趕將去。請頭領息怒，我等自去罷休。」林沖道：「這廝是笑裡藏刀，言清行濁之人！我其實今日放他不過！」王倫喝道：「你看這畜生！又不醉了，倒把言語來傷觸我！卻不是反失上下！」林沖大罵道：「量你是個落第腐儒，胸中又沒文學，怎做得山寨之主！」吳用便道：「晁兄，只因我等上山相投，反壞了頭領面皮。只今辦了船隻，便當告退。」晁蓋等七人便起身，要下亭子。王倫留道：「且請席終了去。」林沖把桌子只一腳，踢在一邊；搶起身來，衣襟底下掣出一把明晃晃刀來，搦的火雜雜。吳用便把手將髭鬚一摸。晁蓋、劉唐便上亭子來虛攔住王倫，叫道：「不要火併！」吳用便假意扯林沖，道：「頭領不可造次！」公孫勝假意勸道：「休為我等壞了大義！」阮小二便去幫住杜遷，阮小五幫住宋萬，阮小七幫住朱貴。嚇得小嘍囉們目瞪口呆。

林沖拿住王倫，罵道：「你是一個村野窮儒，虧了杜遷得到這裡！柴大官人這等資助你，給盤纏與你相交，舉薦我來，尚且許多推卻！今日眾豪傑特來相聚，又要發付他下山去！這梁山泊便是你的！你這嫉賢妒能的賊，不殺了，要你何用！你也無大量大才，也做不得山寨之主！」杜遷、宋萬、朱貴，本待要向前來勸，被這幾個緊緊幫著，那裡敢動。王倫那時也要尋路走，卻被晁蓋、劉唐兩個攔住。王倫見頭勢不好，口裡叫道：「我的心腹都在那裡？」雖有幾個身邊知心腹的人，本待要來救，見了林沖這般兇猛頭勢，誰敢向前。林沖即時拿住王倫，又罵了一頓，去心窩裡只一刀，胳察地搠倒在亭上。可憐王倫做了多年寨主，今日死在林沖之手，正應古人言：「量大福也大，機深禍亦深。」有詩為證：

獨據梁山志可羞，嫉賢傲士少寬柔。
只得寨主為身有，卻把群英作寇仇。
酒席歡時生殺氣，杯盤響處落人頭。
胸懷褊狹真堪恨，不肯留賢命不留。

晁蓋見殺了王倫，各掣刀在手。林沖早把王倫首級割下來，提在手裡，嚇得那杜遷、宋萬、朱貴都跪下，說道：「願隨哥哥執鞭墜鐙！」晁蓋等慌忙扶起三人來。吳用就血泊裡拽過一把交椅來，便納林沖坐地，叫道：「如有不服者，將王倫為例！今日扶林教頭為山寨之主。」林沖大叫道：「先生差矣！我今日只為眾豪傑義氣為重上頭，火併了這不仁之賊，實無心要謀此位。今日吳兄卻讓此第一位與林沖坐，豈不惹天下英雄恥笑？若欲相逼，寧死而已！弟有片言，不知眾位肯依我麼？」眾人道：「頭領所言，誰敢不依。願聞其言。」林沖言無數句，話不一席，有分教：斷金亭上，招多少斷金之人；聚義廳前，開幾番聚義之會。正是：

替天行道人將至，仗義疏財漢便來。

畢竟林沖對吳用說出甚言語來？且聽下回分解。

第二十回　梁山泊義士尊晁蓋　鄆城縣月夜走劉唐

詩曰：

豪傑英雄聚義間，星星埊曜降塵寰。王倫奸詐遭誅戮，晁蓋仁明主將班。
魂逐斷雲寒冉冉，恨隨流水夜潺潺。林沖火併真高誼，凜凜清風不可攀。

話說林沖殺了王倫，手拿尖刀，指著眾人，說道：「我林沖雖係禁軍遭配到此，今日為眾豪傑至此相聚，爭奈王倫心胸狹隘，嫉賢妒能，推故不納，因此火併了這廝，非林沖要圖此位。據著我胸襟膽氣，焉敢拒敵官軍，他日剪除君側元兇首惡？今有晁兄仗義疏財，智勇足備；方今天下人，聞其名無有不服。我今日以義氣為重，立他為山寨之主，好麼？」眾人道：「頭領言之極當。」晁蓋道：「不可！自古『強賓不壓主』。晁蓋強殺，只是個遠來新到的人，安敢便來占上。」林沖把手向前，將晁蓋推在交椅上，叫道：「今日事已到頭，不必推卻；若有不從，即以王倫為例！」再三再四扶晁蓋坐了。林沖喝叫眾人就於亭前參拜了。一面使小嘍囉去大寨擺下筵席，一面叫人抬過了王倫屍首，一面又著人去山前山後喚眾多小頭目，都來大寨裡聚義。

林沖等一行人請晁蓋上了轎馬，都投大寨裡來。到得聚義廳前，下了馬，都上廳來。眾人扶晁天王去正中第一位交椅上坐定，中間焚起一爐香來。林沖向前道：「小可林沖只是個粗魯匹夫，不過只會些槍棒而已，無學無才，無智無術。今日山寨幸得眾豪傑相聚，大義即明，非比往日苟且。學究先生在此，便請做軍師，執掌兵權，調用將校。須坐第二位。」吳用答道：「吳某村中學究，胸次未見經綸濟世之才；雖曾讀些孫吳兵法，未曾有半粒微功。豈可占上！」林沖道：「事已到頭，不必謙讓。」吳用只得坐了第二位。林沖道：「公孫先生請坐第三位。」晁蓋道：「卻使不得。若是這等謙讓之時，晁蓋必須退位。」林沖道：「晁兄差矣！公孫先生名聞江湖，善能用兵，有鬼神不測之機，呼風喚雨之法，誰能及得！」公孫勝道：「雖有些小之法，亦無濟世之才，如何敢占上？還是頭領坐了。」林沖道：「只今番克敵制勝，便見得先生妙法。正是鼎分三足，缺一不可。先生不必推卻。」公孫勝只得坐了第三位。林沖要再讓時，晁蓋、吳用、公孫勝都不肯。三人俱道：「適蒙頭領所說，鼎分三足，以此不敢違命。我三人占上，頭領要再讓人時，晁蓋等只得告退。」三人扶住，林沖只得坐了第四位。晁蓋道：「今番須請宋、杜二頭領來坐。」杜遷、宋萬那裡肯坐，苦苦地請劉唐坐了第五位；阮小二坐了第六位，阮小五坐了第七位；阮小七坐了第八位，杜遷坐了第九位，宋萬坐了第十位，朱貴坐了第十一位。

梁山泊自此是十一位好漢坐定。山前山後共有七、八百人都來參拜了，分立在兩下。晁蓋道：「你等眾人在此，今日林教頭扶我做山寨之主，吳學究做軍師，公孫先生同掌軍權，林教頭等共管山寨。汝等眾人各依舊職，管領山前山後事務，守備寨柵灘頭，休教有失。各人務要竭力同心，共聚大義。」再教收拾兩邊房屋，安頓了兩家老小，便教取出打劫得的生辰綱——金珠寶貝，並自家莊上過活的金銀財帛，就當廳賞賜眾小頭目並眾多小嘍囉。當下椎牛宰馬，祭祀天地神明，慶賀重新聚義。眾頭領飲酒至半夜方散。次日，又辦筵宴慶會。一連吃了數日筵席。晁蓋與吳用等眾頭領計議：整點倉廒，修理寨柵；打造軍器，槍刀弓箭，衣甲頭盔，準備迎敵官軍。安排大小船隻，教演人兵水手，上船廝殺，好做提備，不在話下。自此梁山泊十一位頭領聚義，真乃是交情渾似股肱，義氣如同骨肉。有詩為證：

古人交誼斷黃金，心若同時誼亦深。
水滸請看忠義士，死生能守歲寒心。

一日，林沖見晁蓋作事寬洪，疏財仗義，安頓各家老小在山，驀然思念妻子在京師，存亡未保，遂將心腹備細訴與晁蓋道：「小人自後上山之後，欲要搬取妻子上山來，因見王倫心術不定，難以過活，一向蹉跎過了。流落東京，不知死活。」晁蓋道：「賢弟既有寶眷在京，如何不去取來完聚。你快寫信，便教人下山去，星夜取上山來，多少是好。」林沖當下寫了一封書，叫兩個自身邊心腹小嘍囉下山去了。不過兩個月，小嘍囉還寨說道：「直至東京城內殿帥府前，尋到張教頭家，聞說娘子被高太尉威逼親事，自縊身死，已故半載。張教頭亦為憂疑，半月之前染患身故。只剩得女使錦兒，已招贅丈夫在家過活。訪問鄰里，亦是如此說。打聽得真實，回來報與頭領。」林沖見說了，潸然淚下；自此杜絕了心中掛念。晁蓋等見說，悵然嗟嘆。山寨中自此無話，每日只是操練人兵，準備拒敵官軍。

忽一日，眾頭領正在聚義廳上商議事務，只見小嘍囉報上山來，說道：「濟州府差撥軍官，帶領約有一千人馬，乘駕大小船四、五百隻，現在石碣村湖蕩裡屯住，特來報知。」晁蓋大驚，便請軍師吳用商議道：「官軍將至，如何迎敵？」吳用笑道：「不須兄長掛心，吳某自有措置。自古道：『水來土掩，兵到將迎。』」隨即喚阮氏三雄附耳低言道：「如此，如此……」又喚林沖、劉唐受計道：「你兩個便這般這般……」再叫杜遷、宋萬也吩咐了。正是：

西迎項羽三千陣，今日先施第一功。

且說濟州府尹點差團練使黃安，並本府捕盜官一員，帶領一千餘人，拘集本處船隻，就石碣村湖蕩調撥，分開船隻，作兩路來取泊子。

且說團練使黃安，帶領人馬上船，搖旗吶喊，殺奔金沙灘來。看看漸近灘頭，只聽得水面上嗚嗚咽咽吹將起來。黃安道：「這不是畫角之聲？且把船灣住！」看時，只見水面上遠遠地三隻船來。看那船時，每隻上只有五個人。四個人搖著雙櫓，船頭上立著一個人，頭戴絳紅巾，都是一樣身穿紅羅繡襖，手裡各拿著留客住，三隻船上人都一般打扮。於內有人認得的，便對黃安說道：「這三隻船上三個人：一個是阮小二，一個是阮小五，一個是阮小七。」黃安道：「你眾人與我一齊併力向前，拿這三個人！」兩邊有四、五十隻船一齊發著喊殺奔前去。那三隻船唿哨了一聲，一齊便回。黃團練把手內槍燃搭動，向前來叫道：「只顧殺這賊，我自有重賞！」

那三隻船前面走，背後官軍船上把箭射將去。那三阮去船艙裡拈，各拿起一片青狐皮來遮那箭矢。後面船隻只顧趕。趕不過二、三里水港，黃安背後一隻小船飛也似划來，報道：「且不要趕！我們那一條殺入去的船隻，都被他殺下水裡去後，把船都奪去了！」黃安問道：「怎的著了那廝的手？」小船上人答道：「我們正行船時，只見遠遠地兩隻船來，每船上各有五個人。我們併力殺去趕他，趕不過三、四里水面，四下裡小港鑽出七、八隻小船來。船上弩箭似飛蝗一般射來！我們急把船回時，來到窄狹港口，只見岸上約有二、三十人，兩頭牽一條大篾索，橫截在水面上。卻待向前看索時，又被他岸上灰瓶、石子，如雨點一般打將來。眾官軍只得棄了船隻，下水逃命。我眾人逃得出來，到旱路邊時，那岸上人馬皆不見了，馬也被他牽去了。看馬的軍人都殺死在水裡。我們蘆花蕩邊尋得這隻小船兒，逕來報與團練。」

黃安聽得說了，叫苦不迭，便把白旗招動，教眾船不要去趕，且一發回來。那眾船才撥得轉頭，未曾行動，只見背後那三隻船又引著十數隻船，都只是這三、五個人，把紅旗搖著，口裡吹著唿哨，飛也似趕來。黃安卻待把船擺開迎敵時，只聽得蘆葦叢中炮響。黃安看時，四下裡都是紅旗擺滿，慌了手腳。後面趕來的船上叫道：「黃安，留下了首級回去！」黃安把船盡力搖過蘆葦岸邊，卻被兩邊小港裡鑽出四、五十隻小船來，船上弩箭如雨點射將來。黃安就箭林裡奪路時，只剩得三、四隻小船了，黃安便跳過快船內，回頭看時，只見後面的人，一個個都撲通的跳下水裡去了。有和船被拖去的，大半都被殺死。黃安駕著小快船正走之間，只見蘆花蕩邊一隻船上立著劉唐，一撓鈎搭住黃安的船，托地跳過來，只一把攔腰提住，喝道：「不要掙扎！」一時軍人能識水的，水裡被箭射死；不敢下水的，就船裡都活捉了。黃安被劉唐扯到岸邊，上了岸，遠遠地晁蓋、公孫勝山邊騎著馬，挺著刀，引五、六十人，三、二十匹馬，齊來接應。一行人生擒活捉得一、二百人，奪的船隻，盡數都收在南水寨裡安頓了。大小頭領一齊都到山寨。晁蓋下了馬，來到聚義廳上坐定。眾頭領各去了戎裝軍器，團團坐下，捉那黃安，綁在將軍柱上，取過金銀緞疋，賞了小嘍囉。點檢共奪得六百餘匹好馬，這是林沖的功勞；東港是杜遷、宋萬的功勞；西港是阮氏三雄的功勞，捉得黃安是劉唐的功勞。眾頭領大喜，殺牛宰馬，山寨裡筵會。自釀的好酒，水泊裡出的新鮮蓮藕並鮮魚，山南樹上自有時新的桃、杏、梅、李、枇杷、山棗、柿、栗之類，自養的雞、豬、鵝、鴨等品物，不必細說。眾頭領只顧慶賀。新到山寨，得獲全勝，非同小可！有詩為證：

水滸英鋒不可當，黃守捕捉太譸張。戰船人馬俱虧折，更把何顏見故鄉。

正飲酒間，只見小嘍囉報道：「山下朱頭領使人到寨。」晁蓋喚來，問有甚事。小嘍囉道：「朱頭領探聽得一起客商，有數十人結聯一處，今晚必從旱路經過，特來報知。」晁蓋道：「正沒金帛使用。誰領人去走一遭？」三阮道：「我弟兄們去！」晁蓋道：「好兄弟！小心在意，速去早來。」三阮便下廳去換了衣裳，跨了腰刀，拿了朴刀、攩叉、留客住，點起一百餘人，上廳來別了頭領，便下山去。就金沙灘把船載過朱貴酒店裡去了。晁蓋恐三阮擔負不下，又使劉唐點起一百餘人，教領了下山去接應。又吩咐道：「只可善取金帛財物，切不可傷害客商性命。」劉唐去了。

晁蓋到三更不見回報，又使杜遷、宋萬引五十餘人下山接應。晁蓋與吳用、公孫勝、林沖飲酒至天明，只見小嘍囉報道：「虧得朱頭領！得了二十餘輛車子金銀財帛，並四、五十匹驢騾頭口！」晁蓋又問道：「不曾殺人麼？」小嘍囉答道：「那許多客人見我們來得頭勢猛了，都撇下車子、頭口、行李，逃命去了，並不曾傷害他一個。」晁蓋見說大喜：「我等自今以後，不可傷害於人。」取一錠白銀，賞了小嘍囉，便叫將了酒果下山來，直接到金沙灘上。見眾頭領盡把車輛扛上岸來，再叫撐船去載頭口馬匹，眾頭領大喜。把盞已畢，教人去請朱貴上山來筵宴。

晁蓋等眾頭領都上山寨聚義廳上，簸箕掌，栲栳圈坐定。叫小嘍囉扛抬過許多財物，在廳上一包包打開，將彩帛衣服堆在一邊，行貨等物堆在一邊，金銀寶貝堆在正面。眾頭領看了打劫得許多財物，心中歡喜，便叫掌庫的小頭目，每一樣取一半收貯在庫，聽候支用。這一半分做兩分，廳上十一位頭領均分一分，山上山下眾人均分一分。把這新拿到的軍健，臉上刺了字號，選壯浪的分撥去各寨餵馬砍柴；軟弱的，各處看車切草。黃安鎖在後寨監房內。

晁蓋道：「我等今日初到山寨，當初只指望逃災避難，投托王倫帳下為一小頭目，多感林教頭賢弟推讓我為尊，不想連得了兩場喜事：第一贏得官軍，收得許多人馬船隻，捉了黃安，二乃又得了若干財物金銀。此不是皆托眾兄弟才能？」眾頭領道：「皆托得大哥哥的福蔭，以此得采。」晁蓋再與吳用道：「俺們弟兄七人的性命皆出於宋押司、朱都頭兩個。古人道：『知恩不報，非為人也。』今日富貴安樂從何而來？早晚將些金銀，可使人親到鄆城縣走一遭。此是第一件要緊的事務。再有白勝陷在濟州大牢裡，我們必須要去救他出來。」吳用道：「兄長不必憂心，小生自有擺劃。宋押司是個仁義之人，緊地不望我們酬謝。雖然如此，禮不可缺，早晚待山寨粗安，必用一個兄弟自去。白勝的事，可教驀生人去那裡使錢，買上囑下，鬆寬他，便可脫身。我等且商量屯糧造船，製辦軍器，安排寨柵城垣，添造房屋，整頓衣袍鎧甲，打造槍刀弓箭，防備迎敵官軍。」晁蓋道：「既然如此，全仗軍師妙策指教。」吳用當下調撥眾頭領，分派去辦，不在話下。

且不說梁山泊自從晁蓋上山，好生興旺。卻說濟州府太守，見黃安手下逃回的軍人，備說梁山泊殺死官軍，生擒黃安一事。又說梁山泊好漢十分英雄了得，無人近傍得他，難以收捕。抑且水路難認，港汊多雜，以此不能取勝。府尹聽了，只叫得苦，向太師府幹辦說道：「何濤先折了許多人馬，獨自一個逃得性命回來，已被割了兩個耳朵，自回家將息，至今不痊。去的五百人，無一個回來，因此又差團練使黃安並本府捕盜官，帶領軍兵前去追捉，亦皆失陷。黃安已被活捉上山，殺死官軍不知其數，又不能取勝，怎生是好？」太守肚裡正懷著鬼胎，沒個道理處。只見承局來報說：「東門接官亭上有新官到來，飛報到此。」太守慌忙上馬，來到東門外官亭上，望見塵土起處，新官已到亭子前下馬。府尹接上亭子，相見已了，那新官取出中書省更替文書來，交與府尹。太守看罷，隨即和新官到州衙裡交割牌印，一應府庫錢糧等項。安排筵席款待新官，舊太守備說梁山泊賊盜浩大，殺死官軍一節。說罷，新官面如土色，心中思忖道：「蔡太師將這件勾當抬舉我，卻是此等地面，這般府分！又沒強兵猛將，如何收捕得這夥強人？倘或這廝們來城裡借糧時，卻怎生奈何？」舊官太守次日收拾了衣裝行李，自回東京聽罪，不在話下。

且說新府尹到任之後，請將一員新調來鎮守濟州的軍官來，當下商議招軍買馬，集草屯糧，招募悍勇民夫、智謀賢士，準備收捕梁山泊好漢。一面申呈中書省，轉行牌仰附近州郡，併力剿捕；一面自行下文書所屬州縣，知會收剿，及仰屬縣著令守禦本境。這個都不在話下。

且說本州孔目，差人齎一紙公文，行下所屬鄆城縣，教守禦本境，防備梁山泊賊人。鄆城縣知縣看了公文，教宋江疊成文案，行下各鄉村，一體守備。正是：

一紙文書火急催，官司嚴督勢如雷。
只因造下迷天罪，何白金雞放赦回？

宋江見了公文，心內尋思道：「晁蓋等眾人不想做下這般大事！劫了生辰綱，殺了做公的，傷了何觀察，又損害許多官軍人馬，又把黃安活捉上山。如此之罪，是滅九族的勾當！雖是被人逼迫，事非得已，於法度上卻饒不得，倘有疏失，如之奈何？」自家一個心中納悶。吩咐貼書後司張文遠將此文書立成文案，行下各鄉各保，自理會文卷。宋江卻信步走出縣來，走不過二、三十步，只聽得背後有人叫聲：「押司。」宋江轉回頭來看時，卻是做媒的王婆，引著一個婆子，卻與他說道：「你有緣，做好事的押司來也！」宋江轉身來問道：「有甚麼說話？」王婆攔住，指著閻婆對宋江說道：「押司不知，這一家兒從東京來，不是這裡人家，嫡親三口兒。夫主閻公，有個女兒婆惜。他那閻公平昔是個好唱的人，自小教得他那女兒婆惜，也會唱諸般耍令。年方一十八歲，頗有些顏色。三口兒因來山東投奔一個官人不著，流落在這鄆城縣。不想這裡的人不喜風流宴樂，因此不能過活，在這縣後一個僻靜巷內權住。昨日他的家公因害時疫死了，這閻婆無錢津送，沒做道理處，央及老身做媒。我道：『這般時節，那裡有這等恰好？』又沒借換處。正在這裡走頭沒路的，只見押司打從這裡過，以此老身與這閻婆趕來。望押司可憐見他則個，作成一具棺材！」宋江道：「原來恁地。你兩個跟我來，去巷口酒店裡借筆硯，寫個帖子，與你去縣東三郎家取具棺材。」宋江又問道：「你有結果使用麼？」閻婆答道：「實不瞞押司說，棺材尚無，那討使用？」宋江道：「我再與你銀子十兩做使用錢。」閻婆道：「便是重生父母，再生的爹娘！做驢做馬報答押司！」宋江道：「休要如此說。」隨即取出一錠銀子遞與閻婆，自回下處去了。

且說這婆子將了帖子，逕來縣東街陳三郎家取了一具棺材，回家發送了當，兀自餘剩下五、六兩銀子，娘兒兩個把來盤纏，不在話下。忽一朝，那閻婆因來謝宋江，見他下處沒有一個婦人家面，回來問間壁王婆道：「宋押司下處不見一個婦人面，他曾有娘子也無？」王婆道：「只聞宋押司家裡住在宋家村，卻不曾見說他有娘子。在這縣裡做押司，只是客居。常常見他散施棺材藥餌，極肯濟人貧苦，敢怕是未有娘子。」閻婆道：「我這女兒長得好模樣，又會唱曲兒。省得諸般耍笑。從小兒在東京時，只去行院人家串，那一個行院不愛他！有幾個上行首，要問我過房了幾次，我不肯。只因我兩口兒無人養老，因此不過房與他。不想今來倒苦了他！我前日去謝宋押司，見他下處沒娘子；因此，央你與我對宋押司說：他若要討人時，我情願把婆惜與他。我前日得你作成，虧了宋押司救濟，無可報答他，與他做個親眷來往。」王婆聽了這說，次日見宋江，備細說了這件事。宋江初時不肯，怎當這婆子「撮合山」的嘴攛掇，宋江依允了，就在縣西巷內討了一樓房，置辦些傢伙什物，安頓了閻婆惜娘兒兩個在那裡居住。沒半月之間，打扮得閻婆惜滿頭珠翠，遍體綾羅。正是：

花容嫋娜，玉質娉婷。髻橫一片烏雲，眉掃半彎新月。金蓮窄窄，湘裙微露不勝情；玉筍纖纖，翠袖半籠無限意。星演渾如點漆，酥胸真似截肪。韻度若風裡海棠花，標格似雪中玉梅樹。金屋美人離御苑，蘂珠仙子夏塵寰。

又過了幾日，連那婆子也有若干頭面衣服。端的養的婆惜豐衣足食！初時，宋江夜夜與婆惜一處歇臥，向後漸漸來得慢了。卻是為何？原來宋江是個好漢，只愛學使槍棒，於女色上不十分要緊。這閻婆惜水也似後生，況兼十八、九歲，正在妙齡之際，因此，宋江不中那婆娘意。一日，宋江不合帶後司貼書張文遠來閻婆惜家吃酒，這張文遠卻是宋江的同房押司。那廝喚做「小張三」，生得眉清目秀，齒白唇紅。平昔只愛去三瓦兩舍，飄蓬浮蕩，學得一身風流俊俏。更兼品竹調絲，無有不會。這婆惜是個酒色娼妓，一見張三，心裡便喜，倒有意看上他。那張三亦是個酒色之徒，這事如何不曉得？見這婆娘眉來眼去，十分有情，便記在心裡。向後宋江不在，這張三便去那裡，假意兒只做來尋宋江。那婆娘留住吃茶，言來語去，成了此事。誰想那婆娘自從和那張三兩個搭識上了，打得火塊一般熱，並無半點兒情分在這宋江身上。宋江但若來時，只把言語傷他，全不兜攬他些個。這宋江是個好漢，不以這女色為念，因此，半月十日去走得一遭。那張三和這閻婆惜如膠似漆，夜去明來，街坊上人也都知了，卻有些風聲吹在宋江耳朵裡。宋江半信不信，自肚裡尋思道：「又不是我父母匹配妻室。他若無心戀我，我沒來由惹氣做甚麼？我只不上門便了。」自此有幾個月不去。閻婆累使人來請，宋江只推事故不上門去。正是：

花娘有意隨流水，義士無心戀落花。
婆愛錢財娘愛俏，一般行貨兩家茶。

話分兩頭。忽一日將晚，宋江從縣裡出來，去對過茶房裡坐定吃茶。只見一個大漢，頭帶白范陽氈笠兒，身穿一領黑綠羅袍，下面腿絣護膝八搭麻鞋，腰裡跨著一口腰刀，背著一個大包，走得汗雨通流，氣急喘促，把臉別轉著那縣裡。宋江見了這個大漢走得蹊蹺，慌忙起身趕出茶房來，跟著那漢走。約走了三、二十步，那漢回過頭來，看了宋江，卻不認得。宋江見了這人，略有面熟，「莫不是那裡曾廝會來？」心中一時思量不起。那漢見宋江，看了一回，也有些認得。立住了腳，定眼看那宋江，又不敢問。宋江尋思道：「這個人好作怪！卻怎地只顧看我？」宋江亦不敢問他。只見那漢去路邊一個篦頭鋪裡問道：「大哥，前面那個押司是誰？」篦頭待詔應道：「這位是宋押司。」那漢提著朴刀，走到面前，唱個大喏，說道：「押司認得小弟麼？」宋江道：「足下有些面善。」那漢道：「可借一步說話。」宋江便和那漢入一條僻靜小巷。那漢道：「這個酒店裡好說話。」兩個上到酒樓，揀個僻靜閣兒裡坐下。那漢倚了朴刀，解下包裹，撇在桌子底下。

那漢撲翻身便拜。宋江慌忙答禮道：「不敢拜問足下高姓？」那人道：「大恩人，如何忘了小弟？」宋江道：「兄長是誰？真個有些面熟。小人失忘了。」那漢道：「小弟便是晁保正莊上曾拜識尊顏，蒙恩救了性命的赤髮鬼劉唐便是。」宋江聽了大驚，說道：「賢弟，你好大膽！早是沒做公的看見，險些惹出事來！」劉唐道：「感承大恩，不懼一死，特地來酬謝。」宋江道：「晁保正弟兄們近日如何？兄弟，誰教你來？」劉唐道：「晁頭領哥哥，再三拜上大恩人。得蒙救了性命，現今做了梁山泊主都頭，吳學究做了軍師，公孫勝同掌兵權。林沖一力維持，火併了王倫。山寨裡原有杜遷、宋萬、朱貴和俺弟兄七個，共是十一個頭領。現今山寨裡聚集得七、八百人，糧食不計其數。因想兄長大恩，無可報答，特使劉唐齎書一封，並黃金一百兩相謝押司，並朱、雷二都頭。」劉唐打開包裹，取出書來，便遞與宋江。

宋江看罷，便拽起褶子前襟，摸出招文袋。打開包兒時，劉唐取出金子放在桌上。宋江把那封書，就取了一條金子和這書包了，插在招文袋內，放下衣襟，便道：「賢弟，將此金子依舊包了。」隨即便喚量酒的打酒來，叫大塊切一盤肉來，鋪下些菜蔬、果子之類，叫量酒人篩酒與劉唐吃。看看天色晚了，劉唐吃了酒，量酒人自下去。劉唐把桌上金子包打開，要取出來。宋江慌忙攔住道：「賢弟，你聽我說！你們七個弟兄初到山寨，正要金銀使用；宋江家中頗有些過活，且放在你山寨裡，等宋江缺少盤纏時，卻叫兄弟宋清來取。今日非是宋江見外，於內已受了一條。朱仝那人也有些家私，不用送去。我自與他說知人情便了。雷橫這人，又不知我報與保正；況兼這人貪賭，倘或將些出去賭時，便惹出事來，不當穩便，金子切不可與他。賢弟，我不敢留你去家中住，倘或有人認得時，不是耍處。今夜月色必然明朗，你便可回山寨去，莫在此停擱。宋江再三申意眾頭領，不能前來慶賀，切乞恕罪。」劉唐道：「哥哥大恩，無可報答，特令小弟送些人情與押司，微表孝順之心。保正哥哥今做頭領與學究軍師號令，非比昔日，小弟怎敢將回去？到山寨中必然受責。」宋江道：「既是號令嚴明，我便寫一封回書，與你將去便了。」劉唐苦苦相央宋江接受。宋江那裡肯接？隨即取一幅紙來，借酒家筆硯，備細寫了一封回書，與劉唐收在包內。

劉唐是個直性的人，見宋江如此推卻，想是不肯受了，便將金子依前包了。看看天色夜來，劉唐道：「既然兄長有了回書，小弟連夜便去。」宋江道：「賢弟，不及相留，以心相照。」劉唐又下了四拜。宋江喚量酒人來道：「有此位官人留下白銀一兩在此，我明日卻自來算。」劉唐背上包裹，拿了朴刀，跟著宋江下樓來，離了酒樓，出到巷口，天色黃昏，是八月半天氣，月輪上來，宋江攜住劉唐的手，吩咐道：「兄弟保重，再不可來。此間做公的多，不是耍處。我更不遠送了，只此相別。」劉唐見月色明朗，拽開腳步，望西路便走，連夜回梁山泊來。

卻說宋江與劉唐別了，自慢慢走回下處來。一頭走，一面肚裡尋思道：「早是沒做公的看見！險些惹出一場大事來！」一頭想：「那晁蓋倒去落了草！直如此大弄！」轉不過兩個彎，只聽得背後有人叫一聲：「押司，那裡去來？好兩日不見面！」宋江回頭看時，倒吃一惱。不因這番，有分教：宋江小膽翻為大膽，善心變做惡心。畢竟叫宋江的卻是何人？且聽下回分解。

第二十一回　虔婆醉打唐牛兒　宋江怒殺閻婆惜

古風一首：

宋朝運祚將傾覆，四海英雄起寥廓。流光垂象在山東，天罡上應三十六。瑞氣盤旋繞鄆城，此鄉生降宋公明。神清貌古真奇異，一舉能令天下驚。幼年涉獵諸經史，長為吏役決刑名。仁義禮智信皆備，曾受九天玄女經。江湖結納諸豪傑，扶危濟困恩威行。他年自到梁山泊，繡旗影搖雲水濱。替天行道呼保義，上應玉府天魁星。

話說宋江別了劉唐，乘著月色滿街，信步自回下處來。卻好遇著閻婆，趕上前來叫道：「押司，多日使人相請，好貴人，難見面！便是小賤人有些言語高低，傷觸了押司，也看得老身薄面。自教訓他與押司陪話。今晚老身有緣，得見押司，同走一遭去。」宋江道：「我今日縣裡事務忙，擺撥不開，改日卻來。」閻婆道：「這個使不得。我女兒在家專望，押司胡亂溫顧他便了。直恁得！」宋江道：「端的忙些個，明日準來。」閻婆道：「我今日要和你去。」便把宋江衣袖扯住了，發話道：「是誰挑撥你？我娘兒兩個，下半世過活都靠著押司。外人說的閒是閒非，都不要聽他，押司自做個主張，我女兒但有差錯，都在老身身上。押司胡亂去走一遭。」宋江道：「你不要纏。我的事務分撥不開在這裡。」閻婆道：「押司便誤了些公事，知縣相公不到得便責罰你。這回錯過，後次難逢。押司只得和老身去走一遭，到家裡自有告訴。」宋江是個快性的人，吃那婆子纏不過，便道：「你放了手，我去便了。」閻婆道：「押司不要跑了去，老人家趕不上。」宋江道：「直恁地這等！」兩個跟著，來到門前，正是：

酒不醉人人自醉，花不迷人人自迷。
直饒今日能知悔，何不當初莫去為。

宋江立住了腳。閻婆把手一攔，說道：「押司來到這裡，終不成不入去了？」宋江進到裡面凳子上坐了。那婆子是乖的，生怕宋江走去，便幫在身邊坐了，叫道：「我兒，你心愛的三郎在這裡。」那閻婆惜倒在床上，對著盞孤燈，正在沒可尋思處，只等這小張三來。聽得娘叫道：「你的心愛的三郎在這裡。」那婆娘只道是張三郎，慌忙起來，把手掠一掠雲髻，口裡喃喃的罵道：「這短命，等得我苦也！老娘先打兩個耳刮子著！」飛也似跑下樓來。就槅子眼裡張時，堂前琉璃燈卻明亮，照見是宋江，那婆娘復翻身轉又上樓去，依前倒在床上。閻婆聽得女兒腳步下樓來，又聽得再上樓去了，婆子又叫道：「我兒，你的三郎在這裡。怎地倒走了去？」那婆惜在床上應道：「這屋裡多遠，他不會來？他又不瞎，如何自不上來，直等我來迎接他！沒了當絮絮聒聒地。」閻婆道：「這賤人真個望不見押司來，氣苦了。恁地說，也好教押司受他兩句兒。」婆子笑道：「押司，我同你上樓去。」

宋江聽了那婆娘說這幾句話，心裡自有五分不自在，為這婆子來扯，勉強只得上樓去。本是一間六椽樓屋。前半間安一副春臺、桌凳。後半間鋪著臥房，貼裡安一張三面稜花的床，兩邊都是欄杆，上掛著一頂紅羅幔帳；側首放個衣架，搭著手巾；這裡放著個洗手盆，一個刷子；一張金漆桌子上，放一個錫燈臺；邊廂兩個杌子；正面壁上掛著一幅仕女；對床排著四把一字交椅。宋江來到樓上，閻婆便拖入房裡去。宋江便向杌子上朝床邊坐了。閻婆就床上拖起女兒來，說道：「押司在這裡。我兒，你只是性氣不好，把言語來傷觸他，惱得押司不上門，閒時卻在家裡思量。我如今不容易請得他來，你卻不起來陪句話兒。顛倒使性！」婆惜把手拕開，說那婆子：「你做甚麼這般鳥亂！我又不曾做了歹事！他自不上門，教我怎地陪話？」宋江聽了，也不做聲。婆子便推過一把交椅在宋江肩上，便推他女兒過來，說道：「你且和三郎坐一坐。不陪話便罷，不要焦躁。你兩個多時不見，也說一句有情的話兒。」那婆娘那裡肯過來，便去宋江對面坐了。宋江低了頭不做聲。婆子看女兒也別轉了臉。閻婆道：「沒酒沒漿，做甚麼道場？老身有一瓶好酒在這裡，買些果品與押司陪話，我兒，你相陪押司坐地，不要怕羞，我便來也。」宋江自尋思道：「我吃這婆子釘住了，脫身不得。等他下樓去時，我隨後也走了。」那婆子瞧見宋江要走的意思，出得房門去，門上卻有屈戌，便把房門拽上，將屈戌搭了。宋江暗忖道：「那虔婆倒先算了我。」

且說閻婆下樓來，先去灶前點起個燈。灶裡現成燒著一鍋腳湯，再湊上些柴頭。拿了些碎銀子，出巷口去買得些時新果品、鮮魚、嫩雞、肥鮓之類。歸到家中，都把盤子盛了。取酒傾在盆裡，舀半鏇子，在鍋裡盪熱了，傾在酒壺裡。收拾了數盆菜蔬，三只酒盞，三雙箸，一桶盤托上樓來放在春臺上。開了房門，搬將入來，擺滿金漆桌子上。看宋江時，只低著頭，看女兒時，也朝著別處。閻婆道：「我兒，起來把盞酒。」婆惜道：「你們自吃，我不耐煩！」婆子道：「我兒，爺娘手裡從小兒慣了你性兒，別人面上須使不得！」婆惜道：「不把盞便怎的？終不成飛劍來取了我頭！」那婆子倒笑起來，說道：「又是我的不是了。押司是個風流人物，不和你一般見識。你不把酒便罷，且回過臉來吃盞酒兒。」婆惜只不回過頭來。那婆子自把酒來勸宋江。宋江勉意吃了一盞。婆子笑道：「押司莫要見責。閒話都打疊起，明日慢慢告訴。外人見押司在這裡，多少乾熱的不怯氣，胡言亂語，放屁辣臊，押司都不要聽，且只顧吃酒。」篩了三盞在桌子上，說道：「我兒，不要使小孩兒的性，胡亂吃一盞酒。」婆惜道：「沒得只顧纏我，我飽了！吃不得！」閻婆道：「我兒，你也陪侍你的三郎吃盞使得。」

婆惜一頭聽了，一面肚裡尋思：「我只心在張三身上，兀誰耐煩相伴這廝！若不得把他灌得醉了，他必來纏我！」婆惜只得勉意拿起酒來，吃了半盞。婆子笑道：「我兒只是焦躁，且開懷吃兩盞兒睡。押司也滿飲幾杯。」宋江被他勸不過，連飲了三、五杯。婆子也連連吃了幾杯，再下樓去盪酒。那婆子見女兒不吃酒，心中不悅。才見女兒回心吃酒，歡喜道：「若是今晚兜得他住，那人惱恨都忘了！且又和他纏幾時，卻再商量。」婆子一頭尋思，一面自在灶前吃了三大鍾酒。覺道有些癢麻上來，卻又篩了一碗酒，鏇了大半鏇，傾在注子裡，爬上樓來，見那宋江低著頭不做聲，女兒也別轉著臉弄裙子。這婆子哈哈地笑道：「你兩個又不是泥塑的，做甚麼都不做聲？押司，你不合是個男子漢，只得裝些溫柔，說些風話兒耍。」宋江正沒做道理處，口裡只不做聲，肚裡好生進退不得。閻婆惜自想道：「你不來睬我，指望老娘一似閒常時來陪你話，相伴你要笑！我如今卻不要！」那婆子吃了許多酒，只裡只管夾七帶八嘈。正在那裡張家長，李家短，說白道綠。

卻有鄆城縣一個賣糟醃的唐二哥，叫做唐牛兒，時常在街上只是幫閒，常常得宋江齎助他。但有些公事去告訴宋江，也落得幾貫錢使。宋江要用他時，死命向前。這一日晚，正賭錢輸了，沒做道理處，卻去縣前尋宋江。奔到下處，尋不見。街坊都道：「唐二哥，你尋誰？這般忙。」唐牛兒道：「我喉急了，要尋孤老，一地裡不見他！」眾人道：「你的孤老是誰？」唐牛兒道：「便是縣裡宋押司。」眾人道：「我方才見他和閻婆兩個過去，一路走著。」唐牛兒道：「是了，這閻婆惜賊賤蟲！他自和張三兩個打得火塊也似熱，只瞞著宋押司一個，他敢也知些風聲，好幾時不去了。今晚必然吃那老咬蟲假意兒纏了去。我正沒錢使，喉急了，胡亂去那裡尋幾貫錢使，就幫兩碗酒吃。」

唐牛兒捏手捏腳，上到樓上，板壁縫裡張時，見宋江和婆惜兩個都低著頭。那婆子坐在橫頭桌子邊，口裡七十三、八十四只顧嘈。唐牛兒閃將入來，看著閻婆和宋江、婆惜，唱了三個喏，立在邊頭。宋江尋思道：「這廝來得最好！」把嘴望下一努。唐牛兒是個乖巧人，便瞧科，看著宋江便說道：「小人何處不尋過！原來卻在這裡吃酒耍！好吃得安穩！」宋江道：「莫不是縣裡有甚麼要緊事？」唐牛兒道：「押司，你怎地忘了？便是早間那件公事，知縣相公在廳上發作，著四、五替公人來下處尋押司，一地裡又沒尋處，相公焦躁做一片。押司便可動身。」宋江道：「恁地要緊，只得去。」便起身要下樓。吃那婆子攔住道：「押司不要使這科分！這唐牛兒捻泛過來！你這精賊也瞞老娘，正是『魯班手裡調大斧！』這早晚知縣自回衙去和夫人吃酒取樂，有甚麼事務得發作？你這般道兒，只好瞞魍魎！老娘手裡說不過去！」唐牛兒便道：「真個是知縣相公緊等的勾當，我卻不曾說謊。」閻婆道：「放你娘狗屁！老娘一雙眼，卻是琉璃葫蘆兒一般！卻才見押司努嘴過來，叫你發科，你倒不攛掇押司來我屋裡，攧倒打抹他去！常言道：『殺人可恕，情理難容。』」這婆子跳起身來，便把那唐牛兒劈脖子只一叉，踉踉蹌蹌，直從房裡叉下樓來。

唐牛兒道：「你做甚麼便叉我！」婆子喝道：「你不曉得破人買賣衣飯如殺父母妻子！你高做聲，便打你這賊乞丐！」唐牛兒鑽將過來道：「你打！」這婆子乘著酒興，叉開五指，去那唐牛兒臉上只一掌，直攧出簾子外去。婆子便扯簾子，撇放門背後，卻把兩扇門關上，拿栓拴了，口裡只顧罵。那唐牛兒吃了這一掌，立在門前大叫道：「賊老咬蟲，不要慌！我不看宋押司面皮，教你這屋裡粉碎，教你雙日不著單日著！我不結果了你，不姓唐！」拍著胸，大罵了去。婆子再到樓上，看著宋江道：「押司，沒事睬那乞丐做甚麼？那廝一地裡去搪酒吃，只是搬是搬非！這等倒街臥巷的橫死賊，也來上門上戶欺負人！」宋江是個真實的人，吃這婆子一篇道著了真病，倒抽身不得。婆子道：「押司，不要心裡見責，老身只恁地知重得了。我兒，和押司只吃這杯。我猜著你兩口多時不見，一定要早睡，收拾了罷休。」婆子又勸宋江吃兩杯，收拾杯盤，下樓來，自去灶下去。

宋江在樓上自肚裡尋思說：「這婆子女兒和張三兩個有事，我心裡半信不信，眼裡不曾見真實。況且夜深了，我只得權睡一睡，且看這婆娘怎地，今夜和我情分如何。」只見那婆子又上樓來說道：「夜深了，我叫押司兩口兒早睡。」那婆娘應道：「不干你事！你自去睡！」婆子笑下樓來，口裡道：「押司安置。今夜多歡，明日慢慢地起。」婆子下樓來，收拾了灶上，洗了腳手，吹滅燈，自去睡了。宋江坐在杌子上睃那婆娘時，復地嘆口氣。約莫已是二更天氣，那婆娘不脫衣裳，便上床去，自倚了繡枕，扭過身，朝裡壁自睡了。

宋江看了尋思道：「可奈這賤人，全不睬我些個，他自睡了。我今日吃這婆子言來語去，央了幾杯酒，打熬不得，夜深只得睡了罷。」把頭上巾幘除下，放在桌子上；脫下上蓋衣裳，搭在衣架上，腰裡解下鸞帶，上有一把解衣刀和招文袋，卻掛在床邊欄杆上。脫去了絲鞋淨襪，便上床去那婆娘腳後睡了。半個更次，聽得婆惜在腳後冷笑，宋江心裡氣悶，如何睡得著。自古道：「歡娛嫌夜短，寂寞恨更長。」看看三更四更，酒卻醒了。捱到五更，宋江起來，面盆裡冷水洗了臉，便穿了上蓋衣裳，帶了巾幘，口裡罵道：「你這賤人好生無禮！」婆惜也不曾睡著，聽得宋江罵時，扭過身回道：「你不羞這臉！」宋江忍那口氣，便下樓來。閻婆聽得腳步響，便在床上說道：「押司，且睡歇，等天明去。沒來由，起五更做甚麼？」宋江也不應，只顧來開門。婆子又道：「押司出去時，與我拽上門。」

宋江出得門來，就拽上了。忍那口氣沒出處，一直要奔回下處來。卻從縣前過，見一盞明燈，看時，卻是賣湯藥的王公，來到縣前趕早市。那老兒見是宋江來，慌忙道：「押司，如何今日出來得早？」宋江道：「便是夜來酒醉，錯聽更鼓。」王公道：「押司必然傷酒，且請一盞醒酒二陳湯。」宋江道：「最好。」就凳上坐了。那老子濃濃的捧一盞「二陳湯」遞與宋江吃。宋江吃了，驀然想起道：「時常吃他的湯藥，不曾要我還錢。我舊時曾許他一具棺材，不曾與得他。」想起昨日有那晁蓋送來的金子，受了他一條在招文袋裡。「何不就與那老兒做棺材錢，教他歡喜？」宋江便道：「王公，我日前曾許你一具棺材錢，一向不曾把得與你。今日我有些金子在這裡，把與你，你便可將去陳三郎家，買了一具棺材，放在家裡。你百年歸壽時，我卻再與你送終之資。」王公道：「恩主時常覷老漢，又蒙與終身壽具，老漢今世不能報答，後世做驢做馬，報答押司！」宋江道：「休如此說。」便揭起背子前襟，去取那招文袋時，吃了一驚，道：「苦也！昨夜正忘在那賤人的床頭欄杆子上，我一時氣起來，只顧走了，不曾繫得在腰裡。這幾兩金子值得甚麼，須有晁蓋寄來的一封書，包著這金！我本欲在酒樓上劉唐前燒毀了，他回去說時，只道我不把他來為念。正要將到下處來燒，卻被這閻婆纏將我去。昨晚要就燈下燒時，恐怕露在賤人眼裡，因此不曾燒得。今早走得慌，不期忘了。我常時見這婆娘看些曲本，頗識幾字，若是被他拿了，倒是利害！」便起身道：「阿公休怪。不是我說謊，只道金子在招文袋裡，不想出來得忙，忘了在家。我去取來與你。」王公道：「休要去取。明日慢慢的與老漢不遲。」宋江道：「阿公，你不知道。我還有一件物事做一處放著，以此要去取。」宋江慌慌急急奔回閻婆家裡來。正是：

合是英雄有事來，天教遺失箧中財。
已知著愛皆冤對，豈料酬恩是禍胎。

且說這婆惜聽得宋江出門去了，爬將起來，口裡自言自語道：「那廝攪了老娘一夜睡不著！那廝含臉，只指望老娘陪氣下情。我不信你！老娘自和張三過得好，誰耐煩睬你？你不上門來倒好！」口裡說著，一頭鋪被，脫下上截襖兒，解了下面裙子，袒開胸前，脫下截襯衣，床面前燈卻明亮，照見床頭欄杆子上，拖下條紫羅鑾帶。婆惜見了，笑道：「黑三那廝吃喝不盡，忘了鑾帶在這裡！老娘且捉了，把來與張三繫。」便用手去一提。提起招文袋和刀子來，只覺袋裡有些重，便把手抽開，望桌子上只一抖，正抖出那包金子和書來。這婆娘拿起來看時，燈下照見是黃黃的一條金子。婆惜笑道：「天教我和張三買事物吃！這幾日我見張三瘦了，我也正要買些東西和他將息。」將金子放下，卻把那紙書展開來燈下看時，上面寫著晁蓋並許多事務。婆惜道：「好啊！我只道『吊桶落在井裡』，原來也有『井落在吊桶裡』！我正要和張三兩個做夫妻。單單只多你這廝，今日也撞在我手裡！原來你和梁山泊強賊通同往來，送一百兩金子與你。且不要慌，老娘慢慢地消遣你！」就把這封書依原包了金子，還插在招文袋裡。「不怕你教五聖來攝了去！」正在樓上自言自語，只聽得樓下呀地門響。婆子問道：「是誰？」宋江道：「是我。」婆子道：「我說早哩，押司卻不信要去，原來早了又回來。且再和姐姐睡一睡，到天明去。」這邊也不回話，一逕奔上樓來。那婆娘聽得是宋江了，慌忙把鑾帶、刀子、招文袋，一發捲做一塊，藏在被裡。扭過身，靠了床裡壁，只做睡著。宋江撞到房裡，逕去床頭欄杆上取時，卻不見。

宋江心內自慌，只得忍了昨夜的氣，把手去搖那婦人，道：「你看我日前的面，還我招文袋。」那婆惜假睡著只不應。宋江又搖道：「你不要急躁，我自明日與你陪話。」婆惜道：「老娘正睡哩！是誰攪我？」宋江道：「你情知是我，假做甚麼？」婆惜扭過身道：「黑三，你說甚麼？」宋江道：「你還了我招文袋。」婆惜道：「你在那裡交付與我手裡，卻來問我討？」宋江道：「忘了在你腳後小欄杆上。這裡又沒人來，只是你收得。」婆惜道：「呸！你不見鬼來！」宋江道：「夜來是我不是了，明日與你陪話。你只還了我罷，休要作耍。」婆惜道：「誰與你做耍！我不曾收得。」宋江道：「你先時不曾脫衣裳睡，如今蓋著被子睡，一定是起來鋪被時拿了。」只見那婆惜柳眉踢豎，星眼圓睜，說道：「老娘拿是拿了，只是不還你。你使官府的人便拿我去做賊斷！」宋江道：「我須不曾冤你做賊。」婆惜道：「可知老娘不是賊哩！」

宋江聽見這話心裡越慌，便說道：「我須不曾歹看承你娘兒兩個，還了我罷！我要去幹事。」婆惜道：「閒常也只嗔老娘和張三有事！他有些不如你處，也不該一刀的罪犯！不強似你和打劫賊通同！」宋江道：「好姐姐不要叫！鄰舍聽得，不是耍處！」婆惜道：「你怕外人聽得，你莫做不得。這封書，老娘牢牢地收著。若要饒你時，只依我三件事便罷！」宋江道：「休說三件事，便是三十件事也依你！」婆惜道：「只怕依不得。」宋江道：「當行即行。敢問那三件事？」閻婆道：「第一件，你可從今日便將原典我的文書來還我，再寫一紙任從我改嫁張三，並不敢再來爭執的文書。」宋江道：「這個依得。」婆惜道：「第二件，我頭上帶的，我身上穿的，家裡使用的，雖都是你辦的，也委一紙文書，不許你日後來討。」宋江道：「這件也依得。」

閻婆惜又道：「只怕你第三件依不得。」宋江道：「我已兩件都依你，緣何這件依不得？」婆惜道：「有那梁山泊晁蓋送與你的一百兩金子，快把來與我，我便饒你這一場天字第一號官司，還你這招文袋裡的款狀。」宋江道：「那兩件倒都依得。這一百兩金子果然送來與我，我不肯受他的，依前教他把了回去。若端的有時，雙手便送與你。」婆惜道：「可知哩！常言道：『公人見錢，如蚊子見血。』他使人送金子與你，你豈有推了轉去的？這話卻似放屁！做公人的，那個貓兒不吃腥？閻羅王面前須沒放回的鬼！你待瞞誰？便把這一百兩金子與我，值得甚麼？你怕是賊贓時，快熔過了與我！」宋江道：「你也須知我是老實的人，不會說謊。你若不相信，限我三日，我將家私變賣一百兩金子與你，你還了我招文袋！」婆惜冷笑道：「你這黑三倒乖，把我一似小孩兒般捉弄！我便先還了你招文袋、這封書，歇三日卻問你討金子，正是『棺材出了，討挽歌郎錢』！我這裡一手交錢，一手交貨！你快把來兩相交割！」宋江道：「果然不曾有這金子。」婆惜道：「明朝到公廳上，你也說不曾有金子！」

宋江聽了公廳兩字，怒氣直起，那裡按捺得住，睜著眼道：「你還也不還？」那婦人道：「你恁地狠，我便還你不迭！」宋江道：「你真個不還？」婆惜道：「不還！再饒你一百個不還！若要還時，在鄆城縣還你！」宋江便來扯那婆惜蓋的被。婦人身邊卻有這件物，倒罔顧被，兩手只緊緊地抱在胸前。宋江扯開被來，卻見這鸞帶正在那婦人胸前拖下來。宋江道：「原來在這裡！」一不做，二不休，兩手便來奪。那婆惜那裡肯放。宋江在床邊捨命的奪，婆惜死也不放。宋江狠命只一拽，倒拽出那把壓衣刀子在席上，宋江便搶在手裡。那婆娘見宋江搶刀在手，叫：「黑三郎殺人也！」只這一聲，提起宋江這個念頭來。那一肚皮氣正沒出處，婆惜卻叫第二聲時，宋江左手早按住那婆娘，右手卻早刀落，去那婆惜顙子上只一勒，鮮血飛出，那婦人兀自吼哩！宋江怕他不死，再復一刀，那顆頭伶伶仃仃落在枕頭上，但見：

> 手到處青春喪命，刀落時紅粉亡身。七魄悠悠，已赴森羅殿上；三魂渺渺，應歸枉死城中。緊閉星眸，直挺挺屍橫席上；半開檀口，濕津津頭落枕邊。從來美興一時休，此日嬌容堪戀否？

宋江連忙取過招文袋，抽出那封書來，便就殘燈下燒了。繫上鸞帶，走下樓來，那婆子在下面睡，聽他兩口兒論口，倒也不著在意裡，只聽得女兒叫一聲：「黑三郎殺人也！」正不知怎地，慌忙跳起來，穿了衣裳，奔上樓來，卻好和宋江打個胸廝撞。閻婆問道：「你兩口兒做甚麼鬧？」宋江道：「你女兒忒無禮，被我殺了！」婆子笑道：「卻是甚話！便是押司生的眼凶，又酒性不好，專要殺人？押司休要取笑老身。」宋江道：「你不信時，去房裡看。我真個殺了！」婆子道：「我不信。」推開房門看時，只見血泊裡挺著屍首。婆子道：「苦也！卻是怎地好？」宋江道：「我是烈漢，一世也不走，隨你要怎地！」婆子道：「這賤人果是不好，押司不錯殺了！只是老身無人養贍。」宋江道：「這個不妨。既是你如此說時，你卻不用憂心。我頗有家計，只教你豐衣足食便了，快活半世。」閻婆道：「恁地時卻是好也！深謝押司。我女兒死在床上，怎地斷送？」宋江道：「這個容易；我去陳三郎家買一具棺材與你。仵作行人入殮時，我自吩咐他來，我再取十兩銀子與你結果。」婆子謝道：「押司，只好趁天未明時討具棺材盛了，鄰舍街坊都不要見影。」宋江道：「也好。你取紙筆來，我寫個票子與你去取。」閻婆道：「票子也不濟事，須是押司自去取，便肯早早發來。」宋江道：「也說得時。」兩個下樓來，婆子去房裡拿了鎖鑰，出門前，把門鎖了，帶了鑰匙。宋江與閻婆兩個投縣前來。

此時天色尚早，未明，縣門卻才開。那婆子約莫到縣前左側，把宋江一把扭住，發喊叫道：「有殺人賊在這裡！」嚇得宋江慌做一團，連忙掩住口，道：「不要叫！」那裡掩得住。縣前有幾個做公的走將攏來看時，認得是宋江，便勸道：「婆子閉上嘴！押司不是這般的人，有事只消得好說。」閻婆道：「他正是凶首，與我捉住，同到縣裡！」原來宋江為人最好，上下愛敬，滿縣人沒一個不讓他；因此，做公的都不肯下手拿他，又不信這婆子說。有詩為證：

好人有難皆憐惜，奸惡無災盡詫憎。
可見生平須自檢，臨時情義始堪憑。

正在那裡沒個解救，恰好唐牛兒托一盤子洗淨的糟薑，來縣前趕趁，正見這婆子結扭住宋江在那裡叫冤屈。唐牛兒見是閻婆一把扭結住宋江，想起昨夜的一肚子鳥氣來，便把盤子放在賣藥的老王凳子上，鑽將過來，喝道：「老賊蟲！你做甚麼結扭住押司？」婆子道：「唐二！你不要來打奪人去，要你償命也！」唐牛兒大怒，那裡聽他說，把婆子手一拆，拆開了。不問事由，叉開五指，去閻婆臉上只一掌，打個滿天星。那婆子昏暈了，只得放手。宋江得脫，往鬧裡一直走了。

婆子便一把卻結扭住唐牛兒，叫道：「宋押司殺了我的女兒，你卻打奪去了！」唐牛兒慌道：「我那裡得知！」閻婆叫道：「上下替我捉一捉人賊則個！不時，須要帶累你們。」眾做公的只礙宋江面皮，不肯動手；拿唐牛兒時，須不擔擱。眾人向前，一個帶住婆子，三、四個拿住唐牛兒，把他橫拖倒拽，直推進鄆城縣裡來。正是：

禍福無門，惟人自召；披麻救水，惹焰燒身。

畢竟唐牛兒被閻婆結住，怎地脫身？且聽下回分解。

第二十二回　閻婆大鬧鄆城縣　朱仝義釋宋公明

詩曰：

為戀煙花起禍端，閻婆口狀去經官。若非俠士行仁愛，定使圜扉鎖鳳鸞。

四海英雄思慷慨，一腔忠義動衣冠，九原難忘朱仝德，千古高名逼斗寒。

話說當時眾做公的拿住唐牛兒，解進縣裡來。知縣聽得有殺人的事，慌忙出來升廳。眾做公的把這唐牛兒簇擁在廳前。知縣看時，只見一個婆子跪在左邊，一個漢子跪在右邊。知縣問道：「甚麼殺人公事？」婆子告道：「老身姓閻，有個女兒，喚做婆惜，典與宋押司做外宅。昨夜晚間，我女兒和宋江一處沽酒，這個唐牛兒一逕來尋鬧，叫罵出門，鄰里盡知。今早宋江出去走了一遭回來，把我女兒殺了。老身結扭到縣前，這唐二又把宋江打奪了去，告相公做主。」知縣道：「你這廝怎敢打奪了凶身？」唐牛兒告道：「小人不知前後因依。只因昨夜去尋宋江搪碗酒吃，被這閻婆叉小人出來。今早小人自出來賣糟薑，遇見閻婆結扭押司在縣前。小人見了，不合去勸他，他便走了。卻不知他殺死他女兒的緣由。」知縣喝道：「胡說！宋江是個君子誠實的人，如何肯造次殺人？這人命之事必然在你身上。左右在那裡？」便喚當廳公吏。

當下傳上押司張文遠來，見說閻婆告宋江殺了他女兒，正是我的表子。隨即取各人口詞，就替閻婆寫了狀子，疊了一宗案。便喚當地方仵作、行人並坊廂、里正、鄰佑一干人等，來到閻婆家。開了門，取屍首，登場檢驗了。身邊放著行兇刀子一把。當時再三看驗得，係是生前項上被刀勒死，眾人登場了當，屍首把棺木盛了，寄放寺院裡，將一干人帶到縣裡。知縣卻和宋江最好，有心要出脫他，只把唐牛兒再三推問。唐牛兒供道：「小人並不知前後。」知縣道：「你這廝如何隔夜去他家尋鬧？一定你有干涉！」唐牛兒告道：「小人一時撞去搪碗酒吃。」知縣道：「胡說！打這廝。」左右兩邊狼虎一般公人，把這唐牛兒一索綑翻了。打到三、五十，前後語言一般。知縣明知他不知情，一心要救宋江，只把他來勘問，且叫取一面枷來釘了，禁在牢裡。那張文遠上廳來稟道：「雖然如此，見有刀子，是宋江的壓衣刀，必須去拿宋江來對問，便有下落。」知縣見他三、五次來稟，遮掩不住，只得差人去宋江下處捉拿。宋江已自在逃去了。只拿得幾家鄰人來回話：「凶身宋江在逃，不知去向。」張文遠又稟道：「犯人宋江逃去，他父親宋太公並兄弟宋清現下宋家村居住，可以勾追到官，責限比捕，跟尋宋江到官理問。」知縣本不肯行移，只要朦朧做在唐牛兒身上，日後自慢慢地出他。怎當這張文遠立主文案，唆使閻婆上廳，只管來告。知縣情知阻擋不住，只得押紙公文，差三、兩個做公的，去宋家莊勾追宋太公，並兄弟宋清。

公人領了公文，來到宋家村宋太公莊上。太公出來迎接。至草廳上坐定。公人將出文書，遞與太公看了。宋太公道：「上下請坐，容老漢告稟：老漢祖代務農，守此田園過活。不孝之子宋江，自小忤逆，不肯本分生理，要去做吏，百般說他不從。因此，老漢數年前，本縣官長處告了他忤逆，出了他籍，不在老漢戶內人數。他自在縣裡住居，老漢自和孩兒宋清在此荒村，守些田畝過活。他與老漢水米無交，並無干涉。老漢也怕他做出事來，連累不便。因此，在前官手裡告了執憑文帖，在此存照。老漢取來教上下看。」眾公人都是和宋江好的，明知道這個是預先開的門路，苦死不肯做冤家。眾人回說道：「太公既有執憑，把將來我們看，抄去縣裡回話。」太公隨即宰殺些雞、鵝，置酒款待了眾人，齎發了十數兩銀子，取出執憑公文，教他眾人抄了。

眾公人相辭了宋太公，自回縣去回知縣的話，說道：「宋太公三年前出了宋江的籍，告了執憑文帖，現有抄白在此，難以勾捉。」知縣又是要出脫宋江的，便道：「既有執憑公文，他又別無親族，只可出一千貫賞錢，行移諸處，海捕捉拿便了。」張三又挑唆閻婆去廳上，披頭散髮來告道：「宋江實是宋清隱藏在家，不令出官。相公如何不與老身做主，去拿宋江？」知縣喝道：「他父親已自三年前告了他忤逆在官，出了他籍，現有執憑公文存照，如何拿得他父親、兄弟比捕？」閻婆告道：「相公，誰不知道他叫做孝義黑三郎？這執憑是個假的。只是相公做主則個！」知縣道：「胡說！前官手裡押的印信公文，如何是假的？」閻婆在廳下叫屈叫苦，哽哽咽咽地假哭，告道：「相公，人命大如天。若不肯與老身做主時，只得去州裡告狀。只是我女兒死得甚苦！」那張三又上廳來替他稟道：「相公不與他行移拿人時，這閻婆上司去告狀，倒是利害。倘或來提問時，小吏難去回話。」知縣情知有理，只得押了一紙公文，便差朱仝、雷橫二都頭當廳發落：「你等可帶多人去宋家村大戶莊上，搜捉犯人宋江來。」

朱、雷二都頭領了公文，便來點起士兵四十餘人，逕奔宋家莊上來。宋太公得知，慌忙出來迎接。朱仝、雷橫二人說道：「太公休怪我們。上司差遣，蓋不由己。你的兒子押司現在何處？」宋太公道：「兩位都頭在上，我這逆子宋江，他和老漢並無干涉。前官手裡已告開了他，現告的執憑在此。已與宋江三年多各戶另籍，不同老漢一家過活，亦不曾回莊上來。」朱仝道：「雖然如此，我們憑書請客，奉帖勾人，難憑你說不在莊上。你等我們搜一搜看，好去回話。」便叫士兵三、四十人圍了莊院。「我自把定前門。雷都頭，你先入去搜。」雷橫便入進裡面，莊前莊後搜了一遍，出來對朱仝說道：「端的不在莊裡。」朱仝道：「我只是放心不下。雷都頭，你和眾弟兄把了門。我親自細細地搜一遍。」宋太公道：「老漢是個識法度的人，如何敢藏在莊上！」朱仝道：「這個是人命的公事，你卻嗔怪我們不得。」太公道：「都頭尊便。自細細地去搜。」朱仝道：「雷都頭，你監著太公在這裡，休教他走動。」

朱仝自進莊裡，把朴刀倚在壁裡，把門來拴了。走入佛堂內去，把供床拖在一邊，揭起那片地板來。板底下有條索頭。將索子頭只一拽，銅鈴一聲響。宋江從地窨裡鑽將出來，見了朱仝，吃了一驚。朱仝道：「公明哥哥，休怪小弟捉你。只為你閒常和我最好，有的事都不相瞞，一日酒中，兄長曾說道：『我家佛堂底下有個地子，上面供的三世佛。佛座下有片地板蓋著，上面壓著供床。你有些緊急之事，可來這裡躲避。』小弟那時聽說，記在心裡。今日本縣知縣差我和雷橫兩個來時，沒奈何，要瞞生人眼目。相公有些覷兄長之心，只是被張三和這婆子在廳上發言發語道，本縣不做主時，定要在州裡告狀。因此上又差我兩個來搜你莊上。我只怕雷橫執著，不會周全人，倘或見了兄長，沒個做圓活處。因此小弟賺他在莊前，一逕自來和兄長說話。此地雖好，也不是安身之處。倘或有人知得，來這裡搜著，如之奈何？」宋江道：「我也自這般尋思。若不是賢兄如此周全，宋江定遭縲絏之厄！」朱仝道：「休如此說。兄長卻投何處去好？」宋江道：「小可尋思有三個安身之處：一是滄州橫海郡小旋風柴進莊上，二乃是青州清風寨小李廣花榮處，三者是白虎山孔太公莊上。他有兩個孩兒：長男叫做『毛頭星』孔明，次子叫做『獨火星』孔亮，多曾來縣裡相會。那三處在這裡躊躇未定，不知投何處去好。」朱仝道：「兄長可以作急尋思，當行即行。今晚便可動身，切勿遲延自誤！」宋江道：「上下官司之事，全望兄長維持，金帛使用只顧來取。」朱仝道：「這事放心，都在我身上。兄長只顧安排去路。」宋江謝了朱仝，再入地窨子去。

朱仝依舊把地板蓋上，還將供床壓了，開門拿朴刀，出來說道：「真個沒在莊裡。」叫道：「雷都頭，我們只拿了宋太公去，如何？」雷橫見說要拿宋太公去，尋思：「朱仝那人和宋江最好。他怎地顛倒要拿宋太公，這話一定是反說。他若再提起，我落得做人情！」朱仝、雷橫叫了士兵都入草堂上來。宋太公慌忙置酒款待眾人。朱仝道：「休要安排酒食。且請太公和四郎同到本縣裡走一遭。」雷橫道：「四郎如何不見？」宋太公道：「老漢使他去近村打些農器，不在莊裡。宋江那廝，自三年前，已把這逆子告出了戶，現有一紙執憑公文在此存照。」朱仝道：「如何說得過？我兩個奉知縣臺旨，叫拿你父子二人，自去縣裡回話！」雷橫道：「朱都頭，你聽我說。宋押司他犯罪過，其中必有緣故，也未便該死罪。既然太公已有執憑公文，係是印信官文書，又不是假的，我們須看押司日前交往之面，權且擔負他些個，只抄了執憑去回話便了。」朱仝尋思道：「我自反說，要他不疑！」朱仝道：「既然兄弟這般說了，我沒來由做甚麼惡人。」宋太公謝了，道：「深感二位都頭相覷！」隨即排下酒食，犒賞眾人，將出二十兩銀子，送與兩位都頭。朱仝、雷橫堅執不受，把來散與眾人，四十個士兵分了，抄了一張執憑公文，相別了宋太公，離了宋家村。朱、雷二位都頭引了一行人回縣去了。

縣裡知縣正值升廳，見朱仝、雷橫回來了，便問緣由。兩個稟道：「莊前莊後，四圍村坊，搜遍了二次，其實沒這個人。宋太公臥病在床，不能動止，早晚臨危。宋清已自前月出外未回。因此，只把執憑抄白在此。」知縣道：「既然如此，……」一面申呈本府，一面動了紙海捕文書，不在話下。縣裡有那一等和宋江好的相交之人，都替宋江去張三處說開。那張三也耐不過眾人面皮，況且婆娘已死了，張三平常亦受宋江好處。因此也只得罷了。朱仝自湊些錢物把與閻婆，教他不要去州裡告狀。這婆子也得了些錢物，沒奈何，只得依允了。朱仝又將若干銀兩教人上州裡去使用，文書不要駁將下來。又得知縣一力主張，出一千貫賞錢，行移開了一個海捕文書，只把唐牛兒問做成個「故縱凶身在逃」，脊杖二十，刺配五百里外。干連的人，盡數保放寧家。

且說宋江，他是個莊農之家，如何有這地窖子？原來故宋時，為官容易，做吏最難。為甚的為官容易？皆因那時朝廷奸臣當道，讒佞專權，非親不用，非財不取。為甚做吏最難？那時做押司的，但犯罪責，輕則刺配遠惡軍州，重則抄扎家產，結果了殘生性命。以此預先安排下這般去處躲身。又恐連累父母，教爹娘告了忤逆，出了籍冊，各戶另居，官給執憑公文存照，不相來往，卻做家私在屋裡。宋時多有這般算的。

且說宋江從地窨子出來，和父親、兄弟商議：「今番不是朱仝相覷，須吃官司。此恩不可忘報。如今我和兄弟兩個且去逃難。天可憐見，若遇寬恩大赦，那時回來，父子相見。父親可使人暗暗地送些金銀去與朱仝，央他上下使用，及資助閻婆些少，免得他上司去告擾。」太公道：「這事不用你憂心。你自和兄弟宋清在路小心。若到了彼處，那裡使個得托的人，寄封信來。」當晚弟兄兩個拴束包裹。到四更時分起來，洗漱罷，吃了早飯，兩個打扮動身，宋江戴著白范陽氈笠兒，上穿白緞子衫，繫一條梅紅縱線絛，下面纏腳襯著多耳麻鞋。宋清做伴當打扮，背了包裹。都出草廳前拜辭了父親。只見宋太公淚不住，又吩咐道：「你兩個前程萬里，休得煩惱！」宋江、宋清卻吩咐大小莊客：「早晚殷勤服侍太公，休教飲食有缺。」弟兄兩個各跨了一口腰刀，都拿了一條朴刀，逕出離了宋家村。兩個取路登程，正遇著秋末冬初。但見：

柄柄芰荷枯，葉葉梧桐墜。
蛩吟腐草中，雁落平沙地。
細雨濕楓林，霜重寒天氣。
不是路行人，怎諳秋滋味。

弟兄兩個行了數程，在路上思量道：「我們卻投奔兀誰的是？」宋清答道：「我只聞江湖上人傳說滄州橫海郡柴大官人名字，說他是大周皇帝嫡派子孫，只不曾拜識。何不只去投奔他？人說他仗義疏財，專一結識天下好漢，救助遭配的人，是個現世的孟嘗君。我兩個只奔他去。」宋江道：「我也心裡是這般思想。他雖和我常常書信來往，無緣分上，不曾得會。」兩個商量了，逕往滄州路上來。途中免不得登山涉水，過府衝州。但凡客商在路，早晚安歇，有兩件事免不得：吃癩子碗，睡死人床！

且把閒話提過，只說正話。宋江弟兄兩個，不則一日，來到滄州界分，問人道：「柴大官人莊在何處？」問了地名，一逕投莊前來，便問莊客：「柴大官人在莊上也不？」莊客答道：「大官人在東莊上收租米，不在莊上。」宋江便問：「此間到東莊有多少路？」莊客道：「有四十餘里。」宋江道：「從何處落路去？」莊客道：「不敢動問二位官人高姓？」宋江道：「我是鄆城縣宋江的便是。」莊客道：「莫不是及時雨宋押司麼？」宋江道：「便是。」莊客道：「大官人是常說大名，只怨悵不能相會。既是宋押司時，小人引去。」莊客慌忙便領了宋江、宋清逕投東莊來。沒三個時辰，早來到東莊。莊客道：「二位官人且在此亭子坐一坐，待小人去通報大官人出來相接。」宋江道：「好。」自和宋清在山亭上倚了朴刀，解了腰刀，歇了包裹，坐在亭子上。那莊客入去不多時，只見那座中間莊門大開，柴大官人引著三、五個伴當，慌忙跑將出來，亭子上與宋江相見。柴大官人見了宋江，拜在地下，口稱道：「端的想殺柴進！天幸今日甚風吹得到此，大慰平生渴仰之念，多幸！多幸！」宋江也拜在地下，答道：「宋江疏頑小吏，今日特來相投。」柴進扶起宋江來，口裡說道：「昨夜燈花，今日鵲噪，不想卻是貴兄降臨。」滿臉堆下笑來。

宋江見柴進接得意重，心裡甚喜。便喚弟兄宋清也相見了。柴進喝叫伴當，收拾了宋押司行李，在後堂西軒下歇處。柴進攜住宋江的手，入到裡面正廳上，分賓主坐定。柴進道：「不敢動問。聞知兄長在鄆城縣勾當，如何得暇來到荒村敝處？」宋江答道：「久聞大官人大名，如雷貫耳。雖然節次收得華翰，只恨賤役無閒，不能夠相會。今日宋江不才，做出一件沒出豁的事來。弟兄二人尋思，無處安身，想起大官人仗義疏財，特來投奔。」柴進聽罷，笑道：「兄長放心！遮莫做下十惡大罪，既到敝莊，俱不用憂心。不是柴進誇口，任他捕盜官軍，不敢正眼兒覷著小莊。」宋江便把殺了閻婆惜的事，一一告訴了一遍。柴進笑將起來，說道：「兄長放心。便殺了朝廷的命官，劫了府庫的財物，柴進也敢藏在莊裡。」說罷，便請宋江弟兄兩個洗浴。隨即將出兩套衣服巾幘，絲鞋淨襪，教宋江兄弟兩個換了出浴的舊衣裳。兩個洗了浴，都穿了新衣服。莊客自把宋江弟兄的舊衣裳送在歇宿處。柴進邀宋江去後堂深處，已安排下酒食了，便請宋江正面坐地。柴進對席。宋清有宋江在上，側首坐了。三人坐定，有十數個近上的莊客並幾個主管，輪替著把盞，服侍勸飲。柴進再三勸宋江弟兄寬懷飲幾杯，宋江稱謝不已。酒至半酣，三人各訴胸中朝夕相愛之念。看看天色晚了，點起燈燭。宋江辭道：「酒止。」柴進那裡肯放，直到初更左右。宋江起身去淨手。柴進喚一個莊客，提盞燈籠，引領宋江東廊盡頭處去淨手。便道：「我且躲杯酒。」大寬轉穿出前面廊下來，俄延走著，卻轉到東廊前面。宋江已有八分酒，腳步趄了，只顧踏去。那廊下有一個大漢，因害瘧疾，擋不住那寒冷，把一鍁火在那裡向。宋江仰著臉，只顧踏將去，正跐在火鍁柄上。把那火裡炭火都掀在那漢臉上。那漢吃了一驚，驚出一身汗來。那漢氣將起來，把宋江劈胸揪住，大喝道：「你是甚麼鳥人！敢來消遣我！」宋江也吃了一驚。

正分說不得，那個提燈籠的莊客慌忙叫道：「不得無禮！這位是大官人最相待的客官！」那漢道：「『客官』！『客官』！我初來時也是『客官』！也曾最相待過。如今卻聽莊客搬口，便疏慢了我，正是『人無千日好，花無百日紅』！」卻待要打宋江。那莊客撇了燈籠，便向前來勸。正勸不開，只見兩、三盞燈籠飛也似來。柴大官人親趕到，說：「我接不著押司，如何卻在這裡鬧？」那莊客便把跐了火鍁的事說一遍。柴進說道：「大漢，你不認得這位奢遮的押司？」那漢道：「奢遮，奢遮！問他敢比得我鄆城宋押司少些兒！」柴進大笑道：「大漢，你認得宋押司不？」那漢道：「我雖不曾認得，江湖上久聞他是個及時雨宋公明，是個天下聞名的好漢！」柴進問道：「如何見得他是天下聞名的好漢？」那漢道：「卻才不說了，他便是真大丈夫，有頭有尾，有始有終！我如今只等病好時，便去投奔他。」柴進道：「你要見他麼？」那漢道：「不要見他說甚的？」柴進道：「大漢，遠便十萬八千里，近便只在你面前。」柴進指著宋江，便道：「此位便是及時雨宋公明。」那漢道：「真個也不是？」宋江道：「小可便是宋江。」那漢定睛看了看，納頭便拜，說道：「我不信今日早與兄長相見！」宋江道：「何故如此錯愛？」那漢道：「卻才甚是無禮，萬望恕罪！有眼不識泰山！」跪在地下，那裡肯起來。宋江慌忙扶住道：「足下高姓大名？」柴進指那漢，說出他姓名，何處人氏。有分教：山中猛虎，見時魄散魂離；林下強人，撞著心驚膽裂。正是：

說開星月無光彩，道破江山水倒流。

畢竟柴大官人說出那漢還是何人？且聽下回分解。

第二十三回　橫海郡柴進留賓　景陽岡武松打虎

話說宋江因躲一杯酒，去淨手了。轉出廊下來，跐了火鍁柄，引得那漢焦躁，跳將起來就欲要打宋江。柴進趕將出來，偶叫起宋押司，因此露出姓名來。那大漢聽得是宋江，跪在地下那裡肯起，說道：「小人『有眼不識泰山』！一時冒瀆兄長，望乞恕罪！」宋江扶起那漢，問道：「足下是誰？高姓大名？」柴進指著道：「這人是清河縣人氏，姓武名松，排行第二。已在此間一年了。」宋江道：「江湖上多聞說武二郎名字，不期今日卻在這裡相會。多幸！多幸！」柴進道：「偶然豪傑相聚，實是難得。就請同做一席說話。」宋江大喜，攜住武松的手，一同到後堂席上，便喚宋清與武松相見。柴進便邀武松坐地。宋江連忙讓他一同在上面坐。武松那裡肯坐。謙了半晌，武松坐了第三位。柴進教再整杯盤來，勸三人痛飲。宋江在燈下看那武松時，果然是一條好漢。但見：

身軀凜凜，相貌堂堂。一雙眼光射寒星，兩彎眉渾如刷漆。胸脯橫闊，有萬夫難敵之威風；語話軒昂，吐千丈凌雲之志氣。心雄膽大，似撼天獅子下雲端；骨健筋強，如搖地貔貅臨座上。如同天上降魔主，真是人間太歲神。

當下宋江在燈下看了武松這表人物，心中甚喜，便問武松道：「二郎因何在此？」武松答道：「小弟在清河縣，因酒後醉了，與本處機密相爭，一時間怒起，只一拳打得那廝昏沈，小弟只道他死了，因此，一逕地逃來投奔大官人處，來躲災避難，今已一年有餘。後來打聽得那廝卻不曾死，救得活了。今欲正要回鄉去尋哥哥，不想染患瘧疾，不能夠動身回去。卻才正發寒冷，在那廊下向火，被兄長跐了鍁柄；吃了那一驚，驚出一身冷汗，敢怕病倒好了。」宋江聽了大喜。當夜飲至三更。酒罷，宋江就留武松在西軒下做一處安歇。次日起來，柴進安排席面，殺羊宰豬，款待宋江，不在話下。過了數日，宋江取出些銀兩與武松做衣裳。柴進知道，那裡肯要他壞錢，自取出一箱緞疋紬絹，門下自有針工，便教做三人的稱體衣裳。

說話的，柴進因何不喜武松？原來武松初來投奔柴進時，也一般接納款待。次後在莊上，但吃醉了酒，性氣剛，莊客有些管顧不到處，他便要下拳打他們。因此，滿莊裡莊客沒一個道他好。眾人只是嫌他，都去柴進面前，告訴他許多不是處。柴進雖然不趕他，只是相待得他慢了。卻得宋江每日帶挈他一處，飲酒相陪，武松的前病都不發了。

相伴宋江住了十數日，武松思鄉，要回清河縣看望哥哥。柴進、宋江兩個都留他再住幾時。武松道：「小弟因哥哥多時不通訊息，只得要去望他。」宋江道：「實是二郎要去，不敢苦留。如若得閒時，再來相會幾時。」武松相謝了宋江。柴進取出些金銀送與武松。武松謝道：「實是多多相擾了大官人！」武松縛了包裹，拴了哨棒要行，柴進又治酒食送路。武松穿了一領新衲紅綉襖，戴著個白范陽氈笠兒，背上包裹，提了哨棒，相辭了便行。宋江道：「賢弟少等一等。」回到自己房內，取了些銀兩，趕出到莊門前來，說道：「我送兄弟一程。」宋江和兄弟宋清兩個，等武松辭了柴大官人，宋江也道：「大官人，暫別了便來。」三個離了柴進東莊，行了五、七里路，武松作別道：「尊兄，遠了，請回。柴大官人必然專望。」宋江道：「何妨再送幾步。」

路上說些閒話，不覺又過了三、二里。武松挽住宋江手道：「尊兄不必遠送。常言道：『送君千里，終須一別。』」宋江指著道：「容我再行幾步。兀那官道上有個小酒店，我們吃三鍾了作別。」三個來到酒店裡，宋江上首坐了；武松倚了哨棒，下席坐了。宋清橫頭坐定，便叫酒保打酒來，且買些盤饌、果品、菜蔬之類，都搬來擺在桌上。三人飲了幾杯，看看紅日半西，武松便道：「天色將晚，哥哥不棄武二時，就此受武二四拜，拜為義兄。」宋江大喜。武松納頭拜了四拜。宋江叫宋清身邊取出一錠十兩銀子，送與武松。武松那裡肯受，說道：「哥哥，客中自用盤費。」宋江道：「賢弟不必多慮。你若推卻，我便不認你做兄弟。」武松只得拜受了，收放纏袋裡。宋江取些碎銀子還了酒錢，武松拿了哨棒，三個出酒店前來作別。武松墮淚，拜辭了自去。宋江和宋清立在酒店門前，望武松不見了方才轉身回來。行不到五里路頭，只見柴大官人騎著馬，背後牽著兩匹空馬來接。宋江見了大喜，一同上馬回莊上來。下了馬，請入後堂飲酒。宋江弟兄兩個自此只在柴大官人莊上。

話分兩頭。只說武松自與宋江分別之後，當晚投客店歇了。次日早，起來打火吃了飯，還了房錢，拴束包裹，提了哨棒，便走上路；尋思道：「江湖上只聞說及時雨宋公明，果然不虛。結識得這般弟兄，也不枉了！」武松在路上行了幾日，來到陽谷縣地面。此去離縣治還遠。當日晌午時分，走得肚中飢渴，望見前面有一個酒店，挑著一面招旗在門前，上頭寫著五個字道：「三碗不過岡」。武松入到裡面坐下，把哨棒倚了，叫道：「主人家，快把酒來吃。」只見店主人把三只碗、一雙箸、一碟熟菜，放在武松面前，滿滿篩一碗酒來。武松拿起碗一飲而盡，叫道：「這酒好生有氣力！主人家，有飽肚的，買些吃酒。」酒家道：「只有熟牛肉。」武松道：「好的，切二、三斤來吃酒。」店家去裡面切出二斤熟牛肉，做一大盤子，將來放在武松面前；隨即再篩一碗酒。武松吃了道：「好酒！」又篩下一碗。恰好吃了三碗酒，再也不來篩。武松敲著桌子，叫道：「主人家，怎的不來篩酒？」酒家道：「客官，要肉便添來。」武松道：「我也要酒，也再切些肉來。」酒家道：「肉便切來添與客官吃，酒卻不添了。」武松道：「卻又作怪！」便問主人家道：「你如何不肯賣酒與我吃？」酒家道：「客官，你須見我門前招旗上面明明寫道：『三碗不過岡』。」武松道：「怎地喚作『三碗不過岡』？」酒家道：「俺家的酒雖是村酒，卻比老酒的滋味，但凡客人，來我店中吃了三碗的，便醉了，過不得前面的山岡去，因此喚作『三碗不過岡』。若是過往客人到此，只吃三碗，便不再問。」武松笑道：「原來恁地！我卻吃了三碗，如何不醉？」酒家道：「我這酒，叫做『透瓶香』，又喚作『出門倒』。初入口時，醇濃好吃，少刻時便倒。」武松道：「休要胡說！沒地不還你錢！再篩三碗來我吃！」

酒家見武松全然不動，又篩三碗。武松吃道：「端的好酒！主人家，我吃一碗還你一碗酒錢，只顧篩來。」酒家道：「客官休只管要飲。這酒端的要醉倒人，沒藥醫！」武松道：「休得胡鳥說！便是你使蒙汗藥在裡面，我也有鼻子！」店家被他發話不過，一連又篩了三碗。武松道：「肉便再把二斤來吃。」酒家又切了二斤熟牛肉，再篩了三碗酒。武松吃得口滑，只顧要吃。去身邊取出些碎銀子，叫道：「主人家，你且來看我銀子！還你酒肉錢夠麼？」酒家看了道：「有餘，還有些貼錢與你。」武松道：「不要你貼錢，只將酒來篩。」酒家道：「客官，你要吃酒時，還有五、六碗酒哩！只怕你吃不得了。」武松道：「就有五、六碗多時，你盡數篩將來。」酒家道：「你這條長漢倘或醉倒了時，怎扶得你住！」武松答道：「要你扶的，不算好漢！」酒家那裡肯將酒來篩。武松焦躁道：「我又不白吃你的！休要引老爺性發，通教你屋裡粉碎！把你這鳥店子倒翻轉來！」酒家道：「這廝醉了，休惹他。」再篩了六碗酒與武松吃了。前後共吃了十八碗，綽了哨棒，立起身來，道：「我卻又不曾醉！」走出門前來，笑道：「卻不說『三碗不過岡』！」手提哨棒便走。

酒家趕出來叫道：「客官，那裡去？」武松立住了，問道：「叫我做甚麼？我又不少你酒錢，喚我怎地？」酒家叫道：「我是好意。你且回來我家看抄白官司榜文。」武松道：「甚麼榜文？」酒家道：「如今前面景陽岡上有隻吊睛白額大蟲，晚了出來傷人，壞了三、二十條大漢性命。官司如今杖限獵戶擒捉發落。岡子路口都有榜文，可教往來客人結夥成隊，於巳、午、未，三個時辰過岡；其餘寅、卯、申、酉、戌、亥六個時辰不許過岡。更兼單身客人，務要等伴結夥而過。這早晚正是未末申初時分，我見你走都不問人，枉送了自家性命。不如就我此間歇了，等明日慢慢湊得三、二十人，一齊好過岡子。」武松聽了，笑道：「我是清河縣人氏，這條景陽岡上少也走過了一、二十遭，幾時見說有大蟲，你休說這般鳥話來嚇我！便有大蟲，我也不怕。」酒家道：「我是好意救你，你不信時，進來看官司榜文。」武松道：「你鳥做聲！便真個有虎，老爺也不怕！你留我在家裡歇，莫不半夜三更，要謀我財，害我性命，卻把鳥大蟲唬嚇我？」酒家道：「你看麼！我是一片好心，反做惡意，倒落得你恁地！你不信我時，請尊便自行！」一面說，一面搖著頭，自進店裡去了。

這武松提了哨棒，大著步，自過景陽岡來。約行了四、五里路，來到岡子下，見一大樹，刮去了皮，一片白，上寫兩行字。武松也頗識幾字，抬頭看時，上面寫道：「近因景陽岡大蟲傷人，但有過往客商可於巳、午、未，三個時辰結夥成隊過岡，請勿自誤。」武松看了笑道：「這是酒家詭詐，驚嚇那等客人，便去那廝家裡歇宿。我卻怕甚麼鳥！」橫拖著哨棒，便上岡子來。那時已有申牌時分，這輪紅日厭厭地相傍下山。武松乘著酒興，只管走上岡子來。走不到半里多路，見一個敗落的山神廟。行到廟前，見這廟門上貼著一張印信榜文。武松住了腳讀時，上面寫道：

陽谷縣示：為景陽岡上，新有一隻大蟲傷害人命，現今杖限各鄉里正並獵戶人等，行捕未獲。如有過往客商人等，可於巳、午、未三個時辰結伴過岡；其餘時分，及單身客人，不許過岡，恐被傷害性命。各宜知悉。

武松讀了印信榜文，方知端的有虎。欲待轉身再回酒店裡來，尋思道：「我回去時須吃他恥笑不是好漢，難以轉去。」存想了一回，說道：「怕甚麼鳥！且只顧上去看怎地！」武松正走，看看酒湧上來，便把氈笠兒掀在脊梁上，將哨棒綰在肋下，一步步上那岡子來。回頭看這日色時，漸漸地墜下去了。此時正是十月間天氣，日短夜長，容易得晚。武松自言自說道：「那得甚麼大蟲？人自怕了，不敢上山。」武松走了一直，酒力發作，焦熱起來，一隻手提哨棒，一隻手把胸膛前袒開，踉踉蹌蹌，直奔過亂樹林來。見一塊光撻撻大青石，把那哨棒倚在一邊，放翻身體，卻待要睡，只見發起一陣狂風。古人有四句詩單道那風：

無形無影透人懷，四季能吹萬物開。
就樹撮將黃葉去，入山推出白雲來。

那一陣風過了，只聽得亂樹背後撲地一聲響，跳出一隻吊睛白額大蟲來。武松見了，叫聲：「啊呀！」從青石上翻將下來，便拿那條哨棒在手裡，閃在青石邊。那大蟲又飢又渴，把兩隻爪在地上略按一按，和身望上一撲，從半空裡攛將下來。武松被那一驚，酒都作冷汗出了。說時遲，那時快，武松見大蟲撲來，只一閃，閃在大蟲背後。那大蟲背後看人最難，便把前爪搭在地下，把腰胯一掀，掀將起來。武松只一閃，閃在一邊。大蟲見掀他不著，吼一聲，卻似半天裡起個霹靂，振得那山岡也動，把這鐵棒也似虎尾倒豎起來只一剪。武松卻又閃在一邊。原來那大蟲拿人只是一撲、一掀、一剪。三般捉不著時，氣性先自沒了一半。那大蟲又剪不著，再吼了一聲，一兜兜將回來。武松見那大蟲復翻身回來，雙手掄起哨棒，盡平生氣力，只一棒，從半空劈將下來。只聽得一聲響，簌簌地將那樹連枝帶葉劈臉打將下來。定睛看時，一棒劈不著大蟲，原來打急了，正打在枯樹上，把那條哨棒折做兩截，只拿得一半在手裡。那大蟲咆哮，性發起來，翻身又只一撲，撲將來。武松又只一跳，卻退了十步遠。那大蟲恰好把兩隻前爪搭在武松面前。武松將半截棒丟在一邊，兩隻手就勢把大蟲頂花皮胳膊地揪住，一按按將下來。那隻大蟲急要掙扎，被武松盡力氣納定，那裡肯放半點兒鬆寬。武松把隻腳望大蟲面門上、眼睛裡只顧亂踢。那大蟲咆哮起來，把身底下爬起兩堆黃泥，做了一個土坑。武松把大蟲嘴直按下黃泥坑裡去。那大蟲吃武松奈何得沒了些氣力。武松把左手緊緊地揪住頂花皮，偷出右手來，提起鐵錘般大小拳頭，盡平生之力，只顧打。打到五、七十拳，那大蟲眼裡、口裡、鼻子裡、耳朵裡，都迸出鮮血來，更動彈不得，只剩口裡兀自氣喘。有一篇古風單道景陽岡武松打虎：

景陽岡頭風正狂，萬里陰雲霾日光。
觸目晚霞掛林藪，侵人冷霧彌穹蒼。
忽聞一聲霹靂響，山腰飛出獸中王。
昂頭踴躍逞牙爪，麋鹿之屬皆奔忙。

清河壯士酒未醒，岡頭獨坐忙相迎。
上下尋人虎飢渴，一掀一撲何猙獰！
虎來撲人似山倒，人往迎虎如岩傾。
臂腕落時墜飛炮，爪牙爬處成泥坑。
拳頭腳尖如雨點，淋漓兩手猩紅染。
腥風血雨滿松林，散亂毛鬚墜山奄。
近看千鈞勢有餘，遠觀八面威風斂。
身橫野草錦斑銷，緊閉雙睛光不閃。

武松放了手，來松樹邊尋那打折的哨棒，拿在手裡。只怕大蟲不死，把棒橛又打了一回。眼見氣都沒了，方才丟了棒，尋思道：「我就地拖得這死大蟲下岡子去。」就血泊裡雙手來提時，那裡提得動。原來使盡了氣力，手腳都酥軟了。武松再來青石上坐了半歇，尋思道：「天色看看黑了，倘或又跳出一隻大蟲來時，卻怎地鬥得他過？且掙扎下岡子去，明早卻來理會。」就石頭邊尋了氈笠兒，轉過亂樹林邊，一步步捱下岡子來。走不到半里多路，只見枯草中又鑽出兩隻大蟲來。武松道：「啊呀！我今番罷了！」只見那兩隻大蟲在黑影裡直立起來。

武松定睛看時，卻是兩個人，把虎皮縫作衣裳，緊緊繃在身上，手裡各拿著一條五股叉，見了武松，吃一驚道：「你……那……人……吃了㺀律心、豹子膽、獅子腿，膽倒包著身軀！如何敢獨自一個，昏黑將夜，又沒器械，走過岡子來！你……你……你……是人？是鬼？」武松道：「你兩個是甚麼人？」那個人道：「我們是本處獵戶。」武松道：「你們上嶺上來做甚麼？」兩個獵戶失驚道：「你兀自不知哩！今景陽岡上有一隻極大的大蟲，夜夜出來傷人！只我們獵戶也折了七、八個，過往客人不計其數，都被這畜生吃了！本縣知縣著落當鄉里正和我們獵戶人等捕捉。那業畜勢大難近，誰敢向前！我們為他正不知吃了多少限棒，只捉他不得！今夜又該我們兩個捕獵，和十數個鄉夫在此，上上下下，放了窩弓藥箭等他，正在這裡埋伏，卻見你大剌剌地從岡子上走將下來，我兩個吃了一驚。你卻正是甚人？曾見大蟲麼？」武松道：「我是清河縣人氏，姓武，排行第二。卻才岡子上亂樹林邊，正撞見那大蟲，被我一頓拳腳打死了。」兩個獵戶聽得癡呆了，說道：「怕沒這話？」武松道：「你不信時，只看我身上兀自有血跡。」兩個道：「怎地打來？」武松把那打大蟲的本事再說了一遍。兩個獵戶聽了，又喜又驚，叫攏那十個鄉夫來。只見這十個鄉夫都拿著鋼叉、踏弩、刀槍，隨即攏來。武松問道：「他們眾人如何不隨你兩個上山？」獵戶道：「便是那畜生利害，他們如何敢上來！」一夥十數個人都在面前。兩個獵戶叫武松把打大蟲的事說向眾人。眾人都不肯信。武松道：「你眾人不信時，我和你去看便了。」眾人身邊都有火刀、火石，隨即發出火來，點起五、七個火把。眾人都跟著武松一同再上岡子來，看見那大蟲做一堆兒死在那裡。眾人見了大喜，先叫一個去報知本縣里正並該管上戶。

這裡五、七個鄉夫自把大蟲縛了，抬下岡子來。到得嶺下，早有七、八十人都哄將起來，先把死大蟲抬在前面，將一乘兜轎抬了武松，投本處一個上戶家來。那上戶里正都在莊前迎接。把這大蟲扛到草廳上。卻有本鄉上戶。本鄉獵戶，三、二十人，都來相探武松。眾人問道：「壯士高姓大名？貴鄉何處？」武松道：「小人是此間鄰郡清河縣人氏。姓武名松，排行第二。因從滄州回鄉來，昨晚在岡子那邊酒店吃得大醉了，上岡子來，正撞見這畜生。」把那打虎的身分、拳腳細說了一遍。眾上戶道：「真乃英雄好漢！」眾獵戶先把野味將來與武松把杯。武松因打大蟲睏乏了，要睡。大戶便叫莊客打併客房，且教武松歇息。到天明，上戶先使人去縣裡報知，一面合具虎床，安排端正，迎接縣裡去。

天明，武松起來，洗漱罷，眾多上戶牽一羫羊，挑一擔酒，都在廳前伺候。武松穿了衣裳，整頓巾幘，出到前面，與眾人相見。眾上戶把盞，說道：「被這畜生正不知害了多少人性命，連累獵戶，吃了幾頓限棒！今日幸得壯士來到，除了這個大害！第一，鄉中人民有福，第二，客侶通行，實出壯士之賜！」武松謝道：「非小子之能，托賴眾長上福蔭。」眾人都來作賀。吃了一早晨酒食，抬出大蟲，放在虎床上。眾鄉村上戶，都把緞疋花紅來掛與武松。武松有些行李包裹，寄在莊上。一齊都出莊門前來。早有陽谷縣知縣相公使人來接武松。都相見了，叫四個莊客將乘涼轎來抬了武松，把那大蟲扛在前面，也掛著花紅緞疋，迎到陽谷縣裡來。

那陽谷縣民眾，聽得說一個壯士打死了景陽岡上大蟲，迎喝了來，皆出來看，哄動了那個縣治。武松在轎上看時，只見亞肩疊背，鬧鬧攘攘，屯街塞巷，都來看迎大蟲。到縣前衙門口，知縣已在廳上專等，武松下了轎。扛著大蟲，都到廳前，放在甬道上。知縣看了武松這般模樣，又見了這個老大錦毛大蟲，心中自忖道：「不是這個漢，怎地打得這個虎！」便喚武松上廳來。武松去廳前，聲了喏。知縣問道：「你那打虎的壯士，你卻說怎生打了這個大蟲？」武松就廳前，將打虎的本事說了一遍。廳上廳下眾多人等都驚得呆了。知縣就廳上賜了幾杯酒，將出上戶湊的賞賜錢一千貫給與武松，武松稟道：「小人托賴相公的福蔭，偶然僥倖打死了這個大蟲，非小人之能，如何敢受賞賜。小人聞知這眾獵戶因這個大蟲，受了相公的責罰，何不就把這一千貫給散與眾人去用？」知縣道：「既是如此，任從壯士。」武松就把這賞錢，在廳上散與眾人、獵戶。知縣見他忠厚仁德，有心要抬舉他，便道：「雖你原是清河縣人氏，與我這陽谷縣只在咫尺。我今日就參你在本縣做個都頭，如何？」武松跪謝道：「若蒙恩相抬舉，小人終身受賜。」知縣隨即喚押司立了文案，當日便參武松做了步兵都頭。眾上戶都來與武松作慶賀喜，連連吃了三、五日酒。武松自心中想道：「我本要回清河縣去看望哥哥，誰想倒來做了陽谷縣都頭。」自此上官見愛，鄉里聞名。

又過了三、二日，那一日，武松走出縣前來閒玩，只聽得背後一個人叫聲：「武都頭，你今日發跡了，如何不看覷我則個？」武松回頭來看了，叫聲：「啊呀！你如何卻在這裡？」不是武松見了這個人，有分教：陽谷縣中，屍橫血染。直教：

鋼刀響處人頭滾，寶劍揮時熱血流。

畢竟叫喚武都頭的正是甚人？且聽下回分解。

第二十四回　王婆貪賄說風情　鄆哥不忿鬧茶肆

話說當日武都頭回轉身來看見那人，撲翻身便拜。那人原來不是別人，正是武松的嫡親哥哥武大郎。武松拜罷，說道：「一年有餘不見哥哥，如何卻在這裡？」武大道：「二哥，你去了許多時，如何不寄封書來與我？我又怨你，又想你。」武松道：「哥哥如何是怨我，想我？」武大道：「我怨你時，當初你在清河縣裡，要便吃酒醉了，和人相打，時常吃官司，教我要便隨衙聽候，不曾有一個月淨辦，常教我受苦，這個便是怨你處。想你時，我近來取得一個老小，清河縣人不怯氣，都來相欺負，沒人做主。你在家時，誰敢來放個屁？我如今在那裡安不得身，只得搬來這裡賃房居住，因此便是想你處。」

看官聽說：原來武大與武松是一母所生兩個。武松身長八尺，一貌堂堂，渾身上下有千百斤氣力，不恁地，如何打得那個猛虎？這武大郎身不滿五尺，面目醜陋，頭腦可笑。清河縣人見他生得短矮，起他一個諢名，叫做三寸丁谷樹皮。那清河縣裡，有一個大戶人家，有個使女，娘家姓潘，小名喚做金蓮，年方二十餘歲，頗有些顏色。因為那個大戶要纏他，這使女只是去告主人婆，意下不肯依從。那個大戶以此記恨於心，卻倒陪些房奩，不要武大一文錢，白白地嫁與他。自從武大娶得那婦人之後，清河縣裡有幾個奸詐的浮浪子弟們，卻來他家裡薅惱。原來這婦人見武大身材短矮，人物猥猥，不會風流。他倒無般不好，為頭的愛偷漢子。有詩為證：

金蓮容貌更堪題，笑蹙春山八字眉。
若遇風流清子弟，等閒雲雨便偷期。

那武大是個儒弱本分的人，被這一班人不時間在門前叫道：「好一塊羊肉，倒落在狗口裡！」

因此，武大在清河縣住不牢，搬來這陽谷縣紫石街，賃房居住，每日仍舊挑賣炊餅。此日，正在縣前做買賣。

當下見了武松，武大道：「兄弟，我前日在街上聽得人沸沸地說道：『景陽岡上一個打虎的壯士，姓武，縣裡知縣參他做個都頭。』我也八分猜道是你，原來今日才得撞見。我且不做買賣，一同和你家去。」武松道：「哥哥家在那裡？」武大用手指道：「只在前面紫石街便是。」武松替武大挑了擔兒，武大引著武松，轉彎抹角，一逕望紫石街來。轉過兩個彎，來到一個茶坊間壁，武大叫一聲：「大嫂開門。」只見簾子開處，一個婦人出到簾子下，應道：「大哥，怎地半早便歸？」武大道：「你的叔叔在這裡，且來廝見。」武大郎接了擔兒入去便出來道：「二哥，入屋裡來和你嫂嫂相見。」武松揭起簾子，入進裡面，與那婦人相見。武大說道：「大嫂，原來景陽岡上打死大蟲，新充做都頭的正是我這兄弟。」那婦人叉手向前道：「叔叔萬福。」武松道：「嫂嫂請坐。」武松當下推金山，倒玉柱，納頭便拜。那婦人向前扶住武松，道：「叔叔，折殺奴家！」武松道：「嫂嫂受禮。」那婦人道：「奴家聽得間壁王乾娘說：『有個打虎的好漢，迎到縣前來。』要奴家同去看一看。不想去得遲了，趕不上，不曾看見。原來卻是叔叔。且請叔叔到樓上去坐。」武松看那婦人時，但見：

眉似初春柳葉，常含著兩恨雲愁；臉如三月桃花，暗藏著風情月意。纖腰裊娜，拘束的燕懶鶯慵；檀口輕盈，勾引得蜂狂蝶亂。玉貌妖嬈花解語，芳容窈窕玉生香。

三個人同到樓上坐了。那婦人看著武大，道：「我陪侍著叔叔坐地。你去安排些酒食來款待叔叔。」武大應道：「最好！二哥，你且坐一坐，我便來也。」武大下樓去了。那婦人在樓上，看了武松這表人物，自心裡尋思道：「武松與他是嫡親一母兄弟，他又生得這般長大。我嫁得這等一個，也不枉了為人一世！你看我那三寸丁谷樹皮，三分像人，七分似鬼，我直恁地晦氣！據著武松，大蟲也吃他打倒了，他必然好氣力。說他又未曾婚娶，何不叫他搬來我家裡住？……不想這段姻緣卻在這裡！」

那婦人臉上堆下笑來，問武松道：「叔叔，來這裡幾日了？」武松答道：「到此間十數日了。」婦人道：「叔叔，在那裡安歇？」武松道：「胡亂權在縣衙裡安歇。」那婦人道：「叔叔，恁地時卻不便當。」武松道：「獨自一身，容易料理。早晚自有士兵服侍。」婦人道：「那等人服侍叔叔，怎地顧管得到。何不搬來一家裡住？早晚要些湯水吃時，奴家親自安排與叔叔吃，不強似這夥腌臢人？叔叔便吃口清湯，也放心得下。」武松道：「深謝嫂嫂。」那婦人道：「莫不別處有嬸嬸。可取來廝會也好。」武松道：「武二並不曾婚娶。」婦人又問道：「叔叔，青春多少？」武松道：「虛度二十五歲。」那婦人道：「長奴三歲。叔叔，今番從那裡來？」武松道：「在滄州住了一年有餘，只想哥哥在清河縣住，不想卻搬在這裡。」那婦人道：「一言難盡！自從嫁得你哥哥，吃他忒善了，被人欺負，清河縣裡住不得，搬來這裡。若得叔叔這般雄壯，誰敢道個『不』字！」武松道：「家兄從來本分，不似武二撒潑。」那婦人笑道：「怎地這般顛倒說！常言道：『人無剛骨，安身不牢。』奴家平生快性，看不得這般『三答不回頭，四答和身轉』的人。」武松道：「家兄卻不到得惹事，要嫂嫂憂心。」

正在樓上說話未了，武大買了些酒肉果品歸來，放在廚下，走上樓來，叫道：「大嫂，你下來安排。」那婦人應道：「你看那不曉事的！叔叔在這裡坐地，卻教我撇了下來！」武松道：「嫂嫂請自便。」那婦人道：「何不去叫間壁王乾娘安排便了，只是這般不見便！」武大自去央了間壁王婆安排端正了，都搬上樓來，擺在桌上，無非是些魚肉果菜之類，隨即燙酒上來。武大叫婦人坐了主位，武松對席，武大打橫。三個人坐下，武大篩酒在各人面前。那婦人拿起酒來，道：「叔叔，休怪沒甚款待，請酒一杯。」武松道：「感謝嫂嫂。休這般說。」武大只顧上下篩酒燙酒，那裡來管別事，那婦人笑容可掬，滿口兒道：「叔叔，怎地魚和肉也不吃一塊兒？」揀好的遞將過來。武松是個直性的漢子，只把做親嫂嫂相待。誰知那婦人是個使女出身，慣會小意兒。

武大又是個善弱的人，那裡會款待人。那婦人吃了幾杯酒，一雙眼只看著武松的身上。武松吃他看不過，只低了頭不怎麼理會。當日吃了十數杯酒，武松便起身。武大道：「二哥，再吃幾杯了去。」武松道：「只好恁地，卻又來望哥哥。」都送下樓來。那婦人道：「叔叔，是必搬來家裡住。若是叔叔不搬來時，教我兩口兒也吃別人笑話。親兄弟難比別人。大哥，你便打點一間房，請叔叔來家裡過活，休教鄰舍街坊道個不是。」武大道：「大嫂說得是。二哥，你便搬來，也教我爭口氣。」武松道：「既是哥哥嫂嫂恁地說時，今晚有些行李便取了來。」那婦人道：「叔叔，是必記心，奴這裡專望。」那婦人情意十分殷勤，正是：

叔嫂通言禮禁嚴，手援須識是從權。
英雄只念連枝樹，淫婦偏思並蒂蓮。

武松別了哥嫂，離了紫石街，逕投縣裡來，正值知縣在廳上坐衙。武松上廳來稟道：「武松有個親兄搬在紫石街居住，武松欲就家裡宿歇，早晚衙門中聽候使喚，不敢擅去，請恩相鈞旨。」知縣道：「這是孝悌的勾當，我如何阻你？你可每日來縣裡伺候。」武松謝了，收拾行李鋪蓋。有那新製的衣服並前者賞賜的物件，叫個士兵挑了，武松引到哥哥家裡。那婦人見了，卻比半夜裡拾金寶的一般歡喜，堆下笑來。武大叫個木匠，就樓下整了一間房，鋪下一張床，裡面放一條桌子，安兩個杌子，一個火爐。武松先把行李安頓了，吩咐士兵自回去，當晚就哥嫂家裡歇臥。次日早起，那婦人慌忙起來燒洗面湯，舀漱口水，叫武松洗漱了口面，裹了巾幘，出門去縣裡畫卯。那婦人道：「叔叔畫了卯，早些個歸來吃飯，休去別處吃。」武松道：「便來也。」逕去縣裡畫了卯，伺候了一早晨，回到家裡。那婦人洗手剔甲，齊齊整整，安排下飯食。三口兒共桌兒吃，武松吃了飯，那婦人雙手捧一盞茶遞與武松吃。武松道：「教嫂嫂生受，武松寢食不安。縣裡撥一個士兵來使喚。」那婦人連聲叫道：「叔叔，卻怎地這般見外？自家的骨肉，又不服侍了別人。便撥一個士兵使用，這廝上鍋上灶也不乾淨，奴眼裡也看不得這等人。」武松道：「恁地時，卻生受嫂嫂。」

話休絮煩。自從武松搬將家裡來，取些銀子與武大，教買餅饊、茶果，請鄰舍吃茶。眾鄰舍鬥分子來與武松人情，武大又安排了回席，都不在話下。過了數日，武松取出一匹彩色緞子與嫂嫂做衣裳。那婦人笑嘻嘻道：「叔叔，如何使得。既然叔叔把與奴家，不敢推辭，只得接了。」武松自此只在哥哥家裡宿歇。武大依前上街挑賣炊餅。武松每日自去縣裡畫卯，承應差使。不論歸遲歸早，那婦人頓羹頓飯，歡天喜地服侍武松，武松倒過意不去。那婦人常把些言語來撩撥他，武松是個硬心直漢，卻不見怪。

有話即長，無話即短。不覺過了一月有餘，看看是十一月天氣。連日朔風緊起，四下裡彤雲密布，又早紛紛揚揚，飛下一天大雪來。正是：

眼波飄瞥任風吹，柳絮沾泥若有私。
粉態輕狂迷世界，巫山雲雨未為奇。

當日那雪直下到一更天氣不止。次日，武松清早出去縣裡畫卯，直到日中未歸。武大被這婦人趕出去做買賣，央及間壁王婆買下些酒肉之類，去武松房裡簇了一盆炭火，心裡自想道：「我今日著實撩鬥他一撩鬥，不信他不動情。」婦人獨自一個，冷冷清清立在簾兒下等著，只見武松踏著那亂瓊碎玉歸來。那婦人揭起簾子，陪著笑臉迎接道：「叔叔寒冷？」武松道：「感謝嫂嫂憂念。」入得門來，便把氈笠兒除將下來。那婦人雙手去接。武松道：「不勞嫂嫂生受。」自把雪來拂了，掛在壁上。解了腰裡纏袋，脫了身上鸚哥綠紵絲衲襖，入房裡搭了。那婦人便道：「奴等一早起，叔叔怎地不歸來吃早飯？」武松道：「便是縣裡一個相識，請吃早飯。卻才又有一個作杯，我不奈煩，一直走到家裡來。」那婦人道：「恁地，叔叔向火。」武松道：「好。」便脫了油靴，換了一雙襪子，穿了暖鞋，掇個杌子，自近火邊坐地。那婦人把前門上了拴，後門也關了，卻搬些按酒、果品、菜蔬入武松房裡來，擺在桌子上。武松問道：「哥哥那裡去未歸？」婦人道：「你哥哥每日自出去做買賣，我和叔叔自飲三杯。」武松道：「一發等哥哥家來吃。」婦人道：「那裡等得他來！等他不得！」說猶未了，早暖了一注子酒來。

武松道：「嫂嫂坐地，等武二去燙酒正當。」婦人道：「叔叔，你自便。」那婦人也掇個杌子，近火邊坐了。火頭邊桌兒上擺著杯盤。那婦人拿盞酒，擎在手裡，看著武松道：「叔叔，滿飲此杯。」武松接過手來，一飲而盡。那婦人又篩一杯酒來，說道：「天色寒冷，叔叔，飲個成雙杯兒。」武松道：「嫂嫂自便。」接來又一飲而盡。武松卻篩一杯酒遞與那婦人吃。婦人接過酒來吃了，卻拿注子再斟酒來，放在武松面前。那婦人將酥胸微露，雲鬟半嚲，臉上堆著笑容，說道：「我聽得一個閒人說道：叔叔在縣前東街上，養著一個唱的，敢端的有這話麼？」武松道：「嫂嫂休聽外人胡說，武二從來不是這等人。」婦人道：「我不信，只怕叔叔口頭不似心頭。」武松道：「嫂嫂不信時，只問哥哥。」那婦人道：「他曉得甚麼！曉得這等事時，不賣炊餅了。叔叔，且請一杯。」連篩了三、四杯酒飲了。那婦人也有三杯酒落肚，哄動春心，那裡按捺得住，只管把閒話來說。武松也知了四、五分，自家只把頭來低了。那婦人起身去燙酒，武松自在房裡拿起火箸簇火。

那婦人暖了一注子酒來到房裡，一隻手拿著注子，一隻手便去武松肩胛上只一捏，說道：「叔叔只穿這些衣裳，不冷？」武松已自有六、七分不快意，也不應他。那婦人見他不應，劈手便來奪火箸，口裡道：「叔叔不會簇火，我與叔叔撥火，只要似火盆常熱便好。」武松有八、九分焦躁，只不做聲。那婦人欲心似火，不看武松焦躁，便放了火箸，卻篩一盞酒來，自呷了一口，剩了大半盞，看著武松道：「你若有心，吃我這半盞兒殘酒。」武松劈手奪來，潑在地下，說道：「嫂嫂！休要恁地不識羞恥！」把手只一推，爭些兒把那婦人推一跤。武松睜起眼來道：「武二是個頂天立地、噙齒戴髮男子漢，不是那等敗壞風俗、沒人倫的豬狗！嫂嫂休要這般不識廉恥！

倘有些風吹草動，武二眼裡認得是嫂嫂，拳頭卻不認得是嫂嫂。再來，休要恁地！」那婦人通紅了臉，便掇開了杌子，口裡說道：「我自作樂耍子，不值得便當真起來！好不識人敬重。」搬了盞碟自向廚下去了。武松自在房裡氣忿忿地。有詩為證：

酒作媒人色膽張，貪淫不顧壞綱常。
席間便欲求雲雨，激得雷霆怒一場。

天色卻早，未牌時分。武大挑了擔兒歸來推門，那婦人慌忙開門。武大進來歇了擔兒，隨到廚下，見老婆雙眼哭得紅紅的。武大道：「你和誰鬧來？」那婦人道：「都是你不爭氣，教外人來欺負我！」武大道：「誰人敢來欺負你！」婦人道：「情知是有誰！爭奈武二那廝，我見他大雪裡歸來，連忙安排酒請他吃，他見前後沒人，便把言語來調戲我！」武大道：「我的兄弟不是這等人，從來老實。休要高做聲，吃鄰舍家笑話。」武大撇了老婆，來到武松房裡，叫道：「二哥，你不曾吃點心，我和你吃些酒。」武松只不做聲，尋思了半晌，再脫了絲鞋，依舊穿上油膀靴，著了上蓋，帶上氈笠兒，一頭繫纏袋，一面出門。武大叫道：「二哥那裡去？」也不應，一直地只顧去了。武大回到廚下來問老婆道：「我叫他又不應，只顧望縣前這條路走了去，正是不知怎地了？」那婦人罵道：「糊塗桶！有甚麼難見處！那廝羞了，沒臉兒見你，走了出去！我也不再許你留這廝在家裡宿歇！」武大道：「他搬出去，須吃別人笑話。」那婦人道：「混沌魍魎！他來調戲我，倒不吃別人笑！你要便自和他道話，我卻做不得這樣的人！你還了我一紙休書來，你自留他便了！」武大那裡敢再開口。

正在家中兩口兒絮聒，只見武松引了一個士兵，拿著一條匾擔，逕來房裡收拾了行李，便出門去。武大趕出來叫道：「二哥，做甚麼便搬了去？」武松道：「哥哥不要問，說起來，裝你的幌子。你只由我自去便了。」武大那裡敢再開口，由武松搬了去。那婦人在裡面喃喃吶吶的罵道：

「卻也好！人只道一個親兄弟做都頭，怎地養活了哥嫂，卻不知反來嚼咬人！正是『花木瓜，空好看』！你搬了去，倒謝天謝地！且得冤家離眼前！」武大見老婆這等罵，正不知怎地，心中只是咄咄不樂，放他不下。自從武松搬了去縣衙裡宿歇，武大自依然每日上街，挑賣炊餅。本待要去縣裡尋兄弟說話，卻被這婆娘千叮萬囑吩咐，教不要去兜攬他，因此，武大不敢去尋武松。

撚指間，歲月如流，不覺雪晴。過了十數日，卻說本縣知縣自到任以來，卻得二年半多了。賺得好些金銀，欲待要使人送上東京去，與親眷處收貯使用，謀個升轉。卻怕路上被人劫了去，須得一個有本事的心腹人去便好。猛可想起武松來：「須是此人可去。有這等英雄了得！」當日便喚武松到衙內商議道：「我有一個親戚在東京城裡住，欲要送一擔禮物去，就捎封書問安則個。只恐途中不好行，須是得你這等英雄好漢方去得。你可休辭辛苦，與我去走一遭，回來我自重重賞你。」武松應道：「小人得蒙恩相抬舉，安敢推故？既蒙差遣，只得便去。小人也自來不曾到東京，就那裡觀看光景一遭。相公，明日打點端正了便行。」知縣大喜，賞了三杯，不在話下。

且說武松領下知縣言語，出縣門來。到得下處，取了些銀兩，叫了個士兵，卻上街來買了一瓶酒並魚肉果品之類，一逕投紫石街來，直到武大家裡。武大恰好賣炊餅了回來，見武松在門前坐地，叫士兵去廚下安排。那婦人餘情不斷，見武松把將酒食來，心中自想道：「莫不這廝思量我了，卻又回來？那廝一定強不過我！且慢慢地相問他。」那婦人便上樓去重勻粉面，再整雲鬟，換些豔色衣服穿了，來到門前迎接武松。那婦人拜道：「叔叔，不知怎地錯見了？好幾日並不上門，教奴心裡沒理會處。每日叫你哥哥來縣裡尋叔叔陪話，歸來只說道：『沒處尋。』今日且喜得叔叔家來。沒事壞錢做甚麼？」武松答道：「武二有句話，特來要和哥哥嫂嫂說知則個。」那婦人道：「既是如此，樓上去坐地。」

三個人來到樓上客位裡，武松讓哥嫂上首坐了。武松掇個杌子，橫頭坐了。士兵搬將酒肉上樓來擺在桌子上。武松勸哥哥嫂嫂吃酒。那婦人只顧把眼來睃武松，武松只顧吃酒。酒至五巡，武松討個勸杯，叫士兵篩了一杯酒，拿在手裡，看著武大道：「大哥在上，今日武二蒙知縣相公差往東京幹事，明日便要啓程。多是兩個月，少是四、五十日便回。有句話特來和你說知，你從來為人懦弱，我不在家，恐怕被外人來欺負。假如你每日賣十扇籠炊餅，你從明日為始，只做五扇籠出去賣；每日遲出早歸，不要和人吃酒。歸到家裡，便下了簾子，早閉上門，省了多少是非口舌。如若有人欺負你，不要和他爭執，待我回來自和他理論。大哥依我時，滿飲此杯。」武大接了酒道：「我兄弟見得是，我都依你說。」吃過了一杯酒，武松再篩第二杯酒，對那婦人說道：「嫂嫂是個精細的人，不必武松多說。我哥哥為人質樸，全靠嫂嫂做主看待他，常言道：『表壯不如裡壯。』嫂嫂把得家定，我哥哥煩惱做甚麼？豈不聞古人言：『籬牢犬不入。』」

那婦人被武松說了這一篇，一點紅從耳朵邊起，紫脹了面皮。指著武大便罵道：「你這個腌臢混沌！有甚麼言語在外人處說來，欺負老娘！我是一個不戴頭巾男子漢，叮叮噹噹響的婆娘！拳頭上立得人，胳膊上走得馬，人面上行得人！不是那等搠不出的鱉老婆！自從嫁了武大，真個螻蟻也不敢入屋裡來！有甚麼籬笆不牢，犬兒鑽得入來？你胡言亂語，一句句都要下落！丟下磚頭瓦兒，一個個也要著地。」武松笑道：「若得嫂嫂這般做主，最好。只要心口相應，卻不要『心頭不似口頭』。既然如此，武二都記得嫂嫂說的話了，請飲過此杯。」那婦人推開酒盞，一直跑下樓來；走到半扶梯上，發話道：「你既是聰明伶俐，卻不道『長嫂為母』？我當初嫁武大時，不曾聽說有甚麼阿叔！那裡走得來『是親不是親，便要做喬家公』！自是老娘晦氣了，鳥撞著許多事！」哭下樓去了。那婦人做出許多姦偽張致。有詩為證：

良言逆聽即為仇，笑眼登時有淚流。
只是兩行淫禍水，不因悲苦不因羞。

那武大、武松弟兄，再吃了幾杯。武松拜辭哥哥。武大道：「兄弟去了，早早回來，和你相見！」口裡說，不覺眼中墮淚。武松見武大眼中垂淚，便說道：「哥哥便不做得買賣也罷，只在家裡坐地。盤纏兄弟自送將來。」武大送武松下樓來。臨出門，武松又道：「大哥，我的言語休要忘了。」武松帶了士兵自回縣前來收拾。次日早起來，拴束了包裹，來見知縣。那知縣已自先差下一輛車兒，把箱籠都裝載車子上。點兩個精壯士兵，縣衙裡撥兩個心腹伴當，都吩咐了。那四個跟了武松就廳前拜辭了知縣，拽扎起，提了朴刀，監押車子，一行五人離了陽谷縣，取路望東京去了。

話分兩頭。只說武大郎自從武松說了去，整整的吃那婆娘罵了三、四日。武大忍氣吞聲，由他自罵，心裡只依著兄弟的言語，真個每日只做一半炊餅出去賣，未晚便歸，一腳歇了擔兒，便去除了簾子，關上大門，卻來家裡坐地。那婦人看了這般，心內焦躁，指著武大臉上罵道：「混沌濁物，我倒不曾見日頭在半天裡，便把著喪門關了，也須吃別人道我家怎地禁鬼！聽你那兄弟鳥嘴，也不怕別人笑恥！」武大道：「由他們笑話我家禁鬼。我的兄弟說的是好話，省了多少是非。」那婦人道：「呸！濁物。你是個男子漢，自不做主，卻聽別人調遣！」武大搖手道：「由他。我的兄弟是金子言語！」自武松去了十數日，武大每日只是晏出早歸；歸到家裡便關了門。那婦人也和他鬧了幾場。向後鬧慣了，不以為事。自此，這婦人約莫到武大歸時，先自去收了簾子，關上大門。武大見了，自心裡也喜，尋思道：「恁地時卻好！」

又過了三、二日，冬已將殘，天色回陽微暖。當日武大將次歸來，那婦人慣了，自先向門前來叉那簾子。也是合當有事，卻好一個人從簾子邊走過。自古道：「沒巧不成話。」這婦人正手裡拿叉竿不牢，失手滑將倒去，不端不正，卻好打在那人頭巾上。那人立住了腳，意思要發作，回過臉來看時，卻是一個妖嬈的婦人，先自酥了半邊，那怒氣直鑽過「爪洼國」去了，變做笑吟吟的臉兒。這婦人見不相怪，便叉手深深地道個萬福，說道：「奴家一時失手，官人疼了？」那人一頭把把手整頓頭巾，一面把腰曲著地還禮，道：「不妨事。娘子閃了手？」卻被這間壁的王婆見了。那婆子正在茶局子裡水簾底下看見了，笑道：「兀誰教大官人打這屋簷邊過？打得正好！」那人笑道：「這是小人不是。衝撞娘子，休怪。」那婦人也笑道：「官人恕奴家些個。」

那人又笑著，大大地唱個肥喏，道：「小人不敢。」那一雙眼都只在這婦人身上，也回了七、八遍頭，自搖搖擺擺，踏著八字腳去了。這婦人自收了簾子叉竿入去，掩上大門，等武大歸來。詩曰：

籬不牢時犬會鑽，收簾對面好相看。
王婆莫負能勾引，須信叉竿是釣竿。

你道那人姓甚名誰？那裡居住？原來只是陽谷縣一個破落戶財主，就縣前開著個生藥鋪。從小也是一個奸詐的人，使得些好拳棒。近來暴發跡，專在縣裡管些公事，與人放刁把濫，說事過錢，排陷官吏。因此，滿縣人都饒讓他些個。那人複姓西門，單諱一個慶字，排行第一，人都喚他做西門大郎。近來發跡有錢，人都稱他做西門大官人。不多時，只見那西門慶一轉，踅入王婆茶坊裡來，去裡邊水簾下坐了。王婆笑道：「大官人，卻才唱得好個大肥喏！」西門慶也笑道：「乾娘，你且來，我問你：間壁這個雌兒是誰的老小？」王婆道：「他是閻羅大王的妹子！五道將軍的女兒！問他怎的？」西門慶道：「我和你說正話，休要取笑。」王婆道：「大官人怎麼不認得，他老公便是每日在縣前賣熟食的。」西門慶道：「莫非是賣棗糕徐三的老婆？」王婆搖手道：「不是。若是他的，正是一對兒。大官人再猜。」西門慶道：「可是銀擔子李二哥的老婆？」王婆搖頭道：「不是！若是他的時，也倒是一雙。」西門慶道：「倒敢是花胳膊陸小乙的妻子？」王婆大笑道：「不是！若是他的時，也又是好一對兒！大官人再猜一猜。」西門慶道：「乾娘，我其實猜不著。」王婆哈哈笑道：「好教大官人得知了笑一聲。他的蓋老便是街上賣炊餅的武大郎。」西門慶跌腳笑道：「莫不是人叫他三寸丁谷樹皮的武大郎？」王婆道：「正是他。」

西門慶聽了，叫起苦來，說道：「好塊羊肉，怎地落在狗口裡！」王婆道：「便是這般苦事！自古道：『駿馬卻馱癡漢走，巧婦常伴拙夫眠。』月下老偏生要是這般配合！」西門慶道：「王乾娘，我少你多少茶錢？」王婆道：「不多，由他，歇些時卻算。」西門慶又道：「你兒子跟誰出去？」王婆道：「說不得。跟一個客人淮上去，至今不歸，又不知死活。」西門慶道：「卻不叫他跟我？」王婆笑道：「若得大官人抬舉他，十分之好。」西門慶道：「等他歸來，卻再計較。」再說了幾句閒話，相謝起身去了。

約莫未及半個時辰，又踅將來王婆店門口簾邊坐地，朝著武大門前半歇。王婆出來道：「大官人，吃個『梅湯』？」西門慶道：「最好，多加些酸。」王婆做了一個梅湯，雙手遞與西門慶。西門慶慢慢地吃了，盞托放在桌上。西門慶道：「王乾娘，你這梅湯做得好，有多少在屋裡？」王婆笑道：「老身做了一世媒，那討一個在屋裡。」西門慶道：「我問你梅湯，你卻說做媒，差了多少？」王婆道：「老身只聽得大官人問這『媒』做得好，老身只道說做媒。」西門慶道：「乾娘，你既是撮合山，也與我做頭媒，說頭好親事。我自重重謝你。」王婆道：「大官人，你宅上大娘子得知時，婆子這臉怎吃得耳刮子？」西門慶道：「我家大娘子最好，極是容得人。現今也討幾個身邊人在家裡，只是沒一個中得我意的。你有這般好的與我主張一個，便來說不妨。就是『回頭人』也好，只要中得我意。」王婆道：「前日有一個倒好，只怕大官人不要。」西門慶道：「若好時，你與我說成了，我自謝你。」王婆道：「生得十二分人物，只是年紀大些。」西門慶道：「便差一、兩歲也不打緊。真個幾歲？」王婆道：「那娘子戊寅生，屬虎的，新年恰好九十三歲。」西門慶笑道：「你看這瘋婆子！只要扯著瘋臉取笑！」西門慶笑了起身去。看看天色黑了，王婆卻才點上燈來，正要關門，只見西門慶又踅將來，逕去簾底下那座頭上坐了，朝著武大門前只顧望。王婆道：「大官人，吃個『和合湯』如何？」西門慶道：「最好，乾娘放甜些。」王婆點一盞和合湯，遞與西門慶吃。坐個一歇，起身道：「乾娘記了帳目，明日一發還錢。」王婆道：「不妨，伏惟安置，來日早請過訪。」西門慶又笑了去。當晚無事。

次日清早，王婆卻才開門，把眼看門外時，只見這西門慶又在門前兩頭來往踅。王婆見了道：「這個刷子踅得緊！你看我著些甜糖抹在這廝鼻子上，只叫他舔不著。那廝會討縣裡人便宜，且教他來老娘手裡納些敗缺！」原來這開茶坊的王婆也是不依本分的。端的這婆子：

開言欺陸賈，出口勝隋何。隻鸞孤鳳，霎時間交仗成雙；寡婦鰥男，一席話搬唆捉對。略施妙計，使阿羅漢抱住比丘尼，稍用機關，教李天王摟定鬼子母。甜言說誘，男如封涉也生心；軟語調和，女似麻姑能動念。教唆得織女害相思，調弄得嫦娥尋配偶。

王婆開了門，正在茶局子裡生炭，整理茶鍋。西門慶一逕奔入茶房裡，來水簾底下，望著武大門前簾子裡坐了看。王婆只做不看見，只顧在茶局裡煽風爐子，不出來問茶。西門慶叫道：「乾娘，點兩盞茶來。」王婆笑道：「大官人，來了？連日少見。且請坐。」便濃濃的點兩盞薑茶，將來放在桌上。西門慶道：「乾娘，相陪我吃個茶。」王婆哈哈笑道：「我又不是『影射』的！」西門慶也笑了一回，問道：「乾娘，間壁賣甚麼！」王婆道：「他家賣拖蒸河漏子，熱燙溫和大辣酥。」西門慶笑道：「你看！這婆子只是瘋！」王婆笑道：「我不瘋，他家自有親老公！」西門慶道：「乾娘，和你說正經話：說他家如法做得好炊餅，我要問他做三、五十個，不知出去在家？」王婆道：「若要買炊餅，少間等他街上回來買，何消得上門上戶？」西門慶道：「乾娘說的是。」吃了茶，坐了一回，起身道：「乾娘，記了帳目。」王婆道：「不妨事。老娘牢牢寫在帳上。」西門慶笑了去。

王婆只在茶局裡張時，冷眼睃見西門慶又在門前踅過東去又看一看；走過西來又睃一睃；走了七、八遍，逕踅入茶房裡來。王婆道：「大官人稀行！好幾時不見面。」西門慶笑將起來，去身邊摸出一兩來銀子遞與王婆，說道：「乾娘，權收了做茶錢。」婆子笑道：「何消得許多？」西門慶道：「只顧放著。」婆子暗暗地歡喜，道：「來了！這刷子當敗！」且把銀兩來藏了，便道：「老身看大官人有些渴，吃個『寬煎葉兒茶』，如何？」西門慶道：「乾娘如何便猜得著？」婆子道：「有甚麼難猜。自古道：『入門休問榮枯事，觀看容顏便得知。』老身異樣蹺蹊作怪的事都猜得著。」西門慶道：「我有一件心上的事，乾娘猜得著時，輸與你五兩銀子。」王婆笑道：「老娘也不消三智五猜，只一智便猜個十分。大官人，你把耳朵來。你這兩日腳步緊，趕趁得頻，一定是記掛著隔壁那個人。我猜得如何？」西門慶笑將起來道：「乾娘，你端的智賽隋何，機強陸賈！不瞞乾娘說，我不知怎地吃他那日叉簾子時，見了這一面，卻似收了我三魂七魄的一般，只是沒做個道理入腳處。不知你會弄手段麼？」

王婆哈哈的笑將起來道：「老身不瞞大官人說。我家賣茶，叫做『鬼打更』！三年前六月初三下雪的那一日，賣了一個泡茶，直到如今不發市。專一靠些『雜趁』養口。」西門慶問道：「怎地叫做『雜趁』？」王婆笑道：「老身為頭是做媒，又會做牙婆，也會抱腰，也會收小的，也會說風情，也會做『馬泊六』。」西門慶道：「乾娘，端的與我說得成時，便送十兩銀子與你做棺材本。」王婆道：「大官人，你聽我說，但凡捱光的，兩個字最難，要五件事俱全，方才行得。第一件，潘安的貌；第二件，驢兒大的行貨；第三件，要似鄧通有錢；第四件，小就要棉裡針忍耐；第五件，要閒工夫。這五件，喚作『潘、驢、鄧、小、閒』。五件俱全，此事便獲著。」西門慶道：「實不瞞你說，這五件事我都有些。第一，我的面兒雖比不得潘安，也充得過；第二，我小時也曾養得好大龜；第三，我家裡也頗有貫百錢財，雖不及鄧通，也得過；第四，我最耐得，他便打我四百頓，休想我回他一下；第五，我最有閒工夫，不然，如何來的恁頻？乾娘，你只作成我！完備了時，我自重重的謝你。」王婆道：「大官人，雖然你說五件事都全，我知道還有一件事打攪；也多是扎的不得。」西門慶說：「你且道甚麼一件事打攪？」王婆道：「大官人，休怪老身直言：但凡捱光最難，十分光時，使錢到九分九厘，也有難成就處。我知你從來慳吝，不肯胡亂便使錢，只這一件打攪。」西門慶道：「這個極容易醫治，我只聽你的言語便了。」

王婆道：「若是大官人肯使錢時，老身有一條計，便教大官人和這雌兒會一面。只不知官人肯依我麼？」西門慶道：「不揀怎地，我都依你。乾娘有甚妙計？」王婆笑道：「今日晚了，且回去。過半年三個月卻來商量。」西門慶便跪下道：「乾娘！休要撒科，你作成我則個！」王婆笑道：「大官人卻又慌了，老身那條計是個上著，雖然入不得武成王廟，端的強似孫武子教女兵，十捉九著！大官人，我今日對你說，這個人原是清河縣大戶人家討來的養女，卻做得一手好針線。

大官人，你便買一疋白綾，一疋藍紬，一疋白絹，再用十兩好綿，都把來與老身。我卻走過去，問他討個茶吃，卻與這雌兒說道：『有個施主官人與我一套送終衣料，特來借曆頭。央及娘子與老身揀個好日，去請個裁縫來做。』他若見我這般說，不睬我時，此事便休了。他若說：『我替你做。』不要我叫裁縫時，這便有一分光了。我便請他家來做。他若說：『將來我家裡做。』不肯過來，此事便休了。他若歡天喜地地說：『我來做，就替你裁。』這光便有二分了。若是肯來我這裡做時，卻要安排些酒食點心請他。第一日，你也不要來。第二日，他若說不便當時，定要將家去做，此事便休了。他若依前肯過我家做時，這光便有三分了。這一日，你也不要來。到第三日晌午前後，你整整齊齊打扮了來，咳嗽為號。你便在門前說道：『怎地連日不見王乾娘？』我便出來，請你入房裡來。若是他見你來，便起身跑了歸去，難道我拖住他？此事便休了。他若見你入來，不動身時，這光便有四分了。坐下時，便對雌兒說道：『這個便是與我衣料的施主官人，虧殺他！』我誇大官人許多好處，你便賣弄他的針線。若是他不來兜攬答應，此事便休了。他若口裡答應說話時，這光便有五分了。我卻說道：『難得這個娘子與我作成出手做。虧殺你兩個施主，一個出錢的，一個出力的。不是老身路歧相央，難得這個娘子在這裡，官人好做個主人，替老身與娘子澆手。』你便取出銀子來央我買。若是他抽身便走時，不成扯住他？此事便休了。他若是不動身時，這光便有六分了。我卻拿了銀子，臨出門，對他道：『有勞娘子相待大官人坐一坐。』他若也起身走了家去時，我也難道阻擋他？此事便休了。若是他不起身走動時，此事又好了，這光便有七分了。等我買得東西來，擺在桌上時，我便道：『娘子且收拾生活，吃一杯兒，難得這位官人壞鈔。』他若不肯和你同桌吃時，走了回去，此事便休了。若是他只口裡說要去，卻不動身，這事又好了，這光便有八分了。待他吃得酒濃時，正說得入港，我便推道沒了酒，再叫你買，你便又央我去買。我只做去買酒，把門拽上，關你和他兩個在裡面。他若焦躁，跑了歸去，此事便休了。他若由我拽上門，不焦躁時，這光便有九分了。只欠一分光了便完就。這一分倒難。大官人，你在房裡，著幾句甜淨的話說將入去。你卻不可躁暴，便去動手動腳，打攪了事，那時我不管你。先假做把袖子在桌上拂落一雙箸去，你只做去地下拾箸，將手去他腳上捏一捏。他若鬧將起來，我自來搭救，此事也便休了，再也難得成。若是他不做聲時，此是十分光了。這時節，十分事都成了！這條計策如何？」

西門慶聽罷大笑道：「雖然上不得淩煙閣，端的好計！」王婆道：「不要忘了許我的十兩銀子！」西門慶道：「『但得一片橘皮吃，莫便忘了洞庭湖。』這條計幾時可行？」王婆道：「只在今晚便有回報。我如今趁武大未歸，走過去細細地說誘他。你卻便使人將綾紬絹疋並綿子來。」西門慶道：「得乾娘完成得這件事，如何敢失信。」作別了王婆，便去市上紬絹鋪裡，買了綾紬、絹緞並十兩清水好綿。家裡叫個伴當，取包袱包了，帶了五兩碎銀，逕送入茶坊裡。王婆接了這物，吩咐伴當回去。詩曰：

豈是風流勝可爭？迷魂陣裡出奇兵。
安排十面挨光計，只取亡身入陷坑。

王婆自踅來開了後門，走過武大家裡來。那婦人接著請去樓上坐地。那王婆道：「娘子，怎地不過貧家吃茶？」那婦人道：「便是這幾日身體不快，懶走去的。」王婆道：「娘子家裡有曆日麼？借與老身看一看，要選個裁衣日。」那婦人道：「乾娘裁甚麼衣裳？」王婆道：「便是老身十病九痛，怕有些山高水低，預先要製辦些送終衣服。難得近處一個財主見老身這般說，布施與我一套衣料，綾紬絹緞，又與若干好綿。放在家裡一年有餘，不能夠做。今年覺道身體好生不濟，又撞著如今閏月，趁這兩日要做，又被那裁縫勒掯，只推生活忙，不肯來做，老身說不得這等苦！」那婦人聽了，笑道：「只怕奴家做得不中乾娘意，若不嫌時，奴出手與乾娘做，如何？」那婆子聽了，堆下笑來，說道：「若得娘子貴手做時，老身便死來也得好處去。久聞娘子好手針線，只是不敢相央。」那婦人道：「這個何妨。許了乾娘，務要與乾娘做了。將曆頭叫人揀個黃道好日，便與你動手。」王婆道：「若得娘子肯與老身做時，娘子是一點福星，何用選日？老身也前日央人看來，說道明日是個黃道好日。老身只道裁衣不用黃道日，了不記他。」那婦人道：「歸壽衣正要黃道日好，何用別選日。」王婆道：「既是娘子肯作成老身時，大膽只是明日，起動娘子到寒家則個。」那婦人道：「乾娘，不必，將過來做不得？」王婆道：「便是老身也要看娘子做生活則個，又怕家裡沒人看門前。」那婦人道：「既是乾娘恁地說時，我明日飯後便來。」那婆子千恩萬謝下樓去了。當晚回覆了西門慶的話，約定後日准來。當夜無話。次日清早，王婆收拾房裡乾淨了，買了些線索，安排了些茶水，在家裡等候。

且說武大吃了早飯，打當了擔兒，自出去賣炊餅。那婦人把簾兒掛了，從後門走過王婆家裡來。那婆子歡喜無限，接入房裡坐下，便濃濃地點道茶，撒上些出白松子、胡桃肉，遞與這婦人吃了。抹得桌子乾淨，便將出那綾綢絹緞來。婦人將尺量了長短，裁得完備，便縫起來。婆子看了，口裡不住聲價喝采，道：「好手段！老身也活了六、七十歲，眼裡真個不曾見過這般好針線！」那婦人縫到日中，王婆便安排些酒食請他，下了一斤麵與那婦人吃了。再縫了一歇，將次晚來，便收拾起生活，自歸去，恰好武大歸來，挑著空擔兒進門。那婦人拽開門，下了簾子。武大入屋裡來，看見老婆面色微紅，便問道：「你那裡吃酒來？」那婦人應道：「便是間壁王乾娘央我做送終的衣裳，日中安排些點心請我。」武大道：「啊呀！不要吃他的。我們也有央及他處。他便央你做得件把衣裳，你便自歸來吃些點心，不值得攪惱他。你明日倘或再去做時，帶了些錢在身邊，也買些酒食與他回禮，常言道：『遠親不如近鄰。』休要失了人情。他若是不肯要你還禮時，你便只是拿了家來做去還他。」那婦人聽了，當晚無話。有詩為證：

可奈虔婆設計深，大郎混沌不知因。
帶錢買酒酬奸詐，卻把婆娘白送人。

且說王婆設計已定，賺潘金蓮來家。次日飯後，武大自出去了，王婆便踅過來相請。去到他房裡，取出生活，一面縫將起來。王婆自一邊點茶來吃了，不在話下。看看日中，那婦人取出一貫錢付與王婆，說道：「乾娘，奴和你買杯酒吃。」王婆道：「啊呀！那裡有這個道理？老身央及娘子在這裡做生活，如何顛倒教娘子壞錢？」那婦人道：「卻是拙夫吩咐奴來！若還乾娘見外時，只是將了家去做還乾娘。」那婆子聽了，連聲道：「大郎直恁地曉事。既然娘子這般說時，老身權且收下。」這婆子生怕打脫了這事，自又添錢去買些好酒好食，稀奇果子來，殷勤相待。看官聽說：但凡世上婦人，由你十八分精細，被人小意兒過縱，十個九個著了道兒！再說王婆安排了點心，請那婦人吃了酒食，再縫了一歇，看看晚來，千恩萬謝去歸了。

話休絮繁。第三日早飯後，王婆只張武大出去了，便走過後門來，叫道：「娘子，老身大膽……」那婦人從樓上下來道：「奴卻待來也。」兩個廝見了，來到王婆房裡坐下，取過生活來縫。那婆子隨即點盞茶來，兩個吃了。那婦人看看縫到晌午前後，卻說西門慶巴不到這一日，裹了頂新頭巾，穿了一套整整齊齊衣服，帶了三、五兩碎銀子，逕投這紫石街來。到得茶房門首，便咳嗽道：「王乾娘，連日如何不見？」那婆子瞧科，便應道：「兀誰叫老娘？」西門慶道：「是我。」那婆子趕出來看了，笑道：「我只道是誰，卻原來是施主大官人。你來得正好，且請你入去看一看。」把西門慶袖子一拖，拖進房裡，對著那婦人道：「這個便是那施主，與老身那衣料的官人。」

西門慶見了那婦人，便唱個喏。那婦人慌忙放下生活，還了萬福。王婆卻指著這婦人對西門慶道：「難得官人與老身緞疋，放了一年，不曾做得。如今又虧殺這位娘子出手與老身做成全了。真個是布機也似好針線！又密又好，其實難得！大官人，你且看一看。」西門慶把起來看了喝采，口裡說道：「這位娘子怎地傳得這手好生活！神仙一般的手段！」那婦人笑道：「官人休笑話。」西門慶問王婆道：「乾娘，不敢問，這位是誰家宅上娘子？」王婆道：「大官人，你猜。」西門慶道：「小人如何猜得著。」王婆哈哈的笑道：「便是間壁武大郎的娘子。前日叉竿打得不疼，大官人便忘了。」那婦人臉便紅紅的道：「那日奴家偶然失手，官人休要記懷。」西門慶道：「說那裡話。」王婆便接口道：「這位大官人一生和氣，從來不會記恨，極是好人。」西門慶道：「前日小人不認得，原來卻是武大郎的娘子。小人只認得大郎，一個養家經紀人。且是在街上做買賣，大大小小不曾惡了一個人，又會賺錢，又且好性格，真個難得這等人。」王婆道：「可知哩！娘子自從嫁得這個大郎，但是有事，百依百隨。」那婦人應道：「他是無用之人，官人休要笑話。」西門慶道：「娘子差矣！古人道：『柔軟是立身之本，剛強是惹禍之胎。』似娘子的大郎所為善良時，『萬丈水無涓滴漏。』」王婆打著攛鼓兒道：「說的是。」西門慶獎了一回，便坐在婦人對面。王婆又道：「娘子，你認得這個官人麼？」那婦人道：「奴不認得。」婆子道：「這個大官人是這本縣一個財主，知縣相公也和他來往，叫做西門大官人，萬萬貫錢財，開著個生藥鋪在縣前。家裡錢過北斗，米爛陳倉，赤的是金，白的是銀，圓的是珠，光的是寶。也有犀牛頭上角，亦有大象口中牙。……」那婆子只顧誇獎西門慶，口裡假嘈。那婦人就低了頭縫針線。西門慶看得潘金蓮十分情思，恨不就做一處。王婆便去點兩盞茶，來遞一盞與西門慶，一盞遞與這婦人；說道：「娘子相待大官人則個。」

吃罷茶，便覺有些眉目送情。王婆看著西門慶把一隻手在臉上摸。西門慶心裡瞧科，已知有五分了。王婆便道：「大官人不來時，老身也不敢來宅上相請。一者緣法，二者來得恰好。常言道：『一客不煩二主。』大官人便是出錢的，這位娘子便是出力的。不是老身路歧相煩，難得這位娘子在這裡，官人好做個主人，替老身與娘子澆手。」西門慶道：「小人也見不到，這裡有銀子在此。」便取出來，和帕子遞與王婆。那婦人便道：「不消生受得。」口裡說，又不動身。王婆將了銀子要去，那婦人又不起身。婆子便出門，又道：「有勞娘子相陪大官人坐一坐。」那婦人道：「乾娘，免了。」卻亦是不動身。也是姻緣，卻都有意了。西門慶這廝一雙眼只看著那婦人。這婆娘一雙眼也偷瞍西門慶，見了這表人物，心中倒有五、七分意了，又低著頭自做生活。

不多時，王婆買了些現成的肥鵝熟肉，細巧果子歸來，盡把盤子盛了，果子菜蔬盡都裝了，搬來房裡桌子上。看著那婦人道：「乾娘自便相待大官人，奴卻不當。」依舊原不動身。那婆子道：「正是專與娘子澆手，如何卻說這話？」王婆將盤饌都擺在桌子上，三人坐定，把酒來斟。這西門慶拿起酒盞來說道：「娘子，滿飲此杯。」那婦人笑道：「多感官人厚意。」王婆道：「老身得知娘子洪飲，且請開懷吃兩盞兒。」有詩為證：

從來男女不同筵，賣俏迎奸最可憐。
不記都頭昔日語，犬兒今已到籬邊。

又詩曰：

須知酒色本相連，飲食能成男女緣。
不必都頭多囑咐，開籬日待犬來眠。

西門慶拿起箸來道：「乾娘，替我勸娘子請些個。」那婆子揀好的遞將過來，與那婦人吃。一連斟了三巡酒，那婆子便去燙酒來。西門慶道：「不敢動問娘子青春多少？」那婦人應道：「奴家虛度二十三歲。」西門慶道：「小人癡長五歲。」那婦人道：「官人將天比地。」王婆走進來道：「好個精細的娘子！不惟做得好針線，諸子百家皆通。」西門慶道：「卻是那裡去討？武大郎好生有福！」王婆便道：「不是老身說是非，大官人宅裡枉有許多，那裡討一個趕得上這娘子的！」西門慶道：「便是這等一言難盡；只是小人命薄，不曾招得一個好的。」王婆道：「大官人，先頭娘子須好。」西門慶道：「休說！若是我先妻在時，卻不怎地家無主，屋倒豎！如今枉自有三五七口人吃飯，都不管事！」那婦人問道：「官人，恁地時，歿了大娘子得幾年了？」西門慶道：「說不得。小人先妻是微末出身，卻倒百伶百俐，是件都替得小人。如今不幸，他歿了已得三年，家裡的事都七顛八倒。為何小人只是走了出來？在家裡時，便要嘔氣。」那婆子道：「大官人，休怪老身直言，你先頭娘子，也沒有武大娘子這手針線。」西門慶道：「便是小人先妻也沒有此娘子這表人物。」那婆子笑道：「官人，你養的外宅在東街上，如何不請老身去吃茶？」西門慶道：「便是唱慢曲兒的張惜惜，我見他是路岐人，不喜歡。」婆子又道：「官人，你和李嬌嬌卻長久。」西門慶道：「這個人現今娶在家裡。若是他似娘子時，自冊正了他多時。」王婆道：「若有娘子般中得官人意的，來宅上說沒妨事麼？」西門慶道：「我的爹娘俱已歿了，我自主張，誰敢道個『不』字。」王婆道：「我自說要，急切那裡有中得官人意的。」西門慶道：「做甚麼了便沒？只恨我夫妻緣分薄，自不撞著！」

西門慶和這婆子一遞一句，說了一回。王婆便道：「正好吃酒，卻又沒了。官人休怪老身差撥，再買一瓶兒酒來吃。如何？」西門慶道：「我手帕裡有五兩來碎銀子，一發撒在你處，要吃時只顧取來，多的乾娘便就收了。」那婆子謝了官人，起身睃這粉頭時，一鍾酒落肚，哄動春心，又自兩個言來語去，都有意了，只低了頭，卻不起身。那婆子滿臉堆下笑來，說道：「老身去取瓶兒酒來與娘子再吃一杯兒，有勞娘子相待大官人坐一坐。注子裡有酒沒？便再篩兩盞兒和大官人吃，老身直去縣前那家有好酒買一瓶來，有好歇兒耽擱。」那婦人口裡說道：「不用了。」坐著，卻不動身。婆子出到房門前，便把索兒縛了房門，卻來當路坐了。

且說西門慶自在房裡，便斟酒來勸那婦人。卻把袖子在桌上一拂，把那雙箸拂落地下。也是緣法湊巧，那雙箸正落在婦人腳邊。西門慶連忙蹲身下去拾，只見那婦人尖尖的一雙小腳兒正翹在箸邊。西門慶且不拾箸，便去那婦人繡花鞋兒上捏一把。那婦人便笑將起來，說道：「官人，休要囉唣！你真個要勾搭我？」西門慶便跪下道：「只是娘子作成小生！」那婦人便把西門慶摟將起來。當時兩個就王婆房裡，脫衣解帶，無所不至。正似：

交頸鴛鴦戲水，並頭鸞鳳穿花。喜孜孜連理枝生，美甘甘同心帶結。將朱唇緊貼，把粉面斜偎。羅襪高挑，肩膊上露一彎新月；金釵倒溜，枕頭邊堆一朵烏雲。誓海盟山，搏弄得千般旖旎；羞雲怯雨，揉搓的萬種妖嬈。恰恰鶯聲，不離耳畔。津津甜唾，笑吐舌尖。楊柳腰脈脈春濃，櫻桃口呀呀氣喘。星眼朦朧，細細汗流香玉顆；酥胸蕩漾，涓涓露滴牡丹心。直饒匹配眷姻偕，真實偷期滋味美。

雲雨才罷，正欲各整衣襟，只見王婆推開房門入來！怒道：「你兩個做得好事！」西門慶和那婦人，都吃了一驚。那婆子便道：「好呀！好呀！我請你來做衣裳，不曾叫你來偷漢子！武大得知，須連累我。不若我先去出首！」回身便走。那婦人扯住裙兒道：「乾娘饒恕則個！」西門慶道：「乾娘低聲！」王婆笑道：「若要我饒恕你們，都要依我一件！」那婦人道：「休說一件，便是十件，奴也依！」王婆道：「你從今日為始，瞞著武大，每日不要失約，負了大官人，我便罷休；若是一日不來，我便對你武大說。」那婦人道：「只依著乾娘便了。」王婆又道：「西門大官人，你自不用老身多說，這十分好事已都完了，所許之物不可失信。你若負心，我也要對武大說！」西門慶道：「乾娘放心，並不失信。」三人又吃幾杯酒，已是下午的時分。那婦人便起身道：「武大那廝將歸了，奴自回去。」便踅過後門歸家，先去下了簾子，武大恰好進門。

且說王婆看著西門慶道：「好手段麼？」西門慶道：「端的虧了乾娘！我到家便取一錠銀送來與你；所許之物，豈敢昧心。」王婆道：「『眼望旌節至，專等好消息』。不要叫老身『棺材出了，討挽歌郎錢』！」西門慶笑了去，不在話下。那婦人自當日為始，每日踅過王婆家裡來和西門慶做一處，恩情似漆，心意如膠。自古道：「好事不出門，惡事傳千里。」不到半月之間，街坊鄰舍都知道了，只瞞著武大一個不知。有詩為證：

半晌風流有何益，一般滋味不須誇。
他時禍起蕭牆內，悔殺今朝戀野花。

斷章句，話分兩頭。且說本縣有個小的，年方十五、六歲，本身姓喬，因為做軍在鄆州生養的，就取名叫做鄆哥，家中只有一個老爹。那小廝生得乖覺，自來只靠縣前這許多酒店裡賣些時新果品，時常得西門慶齎發他些盤纏。其日，正尋得一籃兒雪梨，提著來繞街尋問西門慶。又有一等的多口人說道：「鄆哥，你若要尋他，我教你一處去尋。」鄆哥道：「聒噪阿叔，叫我去尋得他見，賺得三、五十錢，養活老爹也好。」那多口的道：「西門慶他如今刮上了賣炊餅的武大老婆，每日只在紫石街上王婆茶坊裡坐地，這早晚多定正在那裡。你小孩子家只顧撞入去不妨。」

那鄆哥得了這話，謝了阿叔指教。這小猴子提了籃兒，一直望紫石街走來，逕奔入茶坊裡去，卻好正見王婆坐在小凳兒上績緒。鄆哥把籃兒放下，看著王婆道：「乾娘，拜揖。」那婆子問道：「鄆哥，你來這裡做甚麼？」鄆哥道：「要尋大官人賺三、五十錢，養活老爹。」婆子道：「甚麼大官人？」鄆哥道：「乾娘情知是那個，便只是他那個。」婆子道：「便是大官人，也有個姓名。」鄆哥道：「便是兩個字的。」婆子道：「甚麼兩個字的？」鄆哥道：「乾娘只是要作耍我。我要和西門大官人說句話。」望裡面便走。那婆子一把揪住，道：「小猴子！那裡去？人家屋裡，各有內外！」鄆哥道：「我去房裡便尋出來。」王婆道：「含鳥猢猻！我屋裡那得甚麼『西門大官人』？」鄆哥道：「不要獨自吃呵！也把些汁水與我呷一呷！我有甚麼不理會得！」婆子便罵道：「你那小猢猻！理會得甚麼！」鄆哥道：「你正是『馬蹄刀木杓裡切菜——水洩不漏。』半點兒也沒有落地！直要我說出來，只怕賣炊餅的哥哥發作！」

那婆子吃他這兩句道著他真病，心中大怒；喝道：「含鳥猢猻！也來老娘屋裡放屁辣臊！」鄆哥道：「我是小猢猻，你是『馬泊六』！」那婆子揪住鄆哥，鑿上兩個栗暴。鄆哥叫道：「做甚麼便打我！」婆子罵道：「賊猢猻！高做聲，大耳刮子打你出去！」鄆哥道：「老咬蟲！沒事得便打我！」這婆子一頭叉，一頭大栗暴鑿直打出街上去。雪梨籃兒也丟出去。那籃雪梨四分五落，滾了開去。這小猴子打那虔婆不過，一頭罵，一頭哭，一頭走，一頭街上拾梨兒，指著那王婆茶坊罵道：「老咬蟲！我教你不要慌。我不去說與他，不做出來不信。」提了籃兒，逕奔去尋這個人。正是：

從前做過事，沒與一齊來。

直教：

掀翻狐兔窩中草，驚起鴛鴦沙上眠。

畢竟這鄆哥尋甚麼人，且聽下回分解。

第二十五回　王婆計啜西門慶　淫婦藥鴆武大郎

話說當下鄆哥被王婆打了這幾下，心中沒出氣處，提了雪梨籃兒，一逕奔來街上，直來尋武大郎。轉了兩條街，只見武大挑著炊餅擔兒正從那條街上來。鄆哥見了，立住了腳，看著武大道：「這幾時不見你，怎麼吃得肥了？」武大歇下擔兒道：「我只是這般模樣！有甚麼吃得肥處？」鄆哥道：「我前日要糴些麥稃，一地裡沒糴處，人都道你屋裡有。」武大道：「我屋裡又不養鵝、鴨，那裡有這麥稃？」鄆哥道：「你說沒麥稃，怎地棧得肥耷耷地，便顛倒提起你來，也不妨，煮你在鍋裡也沒氣？」武大道：「含鳥猢猻，倒罵得我好！我的老婆又不偷漢子，我如何是鴨？」鄆哥道：「你老婆不偷『漢子』，只偷『子漢』！」武大扯住鄆哥，道：「還我主來！」鄆哥道：「我笑你只會扯我。卻不咬下他左邊的來！」武大道：「好兄弟，你對我說是兀誰，我把十個炊餅送你。」鄆哥道：「炊餅不濟事。你只做個小主人，請我吃三杯，我便說與你。」武大道：「你會吃酒？跟我來。」

武大挑了擔兒，引著鄆哥，到一個小酒店裡歇了擔兒。拿了幾個炊餅，買了些肉，討了一鏇酒，請鄆哥吃。那小廝又道：「酒便不要添了，肉再切幾塊來。」武大道：「好兄弟，你且說與我則個。」鄆哥道：「且不要慌！等我一發吃了，卻說與你。你卻不要氣苦！我自幫你打捉。」武大看那猴子吃了酒肉，道：「你如今卻說與我。」鄆哥道：「你要得知，把手來摸我頭上疙瘩。」武大道：「卻怎地來有這疙瘩？」鄆哥道：「我對你說：我今日將這一籃雪梨，去尋西門大郎掛一小勾子，一地裡沒尋處。街上有人說道：『他在王婆茶房裡和武大娘子勾搭上了，每日只在那裡行走。』我指望去賺三、五十錢使，叵耐那王婆老豬狗，不放我去房裡尋他，大栗暴打我出來。我特地來尋你。我方才把兩句話來激你，我不激你時，你須不來問我。」武大道：「真個有這等事？」鄆哥道：「又來了！我道你是這般的鳥人！那廝兩個落得快活！只等你出來，便在王婆房裡做一處，你兀自問道真個也是假！」

武大聽罷道：「兄弟，我實不瞞你說。那婆娘每日去王婆家裡做衣裳，歸來時便臉紅，我自也有些疑忌。這話正是了！我如今寄了擔兒，便去捉姦，如何？」鄆哥道：「你老大一個人，原來沒些見識！那王婆老狗恁麼利害怕人，你如何出得他手！他須三人也有個暗號，見你入來拿他，把你老婆藏過了。那西門慶須了得！打你這般二十來個，若捉他的不著，乾吃他一頓拳頭。他又有錢有勢，反告了一紙狀子，你便用吃他一場官司，又沒人做主，乾結果了你！」武大道：「兄弟，你都說的是。卻怎地出得這口氣！」鄆哥道：「我吃那老豬狗打了，也沒出氣處。我教你一著。你今日晚些歸去，都不要發作，也不可露一些嘴臉，只做每日一般。明朝你便少做些炊餅出來賣，我便在巷口等你。若是見西門慶入去時，我便來叫你。你便挑著擔兒，只在左近等我，我便先去惹那老狗。必然來打我，我便將籃兒丟出街來，你便搶來。我便一頭頂住那婆子。你便只顧奔入房裡去，叫起屈來。此計如何？」武大道：「既是如此，卻是虧了兄弟！我有數貫錢，與你把去糴米。明日早早來紫石街巷口等我！」鄆哥得了數貫錢，幾個炊餅，自去了。武大還了酒錢，挑了擔兒，去賣了一遭歸去，原來這婦人往常時只是罵武大，百般的欺負他，近日來也自知無禮，只得窩伴他些個。詩曰：

潑性淫心詎肯回，聊將假意強相陪。
只因隔壁偷好漢，遂使身中懷鬼胎。

當晚武大挑了擔兒歸家，也只和每日一般，並不說起。那婦人道：「大哥，買盞酒吃？」武大道：「卻才和一般經紀人買三碗吃了。」那婦人安排晚飯與武大吃了，當夜無話。次日飯後，武大只做三、兩扇炊餅安在擔兒上。這婦人一心只想著西門慶，那裡來理會武大做多做少。當日武大挑了擔兒，自出去做買賣。這婦人巴不能夠他出去了，便踅過王婆房裡來等西門慶。

且說武大挑著擔兒，出到紫石街巷口，迎見鄆哥提著籃兒在那裡張望。武大道：「如何？」鄆哥道：「早些個。你且去賣一遭回來。他七、八分來了，你只在左近處伺候。」武大飛雲也似去賣了一遭回來。鄆哥道：「你只看我籃兒撇出來，你便奔入去。」武大自把擔兒寄下，不在話下。

卻說鄆哥提著籃兒走入茶坊裡來，罵道：「老豬狗，你昨日做甚麼便打我！」那婆子舊性不改，便跳起身來喝道：「你這小猢猻！老娘與你無干，你做甚麼又來罵我！」鄆哥道：「便罵你這『馬泊六』，做牽頭的老狗，直甚麼屁！」那婆子大怒，揪住鄆哥便打。鄆哥叫一聲：「你打我！」把籃兒丟出當街上來。那婆子卻待揪他，被這小猴子叫聲「你打」時，就把王婆腰裡帶個住，看著婆子小肚上，只一頭撞將去，爭些兒跌倒，卻得壁子礙住不倒。那猴子死頂住在壁上。只見武大裸起衣裳，大踏步直搶入茶坊裡來。那婆子見了是武大來，急待要攔當時，卻被這小猴子死命頂住，那裡肯放，婆子只叫得：「武大來也！」那婆娘正在房裡，做手腳不迭，先奔來頂住了門。這西門慶便鑽入床底下躲去。武大搶到房裡邊，用手推那房門時，那裡推得開，口裡只叫得：「做得好事！」那婦人頂住著門，慌做一團，口裡便說道：「閒常時，只如鳥嘴賣弄殺好拳棒！急上場時，便沒些用！見個紙虎，也嚇一跤！」那婦人這幾句話，分明教西門慶來打武大，奪路了走。西門慶在床底下，聽了婦人這幾句言語，提醒他這個念頭，便鑽出來，拔開門，叫聲：「不要打。」武大卻待要揪他，被西門慶早飛起右腳，武大矮短，正踢中心窩裡，撲地望後便倒了。西門慶見踢倒了武大，打鬧裡一直走了。鄆哥見不是話頭，撇了王婆撒開。街坊鄰舍都知道西門慶了得，誰敢來多管。王婆當時就地下扶起武大來，見他口裡吐血，面皮臘查也似黃了，便叫那婦人出來，舀碗水來，救得甦醒，兩個上下肩攙著，便從後門扶歸樓上去，安排他床上睡了，正是：

三寸丁兒沒幹才，西門驢貨甚雄哉！
親夫卻教姦夫害，淫毒皆成一套來。

當夜無話。次日，西門慶打聽得沒事，依前自來和這婦人做一處，只指望武大自死。武大一病五日，不能夠起。更兼要湯不見，要水不見；每日叫那婦人不應。又見他濃妝豔抹了出去，歸來時便面顏紅色，武大幾遍氣得發昏，又沒人來睬著。武大叫老婆來吩咐道：「你做的勾當，我親手來捉著你姦，你倒挑撥姦夫踢我心頭，至今求生不生，求死不死，你們卻自去快活！我死自不妨，和你們爭不得了！我的兄弟武二，你須得知他性格；倘或早晚歸來，他肯干休？你若肯可憐我，早早服侍我好了，他歸來時，我都不提！你若不看覷我時，待他歸來，卻和你們說話！」這婦人聽了這話，也不回言，卻踅過來，一五一十都對王婆和西門慶說了。那西門慶聽了這話，卻似提在冰窨子裡，說道：「苦也！我須知景陽岡上打虎的武都頭，他是清河縣第一個好漢！我如今卻和你眷戀日久，情孚意合，卻不恁地理會！如今這等說時，正是怎地好？卻是苦也！」

王婆冷笑道：「我倒不曾見你是個把舵的，我是趁船的，我倒不慌，你倒慌了手腳！」西門慶道：「我枉自做了男子漢，到這般去處，卻擺布不開！你有甚麼主見，遮藏我們則個！」王婆道：「你們卻要長做夫妻，短做夫妻？」西門慶道：「乾娘，你且說如何是長做夫妻，短做夫妻？」王婆道：「若是短做夫妻，你們只就今日便分散，等武大將息好了起來，與他陪了話，武二歸來，都沒言語。待他再差使出去，卻再來相約，這是短做夫妻。你們若要長做夫妻，每日同一處，不擔驚受怕，我卻有一條妙計，只是難教你。」西門慶道：「乾娘周全了我們則個！只要長做夫妻！」王婆道：「這條計用著件東西，別人家裡都沒，天生天化，大官人家裡卻有！」西門慶道：「便是要我的眼睛，也剜來與你。卻是甚麼東西？」王婆道：「如今這搗子病得重，趁他狼狽裡，便好下手。大官人家裡取些砒霜來，卻教大娘子自去贖一帖心疼的藥來，把這砒霜下在裡面，把這矮子結果了，一把火燒得乾乾淨淨的，沒了蹤跡，便是武二回來，待敢怎地？自古道：『嫂叔不通問』；『初嫁從親，再嫁由身』。阿叔如何管得！暗地裡來往一年半載，等待夫孝滿日，大官人娶了家去，這個不是長遠夫妻，偕老同歡？此計如何？」西門慶道：「乾娘，只怕罪過。罷！罷！罷！一不做，二不休！」王婆道：「可知好哩。這是斬草除根，萌芽不發；若是斬草不除根，春來萌芽再發！官人便去取些砒霜來，我自教娘子下手。事了時，卻要重重謝我。」西門慶道：「這個自然，不消你說。」便去真個包了一包砒霜來，把與王婆收了。有詩為證：

戀色迷花不肯休，機謀只望永綢繆。
誰知武二刀頭毒，更比砒霜狠一籌。

這婆子卻看著那婦人道：「大娘子，我教你下藥的法度，如今武大不對你說道，教你看活他？你便把些小意兒貼戀他。他若問你討藥吃時，便把這砒霜調在心疼藥裡。待他一覺身動，你便把藥灌將下去，卻便走了起身。他若毒藥轉時，必然腸胃迸斷，大叫一聲，你卻把被只一蓋，都不要人聽得。預先燒下一鍋湯，煮著一條抹布。他若毒發時，必然七竅內流血，口唇上有牙齒咬的痕跡。他若放了命，便揭起被來，卻將煮的抹布一揩，都沒了血跡，便入在棺材裡，扛出去燒了，有甚麼鳥事！」那婦人道：「好卻是好，只是奴手軟了，臨時安排不得屍首。」王婆道：「這個容易。你只敲壁子，我自過來相幫你。」西門慶道：「你們用心整理，明日五更來討回報。」西門慶說罷，自去了。王婆把這砒霜用手捻為細末，把與那婦人將去藏了。

那婦人卻踅將歸來。到樓上看武大時，一絲沒兩氣，看看待死，那婦人坐在床邊假哭。武大道：「你做甚麼來哭？」那婦人拭著眼淚，說道：「我的一時間不是了，吃那廝局騙了，誰想卻踢了你這腳！我問得一處好藥，我要去贖來醫你，又怕你疑忌了，不敢去取。」武大道：「你救得我活，無事了，一筆都勾，並不記懷。武二家來，亦不提起。快去贖藥來救我則個！」那婦人拿了些銅錢，逕來王婆家裡坐地，卻教王婆去贖了藥來，把到樓上，教武大看了，說道：「這帖心疼藥，太醫教你半夜裡吃。吃了，倒頭把一兩床被發些汗，明日便起得來。」武大道：「卻是好也！生受大嫂，今夜醒睡些個，半夜裡調來我吃。」那婦人道：「你自放心睡，我自服侍你。」

看看天色黑了，那婦人在房裡點上碗燈；下面先燒了一大鍋湯，拿了一片抹布煮在湯裡。聽那更鼓時，卻好正打三更。那婦人先把毒藥傾在盞子裡，卻舀一碗白湯，把到樓上，叫聲：「大哥，藥在那裡？」武大道：「在我席子底下枕頭邊，你快調來與我吃。」那婦人揭起席子，將那藥抖在盞子裡。把那藥貼安了，將白湯沖在盞內。把頭上銀牌兒只一攪，調得勻了；左手扶起武大，右手把藥便灌。武大呷了一口，說道：「大嫂，這藥好難吃！」那婦人道：「只要他醫治得病，管甚麼難吃。」武大再呷第二口時，被這婆娘就勢只一灌，一盞藥都灌下喉嚨去了。那婦人便放倒武大，慌忙跳下床來。武大哎了一聲，說道：「大嫂，吃下這藥去，肚裡倒疼起來！苦呀！苦呀！倒當不得了！」這婦人便去腳後扯過兩床被來，沒頭沒臉只顧蓋。武大叫道：「我也氣悶！」那婦人道：「太醫吩咐，教我與你發些汗，便好得快。」武大再要說時，這婦人怕他掙扎，便跳上床來，騎在武大身上，把手緊緊地按住被角，那裡肯放些鬆寬。正似：

油煎肺腑，火燎肝腸。心窩裡如雪刃相侵，滿腹中似鋼刀亂攪。渾身冰冷，七竅血流。牙關緊咬，三魂赴枉死城中；喉管枯乾，七魄投望鄉臺上。地獄新添食毒鬼，陽間沒了捉姦人。

那武大哎了兩聲，喘息了一回，腸胃迸斷，嗚呼哀哉，身體動不得了！那婦人揭起被來，見了武大咬牙切齒，七竅流血，怕將起來，只得跳下床來，敲那壁子。王婆聽得，走過後門頭咳嗽。那婦人便下樓來開了後門。王婆問道：「了也未？」那婦人道：「了便了了，只是我手腳軟了，安排不得！」王婆道：「有甚麼難處，我幫你便了。」那婆子便把衣袖捲起，舀了一桶湯，把抹布撇在裡面，掇上樓來。捲過了被，先把武大嘴邊唇上都抹了，卻把七竅淤血痕跡拭淨，便把衣裳蓋在屍上。兩個從樓上一步一掇，扛將下來，就樓下尋扇舊門停了，與他梳了頭，戴上巾幘，穿了衣裳，取雙鞋襪與他穿了；將片白絹蓋了臉，揀床乾淨被蓋在死屍身上，卻上樓來，收拾得乾淨了。王婆自轉將歸去了。那婆娘便號號地假哭起養家人來。

看官聽說，原來但凡世上婦人哭，有三樣：有淚有聲謂之哭；有淚無聲謂之泣；無淚有聲謂之號。當下那婦人乾號了一歇，卻早五更。天色未曉，西門慶奔來討信，王婆說了備細。西門慶取銀子把與王婆，教買棺材津送，就叫那婦人商議。這婆娘過來和西門慶說道：「我的武大今日已死，我只靠著你做主！」西門慶道：「這個何須得你說。」王婆道：「只有一件事最要緊，地方上團頭何九叔，他是個精細的人，只怕他看出破綻，不肯殮。」西門慶道：「這個不妨，我自吩咐他便了。他不肯違我的言語。」王婆道：「大官人便用去吩咐他，不可遲誤。」西門慶去了。到天大明，王婆買了棺材，又買些香燭紙錢之類，歸來與那婦人做羹飯，點起一盞隨身燈，鄰舍坊廂都來弔問。那婦人虛掩著粉臉假哭。眾街坊問道：「大郎因甚病患便死了？」那婆娘答道：「因害心疼病症，一日日越重了，看看不能夠好，不幸昨夜三更死了！」又哽哽咽咽假哭起來。眾鄰舍明知道此人死得不明，不敢死問他，只自人情勸道：「死是死了，活的自要過，娘子省煩惱。」那婦人只得假意兒謝了，眾人各自散了。王婆取了棺材，去請團頭何九叔。但是入殮用的都買了，並家裡一應物件也都買了，就叫兩個和尚，晚些伴靈。多樣時，何九叔先撥幾個伙家來整頓。

且說何九叔到巳牌時分，慢慢地走出來，到紫石街巷口，迎見西門慶叫道：「九叔何往？」何九叔答道：「小人只去前面殮這賣炊餅武大郎屍首。」西門慶道：「借一步說話則個。」何九叔跟著西門慶，來到轉角一個小酒店裡，坐下在閣兒內。西門慶道：「何九叔請上坐。」何九叔道：「小人是何等之人，對官人一處坐地。」西門慶道：「九叔何故見外？且請坐。」二人坐定，叫取瓶好酒來。小二一面鋪下菜蔬、果品、按酒之類，即便篩酒。何九叔心中疑忌，想道：「這人從來不曾和我吃酒，今日這杯酒必有蹺蹊。」

兩個吃了半個時辰，只見西門慶去袖子裡摸出一錠十兩銀子，放在桌上，說道：「九叔，休嫌輕微，明日別有酬謝。」何九叔叉手道：「小人無半點效力之處，如何敢受大官人見賜銀兩？

大官人便有使令小人處，也不敢受。」西門慶道：「九叔休要見外，請收過了卻說。」何九叔道：「大官人但說不妨，小人依聽。」西門慶道：「別無甚事，少刻他家也有些辛苦錢。只是如今殮武大的屍首，凡百事周全，一床錦被遮蓋則個，別無多言。」何九叔道：「是這些小事，有甚利害，如何敢受銀兩？」西門慶道：「九叔不收時，便是推卻。」那何九叔自來懼怕西門慶是個刁徒，把持官府的人，只得收了。兩個又吃了幾杯，西門慶叫酒保來記了帳，明日鋪裡支錢。兩個下樓，一同出了店門。西門慶道：「九叔記心，不可洩漏，改日別有報效。」吩咐罷，一直去了。

何九叔心中疑忌，肚裡尋思道：「這件事卻又作怪！我自去殮武大郎屍首，他卻怎地與我許多銀子？這件事必定有蹺蹊！」來到武大門前，只見那幾個伙家在門首伺候。何九叔問道：「這武大是甚病死了？」伙家答道：「他家說害心疼病死了。」何九叔揭起簾子入來。王婆接著道：「久等何叔多時了。」何九叔應道：「便是有些小事絆住了腳，來遲了一步。」只見武大老婆穿著些素淡衣裳，從裡面假哭出來。何九叔道：「娘子省煩惱。可傷大郎歸天去了！」那婦人虛掩著淚眼道：「說不可盡！不想拙夫心疼症候，幾日兒便休了！撇得奴好苦！」何九叔上上下下看了那婆娘的模樣，口裡自暗暗地道：「我從來只聽得說武大娘子，不曾認得他，原來武大卻討著這個老婆。西門慶這十兩銀子有些來歷。」何九叔看著武大屍首，揭起千秋幡，扯開白絹，用五輪八寶萬著兩點神水眼，定睛看時，何九叔大叫一聲，望後便倒，口裡噴出血來，但見指甲青，唇口紫，面皮黃，眼無光。正是：

身如五鼓銜山月，命似三更油盡燈。

畢竟何九叔性命如何？且聽下回分解。

第二十六回　偷骨殖何九叔送喪　供人頭武二郎設祭

話說當時何九叔跌倒在地下，眾伙家扶住。王婆便道：「這是中了惡，快將水來！」噴了兩口，何九叔漸漸地動轉，有些甦醒。王婆道：「且扶九叔回家去，卻理會。」兩個伙家又尋扇舊門，一逕抬何九叔到家裡，大小接著，就在床上睡了。老婆哭道：「笑欣欣出去，卻怎地這般歸來，閒常曾不知中惡！」坐在床邊啼哭。何九叔覷得伙家都不在面前，踢那老婆道：「你不要煩惱，我自沒事。卻才去武大家入殮，到得他巷口，迎見縣前開藥鋪的西門慶，請我去吃了一席酒，把十兩銀子與我，說道：『所殮的屍首，凡事遮蓋則個。』我到武大家，見他的老婆是個不良的人，我心裡有八、九分疑忌。到那裡揭起千秋幡看時，見武大面皮紫黑，七竅內津津出血，唇口上微露齒痕，定是中毒身死。我本待聲張起來，卻怕他沒人作主，惡了西門慶，卻不是去撩蜂剔蠍？待要葫蘆提入了棺殮了，武大有個兄弟，便是前日景陽岡上打虎的武都頭，他是個殺人不眨眼的男子，倘或早晚歸來，此事必然要發。」

老婆便道：「我也聽得前日有人說道：『後巷住的喬老兒子鄆哥，去紫石街幫武大捉姦，鬧了茶坊。』正是這件事了。你卻慢慢的訪問他。如今這事有甚難處。只使伙家自去殮了，就問他幾時出喪。若是停喪在家，待武二歸來出殯，這個便沒甚麼皂絲麻線。若他便出去埋葬了，也不妨。若是他便要出去燒化時，必有蹺蹊。你到臨時，只做去送喪，張人錯眼，拿了兩塊骨頭，和這十兩銀子收著，便是個老大證見。他若回來不問時，便罷。卻不留了西門慶面皮，做一碗飯卻不好？」何九叔道：「家有賢妻，見得極明！」隨即叫伙家吩咐：「我中了惡，去不得，你們便自去殮了。就問他幾時出喪，快來回報。得的錢帛，你們分了，都要停當。若與我錢帛，不可要。」伙家聽了，自來武大家入殮。停喪安靈已罷，回報何九叔道：「他家大娘子說道：『只三日便出殯，去城外燒化。』」伙家各自分錢散了。何九叔對老婆道：「你說這話正是了。我至期只去偷骨殖便了。」

且說王婆一力攛掇，那婆娘當夜伴靈。第二日，請寺僧念些經文。第三日早，眾伙家自來扛抬棺材，也有幾家鄰舍街坊相送。那婦人帶上孝，一路上假哭養家人。來到城外化人場上，便叫舉火燒化。只見何九叔手裡提著一陌紙錢來到場裡。王婆和那婦人接見，道：「九叔，且喜得貴體沒事了。」何九叔道：「小人前日買了大郎一扇籠子母炊餅，不曾還得錢，特地把這陌紙來燒與大郎。」王婆道：「九叔如此志誠！」何九叔把紙錢燒了，就攛掇燒化棺材。王婆和那婦人謝道：「難得何九叔攛掇，回家一發相謝。」何九叔道：「小人到處只是出熱。娘子和乾娘自穩便，齋堂裡去相待眾鄰舍街坊。小人自替你照顧。」使轉了這婦人和那婆子，把火夾去，揀兩塊骨頭拿去撒骨池內只一浸，看那骨頭酥黑。何九叔收藏了，也來齋堂裡和哄了一回。棺木過了殺火，收拾骨殖，撒在池子裡，眾鄰舍各自分散。那何九叔將骨頭歸到家中，把幅紙都寫了年月日期，送喪的人名字，和這銀子一處包了，做一個布袋兒盛著，放在房裡。

再說那婦人歸到家中，去槅子前面設個靈牌，上寫：「亡夫武大郎之位」；靈床子前點一盞琉璃燈，裡面貼些經幡、錢垛、金銀錠、彩繒之屬。每日卻自和西門慶在樓上任意取樂，卻不比先前在王婆房裡只是偷雞盜狗之歡，如今家中又沒人礙眼，任意停眠整宿。自此西門慶整三、五夜不歸去，家中大小亦各不喜歡。原來這女兒坑陷得人，有成時必須有敗，有詩為證：

參透風流二字禪，好姻緣是惡姻緣。
山妻小妾家常飯，不害相思不損錢。

且說西門慶和那婆娘終朝取樂，任意歌飲，交得熟了，卻不顧外人知道，這條街上遠近人家，無有一人不知此事。卻都懼怕西門慶那廝是個刁徒潑皮，誰肯來多管。

常言道：「樂極生悲，否極泰來。」光陰迅速，前後又早四十餘日。卻說武松自從領了知縣言語，監送車仗到東京親戚處，投下了來書，交割了箱籠，街上閒行了幾日，討了回書，領一行人取路回陽谷縣來。前後往回，恰好過了兩個月。去時殘冬天氣，回來三月初頭。於路上只覺神思不安，身心恍惚，趕回要見哥哥，且先去縣裡交納了回書。知縣見了大喜，看罷回書，已知金銀寶物交得明白，賞了武松一錠大銀，酒食款待，不必用說。武松回到下處房裡，換了衣服鞋襪，戴上個新頭巾，鎖上了房門，一逕投紫石街來。兩邊眾鄰舍看見武松回了，都吃一驚。大家捏兩把汗，暗暗的說道：「這番蕭牆禍起了！這個太歲歸來，怎肯干休！必然弄出事來！」

且說武松到門前揭起簾子，探身入來，見了靈床子，寫著：「亡夫武大郎之位」七個字，呆了。睜開雙眼道：「莫不是我眼花了？」叫聲：「嫂嫂，武二歸了。」那西門慶正和這婆娘在樓上取樂，聽得武松叫一聲，驚得屁滾尿流，一直奔後門，從王婆家走了。那婦人應道：「叔叔少坐，奴便來也。」原來這婆娘自從藥死了武大，那裡肯帶孝，每日只是濃妝豔抹，和西門慶做一處取樂；聽得武松叫聲「武二歸來了」，慌忙去面盆裡洗落了脂粉，拔去了首飾釵環，蓬鬆挽了個髻兒，脫去了紅裙繡襖，旋穿上孝裙孝衫，方從樓上哽哽咽咽假哭下來。

武松道：「嫂嫂且住。休哭！我哥哥幾時死了？得甚麼症候？吃誰的藥？」那婦人一頭哭，一頭說道：「你哥哥自從你轉背一、二十日，猛可的害急心疼起來。病了八、九日，求神問卜，甚麼藥不吃過，醫治不得，死了！撇得我好苦！」隔壁王婆聽得，生怕決撒，即便走過來幫他支吾。武松又道：「我的哥哥從來不曾有這般病，如何心疼便死了？」王婆道：「都頭，卻怎地這般說？『天有不測風雲，人有暫時禍福。』誰保得長沒事？」那婦人道：「虧殺了這個乾娘。我又是個沒腳蟹，不是這個乾娘，鄰舍家誰肯來幫我！」武松道：「如今埋在那裡？」婦人道：「我又獨自一個，那裡去尋墳地？沒奈何，留了三日，把出去燒化了。」武松道：「哥哥死得幾日了？」婦人道：「再兩日，便是斷七。」

武松沈吟了半晌，便出門去，逕投縣裡來，開了鎖，去房裡換了一身素白衣服，便叫士兵打了一條麻絛，繫在腰裡。身邊藏了把尖長柄短、背厚刀薄的解腕刀，取了些銀兩在身邊。叫一個士兵鎖上了房門，去縣前買了些米、麵、椒料等物，香燭冥紙，就晚到家敲門。那婦人開了門，武松叫士兵去安排羹飯。武松就靈床子前點起燈燭，鋪設酒餚。到兩個更次，安排得端正，武松撲翻身便拜，道：「哥哥陰魂不遠！你在世時軟弱，今日死後，不見分明！你若是負屈銜冤，被人害了，托夢與我，兄弟替你做主報仇！」把酒澆奠了，燒化冥用紙錢，便放聲大哭，哭得那兩邊鄰舍無不悽惶。那婦人也在裡面假哭。武松哭罷，將羹飯酒餚和士兵吃了，討兩條席子，叫士兵中門旁邊睡。武松把條席子就靈床前睡。那婦人自上樓去，下了樓門自睡。

約莫將近三更時候，武松翻來覆去睡不著。看那士兵時，齁齁的卻似死人一般挺著。武松爬將起來，看那靈床子前琉璃燈半明半滅。側耳聽那更鼓時，正打三更三點。武松嘆了一口氣，坐在席子上自言自語，口裡說道：「我哥哥生時懦弱，死了卻有甚分明！」說猶未了，只見靈床子下捲起一陣冷氣來，盤旋昏暗，燈都遮黑了，壁上紙錢亂飛。那陣冷氣逼得武松毛髮皆豎，定睛看時，只見個人從靈床底下鑽將出來，叫聲：「兄弟！我死得好苦！」武松聽不仔細，卻待向前來再看時，並沒有冷氣，亦不見人。自家便一跤攧翻在席子上坐地，尋思是夢非夢，回頭看那士兵時正睡著。武松想道：「哥哥這一死，必然不明！卻才正要報我知道，又被我的神氣沖散了他的魂魄！」放在心裡不提，等天明卻又理會。詩曰：

可怪人稱三寸丁，生前混沌死精靈。
不因同氣能相感，冤鬼何從夜現形？

天色漸明了，士兵起來燒湯。武松洗漱了，那婦人也下樓來，看著武松道：「叔叔，夜來煩惱？」武松道：「嫂嫂，我哥哥端的甚麼病死了？」那婦人道：「叔叔，卻怎地忘了？夜來已對叔叔說了，害心疼病死了。」武松道：「卻贖誰的藥吃？」那婦人道：「現有藥帖在這裡。」武松道：「卻是誰買棺材？」那婦人道：「央及隔壁王乾娘去買。」武松道：「誰來扛抬出去？」

那婦人道：「是本處團頭何九叔，盡是他維持出去。」武松道：「原來恁地。且去縣裡畫卯，卻來。」便起身帶了士兵，走到紫石街巷口，問士兵道：「你認得團頭何九叔麼？」士兵道：「都頭恁地忘了？前項他也曾來與都頭作慶。他家只在獅子街巷內住。」武松道：「你引我去。」

士兵引武松到何九叔門前，武松道：「你自先去。」士兵去了。武松卻推開門來，叫聲：「何九叔在家麼？」這何九叔卻才起來，聽得是武松歸了，嚇得手忙腳亂，頭巾也戴不迭，急急取了銀子和骨殖藏在身邊，便出來迎接道：「都頭幾時回來？」武松道：「昨日方回。到這裡有句閒話說則個，請那尊步同往。」何九叔道：「小人便去。都頭，且請拜茶。」武松道：「不必，免賜。」兩個一同出到巷口酒店裡坐下，叫量酒人打兩角酒來。何九叔起身道：「小人不曾與都頭接風，何故反擾？」武松道：「且坐。」何九叔心裡已猜八、九分。量酒人一面篩酒，武松更不開口，且只顧吃酒。何九叔見他不做聲，倒捏兩把汗，卻把些話來撩他。武松也不開言，並不把話來提起。酒已數杯，只見武松揭起衣裳，颼的掣出把尖刀來，插在桌子上。量酒的驚得呆了，那裡肯近前。看何九叔面色青黃，不敢吐氣。武松捋起雙袖，握著尖刀，指何九叔道：「小子粗疏，還曉得『冤各有頭，債各有主』！你休驚怕，只要實說，對我一一說知哥哥死的緣故，便不干涉你！我若傷了你，不是好漢！倘若有半句兒差，我這口刀立定教你身上添三、四百個透明的窟窿！閒言不道，你只直說我哥哥死的屍首是怎地模樣！」

武松說罷，一雙手按住胳膝，兩隻眼睜得圓彪彪地，看著何九叔。何九叔便去袖子裡取出一個袋兒，放在桌子上道：「都頭息怒。這個袋兒便是一個大證見。」武松用手打開，看那袋兒裡時，兩塊酥黑骨頭，一錠十兩銀子，便問道：「怎地見得是老大證見？」何九叔道：「小人並然不知前後因地，忽於正月二十二日在家，只見茶坊的王婆來呼喚小人殮武大郎屍首。至日，行到紫石街巷口，迎見縣前開生藥鋪的西門慶大郎，攔住邀小人同去酒店裡吃了一瓶酒。西門慶取出這十兩銀子付與小人，吩咐道：『所殮的屍首，凡百事遮蓋。』小人從來得知道那人是個刁徒，不容小人不接。吃了酒食，收了這銀子，小人去到大郎家裡，揭起千秋幡，只見七竅內有瘀血，脣口上有齒痕，係是生前中毒的屍首。小人本待聲張起來，只是又沒苦主。他的娘子已自道是害心疼病死了。因此，小人不敢聲張，自咬破舌尖，只做中了惡，扶歸家來了，只是伙家自去殮了屍首，不曾接受一文。第三日，聽得扛出去燒化，小人買了一陌紙去山頭假做人情。使轉了王婆並令嫂，暗拾了這兩塊骨頭，包在家裡。這骨殖酥黑，係是毒藥身死的證見。這張紙上寫著年月日時並送喪人的姓名，便是小人口詞了。都頭詳察。」武松道：「姦夫還是何人？」何九叔道：「卻不知是誰。小人閒聽得說來，有個賣梨兒的鄆哥，那小廝曾和大郎去茶坊裡捉姦。這條街上，誰人不知。都頭要知備細，可問鄆哥。」武松道：「是！既然有這個人時，一同去走一遭。」武松收了刀，藏了骨頭、銀子，算還酒錢，便同何九叔望鄆哥家裡來。

卻好走到他門前，只見那小猴子挽著個柳籠栲栳在手裡，糴米歸來。何九叔叫道：「鄆哥，你認得這位都頭麼？」鄆哥道：「解大蟲來時，我便認得了！你兩個尋我做甚麼？」鄆哥那小廝也瞧了八分，便說道：「只是一件，我的老爹六十歲沒人養贍，我卻難相伴你們吃官司耍。」武松道：「好兄弟。」便去身邊取五兩來銀子道：「你把去與老爹做盤纏，跟我來說話。」鄆哥自心裡想道：「這五兩銀子，如何不盤纏得三、五個月？便陪侍他吃官司也不妨！」將銀子和米把與老兒，便跟了二人出巷口一個飯店樓上來。

武松叫過賣造三分飯來，對鄆哥道：「兄弟，你雖年紀幼小，倒有養家孝順之心，卻才與你這些銀子，且做盤纏。我有用著你處，事務了畢時，我再與你十四、五兩銀子做本錢。你可備細說與我：你恁地和我哥哥去茶坊裡捉姦？」鄆哥道：「我說與你，你卻不要氣苦。我從今年正月十三日，提得一籃兒雪梨要去尋西門慶大郎掛一勾子，一地裡沒尋他處。問人時，說道：『他在紫石街王婆茶坊裡，和賣炊餅的武大老婆做一處。如今刮上了他，每日只在那裡。』我聽得了這話，一逕奔去尋他，叵耐王婆老豬狗攔住，不放我入房裡去。吃我把話來侵他底子，那豬狗便打我一頓栗暴，直叉我出來，將我梨兒都傾在街上。我氣苦了，去尋你大郎，說與他備細，他便要去捉姦。我道：『你不濟事，西門慶那廝手腳了得！你若捉他不著，反吃他告了，倒不好。我明日和你約在巷口取齊，你便少做些炊餅出來。我若張見西門慶入茶坊裡去時，我先入去，你便寄了擔兒等著。只看我丟出籃兒來，你便搶入來捉姦。』我這日又提了一籃梨兒，逕去茶坊裡。被我罵那老豬狗，那婆子便來打我，吃我先把籃兒撇出街上，一頭頂住那老狗在壁上。武大郎卻搶入去時，婆子要去攔截，卻被我頂住了，只叫得：『武大來也！』原來倒吃他兩個頂住了門。大郎只在房門外聲張，卻不提防西門慶那廝開了房門，奔出來，把大郎一腳踢倒了。我見那婦人隨後便出來，扶大郎不動，我慌忙也自走了。過得五、七日，說大郎死了。我卻不知怎地死了？」武松問道：「你這話是實了？你卻不要說謊！」鄆哥道：「便到官府，我也只是這般說。」武松道：「說得是，兄弟。」便討飯來吃了，還了飯錢。三個人下樓來。何九叔道：「小人告退。」武松道：「且隨我來，正要你們與我證一證。」把兩個一直帶到縣廳上。

知縣見了問道：「都頭告甚麼？」武松告說：「小人親兄武大，被西門慶與嫂通姦，下毒藥謀殺性命。這兩個便是證見，要相公做主則個。」知縣先問了何九叔並鄆哥口詞，當日與縣吏商議。原來縣吏都是與西門慶有首尾的，官人自不必說。因此，官吏通同計較道：「這件事難以理問。」知縣道：「武松，你也是個本縣都頭，不省得法度。自古道：『捉姦見雙，捉賊見贓，殺人見傷。』你那哥哥的屍首又沒了，你又不曾捉得他姦；如今只憑這兩個言語便問他殺人公事，莫非忒偏向麼?你不可造次，須要自己尋思，當行即行。」武松懷裡去取出兩塊酥黑骨頭、十兩銀子、一張紙，告道：「覆告相公：這個須不是小人捏合出來的。」知縣看了道：「你且起來，待我從長商議。可行時，便與你拿問。」何九叔、鄆哥都被武松留在房裡。當日西門慶得知，卻使心腹人來縣裡許官吏銀兩。

次日早晨，武松在廳上告稟，催逼知縣拿人。誰想這官人貪圖賄賂，回出骨殖並銀子來，說道：「武松，你休聽外人挑撥你和西門慶做對頭。這件事不明白，難以對理。聖人云：『經目之事，猶恐未真；背後之言，豈能全信?』不可一時造次。」獄吏便道：「都頭，但凡人命之事，須要屍、傷、病、物、蹤，五件俱全，方可推問得。」武松道：「既然相公不准所告，且卻又理會。」收了銀子和骨殖，再付與何九叔收下了。下廳來到自己房內，叫士兵安排飯食與何九叔同鄆哥吃。「留在房裡相等一等，我去便來也。」又自帶了三、兩個士兵，離了縣衙，將了硯瓦筆墨，就買了三、五張紙藏在身邊，就叫兩個士兵買了個豬首、一隻鵝、一隻雞、一擔酒，和些果品之類，安排在家裡。約莫也是巳牌時候，帶了個士兵來到家中。那婦人已知告狀不准，放下心不怕他，大著膽看他怎的。

武松叫道：「嫂嫂下來，有句話說。」那婆娘慢慢地行下樓來，問道：「有甚麼話說？」武松道：「明日是亡兄斷七，你前日惱了諸鄰舍街坊，我今日特地來把杯酒，替嫂嫂相謝眾鄰。」那婦人大剌剌地說道：「謝他們怎地？」武松道：「禮不可缺。」喚士兵先去靈床子前，明晃晃的點起兩枝蠟燭，焚起一爐香，列下一陌紙錢。把祭物去靈前擺了，堆盤滿宴，鋪下酒食果品之類，叫一個士兵後面盪酒，兩個士兵門前安排桌凳，又有兩個前後把門。武松自吩咐定了，便叫：「嫂嫂，來待客，我去請來。」先請隔壁王婆。那婆子道：「不消生受，教都頭作謝。」武松道：「多多相擾了乾娘，自有個道理。先備一杯菜酒，休得推故。」那婆子取了招兒，收拾了門戶，從後門走過來。武松道：「嫂嫂坐主位，乾娘對席。」婆子已知道西門慶回話了，放心著吃酒。兩個都心裡道：「看他怎地！」

武松又請這邊下鄰開銀鋪的姚二郎姚文卿。二郎道：「小人忙些，不勞都頭生受。」武松拖住便道：「一杯淡酒，又不長久，便請到家。」那姚二郎只得隨順到來，便教去王婆肩下坐了。又去對門請兩家，一家是開紙馬桶鋪的趙四郎趙仲銘。四郎道：「小人買賣撇不得，不及陪奉。」武松道：「如何使得！眾高鄰都在那裡了。」不由他不來，被武松扯到家裡，道：「老人家爺父一般。」便請在嫂嫂肩下坐了。又請對門那賣冷酒店的胡正卿。那人原是吏官出身，便瞧道有些尷尬，那裡肯來，被武松不管他，拖了過來，卻請去趙四郎肩下坐了。武松道：「王婆，你隔壁是誰？」王婆道：「他家是賣餶飿兒的張公。」卻好正在屋裡，見武松入來，吃了一驚道：「都頭，沒甚話說？」武松道：「家間多擾了街坊，相請吃杯淡酒。」那老兒道：「哎呀！老子不曾有些禮數到都頭家，卻如何請老子吃酒？」武松道：「不成微敬，便請到家。」老兒吃武松拖了過來，請去姚二郎肩下坐地。說話的，為何先坐的不走了？原來都有士兵前後把著門，都似監禁的一般。

且說武松請到四家鄰舍，並王婆和嫂嫂共是六人。武松掇條凳子，卻坐在橫頭，便叫士兵把前後門關了。那後面士兵自來篩酒。武松唱個大喏，說道：「眾高鄰休怪小人粗魯，胡亂請些個。」眾鄰舍道：「小人們都不曾與都頭洗泥接風，如今倒來反擾。」武松笑道：「不成意思，眾高鄰休得笑話則個。」士兵只顧篩酒。眾人懷著鬼胎，正不知怎地。看看酒至三杯，那胡正卿便要起身，說道：「小人忙些個。」武松叫道：「去不得！既來到此，便忙也坐一坐。」那胡正卿心頭十五個吊桶打水，七上八下，暗暗地心思道：「既是好意請我們吃酒，如何卻這般相待，不許人動身！」只得坐下。武松道：「再把酒來篩。」士兵斟到第四杯酒，前後共吃了七杯酒過，眾人卻似吃了呂太后一千個筵席！只見武松喝叫士兵，且收拾過了杯盤，少間再吃。武松抹桌子。眾鄰舍卻待起身，武松把兩隻手一攔，道：「正要說話。一干高鄰在這裡，中間那位高鄰會寫字？」姚二郎便道：「此位胡正卿極寫得好。」武松便唱個喏，道：「相煩則個！」便捲起雙袖，去衣裳底下颼地只一掣，掣出那口尖刀來。右手四指籠著刀靶，大拇指按住掩心，兩隻圓彪彪怪眼睜起道：「諸位高鄰在此，小人『冤各有頭，債各有主』，只要眾位做個證見！」

只見武松左手拿住嫂嫂，右手指定王婆，四家鄰舍驚得目瞪口呆，罔知所措，都面面廝覷，不敢做聲。武松道：「高鄰休怪，不必吃驚。武松雖是個粗魯漢子，便死也不怕！還省得『有冤報冤，有仇報仇』，並不傷犯眾位，只煩高鄰做個證見。若有一位先走的，武松翻過臉來休怪！教他先吃我五、七刀了去，武二便償他命也不妨！」眾鄰舍都目瞪口呆，再不敢動。武松看著王婆，喝道：「兀的老豬狗聽著！我的哥哥這個性命都在你身上！慢慢地卻問你！」回過臉來，看著婦人罵道：「你那淫婦聽著！你把我的哥哥性命，怎地謀害了？從實招來，我便饒你！」那婦人道：「叔叔，你好沒道理！你哥哥自害心疼病死了，干我甚事！」

說猶未了，武松把刀胳察了插在桌子上，用左手揪住那婦人頭髻，右手劈胸提住；把桌子一腳踢倒了，隔桌子把這婦人輕輕地提將過來，一交放翻在靈床面前，兩腳踏住。右手拔起刀來，指定王婆道：「老豬狗！你從實說！」那婆子要脫身脫不得，只得道：「不消都頭發怒，老身自說便了。」武松叫士兵取過紙墨筆硯，排好了桌子，把刀指著胡正卿道：「相煩你與我聽一句，寫一句。」胡正卿胳胳搭搭抖著說：「小……小人……便……寫……寫。」討了些硯水，磨起墨來。胡正卿拿著筆拂那紙，道：「王婆，你實說！」那婆子道：「又不干我事，教說甚麼？」武松道：「老豬狗！我都知了，你賴那個去？你不說時，我先剮了這個淫婦，後殺你這老狗！」提起刀來，望那婦人臉上便搠兩搠。那婦人慌忙叫道：「叔叔！且饒我！你放我起來，我說便了！」

武松一提，提起那婆娘，跪在靈床子前，喝一聲：「淫婦快說！」那婦人驚得魂魄都沒了，只得從實招說。將那日放簾子因打著西門慶起，並做衣裳入馬通姦，一一地說。次後來怎生踢了武大，因何設計下藥，王婆怎地教唆撥置，從頭至尾，說了一遍。武松叫他說一句，卻叫胡正卿寫一句。王婆道：「咬蟲！你先招了，我如何賴得過！只苦了老身！」王婆也只得招認了。把這婆子口詞也叫胡正卿寫了。從頭至尾都寫在上面。叫他兩個都點指畫了字，就叫四家鄰舍畫了名，也畫了字。叫士兵解搭膊來，背剪綁了這老狗，捲了口詞，藏在懷裡。叫士兵取碗酒來供養在靈床子前，拖過這婦人來跪在靈前，喝那老狗也跪在靈前，灑淚道：「哥哥靈魂不遠！今日兄弟與你報仇雪恨！」叫士兵把紙錢點著。那婦人見勢不好，卻待要叫，被武松腦揪倒來，兩隻腳踏住他兩隻胳膊，扯開胸脯衣裳。說時遲，那時快，把尖刀去胸前只一剜，口裡銜著刀，雙手去挖開胸脯，摳出心肝五臟，供養在靈前。胳察一刀便割下那婦人頭來，血流滿地。四家鄰舍眼都定了，只掩了臉，看他忒凶，又不敢勸，只得隨順他。武松叫士兵去樓上取下一床被來把婦人頭包了，揩了刀，插在鞘裡，洗了手，唱個喏道：「有勞高鄰，甚是休怪。且請眾位樓上少坐，待武二便來。」四家鄰舍都面面相看，不敢不依他，只得都上樓去坐了。武松吩咐士兵，也教押了王婆上樓去。關了樓門，著兩個士兵在樓下看守。

武松包了婦人那顆頭，一直奔西門慶生藥鋪前來，看著主管，唱個喏，問道：「大官人在麼？」主管道：「卻才出去。」武松道：「借一步閒說一句。」那主管也有些認得武松，不敢不出來。武松一引引到側首僻靜巷內，驀然翻過臉來道：「你要死卻是要活？」主管慌道：「都頭在上，小人又不曾傷犯了都……」武松道：「你要死，休說西門慶去向！你若要活，實對我說西門慶在那裡！」主管道：「卻才和一個相識去獅子橋下大酒樓上吃酒。」武松聽了，轉身便走。那主管驚得半晌移腳不動，自去了。

且說武松逕奔到獅子橋下酒樓前，便問酒保道：「西門慶大郎和甚人吃酒？」酒保道：「和一個一般的財主，在樓上街邊閣兒裡吃酒。」武松一直撞到樓上，去閣子前張時，窗眼裡見西門慶坐著主位，對面一個坐著客席，兩個唱的粉頭坐在兩邊。武松把那被包打開一抖，那顆人頭血淋淋的滾出來。武松左手提了人頭，右手拔出尖刀，挑開簾子，鑽將入來，把那婦人頭望西門慶臉上摜將來。西門慶認得是武松，吃了一驚，叫聲：「哎呀！」便跳起在凳子上去，一隻腳跨上窗檻，要尋走路，見下面是街，跳不下去，心裡正慌。說時遲，那時快，武松卻用手略按一按，托地已跳在桌子上，把些盞兒、碟兒都踢下來。兩個唱的行院驚得走不動。那個財主官人慌了腳手，也驚倒了。西門慶見來得凶，便把手虛指一指，早飛起右腳來。武松只顧奔入去，見他腳起，略閃一閃，恰好那一腳正踢中武松右手，那口刀踢將起來，直落下街心裡去了。西門慶見踢去了刀，心裡便不怕他，右手虛照一照，左手一拳，照著武松心窩裡打來。卻被武松略躲個過，就勢裡從脅下鑽入來，左手帶住頭，連肩胛只一提，右手早捽住西門慶左腳，叫聲「下去」，那西門慶，一者冤魂纏定，二乃天理難容，三來怎當武松勇力，只見頭在下，腳在上，倒撞落在街心裡去了，跌得個「發昏章第十一」！街上兩邊人都吃了一驚。

武松伸手下凳子邊，提了淫婦的頭，也鑽出窗子外，湧身望下只一跳，跳在當街上，先搶了那口刀在手裡，看這西門慶已跌得半死，直挺挺在地下，只把眼來動。武松按住，只一刀，割下西門慶的頭來，把兩顆頭相結在一處，提在手裡，把著那口刀，一直奔回紫石街來。叫士兵開了門，將兩顆人頭供養在靈前，把那碗冷酒澆奠了，又灑淚道：「哥哥靈魂不遠，早升天界！兄弟與你報仇，殺了姦夫和淫婦，今日就行燒化。」便叫士兵樓上請高鄰下來，把那婆子押在前面。武松拿著刀，提了兩顆人頭，再對四家鄰舍道：「我又有一句話，對你們高鄰說，須去不得！」那四家鄰舍叉手拱立，盡道：「都頭但說，我眾人一聽尊命。」武松說出這幾句話來，有分教：景陽岡好漢，屈做囚徒；陽谷縣都頭，變作行者。畢竟武松說出甚話來？且聽下回分解。

第二十七回 母夜叉孟州道賣人肉 武都頭十字坡遇張青

話說當下武松對四家鄰舍道：「小人因與哥哥報仇雪恨，犯罪正當其理，雖死而不怨，卻才甚是驚嚇了高鄰。小人此一去，存亡未保，死活不知。我哥哥靈床子就今燒化了。家中但有些一應物件，望煩四位高鄰與小人變賣些錢來，作隨衙用度之資，聽候使用。今去縣裡首告，休要管小人罪犯輕重，只替小人從實證一證。」隨即取靈牌和紙錢燒化了。樓上有兩個箱籠，取下來，打開看了，付與四鄰收貯變賣。卻押那婆子，提了兩顆人頭，逕投縣裡來。此時哄動了一個陽谷縣，街上看的人不計其數。知縣聽得人來報了，先自駭然，隨即升廳。武松押那王婆在廳前跪下，行兇刀子和兩顆人頭放在階下。武松跪在左邊，婆子跪在中間，四家鄰舍跪在右邊。武松懷中取出胡正卿寫的口詞，從頭至尾告說一遍。知縣叫那令史先問了王婆口詞，一般供說，四家鄰舍指證明白，又喚過何九叔、鄆哥，都取了明白供狀。喚當該仵作行人，委吏一員，把這一干人押到紫石街，檢驗了婦人身屍；獅子橋下酒樓前，檢驗了西門慶身屍，明白填寫屍單格目，回到縣裡，呈堂立案。知縣叫取長枷，且把武松同這婆子枷了，收在監內。一干平人寄監在門房裡。

且說縣官念武松是個義氣烈漢，又想他上京去了這一遭，一心要周全他；又尋思他的好處，便喚該吏商議道：「念武松那廝是個有義的漢子，把這人們招狀從新做過，改作：『武松因祭獻亡兄武大，有嫂不容祭祀，因而相爭。婦人將靈床推倒，救護亡兄神主，與嫂鬥毆，一時殺死。次後西門慶因與本婦通姦，前來強護，因而鬥毆；互相不服，扭打至獅子橋邊，以致鬥殺身死。』」讀款狀與武松聽了，寫一道申解公文，將這一干人犯，解本管東平府申請發落。這陽谷縣雖是個小縣分，倒有仗義的人。有那上戶之家，都資助武松銀兩。也有送酒食錢米與武松的。武松到下處將行李寄頓士兵收了，將了十二、三兩銀子與了鄆哥的老爹。武松管下的士兵大半相送酒肉不迭。當下縣吏領了公文，抱著文卷並何九叔的銀子、骨殖、招詞、刀仗，帶了一干人犯，上路望東平府來。眾人到得府前，看的人哄動了衙門口。且說府尹陳文昭聽得報來，隨即升廳。那官人：

平生正直，稟性賢明。幼曾雪案攻書，長向金鑾對策。戶口增，錢糧辦，黎民稱德滿街衢；詞訟減，盜賊休，父老讚歌喧市井。慷慨文章欺李社，賢良德政勝龔黃。

那陳府尹是個聰察的官，已知這件事了。便叫押過這一干人犯，就當廳先把陽谷縣申文看了，又把各人供狀招款看過，將這一干人一一審錄一遍；把贓物並行兇刀仗封了，發與庫子收領上庫；將武松的長枷換了一面輕罪枷枷了，下在牢裡；把這婆子換一面重囚枷釘了，禁在提事司監死囚牢裡收了。喚過縣吏領了回文，發落何九叔、鄆哥、四家鄰舍：「這六人且帶回縣去，寧家聽候。本主西門慶妻子留在本府羈管聽候。等朝廷明降，方始細斷。」那何九叔、鄆哥、四家鄰舍，縣吏領了，自回本縣去了。武松下在牢裡，自有幾個士兵送飯。

且說陳府尹哀憐武松是個仗義的烈漢，時常差人看覷他，因此節級、牢子都不要他一文錢，倒把酒食與他吃。陳府尹把這招稿卷宗都改得輕了，申去省院詳審議罪；卻使心腹人齎了一封緊要密書，星夜投京師來替他幹辦。那刑部官有和陳文昭好的，把這件事直稟過了省院官，議下罪犯：「據王婆生情造意，哄誘通姦，唆使本婦下藥毒死親夫；又令本婦趕逐武松，不容祭祀親兄，以致殺死人命，唆令男女故失人倫，擬合凌遲處死。據武松雖係報兄之仇，鬥殺西門慶姦夫人命，亦則自首，難以釋免，脊杖四十，刺配二千里外。姦夫淫婦雖該重罪，已死勿論。其餘一干人犯，釋放寧家。文書到日，即便施行。」東平府尹陳文昭看了來文，隨即行移，拘到何九叔、鄆哥並四家鄰舍和西門慶妻小，一干人等都到廳前聽斷。牢中取出武松，讀了朝廷明降，開了長枷，脊杖四十。上下公人都看覷他，只有五、七下著肉。取一面七斤半鐵葉團頭護身枷釘了，臉上免不得刺了兩行「金印」，迭配孟州牢城。其餘一干眾人，省諭發落，各放寧家。大牢裡取出王婆，當廳聽命。讀了朝廷明降，寫了犯由牌，畫了伏狀，便把這婆子推上木驢，四道長釘，三條綁索，東平府尹判了一個字：「剮」上坐，下抬。破鼓響，碎鑼鳴。犯由前引，混棍後催。兩把尖刀舉，一朵紙花搖，帶去東平府市心裡，吃了一剮。

話裡只說武松帶上行枷，看剮了王婆，有那原舊的上鄰姚二郎，將變賣家私什物的銀兩交付與武松收受，作別自回去了，當廳押了文帖，著兩個防送公人領了，解赴孟州交割。府尹發落已了。只說武松與兩個防送公人上路，有那原跟的士兵付與了行李，亦回本縣去了。武松自和兩個公人離了東平府，迤邐取路投孟州來。那兩個公人知道武松是個好漢，一路只是小心服侍他，不敢輕慢他些個。武松見他兩個小心，也不和他計較。包裹裡有的是金銀，但過村坊鋪店，便買酒買肉和他兩個公人吃。

話休絮繁。武松自從三月初頭殺了人，坐了兩個月監房，如今來到孟州路上，正是六月前後，炎炎火日當天，爍石流金之際，只得趕早涼而行。約莫也行了二十餘日，來到一條大路，三個人已到嶺上，卻是巳牌時分。武松道：「你們且休坐了，趕下嶺去，尋些酒肉吃。」兩個公人道：「也說得是。」三個人奔過嶺來，只一望時，見遠遠地土坡下，約有數間草房，傍著溪邊柳樹上挑出個酒簾兒。武松見了，指道：「那裡不有個酒店！」三個人奔下嶺來，山岡邊見個樵夫挑一擔柴過去。武松叫道：「漢子，借問這裡叫做甚麼去處？」樵夫道：「這嶺是孟州道。嶺前面大樹林邊便是有名的十字坡。」武松問了，自和兩個公人一直奔到十字坡邊看時，為頭一株大樹，四、五個人抱不交，上面都是枯藤纏著。看看抹過大樹邊，早望見一個酒店，門前窗檻邊坐著一個婦人，露出綠紗衫兒來，頭上黃烘烘的插著一頭釵環，鬢邊插著些野花。見武松同兩個公人來到門前，那婦人便走起身來迎接，下面繫一條鮮紅生絹裙，搽一臉胭脂鉛粉，敞開胸脯，露出桃紅紗主腰，上面一色金紐。見那婦人如何？

眉橫殺氣，眼露凶光。轆軸般蠢坌腰肢，棒錘似粗莽手腳。厚鋪著一層膩粉，遮掩頑皮；

濃搽就兩暈胭脂，直侵亂髮。金釧牢籠魔女臂，紅衫照映夜叉精。

說道：「客官，歇腳了去。本家有好酒、好肉。要點心時，好大饅頭！」兩個公人和武松入到裡面，一副柏木桌凳座頭上，兩個公人倚了棍棒，解下那纏袋，上下肩坐了。武松先把脊背上包裹解下來放在桌子上，解了腰間搭膊，脫下布衫。兩個公人道：「這裡又沒人看見，我們擔些利害，且與你除了這枷，快活吃兩碗酒。」便與武松揭了封皮，除下枷來，放在桌子底下，都脫了上半截衣裳，搭在一邊窗檻上。

只見那婦人笑容可掬道：「客官，打多少酒？」武松道：「不要問多少，只顧盪來。肉便切三、五斤來。一發算錢還你。」那婦人道：「也有好大饅頭。」武松道：「也把三、二十個來做點心。」那婦人嘻嘻地笑著，入裡面托出一大桶酒來，放下三只大碗，三雙箸，切出兩盤肉來，一連篩了四、五巡酒，去灶上取一籠饅頭來放在桌子上。兩個公人拿起來便吃。武松取一個拍開看了，叫道：「酒家，這饅頭是人肉的，是狗肉的？」那婦人嘻嘻笑道：「客官，休要取笑。清平世界，蕩蕩乾坤，那裡有人肉的饅頭，狗肉的滋味？我家饅頭積祖是黃牛的。」武松道：「我從來走江湖上，多聽得人說道：

大樹十字坡，客人誰敢那裡過？
肥的切做饅頭餡，瘦的卻把去填河！

」那婦人道：「客官，那得這話？這是你自捏出來的。」武松道：「我見這饅頭餡內有幾根毛，一像人小便處的毛一般，以此疑忌。」武松又問道：「娘子，你家丈夫卻怎地不見？」那婦人道：「我的丈夫出外做客未回。」武松道：「恁地時，你獨自一個須冷落？」那婦人笑著尋思道：「這賊配軍卻不是作死！倒來戲弄老娘，正是『燈蛾撲火，惹焰燒身，』不是我來尋你。我且先對付那廝！」這婦人便道：「客官，休要取笑！再吃幾碗了，去後面樹下乘涼。要歇，便在我家安歇不妨。」

武松聽了這話，自家肚裡尋思道：「這婦人不懷好意了，你看我且先耍他！」武松又道：「大娘子，你家這酒好生淡薄，別有甚好酒，請我們吃幾碗。」那婦人道：「有些十分香美的好酒，只是渾些。」武松道：「最好，越渾越好。」那婦人心裡暗笑，便去裡面托出一鏇渾色酒來。武松看了道：「這個正是好生酒，只宜熱吃最好。」那婦人道：「還是這位客官省得。我燙來你嘗看。」婦人自笑道：「這個賊配軍正是該死！倒要熱吃！這藥卻是發作得快！那廝便是我手裡行貨！」燙得熱了，把將過來篩作三碗，笑道：「客官，試嘗這酒。」兩個公人那裡忍得饑渴，只顧拿起來吃了。武松便道：「娘子，我從來吃不得寡酒，你再切些肉來與我過口。」張得那婦人轉身入去，卻把這酒潑在僻暗處，只虛把舌頭來咂，道：「好酒！還是這個酒沖得人動！」

那婦人那曾去切肉，只虛轉一遭，便出來拍手叫道：「倒也！倒也！」那兩個公人只見天旋地轉，噤了口，望後撲地便倒。武松也雙眼緊閉，撲地仰倒在凳邊。只聽得笑道：「著了，由你奸似鬼，吃了老娘的洗腳水！」便叫：「小二、小三，快出來！」只聽得飛奔出兩個蠢漢來，先把兩個公人先扛了進去。這婦人便來桌上提那包裹並公人的纏袋。想是捏一捏，約莫裡面已是金銀。只聽得他大笑道：「今日得這三個行貨倒有好兩日饅頭賣，又得這若干東西！」聽得把包裹纏袋提入進去了，隨聽他出來看這兩個漢子扛抬武松，那裡扛得動，直挺挺在地下，卻似有千百斤重的。只聽得婦人喝道：「你這鳥男女只會吃飯、吃酒，全沒些用，直要老娘親自動手！這個鳥大漢卻也會戲弄老娘！這等肥胖，好做黃牛肉賣。那兩個瘦蠻子只好做水牛肉賣。扛進去，先開剝這廝！」聽他一頭說，一頭想是脫那綠紗衫兒，解了紅絹裙子，赤膊著，便來把武松輕輕提將起來。武松就勢抱住那婦人，把兩隻手一拘，拘將攏來，當胸前摟住；卻把兩隻腿望那婦人下半截只一挾，壓在婦人身上，只見他殺豬也似叫將起來。那兩個漢子急待向前，被武松大喝一聲，驚得呆了。那婦人被按壓在地上，只叫道：「好漢饒我！」那裡敢掙扎。正是：

麻翻打虎人，饅頭要發酵。
誰知真英雄，卻會惡取笑。
牛肉賣不成，反做殺豬叫！

只見門前一人挑一擔柴歇在門首。望見武松按倒那婦人在地上，那人大踏步跑將進來，叫道：「好漢息怒！且饒恕了，小人自有話說。」武松跳將起來，把左腳踏住婦人，提著雙拳，看那人時，頭戴青紗凹面巾，身穿白布衫，下面腿絣護膝，八搭麻鞋，腰繫著纏袋。生得三拳骨叉臉兒，微有幾根髭髯，年近三十五、六，看著武松，叉手不離方寸，說道：「願聞好漢大名？」武松道：「我行不更名，坐不改姓！都頭武松的便是！」那人道：「莫不是景陽岡打虎的武都頭？」武松回道：「然也！」那人納頭便拜道：「聞名久矣，今日幸得拜識。」武松道：「你莫非是這婦人的丈夫？」那人道：「是小人的渾家『有眼不識泰山』，不知怎地觸犯了都頭？可看小人薄面，望乞恕罪！」正是：

自古嗔拳輸笑面，從來禮教服奸邪。
只因義勇真男子，降伏凶頑母夜叉。

武松慌忙放起婦人來，便問：「我看你夫妻兩個也不是等閒的人，願求姓名。」那人便叫婦人穿了衣裳，快近前來拜了武松。武松道：「卻才衝撞，嫂嫂休怪。」那婦人便道：「有眼不識好人，一時不是，望伯伯恕罪。且請伯伯裡面坐地。」武松又問道：「你夫妻二位高姓大名？如何知我姓名？」那人道：「小人姓張名青，原是此間光明寺種菜園子。為因一時爭些小事，性起，把這光明寺僧行殺了，放把火燒做白地，後來也沒對頭，官司也不來問，小人只在此大樹坡下剪徑。忽一日，有個老兒挑擔子過來，小人欺負他老，搶出去和他廝併，鬥了二十餘合，被那老兒一匾擔打翻。原來那老兒年紀小時專一剪徑，因見小人手腳活便，帶小人歸去到城裡，教了許多本事，又把這個女兒招贅小人，做了女婿。城裡怎地住得，只得依舊來此間蓋些草屋，賣酒為生，實是只等客商過往，有那些入眼的，便把些蒙汗藥與他吃了便死，將大塊好肉切做黃牛肉賣，零碎小肉做餡子包饅頭。小人每日也挑些去村裡賣。如此度日。小人因好結識江湖上好漢，人都叫小人做菜園子張青。俺這渾家姓孫，全學得他父親本事，人都喚他做母夜叉孫二娘。小人卻才回來，聽得渾家叫喚，誰想得遇都頭！小人多曾吩咐渾家道：『三等人不可壞他：第一是雲遊僧道，他不曾受用過分了，又是出家的人。……』則恁地，也爭些兒壞了一個驚天動地的人：原是延安府老种經略相公帳前提轄，姓魯名達。為因三拳打死了一個鎮關西，逃走上五臺山落發為僧，因他脊梁上有花繡，江湖上都呼他做花和尚魯智深。使一條渾鐵禪杖，重六十來斤，也從這裡經過。渾家見他生得肥胖，酒裡下了些蒙汗藥，扛入在作坊裡。正要動手開剝，小人恰好歸來，見他那條禪杖非俗，卻慌忙把解藥救起來，結拜為兄。打聽他近日占了二龍山寶珠寺，和一個甚麼青面獸楊志霸在那方落草。小人幾番收得他相招的書信，只是不能夠去。」

武松道：「這兩個，我也在江湖上多聞他名。」張青道：「只可惜了一個頭陀，長七、八尺一條大漢，也把來麻壞了！小人歸得遲了些個，已把他卸下四足。如今只留得一個箍頭的鐵界尺，一領皂直裰，一張度牒在此。別的不打緊，有兩件物最難得：一件是一百單八顆人頂骨做成的數珠，一件是兩把雪花鑌鐵打成的戒刀。想這頭陀也自殺人不少，直到如今，那刀要便半夜裡嘯響。小人只恨道不曾救得這個人，心裡常常憶念他。又吩咐渾家道：『第二是江湖上行院妓女之人。他們是衝州撞府，逢場作戲，陪了多少小心得來的錢物。若還結果了他，那廝們你我相傳，去戲臺上說得我等江湖上好漢不英雄。』又吩咐渾家：『第三是各處犯罪流配的人，中間多有好漢在裡頭，切不可壞他。』不想渾家不依小人的言語，今日又衝撞了都頭，幸喜小人歸得早些。卻是如何起了這片心？」母夜叉孫二娘道：「本是不肯下手。一者見伯伯包裹沈重，二乃怪伯伯說起風話，因此一時起意。」武松道：「我是斬頭瀝血的人，何肯戲弄良人？我見嫂嫂瞧得我包裹緊，先疑忌了，因此，特地說些風話，漏你下手。那碗酒我已潑了，假做中毒。你果然來提我。一時拿住，甚是衝撞了，嫂嫂休怪。」

張青大笑起來，便請武松直到後面客席裡坐定。武松道：「兄長，你且放出那兩個公人則個。」張青便引武松到人肉作坊裡，看時，見壁上綳著幾張人皮，樑上吊著五、七條人腿。見那兩個公人，一攧一倒，挺著在剝人凳上。武松道：「大哥，你且救起他兩個來。」張青道：「請問都頭，今得何罪?配到何處去?」武松把殺西門慶並嫂的緣由，一一說了一遍。張青夫妻兩個歡喜不盡，便對武松說道：「小人有句話，未知都頭如何?」武松道：「大哥，但說不妨。」張青不慌不忙，對武松說出那幾句話來，有分教：武松大鬧了孟州城，哄動了安平寨。直教：

打翻拽象拖牛漢，攧倒擒龍捉虎人。

畢竟張青對武松說出甚言語來?且聽下回分解。

第二十八回 武松威震安平寨 施恩義奪快活林

話說當下張青對武松說道：「不是小人心歹，比及都頭去牢城營裡受苦，不若就這裡把兩個公人做翻，且只在小人家裡過幾時。若是都頭肯去落草時，小人親自送至二龍山寶珠寺，與魯智深相聚入夥。如何？」武松道：「最是兄長好心顧盼小弟。只是一件，武松平生只要打天下硬漢，這兩個公人於我分上，只是小心，一路上服侍我來，我若害了他，天理也不容我。你若敬愛我時，便與我救起他兩個來，不可害他。」張青道：「都頭既然如此仗義，小人便救醒了。」當下張青叫伙家，便從剝人凳上攙起兩個公人來，孫二娘便去調一碗解藥來，張青扯住耳朵灌將下去。沒半個時辰，兩個公人如夢中睡覺的一般，爬將起來，看了武松說道：「我們卻如何醉在這裡？這家恁麼好酒！我們又吃不多，便恁地醉了！記著他家，回來再問他買吃！」武松笑將起來。張青、孫二娘也笑。兩個公人正不知怎地。那兩個伙家自去宰殺雞鵝，煮得熟了，整頓杯盤端坐。張青教擺在後面葡萄架下，放了桌凳坐頭。張青便邀武松並兩個公人到後園內。武松便讓兩個公人上面坐了，張青、武松在下面朝上坐了，孫二娘坐在橫頭，兩個漢子輪番斟酒，來往搬擺盤饌。張青勸武松飲酒。至晚，取出那兩口戒刀來，叫武松看了，果是鑌鐵打的，非一日之功。兩個又說些江湖上好漢的勾當，卻是殺人放火的事。武松又說：「山東及時雨宋公明仗義疏財，如此豪傑，如今也為事逃在柴大官人莊上。」兩個公人聽得，驚得呆了，只是下拜。武松道：「難得你兩個送我到這裡了，終不成有害你之心？我等江湖上好漢們說話，你休要吃驚。我們並不肯害為善的人。你只顧吃酒，明日到孟州時，自有相謝。」當晚就張青家裡歇了。

次日，武松要行，張青那裡肯放，一連留住款待了三日。武松忽然感激張青夫妻兩個。論年齒，張青卻長武松九年，因此，張青便把武松結拜為弟。武松再辭了要行。張青又置酒送路，取出行李、包裹、纏袋，交還了，又送十來兩銀子與武松，把二、三兩碎銀子齎發兩個公人。武松就把這十兩銀子一發與了兩個公人，再帶上行枷，依舊貼了封皮。張青和孫二娘送出門前。武松忽然感激，只得灑淚別了，取路投孟州來。詩曰：

結義情如兄弟親，勸言落草尚逡巡。
須知憤殺姦淫者，不作違條犯法人。

未及晌午，早來到城裡。直至州衙，當廳投下了東平府文牒。州尹看了，收了武松，自押了回文與兩個公人回去，不在話下。隨即卻把武松帖發本處牢城營來。當日武松來到牢城營前，看見一座牌額，上書三個大字，寫著道「安平寨」。公人帶武松到單身房裡，公人自去下文書，討了收管，不必得說。

武松自到單身房裡，早有十數個一般的囚徒來看武松，說道：「好漢，你新到這裡，包裹裡若有人情的書信並使用的銀兩，取在手頭，少刻差撥到來，便可送與他。若吃殺威棒時，也打得輕。若沒人情送與他時，端的狼狽！我和你是一般犯罪的人，特地報你知道。豈不聞『兔死狐悲，物傷其類』？我們只怕你初來不省得，通你得知。」武松道：「感謝你們眾位指教我。小人身邊略有些東西。若是他好問我討時，便送些與他；若是硬問我要時，一文也沒！」眾囚徒道：「好漢！休說這話！古人道：『不怕官，只怕管。』『在人矮簷下，怎敢不低頭！』只是小心便好。」話猶未了，只見一個道：「差撥官人來了！」眾人都自散了。武松解了包裹，坐在單身房裡。只見那個人走將入來，問道：「那個是新到囚徒？」武松道：「小人便是。」差撥道：「你也是安眉帶眼的人，直須要我開口？說你是景陽岡打虎的好漢，陽谷縣做都頭，只道你曉事，如何這等不達時務！你敢來我這裡！貓兒也不吃你打了！」武松道：「你倒來發話，指望老爺送人情與你？半文也沒。我精拳頭有一雙相送！碎銀有些，留了自買酒吃！看你怎地奈何我！沒地裡倒把我發回陽谷縣去不成！」那差撥大怒去了。又有眾囚徒走攏來，說道：「好漢，你和他強了，少間苦也！他如今去和管營相公說了，必然害你性命！」武松道：「不怕！隨他怎麼奈何我，文來文對，武來武對。」正在那裡說未了，只見三、四個人來單身房裡，叫喚新到囚人武松。武松應道：「老爺在這裡，又不走了，大呼小喝做甚麼！」那來的人把武松一帶，帶到點視廳前，那管營相公正在廳上坐。五、六個軍漢押武松在當面。管營喝叫除了行枷，說道：「你那囚徒，省得太祖武德皇帝舊制：但凡初到配軍，須打一百殺威棒。那兜拖的，背將起來！」武松道：「都不要你眾人鬧動，要打便打，也不要兜拖！我若是躲閃一棒的，不是打虎好漢！從先打過的都不算，重新再打起！我若叫一聲便不是陽谷縣為事的好男子！」兩邊看的人都笑道：「這癡漢弄死！且看他如何熬！」武松又道：「要打便打毒些，不要人情棒兒，打我不快活！」兩下眾人都笑起來。

那軍漢拿起棍來，吆呼一聲，只見管營相公身邊立著一個人，六尺以上身材，二十四、五年紀，白淨面皮，三綹髭髯；額頭上縛著白手帕，身上穿著一領青紗上蓋，把一條白絹搭膊絡著手。那人便去管營相公耳朵邊略說了幾句話。只見管營道：「新到囚徒武松，你路上途中曾害甚病來？」武松道：「我於路不曾害！酒也吃得！肉也吃得！飯也吃得！路也走得！」管營道：「這廝是途中得病到這裡，我看他面皮才好，且寄下他這頓殺威棒。」兩邊行杖的軍漢低低對武松道：「你快說病。這是相公將就你，你快只推曾害便了。」武松道：「不曾害！不曾害！打了倒乾淨！我不要留這一頓『寄庫棒』，寄下倒是鉤腸債，幾時得了！」兩邊看的人都笑。管營也笑道：「想你這漢子多管害熱病了，不曾得汗，故出狂言。不要聽他，且把去禁在單身房裡。」三、四個軍人引武松，依前送在單身房裡。眾囚徒都來問道：「你莫不有甚好相識書信與管營麼？」武松道：「並不曾有。」眾囚徒道：「若沒時，寄下這頓棒，不是好意，晚間必然來結果你。」武松道：「還是怎地來結果我？」眾囚徒道：「他到晚把兩碗乾黃倉米飯來與你吃了，趁飽帶你去土牢裡，把索子捆翻，槁薦捲了你，塞了你七竅，顛倒豎在壁邊，不消半個更次，便結果了你性命，這個喚做『盆吊』。」武松道：「再有，怎地安排我？」眾人道：「再有一樣，也是把你來捆了，卻把一個布袋，盛一袋黃沙，將來壓在你身上，也不消一個更次，便是死的，這個喚『土布袋』。」武松又問道：「還有甚麼法度害我？」眾人道：「只是這兩件怕人些，其餘的也不打緊。」

眾人說猶未了，只見一個軍人托著一個盒子入來，問道：「那個是新配來的武都頭？」武松答道：「我便是。有甚麼話說？」那人答道：「管營叫送點心在這裡。」武松看時，一大鏇酒、一盤肉、一盤子麵，又是一大碗汁。武松尋思道：「敢是把這些點心與我吃了，卻來對付我？……我且落得吃了，卻再理會！」武松把那鏇酒來，一飲而盡，把肉和麵都吃盡了。那人收拾傢伙回去了。武松坐在房裡尋思，自己冷笑道：「看他怎地來對付我！」看看天色晚來，只見頭先那個人又頂一個盒子入來。武松問道：「你又來怎地？」那人道：「叫送晚飯在這裡。」擺下幾般菜蔬，又是一大鏇酒、一大盤煎肉、一碗魚羹、一大碗飯。武松見了，暗暗自忖道：「吃了這頓飯食，必然來結果我。……且由他！便死也做個飽鬼！落得吃了，卻再計較！」那人等武松吃了，收拾碗碟回去了。不多時，那個人又和一個漢子兩個來，一個提著浴桶，一個提一大桶湯，來看著武松道：「請都頭洗浴。」武松想道：「不要等我洗浴了來下手？我也不怕他！且落得洗一洗！」那兩個漢子安排傾下湯，武松跳在浴桶裡面洗了一回，隨即送過浴裙手巾，教武松拭了，穿了衣裳。一個自把殘湯傾了，提了浴桶去。一個便把藤簟、紗帳將來掛起，鋪了藤簟，放個涼枕，叫了安置，也回去了。武松把門關上，拴了，自在裡面思想道：「這個是甚麼意思？……隨他便了！且看如何！」放倒頭便自睡了。一夜無事。

天明起來，才開得房門，只見夜來那個人提著桶洗面水進來，教武松洗了面，又取漱口水漱了口，又帶個篦頭待詔，來替武松篦了頭，綰個髻子，裹了巾幘。又是一個人將個盒子入來，取出菜蔬下飯，一大碗肉湯、一大碗飯。武松想道：「由你走道兒！我且落得吃了！」武松吃罷飯，便是一盞茶。卻才茶罷，只見送飯的那個人來請道：「這裡不好安歇，請都頭去那壁房裡安歇，搬茶、搬飯卻便當。」武松道：「這番來了！我且跟他去看如何！」一個便來收拾行李被臥，一個引著武松離了單身房裡，來到前面一個去處，推開房門來，裡面乾乾淨淨的床帳，兩邊都是新安排的桌凳什物。武松來到房裡看了，存想道：「我只道送我入土牢裡去，卻如何來到這般去處？比單身房好生齊整！」正是：

難鳴狗盜君休笑，曾向函關出孟嘗。
今日配軍為上客，孟州贏得姓名揚。

武松坐到日中，那個人又將一個提盒子入來，手裡提著一注子酒。將到房中，打開看時，排下四般果子、一隻熟雞，又有許多蒸餅兒。那人便把熟雞來撕了，將注子裡好酒篩下，請都頭吃。武松心裡忖道：「畢竟是如何？」到晚又是許多下飯，又請武松洗浴了，乘涼歇息。武松自思道：「眾囚徒也是這般說，我也是這般想，卻怎地這般請我？」到第三日，依前又是如此送飯、送酒。武松那日早飯罷，行出寨裡來閒走，只見一般的囚徒，都在那裡擔水的、劈柴的、做雜工的，卻在晴日頭裡曬著。正是六月炎天，那裡去躲這熱。武松卻背叉著手，問道：「你們卻如何在這日頭裡做工？」眾囚徒都笑起來，回說道：「好漢，你自不知。我們撥在這裡做生活時，便是人間天上了，如何敢指望嫌熱坐地！還別有那沒人情的，將去鎖在大牢裡，求生不得生，求死不得死，大鐵鍊鎖著，也要過哩！」武松聽罷，去天王堂前後轉了一遭，見紙爐邊一個青石墩，有個關眼，是縛竿腳的，好塊大石。武松就石上坐了一會，便回房裡來坐地了，自存想，只見那個人又搬酒和肉來。

話休絮煩。武松自到那房裡，住了數日，每日好酒好食，搬來請武松吃，並不見害他的意，武松心裡正委決不下。當日晌午，那人又搬將酒食來。武松忍耐不住，按定盒子，問那人道：「你是誰家伴當？怎地只顧將酒食來請我？」那人答道：「小人前日已稟都頭說了，小人是管營相公家裡體己人。」武松道：「我且問你，每日送的酒食，正是誰教你將來請我？吃了怎地？」那人道：「是管營相公家裡的小管營教送與都頭吃。」武松道：「我是個囚徒犯罪的人，又不曾有半點好處到管營相公處，他如何送東西與我吃？」那人道：「小人如何省得？小管營吩咐道，教小人且送半年三個月，卻說話。」武松道：「卻又作怪！終不成將息得我肥胖了，卻來結果我？這個悶葫蘆，教我如何猜得破？這酒食不明，我如何吃得安穩？你只說與我，你那小管營是甚麼樣人，在那裡曾和我相會，我便吃他的酒食。」那個人道：「便是前日都頭初來時，廳上立的那個白手帕包頭、絡著右手，那人便是小管營。」武松道：「莫不是穿青紗上蓋，立在管營相公身邊的那個人？」那人道：「正是。」武松道：「我待吃殺威棒時，敢是他說，救了我，是麼？」那人道：「正是。」武松道：「卻又蹺蹊！我自是清河縣人氏，他自是孟州人，自來素不相識，如何這般看覷我？必有個緣故。我且問你，那小管營姓甚名誰？」那人道：「姓施，名恩。使得好拳棒。人都叫他做『金眼彪』施恩。」武松聽了道：「想他必是個好男子。你且去請他出來，和我相見了，這酒食便可吃你的；你若不請他出來和我廝見時，我半點兒也不吃！」那人道：「小管營吩咐小人道：『休要說知備細。』教小人待半年三個月，方才說知相見。」武松道：「休要胡說！你只去請小管營出來，和我相會了便罷。」那人害怕，那裡肯去。武松焦躁起來，那人只得去裡面說知。多時，只見施恩從裡面跑將出來，看著武松便拜。

武松慌忙答禮，說道：「小人是個治下的囚徒，自來未曾拜識尊顏，前日又蒙救了一頓大棒，今又蒙每日好酒好食相待，甚是不當。又沒半點兒差遣，正是無功受祿，寢食不安。」施恩答道：「小弟久聞兄長大名，如雷貫耳；只恨雲程阻隔，不能夠相見。今日幸得兄長到此，正要拜識威顏，只恨無物款待，因此懷羞，不敢相見。」武松問道：「卻才聽得伴當所說，且教武松過半年三個月卻有話說，正是小管營與小人說甚話？」施恩道：「村僕不省得事，脫口便對兄長說知道，卻如何造次說得！」武松道：「管營恁地時，卻是秀才耍！倒教武松憋破肚皮悶了，怎地過得？你且說正是要我怎地？」施恩道：「既是村僕說出了，小弟只得告訴：因為兄長是個大丈夫，真男子，有件事欲要相央，除是兄長便行得。只是兄長遠路到此，氣力有虧，未經完足。且請將息半年三、五個月，待兄長氣力完足，那時卻待兄長說知備細。」

武松聽了，呵呵大笑道：「管營聽稟：我去年害了三個月瘧疾，景陽岡上酒醉裡打翻了一隻大蟲，也只三拳兩腳便自打死了，何況今日！」施恩道：「而今且未可說。且等兄長再將養幾時，待貴體完完備備，那時方敢告訴。」武松道：「只是道我沒氣力了？既是如此說時，我昨日看見天王堂前那塊石墩，約有多少斤重？」施恩道：「敢怕有三、五百斤重。」武松道：「我且和你去看看，武松不知拔得動也不?」施恩道：「請吃罷酒了同去。」武松道：「且去了回來吃未遲。」兩個來到天王堂前，眾囚徒見武松和小管營同來，都躬身唱喏。武松把石墩略搖一搖，大笑道：「小人真個嬌惰了，那裡拔得動！」施恩道：「三、五百斤石頭，如何輕視得他！」武松笑道：「小管營，也信真個拿不起?你眾人且躲開，看武松拿一拿。」武松便把上半截衣裳脫下來，拴在腰裡；把那個石墩只一抱，輕輕地抱將起來；雙手把石墩只一撇，撲地打下地裡一尺來深。眾囚徒見了，盡皆駭然。武松再把右手去地裡一提，提將起來，望空只一擲，擲起去離地一丈來高，武松雙手只一接，接來輕輕地放在原舊安處，回過身來，看著施恩並眾囚徒，面上不紅，心頭不跳，口裡不喘。施恩近前抱住武松便拜道：「兄長非凡人也！真天神！」眾囚徒一齊都拜道：「真神人也。」詩曰：

神力驚人心膽寒，皆因義勇氣瀰漫。
揪天揭地英雄手，拔石應宜似弄丸。

施恩便請武松到私宅堂上請坐了。武松道：「小管營今番須用說知，有甚事使令我去?」施恩道：「且請少坐，待家尊出來相見了時，卻得相煩告訴。」武松道：「你要教人幹事，不要這等兒女相！恁地不是幹事的人了！便是一刀一割的勾當，武松也替你去幹！若是有些諂佞的，非為人也！」那施恩叉手不離方寸，才說出這件事來。有分教：武松顯出那殺人的手段，重施這打虎的威風。正是：

雙拳起處雲雷吼，飛腳來時風雨驚。

畢竟施恩對武松說出甚事來?且聽下回分解。

第二十九回　施恩重霸孟州道　武松醉打蔣門神

話說當時施恩向前說道：「兄長請坐，待小弟備細告訴衷曲之事。」武松道：「小管營不要文文謅謅，只揀緊要的話直說來。」施恩道：「小弟自幼從江湖上師父學得些小槍棒在身，孟州一境，起小弟一個諢名，叫做金眼彪。小弟此間東門外有一座市井，地名喚做快活林，但是山東、河北客商都來那裡做買賣，有百十處大客店，三、二十處賭坊、兌坊。往常時，小弟一者倚仗隨身本事，二者捉著營裡有八、九十個棄命囚徒，去那裡開著一個酒肉店，都分與眾店家和賭錢兌坊裡。但有過路妓女之人，到那裡來時，先要來參見小弟，然後許他去趁食。那許多去處，每朝每日都有閒錢，月終也有三、二百兩銀子尋覓，如此賺錢。近來被這本營內張團練新從東潞州來，帶一個人到此。那廝姓蔣名忠，有九尺來長身材，因此，江湖上起他一個諢名，叫做蔣門神。那廝不特長大，原來有一身好本事，使得好槍棒，拽拳飛腳，相撲為最。自誇大言道：『三年上泰嶽爭交，不曾有對。普天之下沒我一般的了！』因此來奪小弟的道路。小弟不肯讓他，吃那廝一頓拳腳打了，兩個月起不得床。前日兄長來時，兀自包著頭，兜著手，直到如今，瘡痕未消。本待要起人去和他廝打，他卻有張團練那一班兒正軍，若是鬧將起來，和營中先自折理，有這一點無窮之恨不能報得。久聞兄長是個大丈夫，怎地得兄長與小弟出得這口無窮之怨氣，死而瞑目！只恐兄長遠路辛苦，氣未完，力未足，因此教養息半年三月，等貴體氣完力足方請商議。不期村僕脫口失言說了，小弟當以實告。」

武松聽罷，呵呵大笑，便問道：「那蔣門神還是幾顆頭，幾條臂膊？」施恩道：「也只是一顆頭，兩條臂膊，如何有多！」武松笑道：「我只道他三頭六臂，有哪吒的本事，我便怕他！原來只是一顆頭，兩條臂膊！既然沒哪吒的模樣，卻如何怕他？」施恩道：「只是小弟力薄藝疏，便敵他不過。」武松道：「我卻不是說嘴，憑著我胸中本事，平生只是打天下硬漢，不明道德的人！既是恁地說了，如今卻在這裡做甚麼？有酒時，拿了去路上吃。我如今便和你去，看我把這廝和大蟲一般結果他！拳頭重時，打死了我自償命！」施恩道：「兄長少坐。待家尊出來相見了，當行即行，未敢造次。等明日先使人去那裡探聽一遭，若是本人在家時，後日便去，若是那廝不在家時，卻再理會。空自去『打草驚蛇』，倒吃他做了手腳，卻是不好。」武松焦躁道：「小管營！你可知著他打了？原來不是男子漢做事！去便去！等甚麼今日、明日！要去便走，怕他準備！」

正在那裡勸不住，只見屏風背後轉出老管營來叫道：「義士，老漢聽你多時也。今日幸得相見義士一面，愚男如撥雲見日一般。且請到後堂少敘片時。」武松跟了到裡面，老管營道：「義士，且請坐。」武松道：「小人是個囚徒，如何敢對相公坐地。」老管營道：「義士休如此說。愚男萬幸，得遇足下，何故謙讓？」武松聽罷，唱個無禮喏，相對便坐了。施恩卻立在面前。武松道：「小管營如何卻立地？」施恩道：「家尊在上相陪，兄長請自尊便。」武松道：「恁地時，小人卻不自在。」老管營道：「既是義士如此，這裡又無外人。」便叫施恩也坐了。僕從搬出酒餚、果品、盤饌之類。老管營親自與武松把盞，說道：「義士如此英雄，誰不欽敬。愚男原在快活林中做些買賣，非為貪財好利，實是壯觀孟州，增添豪俠氣象。不期今被蔣門神倚勢豪強，公然奪了這個去處！非義士英雄，不能報仇雪恨。義士不棄愚男，滿飲此杯，受愚男四拜，拜為兄長，以表恭敬之心。」武松答道：「小人有何才學，如何敢受小管營之禮？枉自折了武松的草料！」當下飲過酒，施恩納頭便拜了四拜。武松連忙答禮，結為兄弟。當日武松歡喜飲酒。吃得大醉了，便叫人扶去房中安歇，不在話下。

次日，施恩父子商議道：「都頭昨夜痛醉，必然中酒，今日如何敢叫他去？且推道使人探聽來，其人不在家裡，延挨一日，卻再理會。」當日施恩來見武松，說道：「今日且未可去，小弟已使人探知這廝不在家裡。明日飯後，卻請兄長去。」武松道：「明日去時不打緊，今日又氣我一日！」早飯罷，吃了茶，施恩與武松去營前閒走了一遭。回來到客房裡，說些槍法，較量些拳棒。看看晌午，邀武松到家裡，只具著數杯酒相待，下飯按酒，不記其數。武松正要吃酒，見他把按酒添來相勸，心中不快意。吃了晌午飯，起身別了，回到客房裡坐地。只見那兩個僕人又來服侍武松洗浴。武松問道：「你家小管營今日如何只將肉食出來請我，卻不多將些酒出來與我吃？是甚意故？」僕人答道：「不敢瞞都頭說，今早老管營和小管營議論，今日本是要央都頭去，怕都頭夜來酒多，恐今日中酒，怕誤了正事，因此不敢將酒出來。明日正要央都頭去幹正事。」武松道：「恁地時，道我醉了，誤了你大事？」僕人道：「正是這般計較。」

當夜武松巴不得天明。早起來洗漱罷，頭上裹了一頂萬字頭巾，身上穿了一領土色布衫，腰裡繫條紅絹搭膊，下面腿絣護膝，八搭麻鞋。討了一個小膏藥貼了臉上「金印」。施恩早來請去家裡吃早飯。武松吃了茶飯罷，施恩便道：「後槽有馬，備來騎去。」武松道：「我又不腳小，騎那馬怎地？只要依我一件事。」施恩道：「哥哥但說不妨，小弟如何敢道不依。」武松道：「我和你出得城去，只要還我『無三不過望』。」施恩道：「兄長，如何『無三不過望』？小弟不省其意。」武松笑道：「我說與你，你要打蔣門神時，出得城去，但遇著一個酒店便請我吃三碗酒，若無三碗時，便不過望子去，這個喚做『無三不過望』。」

施恩聽了，想道：「這快活林離東門去有十四五里田地，算來賣酒的人家也有十二三家，若要每店吃三碗時，恰好有三十五六碗酒，才到得那裡。恐哥哥醉了，如何使得？」武松大笑，道：「你怕我醉了沒本事？我卻是沒酒沒本事！帶一分酒便有一分本事！五分酒五分本事！我若吃了十分酒，這氣力不知從何而來！若不是酒醉後了膽大，景陽岡上，如何打得這隻大蟲？那時節，我須爛醉了好下手，又有力，又有勢！」施恩道：「卻不知哥哥是恁地。家下有的是好酒，只恐哥哥醉了失事，因此，夜來不敢將酒出來，請哥哥深飲。既是哥哥酒後愈有本事時，恁地先教兩個僕人，自將了家裡好酒，果品餚饌，去前路等候，卻和哥哥慢慢地飲將去。」武松道：「恁麼卻才中我意；去打蔣門神，教我也有些膽量。沒酒時，如何使得手段出來！還你今朝打倒那廝，教眾人大笑一場！」施恩當時打點了，教兩個僕人先挑食籮酒擔，拿了些銅錢去了。老管營又暗暗地選揀了一二十條壯健大漢，慢慢的隨後來接應，都吩咐下了。

且說施恩和武松兩個離了平安寨，出得孟州東門外來，行過得三五百步，只見官道傍邊，早望見一座酒肆，望子挑出在簷前，那兩個挑食擔的僕人，已先在那裡等候。施恩邀武松到裡面坐下，僕人已先安下餚饌，將酒來篩。武松道：「不要小盞兒吃。大碗篩來。只斟三碗。」僕人排下大碗，將酒便斟。武松也不謙讓，連吃了三碗便起身。僕人慌忙收拾了器皿，奔前去了。武松笑道：「卻才去肚裡發一發！我們去休！」兩個便離了這座酒肆，出得店來。此時正是七月間天氣，炎暑未消，金風乍起。兩個解開衣襟，又行不得一里多路，來到一處，不村不郭，卻早又望見一個酒旗兒，高挑出在樹林裡。來到林木叢中看時，卻是一座賣村醪小酒店。施恩立住了腳，問道：「此間是個村醪酒店，也算一望麼？」武松道：「是酒望。須飲三碗。若是無三，不過去便了。」兩個入來坐下，僕人排了酒碗果品，武松連吃了三碗，便起身走。僕人急急收了傢伙什物，趕前去了。兩個出得店門來，又行不到一、二里，路上又見個酒店。武松入來，又吃了三碗便走。

話休絮繁。武松、施恩兩個一處走著，但遇酒店便入去吃三碗。約莫也吃過十來處酒肆，施恩看武松時，不十分醉。武松問施恩道：「此去快活林，還有多少路？」施恩道：「沒多了，只在前面。遠遠地望見那個林子便是。」武松道：「既是到了，你且在別處等我，我自去尋他。」施恩道：「這話最好。小弟自有安身去處。望兄長在意，切不可輕敵。」武松道：「這個卻不妨，你只要叫僕人送我，前面再有酒店時，我還要吃。」施恩叫僕人仍舊送武松，施恩自去了。武松又行不到三、四里路，再吃過十來碗酒。此時已有午牌時分，天色正熱，卻有些微風。武松酒卻湧上來，把布衫攤開。雖然帶著五、七分酒，卻裝做十分醉的，前攧後偃，東倒西歪，來到林子前，僕人用手指道：「只前頭丁字路口，便是蔣門神酒店。」武松道：「既是到了，你自去躲得遠著。等我打倒了，你們卻來。」

武松搶過林子背後，見一個金剛來大漢，披著一領白布衫，撒開一把交椅，拿著蠅拂子，坐在綠槐樹下乘涼。武松看那人時，生得如何？但見：

形容醜惡，相貌粗疏。一身紫肉橫鋪，幾道青筋暴起。黃髯斜卷，唇邊幾陣風生；怪眼圓睜，眉下一雙星閃。真是神荼鬱壘象，卻非立地頂天人。

武松假醉佯攧，斜著眼看了一看，心中自忖道：「這個大漢一定是蔣門神了。」直搶過去。又行不到三、五十步，早見丁字路口一個大酒店，簷前立著望竿，上面掛著一個酒望子，寫著四個大字，道：「河陽風月」。轉過來看時，門前一帶綠油欄杆，插著兩把銷金旗，每把上五個金字，寫道：「醉裡乾坤大，壺中日月長。」一壁廂肉案、砧頭、操刀的家生，一壁廂蒸作饅頭。燒柴的廚灶。去裡面一字兒擺著三隻大酒缸，半截埋在地裡，缸裡面各有大半缸酒。正中間裝列著櫃身子，裡面坐著一個年紀小的婦人，正是蔣門神初來孟州新娶的妾，原是西瓦子裡唱說諸般宮調的頂老。

眉橫翠岫，眼露秋波。櫻桃口淺暈微紅，春筍手輕舒嫩玉。冠兒小明鋪魚魫，掩映烏雲；衫袖窄巧染榴花，薄籠瑞雪。金釵插鳳，寶釧圍龍。盡教崔護去尋槳，疑是文君重賣酒。

武松看了，瞅著醉眼，逕奔入酒店裡來，便去櫃身相對一副座頭上坐了。把雙手按著桌子上，不轉眼看那婦人。那婦人瞧見，回轉頭看了別處。武松看那店裡時，也有五、七個當撐的酒保。武松卻敲著桌子，叫道：「賣酒的主人家在那裡？」一個當頭酒保來看著武松道：「客人，要打多少酒？」武松道：「打兩角酒。先把些來嘗看。」那酒保去櫃上叫那婦人舀兩角酒下來，傾放桶裡，燙一碗過來，道：「客人，嘗酒。」武松拿起來聞一聞，搖著頭道：「不好！不好！換將來！」酒保見他醉了，將來櫃上，道：「娘子，胡亂換些與他。」那婦人接來，傾了那酒，又舀些上等酒下來。酒保將去，又燙一碗過來。武松提起來咂一咂，道：「這酒也不好！快換來，便饒你！」酒保忍氣吞聲，拿了酒去櫃邊，道：「娘子，胡亂再換些好的與他，休和他一般見識。這客人醉了，只要尋鬧相似，便換些上好的與他罷。」那婦人又舀了一等上色的好酒來與酒保。酒保把桶兒放在面前，又燙一碗過來。武松吃了道：「這酒略有些意思。」問道：「過賣，你那主人家姓甚麼？」酒保答道：「姓蔣。」武松道：「卻如何不姓李？」那婦人聽了道：「這廝那裡吃醉了，來這裡討野火麼！」酒保道：「眼見得是個外鄉蠻子，不省得了，在那裡放屁！」武松問道：「你說甚麼？」酒保道：「我們自說話，客人，你休管，自吃酒。」武松道：「過賣，叫你櫃上那婦人下來相伴我吃酒。」酒保喝道：「休胡說！這是主人家娘子！」武松道：「便是主人家娘子，待怎地？相伴我吃酒也不打緊！」那婦人大怒，便罵道：「殺才！該死的賊！」推開櫃身子，卻待奔出來。

武松早把土色布衫脫下，上半截揣在懷裡，便把那桶酒只一潑，潑在地上，搶入櫃身子裡，卻好接著那婦人。武松手硬，那裡掙扎得？被武松一手接住腰胯，一手把冠兒揑作粉碎，揪住雲髻，隔櫃身子提將出來，望渾酒缸裡只一丟。聽得撲的一聲響，可憐這婦人，正被直丟在大酒缸裡。武松托地從櫃身前踏將出來。有幾個當撐的酒保，手腳活些個的，都搶來奔武松。武松手到，輕輕地只一提，提一個過來，兩手揪住，也望大酒缸裡只一丟，樁在裡面。又一個酒保奔來，提著頭只一掠，也丟在酒缸裡。再有兩個來的酒保，一拳一腳，都被武松打倒了。先頭三個人在三只酒缸裡那裡掙扎得起，後面兩個人在酒地上爬不動。這幾個伙家搗子，打得屁滾尿流，乖的走了一個。武松道：「那廝必然去報蔣門神來。我就接將去。大路上打倒他好看，教眾人笑一笑。」

武松大踏步趕將出來。那個搗子逕奔去報了蔣門神。蔣門神見說，吃了一驚，踢翻了交椅，丟去蠅拂子，便鑽將來。武松卻好迎著，正在大闊路上撞見。蔣門神雖然長大，近因酒色所迷，淘虛了身子，先自吃了那一驚；奔將來，那步不曾停住，怎地及得武松虎一般似健的人，又有心來算他！蔣門神見了武松，心裡先欺他醉，只顧趕將入來。說時遲，那時快，武松先把兩個拳頭去蔣門神臉上虛影一影，忽地轉身便走。蔣門神大怒，搶將來，被武松一飛腳踢起，踢中蔣門神小腹上，雙手按了，便蹲下去。武松一踅，踅將過來，那隻右腳早踢起，直飛在蔣門神額角上，踢著正中，望後便倒。武松追入一步，踏住胸脯，提起這醋鉢兒大小拳頭，望蔣門神頭上便打。原來說過的打蔣門神撲手，先把拳頭虛影一影，便轉身，卻先飛起左腳，踢中了便轉過身來，再飛起右腳。這一撲，有名喚做「玉環步，鴛鴦腳」——這是武松平生的真才實學，非同小可！打得蔣門神在地下叫饒。武松喝道：「若要我饒你性命，只要依我三件事！」蔣門神在地下，叫道：「好漢饒我！休說三件，便是三百件，我也依得！」武松指定蔣門神，說出那三件事來，有分教：改頭換面來尋主，剪髮齊眉去殺人。畢竟武松說出那三件事來？且聽下回分解。

第三十回　施恩三入死囚牢　武松大鬧飛雲浦

話說當時武松踏住蔣門神在地下道：「若要我饒你性命，只依我三件事，便罷！」蔣門神便道：「好漢但說，蔣忠都依。」武松道：「第一件，要你便離了快活林，將一應傢伙什物，隨即交還原主金眼彪施恩。誰教你強奪他的？」蔣門神慌忙應道：「依得！依得！」武松道：「第二件，我如今饒了你起來，你便去央請快活林為頭為腦的英雄豪傑，都來與施恩陪話。」蔣門神道：「小人也依得！」武松道：「第三件，你從今日交割還了，便要你離了這快活林，連夜回鄉去，不許你在孟州住！在這裡不回去時，我見一遍，打你一遍，我見十遍，打十遍！輕則打你半死，重則結果了你命！你依得麼？」蔣門神聽了，要掙扎性命，連聲應道：「依得！依得！蔣忠都依！」武松就地下提起蔣門神來看時，早已臉青嘴腫，脖子歪在半邊，額角頭流出鮮血來。武松指著蔣門神說道：「休言你這鳥蠢漢！景陽岡上那隻大蟲，也只三拳兩腳，我兀自打死了！量你這個值得甚的！快交割還他！但遲了些個，再是一頓，便一發結果了你這廝！」蔣門神此時方才知是武松，只得喏喏連聲告饒。正說之間，只見施恩早到，帶領著二三十個悍勇軍健，都來相幫。卻見武松贏了蔣門神，不勝之喜，團團擁定武松。武松指著蔣門神，道：「本主已自在這裡了，你一面便搬，一面快去請人來陪話！」蔣門神答道：「好漢，且請去店裡坐地。」

武松帶一行人都到店裡看時，滿地都是酒漿，入腳不得。那兩個鳥男女，正在缸裡扶牆摸壁掙扎，那婦人方才從缸裡爬得出來，頭臉都吃磕破了，下半截淋淋漓漓都拖著酒漿，那幾個伙家酒保走得不見影了！武松與眾人入到店裡坐下，喝道：「你等快收拾起身！」一面安排車子，收拾行李，先送那婦人去了。一面尋不著傷的酒保，去鎮上請十數個為頭的豪傑，都來店裡替蔣門神與施恩陪話。盡把好酒開了，有的是按酒，都擺列了桌面，請眾人坐地。武松叫施恩在蔣門神上首坐定。各人面前放只大碗，叫把酒只顧篩來。酒至數碗，武松開話道：「眾位高鄰都在這裡：

我武松自從陽谷縣殺了人配在這裡，便聽得人說道：『快活林這座酒店，原是小施管營造的屋宇等項買賣，被這蔣門神倚勢豪強，公然奪了，白白地占了他的衣飯。』你眾人休猜道是我的主人，我和他並無干涉。我從來只要打天下這等不明道德的人！我若路見不平，真乃拔刀相助，我便死也不怕！今日我本待把蔣家這廝，一頓拳腳打死，就除了一害。我看你眾高鄰面上，權寄下這廝一條性命。我今晚便要他投外府去。若不離了此間，我再撞見時，景陽岡上大蟲便是模樣！」眾人才知道他是景陽岡上打虎的武都頭，都起身替蔣門神陪話，道：「好漢息怒。教他便搬了去，奉還本主。」那蔣門神吃他一嚇，那裡敢再做聲。施恩便點了傢伙什物，交割了店肆。蔣門神羞慚滿面，相謝了眾人，自喚了一輛車兒，就裝了行李，起身去了，不在話下。

且說武松邀眾高鄰，直吃得盡醉方休。至晚，眾人散了，武松一覺直睡到次日辰牌方醒。卻說施老管營聽得兒子施恩重霸快活林酒店，自騎了馬，直來酒店裡相謝武松，連日在店內飲酒作賀。快活林一境之人都知武松了得，那一個不來拜見武松。自此，重整店面，開張酒肆。老管營自回安平寨理事。施恩使人打聽蔣門神帶了老小，不知去向。這裡只顧自做買賣，且不去理他，就留武松在店裡居住。自此，施恩的買賣比往常加增三五分利息，各店裡並各賭坊、兌坊加利倍送閒錢來與施恩。施恩得武松爭了這口氣，把武松似爺娘一般敬重。施恩自從重霸得孟州道快活林，不在話下。正是：

奪人道路人還奪，義氣多時利亦多。
快活林中重快活，惡人自有惡人磨。

荏苒光陰，早過了一月之上。炎威漸退，玉露生涼，金風去暑，已及深秋。有話即長，無話即短。當日施恩在和武松在店裡閒坐說話，論些拳棒槍法。只見店門前，兩、三個軍漢，牽著一匹馬，來店裡尋問主人道：「那個是打虎的武都頭？」施恩卻認得是孟州守禦兵馬都監張蒙方衙內親隨人。施恩便向前問道：「你們尋武都頭則甚？」那軍漢說道：「奉都監相公鈞旨：聞知武都頭是個好男子，特地差我們將馬來取他，相公有鈞帖在此。」施恩看了，尋思道：「這張都監是我父親的上司官，屬他調遣。今者，武松又是配來的囚徒，亦屬他管下，只得教他去。」施恩便對武松道：「兄長，這幾位郎中是張都監相公處差來取你。他既著人牽馬來，哥哥心下如何？」武松是個剛直的人，不知委曲，便道：「他既是取我，只得走一遭，看他有甚話說。」隨即換了衣裳、巾幘，帶了個小伴當，上了馬，一同眾人投孟州城裡來。到得張都監宅前，下了馬，跟著那軍漢直到廳前參見張都監。那張蒙方在廳上，見了武松來，大喜道：「教進前來相見。」

武松到廳下，拜了張都監，叉手立在側邊。張都監便對武松道：「我聞知你是個大丈夫，男子漢，英雄無敵，敢與人同死同生。我帳前現缺恁地一個人，不知你肯與我做親隨體己人麼？」武松跪下稱謝道：「小人是個牢城營內囚徒。若蒙恩相抬舉，小人當以執鞭隨鐙，服侍恩相。」張都監大喜，便叫取果盒、酒出來。張都監親自賜了酒，叫武松吃得大醉，就前廳廊下收拾一間耳房與武松安歇。次日，又差人去施恩處，取了行李來，只在張都監家宿歇。早晚都監相公，不住地喚武松進後堂與酒與食，放他穿房入戶，把做親人一般看待。又叫裁縫與武松徹裡徹外做秋衣。武松見了，也自歡喜，心裡尋思道：「難得這個都監相公一力要抬舉我！自從到這裡住了，寸步不離，又沒工夫去快活林與施恩說話。……雖是他頻頻使人來相看我，多管是不能夠入宅裡來？……」武松自從在張都監宅裡，相公見愛，但是人有些公事來央浼他的，武松對都監相公說了，無有不依。外人俱送些金銀、財帛、緞疋……等件。武松買個柳藤箱子，把這送的東西都鎖在裡面，不在話下。

時光迅速，卻早又是八月中秋。張都監向後堂深處鴛鴦樓下安排筵宴，慶賞中秋，叫喚武松到裡面飲酒，武松見夫人宅眷都在席上，吃了一杯，便待轉身出來。張都監喚住武松，問道：「你那裡去？」武松答道：「恩相在上，夫人宅眷在此飲宴，小人理合迴避。」張都監大笑道：「差了！我敬你是個義士，特地請將你來一處飲酒，如自家一般，何故卻要迴避？」便教坐了。武松道：「小人是個囚徒，如何敢與恩相坐地。」張都監道：「義士，你如何見外？此間又無外人，便坐不妨。」武松三回五次謙讓告辭。張都監那裡肯放，定要武松一處坐地。武松只得唱個無禮喏，遠遠地斜著身坐下。張都監著丫鬟、養娘相勸，一杯兩盞。看看飲過五、七杯酒，張都監叫抬上果桌飲酒，又進了一、兩套食。次說些閒話，問了些槍法。張都監道：「大丈夫飲酒，何用小杯！」叫：「取大銀賞鍾斟酒與義士吃。」連珠箭勸了武松幾鍾。看看月明光彩照入東窗。武松吃得半醉，卻都忘了禮數，只顧痛飲。張都監叫喚一個心愛的養娘，叫做玉蘭，出來唱曲。那玉蘭生得如何，但見：

臉如蓮萼，唇似櫻桃。兩彎眉畫遠山青，一對眼明秋水潤。纖腰裊娜，綠羅裙掩映金蓮；素體馨香，絳紗袖輕籠玉笋。鳳釵斜插籠雲髻，象板高擎立玳筵。

張都監指著玉蘭道：「這裡別無外人，只有我心腹之人武都頭在此。你可唱個中秋對月時景的曲兒，教我們聽則個。」玉蘭執著象板，向前各道個萬福，頓開喉嚨，唱一隻東坡學士「中秋水調歌」。唱道是：

明月幾時有？把酒問青天。不知天上宮闕，今夕是何年？我欲乘風歸去，惟恐瓊樓玉宇，高處不勝寒。起舞弄清影，何似在人間？捲珠簾，低綺戶，照無眠。不應有恨，何事常向別時圓？人有悲歡離合，月有陰晴圓缺，此事古難全。但願人長久，千里共嬋娟！

這玉蘭唱罷，放下象板，又各道了一個萬福，立在一邊。張都監又道：「玉蘭，你可把一巡酒。」這玉蘭應了，便拿了一副勸盤，丫鬟斟酒，先遞了相公，次勸了夫人，第三個便勸武松飲酒。張都監叫斟滿著。武松那裡敢抬頭，起身遠遠地接過酒來，唱了相公、夫人兩個大喏，拿起酒來一飲而盡，便還了盞子。張都監指著玉蘭對武松道：「此女頗有些聰明，不惟善知音律，亦且極能鍼指。如你不嫌低微，數日之間，擇了良時，將來與你做個妻室。」武松起身再拜，道：「量小人何者之人，怎敢望恩相宅眷為妻。枉自折武松的草料！」張都監笑道：「我既出了此言，必要與你。你休推故阻我，必不負約。」當時一連又飲了十數杯酒。約莫酒湧上來，恐怕失了禮節，便起身拜謝了相公、夫人，出到前廳廊下房門前，開了門，覺道酒食在腹，未能便睡，去房裡脫了衣裳，除了巾幘，拿條哨棒來庭心裡，月明下，使幾回棒，打了幾個輪頭。仰面看天時，約莫三更時分。

武松進到房裡，卻待脫衣去睡，只聽得後堂裡，一片聲叫起有賊來。武松聽得道：「都監相公如此愛我，他後堂內裡有賊，我如何不去救護？」武松獻勤，提了一條哨棒，逕搶入後堂裡來。只見那個唱的玉蘭，慌慌張張走出來指道：「一個賊奔入後花園裡去了！」武松聽得這話，提著哨棒，大踏步，直趕入花園裡去尋時，一周遭不見。復翻身卻奔出來，不提防黑影裡撇出一條板凳，把武松一交絆翻，走出七、八個軍漢，叫一聲「捉賊」，就地下，把武松一條麻索綁了。武松急叫道：「是我！」那眾軍漢那裡容他分說。只見堂裡燈燭熒煌，張都監坐在廳上，一片聲叫道：「拿將來！」眾軍漢把武松一步一棍打到廳前，武松叫道：「我不是賊，是武松！」

張都監看了大怒，變了面皮，喝罵道：「你這個賊配軍，本是賊眉賊眼賊心賊肝的人！我倒抬舉你一力成人，不曾虧負了你半點兒！卻才教你一處吃酒，同席坐地，我指望要抬舉與你個官，你如何卻做這等的勾當？」武松大叫道：「相公，非干我事！我來捉賊，如何倒把我捉了做賊？武松是個頂天立地的好漢，不做這般的事！」張都監喝道：「你這廝休賴！且把他押去他房裡，搜看有無贓物！」眾軍漢把武松押著，逕到他房裡，打開他那柳藤箱子看時，上面都是些衣服，下面卻是些銀酒器皿，約有一、二百兩贓物。武松見了，也自目瞪口呆，只叫得屈。眾軍漢把箱子抬出廳前，張都監看了大罵道：「賊配軍！如此無禮！贓物正在你箱子裡搜出來，如何賴得過！常言道：『眾生好度人難度！』原來你這廝外貌像人，倒有這等禽心獸肝！既然贓證明白，沒話說了！」連夜便把贓物封了，且叫送去機密房裡監收。「天明卻和這廝說話！」武松大叫冤屈，那裡肯容他分說。眾軍漢扛了贓物，將武松送到機密房裡收管了。張都監連夜使人去對知府說了，押司、孔目，上下都使用了錢。

次日天明，知府方才坐廳，左右緝捕觀察，把武松押至當廳，贓物都扛在廳上。張都監家心腹人齎著張都監被盜的文書，呈上知府看了。那知府喝令左右把武松一索捆翻。牢子節級將一束問事獄具放在面前。武松卻待開口分說，知府喝道：「這廝原是遠流配軍，如何不做賊！一定是一時見財起意！既是贓證明白，休聽這廝胡說，只顧與我加力打！」那牢子獄卒拿起批頭竹片，雨點的打下來。武松情知不是話頭，只得屈招做「本月十五日，一時見本官衙內許多銀酒器皿，因而起意，至夜，乘勢竊取入己。」與了招狀。知府道：「這廝正是見財起意，不必說了！且取枷來釘了監下！」牢子將過長枷，把武松枷了，押下死囚牢裡監禁了。詩曰：

都監貪污實可嗟，出妻獻婢售奸邪。
如何太守心堪買，也把平人當賊拿。

武松下到大牢裡，尋思道：「叵耐張都監那廝，安排這般圈套坑陷我！我若能夠掙得性命出去時，卻又理會！」牢子獄卒把武松押在大牢裡，將他一雙腳晝夜匣著；又把木杻釘住雙手，那裡容他些鬆寬。

話裡卻說施恩已有人報知此事，慌忙入城來和父親商議。老管營道：「眼見得是張團練替蔣門神報仇，買囑張都監，卻設出這條計策陷害武松。必然是他著人去上下都使了錢，受了人情賄賂，眾人以此不由他分說。必然要害他性命。我如今尋思起來，他須不該死罪。只是買求兩院押牢節級便好，可以存他性命。在外卻又別作商議。」施恩道：「現今當牢節級姓康的，和孩兒最過得好。只得去求浼他，如何？」老管營道：「他是為你吃官司，你不去救他，更待何時？」施恩將了一、二百兩銀子，逕投康節級，卻在牢未回。施恩教他家著人去牢裡說知。不多時，康節級歸來，與施恩相見。施恩把上件事一一告訴了一遍。

康節級答道：「不瞞兄長說，此一件事，皆是張都監和張團練兩個，同姓結義做兄弟，現今蔣門神躲在張團練家裡，卻央張團練買囑這張都監，商量設出這條計來。一應上下之人，都是蔣門神用賄賂，我們都接了他錢。廳上知府一力與他作主，定要結果武松性命，只有當案一個葉孔目不肯，因此不敢害他。這人忠直仗義，不肯要害平人，以此，武松還不吃虧。今聽施兄所說了，牢中之事盡是我自維持，如今便去寬他，今後不教他吃半點兒苦。你卻快央人去，只囑葉孔目，要求他早斷出去，便可救得他性命。」施恩取一百兩銀子與康節級，康節級那裡肯受。再三推辭，方才收了。施恩相別出門來，逕回營裡，又尋一個和葉孔目知契的人，送一百兩銀子與他，只求早早緊急決斷。那葉孔目已知武松是個好漢，亦自有心周全他，已把那文案做得活著，只被這知府受了張都監賄賂，囑他不要從輕。勘來武松竊取人財，又不得死罪，因此互相延挨，只要牢裡謀他性命。今來又得了這一百兩銀子，亦知是屈陷武松，卻把這文案都改得輕了，盡出豁了武松，只待限滿決斷。有詩為證：

> 贓吏紛紛據要津，公然白日受黃金。
> 西廳孔目心如水，不把真心作賊心。

次日，施恩安排了許多酒饌，甚是齊備，來央康節級引領，直進大牢裡看視武松，見面送飯。此時武松已自得康節級看覷，將這刑禁都放寬了。施恩又取三、二十兩銀子，分俵與眾小牢子，取酒食叫武松吃了。施恩附耳低言道：「這場官司，明明是都監替蔣門神報仇，陷害哥哥。你且寬心，不要憂念。我已央人和葉孔目說通了，甚有周全你的好意。且待限滿斷決你出去，卻再理會。」此時武松得寬鬆了，已有越獄之心，聽得施恩說罷，卻放了那片心。施恩在牢裡安慰了武松，歸到營中。過了兩日，施恩再備些酒食錢財，又央康節級引領入牢裡與武松說話。相見了，將酒食款待，又分俵了些零碎銀子與眾人做酒錢。回歸家來，又央浼人上下去使用，催趲打點文書。過得數日，施恩再備了酒肉，做了幾件衣裳，再央康節級維持，相引將來牢裡，請眾人吃酒，買求看覷武松，叫他更換了些衣服，吃了酒食。出入情熟，一連數日，施恩來了大牢裡三次。卻不提防被張團練家心腹人見了，回去報知。那張團練便去對張都監說了其事。張都監卻再使人送金帛來與知府，就說與此事。那知府是個贓官，接受了賄賂，便差人常常下牢裡來閘看，但見閒人便拿問。施恩得知了，那裡敢再去看覷。武松卻自得康節級和眾牢子自照管他。施恩自此早晚只去得康節級家裡討信，得知長短，都不在話下。

看看前後，將及兩月，有這當案葉孔目一力主張，知府處早晚說開就裡，那知府方才知道張都監接受了蔣門神若干銀子，通同張團練，設計排陷武松；自心裡想道：「你倒賺了銀兩，教我與你害人！」因此，心都懶了，不來管看。捱到六十日限滿，牢中取出武松，當廳開了枷。當案葉孔目讀了招狀，定擬下罪名，脊杖二十，刺配恩州牢城，原盜贓物給還本主。張都監只得著家人，當官領了贓物。當廳把武松斷了二十脊杖，刺了「金印」，取一面七斤半鐵葉盤頭枷釘了，押一紙公文，差兩個健壯公人防送武松，限了時日要起身。那兩個公人領了牒文，押解了武松，出孟州衙門便行。原來武松吃斷棒之時，卻得老管營使錢通了，葉孔目又看覷他，知府亦知他被陷害，不十分來打重，因此斷得棒輕。

武松忍著那口氣，帶上行枷，出得城來，兩個公人監在後面。約行得一里多路，只見官道旁邊酒店裡鑽出施恩來，看著武松道：「小弟在此專等。」武松看施恩時，又包著頭，絡著手臂。武松問道：「我好幾時不見你，如何又做恁地模樣？」施恩答道：「實不相瞞哥哥說：小弟自從牢裡三番相見之後，知府得知了，不時差人下來牢裡點閘，那張都監又差人在牢門口左近兩邊巡著看，因此小弟不能夠再進大牢裡看望兄長，只到康節級家裡討信。半月之前，小弟正在快活林中店裡，只見蔣門神那廝，又領著一夥軍漢到來廝打。小弟被他痛打一頓，也要小弟央浼人陪話，卻被他仍復奪了店面，依舊交還了許多傢伙什物。小弟在家將息未起，今日聽得哥哥斷配恩州，特有兩件綿衣送與哥哥路上穿著，煮得兩隻熟鵝在此，請哥哥吃了兩塊去。」

施恩便邀兩個公人，請他入酒肆。那兩個公人那裡肯進酒店裡去？便發言發語道：「武松這廝，他是個賊漢！不爭我們吃你的酒食，明日官府上須惹口舌。你若怕打，快走開去！」施恩見不是話頭，便取十來兩銀子送與他兩個公人。那兩個那裡肯接，惱忿忿地只要催促武松上路。施恩討兩碗酒叫武松吃了，把一個包裹拴在武松腰裡，把這兩隻熟鵝掛在武松行枷上。施恩附耳低言道：「包裹裡有兩件綿衣，一帕子散碎銀子，路上好做盤纏，也有兩雙八搭麻鞋在裡面。只是要路上仔細提防，這兩個賊男女不懷好意！」武松點頭道：「不須吩咐，我已省得了。再著兩個來也不懼他！你自回去將息。且請放心，我自有措置。」施恩拜辭了武松，哭著去了，不在話下。

武松和兩個公人上路，行不到數里之上，兩個公人悄悄地商議道：「不見那兩個來？」武松聽了，自暗暗地尋思，冷笑道：「沒你娘鳥興！那廝倒來撲復老爺！」武松右手卻吃釘住在行枷上，左手卻散著。武松就枷上取下那熟鵝來只顧自吃，也不睬那兩個公人。又行了四、五里路，再把這隻熟鵝除來右手扯著，把左手撕來只顧自吃。行不過五里路，把這兩隻熟鵝都吃盡了。約算離城也有八、九里多路，只見前面路邊先有兩個人提著朴刀，各跨口腰刀，在那裡等候，見了公人監押武松到來，便幫著做一路走。武松又見這兩個公人，與那兩個提朴刀的擠眉弄眼，打些暗號。武松早睃見，自瞧了八分尷尬，只安在肚裡，卻且只做不見。又走不數里多路，只見前面來到一處，濟濟蕩蕩魚浦，四面都是野港闊河。五個人行至浦邊一條闊板橋，一座牌樓上，上有牌額寫著道「飛雲浦」三字。武松見了，假意問道：「這裡地名喚做甚麼去處？」兩個公人應道：「你又不眼瞎，須見橋邊牌額上寫道『飛雲浦』！」武松站住道：「我要淨手則個。」那兩個提朴刀的走近一步，卻被武松叫聲「下去」一飛腳早踢中，翻筋斗踢下水去了。這一個急待轉身，武松右腳早起，撲地也踢下水裡去。那兩個公人慌了，望橋下便走。

武松喝一聲：「那裡去！」把枷只一扭，折作兩半個，趕將下橋來。那兩個先自驚倒了一個。

武松奔上前去，望那一個走的後心上只一拳打翻，就水邊撈起朴刀來，趕上去，搠上幾朴刀，死在地下；卻轉身回來，把那個驚倒的也搠幾刀。這兩個踢下水去的才掙得起，正待要走，武松追著，又砍倒一個，趕入一步，劈頭揪住一個，喝道：「你這廝實說，我便饒你性命！」那人道：「小人兩個是蔣門神徒弟。今被師父和張團練定計，使小人兩個來相助防送公人，一處來害好漢。」武松道：「你師父蔣門神今在何處？」那人道：「小人臨來時，和張團練都在張都監家裡後堂鴛鴦樓上吃酒，專等小人回報。」武松道：「原來恁地！卻饒你不得！」手起刀落，也把這人殺了；解下他腰刀來，揀好的帶了一把；將兩個屍首都攛在浦裡。又怕那兩個不死，提起朴刀，每人身上又搠了幾刀。立在橋上，看了一回，思量道：「雖然殺了這四個賊男女，不殺得張都監、張團練、蔣門神，如何出得這口恨氣！」提著朴刀，躊躇了半晌，一個念頭，竟奔回孟州城裡來。不因這番，有分教：武松殺幾個貪夫，出一口怨氣。定教：

畫堂深處屍橫地，紅燭光中血滿樓。

畢竟武松再回孟州城來，怎地結束？且聽下回分解。

第三十一回 張都監血濺鴛鴦樓 武行者夜走蜈蚣嶺

話說張都監聽信這張團練說誘囑托，替蔣門神報仇，要害武松性命，誰想四個人倒都被武松搠殺在飛雲浦了。當時武松立於橋上，尋思了半晌，躊躇起來，怨恨沖天：「不殺得張都監，如何出得這口恨氣！」便去死屍身邊解下腰刀，選好的取把來跨了，揀條好朴刀提著，再逕回孟州城裡來。進得城中，早是黃昏時候，只見家家閉戶，處處關門。但見：

十字街熒煌燈火，九曜寺香靄鐘聲。一輪明月掛青天，幾點疏星明碧漢。六軍營內，嗚嗚畫角頻吹；五鼓樓頭，點點銅壺正滴。兩兩佳人歸繡幙，雙雙士子掩書幃。

武松逕踅去張都監後花園牆外，卻是一個馬院。武松就在馬院邊伏著，聽得那後槽卻在衙裡，未曾出來。正看之間，只見呀地角門開，後槽提著個燈籠出來，裡面便關了角門。武松卻躲在黑影裡，聽那更鼓時，早打一更四點。那後槽上了草料，掛起燈籠，鋪開被臥，脫了衣裳，上床便睡。武松卻來門邊挨那門響。後槽喝道：「老爺方才睡，你要偷我衣裳，也早些哩！」武松把朴刀倚在門邊，卻掣出腰刀在手裡，又呀呀地推門。那後槽那裡忍得住？便從床上赤條條地跳將出來，拿了攪草棍，拔了閂，卻待開門，被武松就勢推開去，搶入來，把這後槽劈頭揪住。卻待要叫，燈影下見明晃晃地一把刀在手裡，先自驚得八分軟了，口裡只叫得一聲：「饒命！」武松道：「你認得我麼？」後槽聽得聲音，方才知是武松。叫道：「哥哥，不干我事，你饒了我罷！」武松道：「你只實說，張都監如今在那裡？」後槽道：「今日和張團練、蔣門神他三個吃了一日酒，如今兀自在鴛鴦樓上吃哩。」武松道：「這話是實麼？」後槽道：「小人說謊就害疔瘡！」武松道：「恁地卻饒你不得！」手起一刀，把這後槽殺了。一腳踢開屍首，把刀插入鞘裡。就燈影下，去腰裡解下施恩送來的綿衣，將出來，脫了身上舊衣裳，把那兩件新衣穿了，拴縛得緊輳，把腰刀和鞘跨在腰裡，卻把後槽一床單被包了，散碎銀兩入在纏袋裡，卻把來掛在門邊，卻將一扇門立在牆邊，先去吹滅了燈火，卻閃將出來，拿了朴刀，從門上一步步爬上牆來。

此時卻有些月光明亮。武松從牆頭上一跳，卻跳在牆裡，便先來開了角門，掇過了門扇，復翻身入來，虛掩上角門，閂都提過了。武松卻望燈明處來看時，正是廚房裡。只見兩個丫鬟正在那湯罐邊埋怨，說道：「服侍了一日，兀自不肯去睡，只是要茶吃！那兩個客人也不識羞恥！噇得這等醉了，也兀自不肯下樓去歇息，只說個不了！」那兩個女使，正口裡喃喃吶吶地怨悵，武松卻倚了朴刀，掣出腰裡那口帶血刀來，把門一推，呀地推開門，搶入來，先把一個女使髽角兒揪住，一刀殺了。那一個卻待要走，兩隻腳一似釘住了的，再要叫時，口裡又似啞了的，端的是驚得呆了。休道是兩個丫鬟，便是說話的見了也驚得口裡半舌不展！武松手起一刀，也殺了，卻把這兩個屍首拖放灶前，滅了廚下燈火，趁著那窗外月光，一步步挨入堂裡來。

武松原在衙裡出入的人，已都認得路數。逕踅到鴛鴦樓扶梯邊來，捏腳捏手摸上樓來。此時親隨的人都服侍得厭煩，遠遠地躲去了。只聽得那張都監、張團練、蔣門神三個說話。武松在胡梯口聽，只聽得蔣門神口裡稱讚不了，只說：「虧了相公與小人報了冤仇！再當重重的報答恩相！」這張都監道：「不是看我兄弟張團練面上，誰肯幹這等的事！你雖費用了些錢財，卻也安排得那廝好！這早晚多是在那裡下手，那廝敢是死了。只教在飛雲浦結果他。待那四人明早回來，便見分曉。」張團練道：「這四個對付他一個有甚麼不了！再有幾個性命也沒了！」蔣門神道：「小人也吩咐徒弟來，只教就那裡下手，結果了，快來回報。」正是：

暗室從來不可欺，古今奸惡盡誅夷。
金風未動蟬先噪，暗送無常死不知。

武松聽了，心頭那把無名業火高三千丈，沖破了青天。右手持刀，左手叉開五指，搶入樓中。只見三、五枝燈燭熒煌，一、兩處月光射入，樓上甚是明朗。面前酒器皆不曾收。蔣門神坐在交椅上，見是武松，吃了一驚，把這心肝五臟都提在九霄雲外。說時遲，那時快，蔣門神急要掙扎時，武松早落一刀，劈臉剁著，和那交椅都砍翻了。武松便轉身回過刀來，那張都監方才伸得腳動，被武松當時一刀，齊耳根連脖子砍著，撲地倒在樓板上。兩個都在掙命。這張團練終是個武官出身，雖然酒醉，還有些氣力。見剁翻了兩個，料道走不迭，便提起一把交椅掄將來。武松早接個住，就勢只一推。休說張團練酒後，便清醒時，也近不得武松神力，撲地望後便倒了。武松趕入去，一刀先割下頭來。蔣門神有力，掙得起來，武松左腳早起，翻筋斗踢一腳，按住，也割了頭。轉身來，把張都監也割了頭。見桌子上有酒有肉，武松拿起酒鍾子，一飲而盡。連吃了三、四鍾，便去死屍身上割下一片衣襟來，蘸著血，去白粉壁上，大寫下八字道：「殺人者，打虎武松也！」把桌子上器皿踏扁了，揣幾件在懷裡。卻待下樓，只聽得樓下夫人聲音叫道：「樓上官人們都醉了，快著兩個上去攙扶。」

說猶未了，早有兩個人上樓來。武松卻閃在胡梯邊看時，卻是兩個自家親隨人，便是前日拿捉武松的。武松在黑處讓他過去，卻攔住去路。兩個入進樓中，見三個屍首橫在血泊裡，驚得面面廝覷，做聲不得。正如「分開八片頂陽骨，傾下半桶冰雪水。」急待回身，武松隨在背後，手起刀落，早剁翻了一個。那一個便跪下討饒，武松道：「卻饒你不得！」揪住也是一刀。殺得血濺畫樓，屍橫燈影！武松道：「一不做，二不休！殺了一百個，也只一死！」提了刀，下樓來。夫人問道：「樓上怎地大驚小怪？」武松搶到房前，夫人見條大漢入來，兀自問道：「是誰？」武松的刀早飛起，劈面門剁著，倒在房前聲喚。武松按住，將去割頭，刀切不入。武松心疑，就月光下看那刀時，已自都砍缺了。武松道：「可知割不下頭來！」便抽身去廚房下拿取朴刀，丟了缺刀，翻身再入樓下來。只見燈明下前番那個唱曲兒的養娘玉蘭引著兩個小的，把燈照見夫人被殺在地下，方才叫得一聲：「苦也！」武松握著朴刀向玉蘭心窩裡搠著。兩個小的亦被武松搠死。一朴刀一個結果了，走出中堂，把門拴了前門，又入來，尋著兩、三個婦女，也都搠死了在地下。

武松道：「我方才心滿意足！走了罷休！」撇了刀鞘，提了朴刀，出到角門外，來馬院裡除下纏袋來，把懷裡踏扁的銀酒器都裝在裡面，拴在腰裡。拽開腳步，倒提朴刀便走。到城邊，尋思道：「若等門開，須吃拿了，不如連夜越城走。」便從城邊踏上城來。這孟州城是個小去處，那土城苦不甚高。就女牆邊望下，先把朴刀虛按一按，刀尖在上，棒梢向下，托地只一跳，把棒一拄，立在濠塹邊。月明之下看水時，只有一、二尺深。此時正是十月半天氣，各處水泉皆涸。武松就濠塹邊脫了鞋襪，解下腿絣護膝，抓扎起衣服，從這城濠裡走過對岸。卻想起施恩送來的包裹裡有雙八搭麻鞋，取出來穿在腳上。聽城裡更點時，已打四更三點。武松道：「這口鳥氣，今日方才出得鬆臊！『梁園雖好，不是久戀之家』，只可撒開。」提了朴刀，投東小路便走。詩曰：

只圖路上開刀，還喜樓中飲酒。
一人害卻多人，殺心慘於殺手。
不然冤鬼相纏，安得抽身便走。

走了一五更，天色朦朦朧朧，尚未明亮。武松一夜辛苦，身體困倦。棒瘡發了又疼，那裡熬得過。望見一座樹林裡，一個小小古廟，武松奔入裡面，把朴刀倚了，解下包裹來做了枕頭，撲翻身便睡。卻待合眼，只見廟外邊探入兩把撓鉤，把武松搭住。兩個人便搶入來，將武松按定，一條繩綁了。那四個男女道：「這鳥漢子卻肥！好送與大哥去！」武松那裡掙扎得脫，被這四個人奪了包裹朴刀，卻似牽羊的一般，腳不點地，拖到村裡來。這四個男女於路上自言自說道：「看！這漢子一身血跡，卻是那裡來？莫不做賊著了手來？」武松只不做聲，由他們自說。行不到三、五里路，早到一所草屋內，把武松推將進去，側首一個小門裡面，還點著碗燈。四個男女將武松剝了衣裳，綁在亭柱上。武松看時，見灶邊樑上掛著兩條人腿。武松自肚裡尋思道：「卻撞在橫死神手裡，死得沒了分曉！早知如此時，不若去孟州府裡首告了，便吃一刀一剮，卻也留得一個清名於世！」正是：

殺盡奸邪恨始平，英雄逃難不逃名。
千秋意氣生無愧，七尺身軀死不輕。

那四個男女提著那包裹，口裡叫道：「大哥！大嫂！快起來！我們張得一頭好行貨在這裡了！」只聽得前面應道：「我來也！你們不要動手，我自來開剝。」沒一盞茶時，只見兩個人入屋後來。武松看時，前面一個婦人，背後一個大漢。兩個定睛看了武松，那婦人便道：「這個不是叔叔？」那大漢道：「果然是我兄弟！」武松看時，那大漢不是別人，卻正是菜園子張青，這婦人便是母夜叉孫二娘。這四個男女吃了一驚，便把索子解了，將衣服與武松穿了，頭巾已自扯碎，且拿個氈笠子與他戴上。原來這張青十字坡店面作坊卻有幾處，所以武松不認得。張青即便請出前面客席裡。敘禮罷，張青大驚，連忙問道：「賢弟如何恁地模樣？」武松答道：「一言難盡！自從與你相別之後，到得牢城營裡，得蒙施管營兒子，喚做金眼彪施恩，一見如故，每日好酒、好肉管顧我。為是他有一座酒肉店在城東快活林內，甚是趁錢，卻被一個張團練帶來的蔣門神那廝，倚勢豪強，公然白白地奪了。施恩如此告訴，我卻路見不平，醉打了蔣門神，復奪了快活林，施恩以此敬重我。後被張團練買囑張都監，定了計謀，取我做親隨，設計陷害，替蔣門神報仇。八月十五日夜，只推有賊，賺我到裡面，卻把銀酒器皿預先放在我箱籠內，拿我解送孟州府裡，強扭做賊，打招了，監在牢裡。卻得施恩上下使錢透了，不曾受害。又得當案葉孔目仗義疏財，不肯陷害平人。又得當牢一個康節級與施恩最好。兩個一力維持，待限滿脊杖，轉配恩州。昨夜出得城來，叵耐張都監設計，教蔣門神使兩個徒弟和防送公人相助，就路上要結果我。到得飛雲浦僻靜去處，正欲要動手，先被我兩腳把兩個徒弟踢下水裡去。趕上這兩個鳥公人，也是一朴刀一個搠死了，都撇在水裡。思量這口氣怎地出得？因此再回孟州城裡去。一更四點，進去馬院裡，先殺一個養馬的後槽；爬入牆內去，就廚房裡殺了兩個丫鬟；直上鴛鴦樓，把張都監、張團練、蔣門神三個都殺了；又砍了兩個親隨；下樓來，又把他老婆、兒女、養娘都戳死了。四更三點跳城出來，走了一五更路，一時困倦，棒瘡發了又疼，因行不得，投一小廟裡權歇一歇，卻被這四個綁縛將來。」

那四個搗子便拜在地下道：「我們四個都是張大哥的伙家。因為連日博錢輸了，去林子裡尋些買賣，卻見哥哥從小路上來，身上淋淋漓漓都是血跡，卻在土地廟裡歇，我四個不知是甚人。早是張大哥這幾時吩咐道：『只要捉活的。』因此，我們只拿撓鉤套索出去。不吩咐時，也壞了大哥性命。正是『有眼不識泰山』！一時誤犯著哥哥，恕罪則個！」張青夫婦兩個笑道：「我們因有掛心，這幾時只要他們拿活的行貨。他這四個如何省得我心裡事。若是我這兄弟不困乏之時，不說你這四個男女，更有四十個，也近他不得！」那四個搗子只顧磕頭。武松喚起他來道：「既然他們沒錢去賭，我賞你些。」便把包裹打開，取十兩碎銀，把與四人將去分。那四個搗子拜謝武松。張青看了，也取三、二兩銀子，賞與他們四個自去分了。張青道：「賢弟不知我心。從你去後，我只怕你有些失支脫節，或早或晚回來，因此上吩咐這幾個男女，但凡拿得行貨，只要活的。那廝們慢仗些的，趁活捉了，敵他不過的，必致殺害，以此不教他們將刀仗出去，只與他撓鉤套索。方才聽得說，我便心疑，連忙吩咐：『等我自來看。』，誰想果是賢弟！」孫二娘道：「只聽得叔叔打了蔣門神，又是醉了贏他，那一個來往人不吃驚！有在快活林做買賣的客商常說到這裡，卻不知向後的事。叔叔困倦，且請去客房裡將息，卻再理會。」張青引武松去客房裡睡了。兩口兒自去廚下，安排些佳餚美饌款待武松。不移時，整治齊備，專等武松起來相敘。有詩為證：

金寶昏迷刀劍醒，天高帝遠總無靈。

如何廊廟多凶曜，偏是江湖有救星。

卻說孟州城裡，張都監衙內也有躲得過的，直到五更才敢出來。眾人叫起裡面親隨，外面當直的軍牢，都來看視。聲張起來，街坊鄰舍誰敢出來。捱到天明時分，卻來孟州府裡告狀。知府聽說罷，大驚，火速差人下來，檢點了殺死人數，行兇人出沒去處，填畫了圖像、格目，回府裡稟覆知府道：「先從馬院裡入來，就殺了養馬的後槽一人，有脫下舊衣二件。次到廚房裡，灶下殺死兩個丫鬟，廚門邊遺下行兇缺刀一把。樓上殺死張都監一員並親隨二人。外有請到客官張團練與蔣門神二人。白粉壁上，衣襟蘸血大寫八字道：『殺人者，打虎武松也！』樓下搠死夫人一口。在外搠死玉蘭一口，奶娘二口，兒女三口。共計殺死男女一十五名，擄掠去金銀酒器六件。」知府看罷，便差人把住孟州四門，點起軍兵並緝捕人員，城中坊廂里正，逐一排門搜捉凶人武松。次日，飛雲浦地保、里正人等告稱：「殺死四人在浦內，見有殺人血痕在飛雲浦橋下，屍首皆在水中。」知府接了狀子，當差本縣縣尉下來。一面著人打撈起四個屍首，都檢驗了。兩個是本府公人，兩個自有苦主，各備棺木盛殮了屍首，盡來告狀，催促捉拿凶首償命。城裡閉門三日，家至戶到，逐一挨察。五家一連，十家一保，那裡不去搜尋。知府押了文書，委官下該管地面，各鄉、各保、各都、各村，盡要排家搜捉，緝捕凶首。寫了武松鄉貫、年甲、貌相、模樣，畫影圖形，出三千貫信賞錢。如有人得知武松下落，赴州告報，隨文給賞；如有人藏匿犯人在家宿食者，事發到官，與犯人同罪。遍行鄰近州府，一同緝捕。

且說武松在張青家裡將息了三、五日，打聽得事務篾刺一般緊急，紛紛攘攘，有做公人出城來各鄉村緝捕。張青知得，只得對武松說道：「二哥，不是我怕事，不留你久住，如今官司搜捕得緊急，排門挨戶，只恐明日有些疏失，必須怨恨我夫妻兩個。我卻尋個好安身去處與你，在先也曾對你說來，只不知你心中肯去也不？」武松道：「我這幾日也曾尋思：想這事必然要發，如何在此安身得牢？只有一個哥哥，又被嫂嫂不仁害了。甫能來到這裡，又被人如此陷害。祖家親戚都沒了！今日若得哥哥有這好去處，叫武松去，我如何不肯去！只不知是那裡地面？」張青道：「是青州管下一座二龍山寶珠寺。我哥哥魯智深和甚麼青面好漢楊志在那裡打家劫舍，霸著一方落草。青州官軍捕盜，不敢正眼覷他。賢弟，只除那裡去安身，方才免得，若投別處去，終究要吃拿了。他那裡常常有書來取我入夥，我只為戀土難移，不曾去得。我寫一封書，備細說二哥的本事，於我面上，如何不著你入夥。」武松道：「大哥，也說的是。我也有心，恨時辰未到，緣法不能湊巧。今日既是殺了人，事發了，沒潛身處，此為最妙。大哥，你便寫書與我去，只今日便行。」張青隨即取幅紙，備細寫了一封書，把與武松，安排酒食送路。

只見母夜叉孫二娘指著張青道：「你如何便只這等叫叔叔去？前面定吃人捉了！」武松道：「嫂嫂，你且說我怎地去不得？如何便吃人捉了？」孫二娘道：「阿叔，如今官司遍處都有了文書，出三千貫信賞錢，畫影圖形，明寫鄉貫年甲，到處張掛。阿叔臉上現今明明地兩行金印，走到前路，須賴不過。」張青道：「臉上貼了兩個膏藥便了。」孫二娘笑道：「天下只有你乖！你說這癡話！這個如何瞞得過做公的？我卻有個道理，只怕叔叔依不得。」武松道：「我既要逃災避難，如何依不得。」孫二娘大笑道：「我說出來，叔叔卻不要嗔怪。」武松道：「嫂嫂說的定依。」孫二娘道：「二年前，有個頭陀打從這裡過，吃我放翻了，把來做了幾日饅頭餡。卻留得他一個鐵界箍，一身衣服，一領皂布直裰，一條雜色短穗絛，一本度牒，一串一百單八顆人頂骨數珠，一個沙魚皮鞘子，插著兩把雪花鑌鐵打成的戒刀。這刀時常半夜裡鳴嘯得響，叔叔前番也曾看見。今既要逃難，只除非把頭髮剪了，做個行者，須遮得額上金印。又且得這本度牒做護身符，年甲貌相，又和叔叔相等，卻不是前世前緣？叔叔便應了他的名字，前路去誰敢來盤問？這件事，好麼？」正是：

緝捕急如星火，顛危好似風波。
若要免除災禍，且須做個頭陀。

張青拍手道：「二娘說得是！我倒忘了這一著！二哥，你心裡如何？」武松道：「這個也使得，只恐我不像出家人模樣。」張青道：「我且與你扮一扮看。」孫二娘去房中取出包裹來打開，將出許多衣裳，教武松裡外穿了。武松自看道：「卻一似與我身上做的！」著了皂直裰，繫了縧，把氈笠兒除下來，解開頭髮，摺疊起來，將界箍兒箍起，掛著數珠。張青、孫二娘看了，兩個喝采道：「卻不是前生注定！」武松討面鏡子照了，自哈哈大笑起來。張青道：「二哥，為何大笑？」武松道：「我照了，自也好笑，不知何故，做了行者。大哥，便與我剪了頭髮。」張青拿起剪刀，替武松把前後頭髮都剪了。詩曰：

打虎從來有李忠，武松綽號尚懸空。
幸有夜叉能說法，頓教行者顯神通。

武松見事務看看緊急，便收拾包裹要行。張青又道：「二哥，你聽我說。好像我要便宜，你把那張都監家裡的酒器留下在這裡，我換些零碎銀兩與你路上去做盤纏，萬無一失。」武松道：「大哥見得分明。」盡把出來與了張青，換了一包散碎金銀，都拴在纏袋內，繫在腰裡。武松飽吃了一頓酒飯，拜辭了張青夫妻二人，腰裡跨了這兩口戒刀，當晚都收拾了。孫二娘取出這本度牒，就與他縫個錦袋盛了，教武松掛在貼肉胸前。武松臨行，張青又吩咐道：「二哥，於路小心在意，凡事不可托大。酒要少吃，休要與人爭鬧，也做些出家人行逕。諸事不可躁性，省得被人看破了。如到了二龍山便可寫封回信寄來。我夫妻兩個在這裡也不是長久之計，敢怕隨後收拾家私，也來山上入夥。二哥，保重！保重！千萬拜上魯、楊二頭領！」武松辭了出門。插起雙袖，搖擺著便行。張青夫妻看了，喝采道：「果然好個行者！」但見：

前面髮掩映齊眉，後面髮參差際頸。皂直裰好似烏雲遮體，雜色縧如同花蟒纏身。額上界箍兒燦爛，依稀火眼金睛；身間布衲襖斑斕，彷彿銅筋鐵骨。戒刀兩口，擎來殺氣橫秋；頂骨百顆，念處悲風滿路。啖人羅剎須拱手，護法金剛也皺眉。

當晚武行者離了大樹十字坡，便落路走。此時是十月間天氣，日正短，轉眼便晚了。約行不到五十里，早望見一座高嶺。武行者趁著月明，一步步上嶺來，料道只是初更天色。武行者立在嶺頭上看時，見月從東邊上來，照得嶺上草木光輝。正看之間，只聽得前面林子裡有人笑聲。武行者道：「又來作怪！這般一條靜蕩蕩高嶺，有甚麼人笑語！」走過林子那邊去打一看，只見松樹林中，傍山一座墳庵，約有十數間草屋，推開著兩扇小窗，一個先生摟著一個婦人，在那窗前看月戲笑。武行者看了，「怒從心上起，惡向膽邊生」。便想道：「這是山間林下，出家人卻做這等勾當！」便去腰裡掣出那兩口爛銀也似戒刀來，在月光下看了，道：「刀卻是好，到我手裡，不曾發市，且把這個鳥先生試刀！」手腕上懸了一把，再將這把插放鞘內，把兩隻直裰袖結起在背上，竟來到庵前敲門。那先生聽得，便把後窗關上。武行者拿起塊石頭，便去打門。只見呀地側首門開，走出一個道童來！喝道：「你是甚人！如何敢半夜三更，大驚小怪，敲門打戶做甚麼！」武行者睜圓怪眼，大喝一聲：「先把這鳥道童祭刀！」說猶未了，手起處，錚地一聲響，道童的頭落在一邊，倒在地上。只見庵裡那個先生大叫道：「誰敢殺我道童！」托地跳將出來。那先生手掄著兩口寶劍，竟奔武行者。武松大笑道：「我的本事不要箱兒裡去取！正是撓著我的癢處！」便去鞘裡再拔出那口戒刀，掄起雙戒刀，來迎那先生。兩個就月明之下，一來一往，一去一回，四道寒光旋成一圈冷氣。兩個鬥到十數合，只聽得山嶺旁邊一聲響亮，兩個裡，倒了一個。但見：

寒光影裡人頭落，殺氣叢中血雨噴。

畢竟兩個裡廝殺，倒了一個的是誰？且聽下回分解。

第三十二回 武行者醉打孔亮 錦毛虎義釋宋江

當時兩個鬥了十數合，那先生被武行者賣個破綻，讓那先生兩口劍砍將入來，被武行者轉過身來，看得親切，只一戒刀，那先生的頭滾落在一邊，屍首倒在石上。武行者大叫：「庵裡婆娘出來！我不殺你，只問你個緣故！」只見庵裡走出那個婦人來，倒地便拜。武行者道：「你休拜我！你且說這裡叫甚麼去處？那先生卻是你的甚麼人？」那婦人哭著道：「奴是這嶺下張太公家女兒。這庵是奴家祖上墳庵。這先生不知是那裡人，來我家裡投宿，言說善曉陰陽，能識風水。我家爹娘不合留他在莊上，因請他來這裡墳上觀看地理，被他說誘，又留他住了幾日，那一日見了奴家，便不肯去了。住了兩、三個月，把奴家爹、娘哥、嫂都害了性命，卻把奴家強騙在此墳庵裡住。這個道童也是別處擄掠來的。這嶺喚做蜈蚣嶺。這先生見這條嶺好風水，以此他便自號『飛天蜈蚣』王道人。」武行者道：「你還有親眷麼？」那婦人道：「親戚自有幾家，都是莊農之人，誰敢和他爭論！」武行者道：「這廝有些財帛麼？」婦人道：「他也積蓄得一、兩百兩金銀。」武行者道：「有時，你快去收拾。我便要放火燒庵了！」那婦人問道：「師父，你要酒肉吃麼？」武行者道：「有時，將來請我。」那婦人道：「請師父進庵裡去吃。」武行者道：「怕別有人暗算我麼？」那婦人道：「奴有幾顆頭，敢賺得師父？」武行者隨那婦人入到庵裡，見小窗邊桌子上擺著酒肉。武行者討大碗吃了一回。那婦人收拾得金銀財帛已了，武行者便就裡面放起火來。那婦人捧著一包金銀，獻與武行者，武行者道：「我不要你的，你自將去養身。快走！快走！」那婦人拜謝了，自下嶺去。武行者把那兩個屍首都攛在火裡燒了，插了戒刀，連夜自過嶺來，迤邐取路望著青州地面來。又行了十數日，但遇村坊道店，市鎮鄉城，果然都有榜文張掛在彼處，捕獲武松。到處雖有榜文，武松已自做了行者，於路卻沒人盤詰他。

時遇十一月間，天色好生嚴寒。當日武行者一路上買酒肉吃，只是敵不過寒威。上得一條土岡，早望見前面有一座高山，生得十分險峻。武行者下土岡子來，走得三、五里路，早見一個酒店，門前一道清溪，屋後都是攧石亂山。看那酒店時，卻是個村落小酒肆。但見：

門迎溪澗，山映茅茨。疏籬畔梅開玉蕊，小窗前松偃蒼龍。烏皮桌椅，畫列著瓦鉢磁甌；黃土牆垣，都畫著酒仙詩客。一條青旆舞寒風，兩句詩詞招過客。端的是走驃騎聞香須住馬，使風帆知味也停舟。

武行者過得那土岡子來，逕奔入那村酒店裡坐下，便叫道：「店主人家，先打兩角酒來，肉便買些來吃。」店主人應道：「實不瞞師父說，酒卻有些茅柴白酒，肉卻都賣沒了。」武行者道：「且把酒來擋寒。」店主人便去打兩角酒，大碗價釃來，教武行者吃，將一碟熟菜與他過口。片時間，吃盡了兩角酒，又叫再打兩角酒來。店主人又打了兩角酒，大碗篩來。武行者只顧吃。原來過岡子時，先有三、五分酒了。一發吃過這四角酒，又被朔風一吹，酒卻湧上。武松卻大呼小叫道：「主人家，你真個沒東西賣，你便自家吃的肉食，也回些與我吃了，一發還你銀子！」店主人笑道：「也不曾見這個出家人，酒和肉只顧要吃，卻那裡去取？師父，你也只好罷休！」武行者道：「我又不白吃你的！如何不賣與我？」店主人道：「我和你說過只有這些白酒，那得別的東西賣！」正在店裡論口，只見外面走入一條大漢，引著三、四個人入進店裡。武行者看那大漢時，但見：

頂上頭巾魚尾赤，身上戰袍鴨頭綠。腳穿一對踢土靴，腰繫數尺紅搭膊。面圓耳大，唇闊口方。長七尺以上身材，有二十四五年紀。相貌堂堂強壯士，未侵女色少年郎。

主人笑容可掬，迎接道：「大郎請坐。」那漢道：「我吩咐你的，安排也未？」店主人答道：

「雞與肉都已煮熟了，只等大郎來。」那漢道：「我那青花甕酒在那裡？」店主人道：「在這裡。」那漢引了眾人，便向武行者對席上頭坐了，那同來的三、四人卻坐在肩下。店主人卻捧出一樽青花甕酒來，開了泥頭，傾在一個大白盆裡。武行者偷眼看時，卻是一甕灶下的好酒，風吹過一陣陣香味來。武行者不住聞得香味，喉嚨癢將起來，恨不得鑽過來搶吃。只見店主人又去廚下，把盤子托出一對熟雞、一大盤精肉來，放在那漢面前，便擺了菜蔬，用杓子舀酒去燙。

武行者看自己面前，只是一碟兒熟菜，不由得不氣。正是「眼飽肚中飢」，酒又發作，恨不得一拳打碎了那桌子，大叫道：「主人家！你來！你這廝好欺負客人！」店主人連忙來問道：「師父，休要焦躁。要酒便好說。」武行者睜著雙眼喝道：「你這廝好不曉道理！這青花甕酒和雞肉之類，如何不賣與我？我也一般還你銀子！」店主人道：「青花甕酒和雞肉，都是那大郎家裡自將來的，只借我店裡坐地吃酒。」武行者心中要吃，那裡聽他分說，一片聲喝道：「放屁！放屁！」店主人道：「也不曾見你這個出家人恁地蠻法！」武行者喝道：「怎地是老爺蠻法？我白吃你的！」那店主人道：「我倒不曾見出家人自稱『老爺』！」

武行者聽了，跳起身來，叉開五指，望店主人臉上只一掌，把那店主人打個踉蹌，直撞過那邊去。那對席的大漢見了，大怒。看那店主人時，打得半邊臉都腫了，半日掙扎不起。那大漢跳起身來，指定武松道：「你這個鳥頭陀，好不依本分，卻怎地便動手動腳！卻不道是『出家人勿起嗔心』！」武行者道：「我自打他，干你甚事！」那大漢怒道：「我好意勸你，你這鳥頭陀敢把言語傷我！」武行者聽得大怒，便把桌子推開，走出來，喝道：「你那廝說誰！」那大漢笑道：「你這鳥頭陀要和我廝打，正是來太歲頭上動土！」便點手叫道：「你這賊行者！出來！和你說話！」武行者喝道：「你道我怕你，不敢打你！」一搶，搶到門邊。那大漢便閃出門外去。武行者趕到門外。那大漢見武松長壯，那裡敢輕敵，便做個門戶等著他。武行者搶入去，接住那漢手，那大漢卻待用力跌武松，怎禁得他千百斤神力，就手一扯，扯入懷中，只一撥，撥將去，恰似放翻小孩子的一般，那裡做得半分手腳。那三、四個村漢看了，手顫腳麻，那裡敢上前來。

武行者踏住那大漢，提起拳頭來只打實落處，打了二、三十拳，就地下提起來，望門外溪裡只一丟。那三、四個村漢叫聲苦，不知高低，都下水去，把那大漢救上溪來，自攙扶著，投南去了。這店主人吃了這一掌，打得麻了，動彈不得，自入屋後躲避去了。武行者道：「好呀！你們都去了，老爺吃酒了！」把個碗去白盆內舀那酒來只顧吃。桌子上那對雞，一盤子肉，都未曾吃動。武行者且不用箸，雙手扯來任意吃，沒半個時辰，把這酒肉和雞都吃個八分。武行者醉飽了，把直裰袖結在背上，便出店門，沿溪而走。卻被那北風捲將起來，武行者捉腳不住，一路上搶將來，離那酒店走不得四、五里路，旁邊土牆裡，走出一隻黃狗，看著武松叫。

武行者看時，一隻大黃狗趕著吠。武行者大醉，正要尋事，恨那狗趕著他只管吠，便將左手鞘裡掣一口戒刀來，大踏步趕。那黃狗遶著溪岸叫。武行者一刀砍將去，卻砍個空，使得力猛，頭重腳輕，翻筋斗倒撞下溪裡去，卻起不來。黃狗便立定了叫。冬月天道，溪水正涸，雖只有一、二尺深淺的水，卻寒冷得當不得，爬將起來，淋淋的一身水。卻見那口戒刀浸在溪裡，亮得耀人。便再蹲下去撈那刀時，撲地又落下去，再起不來，只在那溪水裡滾。岸上側首牆邊轉出一夥人來。當先一個大漢，頭戴氈笠子，身穿鵝黃紵絲衲襖，手裡拿著一條哨棒，背後十數個人跟著，都拿木鈀白棍。眾人看見狗吠，指道：「這溪裡的賊行者，便是打了小哥哥的！如今小哥哥尋不見，大哥哥卻又引了二、三十個莊客自奔酒店裡捉他去了，他卻來到這裡！」

說猶未了，只見遠遠地，那個吃打的漢子換了一身衣服，手裡提著一條朴刀，背後引著三、二十個莊客，都拖槍拽棒，跟著那個大漢，吹風唿哨來尋武松；趕到牆邊，見了，指著武松，對那穿鵝黃襖子的大漢道：「這個賊頭陀正是打兄弟的！」那個大漢道：「且捉這廝去莊裡，細細拷打！」那漢喝聲：「下手！」三、四十人一發上。可憐武松醉了，掙扎不得，急要爬起來，被眾人一齊下手，橫拖倒拽。捉上溪來，轉過側首牆邊，一所大莊院，兩下都是高牆粉壁，垂柳喬松，圍繞著牆院。眾人把武松推搶入去，剝了衣裳，奪了戒刀、包裹，揪過來綁在大柳樹上，叫：「取一束藤條來，細細的打那廝！」卻才打得三、五下，只見莊裡走出一個人來問道：「你兄弟兩個又打甚麼人？」只見這兩個大漢叉手道：「師父聽稟：兄弟今日和鄰莊三、四個相識，去前面小路店裡吃三杯酒，叵耐這個賊行者到來尋鬧，把兄弟痛打了一頓，又將來攛在水裡，頭臉都磕破了，險些凍死，卻得相識救了回來。歸家換了衣服，帶了人再去尋他，那廝把我酒肉都吃了，卻大醉，倒在門前溪裡，因此，捉拿在這裡細細的拷打。看起這賊頭陀來，也不是出家人，臉上見刺著兩個『金印』，這賊卻把頭髮披下來遮了。必是個避罪在逃的囚徒。問出那廝根源，解送官司理論！」這個吃打傷的大漢道：「問他做甚麼！這禿賊打得我一身傷損，不著一、兩個月將息不起，不如把這禿賊一頓打死了，一把火燒了他，才與我消得這口恨氣！」說罷，拿起藤條，恰待又打。只見出來的那人說道：「賢弟，且休打，待我看他一看。這人也像是一個好漢。」

此時武行者心中略有些醒了，理會得，只把眼來閉了，由他打，只不做聲。那個先去背上看了杖瘡，便道：「作怪！這模樣，想是決斷不多時的疤痕。」轉過面前，便將手把武松頭髮揪起來定睛看了，叫道：「這個不是我兄弟武二郎？」武行者方才閃開雙眼，看了那人道：「你不是我哥哥？」那人喝道：「快與我解下來！這是我的兄弟！」那穿鵝黃襖子的並吃打的盡皆吃驚，連忙問道：「這個行者，如何卻是師父的兄弟？」那人便道：「他便是我時常和你們說的，那景陽岡上打虎的武松。我也不知他如今怎地做了行者。」那弟兄兩個聽了，慌忙解下武松來，便討幾件乾衣服與他穿了，便扶入草堂裡來。武松便要下拜。那個人驚喜相伴，扶住武松，道：「兄弟酒還未醒，且坐一坐說話。」武松見了那人，歡喜上來，酒早醒了五分，討些湯水洗漱了，吃些醒酒之物，便來拜了那人，相敘舊話。

那人不是別人，正是鄆城縣人氏，姓宋名江，表字公明。武行者道：「只想哥哥在柴大官人莊上，卻如何來在這裡？兄弟莫不是和哥哥夢中相會麼？」宋江道：「我自從和你在柴大官人莊上分別之後，我卻在那裡住得半年。不知家中如何，恐父親煩惱，先發付兄弟宋清歸去。後卻接得家中書說道：『官司一事全得朱、雷二都頭氣力，已自家中無事，只要緝捕正身；因此，已動了個海捕文書，各處追獲。』這事已自慢了。卻有這裡孔太公屢次使人去莊上問信，後見宋清回家，說道宋江在柴大官人莊上，因此特地使人直來柴大官人莊上，取我在這裡。此間便是白虎山。這莊便是孔太公莊上。恰才和兄弟相打的，便是孔太公小兒子。因他性急，好與人廝鬧，到處叫他做『獨火星』孔亮。這個穿鵝黃襖子的便是孔太公大兒子，人都叫他做『毛頭星』孔明。因他兩個好習槍棒，卻是我點撥他些個，以此叫我做師父。我在此間住半年了。我如今正欲要上清風寨走一遭。這兩日方欲起身。我在柴大官人莊上時，只聽得人傳說，兄弟在景陽岡上打了大蟲，又聽知你在陽谷縣做了都頭，又聞鬥殺了西門慶。向後不知你配到何處去？兄弟如何做了行者？」

武松答道：「小弟自從柴大官人莊上別了哥哥，去到得景陽岡上打了大蟲，送去陽谷縣，知縣就抬舉我做了都頭。後因嫂嫂不仁，與西門慶通姦，藥死了我先兄武大，被武松把兩個都殺了，自首告到本縣，轉發東平府。後得陳府尹一力救濟，斷配孟州。」至十字坡，怎生遇見張青、孫二娘；到孟州；怎地會施恩，怎地打了蔣門神，如何殺了張都監一十五口，又逃在張青家，母夜叉孫二娘教我做了頭陀行者的緣故；過蜈蚣嶺，試刀殺了王道人；至村店吃酒，醉打了孔兄：把自家的事，從頭備細告訴了宋江一遍。孔明、孔亮兩個聽了大驚，撲翻身便拜。武松慌忙答禮道：「卻才甚是衝撞，休怪！休怪！」孔明、孔亮道：「我弟兄兩個『有眼不識泰山』，萬望恕罪！」武行者道：「既然二位相覷武松時，卻是與我烘焙度牒、書信並行李衣服，不可失落了那兩口戒刀、這串數珠。」孔明道：「這個不須足下掛心。小弟已自著人收拾去了，整頓端正拜還。」武行者拜謝了。宋江請出孔太公，都相見了。孔太公置酒設席款待，不在話下。

當晚宋江邀武松同榻，敘說一年有餘的事，宋江心內喜悅。武松次日天明起來，都洗漱罷，出到中堂，相會吃飯。孔明自在那裡相陪。孔亮挨著疼痛，也來款待。孔太公便叫殺羊宰豬，安排筵宴。是日，村中有幾家街坊親戚都來謁拜。又有幾個門下人，亦來拜見。宋江見了大喜。當日筵宴散了，宋江問武松道：「二哥，今欲往何處安身？」武松道：「昨夜已對哥哥說了，菜園子張青寫書與我，著兄弟投二龍山寶珠寺花和尚魯智深那裡入夥，他也隨後便上山來。」宋江道：「也好。我不瞞你說，我家近日有書來，說道清風寨知寨小李廣花榮，他知道我殺了閻婆惜，每每寄書來與我，千萬教我去寨裡住幾時。此間又離清風寨不遠，我這兩日這待要起身去，因見天氣陰晴不定，未曾起程。早晚要去那裡走一遭，不若和你同往，如何？」武松道：「哥哥怕不是好情分，帶攜兄弟投那裡去住幾時。只是武松做下的罪犯至重，遇赦不宥，因此發心，只是投二龍山落草避難。亦且我又做了頭陀，難以和哥哥同往，路上被人設疑，倘或有些決撒了，須連累了哥哥。便是哥哥與兄弟同死同生，也須累及了花知寨不好。只是由兄弟投二龍山去了罷。天可憐見，異日不死，受了招安，那時卻來尋訪哥哥未遲。」宋江道：「兄弟既有此心歸順朝廷，皇天必佑。若如此行，不敢苦勸，你只相陪我住幾日了去。」自此，兩個在孔太公莊上。

一住過了十日之上，宋江與武松要行，孔太公父子那裡肯放，又留了三、五日，宋江堅執要行，孔太公只得安排筵席送行。款待一日了，次日，將出新做的一套行者衣服，皂布直裰，並帶來的度牒、書信、戒箍、數珠、戒刀、金銀之類交還武松。又各送銀五十兩，權為路費。宋江推卻不受，孔太公父子只顧將來拴縛在包裹裡。宋江整頓了衣服器械，武松依前穿了行者的衣裳，帶上鐵戒箍，掛了人頂骨數珠，跨了兩口戒刀，收拾了包裹，拴在腰裡。宋江提了朴刀，懸口腰刀，帶上氈笠子，辭別了孔太公。孔明、孔亮叫莊客背了行李，弟兄二人直送了二十餘里路，拜辭了宋江、武行者兩個。宋江自把包裹背了，說道：「不須莊客遠送，我自和武兄弟去。」孔明、孔亮相別，自和莊客歸家，不在話下。

只說宋江和武松兩個在路上行著，於路說些閒話，走到晚，歇了一宵，次日早起，打夥又行。兩個吃罷飯，又走了四、五十里，卻來到一市鎮上，地名喚做瑞龍鎮，卻是個三岔路口。宋江借問那裡人道：「小人們欲投二龍山、清風鎮上，不知從那條路去？」那鎮上人答道：「這兩處不是一條路去了：這裡要投二龍山去，只是投西落路；若要投清風鎮去，須用投東落路，過了清風山便是。」宋江聽了備細，便道：「兄弟我和你今日分手，就這裡吃三杯相別。」詞寄浣溪沙，單題別意：

握手臨期話別離，山林景物正闌珊，壯懷寂寞客囊殫。旅次愁來魂欲斷，郵亭宿處鋏空彈，獨憐長夜苦漫漫。

武行者道：「我送哥哥一程，方卻回來。」宋江道：「不須如此。自古道：『送君千里，終有一別。』兄弟，你只顧自己前程萬里，早早的到了彼處。入夥之後，少戒酒性。如得朝廷招安，你便可攛掇魯智深、楊志投降了，日後但是去邊上一槍一刀，博得個封妻蔭子，久後青史上留得一個好名，也不枉了為人一世。我自百無一能，雖有忠心，不能得進步。兄弟，你如此英雄，決定做得大事業，可以記心。聽愚兄之言，圖個日後相見。」武行者聽了，酒店上歇了數杯，還了酒錢。二人出得店來，行到市鎮稍頭，三岔路口，武行者下了四拜。宋江灑淚，不忍分別，又吩咐武松道：「兄弟，休忘了我的言語，少戒酒性。保重！保重！」武行者自投西去了。看官牢記話頭，武行者自來二龍山投魯智深、楊志入夥了，不在話下。

且說宋江自別了武松，轉身望東，投清風山路上來。於路只憶武行者。又自行了幾日，卻早遠遠的望見清風山。看那山時，但見：

八面嵯峨，四圍險峻。古怪喬松盤鶴蓋，杈枒老樹掛藤蘿。瀑布飛流，寒氣逼人毛髮冷；綠陰散下，清光射目夢魂驚。澗水時聽，樵人斧響；峰巒特起，山鳥聲哀。麋鹿成群，穿荊棘往來跳躍；狐狸結黨，尋野食前後呼號。佇立草坡，一望並無商旅店；行來山坳，周迴盡是死屍坑。若非佛祖修行處，定是強人打劫場。

宋江看見前面那座高山，生得古怪，樹木稠密，心中歡喜，觀之不足。貪走了幾程，不曾問的宿頭。看看天色晚了，宋江內心驚慌，肚裡尋思道：「若是夏月天道，胡亂在林子裡歇一夜。卻恨又是中冬天氣，風霜正寒，夜間寒冷，難以打熬。倘或走出一個毒蟲虎豹來時，如何抵擋，卻不害了性命。」只顧往東小路裡撞將去。約莫走了也是一更時分，心裡越慌，看不見地下，躧了一條絆腳索。樹林裡銅鈴響，走出十四、五個伏路小嘍囉來，發聲喊，把宋江捉翻，一條麻索縛了，奪了朴刀包裹，吹起火把，將宋江解上山來。宋江只得叫苦。卻早押到山寨裡。宋江在火光下看時，四下裡都是木柵。當中一座草廳，廳上放著三把虎皮交椅，後面有百十間草房。小嘍囉把宋江綑做粽子相似，將來綁在將軍柱上。有幾個在廳上的小嘍囉說道：「大王方才睡，且不要去報。等大王酒醒時，卻請起來，剖這牛子心肝做醒酒湯。我們大家吃塊新鮮肉。」宋江被綁在將軍柱上，心裡尋思道：「我的造化只如此偃蹇！只為殺了一個煙花婦人，變出得如此之苦！誰想這把骨頭，卻落在這裡斷送了殘生性命。」只見小嘍囉點起燈火熒煌，宋江已自凍得身體麻木了，動彈不得，只把眼來四下裡張望，低了頭嘆氣。約有二、三更天氣，只見廳背後走出三、五個小嘍囉來，叫道：「大王起來了。」便去把廳上燈燭剔得明亮。宋江偷眼看時，見那個出來的大王，頭上綰著鵝梨角兒，一條紅絹帕裹著，身上披著一領棗紅紵絲衲襖，便來坐在當中虎皮交椅上。看那大王時，生得如何？但見：

赤髮黃鬚雙眼圓，臂長腰闊氣沖天。
江湖稱做錦毛虎，好漢原來卻姓燕。

那個好漢祖貫山東萊州人氏，姓燕名順，別號錦毛虎。原是販羊馬客人出身。因為消折了本錢，流落在綠林叢內打劫。那燕順酒醒起來，坐在中間交椅上，問道：「孩兒們那裡拿得這個牛子？」小嘍囉答道：「孩兒們正在後山伏路，只聽得樹林裡銅鈴響，原來這個牛子獨自背些包裹，撞了繩索，一跤絆翻，因此拿得來，獻與大王做醒酒湯。」燕順道：「正好。快去與我請得二位大王來同吃。」小嘍囉去不多時，只見廳側兩邊，走上兩個好漢來。左邊一個五短身材，一雙光眼。怎生打扮？但見：

天青衲襖錦繡補，形貌崢嶸性粗魯。
貪財好色最強梁，放火殺人王矮虎。

這個好漢，祖貫兩淮人氏，姓王名英。為他五短身材，江湖上叫他矮腳虎。原是車家出身，為因半路裡見財起意，就勢劫了客人。事發到官，越獄走了，上清風山，和燕順占住此山，打家劫舍。右邊這個，生的白淨面皮，三牙掩口髭鬚，瘦長膀闊，清秀模樣，也裹著頂絳紅頭巾。怎地結束？但見：

綠衲襖圈金翡翠，錦征袍滿縷紅雲。
江湖上英雄好漢，鄭天壽白面郎君。

這個好漢，祖貫浙西蘇州人氏，姓鄭雙名天壽。為他生得白淨俊俏，人都號他做白面郎君。原是打銀為生，因他自小好習槍棒，流落在江湖上。因來清風山過，撞著王矮虎，和他鬥了五、六十合，不分勝敗，因此燕順見他好手段，留在山上，坐了第三把交椅。當下三個頭領坐下。王矮虎便道：「孩兒們，正好做醒酒湯。快動手取下這牛子心肝來，造三分醒酒酸辣湯來。」只見一個小嘍囉，掇一大銅盆水，放在宋江面前。又一個小嘍囉捲起袖子，手中明晃晃拿著一把剜心尖刀。那個掇水的小嘍囉，便把雙手潑起水來，澆那宋江心窩裡。原來但凡人心，都是熱血裹著。把這冷水潑散了熱血，取出心肝來時，便脆了好吃。那小嘍囉把水直潑到宋江臉上。宋江嘆了口氣道：「可惜宋江死在這裡！」

燕順親耳聽得「宋江」兩字，便喝住小嘍囉道：「且不要潑水。」燕順問道：「他那廝說甚麼宋江？」小嘍囉答道：「這廝口裡說道：『可惜宋江死在這裡。』」燕順便起身來問道：「兀那漢子，你認得宋江？」宋江道：「只我便是宋江。」燕順走近跟前，又問道：「你是那裡的宋江？」宋江答道：「我是濟州鄆城縣做押司的宋江。」燕順道：「你莫不是山東及時雨宋公明，殺了閻婆惜，逃出在江湖上的宋江麼？」宋江道：「你怎得知？我正是宋三郎。」燕順聽罷，吃了一驚，便奪過小嘍囉手內尖刀，把麻索都割斷了，便把自身上披的棗紅紵絲衲襖脫下來，裹在宋江身上，抱在中間虎皮交椅上，喚起王矮虎、鄭天壽快下來，三人納頭便拜。宋江滾下來答禮，問道：「三位壯士，何故不殺小人，反行重禮？此意如何？」亦拜在地。那三個好漢一齊跪下。

燕順道：「小弟只要把尖刀剜了自己的眼睛！原來不識好人，一時間見不到處，少問個緣由，爭些兒壞了義士。若非天幸，使令仁兄自說出大名來，我等如何得知仔細？小弟在江湖上綠林叢中走了十數年，也只久聞得賢兄仗義疏財、濟困扶危的大名。只恨緣份淺薄，不能拜識尊顏。今日天使相會，真乃稱心滿意。」宋江答道：「量宋江有何德能，教足下如此掛心錯愛？」燕順道：「仁兄禮賢下士，結納豪傑，名聞寰海，誰不欽敬。梁山泊近來如此興旺，四海皆聞。曾有人說道，盡出仁兄之賜。不知仁兄獨自何來，今卻到此？」宋江把這救晁蓋一節，殺閻婆惜一節，卻投柴進，向孔太公許多時，並今次要往清風寨尋小李廣花榮這幾件事，一一備細說了。三個頭領大喜。隨即取套衣服，與宋江穿了。一面叫殺羊宰馬，連夜筵席。當夜直吃到五更。叫小嘍囉服侍宋江歇了。次日辰牌起來，訴說路上許多事務。又說武松如此英雄了得。三個頭領拊臂長嘆道：「我們無緣！若得他來這裡，十分是好。卻恨他投那裡去了。」話休絮繁，宋江自到清風山，住了五、七日。每日好酒好食款待，不在話下。

時當臘月初旬，山東人年例，臘日上墳。只見小嘍囉山下報來，說道：「大路上有一乘轎子，七、八個人跟著，挑著兩個盒子，去墳頭化紙。」王矮虎是個好色之徒，見報了，想此轎子必是個婦人，便點起三、五十小嘍囉，便要下山。宋江、燕順那裡攔擋得住。綽了槍刀，敲一棒銅鑼，下山去了。宋江、燕順、鄭天壽三人，自在寨中飲酒。那王矮虎去了約有三、兩個時辰，遠探小嘍囉報將來，說道：「王頭領直趕到半路裡，七、八個軍漢都走了。拿得轎子裡抬著的一個婦人。只有一個錦盒，別無物件財帛。」燕順問道：「那婦人如今抬到那裡？」小嘍囉道：「王頭領已自在山後房中了。」燕順大笑。宋江道：「原來王英兄弟要貪女色，不是好漢的勾當。」燕順道：「這個兄弟諸般都肯向前，只是有這些毛病。」宋江道：「二位和我同去勸他。」燕順、鄭天壽便引了宋江，直來到後山王矮虎房中。推開房門，只見王矮虎正摟住那個婦人求歡。見了三位入來，慌忙推開那婦人，讓三位坐。宋江見那婦人：

身穿縞素，腰繫孝裙。不施脂粉，自然體態妖嬈；懶染鉛華，生定天姿秀麗。雲含春黛，恰如西子顰眉；雨滴秋波，渾似驪姬垂涕。

宋江看見那婦人，便問道：「娘子，你是誰家宅眷？這般時節出來閒走，有甚麼要緊？」那婦人含羞向前，深深地道了三個萬福，便答道：「侍兒是清風寨知寨的渾家。為因母親棄世，今得小祥，特來墳前化紙。那裡敢無事出來閒走？告大王垂救性命！」宋江聽罷，吃了一驚，肚裡尋思道：「我正來投奔花知寨，莫不是花榮之妻，我如何不救？」宋江問道：「你丈夫花知寨，如何不同你出來上墳？」那婦人道：「告大王，侍兒不是花知寨的渾家。」宋江道：「你恰才說是清風寨知寨的恭人。」那婦人道：「大王不知，這清風寨如今有兩個知寨，一文一武，武官便是知寨花榮，文官便是侍兒的丈夫知寨劉高。」宋江尋思道：「他丈夫既是和花知寨同僚，我不救時，明日到時那裡須不好看。」宋江便對王矮虎說道：「小人有句話說，不知你肯依麼？」「哥哥有話，但說不妨。」宋江道：「但凡好漢犯了『溜骨髓』三個字的，好生惹人恥笑。我看這娘子說來，是個朝廷命官的恭人。怎生看在下薄面，並江湖上『大義』兩字，放他下山回去，教他夫妻完聚如何？」王英道：「哥哥聽稟：王英自來沒個押寨夫人做伴。況兼如今世上，都是那大頭領弄得歹了。哥哥管他則甚！胡亂容小弟則個。」

宋江便一跪道：「賢弟若要壓寨夫人時，日後宋江揀一個停當好的，在下納財進禮，娶一個服侍賢弟。只是這個娘子，是小人友人同僚正官之妻，怎地做個人情，放了他則個。」燕順、鄭天壽一齊扶住宋江道：「哥哥且請起來，這個容易。」宋江又謝道：「恁地時，重承不阻。」燕順見宋江堅意要救這婦人，因此不顧王矮虎肯與不肯，燕順喝令轎夫抬了去。那婦人聽了這話，插燭也似拜謝宋江，一口一聲叫道：「謝大王！」宋江道：「恭人，你休謝我。我不是山寨裡大王，我自是鄆城縣客人。」那婦人拜謝了下山。兩個轎夫也得了性命，抬著那婦人下山來，飛也似走，只恨爺娘少生了兩隻腳。這王矮虎又羞又悶，只不做聲。被宋江拖出前廳，勸道：「兄弟休要焦躁，宋江日後好歹要與兄弟完娶一個，教你歡喜便了。小人並不失信。」燕順、鄭天壽都笑起來。王矮虎一時被宋江以禮義縛了，雖不滿意，敢怒不敢言。只得陪笑，自同宋江在山寨中吃筵席，不在話下。

且說清風寨軍人，一時間被虜了恭人去，只得回來到寨裡，報與劉知寨說道：「恭人被這清風山強人擄去了。」劉高聽了，大怒！喝罵去的軍人：「不了事，如何撇了恭人？」大棍打那去的軍漢。眾人分說道：「我們只有五、七個，他那裡有三、四十人，如何與他敵得？」劉高喝道：「胡說！你們若不去奪得恭人回來時，我都把你們下在牢裡問罪。」那幾個軍人吃逼不過，沒奈何，只得央浼本寨內軍健七、八十人，各執槍棒，用意來奪。不想來到半路，正撞著兩個轎夫，抬得恭人飛也似來了。眾軍漢接見恭人，問道：「怎地能夠下山？」那婦人道：「那廝捉我到山寨裡，見我說道是劉知寨的夫人，嚇的那廝慌忙拜我，便叫轎夫送我下山來。」眾軍漢道：「恭人，可憐見我們，只對相公說我們打奪得恭人回來，權救我眾人這頓打。」那婦人道：「我自有道理說便了。」眾軍漢拜謝了，簇擁著轎子便行。眾人見轎夫走得快，便說道：「你兩個閒常在鎮上抬轎時，只是鵝行鴨步。如今卻怎地這等走的快？」那兩個轎夫應道：「本是走不動，卻被背後老大栗暴打將來。」眾人笑道：「你莫不見鬼？背後那得人！」轎夫方才敢回頭，看了道：「哎也！是我走得慌了，腳後跟直打著腦杓子。」眾人都笑，簇著轎子，回到寨中。劉知寨見了，大喜。便問恭人道：「你得誰人救了你回來？」那婦人道：「便是那廝們擄我去，不從奸騙，正要殺我。見我說是知寨的恭人，不敢下手。慌忙拜我。卻得這許多人來搶奪得我回來。」劉高聽了這話，便叫取十瓶酒，一口豬，賞了眾人，不在話下。

且說宋江自救了那婦人下山，又在山寨中住了五、七日，思量要來投奔花知寨。當時作別要下山。三個頭領苦留不住，做了送路筵席餞行，各送些金寶與宋江，打縛在包裹裡。當日宋江早起來，洗漱罷，吃了早飯，拴束了行李，作別了三位頭下山。那三個好漢，將了酒果餚饌，直送到山下二十餘里官道旁邊，把酒分別。三人不捨，叮囑道：「哥哥去清風寨回來，是必再到山寨相會幾時。」宋江背上包裹，提了朴刀，說道：「再得相見。」唱個大喏，分手去了。若是說話的同時生，並肩長，攔腰抱住，把臂拖回。宋公明只因要來投奔花知寨，險些兒死無葬身之地。只教：

青州城外，出幾籌好漢英雄，
清風寨中，聚六個丈夫豪傑。

正是：

遭逢龍虎皆天數，際會風雲豈偶然！

畢竟宋江來尋花知寨撞著甚人？且聽下回分解。

第三十三回　宋江夜看小鰲山　花榮大鬧清風寨

話說這清風山離青州不遠，只隔得百里來路。這清風寨卻在青州三岔路口，地名清風鎮。因為這三岔路上通三處惡山，因此，特設這清風寨在這清風鎮上。那裡也有三、五千人家，卻離這清風山只有一站多路，當日三位頭領自上山去了。只說宋公明獨自一個，背著些包裹，迤邐來到清風鎮上，便借問花知寨住處。那鎮上人答道：「這清風寨衙門在鎮市中間。南邊有個小寨，是文官劉知寨住宅；北邊那個小寨正是武官花知寨住宅。」

宋江聽罷，謝了那人，便投北寨來。到得門首，見有幾個把門軍漢，問了姓名，入去通報。只見寨裡走出那個少年的軍官來，拖住宋江便拜。那人生得如何？但見：

齒白唇紅雙眼俊，兩眉入鬢常清，細腰寬膀似猿形。能騎乖劣馬，愛放海東青。百步穿楊神臂健，弓開秋月分明，雕翎箭發迸寒星。人稱小李廣，將種是花榮。

出來的年少將軍不是別人，正是清風寨武知寨小李廣花榮。那花榮怎生打扮，但見：

身上戰袍金翠繡，腰間玉帶嵌山犀。
滲青巾幘雙環小，文武花靴抹綠低。

花榮見宋江拜罷，喝叫軍漢接了包裹、朴刀、腰刀，扶到正廳上，便請宋江當中涼床上坐了，納頭便拜四拜，起身道：「自從別了兄長之後，屈指又早五、六年矣，常常念想。聽得兄長殺了一個潑煙花，官司行文書各處追捕。小弟聞得，如坐針氈，連連寫了十數封書，去貴莊問信，不知曾到也不？今日天賜，幸得哥哥到此，相見一面，大慰平生。」說罷又拜。宋江扶住道：「賢弟，休只顧講禮。請坐了，聽在下告訴。」花榮斜坐看。宋江把殺閻婆惜一事，和投奔柴大官人，並孔太公莊上遇見武松，清風山上被捉，遇燕順等事，細細地都說了一遍。花榮聽罷，答道：「兄長如此多難，今日幸得仁兄到此。且住數年，卻又理會。」宋江道：「若非兄弟宋清寄書來孔太公莊上時，在下也特地要來賢弟這裡走一遭。」花榮便請宋江去後堂裡坐，喚出渾家崔氏，來拜伯伯。拜罷，花榮又叫妹子出來拜了哥哥。便請宋江更換衣裳鞋襪，香湯沐浴，在後堂安排筵席洗塵。當日筵宴上，宋江把救了劉知寨恭人的事，備細對花榮說了一遍。

花榮聽罷，皺了雙眉，說道：「兄長，沒來由救那婦人做甚麼？正好教滅這廝的口。」宋江道：「卻又作怪！我聽得說是清風寨知寨的恭人，因此把做賢弟同僚面上，特地啟顧王矮虎相怪，一力要救他下山。你卻如何恁的說？」花榮道：「兄長不知。不是小弟說口，這清風寨是青州緊要去處，若還是小弟獨自在這裡守把時，遠近強人怎敢把青州擾得粉碎。近日除將這個窮酸餓醋來做個正知寨，這廝又是文官，又沒本事；自從到任，只把鄉間些少上戶詐騙，朝庭法度，無所不壞。小弟是個武官副知寨，每每被這廝嘔氣，恨不得殺了這濫污賊禽獸。兄長卻如何救了這廝的婦人？打緊這婆娘極不賢，只是調撥他丈夫行不仁的事，殘害良民，貪圖賄賂。正好叫那賤人受些玷辱。兄長錯救了這等不才的人。」宋江聽了，便勸道：「賢弟差矣！自古道：『冤仇可解不可結』。他和你是同僚官，雖有些過失，你可隱惡而揚善。賢弟，休如此淺見。」花榮道：「兄長見得極明。來日公廨內見劉知寨時，與他說過救了他老小之事。」宋江道：「賢弟若如此，也顯你的好處。」花榮夫妻幾口兒，朝暮臻臻至至，獻酒供食，服侍宋江。當晚安排帳在後堂軒下，請宋江安歇。次日，又備酒食筵宴款待。

話休絮煩。宋江自到花榮寨裡，吃了四、五日酒。花榮手下有幾個體己人，一日換一個，撥些碎銀子在他身邊，每日教相陪宋江，去清風鎮街上觀看市井喧嘩，村落宮觀寺院，閒走樂情。自那日為始，這體己人相陪著閒走，邀宋江去市井上閒玩。那清風鎮上也有幾座小勾欄並茶坊酒肆，自不必說得。當日宋江與這體己人在小勾欄裡閒看了一回，又去近村寺院道家宮觀遊賞一回，請去市鎮上酒肆中飲酒。臨起身時，那體己人取銀兩還酒錢。宋江那裡肯要他還錢，卻自取碎銀還了。宋江歸來，又不對花榮說。那個同去的人歡喜，又落得銀子，又得身閒。自此，每日撥一個相陪，和宋江去閒走。每日又只是宋江使錢。自從到寨裡，無一個不敬愛他的。宋江在花榮寨裡，住了將及一月有餘，看看臘盡春回，又早元宵節近。

且說這清風寨，鎮上居民商量放燈一事，準備慶賞元宵。科斂錢物，去土地大王廟前紮縛起一座小鰲山，上面結彩懸花，張掛五、七百碗花燈。土地大王廟內，逞賽諸般社火。家家門前紮起燈棚，賽懸燈火。市鎮上，諸行百藝都有。雖然比不得京師，只此也是人間天上。當下宋江在寨裡和花榮飲酒，正值元宵。是日，晴明得好。花榮到巳牌前後，上馬去公廨內，點起數百個軍士，教晚間去市鎮上彈壓。又點差許多軍漢，分頭去四下裡守把柵門。未牌時分，回寨來邀宋江點心。宋江對花榮說道：「聽聞此間市鎮上今晚點放花燈，我欲去看看。」花榮答道：「小弟本欲陪侍兄長，奈緣我職役在身，不能夠閒步同往。今夜兄長自與家間二、三人去看燈，早早的便回。小弟在家專待家宴三杯，以慶佳節。」宋江道：「最好。」卻早天色向晚，東邊推出那輪明月上來。正是：

玉漏銅壺且莫催，星橋火樹徹明開。
鰲山高聳青雲上，何處遊人不看來！

宋江和花榮家親隨體己人兩三個，跟隨著緩步徐行。到這清風鎮上看燈時，只見家家門前搭起燈棚，懸掛花燈，燈上畫著許多故事，也有剪彩飛白牡丹花燈並芙蓉荷花，異樣燈火。四、五個人手挽著，來到大王廟前看那小鰲山時，但見：

山石穿雙龍戲水，雲霞映獨鶴朝天。金蓮燈，玉梅燈，晃一片琉璃；荷花燈，芙蓉燈，散千團錦繡。銀蛾鬥彩，雙雙隨繡帶香球；雪柳爭輝，縷縷拂華旛翠幙。村歌社鼓，花燈影裡競喧闐；纖婦蠶奴，畫燭光中同賞玩。雖無佳麗風流曲，盡賀豐登大有年。

在鰲山前看了一回，迤邐投南走。不過五、七百步，只見前面燈燭熒煌，一夥人圍住在一個大牆院，門首熱鬧。鑼聲響處，眾人喝采。宋江看時，卻是一夥舞「鮑老」的。宋江矮矬，人背後看不見。那相陪的體己人，卻認得社火隊裡，便教分開眾人，請宋江看。那跳「鮑老」的，身軀扭得村村勢勢的。宋江看了，呵呵大笑。只見這牆院裡面，卻是劉知寨夫妻兩口兒，和幾個婆娘在裡面看。聽得宋江笑聲，那劉知寨的老婆於燈下卻認得宋江，便指與丈夫道：「兀那個笑的黑矮漢子，便是前日清風山搶擄下我的賊頭。」劉知寨聽了，吃一驚，便喚親隨六、七人，叫捉那個笑的黑矮漢子，宋江聽得，回身便走。走不過十餘家，眾軍漢趕上，把宋江捉住，拿到寨裡，用四條麻索綁了，押至廳前。那三個體己人見捉了宋江，自跑回來報與花榮知道。

且說劉知寨坐在廳上，叫解過那來。眾人把宋江簇擁在廳前跪下。劉知寨喝道：「你這廝是清風山打劫強賊，如何敢擅自來看燈！今被擒獲，有何理說？」宋江告道：「小人自是鄆城縣客人張三，與花知寨是故友，來此間多日了，從不曾在清風山打劫。」劉知寨老婆卻從屏風背後轉將出來，喝道：「你這廝兀自賴哩！你記得教我叫你做『大王』時？」宋江告道：「恭人差矣。那時小人不對恭人說來：『小人自是鄆城縣客人，亦被擄掠在此間，不能夠下山去？』」劉知寨道：「你既是客人被擄劫在那裡，今日如何能夠下山來，卻到我這裡看燈？」那婦人便說道：「你這廝在山上時，大剌剌的坐在中間交椅上，由我叫大王，那裡睬人！」宋江道：「恭人全不記我一力救你下山，如何今日倒把我強扭做賊？」那婦人聽了，大怒，指著宋江罵道：「這等賴皮賴骨，不打如何肯招！」劉知寨道：「說得是。」喝叫：「取過批頭來打那廝。」一連打了兩料。打得宋江皮開肉綻，鮮血迸流。叫：「把鐵鎖鎖了。明日合個囚車，把做『鄆城虎』張三解上州裡去。」

卻說相陪宋江的體己人，慌忙奔回來報知花榮。花榮聽罷，大驚，連忙寫書一封，差兩個能幹親隨人，去劉知寨處取。親隨人領了書，急忙到劉知寨門前。把門軍士入去報覆道：「花知寨差人在門前下書。」劉高叫喚至當廳。那親隨人將書呈上。劉高拆開封皮，讀道：

花榮拜上僚兄相公座前：所有薄親劉丈，近日從濟州來，因看燈火，誤犯尊威，萬乞情恕放免，自當造謝。草字不恭，煩乞照察不宣。

劉高看了，大怒，把書扯的粉碎，大罵道：「花榮這廝無禮！你是朝廷命官，如何卻與強賊通同，也來瞞我。這賊已招是鄆城縣張三，你卻如何寫濟州劉丈！俺須不是你侮弄的。你寫他姓劉，是和我同姓，恁的我便放了他！」喝令左右，把下書人推將出去。那親隨人被趕出寨門，急急歸來，稟覆花榮知道，花榮聽了，只叫得：「苦了哥哥！快備我的馬來。」花榮披掛，拴束了弓箭，綽槍上馬，帶了三、五十名軍漢，都拖槍拽棒，直奔至劉高寨裡來。把門軍漢見了，那裡敢攔當；見花榮頭勢不好，盡皆吃驚，都四散走了。花榮搶到廳前，下了馬，手中拿著槍。那三、五十人都擺在廳前。花榮口裡叫道：「請劉知寨說話。」劉高聽得，驚得魂飛魄散，懼怕花榮是個武官，那裡敢出來相見。花榮見劉高不出來，立了一回。喝叫左右去兩邊耳房裡搜人。那三、五十軍漢一齊去搜時，早從廊下耳房裡尋見宋江，被麻索高吊起在樑上，又使鐵索鎖著，兩腿打得肉綻。幾個軍漢便把繩索割斷，鐵鎖打開，救出宋江。花榮便叫軍士先送回家裡去。花榮上了馬，綽槍在手，口裡發話道：「劉知寨！你便是個正知寨，待怎的奈何了花榮！誰家沒個親眷！你卻甚麼意思？我的一個表兄，直拿在家裡，強扭做賊，好欺負人！明日和你說話。」花榮帶了眾人，自回到寨裡來看視宋江。

卻說劉知寨見花榮救了人去，急忙點起一、二百人，也叫來花榮寨奪人。那一、二百人內，新有兩個教頭。為首的教頭雖然得了些刀槍，終不及花榮武藝，不敢不從劉高，只得引了眾人奔花榮寨裡來。把門軍士入去報知花榮。此時天色未甚明亮，那二百來人擁在門首，誰敢先入去？都懼怕花榮了得。看看天大明了，卻見兩扇大門不關，只見花知寨在正廳上坐著，左手拿著弓，右手挽著箭。眾人都擁在門前，花榮豎起弓，大喝道：「你這軍士們！不知『冤各有頭，債各有主』。劉高差你來，休要替他出色。你那兩個新參教頭，還未見花知寨的武藝。今日先教你眾人看花知寨弓箭，然後你那廝們要替劉高出色，不怕的入來。看我先射大門上左邊門神的骨朵頭。」搭上箭，拽滿弓，只一箭，喝聲：「著！」正射中門神骨朵頭。二百人都吃一驚。花榮又取第二枝箭，大叫道：「你們眾人再看，我第二枝箭要射右邊門神的這頭盔上朱纓！」颼的又一箭，不偏不斜，正中纓頭上。那兩枝箭卻射定在兩扇門上。花榮再取第三枝箭，喝道：「你眾人看我第三枝箭，要射你那隊裡，穿白的教頭心窩！」那人叫聲：「哎呀！」便轉身先走。眾人發聲啊，一齊都走了。

花榮且教閉上寨門，卻來後堂看覷宋江。花榮道：「小弟誤了大哥，受此之苦。」宋江答道：「我卻不妨。只恐劉高那廝不肯和你干休。我們也要計較個長便。」花榮道：「小弟捨著棄了這道官誥，和那廝理會。」宋江道：「不想那婦人將恩作怨，教丈夫打我這一頓。我本待自說出真名姓來，卻又怕閻婆惜事發，因此只說鄆城客人張三。叵耐劉高無禮，要把我做鄆城虎張三，解上州去，合個囚車盛我。要做清風山賊首時，頃刻便是一刀一剮！不得賢弟自來力救，便有銅唇鐵舌，也和他分辯不得。」花榮道：「小弟尋思，只想他是讀書人，須念同姓之親，因此寫了『劉丈』，不想他直恁沒些人情。如今既已救了來家，且卻又理會。」宋江道：「賢弟差矣。既然仗你豪勢，救了人來，凡事要三思。自古道：『吃飯防噎，行路防跌。』他被你公然奪了人來，急使人來搶，又被你一嚇，盡都散了。我想他如何肯干罷？必然要和你動文書。今晚我先走上清風山去躲避，你明日卻好和他白賴，終究只是文武不和相毆的官司。我若再被他拿出去時，你便和他分說不過。」花榮道：「小弟只是一勇之夫，卻無兄長的高明遠見。只恐兄長傷重了，走不動？」宋江道：「不妨。事急難以擔擱，我自捱到山下便了。」當日敷貼了膏藥，吃了些酒肉，把包裹都寄在花榮處。黃昏時分，便使兩個軍漢送出柵外去了。宋江自連夜捱去。不在話下。

再說劉知寨，見軍士一個個都散回寨裡來，說道：「花知寨十分英勇了得，誰敢去近前，當他弓箭！」兩個教頭道：「著他一箭時，射個透明窟窿，卻是都去不得。」劉高那廝終是個文官，有些算計。當下尋思起來：「想他這一奪去，必然連夜放他上清風山去了，明日卻來和我白賴。便爭競到上司，也只是文武不和鬥毆之事。我卻如何奈何得他？我今夜差二、三十軍漢，去五里路頭等候。倘若天幸捉著時，將來悄悄地關在家裡，卻暗地使人，連夜去州裡報知軍官下來取，就和花榮一發了，都害了他性命。那時我獨自霸著這清風寨，省得受那廝們的氣！」當晚點了二十餘人，各執槍棒，連夜去了。約莫有二更時候，去的軍漢，背剪綁得宋江到來。劉知寨見了大喜道：「不出吾之所料！且與我囚在後院裡，休教一個人得知！」連夜便寫了一封申狀，差兩個心腹之人，星夜來青州府飛報。次日，花榮只道宋江上清風山去了，坐視在家，心裡只道：「我且看他怎的！」竟不來睬著。劉高也只做不知。兩下都不說著。

且說這青州府知府正值升廳公座。那知府複姓慕容，雙名彥達，是今上徽宗天子慕容貴妃之兄。倚托妹子的勢，要在青州橫行，殘害良民，欺罔僚友，無所不為。正欲回衙早飯，只見左右公人，接上劉知寨申狀，飛報賊情公事。知府接來看了劉高的文書，吃了一驚，便道：「花榮是個功臣之子，如何結連清風山強賊？這罪犯非小，未審虛實？」便教喚那本州兵馬都監來到廳上，吩咐他去。原來那個都監，姓黃名信。為他本身武藝高強，威鎮青州，因此稱他為「鎮三山」。那青州地面所管下，有三座惡山：第一便是清風山，第二便是二龍山，第三便是桃花山。這三處都是強人草寇出沒的去處。黃信卻自誇要捉盡三山人馬，因此喚做「鎮三山」。這兵馬都監黃信上廳來領了知府的言語，出來點起五十個壯健軍漢，披掛了衣甲，馬上擎著那口喪門劍，連夜便下清風寨來，逕到劉高寨前下馬。劉知寨出來接著，請到後堂，敘禮罷，一面安排酒食款待，一面犒賞軍士。後面取出宋江來，教黃信看了。

黃信道：「這個不必問了。連夜合個囚車，把這廝盛在裡面！」頭上抹了紅絹，插一個紙旗，上寫著：「清風山賊首鄆城虎張三」。宋江那裡敢分辯，只得由他們安排。黃信再問劉高道：「你拿得張三時，花榮知也不知？」劉高道：「小官夜來二更拿了他，悄悄的藏在家裡，花榮只道去了，安坐在家。」黃信道：「既是恁的，卻容易。明早安排一副羊酒，去大寨裡公廳上擺著，卻教四下裡，埋伏下三、五十人預備著。我卻自去花榮家請得他來，只說道：『慕容知府聽得你文武不和，因此特差我來置酒勸諭。』賺到公廳，只看我擲盞為號，就下手拿住了，一同解上州裡去。此計如何？」劉高喝采道：「還是相公高見，此計卻似『甕中捉鱉，手到拿來』。」當夜定了計策。

次日天曉，先去大寨左右兩邊帳幕裡，預先埋伏了軍士，廳上虛設著酒食筵宴。早飯前後，黃信上了馬，只帶三、兩個從人，來到花榮寨前。軍人入去傳報，花榮問道：「來做甚麼？」軍漢答道：「只聽得教報道：『黃都監特來相探』。」花榮聽罷，便出來迎接。黃信下馬，花榮請至廳上，敘禮罷，便問道：「都監相公，有何公幹到此？」黃信道：「下官蒙知府呼喚，發落道：為是你清風寨內文武官僚不和，未知為甚緣由。知府誠恐二位因私仇而誤公事，特差黃某齎到羊酒，前來與你二位講和。已安排在大寨公廳上，便請足下上馬同往。」花榮笑道：「花榮如何敢欺罔劉高？他又是個正知寨。只是他累累要尋花榮的過失。不想驚動知府，有勞都監下臨草寨，花榮將何以報！」黃信附耳低言道：「知府只為足下一人。倘有些刀兵動時，他是文官，做得何用？你只依著我行。」花榮道：「深謝都監過愛。」黃信便邀花榮同出門首上馬。花榮道：「且請都監少敘三杯了去。」黃信道：「待說開了，暢飲何妨？」花榮只得叫備馬。當時兩個並馬而行，直來到大寨下了馬。黃信攜著花榮的手，同上公廳來。只見劉高已自先在公廳上。三個人都相見了。黃信叫取酒來。從人已自先把花榮的馬牽將出去，閉了寨門。

花榮不知是計，只想黃信是一般武官，必無歹意。黃信擎一盞酒來，先勸劉高道：「知府為因聽得你文武二官同僚不和，好生憂心；今日特委黃信到來，與你二公陪話。煩望只以報答朝廷為重，再後有事，和同商議。」劉高答道：「量劉高不才，頗識些理法；直教知府恩相如此掛心。我二人也無甚言爭執，此是外人妄傳。」黃信大笑道：「妙哉！」劉高飲過酒，黃信又斟第二杯酒來勸花榮道：「雖然是劉知寨如此說了，想必是閒人妄傳，故是如此。且請飲一杯。」花榮接過酒了。劉高拿副臺盞，斟一盞酒，回勸黃信道：「動勞都監相公降臨敝地，滿飲此杯。」黃信接過酒來，拿在手裡，把眼四下一看，有十數個軍漢，簇上廳來。黃信把酒盞望地下一擲，只聽得後堂一聲喊起，兩邊帳幕裡走出三、五十個壯健軍漢，一發上，把花榮拿倒在廳前。黃信喝道：「綁了！」花榮一片聲道：「我得何罪？」黃信大笑，喝道：「你兀自敢叫哩！你結連清風山強賊，一同背反朝廷，當得何罪？我念你往日面皮，不去驚動你家老小！」花榮叫道：「也須有個證見。」黃信道：「還你一個證見！教你看真贓真賊，我不屈你。左右！與我推將來！」

無移時，一輛囚車，一個紙旗兒，一條紅抹額，從外面推將入來。花榮看時，卻是宋江。目睜口呆，面面廝覷，做聲不得。黃信喝道：「這須不干我事，現有告人劉高在此。」花榮道：「不妨，不妨！這是我的親眷。他自是鄆城縣人。你要強扭他做賊，到上司自有分辯處！」黃信道：「你既然如此說時，我只解你上州裡，你自去分辯。」便叫劉知寨點起一百寨兵防送。花榮便對黃信說道：「都監賺我來，雖然捉了我，便到朝廷，和他還有分辯。可看我和都監一般武職官面，休去我衣服，容我坐在囚車裡。」黃信道：「這一件容易，便依著你。就叫劉知寨一同去州裡折辯明白，休要枉害人性命。」當時黃信與劉高都上了馬，監押著兩輛囚車，並帶三、五十軍士，一百寨兵，簇擁著車子，取路奔青州府來。有分教：火堆裡，送數百間屋宇人家；刀斧叢中，殺一、二千殘生性命。正是：

生事事生君莫怨，害人人害汝休嗔。

畢竟宋江怎地脫身？且聽下回分解。

第三十四回　鎮三山大鬧青州道　霹靂火夜走瓦礫場

話說那黃信上馬，手中橫著這口喪命劍，劉知寨也騎著馬，身上披掛些戎衣，手中拿一把叉。那一百四、五十軍漢寨兵，各執著纓槍、棍棒，腰下都帶短刀、利劍，兩下鼓，一聲鑼，解宋江和花榮望青州來。眾人都離了清風寨。行不過三、四十里路頭，前面見一座大林子。正來到那山嘴邊前頭，寨兵指道：「林子裡有人窺望。」都立住了腳。黃信在馬上問道：「為甚不行？」軍漢答道：「前面林子裡有人窺看。」黃信喝道：「休睬他，只顧走！」

看看漸近林子前，只聽得噹噹的二、三十面大鑼一齊響起來。那寨兵人等都慌了手腳，只待要走。黃信喝道：「且住！都與我擺開。」叫道：「劉知寨，你壓著囚車。」劉高在馬上死應不得，只口裡念道：「救苦救難天尊！哎呀呀，十萬卷經！三十壇醮！救一救！」驚得臉如成精的東瓜，青一回，黃一回。這黃信是個武官，終有些膽量，便拍馬向前看時，只見林子四邊，齊齊的分過三、五百個小嘍囉來，一個個身長力壯，都是面惡眼凶，頭裹紅巾，身穿衲襖，腰懸利劍，手執長槍，早把一行人圍住。林子中跳出三個好漢來，一個穿青，一個穿綠，一個穿紅，都戴著一頂銷金萬字頭巾，各跨一口腰刀，又使一把朴刀，擋住去路。中間是錦毛虎燕順，上首是矮腳虎王英，下首是白面郎君鄭天壽。三個好漢大喝道：「來往的到此當住腳，留下三千兩買路黃金，任從過去！」黃信在馬上大喝道：「你那廝們不得無禮！鎮三山在此！」三個好漢睜著眼，大喝道：「你便是『鎮萬山』，也要三千兩買路黃金。沒時，不放你過去。」黃信說道：「我是上司取公事的都監，有甚麼買路錢與你！」那三個好漢笑道：「莫說你是上司一個都監，便是趙官家駕過，也要三千貫買路錢，若是沒有，且把公事人當在這裡，待你取錢來贖。」黃信大怒，罵道：「強賊怎敢如此無禮！」喝叫左右擂鼓鳴鑼。黃信拍馬舞劍，直奔燕順。三個好漢，一齊挺起朴刀來戰黃信。

黃信見三個好漢都來併他，奮力在馬上鬥了十合，怎地擋得他三個住。亦且劉高已自抖著，向前不得，見了這般頭勢，只待要走。黃信怕吃他三個拿了，壞了名聲，只得一騎馬，撲喇喇跑回舊路。三個頭領挺著朴刀趕將來。黃信那裡顧得眾人，獨自飛馬奔回清風鎮去了。眾軍見黃信回馬時，已自發聲喊，撇了囚車，都四散走了。只剩得劉高，見頭勢不好，慌忙勒轉馬頭，連打三鞭。那馬正待跑時，被那小嘍囉拽起絆馬索，早把劉高的馬掀翻，倒撞下來。眾小嘍囉一發向前，拿了劉高，搶了囚車，打開車輛。花榮已把自己的囚車掀開了，便跳出來，將這縛索都掙斷了，卻打碎那個囚車，救出宋江來。自有那幾個小嘍囉，已自反剪了劉高，又向前去搶得他騎的馬，亦有三匹駕車的馬，卻剝了劉高的衣服，與宋江穿了，把馬先送上出去。這三個好漢，一同花榮並小嘍囉，把劉高赤條條的綁了，押回山寨來。

原來這三位好漢為因不知宋江消息，差幾個能幹的小嘍囉下山，直來清風鎮上探聽，聞人說道：「都監黃信擲盞為號，拿了花知寨並宋江，陷車囚了，解投青州來。」因此報與三個好漢得知，帶了人馬，大寬轉兜出大路來，預先截住去路，小路裡亦差人伺候。因此救了兩個，拿得劉高，都回山寨裡來。當晚上得山時，已是二更時分，都到聚義廳上相會。請宋江、花榮當中坐定，三個好漢對席相陪，一面且備酒食款待。燕順吩咐：「叫孩兒們各自都去吃酒。」花榮在廳上稱謝三個好漢，說道：「花榮與哥哥，皆得三個壯士救了性命，報了冤仇，此恩難報。只是花榮還有妻小、妹子在清風寨中，必然被黃信擒捉，卻是怎生救得？」燕順道：「知寨放心，料應黃信不敢便拿恭人。若拿時，也須這條路裡經過。我明日弟兄三個，下山去取恭人和令妹還知寨。」便差小嘍囉下山，先去探聽。

花榮謝道：「深感壯士大恩！」宋江便道：「且與我拿過劉高那廝來。」燕順便道：「把他綁在將軍柱上，割腹取心，與哥哥慶喜。」花榮道：「我親自下手割這廝！」宋江罵道：「你這廝，我與你往日無冤，近日無仇，你如何聽信那不賢的婦人害我？今日擒來，有何理說？」花榮道：「哥哥問他則甚！」把刀去劉高心窩裡只一剜，那顆心獻在宋江面前。小嘍囉自把屍首拖在一邊。宋江道：「今日雖殺了這廝濫污匹夫，只有那個淫婦不曾殺得，出那口怨氣。」王矮虎便道：「哥哥放心，我明日自下山去拿那婦人，今番還我受用。」眾皆大笑。當夜飲酒罷，各自歇息。次日起來，商議打清風寨一事。燕順道：「昨日孩兒們走得辛苦了，今日歇他一日，明日早下山去也未遲。」宋江道：「也見得是。正要將息人強馬壯，不在促忙。」

不說山寨整點軍馬起程。且說都監黃信一騎馬奔回清風鎮上大寨內，便點寨兵人馬，緊守四邊柵門。黃信寫了申狀，叫兩個教軍頭目，飛馬報與慕容知府。知府聽得飛報軍情，緊急公務，連夜升廳，看了黃信申狀：「反了花榮，結連清風山強盜，時刻清風寨不保。事在告急，早遣良將，保守地方。」知府看了大驚，便差人去請青州指揮司總管本州兵馬秦統制，急來商議軍情重事。那人原是山後開州人氏，姓秦諱個明字，因他性格急躁，聲若雷霆，以此人都呼他做「霹靂火」秦明，祖是軍官出身，使一條狼牙棒，有萬夫不當之勇。那人聽得知府請喚，逕到府裡來見知府，各施禮罷。那慕容知府將出那黃信的飛報申狀來，教秦統制看了。秦明大怒道：「紅頭子敢如此無禮！不須公祖憂心，不才便起軍馬，不拿了這賊，誓不再見公祖。」慕容知府道：「將軍若是遲慢，恐這廝們去打清風寨。」秦明答道：「此事如何敢遲誤！只今連夜便點起人馬，來日早行。」知府大喜，忙叫安排酒肉乾糧，先去城外等候賞軍。秦明見說反了花榮，怒忿從地上馬，奔到指揮司裡，便點起一百馬軍，四百步軍，先叫出城去取齊，擺布了起身。卻說慕容知府先在城外寺院裡蒸了饅頭，擺下大碗，盪下酒，每一個人三碗酒，兩個饅頭，一斤熟肉。方才備辦得了，卻望見軍馬出城，看那軍馬時，擺得整齊。但見：

烈烈旌旗似火，森森戈戟如麻。陣分八卦擺長蛇，委實神驚鬼怕。槍見綠沈紫焰，旗飄繡帶紅霞，馬蹄來往亂交加。乾坤生殺氣，成敗屬誰家。

引軍紅旗上大書：「兵馬總管秦統制。」慕容知府望見秦明全副披掛了，出城來，果是英雄無比。但見：

盔上紅纓飄烈焰，綿袍血染猩猩，連環鎖甲砌金星。雲根靴抹綠，龜背鎧堆銀。坐下馬如同獬豸，狼牙棒密嵌銅釘，怒時雨目便圓睜。性如霹靂火，虎將是秦明。

秦明在馬上，見慕容知府在城外賞軍，慌忙叫軍漢接了軍器，下馬來和知府相見。施禮罷，知府把了盞，將些言語囑咐總管道：「善覷方便，早奏凱歌。」賞軍已罷，放起信炮，秦明辭了知府，飛身上馬，擺開隊伍，催趲軍兵，大刀闊斧，逕奔清風寨來。原來這清風鎮卻在青州東南上，從正南取清風山較近，可早到山北小路。卻說清風山寨裡這小嘍囉們探知備細，報上山來。山寨裡眾好漢正待要打清風寨去，只聽得報道：「秦明引兵馬到來！」都面面廝覷，俱各駭然。花榮便道：「你眾位都不要慌。自古『兵臨告急，必須死敵』。教小嘍囉飽了酒飯，只依著我行。先須力敵，後用智取。……如此，如此，好麼？」宋江道：「好計！正是如此行。」當日宋江、花榮先定了計策，便叫小嘍囉各自去準備。花榮自選了一騎好馬、一副衣甲、弓箭、鐵槍，都收拾了等候。

再說秦明領兵來到清風山下，離山十里下了寨柵，次日五更造飯，軍士吃罷，放起一個信炮，再奔清風山來。揀空去處，擺開人馬，發起擂鼓。只聽得山上鑼聲震天響，飛下一彪人馬出來。秦明勒住馬，橫著狼牙棒，睜著眼看時，卻見眾小嘍囉簇擁著小李廣花榮下山來。到得山坡前，一聲鑼響，列成陣勢。花榮在馬上擎著鐵槍，朝秦明聲個喏。秦明大喝道：「花榮！你祖代是將門之子，朝廷命官。教你做個知寨，掌握一境地方，食祿於國，有何虧你處？卻去結連賊寇，反背朝廷。我今特來捉你！會事的下馬受縛，免得腥手污腳。」花榮陪著笑道：「總管聽稟：量花榮如何肯反背朝廷？實被劉高這廝無中生有，官報私仇，逼迫得花榮有家難奔，有國難投，權且躲避在此。望總管詳察救解。」秦明道：「你兀自不下馬受縛，更待何時！暫地花言巧語，煽惑軍心！」喝叫左右兩邊擂鼓。秦明掄動狼牙棒，直奔花榮。花榮大笑道：「秦明，你這廝原來不識好人饒讓。我念你是個上司官，你道俺真個怕你！」便縱馬挺槍，來戰秦明。兩個就清風山下廝殺，真乃是棋逢敵手難藏幸，將遇良才好用功。這兩個將軍比試。但見：

一對南山猛虎，兩條北海蒼龍。龍怒時頭角崢嶸，虎鬥處爪牙獰惡。爪牙獰惡，似銀鉤不離錦毛團；頭角崢嶸，如銅葉振搖金色樹。翻翻覆覆，點鋼槍沒半米放閒；往往來來，狼牙棒有千般解數。狼牙棒當頭劈下，離頂門只隔分毫；點鋼槍用力刺來，望心坎微爭半指。使點鋼槍的壯士，威風上逼斗牛寒；舞狼牙棒的將軍，怒氣起如雲電發。一個是扶持社稷天蓬將，一個是整頓江山黑煞神。

兩個交手，到四、五十合，不分勝敗。花榮連鬥了許多合，賣個破綻，撥回馬，望山下小路便走。秦明大怒，趕將來。花榮把槍去了事環上帶住，把馬勒個定，左手拈起弓，右手拔箭，拽滿弓，扭過身軀，望秦明盔頂上，只一箭，正中盔上，射落斗來大那顆紅纓，卻似報個信與他。秦明吃了一驚，不敢向前追趕，霍地撥回馬，恰要趕殺，眾小嘍囉一哄地都上山去了。花榮自從別路，也轉上山寨去了。秦明見他都走散，心中越怒道：「叵耐這草寇無禮！」喝叫鳴鑼擂鼓，取路上山。眾軍齊聲吶喊，步軍先上山來。轉過三、兩個山頭，只見上面擂木、炮石、灰瓶、金汁，從險峻處打將下來，向前的退後不迭，早打倒三、五十個，只得再退下山來。

秦明怒極，帶領軍馬繞下山來，尋路上山。尋到午牌時分，只見西山邊鑼響，樹林叢中閃出一對紅旗軍來。秦明引了人馬，趕將去時，鑼也不響，紅旗都不見了。秦明看那路時，又沒正路，都只是幾條砍柴的小路，卻把亂樹折木。交叉當了路口，又不能上去得。正待差軍漢開路，只見軍漢來報道：「東山邊鑼響，一陣紅旗軍出來。」秦明引了人馬，飛也似奔過東山邊來看時，鑼也不鳴，紅旗也不見了。秦明縱馬去四下裡尋路時，都是亂樹折木，塞斷了砍柴的路徑。只見探事的又來報道：「西邊山上鑼又響，紅旗軍又出來了。」秦明拍馬再奔來西山邊看時，又不見一個人，紅旗也沒了。秦明怒壞，恨不得把牙齒都咬碎了。正在西山邊氣忿忿的，又聽得東山邊鑼聲震地價響。急帶了人馬，又趕過來東山邊看時，又不見有一個賊漢，紅旗都不見了。秦明怒挺胸脯，又要趕軍漢上山尋路，只聽得西山邊又發起喊來。

秦明怒氣衝天，大驅兵馬投西山邊來，山上山下看時，並不見一個人，秦明喝叫軍漢兩邊尋路上山，數內有一個軍人稟說道：「這裡都不是正路；只除非東南上有一條大路，可以上去。若只是在這裡尋路上去時，惟恐有失。」秦明聽了，便道：「既有那條大路時，連夜趕將去。」便驅一行軍馬，奔東南角上來。看看天色晚了，又走得人困馬乏。巴得到那山下時，正欲下寨造飯，只見山上火把亂起，鑼鼓亂鳴。秦明轉怒，引領四、五十馬軍，跑上山來。只見山上樹林內，亂箭射將下來，又射傷了些軍士。秦明只得回馬下山，且教軍士只顧造飯。恰才舉得火著，只見山上有八、九十把火光，呼風唿哨下來。秦明急待引軍趕時，火把一齊都滅了。當夜雖有月光，亦被陰雲籠罩，不甚明朗。秦明怒不可當，便叫軍士點起火把，燒那樹木。只聽得山嘴上鼓笛之聲吹響。秦明縱馬上來看時，見山頂上點著十餘個火把，照見花榮陪著宋江在上面飲酒。秦明看了，心中沒出氣處，勒住馬在山下大罵。花榮笑答道：「秦統制，你不必焦躁。且回去將息著，我明日和你併個你死我活的輸贏便罷。」秦明怒喊道：「反賊！你便下來，我如今和你併個三百合，卻再作理會。」花榮笑道：「秦總管，你今日勞困了，我便贏得你，也不為強。你且回去，明日卻來。」秦明越怒，只管在山下罵。本待尋路上山，卻又怕花榮的弓箭，因此只在山坡下罵。

正叫罵之間，只聽得本部下軍馬，發起喊來。秦明急回到山下看時，只見這邊山上，火炮、火箭，一發燒將下來。背後二、三十個小嘍囉做一群，把弓弩在黑影裡射人。眾軍馬發喊，一齊都擁過那邊山側深坑裡去躲。此時已有三更時分，眾軍馬正躲得弓箭時，只叫得苦，上溜頭滾下水來，一行人馬卻都在溪裡，各自掙扎性命。爬得上岸的，盡被小嘍囉撓鈎搭住，活捉上山去了。爬不上岸的，盡淹死在溪裡。且說秦明此時怒得腦門都粉碎了，卻見一條小路在側邊。秦明把馬一撥，搶上山來。行不到三、五十步，和人連馬，攧下陷坑裡去。兩邊埋伏下五十個撓鈎手，把秦明搭將起來，剝了渾身衣甲、頭盔、軍器，拿條繩索綁了，把馬也救起來，都解上清風山來。

原來這般圈套，都是花榮和宋江的計策。先使小嘍囉，或在東，或在西，引誘得秦明人困馬乏，策立不定；預先又把這土布袋填住兩溪的水，等候夜深，卻把人馬逼趕溪裡去，上面卻放下水來，那急流的水，都結果了軍馬。你這秦明帶出的五百人馬，一大半淹在水中，都送了性命；生擒活捉有一百五、七十人。奪了七、八十匹好馬，不曾逃得一個回去。次後陷馬坑裡活捉了秦明。當下一行小嘍囉，捉秦明到山寨裡，早是天明時候。五位好漢坐在聚義廳上。小嘍囉縛綁秦明，解在廳前，花榮見了，連忙跳離交椅，接下廳來，親自解了繩索，扶上廳來，納頭拜在地下。秦明慌忙答禮，便道：「我是被擒之人，由你們碎屍而死，何故卻來拜我？」花榮跪下道：「小嘍囉不識尊卑，誤有冒瀆，切乞恕罪！」隨取錦緞衣服與秦明穿了。秦明問花榮道：「這位為頭的好漢，卻是甚人？」花榮道：「這位是花榮的哥哥，鄆城縣宋押司，宋江的便是。這三位是山寨之主：燕順、王英、鄭天壽。」秦明道：「這三位我自曉得，這宋押司莫不是喚做山東及時雨宋公明麼？」宋江答道：「小人便是。」秦明連忙下拜道：「聞名久矣，不想今日得會義士！」宋江慌忙答禮不迭。秦明見宋江腿腳不便，問道：「兄長如何貴足不便？」宋江卻把自離鄆城縣起頭，直至劉知寨拷打的事故，從頭對秦明說了一遍。秦明只把頭來搖道：「若聽一面之詞，誤了多少緣故。容秦明回州去，對慕容知府說知此事。」

燕順相留，且住數日，隨即便叫殺羊宰馬，安排筵席飲宴。拿上山的軍漢都藏在山後房裡，也與他酒食款待。秦明吃了數杯，起身道：「眾位壯士，既是你們的好情分，不殺秦明，還了我盔甲、馬匹、軍器回州去。」燕順道：「總管差矣！你既是引了青州五百兵馬都沒了，如何回得州去？慕容知府如何不見你罪責？不如權在荒山草寨住幾時。本不堪歇馬，權就此間落草，論秤分金銀，整套穿衣服，不強似受那大頭巾的氣？」秦明聽罷，便下廳道：「秦明生是大宋人，死為大宋鬼。朝廷教我做到兵馬總管，兼受統制使官職，又不曾虧了秦明，我如何肯做強人，背反朝廷！你們眾位要殺時，便殺了我。」花榮趕下廳來拖住道：「兄長息怒，聽小弟一言。我也是朝廷命官之子，無可奈何，被逼得如此。總管既是不肯落草，如何相逼得你隨順。只請少坐，席終了時，小弟討衣甲、頭盔、鞍馬、軍器，還兄長去。」秦明那裡肯坐。花榮又勸道：「總管夜來勞神費力了一日一夜，人也尚自當不得，那匹馬如何不餵得他飽了去。」秦明聽了，肚內尋思：「也說得是。」再上廳來，坐了飲酒。那五位好漢輪番把盞，陪話勸酒。秦明一則軟困，二為眾好漢勸不過，開懷得醉了，扶入帳房睡了。這裡眾人自去行事。不在話下。

且說秦明一覺直睡到次日辰牌方醒，跳將起來，洗漱罷，便要下山。眾好漢都來相留道：「總管，且早飯動身，送下山去。」秦明急性的人，便要下山。眾人慌忙安排些酒食款待了，取出頭盔、衣甲，與秦明披掛，牽過那匹馬來，並狼牙棒，先叫人在山下伺候。五位好漢都送秦明下山來，相別了，交還馬匹、軍器。秦明上了馬，拿著狼牙棒，趁天色大明，離了清風山，取路飛奔青州來。到得十里路頭，恰好巳牌前後，遠遠地望見煙塵亂起，並無一個人來往。秦明見了，心中自有八分疑忌。到得城外看時，原來舊有數百人家，卻都被火燒做白地一片。瓦礫場上，橫七豎八，燒死的男子、婦人，不計其數。

秦明看了大驚。打那匹馬在瓦礫場上跑到城邊，大叫開門時，只見城邊吊橋高拽起了，都擺列著軍士、旌旗、擂木、炮石。秦明勒著馬，大叫：「城上放下吊橋，度我入城。」城上早有人看見是秦明，便擂起鼓來，吶著喊。秦明叫道：「我是秦總管，如何不放我入城？」只見慕容知府立在城上女牆邊，大喝道：「反賊！你如何不識羞恥！昨夜引人馬來打城子，把許多好百姓殺了，又把許多房屋燒了，今日兀自又來賺哄城門。朝廷須不曾虧負了你，你這廝倒如何行此不仁！已自差人奏聞朝廷去了。早晚拿住你時，把你這廝碎屍萬段。」秦明大叫道：「公祖差矣！秦明因折了人馬，又被這廝們捉了上山去，方才得脫，昨夜何曾來打城子？」知府喝道：「我如何不認得你這廝的馬匹、衣甲、軍器、頭盔！城上眾人明明地見你指撥紅頭子殺人放火，你如何賴得過！便做你輸了被擒，如何五百軍人沒一個逃得回來報信？你如今指望賺開城門取老小？你的妻子，今早已都殺了！你若不信，與你頭看。」軍士把將秦明妻子首級挑起在上，教秦明看。秦明是個性急的人，看了渾家首級，氣破胸脯，分說不得，只叫得苦屈。城上弩箭如雨點般射將下來。秦明只得迴避。看見遍野火燄，尚兀自未滅。

秦明回馬在瓦礫場上，恨不得尋個死處。肚裡尋思了半晌，縱馬再回舊路。行不得十來里。只見林子裡轉出一夥人馬來。當先五匹馬上，五個好漢，不是別人：宋江、花榮、燕順、王英、鄭天壽。隨從一、二百小嘍囉。宋江在馬上欠身道：「總管何不回青州？獨自一騎，投何處去？」秦明見問，怒氣道：「不知是那個天不蓋、地不載，該剮的賊，裝做我去打了城子，壞了百姓人家房屋，殺害良民，倒結果了我一家老小，閃得我如今上天無路，入地無門！我若尋見那人時，直打碎這條狼牙棒便罷！」宋江便道：「總管息怒。小人有個見識，這裡難說，且請到山寨裡告稟。總管可以便往。」秦明只得隨順，再回清風山來。於路無話，早到山亭前下馬。眾人一齊都進山寨內。小嘍囉已安排酒果餚饌在聚義廳上。五個好漢，邀請秦明上廳，都讓他中間坐定。五個好漢齊齊跪下。秦明連忙答禮，也跪在地。宋江開話道：「總管休怪，昨日因留總管在山，堅意不肯，卻是宋江定出這條計來，叫小卒似總管模樣的，卻穿了總管的衣甲頭盔，騎著那馬，橫著狼牙棒，直奔青州城下，點撥紅頭子殺人。燕順、王矮虎，帶領五十餘人助戰，只做總管去家中取老小。因此殺人放火，先絕了總管歸路的念頭。今日眾人特地請罪。」

秦明見說了，怒氣攢心，欲待要和宋江等廝併，卻又自肚裡尋思：一則是上界星辰合契；二乃被他們軟困，以禮待之；三則又怕鬥他們不過。因此，只得納了這口氣。便說道：「你們弟兄雖是好意要留秦明，只是害得我忒毒些個，斷送了我妻小一家人口！」宋江答道：「不恁地時，兄長如何肯死心塌地？若是沒了嫂嫂夫人，宋江恰知得花知寨有一令妹，甚是賢慧。宋江情願主婚，陪備財禮，與總管為室，如何？」秦明見眾人如此相敬相愛，方才放心歸順。眾讓宋江在居中坐了，秦明、花榮及三位好漢依次而坐，大吹大擂飲酒，商議打清風寨一事。秦明道：「這事容易，不須眾弟兄費心。黃信那人亦是治下，二者是秦明教他的武藝；三乃和我過的最好。明日我先去叫開柵門，一席話，說他入夥投降，就取了花知寨寶眷，拿了劉高的潑婦，與仁兄報仇雪恨，作進見之禮，如何？」宋江大喜道：「若得總管如此慨然相許，卻是多幸，多幸！」當日筵席散了，各自歇息。次日早起來，吃了早飯，都各各披掛了。秦明上馬，先下山來，拿了狼牙棒，飛奔清風鎮來。

卻說黃信自到清風鎮上，發放鎮上軍民，點地寨兵，曉夜提防，牢守柵門，又不敢出戰，累累使人探聽，不見青州調兵策應。當日只聽得報道：「柵外有秦統制獨自一騎馬到來，叫『開柵門』。」黃信聽了，便上馬飛奔門邊看時，果是一人一騎，又無伴當。黃信便叫開柵門，放下吊橋，迎接秦總管入來，直到大寨公廳前下馬。請上廳來，敘禮罷，黃信便問道：「總管緣何單騎到此？」秦明當下先說了損折軍馬等情，後說：「山東及時雨宋公明，疏財仗義，結識天下好漢，誰不欽敬他？如今現在清風山上，我今次也在山寨入了夥。你又無老小，何不聽我言語，也去山寨入夥，免受那文官的氣？」黃信答道：「既然恩官在彼，黃信安敢不從？只是不曾聽得說有宋公明在山上，今次卻說及時雨宋公明，自何而來？」秦明笑道：「便是你前日解去的鄆城虎張三便是。他怕說出真名姓，惹起自己的官司，以此只認說是張三。」黃信聽了，跌腳道：「若是小弟得知是宋公明時，路上也自放了他。一時見不到處，只聽了劉高一面之詞，險不壞了他性命。」秦明和黃信兩個，正在公廨內商量起身，只見寨兵報道：「有兩路軍馬，鳴鑼擂鼓，殺奔鎮上來。」秦明、黃信聽得，都上了馬，前來迎敵。軍馬到得柵門邊望時，只見：塵土蔽日，殺氣遮天；正是：

兩路軍兵投鎮上，四條好漢下山來。

畢竟秦明、黃信怎地迎敵？且聽下回分解。

第三十五回　石將軍村店寄書　小李廣梁山射雁

當下秦明和黃信兩個到柵門外看時，望見兩路來的軍馬，卻好都到。一路是宋江、花榮；一路是燕順、王矮虎，各帶一百五十餘人。黃信便叫寨兵放下吊橋，大開寨門，接兩路人馬都到鎮上。宋江早傳下號令，休要害一個百姓，休傷一個寨兵。叫先打入南寨，把劉高一家老小盡都殺了。王矮虎自先奪了那個婦人。小嘍囉盡把應有家私金銀、財物、寶貨之資，都裝上車子。再有馬匹牛羊，盡數牽了。花榮自到家中，將應有財物等項裝載上車，搬取妻小、妹子。內有清風鎮上人數，都發還了。眾多好漢收拾已了，一行人馬離了清風鎮，都回到山寨裡來。車輛人馬都到山寨。鄭天壽迎接向聚義廳上相會。黃信與眾好漢講禮罷，坐於花榮肩下。宋江叫把花榮老小安頓一所歇處。將劉高財物分賞與眾小嘍囉。王矮虎拿得那婦人，將去藏在自己房內。

燕順便問道：「劉高的妻今在何處？」王矮虎答道：「今番須與小弟做個押寨夫人。」燕順道：「與卻與你。且喚他出來，我有一句話說。」宋江便道：「我正要問他。」王矮虎便喚到廳前。那婆娘哭著告饒。宋江喝道：「你這潑婦！我好意救你下山，念你是個命官的恭人，你如何反將冤報？今日擒來，有何理說？」燕順跳起身來，便道：「這等淫婦，問他則甚！」拔出腰刀，一刀揮為兩段。王矮虎見砍了這婦人，心中大怒，奪過一把朴刀，便要和燕順交併。宋江等起身來勸住。宋江便道：「燕順殺了這婦人也是。兄弟，你看我這等一力救了他下山，教他夫妻團圓完聚，尚兀自轉過臉來，叫丈夫害我。賢弟，你留在身邊，久後有損無益。宋江日後別娶一個好的，教賢弟滿意。」燕順道：「兄弟便是這等尋思，不殺他，久後必被他害了。」王矮虎被眾人勸了，默默無言。燕順喝叫小嘍囉打掃過屍首血跡，且排筵席慶賀。

次日，宋江和黃信主婚，燕順、王矮虎、鄭天壽做媒說合，要花榮把妹子與秦明。一應禮物都是宋江和燕順出備。吃了三、五日筵席。自成親之後，又過了五、七日，小嘍囉探得事情，上山來報道：「青州慕容知府申將文書去中書省，奏說反了花榮、秦明、黃信，要起大軍來征。」眾人聽罷，商量道：「此間小寨不是久戀之地。倘或大軍到來，四面圍住，如何迎敵？」宋江道：「小可有一計，不知中得諸位心否？」眾好漢都道：「願聞良策。」宋江道：「自這南方有個去處，地名喚做梁山泊，方圓八百餘里，中間宛子城、蓼兒洼。晁天王聚集著三、五千軍馬，把住著水泊，官兵捕盜，不敢正眼覷他。我等何不收拾起人馬，去那裡入夥？」秦明道：「既然有這個去處，卻是十分好。只是沒人引進，他如何肯便納我們？」宋江大笑，卻把這打劫「生辰綱」金銀一事，直說到劉唐寄書，將金子謝我，因此上殺了閻婆惜，逃去在江湖上。

秦明聽了大喜道：「恁地，兄長正是他那裡大恩人。事不宜遲，何以收拾起快去。」只就當日商量定了，便打併起十數輛車子，把老小並金銀、財物、衣服、行李等件，都裝在車子上，共有三、二百匹好馬。小嘍囉們有不願去的，發他些銀兩，任從他下山去投別主；有願去的，編入隊裡，就和秦明帶來的軍漢，通有三、五百人。宋江教分作三起下山，只做去收捕梁山泊的官軍。山上都收拾得停當，裝上車子，放起火來，把山寨燒作光地。分為三隊下山。宋江便與花榮引著四、五十人，三、五十騎馬，簇擁著五、七輛車子，老小隊仗先行。秦明、黃信引領八、九十匹馬和這應用車子，作第二起。後面便是燕順、王矮虎、鄭天壽三個，引著四、五十匹馬，一、二百人。離了清風山，取路投梁山泊來。於路中見了這許多軍馬，旗號上又明明寫著「收捕草寇官軍」，因此無人敢來阻擋。在路行五、七日，離得青州遠了。

且說宋江、花榮兩個騎馬在前頭，背後車輛載著老小，與後面人馬，只隔著二十來里遠近。前面到一個去處。地名喚對影山，兩邊兩座高山，一般形勢，中間卻是一條大驛路。兩個在馬上正行之間，只聽得前山裡鑼鳴鼓響。花榮便道：「前面必有強人！」把槍帶住，取弓箭來，整頓得端正，再插放飛魚袋內，一面叫騎馬的軍士，催趲後面兩起軍馬上來，且把車輛人馬紮住了。宋江和花榮兩個引了二十餘騎軍馬向前探路。至前面半里多路，早見一簇人馬，約有一百餘人，前面簇擁著一個年少的壯士。怎生打扮，但見：

頭上三叉冠，金圈玉鈿；身上百花袍，織錦團花。甲披千道火龍鱗，帶束一條紅瑪瑙。騎一匹胭脂抹就如龍馬，使一條朱紅畫桿方天戟。背後小校，盡是紅衣紅甲。

那個壯士，橫戟立馬在山坡前，大叫道：「今日我和你比試，分個勝敗，見個輸贏！」只見對過山岡子背後，早擁出一隊人馬來，也有百十餘人，也擁著一個穿白年少壯士，手中也使一枝方天畫戟。但見：

頭上三叉冠，頂一團瑞雪；身上鑌鐵甲，披千點寒霜。素羅袍光射太陽，銀花帶色欺明月。坐下騎一匹征宛玉獸，手中掄一枝寒戟銀鉸。背後小校，都是白衣白甲。

這邊都是素白旗號，那壁都是絳紅旗號。只見兩邊紅白旗搖，震地花腔鼓擂，那兩個壯士更不打話，各挺手中戟，縱坐下馬。兩個就中間大闊路上交鋒，比試勝敗。花榮和宋江見了，勒住馬看時，果然是一對好廝殺。但見：

旗伏盤旋，戰衣飄颻。絳霞影裡，捲幾片拂地飛雲；白雪光中，滾數團燎原烈火。故園冬暮，山茶和梅蕊爭輝；上苑春濃，李粉共桃脂鬥彩。這個按南方丙丁火，似焰摩天上走丹爐；那個按西方庚辛金，如泰華峰頭翻玉井。宋無忌忿怒，騎火騾子奔走霜林；馮夷神生嗔，跨玉狻猊縱橫花界。

花榮與宋江兩個在馬上看了喝采。花榮一步步趲馬向前看時，只看那兩個壯士鬥到澗深裡，這兩枝戟上，一枝是金錢豹子尾，一枝是金錢五色幡，卻攪做一團，上面絨縧結住了，那裡分拆得開？花榮在馬上看了，便把馬帶住，左手去飛魚袋內取弓，右手向走獸壺中拔箭，搭上箭，拽滿弓，覷著豹尾絨縧較親處，颼的一箭，恰好正把絨縧射斷。只見兩枝畫戟分開做兩下。那二百餘人一齊喝聲采。那兩個壯士便不鬥，都縱馬跑來，直到宋江、花榮馬前，就馬上欠身聲喏，都道：「願求神箭將軍大名。」花榮在馬上答道：「我這個義兄，乃是鄆城縣押司山東及時雨宋公明；我便是清風鎮知寨小李廣花榮。」那兩壯士聽罷，扎住了戟，便下馬，推金山，倒玉柱，都拜道：「聞名久矣！」宋江、花榮慌忙下馬，扶起那兩位壯士道：「且請問二位壯士，高姓大名？」那個穿紅的說道：「小人姓呂名方，祖貫潭州人氏。平昔愛學呂布為人，因此習學這枝方天畫戟。人都喚小人做『小溫侯』呂方。因販生藥到山東，消折了本錢，不能夠還鄉，權且占住這對影山，打家劫舍。近日走這個壯士來，要奪呂方的山寨，和他各分一山，他又不肯，因此每日下山厮殺。不想原來緣法注定，今日得遇尊顏。」

宋江又問這穿白的壯士高姓。那人答道：「小人姓郭名盛，祖貫四川嘉陵人氏。因販水銀貨賣，黃河裡遭風翻了船，回鄉不得。原在嘉陵學得本處兵馬張提轄的方天戟，向後使得精熟，人都稱小人做『賽仁貴』郭盛。江湖上聽得說，對影山有個使戟的，占住了山頭，打家劫舍，因此一逕來比併戟法。連連戰了十數日，不分勝敗。不期今日得遇二公，天與之幸。」宋江把上件事都告訴了，便道：「既幸相遇，就與二位勸和，如何？」兩個壯士大喜，都依允了。後隊人馬已都到齊，一個個都引著相見了。呂方先請上山，殺牛宰馬筵會。次日，卻是郭盛置酒設席筵宴。宋江就說他兩個撞籌入夥，湊隊上梁山泊去投奔晁蓋聚義。歡天喜地，都依允了，便將兩山人馬點起，收拾了財物，待要起身，宋江便道：「且住，非是如此去。假如我這裡有三、五百人馬投梁山泊去，他那裡亦有探細的人在四下裡探聽，倘或只道我們真是來收捕他，不是耍處。等我和燕順先去報知了，你們隨後卻來。還作三起而行。」花榮、秦明道：「兄長高見。正是如此計較，陸續進程。兄長先行半日，我等催督人馬，隨後起身來。」

且不說對影山人馬陸續登程。只說宋江和燕順各騎了馬，帶領隨行十數人，先投梁山泊來。在路上行了兩日，當日行到晌午時分，正走之間，只見官道旁邊一個大酒店。宋江看了道：「孩兒們走得困乏，都叫買些酒了過去。」當時宋江和燕順下了馬，入酒店裡來。叫孩兒們鬆了馬肚帶，都入酒店裡坐。宋江和燕順先入店裡來看時，只有三副大座頭，小座頭不多幾副。只見一副大座頭上，先有一個在那裡占了。宋江看那人時，裹一頂豬嘴頭巾，腦後兩個太原府金不換紐絲銅環。上穿一領皂袖衫，腰繫一條白搭膊。下面腿絣護膝，八荅麻鞋。桌子邊倚著短棒，橫頭上放著個衣包。生得八尺來長，淡黃骨查臉，一雙鮮眼，沒根髭髯。宋江便叫酒保過來說道：「我的伴當人多，我兩個借你裡面坐一坐。你叫那個客人移換那副大座頭與我伴當們坐地吃些酒。」酒保應道：「小人理會得。」宋江與燕順裡面坐了。先叫酒保打酒來：「大碗先與伴當一人三碗。有肉便買些來與他眾人，卻來我這裡斟酒。」

酒保又見伴當們都立滿在爐邊，酒保卻去看著那個公人模樣的客人道：「有勞上下，挪借這副大座頭與裡面兩個官人的伴當坐一坐。」那漢嗔怪呼他做「上下」，便焦躁道：「也有個先來後到！甚麼官人的伴當要換座頭！老爺不換！」燕順聽了，對宋江道：「你看他無禮麼？」宋江道：「由他便了，你也和他一般見識。」卻把燕順按住了。只見那漢轉頭，看了宋江、燕順冷笑。酒保又陪小心道：「上下，周全小人的買賣，換一換有何妨？」那漢大怒，拍著桌子道：「你這鳥男女，好不識人！欺負老爺獨自一個！要換座頭。便是趙官家，老爺也彆鳥不換。高則聲，大脖子拳不認得你！」酒保道：「小人又不曾說甚麼。」那漢喝道：「量你這廝，敢說甚麼！」燕順聽了，那裡忍耐得住？便說道：「兀那漢子，你也鳥強！不換便罷，沒可得鳥嚇他。」那漢便跳起來，綽了短棒在手裡，便應道：「我自罵他，要你多管！老爺天下只讓得兩個人，其餘的都把來做腳底下的泥。」燕順焦躁，便提起板凳，卻待要打將去。

宋江因見那人出語不俗，橫身在裡面勸解：「且都不要鬧。我且請問你，你天下只讓得那兩個人？」那漢道：「我說與你，驚得你呆了！」宋江道：「願聞那兩個好漢大名。」那漢道：「一個是滄州橫海郡柴世宗的子孫，喚做小旋風柴進柴大官人。」宋江暗暗地點頭，又問：「那一個是誰？」那漢道：「這一個又奢遮！是鄆城縣押司山東及時雨呼保義宋公明。」宋江看了燕順暗笑，燕順早把板凳放下了。那漢又道：「老爺只除了這兩個，便是大宋皇帝，也不怕他。」宋江道：「你且住。我問你，你既說起這兩個人，我卻都認得。你在那裡與他兩個廝會？」那漢道：「你既認得，我不說謊。三年前在柴大官人莊上住了四個月有餘，只不曾見得宋公明。」宋江道：「你便要認黑三郎麼？」那漢道：「我如今正要去尋他。」宋江問道：「誰教你尋他？」那漢道：「他的親兄弟鐵扇子宋清，教我寄家書去尋他。」

宋江聽了大喜，向前拖住道：「『有緣千里來相會，無緣對面不相逢』。只我便是黑三郎宋江。」那漢相了一面，便拜道：「天幸使令小弟，得遇哥哥！爭些兒錯過，空去孔太公那裡走一遭。」宋江便把那漢拖入裡面，問道：「家中近日沒甚事？」那漢道：「哥哥聽稟：小人姓石名勇。原是大名府人氏。日常只靠放賭為生。本鄉起小人一個異名，喚做『石將軍』。為因賭博上，一拳打死了個人，逃走在柴大官人莊上。多聽得往來江湖上人說哥哥大名，因此特去鄆城縣投奔哥哥。卻又聽得說道，為事出外，因見四郎，聽得小人說起柴大官人來，卻說哥哥在白虎山孔太公莊上。因小弟要拜識哥哥，四郎特寫這封家書，與小人寄來孔太公莊上，『如尋見哥哥時，可叫兄長作急回來』。」宋江見說，心中疑惑，便問道：「你到我莊上住了幾日？曾見我父親麼？」石勇道：「小人在彼只住得一夜，便來了，不曾得見太公。」宋江把上梁山泊一節都對石勇說了。石勇道：「小人自離了柴大官人莊上，江湖上只聞得哥哥大名，疏財仗義，濟困扶危。如今哥哥既去那裡入夥，是必攜帶。」宋江道：「這不必你說，何爭你一個人？且來和燕順廝見。」叫酒保且來這裡斟酒三杯。酒罷，石勇便去包裹內取出家書，慌忙遞與宋江。宋江接來看時，封皮逆封著，又沒「平安」二字。宋江心內越是疑惑，連忙扯開封皮，從頭讀至一半，後面寫道：

……父親於今年正月初頭，因病身故，現今停喪在家，專等哥哥來家遷葬。千萬千萬！切不可誤！

弟清泣血奉書

宋江讀罷，叫聲苦，不知高低。自把胸脯捶將起來，自罵道：「不孝逆子，做下非為！老父身亡，不能盡人子之道，畜生何異！」自把頭去壁上磕撞，大哭起來。燕順、石勇抱住。宋江哭得昏迷，半晌方甦醒。燕順、石勇兩個勸道：「哥哥，且省煩惱。」宋江便吩咐燕順道：「不是我寡情薄意，其實只有這個老父記掛。今已歿了，只是星夜趕歸去。教兄弟們自上山則個。」燕順勸道：「哥哥，太公既已歿了，便到家時，也不得見了。『天下無不死的父母』，且請寬心，引我們弟兄去了，那時小弟卻陪侍哥哥歸去奔喪，未為晚了。自古道：『蛇無頭而不行。』若無仁兄去時，他那裡如何肯收留我們？」宋江道：「若等我送你們上山去時，誤了我多少日期，卻是使不得。我只寫封備細書札，都說在內，就帶了石勇，一發入夥，等他們一處上山。我如今不知便罷，既是天教我知了，正是度日如年，燒眉之急。我馬也不要，從人也不帶一個，連夜自趕回家。」燕順、石勇那裡留得住。宋江問酒保借筆硯，對了一幅紙，一頭哭著，一面寫書，再三叮嚀在上面。寫了，封皮不粘，交與燕順收了。脫石勇的八荅麻穿上，取了些銀兩藏放在身邊，跨了一口腰刀，就拿了石勇的短棒，酒食都不肯沾唇，便出門要走。燕順道：「哥哥，也等秦總管、花知寨都來相見一面了，去也未遲。」宋江道：「我不等了。我的書去，並無阻滯。石家賢弟，自說備細，可為我上覆眾兄弟們，可憐見宋江奔喪之急，休怪則個。」宋江恨不得一步跨到家中，飛也似獨自一個去了。

且說燕順同石勇，只就那店裡吃了些酒食點心，還了酒錢，卻教石勇騎了宋江的馬，帶了從人，只離酒店三、五里路，尋個大客店，歇了等候。次日辰牌時分，全夥都到。燕順、石勇接著，備細說宋江哥哥奔喪去了。眾人都埋怨燕順道：「你如何不留他一留！」石勇分說道：「他聞得父親歿了，恨不得自也尋死，如何肯停腳？巴不得飛到家裡。寫了一封備細書札在此，教我們只顧去，他那裡看了書，並無阻滯。」花榮與秦明看了書，與眾人商議道：「事在途中，進退兩難，回又不得，散了又不成。只顧且去。還把書來封了，都到山上看，那裡不容，卻別作道理。」九個好漢並作一夥，帶了三、五百人馬，漸近梁山泊來，尋大路上山。一行人馬正在蘆葦中過，只見水面上鑼鼓振響。

眾人看時，漫山遍野都是雜彩旗幡。水泊中棹出兩隻快船來。當先一隻船上，擺著三、五十個小嘍囉，船頭上中間坐著一個頭領，乃是豹子頭林沖。背後那隻哨船上，也是三、五十個小嘍囉，船頭上也坐著一個頭領，乃是赤髮鬼劉唐。前面林沖在船上喝問道：「汝等是甚麼人？那裡的官軍？敢來收捕我們！教你人人皆死，個個不留。你也須知俺梁山泊的大名。」花榮、秦明等都下馬立岸邊，答應道：「我等眾人非是官軍，有山東及時雨宋公明哥哥書札在此，特來相投大寨入夥。」林沖聽了道：「既有宋公明兄長的書札，且請過前面，到朱貴酒店裡，先請書來看了，卻來相請會。」船上把青旗只一招，蘆葦裡棹出一隻小船，內有三個漁人，一個看船，兩個上岸來說道：「你們眾位將軍都跟我來。」水面上那兩隻哨船，一隻船上，把白旗招動。銅鑼響處，兩隻哨船一齊去了。一行眾人看了，都驚呆了，說道：「端的此處，官軍誰敢侵傍！我等山寨如何及得！」眾人跟著兩個漁人，從大寬轉直到旱地忽律朱貴酒店裡。朱貴見說了，迎接眾人，都相見了，便叫放翻兩頭黃牛，散了分例酒食，討書札看了，先向水亭上放一枝響箭，射過對岸，蘆葦中早搖過一隻快船來。朱貴便喚小嘍囉吩咐罷，叫把書先賫上山去報知，一面店裡殺宰豬羊，款待九個好漢。把軍馬屯住，在四散歇了。

第二日，辰牌時分，只見軍師吳學究自來朱貴酒店裡迎接眾人。一個個都相見了。敘禮罷，動問備細，早有二、三十隻大白棹船來接。吳用、朱貴邀請九位好漢下船，老小車輛，人馬行李，亦各自都搬在各船上，前望金沙攤來。上得岸，松樹徑裡，眾多好漢隨著晁頭領，全副鼓樂來接。晁蓋為頭，與九個好漢相見了，迎上關來。各自乘馬坐轎，直到聚義廳上，一對對講禮罷。左邊一帶交椅上卻是晁蓋、吳用、公孫勝、林沖、劉唐、阮小二、阮小五、阮小七、杜遷、宋萬、朱貴、白勝（那時白日鼠白勝，數月之前，已從濟州大牢裡越獄，逃走到山上入夥，皆是吳學究使人去用度，救他脫身）。右邊一帶交椅上卻是花榮、秦明、黃信、燕順、王英、鄭天壽、呂方、郭盛、石勇，列兩行坐下。中間焚起一爐香來，各設了誓。當日大吹大擂，殺牛宰馬筵宴。一面叫新到夥伴，廳下參拜了，自和小頭目款待筵席。收拾了後山房舍，教搬老小家眷，都安頓了。秦明、花榮在席上稱揚宋公明許多好處，清風山報冤相殺一事，眾頭領聽了大喜。

後說呂方、郭盛兩個比試戟法，花榮一箭射斷絨縧，分開畫戟。晁蓋聽罷，意思不信，口裡含糊應道：「直如此射得親切？改日卻看比箭。」當日酒至半酣，食供數品，眾頭領都道：「且去山前閒玩一回，再來赴席。」當下眾頭領，相謙相讓，下階閒步樂情，觀看山景。行至寨前第三關上，只聽得空中數行賓鴻嘹嚦。花榮尋思道：「晁蓋卻才意思，不信我射斷絨縧。何不今日就此施逞些手段，教他們眾人看，日後敬服我？」把眼一觀，隨行人伴數內卻有帶弓箭的，花榮便問他討過一張弓來，在手看時，卻是一張泥金鵲畫細弓，正中花榮意。急取過一枝好箭，便對晁蓋道：「恰才兄長見說花榮射斷絨縧，眾頭領似有不信之意。遠遠的有一行雁來，花榮未敢誇口，這枝箭要射雁行內第三隻雁的頭上。射不中時，眾頭領休笑。」花榮搭上箭，拽滿弓，覷得親切，望空中只一箭射去，但見：

鵲畫弓彎滿月，雕翎箭迸飛星。挽手既強，離弦甚疾。雁排空如張皮鵠，人發矢似展膠竿。影落雲中，聲在草內。天漢雁行驚折斷，英雄雁序喜相聯。

果然正中雁行內第三隻，直墜落山坡下，急叫軍士取來看時，那枝箭正穿在雁頭上。晁蓋和眾頭領看了，盡皆駭然，都稱花榮做「神臂將軍」。吳學究稱揚道：「休言將軍比李廣，便是養由基也不及神手！真乃是山寨有幸！」自此，梁山泊無一個不欽敬花榮。眾頭領再回廳上筵會，到晚各自歇息。次日，山寨中再備筵席，議定坐次。本是秦明及花榮，因為花榮是秦明大舅，眾人推讓花榮在林沖肩下，坐了第五位，秦明第六位，劉唐坐第七位，黃信坐第八位，三阮之下，便是燕順、王矮虎、呂方、郭盛、鄭天壽、石勇、杜遷、宋萬、朱貴、白勝，一行共是二十一個頭領坐定。慶賀筵宴已畢。山寨中添造大船屋宇，車輛什物；打造刀軍器，鎧甲頭盔；整頓旌旗袍襖，弓弩箭矢，準備抵敵官軍。不在話下。

卻說宋江自離了村店，連夜趕歸。當日申牌時候，奔到本鄉村口張社長酒店裡暫歇一歇。那張社長卻和宋江家來往得好。張社長見了宋江容顏不樂，眼淚暗流。張社長動問道：「押司有年半來不到家中，今日且喜歸來，如何尊顏有些煩惱，心中為甚不樂？且喜官事已遇赦了，必是減罪了。」宋江答道：「老叔自說得是。家中官事且靠後。只有一個生身老父，歿了，如何不煩惱？」張社長大笑道：「押司真個也是作耍？令尊太公卻才在我這裡吃酒了回去，只有半個時辰來去，如何卻說這話？」宋江道：「老叔休要取笑小侄。」便取出家書教張社長看了，「兄弟宋清明明寫道：父親於今年正月初頭歿了，專等我歸來奔喪。」張社長看罷，說道：「呸！那得這般事！只午時前後，和東村王太公在我這裡吃酒了去，我如何肯說謊！」宋江聽了，心中疑影，沒做道理處。尋思了半晌，只等天晚，別了社長，便奔歸家；入得莊門，看時，沒些動靜。莊客見了宋江，都來參拜。宋江便問道：「我父親和四郎有麼？」莊客道：「太公每日望得押司眼穿。今得歸來，卻是歡喜。方才和東村裡王社長在村口張社長店裡吃酒了回來，睡在裡面房內。」

宋江聽了大驚，撇了短棒，逕入草堂上來。只見宋清迎著哥哥便拜。宋江見他果然不戴孝，心中十分大怒，便指著宋清罵道：「你這忤逆畜生，是何道理！父親現今在堂，如何卻寫書來戲弄我？教我兩、三遍自尋死處，一哭一個昏迷。你做這等不孝之子！」宋清卻待分說，只見屏風背後，轉出宋太公來，叫道：「我兒不要焦躁。這個不干你兄弟之事，是我每日思量見你一面，因此教四郎只寫道我歿了，你便歸來得快。我又聽得人說，白虎山地面多有強人，又怕你一時被人攛掇，落草去了，做個不忠不孝的人，為此，急急寄書去喚你歸家。又得柴大官人那裡來的石勇，寄書去與你。這件事盡都是我主意，不干四郎之事。你休埋怨他。我卻在張社長店裡回來，睡在房裡，聽得是你歸來了。」宋江聽罷，納頭便拜太公，憂喜相伴。

宋江又問父親道：「不知近日官司如何？已經赦宥，必然減罪。適間張社長也這般說了。」宋太公道：「你兄弟宋清未回之時，多得朱仝、雷橫的氣力。向後只動了一個海捕文書，再也不曾來勾擾。我如今為何喚你歸來？近聞朝廷冊立皇太子，已降下一道赦書，應有民間犯了大罪，盡減一等科斷，俱已行開各處施行。便是發露到官，也只該個徒流之罪，不到得害了性命。且由他，卻又別作道理。」宋江又問道：「朱、雷二都頭曾來莊上麼？」宋清說道：「我前日聽得說來，這兩個都差出去了：朱仝差往東京去，雷橫不知差到那裡去了。如今縣裡卻是新添兩個姓趙的勾攝公事。」宋太公道：「我兒遠路風塵，且去房裡將息幾時。」闔家歡喜。不在話下。

天色看著將晚，玉兔東生。約有一更時分，莊上人都睡了，只聽得前後門發喊起來。看時，四下裡都是火把，團團圍住宋家莊，一片聲叫道：「不要走了宋江！」太公聽了，連聲叫苦。不因此起，有分教：大江岸上，聚集好漢英雄；鬧市叢中，來顯忠肝義膽。畢竟宋公明在莊上怎地脫身，且聽下回分解。

第三十六回　梁山泊吳用舉戴宗　揭陽嶺宋江逢李俊

話說當時宋太公掇個梯子上牆來看時，只見火把叢中約有一百餘人。當頭兩個便是鄆城縣新參的都頭。卻是弟兄兩個：一個叫做趙能，一個叫趙得。兩個便叫道：「宋太公！你若是曉事的，便把兒子宋江送出來，我們自將就他。若是不教他出官時，和你這老子一發捉了去！」宋太公道：「宋江幾時回來？」趙能道：「你便休胡說！有人在村口見他從張社長家店裡吃了酒來。亦有人跟到這裡。你如何賴得過？」宋江在梯子邊說道：「父親和他論甚口？孩兒便挺身出官也不妨。縣裡府上都有相識，況已經赦宥的事了，必當減罪。求告這廝們做甚麼？趙家那廝是個刁徒；如今暴得做個都頭，知道甚麼義理？他又和孩兒沒人情，空自求他。」宋太公哭道：「是我苦了孩兒！」宋江道：「父親休煩惱。官司見了，倒是有幸。明日孩兒躲在江湖上，撞了一班兒殺人放火的弟兄們，打在網裡，如何能夠見父親面？便斷配在他州外府，也須有程限，日後歸來，也得早晚服侍父親終身。」宋太公道：「既是孩兒恁的說時，我自來上下使用，買個好去處。」宋江便上梯來叫道：「你們且不要鬧。我的罪犯今已赦宥，定是不死。且請二位都頭進敝莊少敘三杯，明日一同見官。」趙能道：「你休使見識，賺我入來！」宋江道：「我如何連累父親兄弟？你們只顧進家裡來。」宋江便下梯子來，開了莊門，請兩個都頭到莊裡堂上坐下；連夜殺雞宰鵝，置酒相待。那一百士兵人等，都與酒食款待，送些錢物之類；取二十兩花銀，把來送與兩位都頭做「好看錢」。正是：

都頭見錢便好，無錢惡眼相看。
因此錢名好看，只錢無法無官。

當夜兩個都頭就在莊上歇了。次早五更，同到縣前。等待，天明解到縣裡來時，知縣才出升堂，只見都頭趙能、趙得押解宋江出官。知縣時文彬見了大喜，責令宋江供狀。

當下宋江一筆供招：「不合於前年秋間典贍到閻婆惜為外家。為因不良，一時恃酒，爭論鬥毆，致被誤殺身死，一向避罪在逃。今蒙緝捕到官，取勘前情，所供甘服罪無詞。」知縣看罷，且叫收禁牢裡監候。滿縣人見說拿得宋江，誰不愛惜他。都替他去知縣處告說討饒，備說宋江平日的好處。知縣自心裡也有八分開豁他，當時依准了供狀，免上長枷手杻，只散禁在牢。宋太公自來買上告下，使用錢帛。那時閻婆已自身故了半年，沒了苦主。這張三又沒了粉頭，不來做甚冤家。縣裡疊成文案，待六十日限滿，結解上濟州聽斷。本州府尹看了申解情由，赦前恩宥之事，已成減罪，把宋江脊杖二十，刺配江州牢城。本州官吏亦有認得宋江的，更兼他又有錢帛使用，名喚做斷杖刺配，又無苦主執證，眾人維持下來，都不甚深重。當廳帶上行枷，押了一道牒文差兩個防送公人，無非是張千、李萬。

當下兩個公人領了公文，監押宋江到州衙前。宋江的父親宋太公同兄弟宋清，都在那裡等候。置酒款待兩個公人，齎發了些銀兩。教宋江換了衣服，打拴了包裹，穿了麻鞋。宋太公喚宋江到僻靜處叮囑道：「我知江州是個好地面，魚米之鄉，特地使錢買將那裡去。你可寬心守耐。我自使四郎來望你。盤纏有便人常常寄來。你如今此去正從梁山泊過，倘或他們下山來劫奪你入夥，切不可依隨他，教人罵做不忠不孝。此一節牢記於心。孩兒，路上慢慢地去，天可憐見，早得回來，父子團圓，兄弟完聚！」宋江灑淚拜辭了父親，兄弟宋清送一程路。宋江臨別時，囑咐兄弟道：「我此去不要你們憂心。只有父親年紀高大，我又累被官司纏擾，背井離鄉而去，兄弟，你早晚只在家侍奉，休要為我到江州來，棄擲父親，無人看顧。我自江湖上相識多，見的那一個不相助，盤纏自有對付處。天若見憐，有一日歸來也。」宋清灑淚拜辭了，自回家中去侍奉父親宋太公，不在話下。

只說宋江和兩公人上路。那張千、李萬已得了宋江銀兩，又因他是好漢，因此於路上只是服侍宋江。三個人上路行了一日，到晚投客店安歇了，打火做些飯，又買些酒肉請兩個公人。宋江對他說道：「實不瞞你兩個說：我們今日此去，正從梁山泊邊過。山寨上有幾個好漢聞我的名字，怕他下山來奪我，枉驚了你們。我和你兩個明日早起些，只揀小路裡過去，寧可多走幾里不妨。」兩個公人道：「押司，你不說，俺們如何得知。我等自認得小路過去，定不得撞著他們。」當夜計議定了，次日，起個五更來打火。兩個公人和宋江離了客店。只從小路裡走。約莫也走了三十里路，只見前面山坡背後轉出一夥人來。宋江看了，只叫得苦。來的不是別人，為頭的好漢正是赤髮鬼劉唐，將領著三、五十人，便來殺那兩個公人。這張千、李萬嚇做一堆兒跪在地下。宋江叫道：「兄弟！你要殺誰？」劉唐道：「哥哥，不殺了這兩個男女，等甚麼！」宋江道：「不要你污了手，把刀來，我殺便了。」兩個人只叫得苦。劉唐把刀遞與宋江。詩曰：

有罪當官不肯逃，逢人救解愈堅牢。
存心厚處生機巧，不殺公人卻借刀。

宋江接過，問劉唐道：「你殺公人何意？」劉唐說道：「奉山上哥哥將令，特使人打聽得哥哥官司，直要來鄆城縣劫牢，卻知哥哥不曾在牢裡，不曾受苦。今番打聽得斷配江州，只怕路上錯了路頭，教大小頭領吩咐去四路等候，迎接哥哥，便請上山。這兩個公人不殺了如何？」宋江道：「這個不是你們兄弟抬舉宋江，倒要陷我於不忠不孝之地。若是如此來挾我，只是逼宋江性命，我自不如死了！」把刀望喉下自刎。劉唐慌忙攀住胳膊，道：「哥哥！且慢慢地商量！」就手裡奪了刀。宋江道：「你弟兄們若是可憐見宋江時，容我去江州牢城聽候限滿回來，那時卻待與你們相會。」劉唐道：「哥哥這話，小弟不敢主張。前面大路上有軍師吳學究同花知寨在那裡專等迎迓哥哥，容小弟著小校請來商議。」宋江道：「我只是這句話，由你們怎地商量。」小嘍囉去報，不多時，只見吳用、花榮，兩騎在前，後面數十騎馬跟著，飛到面前。下馬敘禮罷，花榮便道：「如何不與兄長開了枷？」宋江道：「賢弟，是甚麼話？此是國家法度，如何敢擅動！」吳學究笑道：「我知兄長的意了。這個容易，只不留兄長在山寨便了。晁頭領多時不曾得與仁兄相會，今次也正要和兄長說幾句心腹的話。略請到山寨少敘片時，便送登程。」宋江聽了道：「只有先生便知道宋江的意。」扶起兩個公人來。宋江道：「要他兩個放心，寧可我死，不可害他。」兩個公人道：「全靠押司救命！」

一行人都離了大路，來到蘆葦岸邊，已有船隻在彼。當時載過山前大路卻把山轎教人抬了，直到斷金亭上歇了，叫小嘍囉四下裡去請眾頭領來聚會。迎接上山，到聚義廳上相見。晁蓋謝道：「自從鄆城救了性命，兄弟們到此，無日不想大恩。前者又蒙引薦諸位豪傑上山，光輝草寨，思報無門！」宋江答道：「小哥自從別後，殺死淫婦，逃在江湖上，去了年半。本欲上山相探兄長面，偶然村店裡遇得石勇，捎寄家書，只說父親棄世，不想卻是父親恐怕宋江隨眾好漢入夥去了，因此寫書來喚我回家。雖然明吃官司，多得上下之人看覷，不曾重傷。今配江州，亦是好處。適蒙呼喚，不敢不至。今來既見了尊顏，奈我限期相逼，不敢久住，只此告辭。」晁蓋道：「直如此忙！且請少坐。」兩個中間坐了。宋江便叫兩個公人只在交椅後坐，與他寸步不離。晁蓋叫許多頭領都來參拜了宋江，分兩行坐下，小頭目一面斟酒。先是晁蓋把盞了，向後軍師吳學究、公孫勝，起至白勝把盞下來。

酒至數巡，宋江起身相謝道：「足見兄弟們相愛之情！宋江是個犯罪囚人，不敢久停，就此告辭。」晁蓋道：「仁兄直如此見怪！雖然仁兄不肯要壞兩個公人，多與他些金銀，發付他回去，只說在梁山泊搶擄了去，不道得治罪於他。」宋江道：「兄這話休題！這等不是抬舉宋江，明明的是苦我。家中上有老父在堂，宋江不曾孝敬得一日，如何敢違了他的教訓，負累了他？前者一時乘興與眾位來相投，天幸使令石勇在村店裡撞現在下，指引回家。父親說出這個緣故，情願教小可明了官司。及斷配出來，又頻頻囑咐，臨行之時，又千叮萬囑，教我休為快樂，苦害家中，免累老父倉皇驚恐。因此，父親明明訓教宋江。小可不爭隨順了，便是上逆天理，下違父教，做了不忠不孝的人，在世雖生何益？如不肯放宋江下山，情願只就眾位手裡乞死！」說罷，淚如雨下，便拜倒在地。晁蓋、吳用、公孫勝一齊扶起。

眾人道：「既是哥哥堅意要往江州，今日且請寬心住一日，明日早送下山。」三回五次留得宋江，就山寨裡吃了一日酒。教去了枷，也不肯除，只和兩個公人同起同坐。當晚住了一夜，次日早起來，堅心要行。吳學究道：「兄長聽稟：吳用有個至愛相識，現在江州充做兩院押牢節級，姓戴名宗。本處人稱為戴院長。為他有道術，一日能行八百里，人都喚他做神行太保。此人十分仗義疏財。夜來小生修下一封書在此與兄長去，到彼時可和本人做個相識。但有甚事，可教眾兄弟知道。」眾頭領挽留不住，安排筵宴送行，取出一盤金銀送與宋江，又將二十兩銀子送與兩個公人，就宋江挑了包裹，都送下山來。一個個都作別了。吳學究和花榮直送過渡，到大路二十里外，眾頭領回上山去。

只說宋江自和兩防送公人取路投江州來。那個公人見了山寨裡許多人馬，眾頭領一個個都拜宋江，又得他那裡若干銀兩，一路上只是小心服侍宋江。三個人在路約行了半月之上，早來到一個去處，望見前面一座高嶺。兩個公人說道：「好了！過得這條揭陽嶺，便是潯陽江。到江州卻是水路，相去不遠。」宋江道：「天色暄熱，趁早走過嶺去，尋個宿頭。」公人道：「押司說得是。」三個人趕著，奔過嶺來。行了半日，巴過嶺頭，早看見嶺腳邊一個酒店，背靠顛崖，門臨怪樹，前後都是草房，去那樹陰之下，挑出一個酒旆兒來。宋江見了，心中歡喜，便與公人道：「我們肚裡正飢渴哩，原來這嶺上有個酒店，我們且買碗酒再走。」

三個人入酒店來，兩個公人把行李歇了，將水火棍靠在壁上。宋江讓他兩個公人上首坐定。宋江下首坐了。半個時辰，不見一個人出來。宋江叫道：「怎地不見有主人家？」只聽得裡面應道：「來也！來也！」側首屋下走出一個大漢來，赤色畫髮，紅絲虎眼；頭上一頂破巾，身穿一領布背心，露著兩臂，下面圍一條布手巾；看著宋江三個人，唱個喏，道：「客人，打多少酒？」宋江道：「我們走得肚飢，你這裡有甚麼肉賣？」那人道：「只有熟牛肉和渾白酒。」宋江道：

「最好；你先切二斤熟牛肉來，打一角酒來。」那人道：「客人，休怪說。我這裡嶺上賣酒，只是先交了錢，方才吃酒。」宋江道：「倒是先還了錢吃酒，我也喜歡。等我先取銀子與你。」宋江便去打開包裹，取出些碎銀子。

那人立在側邊偷眼睃著，見他包裹沈重，有些油水，心內自有八分歡喜。接了宋江的銀子，便去裡面舀一桶酒，切一盤牛肉出來，放下三只大碗，三雙箸，一面篩酒。三個人一頭，一面口裡說道：「如今江湖上歹人多，有萬千好漢著了道兒的。酒肉裡下了蒙汗藥，麻翻了，劫了財物，人肉把來做饅頭子，我只是不信，那裡有這話？」那賣酒的人笑道：「你三個說，不要我這酒和肉！裡面都有了麻藥！」宋江笑道：「這個大哥瞧見我們說著麻藥，便來取笑。」兩個公人道：「大哥，熱一碗也好。」那人道：「你們要熱，我便將去燙來。」那人燙熱了，將來篩做三碗。正是飢渴之中，酒肉到口，如何不吃？三人各吃了一碗下去。只見兩個公人瞪了雙眼，口角邊流下涎水來，你揪我扯，望後便倒。宋江跳起來道：「你兩個怎地得一碗，便恁醉了？」向前來扶，不覺自家頭暈眼花，撲地倒了。光著眼，都面面廝覷，麻木了，動彈不得。酒店裡那人道：「慚愧！好幾日沒買賣！今日天送這三頭行貨來與我！」先把宋江倒拖了，入去山邊人肉作房裡，放在剝人凳上。又來把這兩個公人也拖了入去，那人再來，卻包裹行李都提在後屋內，打開看時，都是金銀。那人自道：「我開了許多年酒店，不見著這等一個囚徒！量這等一個罪人，怎地有許多財物，卻不是從天降下賜與我的！」那人看罷包裹，卻再包了，且去門前望幾個伙家歸來開剝。立在門前看了一回，不見一個男女歸來。

只見嶺下這邊三個人奔上嶺來。那人卻認得，慌忙迎接道：「大哥那裡去來？」那三個內一個大漢應道：「我們特地上嶺來接一個人，料道是來的程途日期了。我每日出來，只在嶺下等候，不見到，正不知在那裡耽擱了。」那人道：「大哥，卻是等誰？」那大漢道：「等個奢遮的好男子。」那人問道：「甚麼奢遮的好男子？」那大漢答道：「你敢也聞他的大名？便是濟州鄆城縣宋押司宋江。」那人道：「莫不是江湖上的山東及時雨宋公明？」那大漢道：「正是此人。」那人又問道：「他卻因甚打這裡過？」那大漢道：「我本不知。近日有個相識從濟州來，說道：『鄆城縣宋江，不知為甚事，發在濟州府斷配江州牢城。』我料想他必從這裡過來，別處又無路。他在鄆城縣時，我尚且要去和他會，今次正從這裡經過，如何不結識他？因此，在嶺下連日等候，接了他四、五日，並不見有一個囚徒過來。我今日同這兩個兄弟信步踱上山嶺，來你這裡買碗酒，就望你一望。近日你店裡買賣如何？」那人道：「不瞞大哥說，這幾個月裡好生沒買賣。今日謝天地，捉得三個行貨，又有些東西。」

那大漢慌忙問道：「三個甚樣人？」那人道：「兩個公人和一個罪人。」那漢失驚道：「這囚徒莫非是黑矮肥胖的人？」那人應道：「真個不十分長大，面貌紫棠色。」那大漢連忙問道：「不曾動手麼？」那人答道：「方才拖進作房去，等伙家未回，不曾開剝。」那大漢道：「等我認他一認！」當下四個人進山邊人肉作房裡，只見剝人凳上，挺著宋江和兩個公人，顛倒頭放在地下。那大漢看見宋江，卻不認得。相他臉上「金印」，又不分曉；沒可尋思處，猛想起道：「且取公人的包裹來，我看他公文便知。」那人道：「說得是。」便去房裡取過公人的包裹打開，見了一錠大銀，又若干散碎銀兩。解開文書袋來，看了差批，眾人只叫得：「慚愧。」那大漢便道：「天使今我今日上嶺來！早是不曾動手！爭些兒誤了我哥哥性命！」正是：

冤仇還報難迴避，機會遭逢莫遠圖。
踏破鐵鞋無覓處，得來全不費工夫。

那大漢便叫那人：「快討解藥來，先救起我哥哥。」那人也慌了，連忙調了解藥，便和那大漢去作房裡，先開了枷，扶將起來，把這解藥灌將下去。四個人將宋江扛出前面客位裡，那大漢扶住著，漸漸醒來，光著眼，看了眾人立在面前，又不認得。只見那大漢教兩個兄弟扶住了宋江，納頭便拜。宋江問道：「是誰？我不是夢中麼？」只見賣酒的那人也拜。宋江道：「這裡正是那裡？不敢動問兩位高姓？」那大漢道：「小弟姓李名俊。祖貫廬州人氏。專在揚子江中撐船梢公為生，能識水性，人都呼小弟做混江龍李俊便是。這個賣酒的是此間揭陽嶺人，只靠做私商道路，人盡呼他做催命判官李立。這兩個兄弟是此間潯江邊人，專販私鹽來這裡貨賣，卻是投奔李俊家安身。大江中伏得水，駕得船。是弟兄兩個：一個喚做『出洞蛟』童威，一個叫做『翻江蜃』童猛。」這兩個也拜了宋江四拜。

宋江問道：「卻才麻翻了宋江，如何卻知我姓名？」李俊道：「兄弟有個相識，近日做買賣從濟州回來，說起哥哥大名，為事發在江州牢城。李俊往常思念，只要去貴縣拜識哥哥，只為緣分淺薄，不能夠去。今聞仁兄來江州，必從這裡經過。小弟連連在嶺下等接仁兄五、七日了，不見來。今日無心，天幸使令李俊同兩個弟兄上嶺來，就買杯酒，遇見李立說將起來；因此，小弟大驚，慌忙去作房裡看了，卻又不認得哥哥。猛可思量起來，取討公文看了，才知道是哥哥。不敢問仁兄，聞知在鄆城縣做押司，不知為何事配來江州？」宋江把這殺了閻婆惜，直至石勇村店寄書，回家事發，今次配來江州，備細說了一遍。四人稱嘆不已。

李立道：「哥哥，何不只在此間住了，休上江州牢城去受苦？」宋江答道：「梁山泊苦死相留，我尚兀自不肯住，恐怕連累家中老父，此間如何住得！」李俊道：「哥哥義士，必不肯胡行。你救起那兩個公人來。」李立連忙叫了伙家，已都歸來了，便把公人扛出前面客位裡來，把解藥灌將下去，救得兩個公人起來，面面廝覷，道：「我們想是行路辛苦，恁地容易得醉！」眾人聽了都笑。當晚李立置酒款待眾人，在家裡過了一夜；次日，又安排酒食款待，送出包裹，還了宋江並兩個公人。當時相別了。宋江自和李俊、童威、童猛，並兩個公人下嶺來，逕到李俊家歇下。置備酒食相待，結拜宋江為兄，留在家裡過了數日。宋江要行，李俊留不住，取些銀兩齎發兩個公人。宋江再帶了行枷，收拾了包裹行李，辭別李俊、童威、童猛，離了揭陽嶺下，取路望江州來。

三個人行了半日，早是未牌時分。行到一個去處，只見人煙輳集，市井喧嘩。正來到鎮上，只見那裡一夥人圍住著看。宋江分開人叢，挨入去看時，卻原來是一個使棒賣膏藥的，宋江和兩個公人立住了腳，看他使了一回棒。那教頭放下了手中槍棒，又使了一回拳。宋江喝采道：「好槍棒拳腳！」那卻拿起一個盤子來，口裡開呵道：「小人遠方來的人，投貴地特來就事。雖無驚人的本事，全靠恩官作成，遠處誇稱，近方賣弄。如要筋骨藥，當下取贖；如不用膏藥，可煩賜些銀兩銅錢齎發，休教空過了。」那教頭把盤子掠了一遭，沒一個出錢與他。那漢又道：「看官，高抬貴手。」又掠了一遭，眾人都白著眼看，又沒一個出錢賞他。宋江見他惶恐，掠了兩遭，沒人出錢，便叫公人取出五兩銀子來。宋江叫道：「教頭，我是個犯罪的人，沒甚與你。這五兩白銀權表薄意，休嫌輕微。」那漢子得了這五兩白銀，托在手裡，便收科道：「恁地一個有名的揭陽鎮上，沒一個曉事的好漢抬舉咱家！難得這位恩官，本身見自為事在官，又是過往此間，擷倒齎發五兩白銀！正是：

當年卻笑鄭元和：只向青樓買笑歌！
慣使不論家豪富，風流不在著衣多。

這五兩銀子強似別的十兩！自家拜揖。願求恩官高姓大名，使小人天下傳揚。」宋江答道：「教師，量這些東西值得幾多！不順致謝。」正說之間，只見人叢裡一條大漢分開人眾，搶近前來，大喝道：「兀那廝是甚麼鳥漢！那裡來的囚徒，敢來滅俺揭陽鎮上威風！」搦著雙拳來打宋江。不因此起相爭，有分教：潯陽江上，聚數籌攪海蒼龍好漢；梁山泊中，添一個爬山猛虎的英雄。畢竟那漢為甚要打宋江？且聽下回分解。

第三十七回　沒遮攔追趕及時雨　船火兒夜鬧潯陽江

話說當下宋江不合將五兩銀子，齎發了那個教師。只見這揭陽鎮上眾人叢中，鑽過這條大漢，搦起雙拳，睜著眼喝道：「這廝那裡學到這些鳥槍棒，來俺這揭陽鎮上逞強！我已吩咐了眾人休睬他，你這廝如何賣弄有錢，把銀子賞他，滅俺揭陽鎮上的威風！」宋江應道：「我自賞他銀兩，卻干你甚事？」那大漢揪住宋江，喝道：「你這賊配軍！敢回我話！」宋江道：「做甚麼不敢回你話！」那大漢提起雙拳，劈臉打來。宋江躲個過。大漢又趕入一步來，宋江卻待要和他放對，只見那個使棒的教頭，從人背後趕將來，一隻手揪那大漢頭巾，一隻手提住腰胯，望那大漢肋骨上只一兜，踉蹌一跤，攧翻在地。那大漢卻待掙扎起來，又被這教頭只一腳踢翻了。兩個公人勸住教頭。那大漢從地上爬將起來，看了宋江和教頭，說道：「使得使不得，教你兩個不要慌！」一直往南去了。宋江且請問：「教頭高姓，何處人氏？」教頭答道：「小人祖貫河南洛陽人氏，姓薛名永。祖父是老种經略相公帳前軍官，為因惡了同僚，不得升用，子孫靠使槍棒賣藥度日。江湖上但呼小人『病大蟲』薛永。不敢拜問恩官高姓大名？」宋江道：「小可姓宋，名江。祖貫鄆城縣人氏。」薛永道：「莫非山東及時雨宋公明麼？」宋江道：「小可便是。」

薛永聽罷，便拜。宋江連忙扶住，道：「少敘三杯，如何？」薛永道：「好！正要拜識尊顏，卻為無門得遇兄長。」慌忙收拾起槍棒和藥囊，同宋江便往鄰近酒肆內去吃酒。只見酒家說道：「酒肉自有，只是不敢賣與你們。」宋江問道：「緣何不賣與我們？」酒家道：「卻才和你們打的大漢，已使人吩咐了；若是賣與你們時，把我這店子都打得粉碎。我這裡卻是不敢惡他。這人是此間揭陽鎮上一霸，誰敢不聽他說。」宋江道：「既然恁地，我們去休，那必然要來尋鬧。」

薛永道：「小人也去店裡算了房錢還他，一、兩日間，也來江州相會。兄長先行。」宋江又取一、二十兩銀子與了薛永，辭別了自去。宋江只得自和兩個公人也離了酒店，又自去一處酒肆。那店家說道：「小郎已自都吩咐了，我們如何敢賣與你們！你枉走！白自費力！不濟事！」宋江和兩個公人都做聲不得。卻被他那裡不肯相容。宋江問時，都道：「他已著小郎連連吩咐去了，不許安著你們三個。」

當下宋江見不是話頭，三個便拽開腳步，望大路上走。看見一輪紅日低墜，天色昏暗，宋江和兩個公人心裡越慌。三個商量道：「沒來由看使槍棒，惡了這廝！如今閃得前不巴村，後不著店，卻是投那裡去宿是好？」只見遠遠地小路，望見隔林深處射出燈光來。宋江見了道：「兀那裡燈光明處必有人家。遮莫怎地陪個小心，借宿一夜，明日早行。」公人看了道：「這燈光處又不在正路上。」宋江道：「沒奈何！雖然不在正路上，明日多行三、二里，卻打甚麼要緊？」三個人當時落路來。行不到二里多路，林子背後閃出一座大莊院來。宋江和兩個公人來到莊院前敲門。莊客聽得，出來開門，道：「你是甚人？黃昏夜半來敲門打戶？」宋江陪著小心，答道：「小人是個罪犯配送江州的人。今日錯過了宿頭，無處安歇，欲求貴莊借宿一宵，來早依例拜納房金。」莊客道：「既是恁地，你且在這裡少待，等我入去報知莊主太公，可容即歇。」莊客入去通報了，復翻身出來，說道：「太公相請。」宋江和兩個公人到裡面草堂，去參見了莊主太公。太公吩咐，教莊客領到門房裡安歇，就與他們些晚飯。莊客聽了，引去門首草房下，點起一碗燈，教三人歇定了。取三分飯食、羹湯、蔬菜，教他三個吃了。莊客收了碗碟，自入裡面去。兩個公人道：「押司，這裡又無外人，一發除了行枷，快樂睡一夜。明日早行。」宋江道：「說得是。」當時去了行枷，和兩個公人去房外淨手，看見星光滿天，又見打麥場邊，屋後是一條村僻小路，宋江看在眼裡。三個淨了手，入進房裡，關上門去睡。宋江和兩個公人說道：「也難得這個莊主太公留俺們歇這一夜。」

正說間，聽得裡面有人點火把，來打麥場上一到處照看。宋江在門縫裡張時，見是太公引著三個莊客，把火把到處照看。宋江對公人道：「這太公和我父親一般，件件定要自來照管，這早晚也不肯去睡，瑣瑣地親自點看。」正說間，只聽得外面有人叫開莊門。莊客連忙來開了門，放入五、七個人來。為頭的手裡拿著朴刀，背後的都拿著稻叉棍棒。火把光下，宋江張看時，那個提朴刀的，正是在揭陽鎮上要打我們的那漢。宋江又聽得那太公問道：「小郎，你那裡去來？和甚人打，日晚了拖槍拽棒？」那大漢道：「阿爹不知，哥哥在家裡麼？」太公道：「你哥哥吃得醉了，去睡在後面亭子上。」那漢道：「我自去叫他起來，我和他趕人。」太公道：「你又和誰合口？叫起哥哥來時，他卻不肯干休。你且對我說這緣故。」那漢道：「阿爹，你不知！今日鎮上一個使槍棒賣藥的漢子，叵耐那廝不先來見我弟兄兩個，便去鎮上撒科賣藥，教使槍棒。被我都吩咐了鎮上的人，分文不要與他賞錢。不知那裡走一個囚徒來，那廝做好漢出尖，把五兩銀子賞他，滅俺揭陽鎮上威風！我正要打那廝，卻恨那賣藥的腦揪翻我，打了一頓，又踢了我一腳，至今腰裡還疼。我已教人四下裡吩咐了酒店、客店，不許著這廝們吃酒安歇。先教那三個今夜沒存身處。隨後我叫了賭房裡一夥人，趕將去客店裡，拿得那賣藥的來，盡氣力打了一頓，如今把來吊在都頭家裡，明日送去江邊，綑做一塊，拋在江裡，出那口鳥氣！卻只趕這兩個公人押的囚徒不著。前面又沒客店，竟不知投那裡去宿了，我如今叫起哥哥來，分頭趕去捉拿這廝！」

太公道：「我兒，休恁地短命相！他自有銀子賞那賣藥的，卻干你甚事？你去打他做甚麼？可知道著他打了，也不曾傷重。快依我口便罷，休教哥哥得知。你吃人打了，他肯干罷？又是去害人性命！你依我說，且去房裡睡了。半夜三更，莫去敲門打戶，激惱村坊，你也積些陰德。」那漢罔顧太公說，拿著朴刀，逕入莊內去了。太公隨後也趕入去。宋江聽罷，對公人說道：「這般不巧的事！怎生是好！卻又撞在他家投宿！我們只宜走了好。倘或這廝得知，必然吃他害了性命。便是太公不說，莊客如何敢瞞？」兩個公人都道：「說得是。事不宜遲，及早快走！」宋江道：「我們休從門前出去，掇開屋後一堵子出去罷。」兩個公人挑了包裹，宋江自提了行枷，便從房裡挖開屋後一堵壁子。三個人便趁星光之下，望林木深處小路上只顧走。正是「慌不擇路」。走了一個更次，望見前面滿目蘆花，一派大江，滔滔滾滾，正來到潯陽江邊。有詩為證：

撞入天羅地網來，宋江時蹇實堪哀。
才離黑煞凶神難，又遇喪門白虎災。

只聽得背後喊叫，火把亂明，吹風唿哨趕將來。宋江只叫得苦，道：「上蒼救一救則個！」三人躲在蘆葦中，望後面時，那火把漸近。三人心裡越慌，腳高步低，在蘆葦裡撞。前面一看，「不到天盡頭，早到地盡處」，一帶大江攔截，側邊又是一條闊港。宋江仰天嘆道：「早知如此的苦，權且住在梁山泊也罷！誰想直斷送在這裡！」宋江正在危急之際，只見蘆葦中，悄悄地忽然搖出一隻船來。宋江見了便叫：「梢公！且把船來救我們三個！俺與你幾兩銀子！」那梢公在船上問道：「你三個是甚麼人，卻走在這裡來？」宋江道：「背後有強人打劫我們，一味地撞在這裡。你快把船來渡我們！我多與你些銀兩！」那梢公早把船放得攏來。三個連忙跳上船去。一個公人便把包裹丟下艙裡，一個公人便將水火棍拓開了船。

那梢公一頭搭上櫓，一面聽著包裹落艙有些好響聲，心中暗喜。把櫓一搖，那隻小船早蕩在江心裡。岸上那夥趕來的人早趕到灘頭，有十餘個火把，為頭兩個大漢各挺著一條朴刀約從有二十餘人，各執槍棒。口裡叫道：「你那梢公，快搖船攏來！」宋江和兩個公人做一塊兒伏在船艙裡，說道：「梢公！卻是不要攏船！我們自多謝你些銀子！」那梢公點頭，只不應岸上的人，把船望上水咿咿啞啞的搖將去。那岸上這夥人大喝道：「你那梢公不搖攏船來，教你都死！」那梢公冷笑幾聲，也不應。岸上那夥人又叫道：「你是那梢公，直恁大膽不搖攏來？」那梢公冷笑應道：「老爺叫做張梢公！你不要咬我鳥！」岸上火把叢中那個長漢說道：「原來是張大哥！你見我弟兄兩個麼？」那梢公應道：「我又不瞎，做甚麼不見你！」那長漢道：「你既見我時，且搖攏來和你說話。」那梢公道：「有話明朝來說，趁船的要去得緊。」那長漢道：「我弟兄兩個正要捉這趁船的三個人！」那梢公道：「趁船的三個都是我家親眷，衣食父母。請他歸去碗『板刀麵』了來！」那長漢道：「你且搖攏來，和你商量。」那梢公道：「我的衣飯，倒攏來把與你，倒樂意。」那長漢道：「張大哥！不是這般說！我弟兄只要捉這囚徒！你且攏來！」那梢公一頭搖櫓，一面說道：「我自好幾日接得這個主顧，卻是不搖攏來，倒你接了去！你兩個只休怪，改日相見！」宋江呆了，不聽得話裡藏機，在船艙裡，悄悄的和兩個公人說：「也難得這個梢公！救了我們三個性命，又與他分說！不要忘了他恩德！卻不是幸得這隻船來渡了我們！」

卻說那梢公搖開船去，離得江岸遠了。三個人在艙裡望岸上時，火把也自去蘆葦中明亮。宋江道：「慚愧！正是好人相逢，惡人遠離，且得脫了這場災難！」只見那梢公搖著櫓，口裡唱起湖州歌來；唱道：

老爺生長在江邊，不怕官司不怕天。
昨夜華光來趁我，臨行奪下一金磚！

宋江和兩個公人聽了這首歌，都酥軟了。宋江又想道：「他是唱耍。」三個正在裡議論未了，只見那梢公放下櫓，說道：「你這個撮鳥！兩個公人平日最會詐害做私商的心，今日卻撞在老爺手裡！你三個卻是要『板刀麵』，卻是要『餛飩』？」宋江道：「家長休要取笑。怎地喚做『板刀麵』？怎地是『餛飩』？」那梢公睜著眼，道：「老爺和你耍甚鳥！若還要『板刀麵』時，俺有一把潑風也似快刀在這板底下。我不消三刀五刀，我只一刀一個，都剁你三個人下水去！你若要『餛飩』時，你三個快脫了衣裳，都赤條條地跳下江裡自死！」宋江聽罷，扯定兩個公人，說道：「卻是苦也！正是：『福無雙至，禍不單行！』」那梢公喝道：「你三個好好商量，快回我話！」宋江答道：「梢公不知，我們也是沒奈何，犯下了罪迭配江州的人。你如何可憐見，饒了我三個！」那梢公喝道：「你說甚麼閒話！饒你三個？我半個也不饒你！老爺喚作有名的狗臉張爺爺！來也不認得爺，也去不認得娘！你便都閉了鳥嘴，快下水裡去！」宋江又求告道：「我們都把包裹內金銀財帛，衣服等項，盡數與你。只饒了我三人性命！」那梢公便去板底下摸出那把明晃晃板刀來，大喝道：「你三個要怎地！」宋江仰天嘆道：「為因我不敬天地，不孝父母，犯下罪責，連累了你兩個！」那兩個公人也扯著宋江，道：「押司！罷！罷！我們三個一處死休！」那梢公又喝道：「你三個好好快脫了衣裳，跳下江去！跳便跳！不跳時，老爺便剁下水裡去！」宋江和那兩個公人抱做一塊，望著江裡。只見江面上咿咿啞啞櫓聲響。

梢公回頭看時，一隻快船，飛也似從上水頭急溜下來，船上有三個人：一條大漢手裡橫著托叉，立在船頭上；梢頭兩個後生搖著兩把快櫓。星光之下，早到面前。那船頭上橫叉的大漢便喝道：「前面是甚梢公，敢在當港行事？船裡貨物，見者有分！」這船公回頭看了，慌忙應道：「原來卻是李大哥！我只道是誰來！大哥又去做買賣？只是不曾帶挈兄弟。」大漢道：「張家兄弟，你在這裡又弄這一手！船裡甚麼行貨？有些油水麼？」梢公答道：「教你得知好笑：我這幾日沒道路，又賭輸了，沒一文，正在沙灘上悶坐，岸上一夥人趕著三頭行貨來我船裡，卻是兩個鳥公人，解一個黑矮囚徒，正不知是那裡人。他說道，迭配江州來的，卻又項上不帶行枷。趕來的岸上一夥人，卻是鎮上穆家哥兒兩個，定要討他。我見有些油水，我不還他。」船上那大漢道：「咄！莫不是我哥哥宋公明？」宋江聽得聲音熟，便艙裡叫道：「船上好漢是誰？救宋江則個！」那大漢失驚道：「真個是我哥哥！早不做出來！」宋江鑽出船上來看時，星光明亮，那立在船頭上的大漢，不是別人，正是：

家住潯陽江浦上，最稱豪傑英雄。眉濃眼大面皮紅，髭鬚垂鐵線，語話若銅鐘。
凜凜身軀長八尺，能揮利劍霜鋒，衝波躍浪立奇功。廬州生李俊，綽號混江龍。

那船頭上立的大漢，正是混江龍李俊。背後船梢上兩個搖櫓的，一個是出洞蛟童威，一個翻江蜃童猛。這李俊聽得是宋公明，便跳過船來，口裡叫道：「哥哥驚恐？若是小來得遲了些個，誤了仁兄性命！今日天使李俊在家坐立不安，棹船出來江裡，趕些私鹽，不想又遇著哥哥在此受難！」那梢公呆了半晌，做聲不得，方問道：「李大哥，這黑漢便是山東及時雨宋公明麼？」李俊道：「可知是哩！」那梢公便拜道：「我那爺！你何不早通個大名，省得著我做出歹事來，爭些兒傷了仁兄！」宋江問李俊道：「這個好漢是誰？請問高姓？」李俊道：「哥哥不知。這個好漢卻是小弟結義的兄弟，姓張，是小孤山下人氏，單名橫字，綽號船火兒，專在此潯陽江做這件穩善的道路。」宋江和兩個公人都笑起來。當時兩隻船並著，搖奔灘邊來，纜了船，艙裡扶宋江並兩個公人上岸。李俊又與張橫說：「兄弟，我常和你說：天下義士，只除非山東及時雨鄆城宋押司，今日你可仔細認著。」張橫開火石，點起燈來，照著宋江，撲翻身又在沙灘上拜道：「望哥哥恕兄弟罪過！」宋江看那張橫時，但見：

> 七尺身軀三角眼，黃鬚赤髮紅睛，潯陽江上有聲名。衝波如水怪，躍浪似飛鯨，惡水狂風都不懼，蛟龍見處魂驚。天差列宿害生靈。小孤山下往，船火號張橫。

張橫拜罷，問道：「義士哥哥為何事配來此間？」李俊把宋江犯罪的事說了，今來迭配江州。張橫聽了說道：「好教哥哥得知，小弟一母所生的親弟兄兩個，長的便是小弟，我有個兄弟，卻又了得。渾身雪練也似一身白肉，沒得四、五十里水面，水底下伏得七日七夜，水裡行一似一根白條，更兼一身好武藝，因此，人起他一個異名，喚做『浪裡白條』張順。當初我弟兄兩個，只在揚子江邊做一件依本分的道路。」宋江道：「願聞則個。」張橫道：「我弟兄兩個，但賭輸了時，我便先駕一隻船，渡在江邊靜處做私渡。有那一等客人，貪省貫百錢的，又要快，便來下我船。等船裡都坐滿了，卻教兄弟張順，也扮做單身客人，背著一個大包，也來趁船。我把船搖到半江裡，歇了櫓，抛了錨，插一把板刀，卻討船錢。本合五百足錢一個人，我便定要他三貫。卻先問兄弟討起，教他假意不肯還我。我便把他來起手，一手揪住他頭，一手提定腰胯，撲通地攛下江裡，排頭兒定要三貫。一個個都驚得呆了，把出來不迭。都得足了，卻送他到僻靜處上岸。

我那兄弟自從水底下走過對岸，等沒了人，卻與兄弟分錢去賭。那時我兩個只靠這道路過日。」宋江道：「可知江邊多有主顧來尋你私渡。」李俊等都笑起來，張橫又道：「如今我弟兄兩個都改了業，我便只在這潯陽江裡做私商。兄弟張順，他卻如今自在江州做賣魚牙子。如今哥哥去時，小弟寄一封書去，只是不識字，寫不得。」李俊道：「我們去村裡央個門館先生來寫。」留下童威、童猛看船。三個人跟了李俊、張橫，提了燈，投村裡來。

走不過半里路，看見火把還在岸上明亮。張橫說道：「他弟兄兩個還未歸去！」李俊道：「你說兀誰弟兄兩個？」張橫道：「便是鎮上那穆家哥兒兩個。」李俊道：「一發叫他兩個來拜了哥哥。」宋江連忙說道：「使不得！他兩個趕著要捉我！」李俊道：「仁兄放心，他兄弟不知是哥哥。他亦是我們一路人。」李俊用手一招，唿哨了一聲，只見火把、人伴都飛奔將來。看見李俊、張橫都恭奉著宋江，做一處說話，那弟兄二人大驚道：「二位大哥如何與這三人廝熟？」李俊大笑道：「你道他是兀誰？」那二人道：「便是不認得。只見他在鎮上出銀兩賞那使槍棒的，滅俺鎮上威風，正待要捉他！」李俊道：「他便是我日常和你們說的山東及時雨鄆城宋押司公明哥哥！你兩個還不快拜！」那弟兄兩個撇了朴刀，撲翻身便拜，道：「聞名久矣！不期今日方得相會！卻甚是冒瀆，犯傷了哥哥，望乞憐憫恕罪！」

宋江扶起二人，道：「壯士，願求大名？」李俊便道：「這弟兄兩個富戶是此間人。姓穆名弘，綽號沒遮攔。兄弟穆春，喚做小遮攔。是揭陽鎮上一霸。我這裡有『三霸』，哥哥不知，一發說與哥哥知道。揭陽嶺上嶺下便是小弟和李立一霸；揭陽鎮上是他弟兄兩個一霸；潯陽江邊做私商的卻是張橫、張順兩個一霸。以此謂之『三霸』。」宋江答道：「我們如何省得！既然都是自家弟兄情分，望乞放還了薛永！」穆弘笑道：「便是使槍棒的那廝？哥哥放心。」隨即便教兄弟穆春去取來還哥哥。我們且請仁兄到敝莊伏禮請罪。李俊說道：「最好，最好！便到你莊上去。」穆弘叫莊客著兩個去看了船隻，就請童威、童猛一同都到莊上去相會。一面又著人去莊上報知，置辦酒筵，殺羊宰豬，整理筵宴。一行眾人等了童威、童猛，一同取路投莊上來。卻好五更天氣，都到莊裡，請出穆太公來相見了，就草堂上分賓主坐下。宋江看那穆弘時，端的好表人物，但見：

面似銀盆身似玉，頭圓眼細眉單，威風凜凜逼人寒。靈官離斗府，佑聖下天關。武藝高強心膽大，陣前不肯空還，攻城野戰奪旗旛。穆弘真壯士，人號沒遮攔。

宋江與穆太公對坐說話，未久，天色明朗，穆春已取到病大蟲薛永進來，一處相會了。穆弘安排筵席，款待宋江等眾位飲宴。至晚，都留在莊上歇宿。次日，宋江要行，穆弘那裡肯放。把眾人都留莊上，陪侍宋江去鎮上閒翫，觀看揭陽市村景致。又住了三日，宋江怕違了限次，堅意要行。穆弘並眾人苦留不住，當日做個送路筵席。次日早起來，宋江作別穆太公並眾位好漢，臨行吩咐薛永：「且在穆弘處住幾時，卻來江州，再得相會。」穆弘道：「哥哥但請放心，我這裡自看顧他。」取出一盤金銀送與宋江，又齎發兩個公人些銀兩。臨動身，張橫在穆弘莊上央人修了一封家書，央宋江付與張順。當時宋江收放包裹內了。一行人都送到潯陽江邊。穆弘叫隻船來，取過先頭行李下船。眾人都在江邊，安排行枷，取酒送上船餞行。當下眾人灑淚而別。李俊、張橫、穆弘、穆春、薛永、童威、童猛，一行人各自回家，不在話下。

只說宋江自和兩個公人下船，投江州來。這梢公非比前番，使著一帆風蓬，早送到江州上岸。宋江方帶上行枷，兩個公人取出文書，挑了行李，直至江州府前來，正值府尹升廳。原來那江州知府，姓蔡，雙名得章，是當朝蔡太師蔡京的第九個兒子，因此，江州人叫他做蔡九知府。那人為官貪濫，作事驕奢。為這江州是錢糧浩大的去處，抑且人廣物盈，因此太師特地教他來做個知府。當時兩個公人當廳下了公文，押宋江投廳下，蔡九知府看見宋江一表非俗，便問道：「你為何枷上沒了本州的封皮？」兩個公人告道：「於路上春雨淋漓，卻被水壞了。」知府道：「快寫個帖來，便送下城外牢城營裡去。本府自差公人押解下去。」這兩個公人就送宋江到牢城營內交割。當時江州府公人齎了文帖，監押宋江並同公人出州衙前，來酒店裡買酒。宋江取三兩來銀子，與了江州府公人，當討了收管，將宋江押送單身房裡聽候。那公人先去對管營、差撥處替宋江說了方便，交割討了收管，自回江州府去了。這兩個公人，也交還了宋江包裹、行李，千酬萬謝相辭了入城來。兩個自說道：「我們雖是吃了驚恐，卻賺得許多銀兩。」自到州衙府裡伺候，討了回文，兩個取路往濟州去了。

話裡只說宋江又是央浼人情，差撥到單身房裡，送了十兩銀子與他，管營處又自加倍送十兩並人事；營裡管事的人並使喚的軍健人等，都送些銀兩與他們買茶。因此無一個不歡喜宋江。少刻，引到點視廳前，除了行枷，參見管營。為得了賄賂，在廳上說道：「這個新配到犯人宋江聽著：先朝太祖武德皇帝聖旨事例，但凡新入流配的人須先打一百殺威棒。左右！與我捉去背起來！」宋江告道：「小人於路感冒風寒時症，至未曾痊可。」管營道：「這漢端的像有病的，不見他面黃飢瘦，有些病症？且與他權寄下這頓棒。此人既是縣吏出身，著他本營抄事房做個抄事。」就時立了文案，便教發去抄事。宋江謝了，去單身房取了行李，到抄事房安頓了。眾囚徒見宋江有面目，都買酒來慶賀。次日，宋江置備酒食與眾人回禮。不時間，又請差撥、牌頭遞杯，管營處常送禮物與他。宋江身邊有的是金銀財帛，單把來結識他們。住了半月之間，滿營裡沒一個不歡喜他。自古道：「世情看冷，人面逐高低！」

宋江一日與差撥在抄事房吃酒，那差撥說與宋江道：「賢兄，我前日和你說的那個節級常例人情，如何多日不使人送去與他？今已一旬之上了。他明日下來時，須不好看。」宋江道：「這個不妨。那人要錢不與他。若是差撥哥哥但要時，只顧問宋江取不妨。那節級要時，一文也沒！等他下來，宋江自有話說。」差撥道：「押司，那人好生利害，更兼手腳了得！倘或有些言語高低，吃了他些羞辱，卻道我不與你通知。」宋江道：「兄長由他。但請放心，小可自有措置。敢是送些與他，也不見得。他有個不敢要我的，也不見得。」正恁的說未了，只見牌頭來報道：「節級下在這裡了。正在廳上大發作，罵道：『新到配軍，如何不送常例錢與我？』」差撥道：「我說是麼？那人自來，連我們都怪。」宋江笑道：「差撥哥哥休罪，不及陪侍，改日再得作杯。小可且去和他說話。」差撥也起身道：「我們不要見他。」宋江別了差撥，離了抄事房，自來點視廳上，見這節級。不是宋江來和這人見，有分教：江州城裡，翻為虎狼窩，十字街頭，變成屍山血海。直教：

撞破天羅歸水滸，掀開地網上梁山。

宋江來與這個節級怎麼相見？且聽下回分解。

第三十八回　及時雨會神行太保　黑旋風鬥浪裡白條

話說當時宋江別了差撥，出抄事房來，到點視廳上看時，見那節級掇條凳子坐在廳前，高聲唱道：「那個是新配到囚徒？」牌頭指著宋江道：「這個便是。」那節級便罵道：「你這黑矮殺才，倚仗誰的勢要，不送常例錢來與我？」宋江道：「『人情人情，在人情願。』你如何逼取人財？好小哉相！」兩邊看的人聽了，倒捏兩把汗。那人大怒，喝罵：「賊配軍！安敢如此無禮，攧倒說我小哉！那兜馱的，與我背起來！且打這廝一百訊棍！」兩邊營裡眾人都是和宋江好的，見說要打他，一哄都走了，只剩得那節級和宋江。那人見眾人都散了，肚裡越怒，拿起訊棒，便奔來打宋江。宋江說道：「節級你要打我，我得何罪？」那人大喝道：「你這賊配軍，是我手裡行貨！輕咳嗽便是罪過！」宋江道：「便尋我過失，也不到得該死。」那人怒道：「你說不該死！我要結果你也不難，只似打殺一個蒼蠅！」宋江冷笑道：「我因不送得常例錢便該死時，結識梁山泊吳學究卻該怎地？」那人聽了這話，慌忙丟了手中訊棍，便問道：「你說甚麼？」宋江道：「我自說那結識軍師吳學究的，你問我怎地？」那人慌了手腳，拖住宋江問道：「你正是誰？那裡得這話來？」宋江笑道：「小可便是山東鄆城縣宋江。」

那人聽了，大驚，連忙作揖，說道：「原來兄長正是及時雨宋公明！」宋江道：「何足掛齒。」那人便道：「兄長，此間不是說話處，未敢下拜。同往城裡敘懷，請兄長便行。」宋江道：「好，節級少待，容宋江鎖了房門便來。」宋江慌忙到房裡，取了吳用的書，自帶了銀兩，出來鎖上房門，吩咐牌頭看管，便和那人離了牢城營裡，奔入江州城裡來，去一個臨街酒肆中樓上坐下。那人問道：「兄長何處見吳學究來？」宋江懷中取出書來，遞與那人。那人拆開封皮，從頭讀了藏在袖內，起身望著宋江便拜。宋江慌忙答禮，道：「適間言語衝撞，休怪。」那人道：「小弟只聽得說：『有個姓宋的發下牢城營裡來。』往常時，但是發來的配軍，常例送銀五兩。今番已經十數日，不見送來。今日是個閒暇日頭，因此下來取討。不想卻是仁兄。恰才在營內，甚是言語冒瀆了哥哥，萬望恕罪！」宋江道：「差撥亦會常對小可說起大名。宋江有心要拜識尊顏，卻不知足下住處，又無因入城，特地只等尊兄下來，要與足下相會一面，以此耽誤日久。不是為這五兩銀子不捨得送來，只想尊兄必是自來，故意延挨。今日幸得相見，以慰平生之願。」

說話的，那人是誰？便是吳學究所薦的江州兩院押牢節級戴院長戴宗。那時，故宋時，金陵一路節級都稱呼做「家長」；湖南一路節級都稱呼做「院長」。原來這戴院長有一等驚人的道術，但出路時，齎書飛報緊急軍情事，把兩個甲馬拴在兩隻腿上，作起「神行法」來，一日能行五百里，把四個甲馬拴在腿上，便一日能行八百里。因此，人都稱做「神行太保」戴宗。有臨江仙為證：

面闊唇方神眼突，瘦長清秀人材，皂紗巾畔翠花開。黃旗書令字，紅串映宣牌。健足欲追千里馬，羅衫常惹塵埃，神行太保術奇哉。程途八百里，朝去暮還來。

當下戴院長與宋公明說罷了來情去意。戴宗、宋江俱各大喜。兩個坐在閣子裡，叫那賣酒的過來，安排酒果、餚饌、菜蔬來，就酒樓上兩個飲。宋江訴說一路上遇見許多好漢，眾人相會的事務。戴宗也傾心吐膽，把和這吳學究相交來往的事告訴了一遍。兩個正說到心腹相愛之處，飲得兩、三杯酒，只聽樓下喧鬧起來。過賣連忙走入閣子來，對戴宗說道：「這個人只除非是院長說得他下。沒奈何，煩院長去解拆則個。」戴宗問道：「在樓下作鬧的是誰？」過賣道：「便是時常同院長走的那個喚做鐵牛李大哥，在底下尋主人家借錢。」戴宗笑道：「又是這廝在下面無禮。我只道是甚麼人。兄長少坐，我去叫了這廝上來。」戴宗便起身下去；不多時，引著一個黑凜凜大漢上樓來。宋江看見，吃了一驚。便問道：「院長，這大哥是誰？」戴宗道：「這個是小弟身邊牢裡一個小牢子，姓李名逵。祖貫是沂州沂水縣百丈村人氏。本身一個異名，喚做黑旋風李逵，他鄉中都叫他做李鐵牛。因為打死了人，逃走出來，雖遇赦宥，流落在此江州，不曾還鄉。為他酒性不好，人多懼他。能使兩把板斧，又會拳棍。現今在此牢裡勾當。」有詩為證：

閒向溪邊磨巨斧，悶來岩畔斫喬松。
力如牛猛堅如鐵，撼地搖天黑旋風。

李逵看著宋江，問戴宗道：「哥哥，這黑漢子是誰？」戴宗對宋江笑道：「押司，你看這廝恁麼粗魯！全不識些體面！」李逵道：「我問大哥，怎地是粗魯？」戴宗道：「兄弟，你便請問『這位官人是誰』便好。你倒卻說『這黑漢子是誰』，這不是粗魯，卻是甚麼？我且與你說知：這位仁兄便是閒常你要去投奔他的義士哥哥。」李逵道：「莫不是山東及時雨黑宋江？」戴宗喝道：「咄！你這廝敢如此犯上！直言叫喚，全不識些高低！兀自不快下拜，等幾時！」李逵道：「若真個是宋公明，我便下拜。若是閒人，我卻拜甚鳥！節級哥哥，不要賺我拜了，你卻笑我！」宋江便道：「我正是山東黑宋江。」李逵拍手叫道：「我那爺！你何不早說些個，也教鐵牛歡喜！」撲翻身軀便拜。宋江連忙答禮，說道：「壯士大哥請坐。」戴宗道：「兄弟，你便來我身邊坐了吃酒。」李逵道：「不耐煩小盞，換個大碗來篩！」宋江便問道：「卻才大哥為何在樓下發怒？」李逵道：「我有一錠大銀，解了十兩小銀使用了，卻問這主人家那廝借十兩銀子去贖那大銀出來，便還他，自要些使用。叵耐這鳥主人不肯借與我！卻待要和那放對，打得他家粉碎，卻被大哥叫了我上來。」宋江道：「共用十兩銀子去取？再要利錢麼？」李逵道：「利錢已有在這裡了，只要十兩本錢去討。」

宋江聽罷，便去身邊取出一個十兩銀子，把與李逵，說道：「大哥，你將去贖來用度。」戴宗要阻擋時，宋江已把出來了。李逵接得銀子，便道：「卻是好也！兩位哥哥只在這裡等我一等。贖了銀子，便來送還；就和宋哥哥去城外吃碗酒。」宋江道：「且坐一坐，吃幾碗了去。」

李逵道：「我去了便來。」推開簾子，下樓去了。戴宗道：「兄長休借這銀與他便好。卻才小弟正欲要阻，兄長已把在他手裡了。」宋江道：「卻是為何？」戴宗道：「這廝雖是耿直，只是貪酒好賭。他卻幾時有一錠大銀解了！兄長吃他賺漏了這個銀去，他慌忙出門，必是去賭。若還贏得時，便有得送來還哥哥；若是輸了時，那討這十兩銀來還兄長？戴宗面上須不好看。」宋江笑道：「尊兄何必見外。些須銀子，何足掛齒！由他去賭輸了罷。我看這人倒是個忠直漢子。」戴宗道：「這廝本事自有，只是心粗膽大不好。在江州牢裡，但醉了時，卻不奈何罪人，只要打一般強的牢子。我也被他連累得苦。專一路見不平，好打強漢，以此江州滿城人都怕他。」詩曰：

賄賂公行法枉施，罪人多受不平虧。
以強凌弱真堪恨，天使拳頭付李逵。

宋江道：「俺們再飲兩杯，卻去城外閒玩一遭。」戴宗道：「小弟也正忘了和兄長去看江景則個。」宋江道：「小可也要看江州的景致。如此最好。」

且不說兩個再飲酒，只說李逵得了這個銀子，尋思道：「難得宋江哥哥，又不曾和我深交，便借我十兩銀子。果然仗義疏財，名不虛傳！如今來到這裡，卻恨我這幾日賭輸了，沒一文做好漢請他。如今得他這十兩銀子，且將去賭一賭。倘或贏得幾貫錢來，請他一請，也好看。」當時李逵快跑出城外小張乙賭房裡來，便去場上，將這十兩銀子撇在地下，叫道：「把頭錢過來我博！」那小張乙得知李逵從來賭直，便道：「大哥且歇這一博。下來便是你博。」李逵道：「我要先賭這一博！」小張乙道：「你便旁猜也好。」李逵道：「我不旁猜！只要博這一博！五兩銀子做一注！」有一般賭的卻待一博，被李逵劈手奪過頭錢來，便叫道：「我博兀誰？」小張乙道：「便博我五兩銀子。」李逵叫聲：「快！」肐膪地博一個「叉」。小張乙便拿了銀子過來。李逵叫道：「我的銀子是十兩！」小張乙道：「你再博我五兩；『快』便還了你這錠銀子。」李逵叫聲：「快！」肐膊的又博個「叉」。李逵道：「我這銀子是別人的！」小張乙道：「遮莫是誰的也不濟事了！你既輸了，卻說甚麼？」李逵道：「沒奈何，且借我一借，明日便送來還你。」小張乙道：「說甚麼閒話！自古『賭錢場上無父子』！你明明地輸了，如何倒來革爭？」

李逵把布衫拽起在前面，口裡喝道：「你們還我也不還？」小張乙道：「李大哥，你閒常最賭得直，今日如何恁麼沒出豁？」李逵也不答應他，便就地下擄了銀子，又搶別人賭的十來兩銀子，都摟在布衫兜，睜起雙眼，就道：「老爺閒常賭直，今日權且不直一遍！」小張乙急待向前奪時，被李逵一指一跤。十二、三個賭博的一齊上，要奪那銀子，被李逵指東打西，指南打北。李逵把這夥人打得沒地躲處，便出到門前。把門的問道：「大哥，那裡去？」被李逵提在一邊，一腳踢開了門便走。那夥人隨後趕將出來，都只在門前叫道：「李大哥！你恁地沒道理，都搶了我們眾人的銀子去！」只在門前叫喊，沒一個敢近前來討。詩曰：

世人無事不嬲帳，直道只用在賭上。
李逵不直亦不妨，又為賭賊作榜樣。

李逵正走之時，聽得背後一人趕上來，扳住肩臂，喝道：「你這廝如何卻搶擄別人財物？」李逵口裡應道：「干你鳥事！」回過臉來看時，卻是戴宗，背後立著宋江。李逵見了，惶恐滿面，便道：「哥哥休怪！鐵牛閒常只是賭直，今日不想輸了哥哥銀子，又沒得些錢來相請哥哥，喉急了，時下做出這些不直來。」宋江聽了，大笑道：「賢弟，但要銀子使用，只顧來問我討。今日既明明地輸與他了，快把來還他。」李逵只得從布衫兜裡取出來，都遞在宋江手裡。宋江便叫過小張乙前來，都付與他。小張乙接過來，說道：「二位官人在上，小人只拿了自己的，這十兩原銀雖是李大哥兩博輸與小人，如今小人情願不要他的，省得記了冤仇。」宋江道：「你只顧將去，不要記懷。」小張乙那裡肯。宋江便道：「他不曾打傷了你們麼？」小張乙道：「討頭的、拾錢的，和那把門的，都被他打倒在裡面。」宋江道：「既是恁的，就與他眾人做將息錢。兄弟自不敢來了，我自著他去。」小張乙收了銀子，拜謝了回去。

宋江道：「我們和李大哥吃三杯去。」戴宗道：「前面靠江有那琵琶亭酒館，是唐朝白樂天古蹟。我們去亭上酌三杯，就觀江景則個。」宋江道：「可於城中買些餚饌之物將去。」戴宗道：「不用，如今那亭上有人在裡面賣酒。」宋江道：「恁地時，卻好。」當時三人便望琵琶亭上來。到得亭子上看時，一邊靠著潯陽江，一邊是店主人家房屋。琵琶亭上有十來副座頭。戴宗便揀一副乾淨座頭，讓宋江坐了頭位，戴宗坐在對席，肩下便是李逵。三個坐定，便叫酒保鋪下菜蔬、果品、海鮮、按酒之類。酒保取過兩樽玉壺春酒，此是江州有名的上色好酒，開了泥頭。宋江縱目觀看那江時，端的是景致非常。但見：

雲外遙山聳翠，江邊遠水翻銀。隱隱沙汀，飛起幾行鷗鷺。悠悠小蒲，撐回數隻漁舟。翻翻雪浪拍長空，拂拂涼風吹水面。紫霄峰上接穹蒼，琵琶亭半臨江岸。四圍空闊，八面玲瓏。欄杆影浸玻璃，窗外光浮玉壁。昔日樂天聲價重，當年司馬淚痕多。

李逵便道：「酒把大碗來篩，不耐煩小盞價吃！」戴宗喝道：「兄弟好村！你不要做聲，只顧吃酒便了！」宋江吩咐酒保道：「我兩個面前放兩只盞子。這位大哥面前放個大碗。」酒保應了下去，取只碗來放在李逵面前；一面篩酒，一面鋪下餚饌。李逵笑道：「真個好個宋哥哥！人說不差了！便知做兄弟的性格。結拜得這位哥哥，也不枉了！」酒保斟酒，連篩了五七遍。

宋江因見了這兩人，心中歡喜，吃了幾杯，忽然心裡想要魚辣湯吃，便問戴宗道：「這裡有好鮮魚麼？」戴宗笑道：「兄長，你不見滿江都是漁船？此間正是魚米之鄉，如何沒有鮮魚。」宋江道：「得些辣魚湯醒酒最好。」戴宗便喚酒保，教造三分加辣點紅白魚湯來。頃刻造了湯來。宋江看見，道：「美食不如美器，雖是個酒肆之中，端的好整齊器皿！」拿起箸來，相勸戴宗、李逵吃，自也吃了些魚，呷幾口湯汁。李逵並不使箸，便把手去碗裡撈起魚來，和骨頭都嚼了。宋江看見，一頭忍笑不住，呷了兩口汁，便放下箸不吃了。戴宗道：「兄長，一定這魚醃了，不中仁兄吃。」宋江道：「便是不才酒後只愛口鮮魚湯，這個魚真是不甚好。」戴宗應道：「便是小弟也吃不得，是醃的，不中吃。」李逵嚼了自碗裡魚，便道：「兩位哥哥都不吃，我替你們吃了。」便伸手去宋江碗裡撈將過來了，又去戴宗碗裡也撈過來了，滴滴點點，淋一桌子汁水。宋江見李逵把三碗魚湯和骨頭都嚼了，便叫酒保來，吩咐道：「我這大哥想是肚飢，你可去大塊肉切二斤來與他，少刻一發算錢還你。」酒保道：「小人這只賣羊肉，卻沒牛肉，要肥羊盡有。」

李逵聽了，便把魚汁劈臉潑將去，淋那酒保一身。戴宗喝道：「你又做甚麼！」李逵應道：「叵耐這廝無禮，欺負我只吃牛肉，不賣羊肉與我！」酒保道：「小人問一聲，也不多話。」宋江道：「你去只顧切來，我自還錢。」酒保忍氣吞聲，去切了二斤羊肉，做一盤將來放桌子上。李逵見了，也不便問，大把價撾來只顧吃，撚指間，把這二斤羊肉都吃了。宋江看了道：「壯哉！真好漢也！」李逵道：「這宋大哥便知我的鳥意！肉不強似魚？」戴宗叫酒保來問道：「卻才魚湯，家生甚是整齊，魚卻醃了，不中吃。別有甚好鮮魚時，另造些辣湯來，與我這位官人醒酒。」酒保答道：「不敢瞞院長說，這魚端的是昨晚的。今日的活魚還在船內，等魚牙主人不來，未曾敢賣動，因此未有好鮮魚。」李逵跳起來道：「我自去討兩尾活魚來與哥哥！」戴宗道：「你休去！只央酒保去拿回幾尾來便了。」李逵道：「船上打漁的不敢不與我，值得甚麼！」戴宗攔擋不住，李逵一直去了。戴宗對宋江說道：「兄長休怪，小弟引這人來相會，全沒些個體面，羞辱殺人！」宋江道：「他生性是恁的，如何教他改得？我倒敬他真實不假。」兩個自在琵亭上笑語說話取樂。

卻說李逵走到江邊看時，見那漁船一字排著，約有八、九十隻，都纜繫在綠楊樹下；船上漁人，有斜枕著船梢睡的，有在船頭上結網的，也有在水裡洗浴的。此時正是五月半天氣，一輪紅日將及沈西，不見主人來開艙賣魚。李逵走到船邊，喝一聲道：「你們船上活魚，把兩尾來與我！」那漁人應道：「我們等不見漁牙主人來，不敢開艙。你看那行販都在岸上坐地。」李逵道：「等甚麼鳥主人！先把兩尾魚來與我！」那漁人又答道：「紙也未曾燒，如何敢開艙！那裡先拿魚與你？」李逵見他眾人不肯拿魚，便跳上一隻船去。漁人那裡攔擋得住，李逵不省得船上的事，只顧便把竹笆篾來拔。漁人在岸上，只叫得：「罷了！」李逵伸手去板底下一絞摸時，那裡有一個魚在裡面。原來那大江裡漁船，船尾開半截大孔，放江水出入，養著活魚；卻把竹笆篾攔住，以此船艙裡活水往來，養放活魚，因此江州有好鮮魚。這李逵不省得，倒先把竹笆篾提起了，將那一艙活魚都走了。李逵又跳過那邊船上，去拔那竹篾。那七、八十漁人都奔上船，把竹篙來打李逵。李逵大怒，焦躁起來，便脫下布衫，裡面單繫著一條棋子布手巾兒；見那亂竹篙打來，兩隻手一架，早搶了五、六條在手裡，一似扭蔥般，都扭斷了。漁人看見，盡吃一驚，卻都去解了纜，把船撐開去了。李逵忿怒，赤條條地拿了截折竹篙，上岸來趕打，行販都亂紛紛地挑了擔走。

正熱鬧裡，只見一個人從小路裡走出來。眾人看，叫道：「主人來了！這黑大漢在此搶魚，都趕散了漁船！」那人道：「甚麼黑大漢，敢如此無禮？」眾人把手指道：「那廝兀自在岸邊尋人廝打。」李逵看那人時，六尺五、六身材，三十二、三年紀，三柳掩口黑髯，頭上裹頂青紗萬字巾，掩映著穿心紅一點鬚兒，上穿一領白布衫，腰繫一條絹搭膊，下面青白裊腳多耳麻鞋，手裡提條行秤。那人正來賣魚，見了李逵在那裡橫七豎八打人，便把秤遞與行販接了，趕上前來，大喝道：「你這廝要打誰？」李逵不回話，掄過竹篙，卻望那人便打。那人搶入去，早奪了竹篙。李逵便一把揪住那人頭髮，那人便奔他下三面，要跌李逵，怎敵得李逵的牛般氣力，直搶將開去，不能夠攏身。那人便望肋下擢得幾拳。李逵那裡著在意裡。那人又飛起腳來踢，被李逵直把頭按將下去，提起鐵般大小拳頭，去那人脊梁上，擂鼓也似打。那人怎生掙扎。李逵正打哩，一個人在背後劈腰抱住，一個人便來幫住手，喝道：「使不得！使不得！」待李逵回頭看時，卻是宋江、戴宗。李逵便放了手，那人略得脫身，一道煙走了。戴宗埋怨李逵說：「我教你休來討魚，又在這裡和人廝打！倘或一拳打死了人，你不去償命坐牢？」李逵應道：「你怕我連累你？我自打死了一個，我自去承當！」宋江便道：「兄弟，休要論口，拿了布衫，且去吃酒。」

李逵向那柳樹根頭拾起布衫，搭在胳膊上，跟了宋江、戴宗便走，行不得十數步，只聽得背後有人叫罵道：「黑殺才！今番要和你見個輸贏！」李逵回轉頭來看時，便是那人脫得赤條條地，匾紮起一條水棍兒，露出一身雪練也似白肉，頭上除了巾幘，顯出那個穿心一點紅俏鬚兒來，在江邊獨自一個把竹篙撐著一隻漁船，趕將來，口裡大罵道：「千刀萬剮的黑殺才！老爺怕你的不算好漢！走的不是漢子！」李逵聽了大怒，吼了一聲，撇了布衫，搶轉身來。那人便把船略攏來湊在岸邊，一手把竹篙點定了船，口裡大罵著。李逵也罵道：「好漢便上岸來！」那人把竹篙去李逵腿上便搠，撩撥得李逵火起，托地跳在船上。說時遲，那時快，那人只要誘得李逵上船，便把竹篙望岸邊一點，雙腳一蹬，那隻漁船，箭也似投江心裡去了。李逵雖然也識得水，卻不甚高，當時慌了手腳。那人更不叫罵，撇了竹篙，叫聲：「你來！今番和你定要見個輸贏！」便把李逵胳膊拿住，口裡說道：「且不和你打，先教你吃些水！」兩隻腳把船隻一晃，船底朝天，英雄落水，兩個好漢撲通地都翻筋斗撞下江裡去。

宋江、戴宗急趕至岸邊，那隻船已翻在江裡。兩個只在岸上叫苦。江岸邊早擁上三、五百人，在柳陰底下看，都道：「這黑大漢今番卻著道兒！便掙扎得性命，也吃了一肚皮水！」宋江、戴宗在岸邊看時，只見江面開處，那人把李逵提將起來，又淹將下去，兩個正在江心裡面，清波碧浪中間，一個顯渾身黑肉，一個露遍體霜膚。兩個打做一團，絞做一塊。江岸上那三、五百人沒一個不喝采。但見：

一個是沂水縣成精異物，一個是小孤山作怪妖魔。這個是酥團結就肌膚，那個如炭屑湊成皮肉。一個是馬靈官白蛇托化，一個是趙元帥黑虎投胎。這個以萬萬錘打就銀人，那個如千千火煉成鐵漢。一個是五臺山銀牙白象，一個是九曲河鐵甲九龍。這個如布漆羅漢顯神通，那個似玉碾金剛施勇猛。一個盤旋良久，汗流遍體迸真珠；一個揪扯多時，水浸渾身傾墨汁。那個學華光教主，向碧波深處顯形骸；這個像黑煞天神，在雪浪堆中呈面目。正是玉龍攪暗天邊日，黑鬼掀開水底天。

當時宋江、戴宗看見李逵被那人在水裡揪住，浸得眼白，又提起來，又納下去，何止淬了數十遭。正是：

舟行陸地力能為，拳到江心無可施。
真是黑風吹白浪，鐵中兒作水牛兒。

宋江見李逵吃虧，便叫戴宗央人去救。戴宗問眾人道：「這白大漢是誰？」有認得的說道：「這個好漢便是本處賣魚主人，喚做張順。」宋江聽得，猛省道：「莫不是綽號『浪裡白條』的張順？」眾人道：「正是，正是。」宋江對戴宗說道：「我有他哥哥張橫的家書在此。」戴宗聽了，便向岸邊高叫道：「張二哥不要動手！有你令兄張橫家書在此！這黑大漢是俺們兄弟，你且饒了他，上岸來說話！」張順在江心裡，見是戴宗叫他，卻時常認得，便放了李逵，赴到岸邊，爬上岸來，看著戴宗唱個喏，道：「院長，休怪小人無禮。」戴宗道：「足下可看我面，且去救了我這兄弟上來，卻教你相會一個人。」張順再跳下水裡，赴將開去。李逵正在江裡探頭探腦，假掙扎汶水。張順早汶到分際，帶住了李逵一隻手，自把兩條腿踏著水浪，如行平地，那水浸不過他肚皮，淹著臍下，擺了一隻手，直托李逵上岸來，江邊的人個個喝采。宋江看得呆了。半晌張順、李逵都到岸上，李逵喘做一團，口裡只吐白水。戴宗道：「且都請你們到琵琶亭上說話。」張順討了布衫穿著，李逵也穿了布衫。四個人再到琵琶亭上來。戴宗便對張順道：「二哥，你認得我麼？」張順道：「小人自識得院長，只是無緣，不曾拜會。」戴宗指著李逵，問張順道：「足下日常曾認得他麼？今日倒衝撞了你。」張順道：「小人如何不認得李大哥？只是不曾交手。」

李逵道：「你也淹得我夠了！」張順道：「你也打得我好了！」戴宗道：「你兩個今番做個至交的弟兄。常言道：『不打不成相識。』」李逵道：「你路上休撞著我！」張順道：「我只在水裡等你便了！」四人都笑起來。大家唱個無禮喏。

戴宗指著宋江對張順道：「二哥，你曾認得這位兄長麼？」張順看了道：「小人卻不認得。這裡亦不曾見。」李逵跳起身來道：「這哥哥便是黑宋江！」張順道：「莫非是山東及時雨鄆城宋押司？」戴宗道：「正是公明哥哥。」張順納頭便拜道：「久聞大名，不想今日得會！多聽得江湖上來往的人說兄長清德，扶危濟困，仗義疏財。」宋江答道：「量小可何足道哉。前日來時，揭陽嶺下混江龍李俊家裡住了幾日。後在潯陽江，因穆弘相會，得遇令兄張橫，修了一封家書，寄來與足下，放在營內，不曾帶得來。今日便和戴院長並李大哥來這裡琵琶亭吃三杯，就觀江景。宋江偶然酒後思量些鮮魚湯醒酒，怎當得他定要來討魚。我兩個阻他不住，只聽得江邊發喊熱鬧，叫酒保看時，說道是黑大漢和人廝打。我兩個急急走來勸解，不想卻與壯士相會。今日宋江一朝得遇三位豪傑，豈非天幸！且請同坐，再酌三杯。」再喚酒保重整杯盤，再備餚饌。張順道：「既然哥哥要好鮮魚，兄弟去取幾尾來。」宋江道：「最好。」李逵道：「我和你去討。」戴宗喝道：「又來了！你還吃得水不快活？」張順笑將起來，綰了李逵手說道：「我今番和你去討魚，看別人怎地。」正是：

上殿相爭似虎，落水鬥亦如龍。
果然不失和氣，斯為草澤英雄。

兩個下琵琶亭來。到得江邊，張順略哨一聲，只見江上漁船都撐攏來到岸邊，張順問道：「那個船裡有金色鯉魚？」只見這個應道：「我船上來！」那個應道：「我船裡有！」一霎時，卻湊攏十數尾金色鯉魚來。張順選了四尾大的，把柳條穿了，先教李逵將來亭上整理。張順自點了行販，吩咐了小牙子把秤賣魚。張順卻自來琵琶亭上陪侍宋江。宋江謝道：「何須許多？但賜一尾夠了。」張順答道：「些小微物，何足掛齒。兄長食不了時，將回行館做下飯。」兩個序齒坐了。李逵道自家年長，坐了第三位，張順坐第四位。再叫酒保討兩樽「玉壺春」上色酒來，並些海鮮、案酒、果品之類。張順吩咐酒保把一尾魚做辣湯，用酒蒸一尾，叫酒保切鱠。四人飲酒中間，各敘胸中之事。正說得入耳，只見一個女娘，年方二八，穿一身紗衣，來到跟前，深深的道了四個萬福。頓開喉音便唱。李逵正待要賣弄胸中許多豪傑事務，卻被他唱起來一攪，三個且都聽唱，打斷了他的話頭。李逵怒從心起，跳起身來，把兩個指頭去那女娘額上一點。那女娘大叫一聲，驀然倒地。眾人近前看時，只見那女娘桃腮似土，檀口無言。那酒店主人一發向前，攔住四人，要去經官告理。正是：

憐香惜玉無情緒，煮鶴焚琴惹是非。

畢竟宋江等四人在酒店裡怎地脫身？且聽下回分解。

第三十九回　潯陽樓宋江吟反詩　梁山泊戴宗傳假信

話說當下李逵把指頭捺倒了那女娘，酒店主人攔住說道：「四位官人，如何是好！」主人心慌，便叫酒保、過賣都向前來救他，就地下把水噴。看看甦醒，扶將起來看時，額角上抹脫了一片油皮，因此那女子暈昏倒了。救得醒來，千好萬好。他的爹娘聽得說是黑旋風。先自驚得呆了半晌，那裡敢說一言。看那女子，已自說得話了。娘母取個手帕，自與他包了頭，收拾了釵環。宋江問道：「你姓甚麼？那裡人家？」那老婦人道：「不瞞官人說，老身夫妻兩口兒姓宋，原是京師人。只有這個女兒，小字玉蓮。他爹自教得他幾個曲兒，胡亂叫他來琵琶亭上賣唱養口。為他性急，不看頭勢，不管官人說話；只顧便唱，今日這個哥哥失手，傷了女兒些個，終不成經官動詞，連累官人？」宋江見他說得本分，便道：「你著甚人跟我到營裡，我與你二十兩銀子，將息女兒。日後嫁個良人，免在這裡賣唱。」那夫妻兩口便拜謝道：「怎敢指望許多。」宋江道：「我說一句是一句，並不會說謊。你便叫老兒自跟我去討與他。」那夫妻兩兒拜謝道：「深感官人救濟！」

戴宗怨李逵道：「你這廝要便與人合口，又教哥哥壞了許多銀子！」李逵道：「只指頭略擦得一擦，他自倒了。不曾見這般鳥女子，恁地嬌嫩！你便在我臉上打一百拳也不妨。」宋江等眾人都笑起來。張順便叫酒保去說：「這席酒錢，我自還他。」酒保聽得道：「不妨，不妨！只顧去。」宋江那裡肯，便道：「兄弟，我勸二位來吃酒，倒要你還錢。」張順苦死要還，說道：「難得哥哥會面。仁兄在山東時，小弟哥兒兩個也兀自要求投奔哥哥。今日天幸得識尊顏，權表薄意，非足為禮。」戴宗勸道：「宋兄長，既然是張二哥相敬之心，只得曲允。」宋江道：「既然兄弟還了，改日卻另置杯復禮。」張順大喜，就將了兩尾鯉魚，和戴宗、李逵，帶了這個宋老兒，都送宋江離了琵琶亭，來到營裡。五個人都進抄事房裡坐下。宋江先取兩錠小銀二十兩與了宋老兒。

那老兒拜謝了去，不在話下。

天色已晚，張順送了魚，宋江取出張橫書，付與張順，相別去了、宋江又取出五十兩一錠，付與李逵，道：「兄弟，你將去使用。」戴宗也自作別，和李逵趕入城去了。只說宋江把一尾魚送與管營，留一尾自吃。宋江因見魚鮮，貪愛爽口，多吃了些，至夜四更，肚裡絞腸刮肚價疼，天明時，一連瀉了二十來遭，昏暈倒了，睡在房中。宋江為人最好，營裡眾人都來煮粥燒湯，看覷服侍他。次日，張順因見宋江愛魚，又將得好金色大鯉魚兩尾送來，就謝宋江寄書之義；卻見宋江破腹瀉倒在床，眾囚徒都在房裡看視。張順見了，要請醫人調治。宋江道：「自貪口腹，吃了些鮮魚，壞了肚腹，你只與我贖一帖止瀉六和湯來，便好了。」叫張順把這兩尾魚，一尾送與王管營，一尾送與趙差撥。張順送了魚，就贖了一帖六和湯藥來與宋江了，自回去，不在話下。營內自有眾人煎藥服侍。次日，戴宗備了酒肉，李逵也跟了，逕來抄事房看望宋江。只見宋江暴病才可，不得酒肉。兩個自在房面前吃了，直至日晚，相別去了，亦不在話下。

只說宋江自在營中將息了五七日，覺得身體沒事，病症已痊，思量要入城中去尋戴宗。又過了一日，不見他一個來。次日早膳罷，辰牌前後，揣了些銀子，鎖了房門，離了營裡，信步出街來，逕走入城，去州衙前左邊尋問戴院長家。有人說道：「他又無老小，只在城隍廟間壁觀音庵裡歇。」宋江聽了，直尋訪到那裡，已自鎖了門出去了。卻又來尋問黑旋風李逵時，多人說道：「他是個沒頭神，又無家室，只在牢裡安身；沒地裡的巡檢，東邊歇兩日，西邊歪幾時，正不知他那裡是住處。」宋江又尋問賣魚牙子張順時，亦有人說道：「他自在城外村裡住。便是賣魚時，也只在城外江邊。只除非討賒錢入城來。」宋江聽罷，只得出城來，直要問到那裡，獨自一個，悶悶不已，信步再出城外來，看見那一派江景非常，觀之不足。正行到一座酒樓前過，仰面看時，傍邊豎著一銀望竿，懸掛著一個青布酒旆子，上寫道：「潯陽江正庫。」雕簷外一面牌額，上有蘇東坡大書「潯陽樓」三字。宋江看了，便道：「我在鄆城縣時，只聽得說江州好座潯陽樓，原來卻在這裡。我雖獨自一個在此，不可錯過。何不且上樓去，自己看玩一遭？」宋江來到樓前，看時，只見門邊朱江華表，柱上兩面白粉牌，各有五個大字，寫道：「世間無比酒，天下有名樓。」宋江便上樓來，去靠江占一座閣子裡坐了。憑欄舉目看時，端的好座酒樓。但見：

雕檐映日，畫棟飛雲。碧闌干低接軒窗，翠簾幕高懸戶牖。消磨醉眼，倚青天萬疊雲山；
勾惹吟魂，翻瑞雪一江煙水。白蘋渡口，時聞漁父鳴榔；紅蓼灘頭，每見釣翁擊楫。樓
畔綠槐啼野鳥，門前翠柳繫花驄。

宋江看罷，喝采不已。酒保上樓來問道：「官人，還是要待客？只是自消遣？」宋江道：「要待兩位客人，未見來。你且先取一樽好酒，果品肉食，只顧賣來，魚便不要。」酒保聽了，便下樓去。少時，一托盤把上樓來，一樽藍橋風月美酒，擺下菜蔬，時新果品按酒；列幾盤肥羊，嫩雞，釀鵝，精肉，盡使朱紅盤碟。宋江看了，心中暗喜，自誇道：「這般整齊餚饌，濟楚器皿，端的是好個江州！我雖是犯罪遠流到此，卻也看了真山真水。我那裡雖有幾座名山名跡，卻無此等景致。」獨自一個，一杯兩盞，倚欄暢飲，不覺沈醉；猛然驀上心來，思想道：「我生在山東，長在鄆城，學吏出身，結識了多少江湖好漢；雖留得一個虛名，目今三旬之上，名又不成，利又不就，倒被文了雙頰，配來在這裡！我家鄉中老父和兄弟如何得相見！」不覺酒湧上來，潸然淚下，臨風觸目，感恨傷懷。忽然做了一首西江月詞，便喚酒保索借筆硯來，起身觀玩，見白粉壁上多有先人題詠。宋江尋思道：「何不就書於此？倘若他日身榮，再來經過，重睹一番，以記歲月，想今日之苦。」乘著酒興，磨得墨濃，蘸得筆飽，去那白粉壁上揮毫便寫道：

自幼曾攻經史，長成亦有權謀。恰如猛虎臥荒邱，潛伏爪牙忍受。不幸刺文雙頰，那堪
配在江州！他年若得報仇，血染潯陽江口！

宋江寫罷，自看了大喜大笑。一面又飲了數杯酒，不覺歡喜，自狂蕩起來，手舞足蹈，又起筆來，去那西江月後再寫下四句詩，道是：

心在山東身在吳，飄蓬江海漫嗟吁。
他時若遂淩雲志，敢笑黃巢不丈夫！

宋江寫罷詩，又去後面大書五字道：「鄆城宋江作。」寫罷，擲筆在桌上，又自歌了一回，再飲數杯酒，不覺沈醉，力不勝酒；便喚酒保計算了，取些銀子算還，多的都賞了酒保，拂袖下樓來，踉踉蹌蹌，取路回營裡來。開了房門，便倒在床上，一覺直睡到五更。酒醒時，全然不記得昨日在潯陽江樓上題詩一節。當日害酒，自在房裡睡臥，不在話下。

且說這江州對岸另有個城子，喚做無為軍，卻是個野去處。因有個閒通判，姓黃雙名文炳。這人雖讀經書，卻是阿諛諂佞之徒，心地褊窄，只要嫉賢妒能，勝如己者害之，不如己者弄之。專在鄉里害人。聞知這蔡九知府是當朝蔡太師兒子，每每來浸潤他，時常過江來謁訪知府，指望他引薦出職，再欲做官。也是宋江命運合當受苦，撞了這個對頭！當日這黃文炳在私家閒坐，無可消遣，帶了兩個僕人，買了些時新禮物，自家一隻快船渡過江來，逕去府裡探問蔡九知府，恰恨撞著府裡公宴，不敢進去；卻再回船，正好那隻船，僕人已纜在潯陽樓下。黃文炳因見天氣喧熱，且去樓上閒玩一回。信步入酒庫裡來，看了一遭。轉到酒樓上憑欄消遣，觀見壁上題詠甚多，也有做得好的，亦有歪談亂道的。黃文炳看了冷笑，正看到宋江題西月詞並所吟四句詩，大驚道：「這個不是反詩！誰寫在此？」後面卻書道「鄆城宋江作」五個大字。

黃文炳再讀道：「『自幼曾攻經史，長成亦有權謀。』」冷笑道：「這人自負不淺！」又讀道：「『恰如猛虎臥荒邱，潛伏爪牙忍受！』」側著頭道：「那也是個不依本分的人！」又讀：「『不幸刺文雙頰，那堪配在江州！』」又笑道：「也不是個高尚其志的人，看來只個配軍。」

又讀道：「『他年若得報仇，血染潯陽江口！』」搖頭道：「這報仇兀誰，卻要在此間生事？量你是個配軍，做得甚用！」又讀詩道：「『心在山東身在吳，飄蓬江海漫嗟吁。』」黃文炳道：「這兩句兀自可恕。」又讀道：「『他時若遂凌雲志，敢笑黃巢不丈夫！』」伸著舌，搖著頭，道：「這廝無禮！他卻要賽過黃巢，不謀反待怎地！」再讀了「鄆城宋江作」，想道：「我也曾聞這個名字，那人多管是個小吏。」便喚酒保來問道：「這兩篇詩詞端的是何人題下在此？」酒保道：「夜來一個人獨自吃了一瓶酒，寫在這裡。」黃文炳道：「約莫甚麼樣人？」酒保道：「面頰上有兩行金印，多管是牢城營裡人。生得黑矮肥胖。」黃文炳道：「是了。」就借筆硯，取幅紙來抄了，藏在身邊，吩咐酒保休要刮去了。黃文炳下樓，自去船中歇了一夜。

次日飯後，僕人挑了盒仗，一逕又到府前，正值知府退堂在衙內，使人入去報覆。多樣時，蔡九知府遣人出來，邀請在後堂。蔡九知府卻出來與黃文炳敘罷寒溫已畢，送了禮物，分賓坐下。黃文炳稟說道：「文炳夜來渡江到府拜望，聞知公宴，不敢擅入。今日重復拜見恩相。」蔡九知府道：「通判乃是心腹之交，逕入來同坐何妨？下官有失迎迓。」左右執事人獻茶。茶罷，黃文炳道：「相公在上，不敢拜問。不知近日尊府太師恩相曾使人來否？」知府道：「前日才有書來。」黃文炳道：「不敢動問，京師近日有何新聞？」知府道：「家尊寫來書上吩咐道：近日太史院司天監奏道：『夜觀天象，罡星照臨吳楚，敢有作耗之人。』隨即體察剿除。更兼街市小兒謠言四句道：

耗國因家木，刀兵點水工。

縱橫三十六，播亂在山東。

因此囑咐下官，緊守地方。」黃文炳尋思了半晌，笑道：「恩相，事非偶然也！」黃文炳袖中取出所抄之詩，呈與知府，道：「不想卻在此處！」

蔡九知府看了，道：「這是個反詩！通判那裡得來？」黃文炳道：「小生夜來不敢進府，回至江邊，無可消遣，卻去潯陽樓上避熱閒玩，觀看閒人吟詠，只見白粉壁上新題下這篇。」知府道：「卻是何等樣人寫下？」黃文炳回道：「相公，上面明題著姓名，道是『鄆城宋江作』。」知府道：「這宋江卻是甚麼人？」黃文炳道：「他分明寫著『不幸刺文雙頰，那堪配在江州』，眼見得只是個配軍，牢城營犯罪的囚徒。」知府道：「量個配軍做得甚麼！」黃文炳道：「相公！不可小覷了他！恰才相公所言，尊府恩相家書說小兒謠言，正應在本人身上。」知府道：「何以見得？」黃文炳：「『耗國因家木』，耗散國家錢糧的人必是『家』頭著個『木』字，明明是個『宋』字。第二句，『刀兵點水工』，興起刀兵之人，『水』邊著個『工』字，明是個『江』字。這個人姓宋名江，又作下反詩，明是天數，萬民有福！」知府又問道：「何謂『縱橫三十六，播亂在山東』？」黃文炳答道：「或是六六之年，或六六之數。『播亂在山東』，今鄆城縣正是山東地方。這四句謠言已都應了。」知府又道：「不知此間有這個人麼？」黃文炳又回道：「因夜來問那酒保時，說道這人是前日寫下了去。這個不難；只取牢城營裡文冊一查，便見有無。」知府道：「通判高見極明。」便喚從人，於庫內取過牢城營裡文冊簿來看。

當時從人於庫內取至文冊。蔡九知府親自檢看，見後面果有五月間新配到囚徒一名「鄆城縣宋江」。黃文炳看了，道：「正是應謠言的人，非同小可！如是遲緩，誠恐走透了消息。可急差人捕獲，下在牢裡，卻作商議。」知府道：「言之極當。」隨即升廳，叫喚兩院押牢節級過來。廳下戴宗聲喏。知府道：「你與我帶了做公的，快下牢城營裡捉拿潯陽樓吟反詩的犯人鄆城縣宋江來，不可時刻違誤！」戴宗聽罷，吃了一驚，心裡只叫得「苦！苦！」隨即出府來，點了眾節級牢子，都教：「各去家裡取了各人器械，來我下處間壁城隍廟裡取齊。」戴宗吩咐了眾人，各自歸家去。戴宗卻自作起「神行法」，先來到牢城營裡，逕入抄事房，推開門看時，宋江正在房裡。見戴宗入來，慌忙迎接，便道：「我前日入城來，那裡不尋遍；因賢弟不在，獨自無聊，自去潯陽樓上飲了一瓶酒。這兩日迷迷不好，正在這裡害酒。」戴宗道：「哥哥！你前日卻寫下甚言語在樓上？」宋江道：「醉後狂言，誰個記得。」戴宗道：「卻才知府喚我當廳發落，叫多帶從人，捉拿潯陽樓上題反詩的犯人鄆城縣宋江正身赴官。兄弟吃了一驚，先去穩住眾做公的在城隍廟等候。如今我特先報你知哥哥！卻是怎地好？如何解救？」

宋江聽罷，搔首不知癢處，只叫得苦：「我今番必是死也！」戴宗道：「我教仁兄一著解手，未知如何？如今小弟不敢耽擱，回去便和人來捉你。你可披亂頭髮，把尿屎潑在地上，就倒在裡面，詐作瘋魔。我和眾人來時，你便口裡胡言亂語，只做失心瘋便好，我自去替你回覆知府。」宋江道：「感謝賢弟指教，萬望維持則個！」戴宗慌忙別了宋江，回到城裡，逕來城隍廟，喚了眾做公的，一直奔入牢城營裡來，假意喝問：「那個是新配來的宋江？」牌頭引眾人到抄事房裡。只見宋江披散頭髮，倒在尿屎坑裡滾，見了戴宗和做公的人來，便說道：「你們是甚麼鳥人！」戴宗假意大喝一聲：「捉拿這廝！」宋江白著眼，卻亂打將來；口裡亂道：「我是玉皇大帝的女婿！丈人教我領十萬天兵來殺你江州人。閻羅大王做先鋒！五道將軍做合後！與我一顆金印，重八百餘斤，殺你這般鳥人！」眾做公的道：「原來是個失心瘋的漢子！我們拿他去何用？」戴宗道：「說得是。我們且去回話。要拿時再來。」眾人跟了戴宗，回到州衙裡。蔡九知府在廳上專等回話。戴宗和眾做公的在廳下回覆知府道：「原來這宋江是個失心瘋的人，尿屎穢污全不顧，口裡胡言亂語，渾身臭糞不可當，因此不敢拿來。」

蔡九知府正待要問緣故時，黃文炳早在屏風背後轉將出來，對知府道：「休信這話。本人做的詩詞，寫的筆跡，不是有瘋症的人。其中有詐，好歹只顧拿來。便走不動，扛也扛將來。」蔡九知府道：「通判說得是。」便發落戴宗：「你們不揀怎地，只與我拿得來。」戴宗領了鈞旨，只叫得苦；再將帶了眾人下牢城營裡來，對宋江道：「仁兄，事不諧矣！兄長只得去走一遭。」便把一個大竹籮扛了宋江，直抬到江州府裡當廳歇下。知府道：「拿過這廝來！」眾做公的把宋江押在階下。宋江那裡肯跪，睜著眼，見了蔡九知府，道：「你是甚麼鳥，敢來問我！我是玉皇大帝的女婿！丈人教我引十萬天兵來殺你江州人。閻羅大王做先鋒！五道將軍做合後！有一顆印，重八百餘斤！你也快躲了！不時，我教你們都死！」蔡九知府看了，沒做理會處。黃文炳對知府道：「且喚本營差撥並牌頭來，問這人來時有瘋，近日卻瘋。若是來時瘋，便是真症候；若是近日瘋，必是詐瘋。」知府道：「言之極當。」便差人喚到管營差撥。問他兩個時，那裡敢隱瞞，只得直說道：「這人來時不見有瘋病，敢只是近日舉發此症。」知府聽了大怒，喚過牢子獄卒，把宋江捆翻，一連打上五十下，打得宋江一佛出世，二佛涅盤，皮開肉綻，鮮血淋漓。戴宗看了，只叫得苦，又沒做道理救他處。宋江初時也胡言亂語，次後拷打不過，只得招道：「自不合一時酒後誤寫反詩，別無主意。」蔡九知府即取了招狀，將一面二十五斤死囚枷枷了，推放大牢裡收禁。宋江打得兩腿走不動，當廳釘了，直押赴死囚牢裡來。卻得戴宗一力維持，吩咐了眾小牢子，都教好覷此人。戴宗自安排飯食，供給宋江，不在話下。

再說蔡九知府退廳，邀請黃文炳到後堂，再謝道：「若非通判高明遠見，下官險些兒被這廝瞞過了。」黃文炳又道：「相公在上，此事也不宜遲。只好急急修一封書，便差人星夜上京師，報與尊府恩相知道，顯得相公幹了這件國家大事。就一發稟道：若要活的，便著一輛陷車解上京；如不要活的，恐防路途走失，就於本處斬首號令，以除大害。便是今上得知，必喜。」蔡九知府道：「通判所言有理；下官即日也要使人回家，書上就薦通判之功，使家尊面奏天子，早早升授富貴城池，去享榮華。」黃文炳稱謝道：「小生終身皆依托門下，自當銜環背鞍之報。」黃文炳就攛掇蔡九知府寫了家書，印上圖書。黃文炳問道：「相公，差那個心腹人去？」知府道：「本州自有個兩院節級，喚做戴宗，會使『神行法』，一日能行八百里路程，只來早便差此人逕往京師，只消旬日，可以往回。」黃文炳道：「若得如此之快，最好，最好。」蔡九知府就後堂置酒款待了黃文炳。次日相辭知府，自回無為軍去了。

且說蔡九知府安排兩封信籠，打點了金珠寶貝玩好之物，上面都貼了封皮。次日早晨，喚過戴宗到後堂囑咐道：「我有這般禮物，一封家書，要送上東京太師府裡去，慶賀我父親六月十五日生辰。日期將近，只有你能幹去得。你休辭辛苦，可與我星夜去走一遭。討了回書便轉來，我自重重的賞你。你的程途都在我心上。我已料著你神行的日期，專等你回報。切不可沿途耽擱，有誤事情。」戴宗聽了，不敢不依，只得領了家書信籠，便拜辭了知府，挑回下處安頓了；卻來牢裡對宋江說道：「哥哥放心。知府差我上京師去，只旬日之間便回。就太師府裡使些見識，解救哥哥的事。每日飯食，我自吩咐在李逵身上，委著他安排送來，不教有缺。仁兄且寬心守耐幾日。」宋江道：「望煩賢弟救宋江一命則個！」戴宗喚過李逵當面吩咐道：「你哥哥誤題了反詩，在這裡吃官司，未知如何。我如今又差往東京去，早晚便回。哥哥飯食，朝暮全靠著你看覷他則個。」李逵應道：「吟了反詩打甚麼鳥緊！萬千謀反的，倒做了大官！你自放心東京去，牢裡誰敢奈何他！好便好！不好，我使老大斧頭砍他娘！」戴宗臨行，又囑咐道：「兄弟小心，不要貪酒，失誤了哥哥飲食。休得出去撞醉了，餓著哥哥。」李逵道：「哥哥你自放心去。若是這等疑忌時，兄弟從今日就斷了酒，待你回來卻開！早晚只在牢裡服侍宋江哥哥，有何不可！」戴宗聽了，大喜道：「兄弟，若得如此發心，堅意守看哥哥，更好。」當日作別自去了。李逵真個不吃酒，早晚只在牢裡服侍宋江，寸步不離。

不說李逵自看覷宋江，且說戴宗回到下處，換了腿絣膝護，八搭麻鞋，穿杏黃衫，整了搭膊，腰裡插了宣牌，換了巾幘，便袋裡藏了書信盤纏，挑上兩個信籠，出到城外，身邊取出四個甲馬，去兩隻腿上，每隻各拴兩個，口裡念起神行法咒語來。怎見得神行法效驗？

仿佛渾如駕霧，依稀好似騰雲。如飛兩腳蕩紅塵，越嶺登山去緊。頃刻才離鄉鎮，片時
又過州城。金錢甲馬果通神，千里如同眼近。

當日戴宗離了江州，一日行到晚，投客店安歇，解下甲馬，取數陌金紙燒送了，過了一宿。次日早起來，吃了酒食，離了客店，又拴上四個甲馬，挑起信籠，放開腳步便行。端的是耳邊風雨之聲，腳不點地。路上略吃些素飯素點心，又走。看看日暮，戴宗早歇了，又投客店宿歇一夜。

次日，起個五更，趕早涼行；拴上甲馬，挑上信籠又走。約行過了三二百里，已是巳牌時分，不見一個乾淨酒店。此時正是六月初旬天氣，蒸得汗雨淋漓，滿身蒸溼，又怕中了暑氣。正飢渴之際，早望見前面樹林，首一座傍水臨湖酒肆。戴宗撚指間走到跟前，看時，乾乾淨淨，有二十副座頭，盡是紅油桌凳，一帶都是檻窗。戴宗挑著信籠，入到裡面，揀一副穩便座頭，歇下信籠，解下腰裡膊，脫下杏黃衫，噴口水晾在窗欄上。戴宗坐下，只見個酒保來問道：「上下，打幾角酒？要甚麼肉食下酒，或豬、羊、牛肉？」戴宗道：「酒便不要多，與我做口飯來。」酒保又道：「我這裡賣酒飯；又有饅頭、粉湯。」戴宗道：「我卻不吃葷腥。有甚素湯下飯？」酒保道：「加料麻辣熝豆腐，如何？」戴宗道：「最好，最好。」酒保去不多時，一碗豆腐，放兩碟菜蔬，連篩三大碗酒來。戴宗正飢，又渴，一下把酒和熝豆腐都吃了。卻待討飯，只見天旋地轉，頭暈眼花，就凳邊便倒。酒保叫道：「倒了！」只見店裡走出一個人來。怎生模樣，但見：

> 臂闊腿長腰細，待客一團和氣。
> 梁山作眼英雄，旱地忽律朱貴。

當下朱貴從裡面出來，說道：「且把信籠將入去，先搜那廝身邊有甚東西。」使有兩個伙家去他身上搜看。只見便袋裡搜出一個紙包，包著一封書，取過來遞與朱頭領。朱貴拆開，卻是一封家書；見封皮上面寫道：「平安家信，百拜奉上父親大人膝下。男蔡德章謹封。」朱貴使拆開，從頭看去，見上面寫道：「現今拿得應謠言題反詩山東宋江，監收在牢一節，聽候施行。」朱貴看罷，驚得呆了，半晌做聲不得。伙家正把戴宗扛起來，背入殺人作房裡去開剝，只見凳頭邊溜下搭膊，上掛著朱紅綠漆宣牌。朱貴拿起來看時，上面雕著銀字，道是：「江州兩院押牢節級戴宗。」朱貴看了，道：「且不要動手！我常聽得軍師說，這江州有個神行太保戴宗，是他至愛相識，莫非正是此人？如何倒送書去害宋江？這一段書，卻又天幸撞在我手裡！」叫：「伙家，且與我把解藥救醒他來，問個虛實緣由。」

當時伙家把水調了解藥，扶起來灌將下去。須臾之間，只見戴宗舒眉展眼，便爬起來。卻見朱貴拆開家書在手裡看，戴宗便喝道：「你是甚人？好大膽，卻把蒙汗藥麻翻了我！如今又把太師府書信擅開，拆了封皮，卻該甚罪？」朱貴笑道：「這封鳥書，打甚麼要緊！休說拆開了太師府書札，俺這裡兀自要和大宋皇帝做個對頭的！」戴宗聽了大驚，便問道：「好漢，你卻是誰？願求大名。」朱貴答道：「俺這裡行不更名，坐不改姓，梁山泊好漢『旱地忽律』朱貴便是。」戴宗道：「既是梁山泊頭領時，定然認得吳學究先生？」朱貴道：「吳學究是俺大寨裡軍師，執掌兵權。足下如何認得他？」戴宗道：「他和小可至愛相識。」朱貴道：「兄長莫非是軍師常說的江州神行太保戴院長麼？」戴宗道：「小可便是。」

朱貴又問道：「前者，宋公明斷配江州，經過山寨，吳軍師曾寄一封書與足下，如今卻緣何倒去害宋三郎性命？」戴宗道：「宋公明和我又是至愛兄弟。他如今為吟了反詩，救他不得。我如今正要往京師尋門路救他。如何肯害他性命！」朱貴道：「你不信，請看蔡九知府的來信。」戴宗看了，自吃一驚；卻把吳學究初寄的書與宋公相會的話，並宋江在潯陽樓醉後誤題反詩一事，備細說了一遍。朱貴道：「既然如此，戴院長親到山寨裡與眾頭領商議良策，可救宋公明性命。」朱貴慌忙叫備分例酒食，款待了戴宗；便向水亭上，覷著對港，放了一枝號箭。響箭到處，早有小嘍囉搖過船來。朱貴便同戴宗帶了信籠下船，到金沙灘上岸，引至大寨。吳用見報，連忙下關迎接；見了戴宗，敘禮道：「間別久矣！今日甚風吹得到此？且請到大寨裡來。」與眾頭領相見了。朱貴說起戴宗來的緣故，如今宋公明見監在彼。晁蓋聽得，慌忙請戴院長坐地，備問宋三郎吃官司為甚麼事起。戴宗卻把宋江吟反詩的事，一一說了。

晁蓋聽了大驚，便要起請眾頭領，點了人馬，下山去打江州，救取宋三郎上山。吳用諫道：「哥哥，不可造次。江州離此間路遠，軍馬去時，誠恐因而惹禍。『打草驚蛇，』倒送宋公明性命。此一件事，不可力敵，只可智取。吳用不才，略施小計，只在戴院長身上，定要救宋三郎性命。」晁蓋道：「願聞軍師妙計，」吳學究道：「如今蔡九知府卻差院長送書上東京去，討太師回報，只這封書上，將計就計，寫一封假回書，教院長回去。書上只說『教把犯人宋江切不可施行；便須密切差得當人員，解赴東京問了詳細，定行處決示眾，斷絕童謠。』等他解來此間經過，我這裡自差人下山奪了。此計如何？」晁蓋道：「倘若不從這裡過時，卻不誤了大事？」公孫勝便道：「這個何難！我們自著人去遠近探聽，遮莫從那裡過，務要等著，好歹奪了。只怕不能夠他解來。」晁蓋道：「好卻是好，只是沒人會寫蔡京筆跡。」吳學究道：「吳用已思量心裡了。如今天下盛行四家字體，是蘇東坡、黃魯直、米元章、蔡京四家字體。蘇、黃、米、蔡，宋朝四絕。小生曾和濟州城裡一個秀才相識。那人姓蕭名讓；因他會寫諸家字體，人都喚他做聖手書生；又會使槍弄棒，舞劍掄刀。吳用知他寫得蔡京筆跡。不若央及戴院長就到他家，賺道泰安州嶽廟裡要寫道碑文，先送五十兩銀於在此，作安家之資，便要他來。隨後卻使人賺了他老小上山，就教本人入夥，如何？」晁蓋道：「書有他寫便好了，也須要使個圖書印記。」吳學究又道：「小生再有個相識，亦思量在肚裡了。這人也是中原一絕，現在濟州城裡居住。本身姓金，雙名大堅，開得好石碑文，剔得好圖書玉石印記，亦會槍棒廝打。因為他雕得好玉石，人都稱他做玉臂匠。也把五十兩銀去，就賺他來鐫碑文。到半路上，卻也如此行便了。這兩個人山寨裡亦有用他處。」晁蓋道：「妙哉！」當日且安排筵宴，款待戴宗，就晚歇了。

次日早飯罷，煩請戴院長打扮做太保模樣，將了一二百兩銀子，拴上甲馬，便下山；把船渡過金沙灘上岸，拽開腳步，奔到濟州來。沒兩個時辰，早到城裡，尋問聖手書生蕭讓住處。有人指道：「只在州衙東首文廟前居住。」戴宗逕到門首，咳嗽一聲，問道：「蕭先生有麼？」只見一個秀才從裡面來，見了戴宗，卻不認得，便問道：「太保何處？有甚見教？」戴宗施禮罷，說道：「小可是泰安州嶽廟裡打供太保；今為本廟重修五嶽樓，本州上戶要刻道碑文，特地教小可賫白銀五十兩，作安家之資，請秀才便移尊步同到廟裡作文則個。選定了日期，不可遲滯。」蕭讓道：「小生只會作文及書丹，別無甚用，如要立碑，還用刻字匠作。」戴宗道：「小可再有五十兩白銀，就要請玉臂匠金大堅刻石。揀定了好日。萬望指引，尋了同行。」蕭讓得了五十兩銀子，便和戴宗同來尋請金大堅。正行過文廟，只見蕭讓把手指道：「前面那個來的便是玉臂匠金大堅。」

當下蕭讓喚住金大堅，教與戴宗相見，具說泰安州嶽廟裡重修五嶽樓，眾上戶要立道碑文碣石之事，這太保特地各賫五十兩銀子，來請我和你兩個去。金大堅見了銀子，心中歡喜。兩個邀請戴宗就酒肆中市沽三杯，置些蔬食，款待了。戴宗就付與金大堅五十兩銀子，作安家之資；又說道：「陰陽人已揀定了日期，請二位今日便煩動身。」蕭讓道：「天氣暄熱，今日便動身，也行不多路，前面趕不上宿頭。只是來日起個五更，挨旦出去。」金大堅：「正是如此說。」兩個都約定了來早起身，各自歸家收拾動身。蕭讓留戴宗在家宿歇。次日五更，金大堅持了包裹行頭，來和蕭讓、戴宗三人同行。離了濟州城裡，行不過十里多路，戴宗道：「二位先生慢來，不敢催逼；小可先去報知眾上戶來接二位。」拽開步數，爭先去了，這兩個背著了包裹，自慢慢而行。

看看走到未牌時候，約莫也走過了七八十里路，只見前面一聲唿哨響，山城坡下跳出一夥好漢，約有四五十人。當頭一個好漢正是那清風山王矮虎，大喝一聲道：「你兩個是甚麼人？那裡去？孩兒們！拿這廝！取心來吃酒！」蕭讓告道：「小人兩個是上泰安州刻石鐫文的；又沒一分財賦，只有幾件衣服。」王矮虎喝道：「俺不要你財賦衣服，只要你兩個聰明人的心肝做下酒！」蕭讓和金大堅焦躁，倚仗各人胸中本事，便挺著桿棒，逕奔王矮虎。王矮虎也挺朴刀來。三人各使手中器械，約戰了五、七合，王矮虎轉身便走。兩個卻待去趕，聽得山上鑼聲又響。左邊走出雲裡金剛宋萬，右邊走出摸著天杜遷，背後卻是白面郎君鄭天壽，各帶三十餘人，一發上，把蕭讓、金大堅橫拖倒拽，捉投林子裡來。四籌好漢道：「你兩個放心。我們奉著晁天王的將令，特來請你二位上山入夥。」蕭讓道：「山寨裡要我們何用？我兩個手無縛之力，只好吃飯。」杜遷道：「吳軍師一來與你相識，二乃知你兩個武藝本事，特使戴宗來宅上相請。」蕭讓、金大堅，都面面廝覷，做聲不得。當時都到旱地忽律朱貴酒店內，相待了分例酒食，連夜喚船，便送上山來。到得大寨，晁蓋、吳用，並頭領眾人都相見了，一面安排筵席相待；且說修蔡京回書一事，

「因請二位上山入夥，共聚大義。」兩個聽了，都扯住吳學究道：「我們在此趨侍不妨，只恨各家都有老小在彼，明日官司知道，必然壞了！」吳用道：「二位賢弟不必憂心。天明時便有分曉。」當夜只顧酒歇了。

次日天明。只見小嘍囉報道：「都到了！」吳學究道：「請二位賢弟親自去接寶眷。」蕭讓、金大堅聽得，半信半不信。兩個下至半山，只見數乘轎子，抬著兩家老小上山來。兩個驚得呆了，問其備細。老小說道：「你昨日出門之後，只見這一行人將著轎子來說：『家長只在城外客店裡中了暑風，快叫取老小來看救。』出得城時，不容我們下轎，直抬到這裡。」兩家都一般說。蕭讓聽了，與金大堅兩個閉口無言；只得死心塌地，再回山寨入夥。安頓了兩家老小。吳學究卻請出來，與蕭讓商議寫蔡京字體回書，去救宋公明。金大堅便道：「從來雕得蔡京的諸樣圖書名諱字號。」當時兩個動手完成，安排了回書，備個筵席，快送戴宗起程，吩咐了備細書意。戴宗辭了眾頭領下山來時，小嘍囉忙把船隻渡過金沙江，送至朱貴酒店裡，連忙取四個甲馬，拴在腿上，作別朱貴，拽開腳步，登程去了。

且說吳用送了戴宗過渡，自同眾頭領再回大寨筵席。正飯酒間，只是吳學究叫聲苦，不知高低。眾頭領問道：「軍師何故叫苦？」吳用便道：「你眾人不知，是我這封書倒送了戴宗和宋公明性命也！」眾頭領大驚，連忙問道：「軍師書上卻是怎地差錯？」吳學究道：「是我一時只顧其前，不顧其後。書中有個老大脫卯！」蕭讓便道：「小生寫得字體和蔡太師字體一般，語句又不曾差了，請問軍師，不知那一處脫卯？」金大堅又道：「小生雕的圖書亦無纖毫差錯，怎地見得有脫卯處？」吳學究疊兩個指頭，說出這個差錯脫卯處，有分教：眾好漢大鬧江州城，鼎沸白龍廟。直教：

弓弩叢中逃性命，刀槍林裡救英雄。

畢竟軍師吳學究說出怎生脫卯來？且聽下回分解。

第四十回　梁山泊好漢劫法場　白龍廟英雄小聚義

話說當時晁蓋並眾人聽了，請問軍師道：「這封書如何有脫卯處？」吳用說道：「早間戴院長將去的回書，是我一時不仔細，見不到處！才使的那個圖書，不是玉箸篆文『翰林蔡京』四字？只是這個圖書便是教戴宗吃官司！」金大堅便道：「小弟每每見蔡太師書緘並他的文章都是這樣圖書。今次雕得無纖毫差錯，如何有破綻？」吳學究道：「你眾位不知。如今江州蔡九知府是蔡太師兒子，如何父寫書與兒子卻使個諱字圖書？因此差了。是我見不到處！此人到江州，必被盤詰。問出實情，卻是利害！」晁蓋道：「快使人去趕喚他回來別寫，如何？」吳學究道：「如何趕得上。他作起『神行法』來，這早晚已走過五百里了！只是事不宜遲，我們只得恁地，可救他兩個。」晁蓋道：「怎生去救?用何良策？」吳學究便向前與晁蓋耳邊說道：「這般，這般。如此，如此。主將便可暗傳下號令與眾人知道，只是如此動身，休要誤了日期。」眾多好漢得了將令，各各拴束行頭，連夜下山，望江州來，不在話下。

且說戴宗扣著日期。回到江州，當廳下了回書，蔡九知府見了戴宗如期回來，好生歡喜；先取酒來賞了三鍾，親自接了回書，便道：「你曾見我太師麼？」戴宗稟道：「小人只住得一夜，便回來，不曾見得恩相。」知府拆開封皮，看見前面說：「信籠內許多物件都收了。」中間說：「妖人宋江，今上自要他看，可令牢固陷車，盛載密切，差的當人員連夜解上京師。沿途休教失走。」書尾說：「黃文炳早晚奏過天子，必然自有除授。」蔡九知府看了，喜不自勝，叫取一錠二十五兩花銀賞了戴宗；一面吩咐教合陷軍，商量差人解發起身。戴宗謝了，自回下處，買了些酒肉，來牢裡看覷宋江，不在話下。

且說蔡九知府催並合成陷車，過得一二日，正要啟行，只見門子來報道：「無為軍黃通判特來相探。」蔡九知府叫請至後堂相見。又送些禮物時新酒果。知府謝道：「累承厚意，何以得當。」黃文炳道：「村野微物，何足掛齒。」知府道：「恭喜早晚必有榮除之慶！」黃文炳道：「相公何以知之？」知府道：「昨日下書人已回。妖人宋江，教解京師。通判只在早晚奏過今上，升擢高任。家尊回書備說此事。」黃文炳道：「既是恁地，深感恩相主薦。那個人下書，真乃神行人也！」知府道：「通判如不信時，就教觀看家書，顯得下官不謬。」黃文炳道：「小生只恐家書，不敢擅看；如若相托，求借一觀。」知府便道：「通判乃心腹之交，看有何妨。」便令從人取過家書遞與黃文炳看。

黃文炳接書在手，從頭尾讀了一遍，捲過來看了封皮，只見圖書新鮮。黃文炳搖頭道：「這封書不是真的。」知府道：「通判錯矣，此是家尊親手筆跡，真正字體，如何不是真的？」黃文炳道：「相公容覆：往常家書來時，曾有這個圖書麼？」知府道：「往常來的家書，卻不曾有這個圖書，只是隨手寫的。今番一定是圖書匣在手邊，就便印了這個圖書在封皮上。」黃文炳道：「相公休怪小生多言。這封書被人瞞過了相公！方今天下盛行蘇、黃、米、蔡、四家字體，誰不習學得些？只是這個圖書是令尊恩相做翰林學士時使出來，法帖文字上，多有人曾見。如今陞轉太師丞相，如何肯把翰林圖書使出來？更兼亦是父寄書與子，須不當用諱字圖書。令尊太師恩相是個識窮天下，高明遠見的人，安肯造次錯用？相公不信小生之言，可細細盤問下書人，曾見府裡誰來。若說不對，便是假書。休怪小生多說，因蒙錯愛至厚，方敢僭言。」蔡九知府聽了說道：「這事不難，此人自來不曾到東京，一問便顯虛實。」知府留住黃文炳在屏風背後坐地，隨即升廳，叫喚戴宗，有委用的事。當下做公的領了鈞旨，四散去尋。有詩為證：

反詩假信事相牽，為與梁山盜結連。
不是黃蜂針痛處，蔡龜雖大總徒然。

且說戴宗自回到江州，先去牢裡見了宋江，附耳低言，將前事說了，宋江心中暗喜，次日又有人請去酌杯。戴宗正在酒肆中吃酒，只見做公的四下來尋。當時把戴宗喚到廳上。蔡九知府問道：「前日有勞你走了一遭，真個辦事，未曾重賞你。」戴宗答道：「小人是承恩相差使的人，如何敢怠慢。」知府道：「我正連日事忙，未曾問得你個仔細。你前日與我去京師，那座門入去？」戴宗道：「小人到東京時，那日天色已晚，不知喚做甚麼門。」知府又道：「我家府裡門前，誰接著你？留你在那裡歇？」戴宗道：「小人到府前，尋見一個門子，接書入去。少刻，門子出來，交收了信籠，著小人自去尋客店裡歇了。次日早五更去府門前伺候時，只見那門子回書出來。小人怕誤了日期，那裡敢再問備細，慌忙一逕來了。」知府再問道：「你見我府裡那個門子卻是多少年紀？或是黑瘦，也白淨肥胖？長大也是矮小？有鬚的，也是無鬚的？」戴宗道：「小人到府裡時，天色黑了；次早回時，又是五更時候，天色昏暗，不十分看得仔細，只覺不恁麼長，中等身材。敢是有些髭鬚。」

知府大怒，喝一聲：「拿下廳去！」傍邊走過十數個獄卒牢子。將戴宗拖翻在當面。戴宗告道：「小人無罪！」知府喝道：「你這廝該死！我府裡老門子王公，已死了數年，如今只是個小王看門，如何卻道他年紀大，有髭鬚！況兼門子小王不能夠入府堂裡去，但有各處來的書信緘帖，必須經由府堂裡張幹辦，方才去見李都管，然後遞知裡面，才收禮物！便要回書，也須得伺候三日！我這兩籠東西，如何沒個心腹的人出來，問你個常便備細，就胡亂收了？我昨日一時間倉卒，被你這廝瞞過了！你如今好好招說，這封書那裡得來！」戴宗道：「小人一時心慌，要趕程途，因此不曾看得分曉。」蔡九知府喝道：「胡說！這賊骨頭，不打如何肯招！左右，與我加力打這廝！」獄卒牢子情知不好，覷不得面皮，把戴宗綑翻，打得皮開肉綻，鮮血迸流。

戴宗捱不過拷打，只得招道：「端的這封書是假的！」知府道：「你這廝怎地得這封假書來？」戴宗告道：「小人路經梁山泊過，走出那一夥強人來，把小人劫了，綁縛上山，要割腹剖心。去小人身上搜出書信看了，把信籠都奪了，卻饒了小人。情知回鄉不得，只要山中乞死。他那裡卻寫這封書，與小人回來脫身。一時怕見罪責，小人瞞了恩相。」知府道：「是便是了，中間還有些胡說！眼見得你和梁山泊賊人通同造意，謀了我信籠物件，卻如何說這話！再打那廝！」戴宗由他拷訊，只不肯招和梁山泊通情。蔡九知府再把戴宗拷訊了一回，語言前後相同，說道：「不必問了！取具大枷枷了，下在牢裡！」卻退廳來稱謝黃文炳道：「若非通判高見，下官險些兒誤了大事！」黃文炳又道：「眼見得這人也結連梁山泊，通同造意，謀叛為黨，若不早除，必為後患。」知府道：「便把這兩個問成了招狀，立了文案，押去市曹斬首，然後寫表申奏。」黃文炳道：「相公高見極明。似此，一者朝廷見喜，知道相公幹這件大功；二者，免得梁山泊草寇來劫牢？」知府道：「通判高見甚遠，下官自當動文書，親自保舉通判。」當日款待了黃文炳，送出府門，自回無為軍去了。

次日，蔡九知府升廳，便喚當案孔目來吩咐道：「快教疊了文案，把這宋江，戴宗的供狀招款黏連了，一面寫了犯由牌，教來日押赴市曹斬首施行！自古『謀逆之人，決不待時。』斬了宋江、戴宗，免致後患。」當案卻是黃孔目，本人與戴宗頗好，卻無緣便救他，只替他叫得苦；當日稟道：「明日是個國家忌日，後日又是七月十五日中元之節，皆不可行刑；大後日亦是國家景命；直至五日後，方可施行。」原來黃孔目也別無良策，只圖與戴宗少延殘喘，亦是平日之心。蔡九知府聽罷，依准黃孔目之言，直待第六日早辰，先差人去十字路口打掃了法場。飯後點起士兵和刀仗劊子，約有五百餘人，都在大牢門前伺候，巳牌時候，獄官稟了知府，親自來做監斬官。黃孔目只得把犯由牌呈堂，當廳判了兩個「斬」字，便將片蘆席貼起來。江州府眾多節級牢子雖然和戴宗、宋江過得好，卻沒做道理救得他，眾人只替他兩個叫苦。當時打扮已了，就牢裡把宋江、戴宗兩個匾扎起；又將膠水刷了頭髮，綰個鵝梨角兒，各插上一朵紅綾子紙花；驅至青面聖者神案前，各與了一碗長休飯、永別酒。吃罷，辭了神案，漏轉身來，搭上利子。六七十個獄卒，早把宋江在前，戴宗在後，推擁出牢門前來。宋江和戴宗兩個面面廝覷，各做聲不得。宋江只把腳來跌，戴宗低了頭只嘆氣。江州府看的人，真乃壓肩疊背，何止一二千人。但見：

愁雲荏苒，怨氣氛氳。頭上日色無光，四下悲風亂吼。纓槍對對，數聲鼓響喪三魂；棍棒森森，幾下鑼鳴催七魄。犯由牌高貼，人言此去幾時回；白紙花雙搖，都道這番難再活。長休飯，嗓內難吞；永別酒，口中怎咽！猙獰劊子仗鋼刀，醜惡押牢持法器。皂纛旗下，幾多魍魎跟隨；十字街頭，無限強魂等候。監斬官忙施號令，仵作子準備扛屍。

劊子叫起「惡殺都來」，將宋江和戴宗前推後擁，押到市曹十字路口，團團槍棒圍住，把宋江面南背北，將戴宗面北背南，兩個納坐下，只等午時三刻監斬官到來開刀。眾人仰面看那犯由牌上寫道：

江州府犯人一名宋江，故吟反詩，妄造妖言，結連梁山泊強寇，通同造反，律斬。犯人一名戴宗，與宋江暗遞私書，勾結梁山泊強寇，通同謀反，律斬。監斬官江州府知府蔡某。

那知府勒住馬，只等報來。只見法場東邊，一夥弄蛇的丐者，強要挨入法場裡看，眾士兵趕打不退。正相鬧間，只見法場西邊，一夥使槍棒賣藥。也強挨將入來。士兵喝道：「你那夥人好不曉事！這是那裡，強挨入來要看！」那夥使槍棒的說道：「你倒鳥村！我們衝州撞府，那裡不曾去？到處看出入！便是京師天子殺人，也放人看，你這小去處，砍得兩個人，鬧動了世界，我們便挨出來看一看，打甚麼鳥緊！」正和士兵鬧將起來。監斬官喝道：「且趕退去，休放過來！」鬧猶未了，只見法場南邊，一夥挑擔的腳夫又要挨將入來。士兵喝道：「這裡出人，你挑那裡去！」那夥人說道：「我們挑東西送知府相公去的，你們如何敢阻擋我！」士兵道：「便是相公衙裡人，也只得去別處過一過！」那夥人就歇了擔子，都掣了匾擔，立在人叢裡看。只見法場北邊，一夥客商推兩輛車子過來，定要挨入法場上來。士兵喝道：「你那夥人那裡去！」客人應道：

「我們要趕路程，可放我們過去。」士兵道：「這裡出人，如何肯放你！你要趕路程，從別路過去！」那夥客人笑道：「你倒說得好！俺們便是京師來的人，不認得你這裡鳥路，只是從這大路走。」士兵那裡肯放。那夥客人齊齊地挨定不動。四下裡吵鬧不住。這蔡九知府也禁治不得。又見這夥客人都盤在車子上，立定了看。沒多時，法場中間，人分開處，一個報，報道一聲：「午時三刻。」監斬官便道：「斬訖報來！」兩勢下刀棒劊子便去開枷；行刑之人執定法刀在手。說時遲，一個個要見分明，那時快，鬧攘攘一起發作。只見夥客人在車子上聽得「斬」字，數內便向懷中取出一面小鑼兒，一個客人立在車子上，噹噹地敲得兩三聲，四下裡一齊動手，有詩為證：

閒來乘興入江樓，渺渺煙波接素秋。
呼酒謾澆千古恨，吟詩欲瀉百重愁。
雁書不遂英雄志，失腳翻成狴犴囚。
搔動梁山諸義士，一齊雲擁鬧江州。

卻見十字路口茶坊樓上，一個虎形黑大漢，脫得赤條條的，兩隻手握兩把板斧，大吼一聲，卻似半天起個霹靂，從半空中跳將下來，手起斧落，早砍翻了兩個行刑的劊子，便望監斬官馬前砍將來。眾士兵急待把去搠時，那裡攔得住。眾人且簇擁蔡九知府逃命去了。只見東邊那夥弄蛇的丐者，身邊都掣出尖刀，看著士兵便殺；西邊那夥使槍棒的大發喊聲，只顧亂殺將來，一派殺倒士兵獄卒；南邊那夥挑擔的腳夫掄起匾擔，橫七豎八，都打翻了士兵和那看的人；北邊那夥客人，都跳下車來，推過車子，攔住了人。兩個客商鑽將入來，一個背了宋江，一個背了戴宗。其餘的人，也有取出弓箭來射的，也有取出石子來打的，也有取出標槍來標的，原來扮客商的這夥便是晁蓋、花榮、黃信、呂方、郭盛；那夥扮使槍棒的便是燕順、劉唐、杜遷、宋萬、扮挑擔的便是朱貴、王矮虎、鄭天壽、石勇；那夥扮丐者的便是阮小二、阮小五、阮小七、白勝。這一行梁山泊共是十七個頭領到來，帶領小嘍囉一百餘人，四下裡殺將起來。

只見那人叢裡那個黑大漢，掄兩把板斧，一味地砍將來。晁蓋等卻不認得，只見他第一個出力，殺人最多。晁蓋猛省起來，「戴宗曾說一個黑旋風李逵和宋三郎最好，是個莽撞之人。」晁蓋便叫道：「前面那好漢莫不是黑旋風？」那漢那裡肯應，火雜雜地掄著大斧只顧砍人。晁蓋便叫背宋江，戴宗的兩個小嘍囉，只顧跟著那黑大漢走。當下去十字街口，不問軍官百姓，殺得屍橫遍地，血流成渠。推倒攧翻的，不計其數。眾頭領撇了車輛擔仗，一行人跟了黑大漢，直殺出來。背後花榮、黃信、呂方、郭盛，四張弓箭，飛蝗般望後射來。那江州軍民百姓，誰敢近前。這黑大漢直殺到江邊來，身上血濺滿身，自在江邊殺人。晁蓋便挺朴刀，叫道：「不干百姓事，休只管傷人！」那漢那裡來聽叫喚，一斧一個，排頭兒砍將去。約莫離城沿江上也走了五七里路，前面望見儘是淘淘一派大江，卻無了旱路。晁蓋看見，只叫得苦。那黑大漢方才叫道：「不要慌！且把哥哥背來廟裡！」眾人都到來看時，靠江邊一所大廟，兩扇門緊緊地閉著。黑大漢兩斧砍開，便搶入來。

晁蓋眾人看時，兩邊都是老檜蒼松，林木遮映；前面牌額上四個金書大字，寫道：「白龍神廟。」小嘍囉把宋江，戴宗背到廟裡歇下，宋江方才敢開眼，見了晁蓋等眾人，哭道：「哥哥！莫不是夢中相會？」晁蓋便勸道：「恩兄不肯在山，致有今日之苦。這個出力殺人的黑大漢是誰？」宋江道：「這個便是叫做黑旋風李逵；他幾番就要大牢裡放了我，卻是我怕走不脫，不肯依他。」晁蓋道：「卻是難得這個人！出力最多，又不怕刀斧箭矢！」花榮便叫：「且將衣服與俺二位兄長穿了。」正相聚間，只見李逵提著雙斧，從廊下走出來。宋江便叫住道：「兄弟，那裡去？」李逵應道：「尋那廟祝，一發殺了！叵耐那廝見神見鬼，白日把鳥廟門關上！我指望拿他來祭門，卻尋那廝不見！」宋江道：「你且來，先我和哥哥頭領相見。」李逵聽了，丟了雙斧，望著晁蓋跪了一跪，說道：「大哥，休怪鐵牛粗魯。」與眾人都相見了，卻認得朱貴是同鄉人，兩個大家歡喜。花榮便道：「哥哥，你教眾人只顧得著大哥走，如今來到這裡，前面又是大江攔截住，斷頭路了！卻又沒有一隻船接應，倘或城中官軍趕殺出來，卻怎生迎敵，將何接濟？」李逵便道：「不要慌！我與你們再殺入城去，和那個鳥蔡九知府一發都砍了快活！」戴宗此時方才甦醒，便叫道：「兄弟！使不得莽性！城裡有五七千軍馬，若殺入去，必然有失！」阮小七便道：「遠望隔江，那裡有數隻船在岸邊，我兄弟三個赴水過去奪那幾隻船過來載眾人，如何？」晁蓋道：「此計是最上著。」

當時阮家三弟兄都脫剝了衣服，各人插把尖刀，便鑽入水裡去。約莫赴開得半里之際，只見江面上溜頭流下三隻棹船，吹風唿哨，飛也似搖將來。眾人看時，那船上各有十數個人，都手裡拿著軍器，眾人卻慌將起來。宋江聽得說了，便道：「我命裡這般合苦也！」奔出廟前看時，只見當頭那隻船上坐著一條大漢，倒提一把明晃晃五股叉，頭上挽個穿心紅，一點髻兒，下面拽起條白絹水裩，口裡吹著唿哨。宋江看時，不是別人，正是：

東去長江萬里，內中一個雄夫。面如傅粉體如酥，履水如同平土。
膽大能探禹穴，心雄欲摘驪珠。翻波跳浪性如魚，張順名傳千古。

當時張順在船頭上看見喝道：「你那夥是甚麼人？敢在白龍廟裡聚眾？」宋江挺身出廟前說道：「兄弟救我！」張順等見是宋江，大叫道：「好了！」飛也似搖到岸邊。三阮看見，退赴過來。一行眾人都上岸來到廟前。宋江看見張順自引十數個壯漢，在那隻船頭上；張橫引著穆弘、穆春、薛永，帶十數個莊客，在一隻船上；第三隻船上，李俊引著李立、童威、童猛，也帶十數個賣鹽伙家，都各執槍棒上岸來。張順見了宋江，喜從天降，便拜道：「自從哥哥吃官司，兄弟坐立不安，又無路可救！近日又聽得拿了戴院長，李大哥又不見面，我只得去尋了我哥哥，引到穆太公莊上，叫了許多相識；今日我們正要殺入江州，要劫牢救哥哥，不想仁兄已有好漢們救出，來到這裡。不敢拜問這夥豪傑，莫非是梁山泊義士晁天王麼？」宋江指著上首立的道：「這個便是晁蓋哥哥。你等眾位都來廟裡敘禮則個。」張順等九人，晁蓋等十七人，宋江、戴宗、李逵，共是二十九人，都入白龍廟聚會。這個喚做「白龍廟小聚會」。

當下二十九籌好漢各各講禮已罷，只見嘍囉慌慌忙忙入廟來報道：「江州城裡，鳴鑼擂鼓，整頓軍馬出城來追趕。遠遠望見旗旛蔽日，刀劍如麻，前面都是帶甲馬軍，後面盡是擎槍兵將；大刀闊斧殺奔白龍廟路上來！」李逵聽了，大叫一聲：「殺將去！」提了雙斧，便出廟門。晁蓋叫道：「一不做，二不休！眾好漢相助著晁某，直殺盡江州軍馬，方才回梁山泊去！」眾英雄齊聲應道：「願依尊命！」一百四五十人一齊吶喊，殺奔江州岸上來。有分教：血染波紅，屍如山積。直教：

跳浪蒼龍噴毒火，爬山猛虎吼天風。

畢竟晁蓋等眾好漢怎地脫身？且聽下回分解。

第四十一回 宋江智取無為軍 張順活捉黃文炳

話說江州城外白龍廟中，梁山泊好漢劫了法場，救得宋江、戴宗。正是晁蓋、花榮、黃信、呂方、郭盛、劉唐、燕順、杜遷、宋萬、朱貴、王矮虎、鄭天壽、石勇、阮小二、阮小五、阮小七、白勝，共計一十七人，領帶著八九十個悍勇壯健小嘍囉。潯陽江上來接應的好漢，張順、張橫、李俊、李立、穆弘、穆春、童威、薛永，九籌好漢，也帶四十餘人，都是江面上做私商的伙家，撐駕三隻大船，前來接應；城裡黑旋風李逵引眾人殺至潯陽江邊：兩路救應。通共有一百四五十人，都在白龍廟裡聚義。只聽得小嘍囉報道：「江州城裡軍兵擂鼓，搖旗鳴鑼，發喊追趕到來。」那黑旋風李逵聽得，大吼了一聲，提兩把板斧，先出廟門。眾好漢吶聲喊，都挺手中軍器，齊出廟來迎敵。劉唐、朱貴先把宋江、戴宗護送上船。李俊同張順、三阮整頓船隻。就江邊看時，見城裡出來的官軍，約有五七千馬軍。當先都是頂盔衣甲，全副弓箭，手裡都使長槍，背後步軍簇擁，搖旗吶喊，殺奔前來。這裡李逵當先掄著板斧，赤條條地飛奔砍將入去；背後便是花榮、黃信、呂方、郭盛四將擁護。花榮見前面的軍馬都扎住了槍，只怕李逵著傷，偷手取弓箭出來，搭上箭，拽滿弓，望著為頭領的一個馬軍，颼地一箭，只見翻筋斗射下馬去。那一夥馬軍吃了一驚，各自奔命，撥轉馬頭便走，倒把步軍先衝倒一半。這裡眾多好漢們一齊衝突將去，殺得那官軍屍橫野爛，血染江紅，直殺到江州城下。城上策應官軍早把擂木、炮石打將下來。官軍慌忙入城，關上城門，好幾日不敢出來。眾多好漢拖轉黑旋風，回到白龍廟前下船。晁蓋整點眾人完備，都叫分頭下船，開江便走。

卻值順風，拽起風帆，三隻大船載了許多人馬頭領，卻投穆太公莊上來。一帆順風，早到岸邊埠頭。一行眾人都上岸來。穆弘邀請眾好漢到莊內堂上，穆太公出來迎接。宋江等眾人都相見了。太公道：「眾頭領連夜勞神，且請客房中安歇，將息實體。」各人且去房裡暫歇將養，整理衣服器械。當日穆弘叫莊客宰了一頭黃牛，殺了十數個豬羊，雞鵝魚鴨，珍饈異饌，排下筵席，款待眾頭領。飲酒中間，說起許多情節。晁蓋道：「若非是二哥眾位把船相救，我等皆被陷於縲絏！」穆太公道：「你等如何卻打從那條路上來？」李逵道：「我自只揀人多處殺將去。他們自跟我來。我又不曾叫他。」眾人聽了，都大笑。宋江起身與眾人道：「小人宋江，若無眾好漢相救時，和戴院長皆死於非命。今日之恩，深於滄海，如何報答得眾位？只恨黃文炳那廝，搜根剔齒，幾番唆毒要害我們，這冤仇如何不報！怎地啓請眾位好漢，再作個天大人情，去打了無為軍，殺得黃文炳那廝，也與宋江消了這口無窮之恨，那時回去，如何？」晁蓋道：「我們眾人偷營劫寨，只可使一遍，如何再行得？似此奸賊已有提備，不若且回山寨去，聚起大隊人馬，一發和學究、公孫二先生並林沖、秦明都來報仇，也未為晚。」宋江道：「若是回山去了，再不能夠得來：一者山遙路遠；二乃江州必然申開明文，各處謹守，不要癡想。只是趁這個機會便好下手，不要等他做了準備。」花榮道：「哥哥見得是。雖然如此，只是無人識得路徑，不知他地理如何。可先得個人，去那裡城中探聽虛實，也要看無為軍出沒的路徑去處，就要認黃文炳那賊的住處了，然後方好下手。」薛永便起身說道：「小弟多在江湖上行，此處無為軍最熟。我去探聽一遭，如何？」宋江道：「若得賢弟去走一遭，最好。」薛永當日別了眾人，自去了。

只說宋江自和眾頭領在穆弘莊上，商議要打無為軍一事，整頓軍器槍刀，安排弓弩箭矢，打點大小船隻等項，提備已了。只見薛永去了兩日，帶將一個人回到莊上來拜見宋江。宋江便問道：「兄弟，這位壯士是誰？」薛永答道：「這人姓侯，名健，祖居洪都人氏；做得第一手裁縫，端的是飛針走線；更兼慣習槍棒，曾拜薛永為師。人見他黑瘦輕捷，因此喚他做『通臂猿』。現在這無為軍城裡黃文炳家做生活。小弟因見了，就請在此。」宋江大喜，便教同坐商議。那人也是一座地煞星之數，自然義氣相投。

宋江便問江州消息，無為軍路徑如何。薛永說道：「如今蔡九知府計點官軍百姓，被殺死有五百餘人，帶傷中箭者，不計其數，見今差人星夜申奏朝廷去了。城門日中後便關，出入的好生盤問得緊。原來哥哥被害一事，倒不干蔡九知府事，都是黃文炳那廝，三回五次點撥知府，教害二位。如今見劫了法場，城中甚慌，曉夜提備。小弟又去無為軍打聽，正撞見這個兄弟出來行食；因是得知備細。」宋江道：「侯兄何以知之？」侯健道：「小人自幼只愛習學槍棒，多得薛師父指教，因此不敢忘恩。近日黃通判特取小人來他家做衣服。因出來遇見師父，提起仁兄大名，說起此一節事來。小人要結識仁兄，特來報知備細。這黃文炳有個嫡親哥哥，喚做黃文燁，與這文炳是一母所生二子。這黃文燁平生只是行善事，修橋補路，塑佛齋僧，扶危濟困，救拔貧苦，那無為軍城中都叫他做『黃面佛』。這黃文炳雖是罷閒通判，心裡只要害人，慣行歹事，無為軍都叫他做『黃蜂刺』。他兄弟兩個分開做兩院住，只在一條巷內出入。靠著北門裡便是他家。黃文炳貼著城住，黃文燁近著大街。小人在那裡做生活，卻聽得黃通判回家來說：『這件事，蔡知府已被瞞過了，卻是我點撥他，教知府先斬了，然後奏去。』黃文燁聽得說時，只在背後罵，說道：『又做這等短命促掐的事！於你無干，何故定要害他？倘或有天理之時，報應只在目前，卻不是反招其禍？』這兩日聽得劫了法場，好生吃驚。昨夜去江州探望蔡九知府，與他計較，尚兀自未回來。」宋江道：「黃文炳家多少人口？有幾個房頭？」侯健道：「男子婦人通有四五十口。」

宋江道：「天教我報仇，特使這個人來！雖是如此，全靠眾兄弟維持。」眾人齊聲應道：「當以死向前！正要驅除這等贓濫奸惡之人，與哥哥報仇雪恨！」宋江又道：「只恨黃文炳那賊一個，卻與無為軍百姓無干。他兄既然仁德，亦不可害他，休教天下人罵我等不仁。眾弟兄去時，不可分毫侵害百姓。今去那裡，我有一計，只望眾人扶助。」眾頭領齊聲道：「專聽哥哥指教。」宋江道：「有煩穆太公對付八九十個叉袋，又要百十束蘆柴，用著五隻大船，兩隻小船；央及張順、李俊駕兩隻小船；五隻大船上用著張橫、三阮、童威，和識水的人護船，此計方可。」穆弘道：「此間蘆葦、油柴、布袋都有，我莊上的人都會使水駕船。便請哥哥行事。」宋江道：「卻用侯家兄弟引著薛永並白勝先去，無為軍城中藏了；來日三更二點為期，只聽門外放起帶鈴鵓鴿，便教白勝上城策應，先插一條白絹號帶，近黃文炳家，便是上城去處。」再又教石勇、杜遷扮做丐者，去城門邊左近埋伏，只看火為號，便要下手殺把門軍士。李俊、張順只在江面上往來巡綽，等候策應。宋江分撥已定。薛永、白勝、侯健先自去了。隨後再是石勇、杜遷扮做丐者。身邊各藏了短刀暗器，也去了。

這裡自一面扛抬沙土布袋和蘆葦油柴上船裝載。眾好漢至期，各各拴束了，身上都準備了器械；船艙裡埋伏軍漢。眾頭領分撥下船：晁蓋、宋江、花榮在童威船上；燕順、王矮虎、鄭天壽在張橫船上；戴宗、劉唐、黃信在阮小二船上；呂方、郭盛、李立在阮小五船上；穆弘、穆春、李逵在阮小七船上。只留下朱貴、宋萬在穆太公莊上，看理江州城裡消息；先使童猛棹一隻打漁快船，前去探路。小嘍囉並軍健都伏在艙裡。伙家莊客、水手撐駕船隻，當夜密地望無為軍來。此時正是七月盡天氣，夜涼風靜，月白江清；水影山光，上下一碧。昔日參寥子有首詩，題這江景，道是：

洪濤滾滾煙波杳，月淡風清九江曉。
欲從舟子問如何，但覺廬山眼中小。

約莫初更前後，大小船隻都到無為江岸邊，揀那有蘆葦深處，一字兒纜定了船隻。只見那童猛回船來報道：「城裡並無些動靜。」宋江便叫手下眾人，把這沙土布袋和蘆葦乾柴都搬上岸，望城邊來。聽那更鼓時，正打二更。宋江叫小嘍囉各各扛了沙土布袋並蘆柴，就城邊堆垛了。眾好漢各挺手中軍器，只留張橫、三阮、兩童，守船接應；其餘頭領都奔城邊來。望城上時，約離北門有半里之路，宋江便叫放起帶鈴鵓鴿。只見城上一條竹竿，縛著白號帶，風飄起來。宋江見了，便叫軍士就這城邊堆起沙土布袋，吩咐軍漢一面挑擔蘆葦油柴上城。只見白勝已在那裡接應等候，把手指與眾漢道：「只那條巷便是黃文炳住處。」宋江問白勝道：「薛永、侯健在那裡？」白勝道：「他兩個潛入黃文炳家裡去了，只等哥哥到來。」宋江又問道：「你曾見石勇、杜遷麼？」白勝道：「他兩個在城門邊左近伺候。」宋江聽罷，引了眾好漢下城來，逕到黃文炳門前，只見侯健閃在房簷下。宋江喚來，附耳低言道：「你去將菜園門開了，放他軍士，把蘆葦油柴堆放裡面；可教薛永尋把火來點著，卻去敲黃文炳門道：『間壁大官人家失火！有箱籠什物搬來寄頓！』敲得門開，我自有擺布。」宋江教眾好漢，分幾個把住兩頭。侯健先去開了菜園門，軍漢把蘆柴搬來，堆在裡面。侯健就討了火種遞與薛永，將來點著。侯健便閃出來，卻去敲門，叫道：「間壁大官人家失火，有箱籠搬來寄頓，快開門則個！」裡面聽得，便起來看時，望見隔壁火起，連忙開門出來。

晁蓋、宋江等吶聲喊，殺將入去。眾好漢亦各動手，見一個殺一個，見兩個殺一雙；把黃文炳一門內外大小四五十口盡皆殺了，不留一人。只不見了文炳一個。眾好漢把他從前酷害良民，積攢下許多家私金銀收拾俱盡，大哨一聲，眾多好漢都扛了箱籠家財，卻奔城上來。且說石勇、杜遷見火起，各掣出尖刀，便殺把門的軍人，卻見前街鄰舍，拿了水桶梯子，都奔來救火。石勇、杜遷大喝道：「你那百姓休得向前！我們是梁山泊好漢數千在此，來殺黃文炳一門良賊，與宋江、戴宗報仇！不干你百姓事！你們快回家躲避了，休得出來管閒事！」眾鄰舍有不信的，立住了腳看。只見黑旋風李逵掄起兩把板斧，著地捲將來，眾鄰舍方才吶聲喊，抬了梯子、水桶，一哄都走了。這邊後巷也有幾個守門軍漢，帶了些人，拕麻搭火鉤，都奔來救火。早被花榮張起弓，當頭一箭，射翻了一個，李逵大喝道：「要死的便來救火！」那夥軍漢一齊都退去了。只見薛永拿著火把，便就黃文炳家裡前後點著，亂亂雜雜火起。看那火時，但見：

黑雲匝地，紅焰飛天。焠律律走萬道金蛇，焰騰騰散千團火塊。狂風相助，雕梁畫棟片時休。炎焰漲空，大廈高堂彈指沒。這不是火，卻是：文炳心頭惡，觸惱丙丁神。害人施毒焰，惹火自燒身。

當時石勇、杜遷已殺倒把門軍士，李逵砍斷鐵鎖，大開城門。一半人從城上出去，一半人從城門下出去。只見三阮、張、童都來接應，合做一處，扛抬財物上船。無為軍已知江州被梁山泊好漢劫了法場，殺死無數的人，如何敢出來追趕，只得迴避了。這宋江一行眾好漢，只恨拿不著黃文炳，都上了船，搖開了，自投穆弘莊上來，不在話下。

卻說江州城裡望見無為軍火起，蒸天價紅，滿城中講動；只得報知本府。這黃文炳正在府裡議事，聽得報說了，慌忙來稟知府道：「敝鄉失火，急欲回家看覷！」蔡九知府聽得，忙叫開城門，差一隻官船相送。黃文炳謝了知府，隨即出來，帶了從人，慌速下船，搖開江面，望無為軍來。看見火勢猛烈，映得江面上都紅，梢公說道：「這火只是北門裡火。」黃文炳見說了，心裡越慌。看看搖到江心裡，只見一隻小船從江面上搖過去了。少時，又是一隻小船搖將過來，卻不逕過，望著官船直撞將來。從人喝道：「甚麼船？敢如此直撞來！」只見那小船上一條大漢跳起來，手裡拿著撓鉤，口裡應道：「去江州報失火的船！」黃文炳便鑽出來，問道：「那裡失火？」那大漢道：「北門黃通判家被梁山泊好漢殺了一家人口，劫了家私，如今正燒著哩！」黃文炳失口叫聲苦，不知高低。那漢聽了，一撓鉤搭住了船，便跳過來。黃文炳是個乖覺的人，早瞧了八分，便奔船梢後走，望江裡踴身便跳。只見當面前又一隻船，水底下早鑽過一個人，把黃文炳劈腰抱住，攔頭揪起，扯上船來。

船上那個大漢早來接應，便把麻索綁上。水底下活捉了黃文炳的，便是「浪裡白條」張順，船上把撓鉤的，便是「混江龍」李俊。兩個好漢立在船上，那搖官船的梢公只顧下拜。李俊說道：「我不殺你們，只要捉黃文炳這廝！你們自回去，說與蔡九知府那賊驢知道：俺梁山泊好漢們權寄他那顆驢頭，早晚便要來取！」梢公戰抖抖的道：「小人去說！」李俊、張順拿了黃文炳過自己的小船上，放那官船去了。兩個好漢棹了兩隻快船，逕奔穆弘莊上。早搖到岸邊。望見一行頭領都在岸上等候，搬運箱籠上岸。見說拿得黃文炳，宋江不勝之喜。眾好漢一齊心中大喜，說：「正要此人見面！」李俊、張順早把黃文炳帶上岸。眾人看了，監押著，離了江岸，到穆太公莊上來。朱貴、宋萬接著眾人，入到莊裡草廳上坐下。

宋江把黃文炳剝了衣服，綁在柳樹上，請眾頭領團團坐定。宋江叫取一壺酒來與眾人把盞。上自晁蓋，下至白勝，共是三十位好漢，都把遍了。宋江大罵：「你這廝！我與你往日無冤，近日無仇，你如何只要害我，三回五次，教唆蔡九知府殺我兩個！你既讀聖賢之書，如何要做這等毒害的事！我又不與你有殺父之仇，你如何定要謀我！你哥哥黃文燁與你這廝一母所生，他怎恁般修善！久聞你那城中都稱他做黃面佛，我昨夜分毫不曾侵犯他。你這廝在鄉中只是害人，交結權勢，浸潤官長，欺壓良善，我知道無為軍民眾都叫你『黃蜂刺』！我今日且替你拔了這個『刺』！」黃文炳告道：「小人已知過失，只求早死！」晁蓋喝道：「你那賊驢！怕你不死！你這廝早知今日，悔不當初！」宋江便問道：「那個兄弟替我下手？」只見黑旋風李逵跳起身來，說道：「我與哥哥動手割這廝！我看他肥胖了，倒好燒吃！」晁蓋道：「說得是。教取把尖刀來，就討盆炭火來，細細地割這廝，燒來下酒，與我賢弟消這怨氣！」李逵拿起尖刀，看著黃文炳，笑道：「你這廝，在蔡九知府後堂且會說黃道黑，撥置害人，無中生有攛掇他！今日你要快死，老爺卻要你慢死！」便把尖刀先從腿上割起。揀好的就當面炭火上炙來下酒。割一塊，炙一塊。無片時，割了黃文炳，李逵方把刀割開胸膛，取出心肝，把來與眾好漢看醒酒湯。眾多好漢看割了黃文炳，都來草堂上與宋江賀喜。有詩為證：

文炳趨炎巧計乖，卻將忠義苦擠排。
奸謀未遂身先死，難免刳心炙肉災。

只見宋江先跪在地上。眾頭領慌忙都跪下，齊道：「哥哥有甚事，但說不妨。兄弟們敢不聽？」宋江便道：「小可不才，自小學吏，初世為人，便要結識天下好漢。奈緣力薄才疏，不能接待，以遂平生之願。自從刺配江州，多感晁頭領並眾豪傑苦苦相留，宋江因守父親嚴訓，不曾肯住。正是天賜機會！於路直至潯陽江上，又遭際許多豪傑。不想小可不才，一時間酒後狂言，險累了戴院長性命。感謝眾位豪傑不避凶險，來虎穴龍潭，力救殘生；又蒙協助報了冤仇。如此犯下大罪，鬧了兩座州城，必然申奏去了。今日不由宋江不上梁山泊，投托哥哥去。未知眾位意下若何？如是相從者，只今收拾便行；如不願去的，一聽尊命。只恐事發，反遭負累。煩可尋思。」說言未絕，李逵先跳起來，便叫道：「都去！都去！但有不去的，吃我一鳥斧，砍做兩截便罷！」宋江道：「你這般粗魯說話！全在各弟兄們心肯意肯，方可同去。」眾人議論道：「如今殺死了許多官軍人馬，鬧了兩處州郡，他如何不申奏朝廷？必然起軍馬來擒獲。今若不隨哥哥去，同死同生，卻投那裡去？」宋江大喜，謝了眾人。

當日先叫朱貴和宋萬先回山寨裡去報知，次後分作五起進程：頭一起便是晁蓋、宋江、花榮、戴宗、李逵；第二起便是劉唐、杜遷、石勇、薛永、侯健；第三起便是李俊、李立、呂方、郭盛、童威，童猛；第四起便是黃信、張順、張橫、阮家三兄弟；第五起便是穆弘、穆春、燕順、王矮虎、鄭天壽、白勝。五起二十八個頭領，帶了一干人等，將這所得黃文炳家財，各各分開，裝載上車子。穆弘帶了穆太公並家小人等，將應有家財金寶，裝載車上。莊客數內有不願去的，都發齎他些銀兩，自投別主去傭工，有願去的，一同便往。前四起陸續去了，已自行動。穆弘收拾莊內已了，放起十數個火把，燒了莊院，撇下了田地，自投梁山泊來。

且不說五起人馬登程。節次進發，只隔二十里而行。先說第一起，晁蓋、宋江、花榮、戴宗、李逵等五騎馬，帶著車仗人伴，在路行了三日，前面來到一個去處，地名喚做黃門山。宋江在馬上與晁蓋道：「這座山生得形勢怪惡，莫不有大夥在內？可著人催趲後面人馬上來，一同過去。」說猶未了，只見前面山嘴上鑼鳴鼓響。宋江道：「我說麼！且不要走動，等後面人馬到來，好和他廝殺。」花榮便拈弓搭箭在手，晁蓋、戴宗，各執朴刀，李逵拿著雙斧擁護著宋江，一齊趲馬向前，只見山坡邊閃出三五百個小嘍囉，當先簇擁出四籌好漢，各挺軍器在手，高聲喝道：「你等大鬧了江州，劫掠了無為軍，殺害了許多官軍百姓，待回梁山泊去？我四個等候你多時！會事的只留下宋江，都饒了你們性命！」宋江聽得，便挺身出去，跪在地下，說道：「小可宋江被人陷害，冤屈無伸，今得四方豪傑，救了性命。小可不知在何處觸犯了四位英雄，萬望高抬貴手，饒恕殘生！」那四籌好漢見了宋江跪在前面，都慌忙滾鞍下馬，撇下軍器，飛奔前來，拜倒在地下，說道：「俺弟兄四個，只聞山東及時雨宋公明大名，想殺也不夠個見面！俺聽知哥哥在江州為事官司，我弟兄商議定了，正要來劫牢，只是不得個實信。前日使小嘍囉直到江州來打聽，回來說道：『已有多少好漢鬧了江州，劫了法場，救出往揭陽鎮去了。後又燒了無為軍，劫掠黃通判家。』料想哥哥必從這裡來，節次使人路中來探望。猶恐未真，故反作此一番詰問。衝撞哥哥，萬勿見罪。今日幸見仁兄！小寨裡略備薄酒粗食，權當接風；請眾好漢同到敝寨盤桓片時。」

宋江大喜，扶起四位好漢，逐一請問大名。為頭的那人姓歐名鵬，祖貫是黃州人氏；守把大江軍戶，因惡了本官，逃走在江湖上綠林中，熬出這個名字，喚做「摩雲金翅」，第二個好漢姓蔣名敬，祖貫是湖南潭州人氏；原是落科舉子出身，科舉不第，棄文就武，頗有謀略，精通書算，積萬累千，纖毫不差；亦能刺槍使棒，布陣排兵；因此人都喚他做「神算子」。第三個好漢姓馬名麟，祖貫是金陵建康人氏；原是小番子閒漢出身；吹得雙鐵笛，使得好大滾刀，百十人近他不得；因此人都喚做「鐵笛仙」。第四個好漢姓陶名宗旺，祖貫是光州人氏；莊家田戶出身；能使一把鐵鍬；有的是氣力；亦能使槍輪刀；因此人都喚做是「九尾龜」。怎見得四個好漢英雄，有西江月為證：

力壯身強無賽，行時捷似飛騰，摩雲金翅是歐鵬，首位黃山排定。幼恨毛錐失利，長從韜略搜精，如神算法善行兵，文武全才蔣敬。鐵笛一聲山裂，銅刀兩口神驚，馬麟形貌更猙獰，廝殺場中超乘。宗旺力如猛虎，鐵鍬到處無情，神龜九尾喻多能，都是英雄頭領。

這四籌好漢接住宋江，小嘍囉早捧過果盒，一大壺酒，兩大盤肉，托來把盞。先遞晁蓋、宋江，次遞花榮、戴宗、李逵。與眾人都相見了，一面遞酒。沒兩個時辰，第二起頭領又到了，一個個盡都相見。把盞已遍，邀請眾位上山。兩起十位頭領，先來到黃門山寨內。那四籌好漢便叫椎牛宰馬款待；卻教小嘍囉陸續下山，接請後面那三起十八位頭領上山來筵宴。未及半日，三起好漢已都來到了，盡在聚義廳上筵席相會。宋江飲酒中間，在席上閒話道：「今次宋江投奔了哥哥晁天王上，梁山泊去一同聚義。未知四位好漢肯棄了此處，同往梁山泊大寨相聚否？」四個好漢齊答道：「若蒙二位義士不棄貧賤，情願執鞭隨鐙。」宋江、晁蓋，大喜，便說道：「既是四位肯從大義，便請收拾起程。」眾多頭領俱各歡喜，在山寨住了一日，過了一夜。次日，宋江、晁蓋仍舊做頭一起，下山進發先去。次後依例而行，只隔著二十里遠近。四籌好漢收拾起財帛金銀等項，帶領了小嘍囉三五人，便燒毀了寨柵，隨作第六起登程。宋江又合得這四個好漢，心中甚喜；於路在馬上對晁蓋說道：「小弟來江湖上走了這幾遭，雖是受了些驚恐，卻也結識得許多好漢。今日同哥哥上山去，這回只得死心塌地，與哥哥同死同生。」一路上說著閒話，不覺早來到朱貴酒店裡了。

且說四個守山寨的頭領吳用、公孫勝、林沖、秦明和兩個新來的蕭讓、金大堅已得朱貴、宋萬先回報知，每日差小頭目棹船出來酒店裡迎接。一起人都到金沙灘上岸。擂鼓吹笛，眾好漢們都乘馬轎，迎上寨來。到得關下，軍師吳學究等六人把了接風酒，都到聚義廳上，焚起一爐好香。晁蓋便請宋江為山寨之主，坐第一把交椅。宋江那裡肯，便道：「哥哥差矣。感蒙眾位不避刀斧，救拔宋江性命。哥哥原是山寨之主，如何卻讓不才？若要堅執，如此相讓，宋江情願就死。」晁蓋道：「賢弟，如何這般說？當初若不是賢弟擔那血海般干係，救得我等七人性命上山，如何有今日之眾？你正該山寨之恩主；你不坐，誰坐？」宋江道：「仁兄，論年齒，兄長也大十歲。宋江若坐了，豈不自羞？」再三推晁蓋坐了第一位。宋江坐了第二位。吳學究坐了第三位。公孫勝坐了第四位。宋江道：「休分功勞高下；梁山泊一行舊頭領去左邊主位上坐，新到頭領去右邊客位上坐。待日後出力多寡，那時另行定奪。」眾人齊道：「此言極當。」左邊一帶：林沖、劉唐、阮小二、阮小五、阮小七、杜遷、宋萬、朱貴、白勝；右邊一帶：（論年甲次序，互相推讓。）花榮、秦明、黃信、戴宗、李逵、李俊、穆弘、張橫、張順、燕順、呂方、郭盛、蕭讓、王矮虎、薛永、金大堅、穆春、李立、歐鵬、蔣敬、童威、童猛、馬麟、石勇、侯健、鄭天壽、陶宗旺——共是四十位頭領坐下。大吹大擂，且慶喜筵席。

宋江說起江州蔡九知府揑造謠言一事，說與眾頭領：「叵耐黃文炳那廝，事又不干他自己，卻在知府面前將那京師童謠解說道：『耗國因家木，』耗散國家錢糧的人必是家頭著個『木』字，不是個『宋』字？『刀兵點水工，』興動刀兵之人必是三點水著個『工』字，不是個『江』字？這個正應宋江身上。那後兩句道：『縱橫三十六，播亂在山東』。合主宋江造反在山東。以此拿了小可。不期戴院長又傳了假書。以此黃文炳那廝攛掇知府，只要先斬後奏。若非眾好漢救了，焉得到此！」李逵跳將起來道：「好，哥哥正應著天上的言語！雖然吃了他些苦，黃文炳那賊也吃我割得快活！放著我們許多軍馬，便造反怕怎地！晁蓋哥哥便做大皇帝；宋江哥哥便做小皇帝；吳先生做個丞相；公孫道士便做個國師；我們都做將軍。殺去東京，奪了鳥位，在那裡快活，卻不好？不強似這個鳥水泊裡！」

戴宗連忙喝道：「鐵牛！你這廝胡說！你今日既到這裡，不可使你那在江州性兒，須要聽兩位頭領哥哥的言語、號令！亦不許你胡言亂語，多嘴多舌！再如此多言插口，先割了你這顆頭來為今，以警後人！」李逵道：「哎也！若割了我這顆頭，幾時再長得一個出來！我只吃酒便了！」眾多好漢都笑。宋江又提起拒敵官軍一事，說道：「那時小可初聞這個消息，好不驚恐；不期今日輪到宋江身上。」吳用道：「兄長當初若依了兄弟之言，只住山上快活，不到江州，不省了多少事？這都是天數註定如此！」宋江道：「黃安那廝如今在那裡？」晁蓋道：「那廝住不夠兩三個月，便病死了。」宋江嗟嘆不已。當日飲酒，各各盡歡。晁蓋先叫安頓穆太公一家老小；叫取過黃文炳的家財賞勞了眾多出力的小嘍囉；取出原將來的信籠，交還戴院長收用。戴宗那裡肯要，定教收在庫內公支使用。晁蓋叫眾多小嘍囉，參拜了新頭領李俊等，都參見了。連日山寨裡殺牛宰馬，作慶賀筵席，不在話下。

再說晁蓋教山前山後，各撥定房屋居住。山寨裡再起造房舍，修理城垣。至第三日酒席上，宋江起身對眾頭領說道：「宋江還有一件大事，正要稟眾弟兄。小可今欲下山走一遭，乞假數日，未知眾位肯否？」晁蓋便問道：「賢弟，今卻要往何處？幹甚麼大事？」宋江不慌不忙，說出這個去處。有分教：槍刀林裡，再逃一遍殘生；山嶺邊旁，傳授千年勳業。正是：

只因玄女書三卷，留得清風史數篇。

畢竟宋公明要往何處去走一遭？且聽下回分解。

第四十二回　還道村受三卷天書　宋公明遇九天玄女

話說當下宋江在筵上對眾好漢道：「小可宋江，自蒙救護上山，到此連日飲宴，甚是快樂。不知老父在家正是何如。即日江州申奏京師，必然行移濟州，著落鄆城縣追捉家屬，比捕正犯。恐老父存亡不保！宋江想念，欲往家中搬取老父上山，以絕掛念，不知眾弟兄還肯容否？」晁蓋道：「賢弟，這件是人倫中大事。不成我和你受用快樂，倒教家中老父吃苦？如何不依賢弟！只是眾兄弟們連日辛苦，寨中人馬未定，再停兩日，點起山寨人馬，一逕去取了來。」宋江道：「仁兄，再過幾日不妨，只恐江州行文到濟州，追捉家屬，以此事不宜遲。今也不須點多人去，只宋江潛地自去，和兄弟宋清搬取老父，連夜上山來，那時鄉中神不知，鬼不覺；若還多帶了人伴去，必然驚嚇鄉里，反招不便。」晁蓋道：「賢弟路中倘有疏失，無人可救。」宋江道：「若為父親，死而無怨。」當日苦留不住。宋江堅執要行，便取個氈笠戴了，提條短棒，腰帶利刀，便下山去。眾頭領送過金沙灘自回。

且說宋江過了渡，到朱貴酒店裡上岸，出大路投鄆城縣來；路上少不得飢餐渴飲，夜住曉行。一日，奔宋家村晚了，到不得，且投客店歇了。次日趲行，到宋家村時卻早，且在林子裡伏了，等待到晚，卻投莊上來敲後門。莊裡聽得，只見宋清出來開門；見了哥哥，吃那一驚，慌忙道：「哥哥，你回家來怎地？」宋江道：「我特來家取父親和你。」宋清道：「哥哥！你在江州做了的事，如今這裡都知道了。本縣差下這兩個趙都頭每日來勾取，管定了我們不得轉動。只等江州文書到來，便要捉我們父子二人下在牢裡監禁，聽候拿你，日裡夜間，一二百士兵巡綽。你不宜遲，快去梁山泊請下眾頭領來救父親並兄弟！」宋江聽了，驚得一身冷汗，不敢進門，轉身便走，奔梁山泊路上來。是夜月色朦朧，路不分明。宋江只顧揀僻靜小路去處走。

約莫也走了一個更次，只聽得背後有人發喊起來。宋江回頭聽時，只隔一二里路，看見一簇火把照亮，只聽得叫道：「宋江休走！」宋江一頭走，一面肚裡尋思：「不聽晁蓋之言，果有今日之禍！皇天可憐，垂救宋江則個！」遠遠望見一個去處，只顧走。少間風掃薄雲，現出那個明月，宋江方才認得仔細，叫聲苦，不知高低。看了那個去處，有名喚做還道村。原來團團都是高山峻嶺，山下一遭澗水，中間單單只一條路。人來這村左來右去走，只是這條路，更沒第二條路。宋江認得這個村口，欲待回身，卻被背後趕來的人，已把住了路口，火把照耀，如同白日。宋江只得奔入村裡來，尋路躲避；抹過一座林子，早看見一所古廟。但見：

牆垣頹損，殿宇傾斜。兩廊畫壁長蒼苔，滿地花磚生碧草。門前小鬼，折臂膊不顯猙獰；殿上判官，無幞頭不成禮數。供床上蜘蛛結網，香爐內螻蟻營窠。狐狸常睡紙爐中，蝙蝠不離神帳裡。

宋江雙手只得推開廟門，乘著月光，入進廟裡來。尋個躲避處；前殿後殿相了一回，安不得身，心裡發慌。只聽得外面有人道：「都管只走在這廟裡！」宋江聽時，是趙能聲音，急沒躲處；見這殿上一所神廚，宋江揭起帳幔，望裡面探身便鑽入神廚裡，安了短棒，做一堆兒伏在廚內，身體把不住簌簌地抖。只聽得外面拿著火把照將入來。宋江在神廚裡，一頭抖，一頭偷眼看時，趙能、趙得引著四五十人，拿把火把，各到處照。看看照上殿來。宋江抖道：「我今番走了死路，望神明庇佑則個！神明庇佑！神明庇佑！」一個個都走過了，沒人看著神廚裡。宋江抖定道：「皇可憐天！」只見趙得將火把來神廚裡一照，宋江抖得幾乎死去。趙得一隻手將朴刀捍挑起神帳，上下把火只一照，火煙沖將起來，沖下一片黑塵來，正落在趙得眼裡，瞇了眼；便將火把丟在地下，一腳踏滅了，走出殿門外來，對士兵們道：「這廝不在廟裡，別又無路，走向那裡去了？」眾士兵道：「多應這廝走入村中樹林裡去了。這裡不怕他走脫：這個村喚做還道村，只有這條路出入，裡面雖有高山林木，卻無路上得去。都頭只把住村口，他便會插飛上天去，也走不脫了！

待天明，村裡去細細搜捉！」趙能、趙得道：「也是。」引了士兵出殿去了。宋江道：「卻不是神明庇佑；若還得了性命，必當重修廟宇。再建祠堂。陰靈保佑則個。」

說猶未了，只聽得有幾個士兵在廟門前叫道：「都頭，在這裡了！」趙能、趙得和眾人又搶入來。宋江簌簌地又把不住抖。趙能到廟前問道：「在那裡？」士兵道：「都頭，你來看，廟門上兩個塵手跡！一定是推開廟門，閃在裡面去了！」趙能道：「說的是，再仔細搜一搜看！」這夥人再入廟裡來搜時。宋江這一番抖真是幾乎休了。那夥人去殿前殿後搜遍，只不曾翻過磚來。眾人又搜了一回，火把看看照上殿來，趙能道：「多是只在神廚裡。卻才兄弟看不仔細，我自照一照看。」一個士兵拿著火把，趙能便揭起帳幔，五七個人伸頭來看。不看萬事俱休，看一看，只見神廚裡捲起一陣惡風，將那火把都吹滅了，黑騰騰罩了廟宇，對面不見。趙能道：「卻又作怪。平地裡捲起這陣惡風來！想是神明在裡面，定嗔怪我們只管來照。因此起這陣惡風顯應。我們且去罷。只守住村口，待天明再來尋。」趙得道：「只是神廚裡不曾看得仔細，再把槍去搠一搠。」趙能道：「也是。」兩個待向前，只聽得殿前又捲起一陣怪風，吹得飛砂走石，滾將下來，搖得那殿宇岌岌地動，罩下一陣黑雲，布合了上下，冷氣侵入，毛髮豎起。趙能情知不好，叫了趙得道：「兄弟！快走！神明不樂！」眾人一哄都奔下殿來，望廟門外跑走。有幾個跌翻了的，也有閃肭了腿的，爬得起來，奔命走出廟門，只聽得廟裡有人叫：「饒恕我們！」趙能再入來看時，兩三個士兵跌倒在龍墀裡，被樹根鉤住了衣服，死了掙不脫，手裡丟了朴刀，扯著衣裳叫饒。宋江在神廚裡聽了，忍不住笑。趙能把士兵衣服解脫了，領出廟門去。有幾個在前面的士兵說道：「我說這神道最靈，你們只管在裡面纏障，引得小鬼發作起來！我們只在守住了村口等他。須不吃他飛了去！」趙能、趙得道：「說得是，只消村口四下裡守定。」眾人都望村口去了。

只說宋江在神廚裡，口稱慚愧，道：「雖不被這廝們拿了，怎能夠出村口去？」正在內尋思，百般無計，只聽得後面廊下有人出來。宋江又抖道：「又是苦也！早是不鑽出去！」只見兩個青衣童子，逕到廚邊，舉口道：「小童奉娘娘法旨，請星主說話。」宋江那裡敢做聲答應。外面童子又道：「娘娘有請，星主可行。」宋江也不敢答應。外面童子又道：「宋星主休得遲疑，娘娘久等。」宋江聽得鶯聲燕語，不是男子之音，便從神椅底下鑽將出來。看時，是兩個青衣女童侍立在床邊，宋江吃了一驚，卻是兩個泥神。只聽得外面又說道：「宋星主，娘娘有請。」宋江分開帳幔，鑽將出來，只見是兩個青衣螺髻三女童，齊齊躬身，各打個稽首。宋江看那女童時，但見：

朱顏綠髮，皓齒明眸。飄飄不染塵埃，耿耿天仙風韻。螺螄髻山峰堆擁，鳳頭鞋蓮瓣輕盈。領抹深青，一色織成銀縷；帶飛真紫，雙環結就金霞。依稀閬苑董雙成，仿佛蓬萊花鳥使。

宋江問道：「二位仙童自何而來？」青衣道：「奉娘娘法旨，有請星主赴宮。」宋江道：「仙道差矣。我自姓宋名江，不是甚麼星主。」青衣道：「如何差了！請星主便行，娘娘久等。」宋江道：「甚麼娘娘？亦不曾拜識，如何敢去！」青衣道：「星主到彼便知，不必詢問。」宋江道：「娘娘在何處？」青衣道：「只在後面宮中。」青衣前引便行。宋江隨後跟下殿來。轉過後殿側首一座子牆角門，青衣道：「宋星主，從此間進來。」宋江跟入角門來看時，星月滿天，香風拂拂，四下裡都是茂林修竹。宋江尋思道：「原來這廟後又有這個去處。早知如此，不來這裡躲避，不受那許多驚恐！」宋江行時，覺得香塢兩行，夾種著大松樹，都是合抱不交的；中間平坦一條龜背大街。宋江看了，暗暗尋思道：「我倒不想古廟後有這般好路徑！」跟著青衣行不過一里來路，聽得潺潺的澗水響；看前面時，一座青石橋，兩邊都是朱欄；岸上栽種奇花異草，蒼松茂竹，翠柳夭桃；橋下翻銀滾雪般的水。流從石洞裡去。過得橋基看時，兩行奇樹，中間一座大朱紅櫺星門。宋江入得櫺星門看時，抬頭見一所宮殿。但見：

金釘朱戶，碧瓦雕檐。飛龍盤柱戲明珠，雙鳳幃屏明曉日。紅泥牆壁，紛紛御柳間宮花；翠靄樓臺，淡淡祥光籠瑞影。窗橫龜背，香風冉冉透黃紗；簾捲蝦鬚，皓月團團懸紫綺。若非天上神仙府，定是人間帝主家。

宋江見了，尋思道：「我生居鄆城縣，不曾聽得說有這個去處！」心中驚恐，不敢動腳。青衣催促：「請星主行。」一引，引入門內，有個龍墀，兩廊下盡是朱紅亭柱，都掛著繡簾；正中一所大殿，殿上燈燭熒煌。青衣從龍墀內一步步引到月臺上，聽得殿上階前又有幾個青衣道：「娘娘有請星主進入。」宋江到大殿上，不覺肌膚戰慄，毛髮倒豎。下面都是龍鳳磚階。青衣入簾內奏道：「請至宋星主在階前。」宋江到簾前御階之下，躬身再拜，俯伏在地，口稱：「臣乃下濁庶民，不識聖上，伏望天慈，俯賜憐憫！」御內傳旨，教請宋星主坐。宋江那裡敢抬頭。教四個青衣扶上錦墩坐。宋江只得勉強坐下，殿上喝聲「捲簾」，數個青衣早把珠簾捲起，搭在金鉤上。娘娘問道：「星主別來無恙？」宋江起身再拜道：「臣乃庶民，不敢面覷聖容。」娘娘道：「星主，既然如此，不必多禮。」宋江恰才抬頭舒眼，看殿上金碧交輝，點著龍鳳燭；兩邊都是青衣女童，持笏捧圭，執旌擎扇侍從；正中七寶九龍床上，坐著那個娘娘，宋江看時，但見：

頭綰九龍飛鳳髻，身穿金縷絳綃衣。藍田玉帶曳長裙，白玉圭璋擎彩袖。臉如蓮萼，天然眉目映雲環；唇似櫻桃，自在規模端雪體。正大仙容描不就，威嚴形像畫難成。

那娘娘口中說道：「請星主到此。」命童子獻酒。兩下青衣女童執著蓮花寶瓶，捧酒過來，斟在杯內。一個為首的女童執玉杯遞酒，來勸宋江。宋江起身，不敢推辭，接過杯，朝娘娘跪飲了一杯。宋江覺得這酒馨香馥郁，如醍醐灌頂，甘露灑心。又是一個青衣，捧過一盤仙棗來勸宋江。宋江戰戰兢兢，怕失了體面，伸著指頭取了一枚，就而食之，懷核在手。青衣又斟過一杯酒來勸宋江，宋江又一飲而盡。娘娘法旨，教再勸一杯。青衣再斟一杯酒過來勸宋江，宋江又飲了。仙女托過仙棗，又食了兩枚。共飲過三杯仙酒，三枚仙棗，宋江便覺有些微醺。又怕酒後醉失體面。再拜道：「臣不勝酒量，望乞娘娘免賜。」殿上法旨道：「既是星主不能飲酒，可止。」教：「取那三卷『天書』賜與星主。」青衣去屏風背後，青盤中托出黃羅袱子，包著三卷天書，遞與宋江。宋江看時，可長五寸，闊三寸，不敢開看，再拜祇受，藏於袖中。娘娘法旨道：「宋星主，傳汝三卷天書，汝可替天行道：星主全忠仗義，為臣輔國安民；去邪歸正；勿忘勿洩。」宋江再拜，願受天言。娘娘法旨道：

　　遇宿重重喜，逢高不是兇。
　　外夷及內寇，幾處見奇功。

宋江聽畢，再拜謹受。娘娘法旨道：「玉帝因為星主魔心未斷，道行未完，暫罰下方，不久重登紫府，切不可分毫懈怠。若是他日罪下酆都，吾亦不能救汝。此三卷之書可以善觀熟視。只可與天機星同觀，其他皆不可見。功成之後，便可焚之，勿留於世。所囑之言，汝當記取。目今天凡相隔，難以久留，汝當速回。」便令童子急送星主回去，「他日瓊樓金闕，再當重會。」宋江便謝了娘娘，跟隨青衣女童，下得殿庭來。出得欞星門，送至石橋邊，青衣道：「恰才星主受驚，不是娘娘護佑，已被擒拿。天明時，自然脫離了此難。星主看石橋下，水裡二龍相戲！」宋江憑欄看時，果見二龍戲水。二青衣望下一推。宋江大叫一聲，撞在神廚內，覺來乃是南柯一夢。

　　宋江爬將起來看時，月影正午，料是三更時分。宋江把袖子裡摸時，手內棗核三個，袖裡帕子包著天書；將出來看時，果是三卷天書；又只覺口裡酒香。宋江想道：「這一夢真乃奇異，似夢非夢：若把做夢來，如何有這天書在袖子裡，口中又酒香，棗核在手裡，說與我的言語，都記得，不曾忘了一句？不把做夢來，我自分明在神廚裡，一跤攧將入來，有甚難見處？想是此間神聖最靈，顯化如何？只是不知是何神明？」揭起帳幔看時，九龍椅上坐著一位妙面娘娘，正和方才一般。宋江尋思道：「這娘娘呼我做星主，想我前生非等閒人也。這三卷天書必然有用。青衣女童道：『天明時，自然脫離此村之厄。』如今天色漸明，我出去。」便探手去廚裡摸了短棒，把衣服拂拭了，一步步走下殿來。從左廊下轉出廟前，仰面看時，舊牌額上刻著四個金字，道：「玄女之廟。」宋江以手加額稱謝道：「慚愧！原來是九天玄女娘娘傳授與我三卷天書，又救了我的性命！如若能夠再見天日之面，必當來此重修廟宇，再建殿庭。伏望聖慈俯垂護佑！」稱謝已畢，只得望著村口悄悄出來。

離廟未遠，只聽得前面遠遠地喊聲連天。宋江尋思道：「又不濟了！」立住了腳。「且未可去；我若到他面前，定吃他拿了，不如且在這裡路傍樹背後躲一躲。」卻閃得入樹背後去，只見數個士兵，急急走得喘做一堆，把刀拄著，一步步走將入來，口裡聲聲都只叫道：「神聖救命則個！」宋江在樹背後看了，尋思道：「又作怪！他們把著村口，等我出來拿我，又怎地搶入來？」再看時，趙能也搶入來，口裡叫道：「神聖！神聖救命！」宋江道：「那廝如何恁地慌？」見背後一條大漢追將入來。那個大漢，上半截不著半絲，露出鬼怪般肉，手裡拿著兩把夾鋼板斧，口裡喝道：「含鳥休走！」遠觀不審，近看分明；正是黑旋風李逵。宋江想道：「莫非是夢裡麼？」不敢走出去。

那趙能正走到廟前，被松樹根只一絆，一跤跌在地下。李逵趕上，就勢一腳踏住脊背，手起大斧，卻待要砍，背後又是兩籌好漢趕上來，把氈笠兒掀在脊梁上，各挺一條朴刀，上首的是歐鵬，下首的是陶宗旺。李逵見他兩個趕來，恐怕爭功，壞了義氣，就手把趙能一斧砍做兩半，連胸脯都砍開了，跳將起來，把士兵趕殺，四散走了。宋江兀自不敢便走出來。背後只見又趕上三籌好漢，也殺將來；前面赤髮鬼劉唐，第二石將軍石勇，第三催命判命官李立。這六籌好漢說道：「這廝們都殺散了，只尋不見哥哥，怎生是好？」石勇叫道：「兀那松樹背後一個人立在那裡！」宋江方敢挺身出來，說道：「感謝眾兄弟們又來救我性命！將何以報大恩！」六籌好漢見了宋江，大喜道：「哥哥有了！快去報與晁頭領得知！」石勇、李立分頭去了。宋江問劉唐道：「你們如何得知來這裡救我？」劉唐答道：「哥哥前下得山來，晁頭領與吳軍師放心不下，便叫戴院長隨即下來探聽哥哥下落。晁頭領又自已放心不下，再著我等眾人前來接應，只恐哥哥有些疏失。半路裡撞見戴宗，道：『兩個賊驢追趕捕捉哥哥。』晁頭領大怒，吩咐戴宗去山寨，只教留下吳軍師、公孫勝、阮家三兄弟、呂方、郭盛、朱貴、白勝，看守寨柵，其餘兄弟都教來此間尋覓哥哥。聽得人說道：『趕宋江入還道村口了！』村口守把的這廝們盡數殺了，不留一個，只有這幾個奔進村裡來。隨即李大哥追來，我等都趕入來。不想哥哥在這裡！」

說猶未了，石勇引將晁蓋、花榮、秦明、黃信、薛永、蔣敬、馬麟到來；李立引將李俊、穆弘、張橫、張順，穆春、侯健、蕭讓、金大堅。一行眾多好漢都相見了。宋江作謝眾位頭領。晁蓋道：「我叫賢弟不須親自下山，不聽愚兄之言，險些兒又做出事來。」宋江道：「小可兄弟只為父親這一事懸腸掛肚，坐臥不安，不由宋江不來取。」晁蓋道：「好教賢弟歡喜：令尊並令弟家眷，我先叫戴宗引杜遷、宋萬、王矮虎、鄭天壽、童威、童猛送去，已到山寨中了。」宋江聽得大喜，拜謝晁蓋道：「得仁兄如此施恩，宋江死亦無怨！」晁蓋、宋江俱各歡喜，與眾頭領各各上馬，離了還道村口，宋江在馬上以手加額，望空頂禮，稱謝神明庇佑之力，容日專當拜還心願。有古風一篇，單道宋江忠義得天之助：

昏朝氣運將顚覆，四海英雄起微族。
流光垂象在山東，天罡上應三十六。
瑞氣盤旋繞鄆城，此鄉生降宋公明。
幼年涉獵諸經史，長來為吏惜人情。
仁義禮智信皆備，兼受九天玄女經。
豪傑交遊滿天下，逢凶化吉天生成。

他年直上梁山泊，替天行道動天兵。

一行人馬逕回梁山泊來。吳學究領了守山頭領，直到金沙灘，都來迎接。同到得大寨聚義廳上，眾好漢都相見了。宋江急問道：「老父何在？」晁蓋便叫請宋太公出來。不多時，鐵扇子宋清，策著一乘山轎，抬著宋太公到來。眾人扶策下轎，上廳來。宋江見了，喜從天降，笑逐顏開，再拜道：「老父驚恐。宋江做了不孝之子，負累了父親吃驚受怕！」宋太公道：「叵耐趙能那兄弟兩個，每日撥人來守定了我們，只待江州公文到來，便要捉取我父子二人解送官司。聽得你在莊後敲門，此時已有八九個士兵在前面草廳上；續後不見了，不知怎地，趕出去了。到三更時候，又有二百餘人把莊門開了，將我搭扶上轎抬了，教你兄弟四郎收拾了箱籠，放火燒了莊院。那時不由我問個緣由，逕來到這裡。」宋江道：「今日父子團圓相見，皆賴眾兄弟之力也！」叫兄弟宋清拜謝了眾頭領。晁蓋眾人都來參拜宋太公已畢；一面殺牛宰馬，且做慶喜筵席，作賀宋公明父子團圓。當日盡歡方散。次日又排筵席賀喜。大小頭領盡皆歡喜。第三日，晁蓋又梯已備個筵席，慶賀宋江父子完聚。忽然感動公孫勝一個念頭：思憶老母在薊州，離家日久了，未知如何。眾人飲酒之時，只見公孫勝起身對眾頭領說道：「感蒙眾位豪傑相待貧道許多時，恩同骨肉；只是貧道自從跟著晁頭領到山，逐日宴樂，一向不曾還鄉看視老母；亦恐我真人本師懸望。欲待回鄉省視一遭。暫別眾頭領三五個月，再回來相見，以滿貧道之願，免致老母掛念懸望。」晁蓋道：「向日已聞先生所言：令堂在北方無人侍奉。今既如此說時，難以阻擋；只是不忍分別。雖然要行，且待來日相送。」公孫勝謝了。當日盡醉方散，各自歸房安歇。次日早，就關下排了筵席，與公孫勝餞行。

且說公孫勝依舊做雲遊道人打扮了，腰裹腰包肚包，背上雌雄寶劍，肩膊上掛著棕笠，手中拿把鱉殼扇，便下山來。眾頭領接住，就關下筵席，各各把盞送別。餞行已遍，晁蓋道：「一清先生，此去難留，不可失信。本是不容先生去，只是老尊堂在上，不敢阻擋。百日之外，專望鶴駕降臨，切不可爽約。」公孫勝道：「重蒙列位頭領看待許久，貧道豈敢失信；回家參過本師真人，安頓了老母，便回山寨。」宋江道：「先生何不將帶幾個人去，一發就搬取老尊堂上山？早晚也得侍奉。」公孫勝道：「老母平生只愛清幽，吃不得驚，因此不敢取來。家中自有田產山莊，老母自能料理。貧道只去省視一遭便來。再得聚義。」宋江道：「既然如此，專聽尊命。只望早早降臨為幸。」晁蓋取出一盤黃白之資相送。公孫勝道：「不消許多，但夠盤纏足矣。」晁蓋定教收了一半。打拴在腰包裡，打個稽首，別了眾人，過金沙灘便行，望薊州去了。

眾頭領席散，卻待山上，只見黑旋風李逵就關下放聲大哭起來。宋江連忙問道：「兄弟，你如何煩惱？」李逵哭道：「干鳥氣麼！這個也去取爺，那個也望娘，偏鐵牛是土掘坑裡鑽出來的！」晁蓋便問道：「你如今待要怎地？」李逵道：「我只有一個老娘在家裡。我的哥哥又在別人家做長工，如何養我娘快樂？我要去取他來，這裡快樂幾時也好。」晁蓋道：「兄弟說得是；我差幾個人，同你去取了上山來，也是十分好事。」宋江便道：「使不得！李家兄弟生性不好，回鄉去必然有失。若是教人和他去，亦是不好。況他性如烈火，到路上必有衝撞。他又在江州殺了許多人，那個不認得他是黑旋風？這幾時，官司如何不行移文書到那裡了。必然原籍追捕。你又形貌兇惡，倘有疏失，路程遙遠，恐難得知。你且過幾時，打聽得平靜了，去取未遲。」李逵焦躁叫道：「哥哥！你也是個不平心的人！你的爺便要取上山來快活，我的娘由他在村裡受苦，兀的不是氣破了鐵牛肚子！」宋江道：「兄弟，你不要焦躁。既是要去取娘，只依我三件事，便放你去。」李逵道：「你且說那三件事？」宋江點兩個指頭，說出這三件事來，有分教：李逵施為撼地搖天手，來鬥爬山跳澗蟲。畢竟宋江對李逵說出那三件事來？且聽下回分解。

第四十三回　假李逵剪徑劫單身　黑旋風沂嶺殺四虎

話說李逵道：「哥哥，你且說那三件事？」宋江道：「你要去沂州沂水縣搬取母親，第一件，逕回，不可吃酒。第二件，因你性急，誰肯和你同去，你只自悄悄地取了娘便來。第三件，你使的那兩把板斧，休要帶去，路上小心在意，早去早回。」李逵道：「這三件事，有甚麼依不得！哥哥放心。我只今日便行。我也不住了。」當下李逵拽扎得爽利，只跨一口腰刀，提條朴刀，帶了一錠大銀，三五個小銀子，吃了幾杯酒，唱個大喏，別了眾人，便下山來，過金沙灘去了。晁蓋、宋江與眾頭領送行已罷。回到大寨裡聚義廳上坐定。宋江放心不下。對眾人說道：「李逵這個兄弟此去必然有失；不知眾兄弟們誰是他鄉中人。可與他那裡探聽個消息。」杜遷便道：「只有朱貴原是沂州沂水縣人，與他是鄉里。」宋江聽罷，說道：「我卻忘了。前日在白龍廟聚會時。李逵已自認得朱貴是同鄉人。」宋江便著人去請朱貴。小嘍囉飛奔下山來。直至店裡，請得朱貴到來。宋江道：「今有李逵兄弟前往家鄉搬取老母，因他酒性不好，為此不肯差人與他同去。誠恐路上有失，今知賢弟是他鄉中人，你可去他那裡探聽走一遭。」朱貴答道：「小弟是沂州沂水縣人。見有一個兄弟喚做朱富，在本縣西門外開著個酒店，這李逵，他是本縣百丈村董店東住；有個哥哥喚做李達，專與人家做長工。這李逵自小凶頑，因打死了人，逃走在江湖上，一向不曾回家。如今著小弟去那裡探聽也不妨，只怕店裡無人看管。小弟也多時不曾還鄉，亦就要回家探望兄弟一遭。」宋江道：「這個看店不必你憂心，我自教侯健、石勇替你暫管幾時。」朱貴領了這言語，相辭了眾頭領下山來，便走到店裡，收拾包裹，交割鋪面與石勇、侯健，自奔沂州去了。這裡宋江與晁蓋在寨中每日筵席，飲酒快樂，與吳學究看習天書，不在話下。

且說李逵獨自一個離了梁山泊，取路來到沂水縣界。於路，李逵端的不酒，因此不惹事，無有話說。行至沂水縣西門外，見一簇圍著榜看，李逵也立在人叢中，聽得讀榜上道：「第一名正賊宋江，係鄆城縣人。第二名，從賊戴宗，係江州兩院押獄。第三名從賊李逵，係沂江沂水縣人。」李逵在背後聽了，正待指手畫腳，沒做奈何處，只見一個人搶向前來，攔腰抱住，叫道：「張大哥！你在這裡做甚麼？」李逵扭過身看時，認得是早地忽律朱貴。李逵問道：「你如何也來在這裡？」朱貴道：「你且跟我來說話。」兩個一同來西門外近村一個酒店內，直入到後面一間靜房中坐了。

朱貴指著李逵道：「你好大膽！那榜上明明寫著賞一萬貫錢捉宋江，五千貫捉戴宗，三千貫捉李逵，你如何立在那裡看榜？倘或被眼疾手快的拿了送官，如之奈何！宋公明哥哥只怕你惹事，不肯教人和你同來；又怕你到這裡做出怪來，續後特使我趕來探聽你的消息。我遲下山來一日，又先到你一日，你如何今日才到這裡？」李逵道：「便是哥哥吩咐，教我不要吃酒，以此路上走得慢了。你如何認得這個酒店裡？你是這裡人？家在那裡住？」朱貴道：「這個酒店便是我兄弟朱富家裡。我原是此間人。因在江湖上做客，消折了本錢，就於梁山泊落草，今次方回。」便叫兄弟朱富來與李逵相見了。朱富置酒款待李逵。李逵道：「哥哥吩咐，教我不要吃酒；今日我已到鄉里了，便吃兩碗兒，打甚麼要緊？」朱貴不敢阻擋他，由他吃。當夜直吃到四更時分。安排些飯食，李逵吃了，趁五更曉星殘月，霞光明朗，便投村裡去。

朱貴吩咐道：「休從小路去。只從大朴樹轉彎，投東大路，一直往百丈村去，便是董店東。快取了母親，和你早回山寨去。」李逵道：「我自從小路去，不從大路去！誰耐煩！」朱貴道：「小路走，多大蟲；又有乘勢奪包裹的剪徑賊人。」李逵應道：「我卻怕甚鳥！」戴上氈笠兒，提了朴刀，跨了腰刀，別了朱貴、朱富，便出門投百丈村來。約行了十數里，天色漸漸微明，去那露草之中，趕出一隻白兔兒來，望前路去了。李逵趕了一直，笑道：「那畜生倒引了我一程路！」有詩為證：

山徑崎嶇靜復深，西風黃葉滿疏林。

偶因逐兔過前界，不記倉忙行路心。

正走之間，只見前面有五十來株大樹叢雜，時值新秋，葉兒正紅。李逵來到樹林邊廂，只見轉過一條大漢喝道：「是會的留下買路錢，免得奪了包裹！」李逵看那人時，戴一頂紅絹抓髯兒頭巾，穿一領粗布衲襖，手裡拿著兩把板斧，把黑墨搽在臉上。李逵見了，大喝一聲：「你這廝是甚麼鳥人，敢在這裡剪徑！」那漢道：「若問我名字，嚇碎你的心膽！老爺叫做黑旋風！你留下買路錢並包裹，便饒了你性命，容你過去！」李逵大笑道：「沒有娘鳥興！你這廝是甚麼人，那裡來的，也學老爺名目，在這裡胡行！」李逵挺起手中朴刀奔那漢。那漢那裡抵擋得住，卻待要走。早被李逵腿股上一朴刀，搠翻在地，一腳踏住胸脯，喝道：「認得老爺麼？」那漢在地下叫道：「爺爺，饒你孩兒性命！」李逵道：「我正是江湖上的好漢，黑旋風李逵便是！你這廝辱沒老爺名字！」那漢道：「孩兒雖然姓李，不是真的黑旋風；為是爺爺江湖上有名目，鬼也害怕，因此孩兒盜學爺爺名目，胡亂在此剪徑，但有孤單客人經過，聽得說了『黑旋風』三個字，便撇了行李逃奔去了。以此得這些利息。實不敢害人。小人自己的賤名叫李鬼，只在這前村住。」李逵道：「叵耐這廝無禮，在這裡奪人的包裹行李，卻壞我的名目，學我使兩把板斧！且教他吃我一斧！」劈手奪過一把斧來便砍。

李鬼慌忙叫道：「爺爺！殺我一個，便是殺我兩個！」李逵聽得，住了手，問道：「怎的殺你一個便是殺你兩個？」李鬼道：「孩兒本不敢剪徑，家中因有個九十歲的老母，無人養贍，因此孩兒單題爺爺大名唬嚇人，奪些單身的包裹，養贍老母；其實並不曾害了一個人。如今爺爺殺了孩兒，家中老母必是餓殺！」李逵雖是個殺人不眨眼的魔君，聽得說了這話，自肚裡尋思道：「我特地歸家來取娘，倒殺了一個養娘的人，天地也不容我。罷！罷！我饒了你這廝性命！」放將起來。李鬼手提著斧，納頭便拜。李逵道：「只我便是真黑旋風；你從今以後，休要壞了俺的名目！」李鬼道：「孩兒今番得了性命。自回家改業，再不敢倚著爺爺名目，在這裡剪徑。」李逵道：「你有孝順之心，我與你十兩銀子做本錢，便去改業。」李逵便取出一錠銀子把與李鬼，拜謝去了。李逵自笑道：「這廝撞在我手裡！既然他是個孝順的人，必去改業。我若殺了他，天地必不容我。我也自去休。」拿了朴刀，一步步投山僻小路而來。詩曰：

李逵迎母卻逢傷，李鬼何曾為養娘。
可見世間忠孝處，事情言語貴參詳。

走到巳牌時分，看看肚裡又餓又渴，四下裡都是山徑小路，不見有一個酒店飯店。正走之間，只見遠遠地山凹裡露出兩間草屋。李逵見了，奔到那人家裡來，只見後面走出一個婦人來，髽髻鬢邊插一簇野花，搽一臉胭脂鉛粉。李逵放下朴刀道：「嫂子，我是過路客人，肚中飢餓，尋不著酒食店。我與你幾錢銀子，央你回些酒飯。」那婦人見了李逵這般模樣，不敢說沒，只得答道：「酒便沒買處，飯便做些與客人吃了去。」李逵道：「也罷；只多做些個，正肚中餓出鳥來。」那婦人道：「做一升米不少麼？」李逵道：「做三升米飯來。」那婦人向廚中燒起火來，便去溪邊淘了米，將來煮菜。

李逵轉過屋後山邊來淨手。只見一個漢子，攧手攧腳，從山後歸來。李逵轉過屋後聽時，那婦人正要上山討菜，開後門見了，便問道：「大哥，那裡閃朒了腿？」那漢子應道：「大嫂，我險些兒和你不見了！你道我晦鳥氣麼？指望出去等個單身的過，整整等了半個月，不曾發市。甫能今日抹著一個，你道是誰？原來正是黑旋風！卻恨撞著那驢鳥！我如何敵得他過，倒吃他一朴刀，搠翻在地，定要殺我。我假意叫道：『你殺我一個，害了我兩個！』他便問我緣故。我便假道：『家中有九十歲的老母，無人養贍，定是餓死！』那驢鳥，真個信我，饒了我性命；又與我一個銀子做本錢，教我改了業養娘。我恐怕他省悟了，趕將來，且離了那林子裡，僻靜處睡一回，從山後走回家來。」那婦人道：「休要高聲，一個黑大漢來家中，教我煮菜，莫不正是他？如今在門前坐地。你去張一張看；若是他時，你去尋些麻藥來，放在菜內，教那廝吃了，麻翻在地，我和你對付了他，謀得他些金銀，搬往縣裡住去，做些買賣，卻不強似在這裡剪徑？」

李逵已聽得了，便道：「叵耐這廝！我倒與了他一個銀子，又饒了性命，他倒又要害我！這個正是天地不容！」一轉踅到後門邊，這李鬼恰待出門，被李逵劈髯揪住。那婦人慌忙自望前門走了。李逵捉住李鬼，按翻在地掣出腰刀，早割下頭來；拿著刀，奔前門尋那婦人時，正不知走那裡去了；再入屋內來。去房中搜看，只見有兩個竹籠，盛些舊衣裳，底下搜得些碎銀兩並幾件釵環。李逵都拿了，又去李鬼身邊搜了那錠小銀子，都打縛在包裹裡；去鍋裡看時，三升米飯早熟了，只沒菜蔬下飯。李逵盛飯來吃了一回，看著自笑道：「好痴漢！放著好肉在前面，卻不會吃！」拔出腰刀，便去李鬼腿上割下兩塊肉來，把些水洗淨了，灶裡抓些炭火來便燒；一面燒一面吃，吃得飽了，把李鬼的屍首拋放屋下，放了把火，提了朴刀，自投山路裡去了。

比及趕到董店東時，日已平西。逕奔到家中，推開門，入進裡面，只聽得娘在床上問道：「是誰人來？」李逵看時，見娘雙眼都盲了，坐在床上念佛。李逵道：「娘，鐵牛來家了！」娘道：「我兒，你去了許多時，這幾年正在那裡安身？你的大哥只是在人家做長工，只博得些飯食吃，養娘全不濟事！我時常思量你，眼淚流乾，因此瞎了雙目。你一向正是如何？」李逵尋思道：「我若說在梁山泊落草，娘定不肯去；我只假說便了。」李逵應道：「鐵牛如今做了官，上路特來取娘。」娘道：「恁地好也！只是你怎生和我去得？」李逵道：「鐵牛背娘到前路，覓一輛車兒載去。」娘道：「你等大哥來，卻商議。」李逵道：「等做甚麼，我自和你去便了。」

恰待要行，只見李達提一罐子飯來。入得門，李逵見了便拜道：「哥哥，多年不見！」李達罵道：「你這廝歸來做甚？又來負累人！」娘便道：「鐵牛如今做了官，特地家來取我娘。」李達道：「娘呀！休信他放屁！當初他打殺了人，教我披枷帶鎖，受了萬千的苦。如今又聽得他和梁山泊賊人通同，劫了法場，鬧了江州，現在梁山泊做了強盜。前日江州行移公文到來，著落原籍追捕正身，要捉我到官比捕，又得財主替我官司分理，說：『他兄弟已自十來年不知去向，亦不曾回家，莫不是同名同姓的人冒供鄉貫？』又替我上下使錢。因此不吃官司，仗限追要。見今出榜賞三千貫捉他！你這廝不死，卻走家來胡說亂道！」李逵道：「哥哥不要焦躁，一發和你同上山去快活，多少是好，」李達大怒，本待要打李逵，又敵他不過；把飯罐撇在地下，一直去了。李逵道：「他這一去，必報人來捉我，是脫不得身，不如及早走罷。我大哥從來不曾見這大銀，我且留下一錠五十兩的大銀子，放床上。大哥歸來見了，必然不趕來。」李逵便解下腰包，取一錠大銀放在床上，叫道：「娘，我自背你去。」娘道：「你背我那裡去？」李逵道：「你休問我，只顧快去便了。我自背你去不妨。」李逵當下背了娘，提了朴刀，出門望小路裡便走。

說李達奔來財主家報了，領著十來個莊客，飛也似趕到家裡看時，不見了老娘，只見床上留下一錠大銀子。李達見了這錠大銀，心中忖道：「鐵牛留下銀子，背娘去那裡藏了？必是梁山泊有人和他來，我若趕去，倒吃他壞了性命。想他背娘，必去山寨裡快活。」眾人不見了李逵，都沒做理會處。李達對眾莊客說道：「這條牛背娘去，不知往那條路去了。這裡小路甚雜，怎地去趕他？」眾莊客見李達沒理會處，俄延了半晌，也各自回去了，不在話下。

這裡只說李逵怕李達領人趕來，背著娘，只奔亂山深處僻靜小路而走。看看天色晚了，但見：

暮煙橫遠岫，宿霧鎖奇峰。慈鴉撩亂投林，百鳥喧呼傍樹。行行雁陣，墜長空飛入蘆花；點點螢光，明野徑偏依腐草。捲起金風飄敗葉，吹來霜氣布深山。

李逵背到嶺下，天色已晚了。娘雙眼不明，不知早晚，李逵自認得這條嶺喚做沂嶺，過那邊去，方有人家。娘兒兩個，趁著星明月朗，一步步捱上嶺來。娘在背上說道：「我兒，那裡討口水來我吃也好。」李逵道：「老娘，且待過嶺去，借了人家安歇了，做些飯罷。」娘道：「我日中吃了些乾飯，口渴得當不得！」李逵道：「我喉嚨裡也煙發火出，你且等我背你到嶺上，尋水與你。」娘道：「我兒，端的渴殺我也！救我一救！」李逵道：「我也困倦得要不得！」李逵看看捱得到嶺上，松樹邊一塊大青石上，把娘放下，插了朴刀在側邊，吩咐娘道：「耐心坐一坐，我去尋水來你吃。」李逵聽得溪澗裡水響，聞聲尋路去，盤過了兩三處山腳，到得那澗邊看時，一溪好水。怎見得，有詩為證：

穿崖透壑不辭勞，遠望方知出處高。
溪澗豈能留得住，終歸大海作波濤。

李逵來到溪邊，捧起水來，自吃了幾口，尋思道：「怎生能夠得這水去把與娘？」立起身來，東觀西望，遠遠地山頂見一座廟。李逵道：「好了！」攀藤攬葛，上到庵前，推開門看時，是個泗洲大聖祠堂；面前只有個石香爐。李逵用手去掇，原來是和座子鑿成的。李逵拔了一回，那裡拔得動；一時性起來，連那座子掇出前面石階上一磕，把那香爐磕將下來，拿了再到溪邊，將這香爐水裡浸了，拔起亂草，洗得乾淨，挽了半香爐水，雙手擎來，再尋舊路，夾七夾八走上嶺來；到得松樹邊石頭上，不見了娘，只見朴刀插在那裡。李逵叫娘吃水，杳無蹤跡。叫了一聲不應，李逵心慌，丟了香爐，定住眼四下裡看時，並不見娘；走不到三十餘步，只見草地上團團血跡。李逵見了心裡越疑惑；趁著那血跡尋將去，尋到一處大洞口，只見兩個小虎兒在那裡舔一條人腿。正是：

假黑旋風真搗鬼，生時欺心死燒腿。
誰知娘腿亦遭傷，餓虎餓人皆為嘴。

李逵心裡忖道：「我從梁山泊歸來，特為老娘來取他。千辛萬苦，背到這裡，倒把來與你吃了！那鳥大蟲拖著這條人腿，不是我娘的是誰的？」心頭火起，赤黃鬚豎立起來，將手中朴刀挺起，來搠那兩個小虎。這小大蟲被搠得慌，也張牙舞爪，鑽向前來；被李逵手起，先搠死了一個，那一個望洞裡便鑽了入去。李逵趕到洞裡，也搠死了。李逵卻鑽入那大蟲洞內，伏在裡面，張外面時，只見那母大蟲張牙舞爪望窩裡來。李逵道：「正是你這業畜，吃了我娘！」放下朴刀，跨邊掣出腰刀。那母大蟲到洞口，先把尾去窩裡一剪，便把後半截身軀坐將入去。李逵在窩裡看得仔細，把刀朝母大蟲尾底下，盡平生氣力，捨命一戳，正中那母大蟲糞門。李逵使得力重，和那刀靶也直送入肚裡去了。那母大蟲吼了一聲，就洞口帶著刀，跳過澗邊去了。李逵拿了朴刀，就洞裡趕將出來。那老虎負疼，直搶下山石岩下去了。

李逵恰待要趕，只見就樹邊捲起一陣狂風，吹得敗葉樹木如雨一般打將下來。自古道：「雲生從龍，風生從虎。」那一陣風起處，星月光輝之下，大吼了一聲，忽地跳出一隻吊睛白額虎來。那大蟲望李逵勢猛一撲。那李逵不慌不忙，趁著那大蟲勢力，手起一刀，正中那大蟲頷下。那大蟲不曾再掀再剪：一者護那疼痛，二者傷著他那氣管。那大蟲退不夠五七步，只聽得響一聲，如倒半壁山，登時間死在岩下。那李逵一時間殺了母子四虎，還又到虎窩邊，將著刀復看了一遍，只恐還有大蟲，已無有蹤跡。李逵也困乏了，走向泗州大聖廟裡，睡到天明。次日早晨李逵來收拾親娘的腿及剩的骨殖，把布衫包裹了；直到泗州大聖廟後掘土坑葬了。李逵大哭了一場。有詩為證：

沂嶺西風九月秋，雌雄虎子聚林丘。
因將老母殘軀啖，致使英雄血淚流。
猛拚一身探虎穴，立誅四虎報冤仇。
泗州廟後親埋葬，千古傳名李鐵牛。

這李逵肚裡又飢又渴，不免收拾包裹，拿了朴刀，尋路慢慢的走過嶺來。只見五七個獵戶都在那裡收窩弓弩箭。見了李逵一身血污，行將下嶺來，眾獵戶了一驚，問道：「你這客人莫非是山神土地？如何敢獨自過嶺來？」李逵見問，自肚裡尋思道：「如今沂水縣出榜賞三千貫錢捉我，我如何敢說實話？只謊說罷。」答道：「我是客人。昨夜和娘過嶺來，因我娘要水，我去嶺下取水，被那大蟲把我娘拖去了。我直尋到虎窩裡，先殺了兩個小虎，後殺了兩個大虎。泗州大聖廟裡睡到天明，方才下來。」眾獵戶齊叫道：「不信你一個人，如何殺得四個虎？便是李存孝和子路，也只打得一個。這兩個小虎且不打緊，那兩大虎非同小可！我們為這個畜生，不知都吃了幾頓棍棒。這條沂嶺，自從有了這窩虎在上面，整三五個月沒人敢行。我們不信！敢是你哄我？」李逵道：「我又不是此間人，沒來由哄你做甚麼？你們不信，我和你上嶺去尋著與你，就帶些人去扛了下來。」眾獵戶道：「若端的有時，我們自重重的謝你。卻是好也！」眾獵戶打起胡哨來，一霎時，聚三五十人，都拿了撓鉤槍棒，跟著李逵再上嶺來。此時天大明朗，都到那山頂上。遠遠望見窩邊，果然殺死兩個小虎：一個在窩內，一個在外面；一隻母大蟲死在山邊，一隻雄虎死在泗州大聖廟前。

眾獵戶見了殺死四個大蟲，盡皆歡喜，便把索子抓縛起來。眾人扛抬下嶺，就邀李逵同去請賞。一面先使人報知里正上戶，都來迎接著，抬到一個大戶人家，喚做曹太公莊上。那人曾充縣吏，家中暴有幾貫浮財，專在一鄉放刁把濫；初世為人，便要結幾個不三不四的人，恐唬鄰里；極要談忠說孝，只是口是心非。當時曹太公親自接來，相見了，邀請李逵到草堂上坐定，動問殺死虎的緣由。李逵卻把夜來同娘到嶺上要水吃，因此殺死大蟲的話說了一遍。眾人都呆了。曹太公動問：「壯士高姓名諱？」李逵答道：「我姓張，無名，只喚做張大膽。」詩曰：

人言只有假李逵，從來再無李逵假。
如何李四冒張三，誰假誰真皆作耍。

曹太公道：「真乃是大膽壯士！不恁地膽大，如何殺得四個大蟲！」一壁廂叫安排酒食款待，不在話下。

且說當村裡知沂嶺殺了四個大蟲，抬到曹太公家，講動了村坊道店，哄得前村後村，山僻人家，大男幼女，成群拽隊，都來看虎，入見曹太公相待著打虎的壯士在廳上吃酒。數中有李鬼的老婆，逃在前村爹娘家裡，隨著眾人也來看虎，認得李逵的模樣，慌忙來家對爹娘說道：「這個殺虎的黑大漢，便是殺我老公，燒了我屋的。他叫做梁山泊黑旋風。」爹娘聽得，連忙來報知里正。里正聽了道：「他既是黑旋風時，正是嶺後百丈村打死了人的李逵。逃走在江州，又做出事來，行移到本縣原籍追捉。如今官司出三千貫賞錢拿他。他走在這裡！」暗地使人去請得曹太公到來商議。曹太公推道更衣，急急的到里正家裡。里正說：「這個殺虎的壯士，正是嶺後百丈村裡的黑旋風李逵，見今官司著落拿他。」曹太公道：「你們要打聽得仔細。倘不是時，倒惹得不好。若真個是時，卻不妨，要拿他時也容易。只怕不是他時難。」里正道：「見有李鬼的老婆認得他。曾來李鬼家煮菜，殺了李鬼。」曹太公道：「既是如此，我們且只顧置酒請他，問他今番殺了大蟲，還是要去縣裡請功，還是要村裡討賞。若還他不肯去縣裡請功時，便是黑旋風了，著人輪換把盞，灌得醉了，縛在這裡，去報知本縣，差都頭來取去，萬無一失。」有詩為證：

常言芥投針孔，窄路每遇冤家。
李鬼鬼魂不散，旋風風色非佳。
打虎功思懸賞，殺人身被官拿。
試看螳螂黃雀，勸君得意休誇。

眾人道：「說得是。」里正與眾人商議定了。曹太公回家來款住李逵，一面且置酒來相待，便道：「適間拋撇，請勿見怪。且請壯士解下腰間腰刀，放過朴刀，寬鬆坐一坐。」李逵道：

「好，好。我的腰刀已搠在雌虎肚裡了，只有刀鞘在這裡。若開剝時，可討來還我。」曹太公道：「壯士放心。我這裡有的是好刀，相送一把與壯士懸帶。」李逵解了腰間刀鞘並纏袋包裹，都遞與莊客收貯；便把朴刀倚過一邊。曹太公叫取大盤肉，大壺酒來。

眾多大戶並里正獵戶人等，輪番把盞，大碗大鍾只顧勸李逵。曹太公又請問道：「不知壯士要將這虎解官請功？只是在這裡討些發？」李逵道：「我是過往客人，忙些個。偶然殺了這窩猛虎，不須去縣裡請功。只此有些齎發便罷；若無，我也去了。」曹太公道：「如何敢輕慢了壯士！少刻村中斂取盤纏相送。我這裡自解虎到縣裡去。」李逵道：「布衫先借一領，與我換了上蓋。」曹太公道：「有，有。」當時便取一領青布衲襖，就與李逵換了身上的血污衣裳。只見門前鼓響笛鳴，都將酒來與李逵把盞作慶，一杯冷，一杯熱。李逵不知是計，只顧開懷暢飲，全不記宋江吩咐的言語。不兩個時辰，把李逵灌得酩酊大醉，立腳不住。眾人扶到後堂空屋下，放翻在一條板凳上；就取兩條繩子；連板凳綁住了；便叫里正帶人，飛也似去縣裡報知，就引李鬼老婆去做原告，補了一張狀子。此時哄動了沂水縣裡。知縣聽得大驚，連忙升廳問道：「黑旋風拿住在那裡？這是謀叛的人，不可走了！」原告人並獵戶答應道：「見縛在本鄉曹大戶家。為是無人禁得他，誠恐有失，路上走了，不敢解來。」知縣隨即叫喚本縣都頭去取來。就聽前轉過一個都頭來聲諾，那人是誰，有詩為證：

面闊眉濃鬚鬢赤，雙睛碧綠似番人。
沂水縣中青眼虎，豪傑都頭是李雲。

當下知縣喚李雲上廳來，吩咐道：「沂嶺下曹大戶莊上拿住黑旋風李逵。你可多帶人去，密地解來。休要哄動村坊，被他走了。」李都頭領了臺旨，下廳來，點起三十個老郎士兵，各帶了器械，便奔沂嶺村中來。這沂水縣是個小去處，如何掩飾得過。此時街市講動了，說道：「拿著了鬧江州的黑旋風，如今差李都頭去拿來。」

朱貴在東莊門外朱富家，聽得了這個消息，慌忙來後面，對兄弟朱富說道：「這黑廝又做出事來了！如何解救？宋公明特為他誠恐有失，差我來打聽消息。如今他吃拿了，我若不救得他時，怎的回寨去見哥哥？似此怎生是好！」朱富道：「大哥且不要慌。這李都頭一身好本事，有三五十人近他不得。我和你只兩個同心合意，如何敢近傍他？只可智取，不可力敵。李雲日常時最是愛我，常常教我使些器械。我卻有個道理對他，只是在這裡安不得身了。今晚煮三二十斤肉，將十數瓶酒，把肉大塊切了，將些蒙汗藥拌在裡面，我兩個五更帶數個伙家挑著，去半路裡僻靜等候他解來時，只做與他酒賀喜，將眾人都麻翻了，卻放李逵，如何？」朱貴道：「此計大妙。事不宜遲，可以整頓，吃早便去！」朱貴道：「只是李雲不會吃酒，便麻翻了，終久醒得快。還有件事。倘或日後得知，須在此安身不得。」朱貴道：「兄弟，你在這裡賣酒也不濟事。不如帶領老小，跟我上山，一發入了夥。論秤分金銀，換套穿衣服，卻不快活？今夜便叫兩個伙家，覓了一輛車兒，先送妻子和細軟行李起身，約在十里牌等候，都去上山。我如今包裹內帶得一包蒙汗藥在這裡；李雲不會吃酒時，肉裡多糝些，逼著他多吃些，也麻倒了。救得李逵，同上山去，有何不可？」朱富道：「哥哥說得是。」便叫人去覓下一輛車兒，打拴了三五個包箱，捎在車兒上；家中粗物都棄了；叫渾家和兒女上了車子，吩咐兩個伙家跟著車子，只顧先去。

且說朱貴、朱富當夜煮熟了肉，切做大塊，將藥來拌了，連酒裝做兩擔，帶了二三十個空碗；又有若干菜蔬，也把藥來拌了；恐有不吃肉的，也教他著手。兩擔酒肉，兩個伙家各挑一擔；弟兄兩個自提了些果盒之類四更前後，直接將來僻靜山路口坐等。到天明，遠遠地只聽得敲著鑼響，朱貴接到路口。

且說那三十來個士兵，自村裡吃了半夜酒；四更前後，把李逵背剪綁了，解將來。後面李都頭坐在馬上。看看來到前面，朱富便向前攔住，叫道：「師父且喜，小弟將來接力。」桶內舀一酒來，斟一大鍾，上勸李雲。朱貴托著肉來，伙家捧過果盒。李雲見了，慌忙下馬，跳向前來，說道：「賢弟，何勞如此遠接！」朱富道：「聊表徒弟孝順之心。」李雲接過酒來，到口不吃。朱富跪下道：「小弟已知師不飲酒，今日這個喜酒也飲半盞兒。」李雲推卻不過，略呷了兩口。朱富便道：「師父不飲酒須請吃些肉。」李雲道：「夜間已飽，吃不得了。」朱富道：「師父行了許多路，肚裡也飢了。雖不中吃，胡亂請些，以免小弟之羞。」揀兩塊好的，遞將過來。李雲見他如此，只得勉意了兩塊。朱富把酒來勸上戶里正並獵戶人等，都勸了三鍾。朱貴便叫士兵莊客眾人都來酒。這夥男女那裡顧個冷熱，好吃不好吃。酒肉到口，只顧吃；正如這風捲殘雲，落花流水，一齊上來搶著吃了。李逵光著眼，看了朱貴兄弟兩個，已知用計，故意道：「你們也請我吃些！」朱貴喝道：「你是歹人，有何酒肉與你！這般殺才，快閉了口！」李雲看著士兵，喝叫快走，只見一個個都面面覷，走動不得，口顫腳麻，都跌倒了。李雲急叫：「中了計了！」恰待向前，不覺自家也頭重腳輕暈倒了，軟做一堆，睡在地下。

當時朱貴、朱富各奪了一條朴刀，喝聲：「孩兒們休走！」兩個挺起朴刀，來趕這夥不曾吃酒肉的莊客並那看的人。走得快的走了，走得遲的就搠死在地。李逵大叫一聲，把那綁縛的麻繩都掙斷了；便奪過一條朴刀來殺李雲。朱富慌忙攔住，叫道：「不要無禮！他是我的師父，為人最好。你只顧先走。」李逵應道：「不殺得曹太公老驢，如何出得這口氣！」李逵趕上，手起一朴刀，先搠死曹太公並李鬼的老婆；續後里正也殺了；性起來，把獵戶排頭兒一味價搠將去。那三十來個士兵都被搠死了。這看的人和眾莊客只恨爹娘少生兩隻腳，都望深村野路逃命去了。

李逵還只顧尋人要殺。朱貴喝道：「不干看的人事，休只管傷人！」慌忙攔住。李逵方住了手，就士兵身上剝了兩件衣服穿上。三個人提著朴刀，便要從小路裡走。朱富道：「不好，是我送了師父性命！他醒時，如何見得知縣？必然趕來。你兩個先行，我等他一等。我想他日前教我的恩義，且是為人忠直，等他趕來，就請他一發上山入夥，也是我的恩義，免得教回縣去苦。」朱貴道：「兄弟，你也見的是。我便先去跟了車子行，留李逵在路傍幫你等他。若是他不趕來時，你們兩個休執等他。」朱富道：「這是自然了。」當下朱貴前行去了。只說朱貴和李逵坐在路傍邊等候。果然不到一個時辰，只見李雲挺著一條朴刀，飛也似趕來，大叫道：「強賊休走！」李逵見他來得凶，跳起身，挺著朴刀來鬥李雲，恐傷朱富。正是：

梁山泊內添雙虎，聚義廳前慶四人。

畢竟黑旋風鬥青眼虎，二人勝敗如何？且聽下回分解。

第四十四回　錦豹子小徑逢戴宗　病關索長街遇石秀

話說當時李逵挺著朴刀來鬥李雲。兩個就官路傍邊鬥了五七合，不分勝敗。朱富便把朴刀去中間隔開，叫道：「且不要鬥。都聽我說。」二人都住了手。朱富道：「師父聽說：小弟多蒙錯愛，指教槍棒，非不感恩；只是我哥哥朱貴，現下梁山泊做了頭領，今奉及時雨宋公明將令，著他來照管李大哥。不爭被你拿了解官，教我哥哥如何回去見得宋公明？因此做下這場手段。李大哥乘勢要壞師父，是小弟不肯容他下手，只殺了這些士兵。我們本待去得遠了，猜道師父回去不得；必來趕我；小弟又想師父日常恩念，特地在此相等。師父，你是個精細的人，有甚不省得？如今殺害了多少人生命，又走了黑旋風，你怎生回去見得知縣？你若回去時，定吃官司，又無人來相救；不如今日和我們一同上山，投奔宋公明入了夥。未知尊意如何？」李雲尋思了半晌，便道：「賢弟，只怕他那裡不肯收留我。」朱富笑道：「師父，你如何不知山東及時雨大名，專一招賢納士，結識天下好漢？」李雲聽了，嘆口氣道：「閃得我有家難奔，有國難投，只喜得我並無妻小，不怕官司拿了。只得隨你們去休！」李逵便笑道：「我的哥！你何不早說？」便和李雲剪拂了。

這李雲既無老小，亦無家當。當下三人合作一處，來趕車子。半路上朱貴接見了，大喜。四籌好漢跟了車仗便行，於路無話。看看相近梁山泊，路上又迎著馬麟、鄭天壽。都相見了，說道：「晁、宋二頭領又差我兩個下山來探聽你消息；今既見了，我兩個先去回報。」當下二人先上山來報知。次日，四籌好漢帶了朱富家眷，都至梁山泊大寨聚義廳來。朱貴向前，先引李雲拜見晁、宋二頭領，相見眾好漢，說道：「此人是沂水縣都頭，姓李名雲，綽號青眼虎。」次後朱貴引朱富參拜眾位，說道：「這是舍弟朱富，綽號笑面虎。」都相見了。李逵拜了宋江，給還了兩把板斧，訴說取娘至沂嶺，被虎吃了，因此殺了四虎，說罷，流下淚來。又訴說假李逵剪徑被殺一事，眾人大笑。晁、宋二人大笑道：「被你殺了四猛虎，今日山寨裡添得兩個活虎，正宜作慶。」眾多好漢大喜，便教殺牛宰馬，做筵席慶賀兩個新到頭領。晁蓋便叫去左邊白勝上首坐定。

吳用道：「近來山寨十分興旺，感得四方豪傑望風而來，皆是晁、宋二兄之德，亦眾弟兄之福也。雖然如此，還令朱貴仍復掌管山東酒店，替回石勇、侯健。朱富老少另撥一所房舍住居。目今山寨事業大了，非同舊日；可再設三處酒館，專一探聽吉凶事情，往來義士上山。如若朝廷調遣官兵捕盜，可以報知如何進兵，好做準備。西山地面廣闊，可令童威、童猛弟兄，帶領十數個夥伴那裡開店。令李立帶十數個伙家，去南邊那裡開店。令石勇也帶十來個伴當，去北山那裡開店。仍復都要設立水亭、號箭，接應船隻。但有緩急事情，飛捷報來。山前設置三座大廟，專令杜遷總行把守。但有一應委差，不許調應，早晚不得擅離。又令陶宗旺把總監工，掘港汊，修水路，開河道，整理宛子城垣，修築山前大路。他原是莊戶出身，修理久慣。令蔣敬掌管庫藏倉廒，支出納入；積萬累千，書算帳目。令蕭讓設置寨中寨外，山上山下，三關把隘許多行移關防文約，大小頭領號數。煩令金大堅刊造雕刻一應兵符、印信、牌面等項。令侯健管造衣袍鎧甲、五方旗號等件。令李雲監造梁山泊一應房室舍、廳堂。令馬麟監管修造大小戰船。令宋萬、白勝去金沙灘下寨。令王矮虎、鄭天壽去鴨嘴灘下寨。令穆春、朱富管收山寨錢糧。呂方、郭盛於聚義廳兩邊耳房安歇。令宋清專管筵宴。」都分撥已定，筵席了三日，不在話下。梁山泊自此無事，每日只是操練人馬，教演武藝；水寨裡頭領都教習駕船赴水，船上廝殺，也不在話下。

忽一日，宋江與晁蓋、吳學究並眾人閒話道：「我等弟兄眾位今日共聚大義，只有公孫一清不見回還。我想他回薊江探母、參師，期約百日便回。今經日久，不知信息，莫非昧信不來？可煩戴宗兄弟與我去走一遭，探聽他虛實下落，如何不來。」戴宗願往。宋江大喜，說道：「只有賢弟去得快，旬日便知訊息。」當日戴宗別了眾人。次早，打扮做承局，下山去了。正是：

雖為走卒，不占軍班。一生常作異鄉人，兩腿欠他行路債。監司出入，皂花藤杖掛宣牌；

帥府行軍，黃色絹旗書令字。家居千里，日不移時；緊急軍情，時不過刻。早向山東餐黍米，晚來魏府吃鵝梨。

且說戴宗自離了梁山泊，取路望薊州來。把四個甲馬拴在腿上，作起「神行法」來，於路些素茶素食。在路行了三日，來到沂水縣界，只聞人說道：「前日走了黑旋風，傷了好些人，連累了都頭李雲，不知去向，至今無獲處。」戴宗聽了冷笑。當日正行之次，只見遠遠地轉過一個人來，手裡提著一根渾鐵筆管。那人看見戴宗走得快，便立住了腳，叫一聲：「神行太保。」戴宗聽得，回過臉來定眼看時，見山坡下小徑邊，立著一個大漢，生得頭圓耳大，鼻直口方，眉秀目疏，腰細膀闊。戴宗連忙回轉身來，問道：「壯士，素不曾拜識，如何呼喚賤名？」那漢慌忙答道：「足下果是神行太保？」撇了槍，便拜倒在地。戴宗連忙扶住答禮，問道：「足下高姓大名？」那漢道：「小弟姓楊名林，祖貫彰德府人氏；多在綠林叢中安身，江湖上都叫小弟做『錦豹子』楊林。數月之前，路上酒肆裡遇見公孫勝先生，同在店中吃酒相會，備說梁山泊晁、宋二公招賢納士，如此義氣，寫下一封書，教小弟自來投大寨入夥，只是不敢輕易擅進。公孫先生又說：『李家道口舊有朱貴開酒店在彼，招引上山入夥的人。山寨中亦有一個招賢飛報頭領，喚做神行太保戴院長，日行八百里路。』今見兄長行步非常，因此喚一聲看，不想果是仁兄。正是天幸，無心得遇！」戴宗道：「小可特為公孫勝先生回薊州去，杳無音信，今奉晁、宋二公將令，差遣來薊州探聽消息，尋取公孫勝還寨；不期卻遇足下。」楊林道：「小弟雖是彰德府人，這薊州管下地方州郡都走遍了。倘若不棄，就隨帶兄長同去走一遭。」戴宗道：「若得足下作伴，實是萬幸。尋得公孫先生見了，一同回梁山泊未遲。」楊林見說了，大喜，就邀住戴宗，結拜為兄。

戴宗收了甲馬，兩個緩緩而行，到晚就投村店歇了。楊林置酒請戴宗。戴宗道：「我使『神行法』。不敢食葷。」兩個只買些素饌相待。過了一夜，次日早起，打火吃了早飯，收拾動身。楊林便問道：「兄長使『神行法』走路，小弟如何趕得上？只怕同行不得。」戴宗笑道：「我的

『神行法』也帶得人同行。我把兩個甲馬拴在你腿上，作起法來，也和我一般走得快，要行便行，要住便住。不然，你如何趕得我走！」楊林道：「只恐小弟是凡胎濁骨，比不得兄長神體。」戴宗道：「不妨。我這法諸人都帶得，作用了時，和我一般行，只是我自吃素，並無妨礙。」當時取兩個甲馬，替楊林縛在腿上，戴宗也只縛了兩個。作用了「神行法」吹口氣在上面，兩個輕輕地走了去，要緊要慢，都隨著戴宗行。兩個於路閒說些江湖上的事；雖只緩緩而行，正不知走了多少路。

兩個行到巳牌時分，前面來到一個去處：四圍都是高山，中間一條驛路。楊林卻自認得，便對戴宗說道：「哥哥，此間地名喚做飲馬川。前面兀那高山裡常常有大夥在內，近日不知如何。因為山勢秀麗，水繞峰環，以此喚做飲馬川。」兩個正來到山邊過，只聽得忽地一聲鑼響，戰鼓亂鳴，走出一二百小嘍囉，攔住去路。當先擁著兩籌好漢，各挺一條朴刀，大喝道：「行人須住腳！你兩個是甚麼鳥人？那裡去的？會事的快把買路錢來，饒你兩個性命！」楊林笑道：「哥哥，你看我結果那呆鳥！」撚著筆管槍，搶將入去。那兩個好漢見他來得凶，走近前來看了，上首的那個便叫道：「且不要動手！」道：「兀的不是楊林哥哥麼？」

楊林住了，認得上首那個大漢，提著軍器向前剪拂了，便喚下首這個長漢都來施禮罷。楊林請過戴宗，說道：「兄長且來和這兩個弟兄相見。」戴宗問道：「這兩個壯士是誰？如何認得賢弟？」楊林便道：「這個認得小弟的好漢，他原是蓋天軍襄陽府人氏，姓鄧名飛；為他雙睛紅赤，江湖上人都喚他做火眼狻猊，能使一條鐵鏈，人皆近他不得。多曾合夥。一別五年，不曾見面。誰想今日在這裡相遇著。」鄧飛便問道：「楊林哥哥，這位兄長是誰？必不是等閒人也。」楊林道：「我這仁兄是梁山泊好漢中神行太保戴宗的便是。」鄧飛聽了，道：「莫不是江州的戴院長，能行八百里路程的？」戴宗答道：「小可便是。」那兩個頭領慌忙剪拂，道：「平日只聽得說大名，不想今日在此拜識尊顏。」戴宗看那鄧飛時，生得如何？有詩為證：

原是襄陽閒撲漢，江湖飄蕩不思歸。
多飡人肉雙睛赤，火眼狻猊是鄧飛。

當下二位壯士施禮罷，戴宗便問道：「這位好漢貴姓大名？」鄧飛道：「我這兄弟姓孟名康，祖貫是真定州人氏，善造大小船隻。原因押送花石綱，要造大船，嗔怪這提調官催並責罰，他把本官一時殺了，棄家逃走，在江湖上綠林中安身，已得年久。因他長大白淨，人都見他一身好肉體，起他一個綽號，叫他做『玉幡竿』孟康。」戴宗見說大喜。看那孟康怎生模樣？有詩為證：

能攀強弩衝頭陣，善造艨艟越大江。
真州妙手樓舡匠，白玉幡竿是孟康。

當時戴宗見了二人，心中甚喜。四籌好漢說話間，楊林問道：「二位兄弟在此聚義幾時了？」鄧飛道：「不瞞兄長說，也有一年多了。只半載前，在這遇著一個哥哥，姓裴名宣，祖貫是京兆府人氏。原是本府六案孔目出身，極好刀筆。為人忠直聰明，分毫不肯苟且，本處人都稱他鐵面孔目。亦會拈槍使棒，舞劍掄刀，智勇足備。為因朝廷除將一員貪濫知府到來，把他尋事，刺配沙門島，從我這裡經過，被我們殺了防送公人，救了他在此安身，聚集得二百人。這裴宣使得好雙劍，讓他年長，現在山寨中為主，煩請二位義士同往小寨相會片時。」便叫小嘍囉牽過馬來。戴宗、楊林卸下甲馬，騎上馬望山寨來。行不多時，早到寨前下了馬。裴宣已有人報知，連忙出寨降階而接。戴宗、楊林看裴宣時，果然好表人物，生得面白肥胖，四平八穩。心中暗喜。有詩為證：

問事時巧智心靈，落筆處神號鬼哭。
心平恕毫髮無私，稱裴宣鐵面孔目。

當下裴宣邀請二位義士到聚義廳上，俱各講禮罷，相請戴宗正面坐了；次是楊林、裴宣、鄧飛、孟康五籌好漢。賓主相待，坐定筵宴。當日大吹大擂飲酒。看官聽說，這也都是地煞星之數，時節到來，天幸自然義聚相逢。有詩為證：

豪傑遭逢信有因。連環鉤鎖共相尋。
漢廷將相由屠釣，莫怪梁山錯用心。

戴宗在筵上說起晁、宋二人如何招賢納士，結識天下四方豪傑，待人接物，一團和氣，仗義疏財，許多好處。眾好漢如何同心協力；八百里梁山泊如何廣闊；中間宛子城如何雄壯；四下裡如何都是茫茫煙火；如何許多軍馬，不愁官兵來捉，只管把言語說他三個。裴宣回道：「小弟也有這個山寨，也有三百來匹馬，財賦也有十餘輛車子，糧食草料不算，也有三五百孩兒們。倘或仁兄不棄微賤時，引薦於大寨入夥，也有微力可效，未知尊意若何？」戴宗大喜道：「晁、宋二公待人接物，並無異心。若果有此心，可便收拾下行李，待小可和楊林去薊州，見了公孫勝先生同來，那時一同扮做官軍，星夜前往。」眾人大喜，酒至半酣，移至後山斷金亭上，看那飲馬川景致吃酒，端的好個飲馬川。但見：

一望茫茫野水，周迴隱隱青山。幾多老樹映殘霞，數片彩雲飄遠岫。荒田寂寞，應無稚子看牛；古渡淒涼，那得奚人飲馬。只好強人安寨柵，偏宜好漢展旌旗。

戴宗看了這飲馬川一派山景，喝采道：「山沓水匝，真乃隱秀！你等二位如何來得到此？」鄧飛道：「原是幾個不成材小厮們在這裡屯紮，後被我兩個來奪了這個去處。」眾皆大笑，五籌好漢得大醉。裴宣起身舞劍助酒。戴宗稱揚不已。至晚便留到寨內安歇。次日，戴宗定要和楊林下山，三位好漢苦留不住。相送到山下作別，自回寨裡收拾行裝，整理動身，不在話下。

且說戴宗和楊林離了飲馬川山寨，在路曉行夜住，早來到薊州城外，投個客店安歇了。楊林便道：「哥哥，我想公孫勝先生是個學道人，必在山間林下，不住城裡。」戴宗道：「說得是。」當時二人先去城外，到處詢問公孫勝先生下落消息，並無一個人曉得他。住了一日，次早起來，又去遠近村坊街市訪問人時，亦無一個認得，兩個又回店中歇了。第三日，戴宗道：「敢怕城中有人認得他？」當日和楊林入薊州城裡來尋他。兩個尋問老成人時，都道不認得。「敢不是城中人，只怕是外縣名山大刹居住。」楊林正行到一個大街，只見遠遠地一派鼓樂迎將一個人來。戴宗，楊林立在街上看時，前面兩個小牢子，一個著許多禮物花紅，一個捧著若干緞子彩繒之物，後面青羅傘下，罩著一個押獄劊子。那人生得好表人物，露出藍靛般一身花繡，兩眉入鬢，鳳眼朝天，淡黃面皮，細細有幾根髭髯。那人祖貫是河南人氏，姓楊名雄；因跟一個叔伯哥哥來薊州做知府，一向流落在此；續後一個新任知府認得他，因此就參他做兩院押獄，兼充市曹行刑劊子。因為他一身好武藝，面貌微黃，以此人都稱他做「病關索」楊雄。有一首臨江仙詞，單道著楊雄好處：

兩臂雕青鐫嫩玉，頭巾環眼嵌玲瓏。鬢邊愛插翠芙蓉。背心書劊字，衫串染猩紅。問事廳前逞手段，行刑刀利如風。微黃面色細眉濃。人稱病關索，好漢是楊雄。

當時楊雄在中間走著，背後一個小牢子擎著鬼頭靶法刀。原來去市心裡決刑了回來，眾相識與他掛紅賀喜，送回家去，正從戴宗、楊林面前迎將過來。一簇人在路口攔住了把盞。只見側首小路裡，又撞出七八個軍漢來，為頭的一個叫做踢殺羊張保。這漢是薊州守禦城池的軍漢，帶著這幾個，都是城裡城外時常討閒錢使的落戶漢子，官司累次奈何他不改；為見楊雄原是外鄉人來薊州，有人懼怕他，因此不怯氣。當日正見他賞賜得許多緞疋，帶了這幾個沒頭神，吃得半醉，卻好趕來要惹他；又見眾人攔住他，在路口把盞，那張保撥開眾人鑽過面前，叫道：「節級拜揖。」楊雄道：「大哥，來吃酒。」張保道：「我不要酒，我特來問你借百十貫錢使用。」楊雄道：「雖是我認得大哥，不曾錢財相交，如何問我借錢？」張保道：「你今日詐得百姓許多財物，如何不借我些？」楊雄應道：「這都是別人與我做好看的，怎麼是詐得百姓的？你來放刁！我與你軍衛有司，各無統屬！」張保不應，便叫眾人向前一哄，先把花紅緞子都搶了去。楊雄叫道：「這廝們無禮！」待向前打那搶物事的人，被張保劈胸帶住，背後又是兩個，來拖住了手。那幾個都動起手來，小牢子們各自迴避了。楊雄被張保並兩個軍漢逼住了，施展不得，只得忍氣，解拆不開。

正鬧中間，只見一條大漢挑著一擔柴來，看見眾人逼住楊雄，動彈不得。那大漢看了，路見不平，便放下了擔，分開眾人，前來勸道：「你們因甚打這節級？」那張保睜起眼來，喝道：「你這打脊餓不死凍不殺的乞丐，敢來多管！」那大漢大怒，性發起來，將張保劈頭只一提，一跤攧翻在地。那幾個破落戶見了，卻待要來動手，早被那大漢一拳一個，都打得東倒西歪。楊雄方脫得身，把出本事來施展；一對拳頭攛梭相似，那幾個破落戶都打翻在地。張保見不是頭，爬將起來，一直走了。楊雄忿怒，大踏步趕將去。張保跟著搶包袱的走。楊雄在後面追著，趕轉一條巷內去了。那大漢兀自不歇手，在路口尋人打。戴宗、楊林看了，暗暗喝采道：「端的是好漢！真正路見不平，拔刀相助！」正是：

匣裡龍泉爭欲出，只因世有不平人。
旁觀能辨非和是，相助安知疏與親。

當時戴宗、楊林便向前邀住，勸道：「好漢，看我二人薄面，且罷休了。」兩個把他扶勸到一個巷內。楊林替他挑了柴擔，戴宗挽住那漢子，邀入酒店裡來。楊林放下柴擔，同到閣兒裡面。那大漢叉手道：「感蒙二位大哥解救了小人之禍。」戴宗道：「我兄弟兩個也是外鄉人，因見壯士仗義之心，只恐一時拳手太重，誤傷人命，特地做這個出場。請壯士酌三杯，到此相會，結義則個。」那大漢道：「多得二位仁兄解拆小人這場，又蒙賜酒相待，實是不當。」楊林便道：「四海之內皆是兄弟，怎如此說？且請坐。」戴宗相讓。那漢那裡肯僭上。戴宗、楊林一帶坐了。那漢坐在對席。叫過酒保，楊林身邊取出一兩銀子來，把與酒保道：「不必來問。但有下飯，只顧買來與我們了，一發總算。」酒保接了銀子去，一面鋪下菜蔬果品按酒之類。

三人飲過數杯。戴宗問道：「壯士高姓大名？貴鄉何處？」那漢答道：「小人姓石名秀，祖貫是金陵建康府人氏，自小學得些槍棒在身，一生執意路見不平，便要去相助，人都呼小弟作『拚命三郎』。因隨叔父來外鄉販賣羊馬，不想叔父半途亡故，消折了本錢，還鄉不得，流落在此薊州，賣柴度日。既蒙拜識，當以實告。」戴宗道：「小可兩個因來此間幹事，得遇壯士如此豪傑。流落在此賣柴，怎能夠發跡？不若挺身江湖上去，做個下半世快樂也好。」石秀道：「小人只會使些棒，別無甚本事，如何能夠發達快活！」戴宗道：「這般時節不得真！一者朝廷不明，二乃奸臣閉塞。小可一個薄識，因一口氣，去投奔了梁山泊宋公明入夥，如今論秤分金錢，換套穿衣服，只等朝廷招安了，早晚都做個官人。」石秀嘆口氣道：「小人便要去，也無門路可進！」戴宗道：「壯士若肯去時，小可當以相薦。」石秀道：「小人不敢拜問二位官人貴姓？」戴宗道：「小可姓戴名宗，兄弟姓楊名林。」石秀道：「江湖上聽得說江州神行太保，莫非正是足下？」戴宗道：「小可便是。」叫楊林身邊包袱內取一錠十兩銀子，送與石秀做本錢。石秀不敢取受，再三謙讓，方才收了。

知道他是梁山泊神行太保，正欲訴說些心腹之話，投托入夥，只聽得外面有人尋問入來。三個看時，是做公的，趕入酒店裡來。戴宗、楊林見人多，吃了一驚，乘鬧哄裡，兩個慌忙走了。

石秀起身迎住，道：「節級，那裡去來？」楊雄便道：「大哥，何處不尋你，在這裡飲酒。我一時被那封住了手，施展不得，多蒙足下氣力，救了我這場便宜。一時間只顧趕了那廝，去奪他包袱，撇了足下。這夥兄弟聽得我廝打，都來相助，依還奪得搶去的花紅緞疋回來，只尋足下不見。有人說道：『兩個客人勸他去酒店裡吃酒。』因此知得，特地尋將來。」石秀道：「是兩個外鄉客人邀在這裡酌三杯，說些閒話，不知節級呼喚。」楊雄大喜，便問道：「足下高姓大名？貴鄉何處？因何在此？」石秀答道：「小人姓石名秀，祖貫是金陵建康府人氏；平生執性，路見不平，便要去捨命相護，以此都喚小人做拚命三郎。因隨叔父來此地販賣羊馬，不期叔父半途亡故，消折了本錢，流落在此薊州，賣柴度日。」楊雄看石秀時，果然好個壯士，生得上下相等。有首西江月詞，單道著石秀好處。但見：

身似山中猛虎，性如火上澆油。心雄膽大有機謀，到處逢人搭救。全仗一條桿棒，只憑兩個拳頭。掀天聲價滿皇州，拚命三郎石秀。

當下楊雄又問：「和足下一處飲酒的客人何處去了？」石秀道：「他兩個見節級帶人進來，只道相鬧，以此去了。」楊雄道：「恁地便喚酒保取兩甕酒來，大碗叫眾人一家三碗，吃了先去，明日得來相會。」眾人都吃了酒，自各散了。楊雄便道：「石家三郎，你休見外。想你此間必無親眷，我今日就結義你做個弟兄，如何？」石秀見說，大喜，便說道：「不敢動問節級貴庚？」楊雄道：「我今年二十九歲。」石秀道：「小弟今年二十八歲；就請節級坐，受小弟拜為哥哥。」石秀拜了四拜。楊雄大喜，便叫酒保安排飲饌酒果來，「我和兄弟今日吃個盡醉方休。」正飲酒之間，只見楊雄的丈人潘公，帶領了五七個人，直尋到酒店裡來。楊雄見了，起身道：「泰山來做甚麼？」潘公道：「我聽得你和人廝打，特地尋將來。」楊雄道：「多謝這個兄弟救護了我，打得張保那廝見影也害怕。我如今就認義了石家兄弟做我兄弟。」潘公道：「好！好！且叫這幾個弟兄吃碗酒了去。」楊雄便叫酒保討酒來。每人三碗吃了去。便叫潘公中間坐了，楊雄對席上首，石秀下首。三人坐下，酒保自來斟酒。

潘公見了石秀這等英雄長大，心中甚喜，便說道：「我女婿得你做個兄弟相幫，也不枉了！公門中出入，誰敢欺負他！叔叔原曾做甚買賣道路？」石秀道：「先父原是操刀屠戶。」潘公道：「叔叔曾省得宰牲口的勾當麼？」石秀笑道：「自小廝屠家飯，如何不省得宰殺牲口。」潘公道：「老漢原是屠戶出身，只因年老，做不得了，只有這個女婿。他又自一身入官府差遣，因此撇下這行衣飯。」三人酒至半酣，計算酒錢。石秀將這擔柴也都準折了。三人取路回來。楊雄入得門，便叫：「大嫂，快來與這叔叔相見。」只見布簾裡面應道：「大哥，你有甚叔叔？」楊雄道：「你且休問，先出來相見。」布簾起處，走出那個婦人來。但見：

黑鬒鬒鬢兒，細彎彎眉兒，光溜溜眼兒，香噴噴口兒，直隆隆鼻兒，紅乳乳腮兒，粉瑩瑩臉兒，輕裊裊身兒，玉纖纖手兒，一捻捻腰兒，軟膿膿肚兒，翹尖尖腳兒，花簇簇鞋兒，肉奶奶胸兒，白生生腿兒。更有一件窄湫湫、緊搊搊、紅鮮鮮、紫稠稠，正不知是甚麼東西。

有詩為證：

二八佳人體似酥，腰懸月鏟殺愚夫。
雖然不見人頭落，暗裡教君骨髓枯。

原來那婦人是七月七日生的，因此，小字喚做巧雲。先嫁了一個吏員，一是薊州人，喚做王押司。兩年前身故了，方才晚嫁得楊雄，未及一年夫妻。石秀見那婦人出來，慌忙向前施禮，道：

「嫂嫂請坐。」石秀便拜。那婦人道：「奴家年輕，如何敢受禮。」楊雄道：「這個是我今日新認義的兄弟。你是嫂嫂，可受半禮。」當下石秀推金山，倒玉柱拜了四拜。那婦人還了兩禮，請入來裡面坐地，收拾一間空房，教叔叔安歇。

話休絮煩。次日，楊雄自出去應當官府，吩咐家中道：「安排石秀衣服巾幘。」客店內有些行李包裹，都教去取來楊雄家裡安放了。卻說戴宗、楊林自酒店裡，看見那夥做公的人來尋訪石秀，鬧鬧裡兩個自走了，回到城外客店中歇了。次日又去尋問公孫勝兩日。絕無人認得，又不知他下落住處。兩個商量了且回去。當日收拾了行李，便起身離了薊州，自投飲馬川來，和裴宣、鄧飛、孟康一行人馬扮作官軍，星夜望梁山泊來。戴宗要見他功勞，糾合得許多人馬上山，山上自做慶賀筵席，不在話下。

再說這楊雄的丈人潘公自和石秀商量，要開屠宰作坊。潘公道：「我家後門頭，是一條斷路小巷。有一間空房在後面。那裡井水又便，可做作坊，就教叔叔做房在裡面，又好照管。」石秀見了也喜：「端的便益。」潘公再尋了個舊時熟識副手，「只央叔叔掌管帳目。」石秀應承了，叫了副手，便把大青大綠粧點起肉案子、水盆、砧頭；打磨了許多刀仗；整頓了肉案；打併人作坊豬圈；趕上十數個肥豬；選個吉日開張鋪。眾鄰舍親戚都來掛紅賀喜，吃了一兩日酒。楊雄一家得石秀開了店，都歡喜，自此無話。

一向潘公、石秀自做買賣。不覺光陰迅速，又早過了兩個月有餘，時值秋殘冬到。石秀裡裡外外，身上都換了新衣穿著。石秀一日早起五更，出外縣買豬，三日了方回家來，只見店不開；到家裡看時，肉店砧頭也都收過了。刀仗傢伙亦藏過了。石秀是個精細的人，看在肚裡便省得了，自心忖道：「常言『人無千日好，花無百日紅。』哥哥自出外去當官，不管家事，必是嫂嫂見我做了這衣裳，一定背我有話說。又見我兩日不回，必然有人搬口弄舌。想是疑心，不做買賣。我休等他言語出來，我自先辭了回鄉去休。自古道：『那得長遠心的人？』」石秀已把豬趕在圈裡，去房中換了手，收拾了包裹，行李，細細寫了一本清帳，從後面入來。潘公已安排下些素酒食，請石秀坐定吃酒。潘公道：「叔叔，遠出勞心，自趕豬來辛苦。」石秀道：「丈人禮當。且收過了這本明白帳目。若上面有半點私心，天地誅滅！」潘公道：「叔叔何故出此言？並不曾有個甚事。」石秀道：「小人離鄉五七年了，今欲要回家去走一遭，特地交還帳目。今晚辭了哥哥，明早便行。」潘公聽了，大笑起來道：「叔叔差矣。你且住，聽老漢說。」那老子言無數句，話不一席，有分教：報仇壯士提三尺，破戒沙門喪九泉。畢竟潘公說出甚言語來？且聽下回分解。

第四十五回　楊雄醉罵潘巧雲　石秀智殺裴如海

話說石秀回來，見收過店面，便要辭別出門。潘公說道：「叔叔且住。老漢已知叔叔的意了：叔叔兩夜不曾回家，今日回家，見收拾過了傢伙什物，叔叔一定心裡只道不開店了，因此要去。休說恁地好買賣；便不開店時，也養叔叔在家。不瞞叔叔說，我這小女先嫁得本府一個王押司，不幸歿了，今得二周年，做些功果與他，因此歇了兩日買賣。明日請下報恩寺僧人來做功德，就要央叔叔款待則個。老漢年紀高碩，熬不得夜，因此一發和叔叔說知。」石秀道：「既然丈人恁地時，小人再納定性過幾時。」潘公道：「叔叔今後並不要疑心，只顧隨分且過。」當時吃了幾杯酒並些素食，收過不提。明早，果見道人挑將經擔到來，鋪設壇場，擺放佛像供器，鼓鈸鐘磬，香花燈燭。廚下一面安排齋食。楊雄在外邊回家來，吩咐石秀道：「賢弟，我今夜卻限當牢，不得前來，凡事央你支持則個。」石秀道：「哥哥放心自去，自然兄弟替你料理。」楊雄去了。石秀自在門前照管。沒多時，只見一個年紀小的和尚，揭起簾子入來。石秀看那和尚時，端的整齊。但見：

一個青旋旋光頭新剃，把麝香松子勻搽；一領黃烘烘直裰初縫，使沉速栴檀香染。山根鞋履，是福州染到深青；九縷絲絛，係西地買來真紫。光溜溜一雙賊眼，只睃趁施主嬌娘；美甘甘滿口甜言，專說誘喪家少婦。淫情發處，草庵中去覓尼姑；色膽動時，方丈內來尋行者。

那和尚入到裡面，深深地與石秀打個問訊。石秀答禮道：「師父少坐。」隨背後一個道人，挑兩個盒子入來。石秀便叫：「丈人，有個師父在這裡。」潘公聽得，從裡面出來。那小和尚便道：「乾爺，如何一向不到敝寺？」老子道：「便是開了這些店面，沒工夫出來。」那和尚便道：「押司周年，無甚罕物相送，些少掛麵，幾包京棗。」老子道：「阿也！甚麼道理教師父壞鈔？教叔叔收過了。」石秀自搬入去，叫點茶出來門前請和尚。

只見那婦人從樓上下來，不敢十分穿重孝，只是淡粧輕抹，便問：「叔叔，誰送物事來？」石秀道：「一個和尚叫丈人做乾爺的送來。」那婦人便笑道：「是師兄海闍黎裴如海。一個老實的和尚。他是裴家絨線鋪裡小官人，出家在報恩寺中。因他師父是家裡門徒，結拜我父做乾爺，長奴兩歲，因此上叫他做師兄。他法名叫做海公。叔叔，晚間你只聽他請佛念經，有這般好聲音。」石秀道：「原來恁地。」自肚裡已有些瞧科。那婦人便下樓來見和尚。石秀背叉著手，隨後跟出來，布簾裡張看。只見婦人出到外面，那和尚便起身向前來，合掌深深的打個問訊。那婦人便道：「甚麼道理教師兄壞鈔？」和尚道：「賢妹，些少微物，不足掛齒。」那婦人道：「師兄何故這般說？出家人的物事，怎的消受得！」和尚道：「敝寺新造水陸堂了，要來請賢妹隨喜，只恐節級見怪。」那婦人道：「家下拙夫也不恁地計較。我娘死時，亦曾許下血盆願心，早晚也要來寺裡相煩還了。」和尚道：「這是自家的事，如何恁地說。但是吩咐如海的事，小僧便去辦來。」那婦人道：「師兄多與我娘念幾經便好。」只見裡面丫鬟捧出茶來。那婦人拿起一盞茶來，把袖子去茶盅口邊抹一杯，雙手遞與和尚。那和尚連手接茶，兩隻眼涎瞪瞪的只顧看那婦人的身上。這婦人一雙眼也笑瞇瞇的只顧看這和尚的眼。人道色膽如天。

卻不防石秀在布簾裡一眼張見，早瞧科了二分，道：「莫信直中直，須防仁不仁！我幾番見那婆娘常常的只顧對我說些風話，我只以親嫂嫂一般相待。原來這婆娘倒不是個良人！莫教撞在石秀手裡，敢替楊雄做個出場也不見得！」石秀一想，一發有三分瞧科了，便揭起布簾，撞將出來。那賊禿連忙放茶，便道：「大郎請坐。」這淫婦便插口道：「這個叔叔，便是拙夫新認義的兄弟。」那和尚虛心冷氣，連忙問道：「大郎，貴鄉何處？高姓大名？」石秀道：「我姓石名秀，金陵人氏。因為只好閒管，替人出力，又叫拚命三郎！我是個粗鹵漢子，禮教不到，和尚休怪！」

賊禿連忙道：「不敢，不敢。小僧去接眾僧來赴道場。」連忙出門去了。那婦人道：「師兄，早來些個。」那賊禿連忙走，更不答應。婦人送了和尚出門，自入裡面去了。石秀在門前，低了頭只顧尋思，其實心中已瞧科四分。不多時，方見行者來點燭燒香，少刻。海闍黎引領眾僧都來赴道場。潘公央石秀接著。相待茶湯已罷，打動鼓鈸，歌詠讚揚。只見這海闍黎同一個一般年紀小和尚做闍黎，搖動鈴杵，發牒請佛，獻齋讚供，諸大護法，監壇主盟，追薦亡夫王押司早生天界。只見那淫婦喬素梳妝，來到法壇上，手捉香爐拈香禮佛。那海闍黎越逞精神，搖著鈴杵，唱動真言。那一堂和尚見了楊雄老婆，這等模樣，也都七顛八倒。但見：

班首輕狂念佛號，不知顛倒。闍黎沒亂誦真言，豈顧高低。燒香行者，推倒花瓶；秉燭頭陀，錯拿香盒。宣名表白，大宋國稱做大唐；懺罪通陳，王押司念為押禁。動鐃的望空便撇，打鈸的落地不知。敲銛子的，軟做一團；擊響磬的，酥做一塊。滿堂喧哄，繞席縱橫。藏主心忙，擊鼓錯敲徒弟手；維那眼亂，磬槌打破老僧頭。十年苦行時休，萬個金剛降不住。

那眾僧都在法壇上看見了這婦人，自不覺都手之舞之，足之蹈之，一時間愚迷了佛性禪心，拴不定心猿意馬，以此上德行高僧世間難得。石秀卻在側邊看了，也自冷笑道：「似此有甚功德！正謂之作福不如避罪。」少間，證盟已畢，請眾和尚裡面齋。那賊禿讓在眾僧背後，轉過頭來，看著這淫婦笑。那淫婦也掩著口笑。兩個處處眉來眼去，以目送情。石秀都瞧科了，足有五分來不快意。眾僧都坐了齋。先飲了幾杯素酒，搬出齋來，都下了襯錢。潘公致了不安，先入去睡了。少刻，眾僧齋罷，都起身行食去了。轉過一遭，再入道場。石秀不快，只推肚疼，自去睡在板壁後了。那婦人一點情動，那裡顧得防備人看見，便自去支持眾僧，又打了一回鼓鈸動事，把些茶食果品煎點。那海闍黎著眾僧用心看經，請天王拜懺，設浴召亡，參禮三寶。追薦到三更時分，眾僧困倦，海闍黎越逞精神，高聲念誦。那婦人在布簾下久立，欲火熾盛，不覺情動，便教丫鬟請海師兄說話。那賊禿一頭念經，一頭趨到婦人前面。這婆娘扯住和尚袖子說道：「師兄，明日來取功德錢時，就對爹爹說血盆願心一事，不要忘了。」和尚道：「做哥哥的記得。只說『要還願也還了好』。」和尚又道：「你家這個叔叔好生利害！」婦人把頭一搖，道：「這個睬他則甚！並不是親骨肉！」和尚道：「恁地，小僧放心。」一頭說，一頭就袖子裡捏那婦人的手。婦人假意把布來隔。那和尚笑了一聲，自出去判斛送亡。

不想石秀在板壁後假睡，正瞧得看，都看在肚子裡了。當夜五更，道場滿散，送佛化紙已了，眾僧作謝回去。那婦人自上樓去睡了。石秀自尋思了，氣道：「哥哥恁的豪傑，卻恨撞了這個淫婦！」忍了一肚皮鳥氣，自去作坊裡睡了。

次日，楊雄回家，俱各不提。飯後，楊雄又出去了，只見海闍黎又換了一套整整齊齊的僧衣，逕到潘公家來。那婦人聽得是和尚來了，慌忙下樓，出來迎接著，邀入裡面坐地，便叫點茶來。婦人謝道：「夜來多教師兄勞神，功德錢未曾拜納。」海闍黎道：「不足掛齒；小僧夜來所說血盆懺願心這一事，特稟知賢妹：要還時，小僧寺裡現在念經，只要寫疏一道就是。」婦人便道：「好，好。」忙叫丫鬟請父親請出來商量。潘公便出來謝道：「老漢打熬不得，夜來甚是有失陪侍。不想石叔叔又肚疼倒了，無人款待。卻是休怪，休怪。」和尚道：「乾爺正當自在。」婦人便道：「我要替娘還了血懺舊願；師兄說道：明日寺中做好事，就附搭還了。先教師兄去寺裡念經，我和你明日飯罷去寺裡，只要證盟懺疏，也是了當一頭事。」潘公道：「也好，明日只怕買賣緊，櫃上無人。」婦人道：「放著石叔叔在家照管，卻怕怎的？」潘公道：「我兒退場門為願，明日只得要去。」婦人就取些銀子做功果錢與和尚去。「有勞師兄，莫責輕微。明日準來上刹討素麵。」海闍黎道：「謹候拈香。」收了銀子，便起身謝道：「多承布施，小僧將去分表眾僧。來日專等賢妹來證盟。」那婦人直送和尚到門外去了。石秀自在作坊裡安歇，起來宰豬趕趁。詩曰：

古來佛殿有奇逢，偷約歡期情倍濃。
也學裴航勤玉杵，巧雲移處鵲橋通。

是日，楊雄至晚方回，婦人待他吃了晚飯，洗了腳手，卻教潘公對楊雄說道：「我的阿婆臨死時，孩兒許下血盆經懺願心在這報恩寺中。我明日和孩兒去那裡證盟了便回，說與你知道。」楊雄道：「大嫂，你便自說與我，何妨？」那婦人道：「我對你說，又怕你嗔怪，因此不敢與你說。」當晚無話，各自歇了。

次日五更，楊雄起來，自去畫卯，承應官府。石秀起來，自理會做買賣。只見婦人起來，濃妝豔飾，打扮得十分濟楚。包了香盒，買了紙燭，討了一乘轎子。石秀自一早晨顧買賣，也不來管他。飯罷，把丫鬟迎兒也打扮了。巳牌時候，潘公換了一身衣裳，來對石秀道：「相煩叔叔照管門前。老漢和拙女同去還些願心便回。」石秀笑道：「小人自當照管。丈人但照管嫂嫂，多燒些好香早早來。」石秀自肚裡已知了。

且說潘公和迎兒跟著轎子，一逕望報恩寺裡來。卻說海闍黎這賊禿，單為這婦人結拜潘公做乾爺，只吃楊雄阻滯礙眼，因此不能夠上手，自從和這婦人結拜起，只是眉來眼去送情，未見真實的事。因這一夜道場裡，才見他十分有意。期日約定了，那賊禿磨槍備劍，整頓精神。已先在山門下伺候；看見轎子到來，喜不自勝，向前迎接。潘公道：「甚是有勞和尚。」那婦人下轎來謝道：「多多有勞師兄。」海闍黎道：「不敢，不敢。小僧已和眾僧都在水陸堂上。從五更起來誦經，到如今未曾住歇，只等賢妹來證盟。是多有功德。」把這婦人和老子引到水陸堂上，已自先安排下香花燈燭之類，有十數個僧人在彼看經。那婦人都道了萬禮，參禮了三寶。海闍黎引到地藏菩薩面前，證盟懺悔。通罷疏頭，便化了紙，請眾僧自去吃齋，著徒弟陪侍。海闍黎卻請：「乾爺和賢妹去小僧房裡拜茶。」一引把這婦人引到僧房裡深處，預先都準備下了，叫聲：「師哥，茶來。」只見兩個侍者捧出茶來，白雪錠器盞內，朱紅托子，絕細好茶。吃罷，放下盞子，

「請賢妹裡面坐一坐。」又引到一個小小閣兒裡。琴光黑漆春臺，掛幾幅名人書畫，小桌兒上焚一爐妙香。潘公和女兒一臺坐了，賊禿對席，迎兒立在側邊。

那婦人道：「師兄端的是好個出家人去處，清幽靜樂。」海闍黎道：「妹子休笑話，怎生比得貴宅上！」潘公道：「生受了師兄一日，我們回去。」那和尚那裡肯，便道：「難得乾爺在此，又不是外人。今日齋食已是賢妹做施主，如何不吃箸麵了去？師哥快搬來！」說言未了，卻早托兩盤進來，都是日常裡藏下的稀奇果子，異樣菜蔬並諸般素饌之物，排一春臺。淫婦便道：「師兄，何必治酒？反來打攪。」和尚笑道：「不成禮教，微表薄情而已。」師哥將酒來斟在杯中。和尚道：「乾爺多時不來，試嘗這酒。」老兒飲罷道：「好酒，端的味重！」賊禿道。「前日一個施主家傳得此法，做了三五石米，明日送幾瓶來與令婿。」老兒道：「甚麼道理！」和尚又勸道：「無物相酬，賢妹娘子，胡亂告飲一杯。」兩個小師哥兒輪番篩酒。迎兒也勸了幾杯。那婦人道：「酒住，吃不去了。」和尚道：「難得娘子到此，再告飲一杯。」潘公叫轎夫入來，各人與他一杯酒。賊禿道：「乾爺不必記掛，小僧都吩咐了，已著道人邀在外面，自有坐處吃酒。乾爺放心，且請開懷多飲幾杯。」原來這賊禿為這個婦人，特地對付下這等有力氣的好酒。潘公吃央不過，多吃了兩杯，擋不住，醉了。和尚道：「且扶乾爺去床上睡一睡。」和尚叫兩個師哥只一扶，把這老兒攙在一個冷淨房裡去睡了。

這裡和尚自勸道：「娘子，開懷再飲一杯。」那婦人一者有心，二來酒入情懷，不覺有些朦朧朧上來，口裡嘈道：「師兄，你只顧央我酒吃做甚麼？」和尚扯著口嘻嘻的笑道：「只是敬重娘子。」婦人便道：「我吃酒是罷了。」賊禿道：「請娘子去小僧房裡看佛牙。」淫婦便道：「我正要看佛牙則個。」這和尚把那婦人一引，引到一處樓上，卻是那海闍黎的臥房，設得十分整齊。婦人看了，先自五分歡喜，便道：「你端的好個臥房，乾乾淨淨！」海闍黎笑道：「只是少一個娘子。」那淫婦也笑道：「你便討一個不得？」和尚道：「那裡得這般施主？」婦人道：「你且教我看佛牙則個。」和尚道：「你叫迎兒下去了，我便取出來。」婦人便道：「迎兒，你且下去，看老爺醒也未。」迎兒自下得樓來，去看潘公。和尚把樓門關上。婦人笑道：「師兄，你關我在這裡怎的？」這和尚淫心蕩漾，向前摟住那婦人道：「我把娘子十分愛慕，我為你下了兩年心路。今日難得娘子到此，這個機會作成小僧則個！」婦人道：「我的老公不是好惹的，你卻要騙我。倘若他得知，不饒你！」和尚跪下道：「只是娘子可憐見小僧則個！」那婦人張著手，說道：「和尚家倒會纏人！我老大耳刮子打你！」賊禿嘻嘻的笑著，說道：「任從娘子打，只怕娘子閃了手。」那婦人淫心也動，便摟起和尚，道：「我終不成當真打你？」和尚便抱住這婦人，向床前卸衣解帶，共枕歡娛。正是：

不顧如來法教，難遵佛祖遺言。一個色膽歪邪，管甚丈夫利害。一個淫心蕩漾，從他長老埋怨。這個氣喘聲嘶，卻似牛齁柳影。那個言嬌語澀，渾如鶯囀花間。一個耳邊訴雲意雨情，一個枕上說山盟海誓。闍黎房裡，翻為快活道場。報恩寺中，真是極樂世界。可惜菩提甘露水，一朝傾在巧雲中。

好半日，兩個雲雨方罷。那和尚摟住這婦人，說道：「你既有心於我，我身死而無怨。只是今日雖然虧你作成了我，只得一霎時的恩愛快活，久後必然害殺小僧。」那婦人便道：「你且不要慌。我已尋思一條計了。我家的老公一個月倒有二十來日當牢上宿。我自買了迎兒，教他每日在後門裡伺候，若是夜晚，他一不在家時，便掇一個香桌兒出來，燒夜香為號，你便入來不妨。只怕五更睡著了，不知省覺，那裡尋得一個報曉的頭陀，買他來後門頭大敲木魚，高聲叫佛，便好出去。若買得這等一個時，一者得他外面策望，二乃不叫你失了曉。」和尚聽了這話，大喜道：「妙哉！你只顧如此行。我這裡自有個頭陀胡道人。我自吩咐他來策望便了。」婦人道：「我不敢留戀長久，恐這廝們疑忌。我快回去是得。你只不要誤約。」那婦人連忙再整雲鬢，重勻粉面，開了樓門，便下樓來，教迎兒叫起潘公，慌忙便出僧房來。轎夫吃了酒麵，已在寺門前伺候。那海闍黎直送那婦人到山門外。那婦人作別了，上轎自和潘公、迎兒歸家，不在話下。

卻說這海闍黎自來尋報曉頭陀。本房原有個胡道，今在寺後退居裡小庵中過活，諸人都叫他做胡頭陀；每日只是起五更來敲木魚報曉，勸人念佛，天明時收掠齋飯。海和尚喚他來房中，安排三杯好酒，相待了他，又取些銀子送與胡道。胡道起身說道：「弟子無功，怎敢受祿？日常又承師父的恩惠。」海闍黎道：「我自看你是個志誠的人，我早晚出些錢，貼買道度牒，剃你為僧。這些銀子權且將去買衣服穿著。」原來這海闍黎日常時，只是教師哥不時送些午齋與胡道；待節下又帶挈他去誦經，得些齋襯錢。胡道感恩不淺，尋思道：「他今日又與我銀兩，必有用我處；何必等他開口？」胡道便道：「師父但有使小道處，即當向前。」海闍黎道：「胡道，你既如此好心，我不瞞你：現有潘公的女兒，要和我來往，約定後門首但有香桌兒在外面時，便是教我來。我難去那裡踅。若得你先去看探有無，我才可去。又要煩你五更起來，叫人念佛時，可就來那裡後門頭；看沒人，便把木魚大敲報曉，高聽叫佛，我便出來。」胡道便道：「這個有何難哉？」當時應允了。其日，先來潘公後門討齋飯。只見迎兒出來說道：「你這道人，如何不來前門討齋飯，卻在後門裡來？」那胡道便念起佛來。裡面這婦人聽得了，便出來問道：「你這人莫不是五更報曉的頭陀？」胡道應道：「小道便是五更報曉的頭陀，教人省睡，晚間宜燒些香，佛天歡喜。」那婦人聽了，大喜，便叫迎兒去樓上取一串銅錢來施他。這頭陀張得迎兒轉背，便對婦人說道：「小道便是海師父心腹之人，特地使我先來探路。」淫婦道：「我已知道了。今夜晚間你可來看，如有香桌兒在外，你可便報與他則個。」胡道把頭來點著。迎兒取將銅錢來與胡道去了。那婦人來到樓上，把心腹之事對迎兒說。奴才但得些小便宜，如何不隨順了！

卻說楊雄此日正該當牢，未到晚，先來取了鋪蓋去監裡上宿。這迎兒夜得了些小意兒，巴不到晚，早去安排了香桌兒，黃昏時掇在後門外。那婦人閃在傍邊伺候。初更左側，一個人，戴頂頭巾，閃將入來。迎兒一嚇，道：「是誰？」那人也不答應。這婦人在側邊伸手便扯去他頭巾，露出光頂來，輕輕地罵一聲：「賊禿！倒好見識！」兩個上樓去了。迎兒自來掇過香桌兒，關上了後門，也自去睡了。他兩個當夜如膠似漆，如糖似蜜，如酥似水，如魚似水，快活淫戲了一夜。正好睡哩，只聽得咯咯地木魚響，高聲念佛，和尚和婦人一齊驚覺。那海闍黎披衣起來，道：「我去也。今晚再相會。」婦人道：「今後但有香桌兒在後門外，你便不可負約。如無香桌兒在後門，你便切不可來。」和尚下床，淫婦替他戴上頭巾。迎兒開了後門，放他去了。自此為始，但是楊雄出去當牢上宿，那和尚便來。家中只有這個老兒，未晚先自要睡；迎兒這個丫頭已自做了一路；只要瞞著石秀一個。那婦人淫心起來，那裡管顧。這和尚又知了婦人的滋味，便似攝了魂魄的一般。這和尚只待頭陀報了，便離寺來。那婦人專得迎兒做腳，放他出入。因此快活往來戲耍，將近一月有餘。

且說石秀每日收拾了店時，自在坊裡歇宿，常有這件事掛心，每日委決不下，又不曾見這賊禿往來。每日五更睡覺，不時跳將起來料度這件事。只聽得報曉頭陀直來巷裡敲木魚，高聲叫佛。石秀是乖覺的人，早瞧了九分，冷地裡思量道：「這條巷是條死巷。如何有這頭陀，連日來這裡敲木魚叫佛？事有可疑！」當是十一月中旬之日，五更時分，石秀正睡不著，只聽得木魚敲響，頭陀直敲入巷裡來，到後門口高聲叫道：「普度眾生救苦救難諸佛菩薩！」石秀聽得叫的蹺蹊，便跳將起來去門縫裡張時，只見一個人戴頂頭巾，從黑影裡閃將出來，和頭陀去了，隨後便是迎兒關門。石秀恨道：「哥哥如此豪傑，卻討了這個淫婦！倒被這婆娘瞞過了，做成這等勾當！」巴得天明，把豬出去門前挑了，賣個早市；飯罷，討了一遭賒錢，日中前後，逕到州衙前來尋楊雄。卻好行至州橋邊，正迎見楊雄。楊雄便問道：「兄弟，那裡去來？」石秀道：「因討賒錢，就來尋哥哥。」楊雄道：「我常為官事忙，並不曾和兄弟快活三杯，且來這裡坐一坐。」楊雄把這石秀引到州橋下一個樓上，揀一處僻靜閣兒裡，兩個坐下，叫酒保取瓶好酒來，安排盤饌海鮮案酒。

二人飲過三杯，楊雄見石秀只低頭尋思。楊雄是個性急人，便問道：「兄弟心中有些不樂，莫不家裡有甚言語，傷觸你處？」石秀道：「家中也無有甚話。兄弟感承哥哥把做親骨肉一般看待，有句話敢說麼？」楊雄道：「兄弟何故今日見外？有的話，但說不妨。」石秀道：「哥哥每日出來，只顧承當官府，不知背後之事。這嫂嫂不是良人，兄弟已看在眼裡多遍了，且未敢說。今日見得仔細，忍不住來尋哥哥，直言休怪。」楊雄道：「我自無背後眼。你且說是誰？」石秀道：「前者家裡做道場，請那個賊禿海闍黎來，嫂嫂便和他眉來眼去，兄弟都看見。第三日，又去寺裡還血盆懺願心，兩個都帶酒歸來。我近日只聽得一個頭陀直來巷內敲木魚叫佛，那廝敲得作怪。今日五更，被我起來張時，看見果然是個賊禿，戴頂頭巾，從家裡出去。似這等淫婦，要他何用！」楊雄聽了，大怒道：「這賊人怎敢如此！」石秀道：「哥哥且息怒，今晚都不要提，只和每日一般。明日只推做上宿，三更後再來敲門。那廝必然從後門先走，兄弟一把拿來，從哥哥發落。」楊雄道：「兄弟見得是。」石秀又吩咐道：「哥哥今晚且不可胡發說話。」楊雄道：「我明日約你便是。」兩個再飲了幾杯，算還了酒錢，一同下樓來；出得酒肆，各散了。只見四五個虞候叫楊雄道：「那裡不尋節級！知縣相公後花園裡坐地，教尋節級來和我們使槍棒。快走！快走！」楊雄便吩咐石秀道：「大官喚我，只得去應答。兄弟，你先回家去。」石秀當下自歸來家裡，收拾了店面，自去作坊裡歇息。

且說楊雄被知府喚去，到後花園中使了幾回棒。知府看了大喜，叫取酒來，一連賞了十大賞鍾。楊雄吃了，都各散了。眾人又請楊雄去酒。至晚，吃得大醉，扶將歸來。詩曰：

曾聞酒色氣相連，浪子酣尋花柳眠。
只有英雄心裡事，醉中觸憤不能蠲。

那婦人見丈夫醉了，謝了眾人，自和迎兒攙上樓梯去，明晃晃地點著燈盞。楊雄坐在上，迎兒去脫靴鞋，婦人與他除頭巾，解巾幘。楊雄見他來除巾幘，一時驀上心來，自古道：「醉是醒時言。」指著那婦人罵道：「你這賤人！這賊妮子！好歹我要結果了你！」那淫婦了一驚，不敢回話，且服侍楊雄睡了。楊雄一頭床上睡，一頭口裡恨恨的罵道：「你這賤人！你這淫婦！你這廝敢大蟲口裡倒涎！我這手裡不到得輕輕地放你！」那婦人那裡敢喘氣，直待楊雄睡著。看看到五更，楊雄酒醉醒了，討水。那婦人起來舀碗水遞與楊雄了，桌上殘燈尚明。楊雄了吃水，便問道：「大嫂，你夜來不曾脫衣裳睡？」那婦人道：「你吃得爛醉了，只怕你要吐，那裡敢脫衣裳，只在腳後倒了一夜。」楊雄道：「我不曾說甚言語？」婦人道：「你往常酒性好，但醉了便睡。我夜來只有些兒放不下。」楊雄又說道：「石秀兄弟，這幾日不曾和他快活得吃三杯。你家裡也自安排些請他。」那婦人便不應，自坐在踏床上，眼淚汪汪，口裡嘆氣。

楊雄又問道：「大嫂，我夜來醉了，又不曾惱你，做甚麼了煩惱？」那婦人掩著淚眼只不應。楊雄連問了幾聲，那婦人掩著臉假哭。楊雄就踏床上，扯起他在床上，務要問他為何煩惱。那婦人一頭哭，一面口裡說道：「我爹娘當初把我嫁王押司，只指望『一竹竿打到底。』誰想半路相拋！今日只為你十分豪傑，嫁得個好漢，誰想你不與我做主！」楊雄道：「又作怪！誰敢欺負你，我不做主？」那婦人道：「我本待不說，又怕你看他道兒；欲待說來，又怕你忍氣。」楊雄聽了，便道：「你且說怎麼地來？」那婦人道：「我說與你，你不要氣苦。自從你認義了這個石秀家來，初時也好，向後看看放出刺來，見你不歸時，時常看了我，說道：『哥哥今日又不來，嫂嫂自睡也好冷落。』我只不睬他，不是一日了。這個且休說。昨日早晨，我在廚房洗脖項，這廝從後走出來，看見沒人，從背伸隻手來摸我胸前，道：『嫂嫂，你有孕也無？』被我打脫了手。本待要聲張起來，又怕鄰舍得知笑話，裝你的幌子；巴得你歸來，又濫泥也似醉了，又不敢說，我恨不得吃了他！你兀自來問石秀兄弟怎的！」正是：

淫婦從來多巧言，丈夫耳軟易為昏。
自今石秀前門出，好放闍黎進後門。

楊雄聽了，心中火起，便罵道：「『畫虎畫皮難畫骨，知人知面不知心；』這廝倒來我面前又說海闍黎許多事，說得個沒巴鼻！眼見得那廝慌了，便先來說破，使個見識！」口裡恨恨地道：「他又不是我親兄弟！趕了出去便罷！」楊雄到天明，下樓來對潘公說道：「牢了的牲口醃了罷，從今日便休要買賣！」一霎時，把櫃子和肉案都拆了。

石秀天明正將了肉出來門前開店，只見肉案並櫃子都拆翻了。石秀是個乖覺的人，如何不省得，笑道：「是了！因楊雄醉後出言，走透了消息，倒吃這婆娘使個見識攛掇，定反說我無禮，教他丈夫收了肉店。我若和他分辯，教楊雄出醜。我且退一步了，別作計較。」石秀便去作坊裡收拾了包裹。楊雄怕他羞辱，也自去了。石秀提了包裹，跨了解腕尖刀，來辭潘公，道：「小人在宅上打攪了許多時；今日哥哥既是收了鋪面，小人告回。帳目已自明明白白，並無分文來去。如有毫釐昧心，天誅地滅！」潘公被女婿吩咐了，也不敢留他，有詩為證：

枕邊言易聽，背後眼難開。
直道驅將去，奸邪漏進來。

這石秀只在近巷內尋個客店安歇，賃了一間房住下。石秀自尋思道：「楊雄與我結義，我若不明白得此事，枉送了他的性命。他雖一時聽信了這婦人說，心中恨我，我也分別不得，務要與他明白了此一事。我如今且去探聽他幾時當牢上宿，起個四更，便見分曉。」在店裡住了兩日，去楊雄門前探聽，當晚只見小牢子取了鋪蓋出去。石秀道：「今晚必然當牢，我且做些工夫看便了。」當晚回店裡，睡到四更起來，跨了這口防身解腕尖刀，悄悄地開了店門，逕踅到楊雄後門頭巷內；伏在黑影裡張時，好交五更時候；只見那個頭陀挾著木魚，來巷口探頭探腦。石秀閃在頭陀背後，一隻手扯住頭陀，一隻手把刀去脖子上擱著，低聲喝道：「你不要掙扎！若高做聲，便殺了你！你好好實說；海和尚叫你來怎地？」那頭陀道：「好漢！你饒我便說！」石秀道：「你快說，我不殺你！」頭陀道：「海闍黎和潘公女兒有染，每夜來往，教我只看後門頭有香桌兒為號，喚他入鈸。五更裡教我來敲木魚叫佛，喚他出鈸。」石秀道：「他如今在那裡？」頭陀道：「他還在他家裡睡覺；我如今敲得木魚響，他便出來。」石秀道：「你且借你衣服木魚與我。」頭陀手裡先奪了木魚。頭陀把衣服正脫下來，被石秀將刀就頸下一勒，殺倒在地，頭陀已死了。石秀穿上直掇護膝，一邊插了尖刀，把木魚直敲入巷裡來。那賊禿在上，好聽得木魚咯咯地響，連忙起來披衣下樓。迎兒先來開門，賊禿隨後從門裡閃將出來。石秀兀自把木魚敲響。那和尚悄悄喝道：「只顧敲甚麼！」石秀也不應他，讓他走到巷口，一跤放翻，按住喝道：「不要高做聲！高做聲便殺了你！只等我剝了衣服便罷！」那賊禿知道是石秀，那裡敢掙扎做聲；被石秀都剝了衣裳，赤條條不著一絲。悄悄去屈膝邊拔出刀來，三四刀搠死了，把刀來放在頭陀身邊；將了兩個衣服，捲做一綑包了，再回客房裡，輕輕地開了門進去，悄悄地關上了，自去睡，不在話下。

卻說本處城中一個賣糕粥的王公，其中五更，挑著擔糕粥，點著個燈籠，一個小猴子跟著，出來趕早市。正來到死屍邊過，被絆一跤，把那老子一擔糕粥傾潑在地下。只見小猴子叫道：「苦也！一個和尚醉倒在這裡！」老子摸得起來，摸了兩手腥血，叫聲苦，不知高低。幾家鄰舍聽得，都開了門出來，點火照時，只見遍地都是血粥，兩個屍首躺在地上。眾鄰舍一把拖住老子，要去官司陳告。正是：

禍從天降，災向地生。

畢竟王公怎地脫身？且聽下回分解。

第四十六回　病關索大鬧翠屏山　拚命三火燒祝家店

話說當下眾鄰舍結住王公，直到薊州府裡首告。知府升廳。一行人跪下告道：「這老子挑著一擔糕粥，潑翻在地下。看時，有兩個死屍在地下裡：一個是和尚，一個是頭陀。俱各身上無一絲。頭陀身邊有刀一把。」老子告道：「老漢每日常賣糕粥糜營生，只是五更出來趕趁。今朝得起早了些個，和這鐵頭猴子只顧走，不看下面，一跤絆翻，碗碟都打碎了。相公可憐，只見血碌碌的兩個死屍，又吃一驚！叫起鄰舍來，倒被扯住到官！望相公明鏡辨察！」知府隨即取了供詞，行下公文，委當方里甲帶了仵作公人，押了鄰舍王公一干人等，下來檢驗屍首，明白回報。眾人登場看檢已了，回州稟復知府：「被殺死僧人，係是報恩寺闍黎裴如海。傍邊頭陀係是寺後胡道。和尚不穿一絲，身上三四道搠傷致命方死。胡道身邊見有凶刀一把。只見頸上有勒死傷痕一道，係是胡道掣刀搠死和尚，懼罪自行勒死。」知府叫拘本寺僧鞫問緣故，俱各不知情由。知府也沒個決斷。當案孔目稟道：「眼見得這和尚裸形赤體，必是和那頭陀幹甚麼不公不法的事，互相殺死，不干王公之事。鄰舍都教召保聽候；屍首著仰本寺住持即備棺木盛殮，放在別處；立個互相殺死的文書便了。」知府道：「也說得是。」隨即發落了一干人等，不在話下。

前頭巷裡那些好事的子弟做成一支曲兒，唱道：

堪笑報恩和尚，撞著前生障；將善男瞞了，信女勾來，要他喜捨肉身，慈悲歡暢。怎極樂觀音方接引，蚤血盆地獄塑來出相？想『色空空色，空色色空，』他全不記多心經上。到如今，徒弟度生回，連長老盤街巷。若容得頭陀，頭陀容得，和合多僧，同房共住，未到得無常勾帳。只道目蓮救母上西天，從不見這賊禿為娘身喪！

後頭巷裡也有幾個好事的子弟，聽得前頭巷裡唱著，不服氣，便也做支臨江仙唱出來賽他，道：

淫戒破時招殺報，因緣不爽分毫。本來面目忒蹊蹺：一絲真不掛，立地放屠刀！大和尚今朝圓寂了，小和尚昨夜狂騷。頭陀刎頸見相交，為爭同穴死，誓願不相饒。兩支曲，條條巷都唱動了。

這件事，滿城都講動了。那婦人聽得，目瞪口呆，自不敢說，只是肚裡暗暗地叫苦。楊雄在薊州府裡，有人告道殺死和尚頭陀，心裡早知了些個，尋思：「此一事準是石秀做出來的。我前日一時間錯怪了他。我今日閒些，且去尋他，問他個真實。」正走過州橋前來，只聽背後有人叫道：「哥哥，那裡去？」楊雄回過頭來，見是石秀，便道：「兄弟，我正沒尋你處。」石秀道：「哥哥，且來我下處，和你說話。」把楊雄引到客店裡小房內，說道：「哥哥，兄弟不說謊麼？」楊雄道：「兄弟，你休怪我。是我一時之愚蠢，酒後失言，反被那婆娘猜破了，說兄弟許多不是。我今特來尋賢弟，負荊請罪。」石秀道：「哥哥，兄弟雖是個不才小人，是頂天立地的好漢，如何肯做別樣之事？怕哥哥日後中了奸計，因此來尋哥哥，有表記教哥哥看。」將出和尚頭陀的衣裳。「盡剝在此！」楊雄看了，心頭火起，便道：「兄弟休怪。我今夜碎割了這賤人，出這口惡氣！」石秀笑道：「你又來了！你既是公門中勾當的人，如何不知法度？你又不曾拿得他真姦，如何殺得人？倘或是小弟胡說時，不錯殺了人？」楊雄道：「似此怎生罷休得？」石秀道：「哥哥，只依著兄弟的言語，教你做個好男子。」楊雄道：「賢弟，你怎地教我做個好男子？」石秀道：「此間東門外有一座翠屏山，好生僻靜。哥哥到明日，只說道：『我多時不曾燒香，我今來和大嫂同去。』把那婦人賺將出來，就帶了迎兒同到山上。小弟先在那裡等候著，當頭對面，把這是非都對得明白了。哥哥那時寫與一紙休書，棄了這婦人，不是上著？」楊雄道：「兄弟何必說得？你身上清潔，我已知了。都是那婦人說謊！」石秀道：「不然；我也要哥哥知道他往來真實的事。」楊雄道：「既然兄弟如此高見，必然不差。我明日準定和那賤人來，你休要誤了。」石秀道：「小弟不來時，所言俱是虛謬。」

楊雄當下別了石秀，離了客店，且去府裡辦事。至晚回家，並不提起，亦不說甚，只和每日一般；次日，天明起來，對那婦人說道：「我昨夜夢見神人怪我，說有舊願不曾還得。向日許下東門外嶽廟裡那炷香願，未曾還得。今日我閒些，要去還了。須和你同去。」那婦人道：「你便去還了罷。要我去何用？」楊雄道：「這心願是當初說親時許下的，必須要和你同去。」那婦人道：「既是恁地，我們早吃些素飯，燒湯洗浴了去。」楊雄道：「我去買香紙，僱轎子。你便洗浴了，梳頭插帶了等。我就叫迎兒也去走一遭。」楊雄又來客店裡相約石秀：「飯罷便來，兄弟休誤。」石秀道：「哥哥，你若得來時，只教在半山裡下了轎，你三個步行上來。我自在上面一個僻處等你。不要帶閒人上來。」楊雄約了石秀，買了紙燭歸來，吃了早飯。那婦人不知有此事，只顧打扮得整整齊齊。迎兒也插帶了。

轎夫扛轎子，早在門前伺候。楊雄道：「泰山看家，我和大嫂燒香了便回。」潘公道：「多燒香，早去早回。」那婦人上了轎子，迎兒跟著，楊雄也隨在後面。出得東門來，楊雄低低吩咐轎夫道：「與我上翠屏山去，我自多還你些轎錢。」不到兩個時辰，早來到翠屏山上。原來這座翠屏山在薊州東門外二十里，都是人家的亂墳；上西一望，儘是青草白楊。並無舍寺院。當下楊雄把婦人抬到半山，叫轎夫歇下轎子，拔去蔥管，搭起轎簾，叫那婦人出轎來。婦人問道：「怎地來這山裡？」楊雄道：「你只顧且上去。轎夫只在這裡等候，不要來，少刻一發打發你酒錢。」轎夫道：「這個不妨，小人只在此間伺候便了。」

楊雄引著那婦人並迎兒，三個人上了四五層山坡，只見石秀坐在上面。那婦人道：「香紙如何不將來？」楊雄道：「我自先使人將上去了。」那婦人一引，引到一處古墓裡。石秀便把包裹、腰刀、桿棒都放在樹根前來，道：「嫂嫂拜揖。」那婦人連忙應道：「叔叔怎地也在這裡？」一頭說，一面肚裡吃了一驚。石秀道：「在此專等多時。」楊雄道：「你前日對我說道，叔叔多遍把言語調戲你，又將手摸著你胸前，問你有孕也無，今日這裡無人，你倆個對得明白。」那婦人道：「哎呀！過了的事，只顧說甚麼？」石秀睜著眼道：「嫂嫂！你怎麼說？」那婦人道：「叔叔，你沒事自把髻兒提做甚麼？」石秀道：「嫂嫂，你怎麼說！」便打開包裹，取出海闍黎並頭陀的衣服來，撒放地下，道：「你認得麼？」那婦人看了，飛紅了臉，無言可對。

石秀颼地掣出腰刀，便與楊雄說道：「此事只問迎兒！」楊雄便揪過那丫頭，跪在前面，喝道：「你這小賤人，快好好實說！如何在和尚房裡入姦，如何約會把香桌兒為號，如何教陀頭來敲木魚，實對我說，饒你這條性命！但瞞了一句，先把你剁做肉泥！」迎兒叫道：「官人！不干我事，不要殺我。我說與你。如何僧房中吃酒；如何上樓看佛牙；如何趕他下樓，看潘公酒醒；第三日如何頭陀來後門化齋飯；如何教我取銅錢布施與他；如何娘子和他約定，但是官人當牢上宿，要我掇香桌兒放出後門外，便是暗號，頭陀來看了去報知和尚；如何海闍黎扮做俗人，帶頂頭巾入來，娘子扯去了露出光頭來；如何五更聽敲木魚響，要看開後門放他出去；如何娘子許我一副釧鐲，一套衣裳，我只得隨順了；如何往來已不止數十遭，後來便殺了，如何又與我幾件首飾，教我對官人說石叔叔把言語調戲一節，這個我眼裡不曾見，因此不敢說。只此是實，並無虛謬。」迎兒說罷，石秀便道：「哥哥，得知麼？我般言語，須不是兄弟教他如此說！請哥哥卻問嫂嫂備細緣由！」楊雄揪過那婦人來，喝道：「賊賤人！丫頭已都招了，便你一些兒休賴，再把實情對我說，饒你這賤人一條性命！」那婦人說道：「我的不是了！你看我舊日夫妻之面，饒恕了我這一遍！」石秀道：「哥哥，含糊不得！須要問嫂嫂一個從頭備細原由！」楊雄喝道：「賤人！你快說！」那婦人只得把偷和尚的事，從做道場夜裡說起，直至往來一一都說了。

石秀道：「你怎地對哥哥倒說我來調戲你？」那婦人道：「前日他醉了罵我，我見他罵得蹺蹊，我只猜是叔叔看見破綻，說與他；到五更裡，又提起來問叔叔如何，我卻把這段話來支吾，實是叔叔並不曾恁地。」石秀道：「今日三面說得明白了，任從哥哥心下如何措置。」楊雄道：「兄弟，你與我拔了這賤人的頭面，剝了衣裳，然後我自服侍他！」石秀便把婦人頭面首飾衣服都剝了。楊雄割兩條裙帶把婦人綁在樹上。石秀把迎兒的首飾也去了，遞過刀來，說道：「哥哥，這個小賤人留他做甚麼！一發斬草除根！」楊雄應道：「果然，兄弟把刀來，我自動手！」迎兒見頭勢不好，待要叫。楊雄手起一刀，揮作兩段。那婦人在樹上叫道：「叔叔，勸一勸！」石秀道：「嫂嫂！哥哥自來服侍你！」楊雄向前，把刀先挖出舌頭，一刀便割了，且教那婦人叫不得。楊雄卻指著罵道：「你這賊賤人！我一時誤聽不明，險些被你瞞過了！一者壞了我兄弟情分，二乃久後必然被你害了性命！我想你這婆娘，心肝五臟怎地生著！我且看一看！」一刀從心窩裡直割到小肚子下，取出心肝五臟，掛在松樹上。楊雄又將這婦人七件事分開了，卻將釵釧首飾都拴在包裹裡了。

楊雄道：「兄弟，你且來，和你商量一個長便。如今一個姦夫，一個淫婦，都已殺了，只是我和你投那裡去安身？」石秀道：「兄弟自有個所在，請哥哥便行。」楊雄道：「是那裡去？」石秀道：「哥哥殺了人，兄弟又殺人，不去投梁山泊入夥，投那裡去？」楊雄道：「且住。我和你又不曾認得他那裡一個人，如何便肯收錄我們？」石秀道：「哥哥差矣。如今天下江湖上皆聞山東及時雨宋公明招賢納士，結識天下好漢。誰不知道？放著我和你一身好武藝，愁甚不收留？」楊雄道：「凡事先難後易，免得後患。我卻不合是公人，只恐他疑心，不肯安著我們。」石秀道：「他不是押司出身？我教哥哥一發放心。前者，哥哥認義兄弟那一日，先在酒店裡和我吃酒的那兩人：一個是梁山泊神行太保戴宗，一個是錦豹子楊林。他與兄弟十兩一錠銀子，尚兀自在包裹，因此可去投托他。」楊雄道：「既有這條門路，我去收拾了些盤纏便走。」石秀道：「哥哥，你也這般兜荅。倘或入城事發拿住，如何脫身？放著包裹裡見有若干釵釧首飾，兄弟又有些銀兩，再有人同去也夠用了；何須又去取討？惹起是非來，如何解救？這事少時便發，不可遲滯，我們只好望山後走。」石秀便背上包裹，拿了槍棒；楊雄插了腰刀在身邊，提了朴刀。

待要離古墓，只見松樹後走出一個人來，叫道：「清平世界，蕩蕩乾坤，把人割了，卻去投奔梁山泊入夥！我聽得多時了！」楊雄、石秀看時，那人納頭便拜。楊雄認得。這人姓時名遷，祖貫是高唐州人氏；流落在此，只一地裡做些飛簷走壁，跳籬騙馬的勾當；曾在薊州府裡吃官司，卻是楊雄救了；人都叫他做鼓上蚤。有詩為證：

骨軟身軀健，眉濃眼目鮮。
形容如怪族，行走似飛仙。
夜靜穿牆過，更深繞屋懸。
偷營高手客，鼓上蚤時遷。

當時楊雄便問時遷：「你如何在這裡？」時遷道：「節級哥哥聽稟：小人近日沒甚道路，在這山裡掘些古墳，覓兩分東西。因見哥哥在此行事，不敢出來衝撞。聽說去投梁山泊入夥，小人如今在此，只做得些偷雞盜狗的勾當，幾時是了?跟隨得二位哥哥上山去，不好?未知尊意肯帶挈小人否？」石秀道：「既是好漢中人物，他那裡如今招納壯士，那爭你一個？若如此說時，我們一同去。」時遷道：「小人認得小路去。」當下引了楊雄、石秀三個人，自取小路下後山投梁山泊去了。

說這兩個轎夫在半山裡等到紅日平西，不見三個下來；吩咐了，又不敢上去；挨不過了，不免信步尋上山來。只見一群老鴉成團打塊在古墓上。兩個轎夫上去看時，原來是老鴉奪那肚腸吃，以此聒噪。轎夫看了，吃著一驚，慌忙回家報與潘公，一同去薊州府裡首告。知府隨即差委一員縣尉，帶了仵作行人，來翠屏山檢驗屍首已了，回覆知府，稟道：「檢得一口婦人潘巧雲割在松樹邊；使女迎兒殺死在古墓下；墳邊遺下一堆婦人與和尚頭陀衣服。」知府聽了，想起前日海和尚頭陀的事，備細詢問潘公。那老子把這僧房酒醉一節，和這石秀出去的緣由細說了一遍。知府道：「眼見得這婦人與和尚通姦。那女使、頭陀做腳。想石秀那廝道路見不平，殺死頭陀、和尚；楊雄這廝，今日殺了婦人、女使無疑。定是如此。只拿得楊雄、石秀，便知端的。」當即行移文書，捕獲楊雄、石秀。其餘轎夫等，各放回聽候。潘公自去買棺木，將屍首殯葬，不在話下。

再說楊雄、石秀、時遷，離了薊州地面，在路夜宿曉行，不則一日，行到鄆州地面；過得香林窪，早望見一座高山。不覺天色漸漸晚了，看見前面一所靠溪客店。三個人行到門首，但見：

前臨官道，後傍大溪。數百株垂柳當門，一兩樹梅花傍屋。荊榛籬落，周回繞定茅茨；蘆葦簾櫳，前後遮藏土炕。右壁廂一行，書寫「庭幽暮接五湖賓」；左勢下七字，題道「戶敞朝迎三島客」。雖居野店荒村外，亦有高車駟馬來。

店小二待關門，只見這三個人撞將入來。小二問道：「客人來路遠，以此晚了？」時遷道：「我們今日走了一百里以上路程，因此到得晚了。」小二哥放他三個入來安歇，問道：「客人，不曾打火麼？」時遷道：「我們自理會。」小二道：「今日沒客，灶上有兩只鍋乾淨，客人自用不妨。」時遷問道：「店裡有酒肉賣麼？」小二道：「今日早起有些肉，都被近村人家買了去，只剩得一甕酒在這裡，並無下飯。」時遷道：「也罷！先借五升米來煮菜，卻理會。」小二哥取出米來與時遷，做起一鍋飯來。石秀自在房中安頓行李。楊雄取出一隻釵兒把與店小二，先回他這酒來，明日一發算帳。小二哥收了釵兒，便去裡面掇出那酒來開了，將一碟兒熟菜放在桌子上。

時遷先提一桶湯來叫楊雄、石秀洗了手，一面篩酒來，就來請小二哥一處坐地吃酒；放下四隻大碗，斟下酒來。石秀看見店中簷下插著十數把好朴刀，問小二道：「你家店裡怎的有這軍器？」小二哥應道：「都是主人家留在這裡。」石秀道：「你家主人是甚麼樣人？」小二道：「客人，你是江湖上走的人，如何不知我這裡的名字？前面那座高山便喚做獨龍山。山前有一座凜巍巍岡子，便喚做獨龍岡。上面便是主人家住宅。這裡方圓三十里，喚做祝家莊。莊主太公祝朝奉有三個兒子，稱為『祝氏三傑』。莊前莊後有五七百人家，都是佃戶。各家分下兩把朴刀與他。這裡喚作祝家店。常有數十個家人來店裡上宿，以此分下朴刀在這裡。」石秀道：「他分軍器在店裡何用？」小二道：「此間離梁山泊不遠，只恐他那裡賊人來借糧，因此準備下。」石秀道：

「與你些銀兩，回與我一把朴刀用，如何？」小二哥道：「這個使不得，器械上都編著字號。我小人吃不得主人家的棍棒。我這主人法度不輕。」石秀道：「我自取笑你，你便慌。且只顧吃酒。」小二道：「小人吃不得了，先去歇了。客人自便，寬飲幾杯。」小二哥去了。楊雄、石秀，又自吃了一回酒。只見時遷道：「哥哥，要肉麼？」楊雄道：「店小二說沒了肉賣，你又那裡得來？」時遷嘻嘻的笑著，去竈上提出一隻老大公雞來。楊雄問道：「那裡得這雞來？」時遷道：「小弟卻去後面淨手，見這隻雞在籠裡，尋思沒甚酒，被我悄悄把去溪邊殺了，提桶湯去後面，就那裡撏得乾淨，煮得熟了，把來與二位哥哥。」楊雄道：「你這廝還是這等賊手賊腳！」石秀笑道：「還未改本行！」三個笑了一回，把這雞來手撕開了，一面盛飯來。

只見那店小二略睡一睡，放心不下，爬將起來，前後去照管。只見廚桌上有些雞毛和雞骨頭，卻去灶上看時，半鍋肥汁。小二慌忙去後面籠裡看時，不見了雞，連忙出來問道：「客人，你們好不達道理！如何偷了我店裡報曉的雞？」時遷道：「見鬼了，耶耶！我自路上買得這隻雞來，何曾見你的雞！」小二道：「我店裡的那裡去了？」時遷道：「敢被野貓拖了，黃猩子吃了，鷂鷹撲去了？我怎地得知？」小二道：「我的雞才在籠裡，不是你偷了是誰？」石秀道：「不要爭。值幾錢，賠了你便罷。」店小二道：「我的是報曉雞，店內少它不得。你便賠我十兩銀子也不濟，只要還我雞！」石秀大怒道：「你詐哄誰！老爺不賠你便怎的！」店小二笑道：「客人，你們休要在這裡討野火！只我店裡不比別處客店；你到莊上，便做梁山泊賊寇解了去！」石秀聽了，大罵道：「便是梁山泊好漢，你怎麼，拿了我去請賞？」楊雄也怒道：「好意還你些錢，不賠你怎地拿我去？」小二叫一聲：「有賊！」只見店裡赤條條地走出三五個大漢來，逕奔楊雄、石秀來。被石秀手起，一拳一個，都打翻了。小二哥正待要叫，被時遷一拳打腫了臉，做聲不得。這幾個大漢都從後門走了。楊雄道：「兄弟，這廝們一定去報人來，我們快吃了飯走了罷。」三個當下吃飽了，把包裹分開背了，穿上麻鞋跨了腰刀，各人去架子上揀了一條好朴刀。石秀道：「左右只是左右，不可放過了他！」便去灶前尋了把草，灶裡點個火，望裡面四下燒著。看那草房被風一煽，刮刮雜雜火起來。那火頃刻間，天也似般大。三個拽開腳步，望大路便走。正是：

只為偷兒攘一雞，從教傑士竟追麑。
梁山水泊興波浪，祝氏山莊化作泥。

三個人行了兩個更次，只見前面後面火把不計其數，約有一二百人，發著喊趕將來。石秀道：「且不要慌，我們且揀小路走。」楊雄道：「且住！一個來，殺一個！兩個來，殺一雙！待天色明朗即走！」說猶未了，四下裡合攏來。楊雄當先，石秀在後，時遷在中，三個挺著朴刀來戰莊客。那夥人初時不知，掄著棒趕來，楊雄手起朴刀，早戳翻了五七個，前面的便走，後面的急待要退。石秀趕入去，又戳翻了六七人。四下裡莊客見說殺傷了十數人，都是要性命的，思量不是頭，都退去了。三個得一步趕一步。正走之間，喊聲又起。枯草裡舒出兩把撓鉤來，正把時遷一撓搭住，拖入草窩裡去了。石秀急轉身來救時遷，背後又舒出兩把撓鉤來，得楊雄眼快，便把朴刀一撥撥開，望草裡便戳。都走了。兩個見捉了時遷，怕深入重地，亦無心戀戰：「顧不得時遷了，且四下裡尋路走罷。」見遠遠的火把亂明，小路又無叢林樹木，得有路便走，一直望東邊去了。眾莊客四下裡趕不著，自救了帶傷的人去，將時遷背剪綁了，押送祝家莊來。

且說楊雄、石秀走到天明，望見一座村落酒店。石秀道：「哥哥，前頭酒肆裡買碗酒飯吃了去，就問路程。」兩個便望村店裡來，倚了朴刀坐下，叫酒保取些來，就做些飯。酒保一面下菜蔬，燙將酒來。方欲待吃，只見外面一個大漢走入來，生得臉方腮，眼鮮耳大，貌醜形醜，穿一領茶褐衫，戴一頂萬字頭巾，繫一條白絹搭膊，下面穿一雙油膀靴，叫道：「大官人教你們挑了擔來莊上納。」店主人連忙應道：「裝了擔，少刻便送到莊上。」那人吩咐了，便轉身；又說道：「快挑來！」待出門，正從楊雄、石秀前面過。楊雄認得他。便叫一聲：「小郎，你如何在這裡，不看我一看？」那人回轉頭來看了一看，也認得，便叫道：「恩人如何來到這裡？」望著楊雄便拜。不是楊雄撞見了這個人，有分教：三莊盟誓成虛謬，眾虎咆哮起禍殃。畢竟楊雄、石秀遇見的那人是誰？且聽下回分解。

第四十七回　撲天鵰雙修生死書　宋公明一打祝家莊

話說當時楊雄扶起那人來，叫與石秀相見。石秀便問道：「這位兄弟是誰？」楊雄道：「這個兄弟，姓杜名興，祖貫是中山府人氏。因為面顏生得粗莽，以此人都叫他做鬼臉兒。上年間做買賣，來到薊州，因一口氣上，打死了同夥的客人，官司監在薊州府裡，楊雄見他說起拳棒都省得，一力維持，救了他。不想今日在此相會。」杜興便問道：「恩人為何公事來到這裡？」楊雄附耳低言道：「我在薊州殺了人命，欲要投梁山泊去入夥。昨晚在祝家店投宿，因同一個來的伙伴時遷，偷了他店裡報曉雞，一時與店小二鬧將起來，性起，把他店裡都燒了。我三個連夜逃走。不提防背後趕來。我兄弟兩個搠翻了他幾個，不想亂草中間舒出兩把撓鉤，把時遷搭了去。我兩個亂撞到此。正要問路，不想遇見賢弟。」杜興道：「恩人不要慌。我叫放時遷還你。」楊雄道：「賢弟少坐，同飲一杯。」三人坐下，當下飲酒。

杜興便道：「小弟自從離了薊州，多得恩人的恩惠；來到這裡，感承此間一個大官人見愛，收錄小弟在家中做個主管，每日撥萬論千，盡托付與杜興身上，甚是信任，以此不想回鄉去。」楊雄道：「這大官人是誰？」杜興道：「此間獨龍岡前面有三座山岡，列著三個村坊；中間是祝家莊，西邊是扈家莊，東邊是李家莊。這三處莊上，三村裡算來，總有一二萬軍馬人家。惟有祝家莊最是豪傑。為頭家長喚做祝朝奉，有三個兒子名為祝氏三傑；長子祝龍，次子祝虎，三子祝彪。又有一個教師，喚做鐵棒欒廷玉，此人有萬夫不當之勇。莊上自有一二千了得的莊客。西邊那個扈家莊。莊主扈太公，有個兒子，喚做「飛天虎」扈成，也十分了得。惟有一個女兒最英雄，名喚「一丈青」扈三娘；使兩口日月雙刀，馬上如法了得。這裡東村上是杜興的主人，姓李名應，能使一條渾鐵點鋼槍，背鐵飛刀五口，百步取人，神出鬼沒。這三村結下生死誓願，同心共意；但有吉凶，遞相救應。惟恐梁山泊好漢過來借糧，因此三村準備下抵敵他。如今小弟引二位到莊上見了李大官人，求書去搭救時遷。」楊雄又問道：「你那李大官人。莫不是江湖上喚『撲天雕』的李應？」杜興道：「正是他。」石秀道：「江湖上只聽得獨龍岡有個撲天雕李應是好漢，原來在這裡。多聞他真個了得，是好男子，我們去走一遭。」楊雄便喚酒保計算酒錢。

三個離了村店。便引楊雄、石秀來到李家莊上。楊雄看時，真個好大莊院。外面周回一遭港；粉牆傍岸，有數百株合抱不交的大柳樹，門外一座吊橋接著莊門；入得門來，到廳前，兩邊有二十餘座槍架，明晃晃的都插滿軍器。杜興道：「兩位哥哥在此少等。待小弟入去報知，請大官人出來相見。」杜興人去不多時，只見李應從裡面出來。楊雄、石秀看時，果然好表人物。有臨江仙詞為證：

鶻眼鷹睛頭似虎，燕頷猿臂狼腰，疏財仗義結英豪。愛騎雪白馬，喜著絳紅袍。背上飛刀藏五把，點鋼槍斜嵌銀條，性剛誰敢犯分毫。李應真壯士，名號撲天雕。

當時李應出到廳前，杜興引楊雄、石秀上廳拜見。李應連忙答禮，便教上廳請坐。楊雄、石秀再三謙讓，方坐了。李應便教取酒來且相待。楊雄，石秀兩個再拜道：「望乞大官人致書與祝家莊來救時遷性命，生死不敢有忘。」李應教請門館先生來商議，修了一封書緘，填寫名諱，使個圖書印記，便差一個副主管齎了，備一匹快馬，去到那祝家莊，取這個人來。那副主管領了東人書札，上馬去了。

楊雄、石秀拜謝罷。李應道：「二位壯士放心。小人書去，便當放來。」楊雄、石秀又謝了。李應道：「且請去後堂，少敘三杯等待。」兩個隨進裡面，就具早膳相待。飯罷，吃了茶，李應問些槍法；見楊雄、石秀說得有理，心中甚喜。巳牌時分，那個副主管回來。李應喚到後堂，問道：「去取的這人在那裡？」主管答道：「小人親見朝奉下了書，倒有放還之心，後來走出祝氏三傑，反焦躁起來，書也不回，人也不放，定要解上州去。」李應失驚道：「他和我三家村裡結生死之交，書到便當依允。如何恁地起來？必是你說得不好，以致如此！杜主管，你須自去走一遭，親見祝朝奉，說個仔細緣由。」杜興道：「小人願去。只求東人親筆書緘，到那裡方肯放。」李應道：「說得是。」急取一幅花箋紙來，李應親自寫了書札，封皮面上，使一個諱字圖書，把與杜興接了。後槽牽過一匹快馬，備上鞍轡，拿了鞭子，便出莊門，上馬加鞭，奔祝家莊去了。李應道：「二位放心，我這親筆書去，少刻定當放還。」楊雄、石秀深謝了。留在後堂，飲酒等待。看看天色待晚，不見杜興回來。李應心中疑惑，再教人去接。只見莊客報道：「杜主管回來了。」李應便道：「幾個人回來？」莊客道：「只是主管獨自一個跑馬回來。」李應搖著頭道：「卻又作怪！往常這廝不是這等兜搭，今日緣何恁地？」走出前廳。楊雄、石秀都跟出來。只見杜興下了馬，入得莊門，見他模樣，氣得紫漲了面皮，齜牙露嘴，半晌說不得話。有詩為證：

面貌天生本異常，怒時古怪更難當。
三分不像人模樣，一似酆都焦面王。

李應道：「你且言備細緣故，怎麼地來？」杜興氣定了，方道：「小人齎了東人書札，到他那裡第三重門下，卻好遇見祝龍、祝虎、祝彪弟兄三個坐在那裡。小人聲了三個喏。祝彪喝道：『你又來做甚麼？』小人躬身稟道：『東人有書在此，拜上。』祝彪那廝變了臉，罵道：『你那主人恁地不曉人事！早晌使個潑男女來這裡下書，要討那個梁山泊賊人時遷！如今我正要解上州裡去，又來怎地？』小人說道：『這個時遷不是梁山泊夥內人數；他是自薊州來的客人，要投見敝莊東人。不想誤燒了官人店屋，明日東人自當依舊蓋還。萬望俯看薄面，高抬貴手，寬恕，寬恕。』祝家三個都叫道：『不還！不還！』小人又道：『官人請看，東人親筆書札在此。』祝彪那接過書去，也不拆開來看，就手扯得粉碎，喝叫把小人直叉出莊門。祝彪、祝虎發話道：『休要惹老爺性發！把你那李應捉來，也做梁山泊強寇解了去。』」小人本不敢盡言，實被那三個畜生無禮，把東人百般穢罵。又喝叫莊客來拿了小人，被小人飛馬走了。於路上氣死小人！叵耐那廝，枉與他許多年結生死之交，今日全無些仁義！」詩曰：

徒聞似漆與如膠，利害場中忍便拋。
平日若無真義氣，臨時休說死生交。

李應聽罷，心頭那把無名業火高舉三千丈，按捺不下，大呼：「莊客！快備我那馬來！」楊雄、石秀諫道：「大官人息怒。休為小人們，便壞了貴處義氣。」李應那裡肯聽，便去房中披上一副黃金鎖子甲，前後獸面掩心，掩一領大紅袍，背胯邊插著飛刀五把，拿了點鋼槍，戴上鳳翅盔，出到莊前，點起三百悍勇莊客，杜興也披一副甲，持把槍上馬，帶領二十餘騎馬軍。楊雄、石秀也抓札起，挺著朴刀，跟著李應的馬，逕奔祝家莊來。日漸銜山時分，早到獨龍岡前，便將人馬排開。原來祝家莊又蓋得好；占著這座獨龍山岡，四下一遭闊港，那莊正造在岡上，有三層城牆，都是頑石壘砌的，約高二丈；前後兩座莊門，兩條吊橋；牆裡四邊都蓋窩鋪，四下裡遍插著刀軍器；門樓上排著戰鼓銅鑼。李應勒馬在莊前大叫：「祝家三子！怎敢毀謗老爺！」只見莊門開處，擁出五六十騎馬來。當先一騎似火炭赤的馬上，坐著祝朝奉第三子祝彪。怎生打扮：

頭戴縷金荷葉盔，身穿鎖子梅花甲，腰懸錦袋弓和箭，手執純鋼刀與槍。馬額下垂照地紅纓，人面上生撞天殺氣。

李應指著祝彪大罵道：「你這廝口邊奶腥未退，頭上胎髮猶存！你爺與我結生死之交，誓願同心共意，保護村坊！你家有事情，要取人時，早來早放；要取物件，無有不奉！我今一個平人，二次付書來討，你如何扯了我的書札，恥辱我名？是何道理？」祝彪道：「俺家雖和你結生死之交，誓願同心協意，共捉梁山泊反賊，掃清山寨！你如何結連反賊，意在謀叛？」李應喝道：「你說他是梁山泊甚人？你這廝卻冤平人做賊，當得何罪？」祝彪道：「賊人時遷已自招了，你休要在這裡胡說亂道，遮掩不過。你去便去，不去時，連你捉了也做賊人解送。」

李應大怒，拍坐下馬，挺手中槍，便奔祝彪。祝彪縱馬去戰李應。兩個就獨龍岡前，一來一往，一上一下，鬥了十七八合。祝彪戰李應不過，撥回馬便走。李應縱馬趕將去。祝彪把槍橫擔在馬上，左手拈弓，右手取箭，搭上箭，拽滿弓，覷得較親，背翻身一箭，李應急躲時，臂上早著。李應翻筋斗墜下馬來。祝彪便勒馬來搶來。楊雄、石秀見了，大喝一聲，挺兩把朴刀，直奔祝彪馬前殺將來。祝彪抵擋不住，急勒回馬便走；早被楊雄一朴刀戳在馬後股上；那馬負疼，壁直立起來，險些兒把祝彪掀在馬下。得隨從馬上的人都搭上箭射來。楊雄、石秀見了，自思又無衣甲遮身，只得退回不趕。杜興早自把李應救起，上馬先去了。楊雄、石秀跟了眾莊客也走了。祝家莊人馬趕了二三里路，見天色晚來，也自回去了。杜興扶著李應，回到莊前，下了馬，同入後堂坐定，宅眷都出來看視，拔了箭矢，服侍卸了衣甲，便把金瘡藥敷了瘡口，連夜在後堂商議。楊雄、石秀與杜興說道：「既是大官人被那廝無禮，又中了箭，時遷亦不能夠出來，都是我等連累大官人了。我弟兄兩個只得上梁山泊去懇告晁、宋二公，並眾頭領來與大官人報仇，就救時遷。」因辭謝了李應。李應道：「非是我不用心，實出無奈，兩位壯士只得休怪。」叫杜興取些金銀相贈。楊雄、石秀那裡肯受。李應道：「江湖之上，二位不必推卻。」兩個方才收受，拜辭了李應。杜興送出村口，指與大路。杜興作別了，自回李家莊，不在話下。

且說楊雄、石秀取路投梁山泊來，早望見遠遠一處新造的酒店，那酒旗兒直挑出來。兩個到店裡買些酒，就問路程。這酒店是梁山泊新添設做眼的酒店，正是石勇掌管。兩個一面吃酒，一頭動問酒保上梁山泊路程。石勇見他兩個非常，便來答應道：「這兩位客人從那裡來？要問上山去怎地？」楊雄道：「我們從薊州來。」石勇猛可想起道：「莫非足下是石秀麼？」楊雄道：「我乃是楊雄。這個兄弟是石秀。大哥如何得知石秀名？」石勇慌忙道：「小子不認得；前者，戴宗哥哥到薊州回來，多曾稱說兄長，聞名久矣。今得上山，且喜，且喜。」三個禮罷，楊雄、石秀把上件事都對石勇說了，石勇隨即叫酒保置辦分例酒來相待，推開後面水亭上窗子，拽起弓，放了一枝響箭。只見對港蘆葦叢中，早有小嘍囉搖過船來。石勇便邀二位上船，直送到鴨嘴灘上岸。石勇已自先使人上山去報知，早見戴宗、楊林下山來迎接。俱各禮罷，一同上至大寨裡。眾頭領知道有好漢上山，都來聚會大寨坐下。

戴宗、楊林引楊雄、石秀上廳參見晁蓋、宋江並眾頭領，相見已罷，晁蓋細問兩個蹤跡。楊雄、石秀把本身武藝，投托入夥先說了。眾人大喜，讓位而坐。楊雄漸漸說道：「有個來投托大寨同入夥的時遷，不合偷了祝家店裡報曉雞，一時爭鬧起來，石秀放火，燒了他店屋，時遷被捉。李應二次修書去討，怎當祝家三子堅持不放，誓要捉山寨裡好漢，且又千般辱罵。叵耐那廝十分無禮！」不說萬事皆休，才然說罷，晁蓋大怒，喝叫：「孩兒們！將這兩個與我斬訖報來！」正是：

楊雄石秀少商量，引帶時遷行不臧。
豪傑心腸雖似火，綠林法度卻如霜。

宋江慌忙道：「哥哥息怒。兩個壯士不遠千里來此協助，如何要斬他？」晁蓋道：「俺梁山泊好漢自從併王倫之後，便以忠義為主，全施恩德於民，一個個兄弟下山去，不曾折打銳氣。新舊上山的兄弟們，各各都有豪傑的光彩。這兩個把梁山泊好漢的名目去偷雞，因此連累我等受辱！今日先斬了這兩個，將這廝首級去那裡號令。我親領軍馬去洗蕩那個村坊，不要輸了銳氣！孩兒們，快斬了報來！」

宋江勸住道：「不然。哥哥不聽這兩位賢弟所說，那個鼓上蚤時遷，他原是此等人，以致惹起祝家那廝來，豈是這二位賢弟要玷辱本寨！我也每每聽得有人說，祝家莊那廝要和俺山寨對敵了。哥哥權且息怒。即日山寨人馬數多，錢糧缺少，非是我等要去尋他，那廝倒來吹毛求疵，因此正好乘勢去拿那廝。若打得此莊，倒有三五年糧食。非是我們生事害他，其實那廝無禮！只是哥哥山寨之主，豈可輕動？小可不才，親領一支軍馬，啓請幾位賢弟們下山去打祝家莊。若不洗蕩得那個村坊，誓不還山；一是與山寨報仇，不折了銳氣；二乃免此小輩，被他恥辱；三則得許多糧食，以供山寨之用；四者，就請李應上山入夥。」吳學究道：「公明哥哥之言最好。豈可山寨自斬手足之人？」戴宗便道：「寧可斬了兄弟，不可絕了賢路。」眾頭領力勸，晁蓋方才免了二人。楊雄、石秀也自謝罪。宋江撫諭道：「賢弟休生異心。此是山寨號令，不得不如此。便是宋江，倘有過犯，也須斬首，不敢容情。如今親近又立了鐵面孔目裴宣做軍政司，賞功罰罪，已有定例。賢弟只得恕罪，恕罪。」楊雄、石秀謝罷，謝罪已了，晁蓋叫去坐在楊林之下。山寨裡都喚小嘍囉來參賀新頭領已畢，一面殺牛宰馬，且做慶喜筵席；撥定兩所房屋教楊雄、石秀安歇，每人撥十個小嘍囉服侍。當晚席散，次日再備筵席會聚，商量議事。

宋江教喚鐵面孔目裴宣計較下山人數，啓請諸位頭領同宋江去打祝家莊，定要洗蕩了那個村坊。商量已定，除晁蓋頭領鎮守山寨不動外，留下吳學究、劉唐並阮家三弟兄、呂方、郭盛護持大寨。原撥定守灘、守關、守酒店、有職事員俱各不動。又撥新到頭領孟康管造船隻，頂替馬麟監督戰船。寫下告示，將下山打祝家莊頭領分作兩起，頭一撥宋江、花榮、李俊、穆弘、李逵、楊雄、石秀、黃信、歐鵬、楊林帶領三千小嘍囉，三百馬軍被掛已了，下山前進。第二撥便是林沖、秦明、戴宗、張橫、張順、馬麟、鄧飛、王矮虎、白勝也帶三千小嘍囉，三百馬軍，隨後接應。再著金沙灘鴨嘴灘二小寨，只教宋萬、鄭天壽把守，就行接應糧草。晁蓋送路已了，自回山寨。

且說宋江並眾頭領逕奔祝家莊來，於路無話，早來到獨龍岡前。尚有一里多路，前軍下了寨柵。宋江在中軍帳裡坐下，便和花榮商議道：「我聽得說，祝家莊裡路徑甚雜，未可進兵。且先使兩個人去探聽路途曲折，知得順逆路程，進兵與他對敵。」李逵便道：「哥哥，兄弟閒了多時。

不曾殺得一人，我便先去走一遭。」宋江道：「兄弟，你去不得。若是破陣衝敵，用著你先去；這是做細作的勾當，用你不著。」李逵笑道：「量這個鳥莊，何須哥哥費力！只兄弟自帶三二百個孩兒們殺將去，把這個鳥莊上人都砍了！何須要人先去打聽！」宋江喝道：「你這廝休胡說！且一壁廂去，叫你便來！」李逵走開去了，自說道：「打死幾個蒼蠅，也何須大驚小怪！」宋江便喚石秀來，說道：「兄弟曾到彼處，可和楊林走一遭。」石秀便道：「如今哥哥許多人馬到這裡，他莊上如何不提備；我們扮作甚麼樣人入去好？」楊林便道：「我自打扮了解魘的法師去，身邊藏了短刀，手裡擎著法環，於路搖將入去。你只聽我法環響，不要離了我前後。」石秀道：「我在薊州，原曾賣柴，我只是挑一擔柴進去賣便了。身邊藏了暗器，有些緩急，匾擔也用得著。」楊林道：「好，好。我和你計較了，今夜打點，五更起來便行。」正是只為一雞小忿，致令眾虎相爭，所以古人有篇西江月道得好：

軟弱安身之本，剛強惹禍之胎。無爭無競是賢才，虧我些兒何礙！鈍斧錘磚易碎，快刀劈水難開。但看髮白齒牙衰，惟有舌根不壞。

到得明日，石秀挑著柴先入去。行不到二十來里，只見路徑曲折多雜，四下裡灣環相似；樹木叢密，難認路頭。石秀便歇下柴擔不走。聽得背後法環響得漸近，石秀看時，是楊林頭戴一個破笠子，身穿一領舊法衣，手裡擎著法環，於路搖將進來。石秀見沒人，叫住楊林，說道：「此處路徑彎雜，不知那裡是我前日跟隨李應來時的路。天色已晚，他們眾人爛熟奔走，正看不仔細。」楊林道：「不要管他路徑曲直，只顧揀大路走便了。」石秀又挑了柴，只顧望大路便走，見前面一村人家，數處酒店肉店。石秀挑著柴，便望酒店門前歇了。只見各店內都把刀插在門前；每人身上穿一領黃背心，寫個大「祝」字；往來的人亦各如此。

石秀見了，便看著一個年老的人，唱個喏，拜揖道：「丈人，請問此間是何風俗？為甚都把刀插在當門？」那老人道：「你是那裡來的客人？原來不知，只可快走。」石秀道：「小人是山東販棗子的客人，消折了本錢，回鄉不得，因此擔柴來這裡賣。不知此間鄉俗地理。」老人道：「只可快走，別處躲避。這裡早晚要大廝殺也！」石秀道：「此間這等好村坊去處，恁地了大廝殺？」老人道：「客人，你敢真個不知？我說與你；俺這裡喚做祝家村。岡上便是祝朝奉衙裡。如今惡了梁山泊好漢，見今引領軍馬在村口，要來廝殺；卻怕我這村路雜，未敢入來，見今駐在外面，如今祝家莊上行號令下來，每戶人家要我們精壯後生準備著。但有令傳來，便要去策應。」石秀道：「丈人村中總有多少人家？」老人道：「只我這祝家村，也有一二萬人家。東西還有兩村人接應；東村喚做撲天雕李應李大官人；西村喚扈太公莊，有個女兒，喚做扈三娘，綽號一丈青，十分了得。」石秀道：「似此如何怕梁山泊做甚麼？」那老人道：「便是我初來時，不知路的，也要捉了。」石秀道：「丈人，怎地初來要捉了？」老人道：「我這裡的路，有首詩說道：『好個祝家莊，儘是盤陀路！容易入得來，只是出不去！』」

石秀聽罷，便哭起來，撲翻身便拜；向那老人道：「小人是個江湖上折了本錢，歸鄉不得的人！倘或賣了柴出去，撞見廝殺，走不脫，卻不是苦？爺爺，恁地可憐見！小人情願把這擔柴相送爺爺，只指小人出去的路罷！」那老人道：「我如何白要你的柴；我就買你的。你且入來，請你吃些酒飯。」石秀便謝了，挑著柴，跟那老人入到屋裡。那老人篩下兩碗白酒，盛一碗糕糜，叫石秀吃了。石秀再拜謝道：「爺爺！指教出去的路徑！」那老人道：「你便從村裡走去，只看有白楊樹，便可轉彎。不問路道狹，但有白楊樹的轉彎便是活路；沒那樹時，都是死路。如有別的樹木，轉彎也不是活路。若還走差了，左來右去，只走不出去。更兼死路裡，地下埋藏著竹簽、鐵蒺藜；若是走差了，踏著飛簽，準定吃捉了，待走那裡去！」石秀拜謝了，便問：「爺爺高姓？」那老人道：「這村裡姓祝的最多；惟有我複姓鍾離，土居在此。」石秀道：「酒飯小人都吃了，改日當厚報。」

正說之間，只聽得外面鬧吵。石秀聽得道：「拿了一個細作！」石秀吃了一驚，跟那老人出來看時，只見七八十個軍人，背綁著一個人過來。石秀看時，是楊林，剝得赤條條的，索子綁著。石秀看了，只暗暗地叫苦，悄悄假問老人道：「這個拿了的是甚麼人？為甚事綁了他？」那老人道：「你不見說他是宋江那裡來的細作？」石秀又問道：「怎地吃他拿了？」那老人道：「說這廝也好大膽，獨自一個來做細作，打扮做個解魔法師，閃入村裡來。又不認得這路，只揀大路走了，左來右去，只走了死路；又不曉的白楊樹轉彎抹角的消息，人見他走得差了，來路蹊蹺，就報與莊上官人們來捉他。這廝方才又掣出刀來；手起傷了四五個人。當不住這裡人多，一發上，因此拿了。有人認得他從來是賊，叫做錦豹子楊林。」說言未了，只聽得前面喝道，說是：「莊上三官人巡綽過來！」

石秀在壁縫裡張時，看得前面擺著二十對纓槍，後面四五個人騎著馬，都彎弓插箭；又有三五對青白哨馬，中間擁著一個年少壯士，坐在一匹雪白馬上，全副披掛，跨了弓箭，手執一條銀槍。石秀自認得他，特地問老人道：「過去相公是誰？」那老人道：「這個人正是祝朝奉第三子，喚做祝彪，定著西村扈家莊『一丈青』為妻。弟兄三個，只有他第一了得！」石秀拜謝道：「老爺爺！指點尋路出去！」那老人道：「今日晚了，前面倘或廝殺，枉送了你性命。」石秀道：「爺爺可救一命則個！」那老人道：「你且在我家歇一夜。明日打聽得沒事，便可出去。」石秀拜謝了，坐在他家。只聽得門前四五替報馬報將來，排門吩咐道：「你那百姓；今夜只看紅燈為號，齊心併力捉拿梁山泊賊人，解官請賞。」叫過去了。石秀問道：「這個人是誰？」那老人道：「這個官人是本處捕盜巡檢。今夜約會要捉宋江。」石秀見說，心中自忖了一回，討個火把，叫了安置，自去屋後草窩裡睡了。

卻說宋江軍馬在村口屯駐，不見楊林、石秀出來回報，隨後又使歐鵬去到村口，出來回報道：「聽得那裡講動，說道捉了一個細作。小弟見路徑又雜，難認，不敢深入重地。」宋江聽罷，忿怒道：「如何等得回報了進兵！又拿了一個細作，必然陷了兩個兄弟！我們今夜只顧進兵，殺將入去，也要救他兩個兄弟，未知你眾頭領意下如何？」只見李逵便道：「我先殺入去，看是如何！」宋江聽得，隨即便傳將令，教軍士都披掛了。李逵、楊雄前一隊做先鋒。使李逵等引軍做合後。穆弘居左，黃信居右。宋江、花榮、歐鵬等中軍頭領。搖旗吶喊，擂鼓鳴鑼，大刀闊斧，殺奔祝家莊來。比及殺到獨龍岡上，是黃昏時候，宋江催趲前軍打莊，先鋒李逵脫得赤條條的，揮兩把夾鋼板斧，火拉拉地殺向前來。到得莊前看時，已把吊橋高高地拽起了，莊門裡不見一點火。李逵便要下水過去。楊雄扯住，道：「使不得。關閉莊門，必有計策。待哥哥來，別有商議。」李逵那裡忍耐得住，拍著雙斧，隔岸大罵道：「那鳥祝太公老賊，你出來，黑旋風爺爺在這裡！」莊上只是不應。宋江中軍人馬到來，楊雄接著，報說莊上並不見人馬，亦無動靜。宋江勒馬看時，莊上不見刀槍人馬，心中疑忌，猛省道：「我的不是了；天書上明明戒說：『臨敵休急暴。』是我一時見不到，只要救兩個兄弟，以此連夜進兵；不期深入重地，直到了他莊前，不見敵軍。他必有計策，快教三軍且退。」李逵叫道：「哥哥！軍馬到這裡了，休要退兵！我與你先殺過去！你們都跟我來！」

說猶未了，莊上早知。只聽得祝家莊裡，一個號炮直飛起半天裡去。那獨龍岡上，千百把火把一齊點著；那門樓上，弓箭如雨點般射將來。宋江急取舊路返回。只見後軍頭領李俊人馬先發起喊來，說道：「來的舊路都阻塞了！必有埋伏！」宋江教軍馬四下裡尋路走。李逵揮起雙斧，往來尋人廝殺，不見一個敵軍。只見獨龍岡山頂上又放一個炮來。響聲未絕，四下裡喊聲震地，驚得宋公明目瞪口呆，罔知所措。你便有文韜武略，怎逃出地網天羅？正是：

安排縛虎擒龍計，要捉驚天動地人。

畢竟宋公明並眾頭領怎地脫身？且聽下回分解。

第四十八回　一丈青單捉王矮虎　宋公明二打祝家莊

話說當下宋江在馬上看時，四下裡都有埋伏軍馬，且教小嘍囉只往大路殺將去，只聽得五軍屯塞住了。眾人都叫起苦來。宋江問道：「怎麼叫苦？」眾軍都道：「前面都是盤陀路，走了一遭，又轉到這裡。」宋江道：「教軍馬望火把亮處，有房屋人家，取路出去。」又走不多時，只見前軍又發起喊來，叫道：「甫能望火把亮處取路，又有苦竹簽、鐵蒺藜，遍地撒滿鹿角，都塞了路口！」宋江道：「莫非天喪我也！」正在慌急之際，只聽得左軍中間，穆弘隊裡鬧動，報來說道：「石秀來了！」宋江看時，見石秀拈著口刀，奔到馬前，道：「哥哥休慌，兄弟已知路了！暗傳下將令，教三軍只看有白楊樹便轉彎走去，不要管他路闊路狹！」宋江催趲人馬，只看有白楊樹便轉。約走過五六里路，只見前面人馬越添得多了。宋江疑忌，便喚石秀問道：「兄弟，怎麼前面賊兵眾廣？」石秀道：「他有燈燭為號。」花榮在馬上看見，把手指與宋江道：「哥哥，你看見那樹影裡這碗燭燈麼？只看我等投東，他便把那燭燈望東扯；若是我們投西，他便把燭燈望西扯。只那些兒，想來便是號令。」宋江道：「怎地奈何得他那碗燈？」花榮道：「有何難哉！」便拈弓搭箭，縱馬向前，望著影中只一箭，不端不正，恰好把那碗紅燈射將下來。四下裡埋伏軍兵，不見了那碗紅燈，便都自亂攛起來。

宋江叫石秀引路，且殺出村口去。只聽得前山喊聲連起，一帶火把縱橫撩亂。宋江教前軍紮住，且使石秀領路去探。不多時，回來報道：「是山寨中第二撥馬軍到了，接應殺散伏兵！」宋江聽罷，進兵夾攻，奪路奔出村口。祝家莊人馬四散去了。會合著林沖、秦明等眾人軍馬同在村口駐紮，卻好天明，去高阜處下了寨柵，整點人馬，數內不見了鎮三山黃信。宋江大驚，詢問緣故。有昨夜跟去的軍人見的來說道：「黃頭領聽著哥哥將令，前去探路，不提防蘆葦叢中舒出兩把撓鉤，拖翻馬腳，被五七個人活捉去了，救護不得。」宋江聽罷大怒，要殺隨行軍漢，如何不早報來。林沖、花榮勸住宋江。眾人納悶道：「莊又不曾打得，倒折了兩個兄弟。似此怎生奈何！」楊雄道：「此間有三個村坊結併。所有東村李大官人前日已被祝彪那廝射了一箭，見今在莊上養病。哥哥何不去與他計議？」宋江道：「我正忘了也。他便知本處地理虛實。」吩咐教取一對緞疋、羊酒，選一騎好馬並鞍轡，親自上門去求見。林沖、秦明權守柵寨。宋江帶同花榮、楊雄、石秀上了馬，隨行三百馬軍，取路投李家莊來。

到得莊前，早見門樓緊閉，吊橋高拽起了；牆裡擺列著許多莊兵人馬，門樓上早擂起鼓來。宋江在馬上叫道：「俺是梁山泊義士宋江，特來謁見大官人，別無他意，休要提備。」莊門上杜興看見有楊雄、石秀在彼，慌忙開了莊門，放隻小船過來，與宋江聲喏。宋江慌忙下馬來答禮。楊雄、石秀近前稟道：「這位兄弟便是引小弟兩個見大官人的，喚做『鬼臉兒』杜興。」宋江道：「原來是杜主管。相煩足下對李大官人說：俺梁山泊宋江，久聞大官人大名，無緣不曾拜會。今因祝家莊要和俺們做對頭，經過此間，特獻彩緞、名馬、羊酒薄禮，只求一見，別無他意。」杜興領了言語，再渡過莊來，直到廳前。李應帶傷披被坐在床上。杜興把宋江要求見的言語說了。李應道：「他是梁山泊造反的人，我如何與他廝見？無私有意。你可回他話道：只說我臥病在床，動止不得，難以相見；改日得拜會；所賜禮物，不敢祇受。」

杜興再渡過來見宋江，稟道：「俺東人再三拜上頭領：本欲親身迎迓，奈緣中傷，患軀在床，不能相見，改日專當拜會。適來所賜禮物並不敢受。」宋江道：「我知你東人的意了；我因打祝家莊失利，欲求相見則個；他恐祝家莊見怪，不肯出來相見。」杜興道：「非是如此，委實患病。小人雖是中山人氏，到此多年了，頗知此間虛實事情。中間是祝家莊，東是俺李家莊，西是扈家莊；這三村莊上誓願結生死之交，有事互相救應。今番惡了俺東人，自不去救應。只恐西村扈家莊上要來相助；他莊上，別的不打緊；只有一個女將，喚做『一丈青』扈三娘，使兩口日月刀，好生了得。是祝家莊第三子祝彪定為妻室，早晚要娶。若是將軍要打祝家莊時，不須提備東邊，只要緊防西路。祝家莊上前後有兩座莊門；一座在獨龍岡前，一座在獨龍岡後。若打前門，不濟事；須是兩個夾攻，方可破得。前門打緊路雜難認，一遭都是盤陀路徑，闊狹不等。但有白楊樹便可轉彎，方是活路；如無此樹便是死路。」石秀道：「他如今都把白楊樹斫伐去了，將何為記？」杜興道：「雖然斫伐了樹，如何起得根盡？也須有樹根在彼。只宜白日進兵攻打，黑夜不可進兵。」

宋江聽罷，謝了杜興，一行人馬回寨裡來。林冲等接著，都到大寨裡坐下。宋江把李應不肯出見並杜興說的話對眾頭領說了。李逵便插口道：「好意送禮與他，那廝不肯出來迎哥哥；我自引三百人去打開鳥莊，腦揪這廝出來拜見哥哥！」宋江道：「兄弟，你不省的；他是富貴良民，懼怕官府，如何造次肯與我們相見？」李逵笑道：「那廝想是個小孩子，怕見人！」眾人一齊都笑起來。宋江道：「雖然如此說了，兩個兄弟陷了，不知性命存亡。你眾兄弟可竭力向前，跟我再去打祝家莊。」眾人都起身說道：「哥哥將令，誰敢不聽。不知教誰前去？」黑旋風李逵說道：「你們怕小孩子，我便前去！」宋江道：「你做先鋒不利，今番用你不著。」李逵低了頭忍氣。宋江便點馬麟、鄧飛、歐鵬、王矮虎四個，「跟我親自做先鋒去。」第二點戴宗、秦明、楊雄、石秀、李俊、張順、張橫、白勝準備下水路用人；第三點林冲、花榮、穆弘、李逵分作兩路策應。眾軍標撥已定，都飽食了，披掛上馬。

且說宋江親自要去做先鋒，攻打頭陣；前面打著一面大紅「帥」字旗，引著四個頭領，一百五十騎馬軍，一千步軍，殺奔祝家莊來，直到獨龍岡前。宋江勒馬，看那祝家莊上，起兩面白旗，旗上明明繡著十四個字，道：「填平水泊擒晁蓋，踏破梁山捉宋江。」當下宋江在馬上心中大怒，設誓道：「我若打不得祝家莊，永不回梁山泊！」眾頭領看了，一齊都怒起來。宋江聽得後面人馬都到了，留下第二撥頭領攻打前門。宋江自引了前部人馬，轉過獨龍岡後面來看祝家莊時，後面都是銅牆鐵壁，把得嚴整。正看之時，只見直西一彪軍隊，吶著喊，從後殺來。宋江留下馬麟、鄧飛把住祝家莊後門；自帶了歐鵬、王矮虎分一半人馬前來迎接。山坡下來軍約有二三十騎馬軍，當中簇擁著一員女將，怎生裝束，但見：

蟬鬢金釵雙壓，鳳鞋寶鐙斜踏。連環鎧甲襯紅紗，繡帶柳腰端跨。霜刀把雄兵亂砍，玉纖將猛將生拿。天然美貌海棠花，一丈青當先出馬。

正是扈家莊女將『一丈青』扈三娘；一騎青鬃馬上，掄兩口日月雙刀，引著三五百莊客，前來祝家莊策應。宋江道：「剛說扈家莊有個女將，好生了得，想來正是此人。誰敢與他迎敵？」說猶未了，只見這王矮虎是個好色之徒，聽得說是個女將，指望一合便捉得過來；當時喊了一聲，驟馬向前，挺手中槍便出迎敵。兩軍吶喊。那扈三娘拍馬舞刀來戰王矮虎。一個雙刀的熟閒，一個單槍的出眾。兩個敵十數合之上，宋江在馬上看時，見王矮虎槍法架隔不住。原來王矮虎初見一丈青，恨不得便捉過來；誰想過十合之上，看看的手顫腳麻，槍法便都亂了。不是兩個性命相撲時，王矮虎要做光起來！那一丈青是個乖覺的人，心中道：「這廝無理！」便將兩把雙刀直上直下砍將入來。這王矮虎如何敵得過，撥回馬卻待要走；被一丈青縱馬趕上，把右手刀掛了，輕舒猿臂，將王矮虎提脫離鞍，眾莊客齊上，橫拖倒拽活捉去了。有詩為證：

色膽能拚不顧身，肯將性命值微塵。
銷金帳裡無強將，喪魄亡精與發人。

歐鵬見捉了王英，便挺槍來救。一丈青縱馬跨刀，接著歐鵬，兩個便鬥。原來歐鵬是軍班子弟出身，使得好一鐵槍。宋江看了，暗暗的喝采。恁的歐鵬法精熟，也敵不得那女將半點便宜！鄧飛在遠遠看見捉了王矮虎，歐鵬又戰那女將不下，跑著馬，舞起一條鐵鍊，大發喊將來。祝家莊上已看多時，誠恐一丈青有失，慌忙放下吊橋，開了莊門。祝龍親自引了三百餘人，驟馬提槍來捉宋江。馬麟看見，一騎馬使起雙刀來迎住祝龍廝殺。鄧飛恐宋江有失，不離左右。看他兩邊廝殺，喊聲迭起。宋江見馬麟鬥祝龍不過，歐鵬鬥一丈青不下，正慌哩，只見一彪軍馬從刺斜裡殺將來。宋江看時，大喜；是霹靂火秦明，聽得莊後廝殺，前來救應。宋江大叫：「秦統制，你可替馬麟！」秦明個急性的人，更兼祝家莊捉了他徒弟黃信，正沒好氣，拍馬飛起狼牙棍，便來直取祝龍。祝龍也挺槍來敵秦明。馬麟引了人奪王矮虎。那一丈青看見了馬麟來奪人，便撇了歐鵬，卻是接住馬麟廝殺。兩個都會使雙刀，馬上相迎著，正如風飄玉屑，雪撒瓊花。宋江看得眼也花了。

這邊秦明和祝龍到十合之上，祝龍如何敵得秦明過。莊門裡面那教師欒廷玉帶了鐵鎚，上馬挺槍殺將出來。歐鵬便來迎住欒廷玉廝殺。欒廷玉也不來交馬，帶住槍時，刺斜裡便走。歐鵬趕將去，被欒廷玉一飛鎚正打著，翻筋斗攧下馬去。鄧飛大叫：「孩兒們救人！」舞著鐵鍊逕奔欒廷玉。宋江急喚小嘍囉救得歐鵬上馬。那祝龍當敵秦明不住，拍馬便走。欒廷玉也撇了鄧飛，來戰秦明，兩個鬥了一二十合，不分勝敗。欒廷玉賣個破綻，落荒即走。秦明舞棍逕趕將去。欒廷玉便望荒草之中，跑馬入去。秦明不知是計，也追入去。原來祝家莊那等去處，都有人埋伏，見秦明馬到，拽起馬索來，連人和馬都絆翻了，發聲喊，捉住了秦明。鄧飛見秦明墜馬，慌忙來救時，見絆馬索起，待回身，兩下裡叫聲：「著。」撓鉤似亂麻一般搭來，就馬上活捉了去。

宋江看見，只叫得苦，只救得歐鵬上馬。馬麟撇了一丈青，急奔來保護宋江，望南而走。背後欒廷玉、祝龍、一丈青分投趕將來。看看沒路，正待受縛，只見正南上一個好漢飛馬而來；背後隨從約有五百人馬。宋江看時，乃是沒遮攔穆弘，東南上也有三百餘人，兩個好漢飛奔前來；一個是病關索楊雄，一個是拚命三郎石秀。東北上又一個好漢，高聲大叫：「留下人著！」宋江看時，乃是小李廣花榮。三路人馬一齊都到。宋江心下大喜，一發併力來戰欒廷玉祝龍。莊上望見，恐怕兩個吃虧，且教祝虎守把住莊門，小郎君祝彪騎一匹劣馬，使一條長槍，自引五百餘人馬從莊後殺將出來，一齊混戰。莊前李俊、張橫、張順下水過來，被莊上亂箭射來，不能下手。戴宗、白勝只在對岸吶喊。宋江見天色已晚了，急叫馬麟先保護歐鵬出村山去。宋江又叫小嘍囉篩鑼，聚攏眾好漢，且戰且走。宋江自拍馬到處尋了看，只恐兄弟們迷了路。正行之間，只見一丈青飛馬趕來。宋江措手不及，便拍馬望東而走。背後一丈青緊追著，八個馬蹄翻盞撒相似，趕投深村處來。一丈青正趕上宋江，待要下手，只聽得山坡上有人大叫道：「那鳥婆娘趕我哥哥那裡去！」

宋江看時，是黑旋風李逵，掄兩把板斧，引著七八十個小嘍囉，大踏步趕將來。一丈青便勒轉馬，望這樹林裡去。宋江也勒住馬看時，只見樹林邊轉出十數騎馬軍來，當先簇擁著一個壯士，怎生裝束。但見：

嵌寶頭盔穩戴，磨銀鎧甲重披。素羅袍上繡花枝，獅蠻帶瓊瑤密砌。丈八蛇矛緊挺，霜花駿馬頻嘶。滿山都喚小張飛，豹子頭林沖便是。

那來軍正是豹子頭林沖，在馬上大喝道：「兀那婆娘，走那裡去！」一丈青飛刀縱馬，直奔林沖。林沖挺丈八蛇矛迎敵。兩個鬥不到十回，林沖賣個破綻，放一丈青兩口刀砍入來，林沖把蛇矛逼個住，兩口刀逼斜了，趕攏去，輕舒猿臂，款扭狼腰，把一丈青只一拽，活挾過馬來。宋江看見，喝聲采，不知高低。林沖叫軍士綁了，驟馬向前道：「不曾傷犯哥哥麼？」宋江道：「不曾傷著。」便叫李逵快走村中接應眾好漢，且教來村口商議，天色已晚，不可戀戰。黑旋風領本部人馬去了。林沖保護宋江，押著一丈青在馬上，取路出村口來。當晚眾頭領不得便宜，急急都趕出村口來。祝家莊人馬也收回莊上去了。滿村中殺死的人不計其數。祝龍教把捉到的人都將來陷車囚了，一發拿住宋江，解上東京去請功。扈家莊已把王矮虎解送到祝家莊去了。

且說宋江收回大隊人馬，到村口下了寨柵，先教將一丈青過來，喚二十個老成的小嘍囉，著四個頭目，騎四匹快馬，把一丈青拴了雙手，也騎了一匹馬，「連夜與我送上梁山泊去，交與我父親宋太公收管，便來回話，待我回山寨，自有發落。」眾頭領都只道宋江自要這個女子，盡皆小心送去。先把一輛車兒教歐鵬上山去將息。一行人都領了將令，連夜去了。

宋江其夜在帳中納悶，一夜不睡，坐而待旦。次日，只見探事人報來說：「軍師吳學究引將三阮頭領並呂方、郭盛帶五百人馬到來！」宋江聽了，出寨迎接了軍師吳用，到中軍帳中坐下。吳學究帶將酒食來與宋江把盞賀喜，一面犒賞三軍眾將。吳用道：「山寨裡晁頭領多聽得哥哥先次進兵不利，特地使將吳用並五個頭領來助戰，不知近日勝敗如何？」宋江道：「一言難盡！叵耐祝家那廝，他莊門上立兩面白旗，寫道：『填平水泊擒晁蓋，踏破梁山捉宋江！』這廝無禮！先一遭進兵攻打，因為失其地利，折了楊林、黃信；夜來進兵，又被一丈青捉了王矮虎，欒廷玉打傷了歐鵬，絆馬索拖翻，捉了秦明、鄧飛，如此失利，若不得林教頭活捉得一丈青時，折盡銳氣！今來似此，如之奈何！若是宋江打不得破祝家莊，救不得這幾個兄弟來，情願自死於此地；也無面目回去見得晁蓋哥哥！」吳學究笑道：「這個祝家莊也是合當天敗；恰好有這個機會，吳用想來，事在旦夕可破。」宋江聽罷，十分驚喜，連忙問道：「這祝家莊如何旦夕可破？機會自何而來？」吳學究笑著，不慌不忙，疊兩個指頭，說出這個機會來。正是：

空中伸出拿雲手，救出天羅地網人。

畢竟軍師吳用說出甚麼機會來？且聽下回分解。

第四十九回 解珍解寶雙越獄 孫立孫新大劫牢

話說當時吳學究對宋公明道：「今日有個機會，是石勇面上來投入夥的人，又與欒廷玉那廝最好，亦是楊林、鄧飛的至愛相識。他知道哥哥打祝家莊不利，特獻這條計策來入夥，以為進身之禮，隨後便至。五日之內可行此計，是好麼？」宋江聽了，大喜道：「妙哉！」方才笑逐顏開。說話的，卻是甚麼計策，下來便見。看官牢記這段話頭。原來和宋公明初打祝家莊時一同事發。卻難這邊說一句，那邊說一回，因此權記下這兩打祝家莊的話頭，卻先說那一回來投入夥的人乘機會的話，下來接著關目。原來山東海邊有個州郡，喚做登州。登州城外有一座山，山上多有豺狼虎豹，出來傷人。因此，登州知府拘集獵戶，當廳委了杖限文書，捉捕登州山上大蟲，又仰山前山後里正之家，也要捕虎文狀：限外不行解官，痛責枷號不恕。

且說登州山下有一家獵戶，弟兄兩個：哥哥喚做解珍，兄弟喚做解寶。弟兄兩個都使渾鐵點鋼叉，有一身驚人的武藝。當州裡的獵戶們都讓他第一。那解珍一個綽號喚做兩頭蛇。這解寶綽號叫做雙尾蝎。二人父母俱亡，不曾婚娶。那哥哥七尺以上身材，紫棠色面皮，腰細膀闊。這兄弟更是利害，也有七尺以上的身材，面圓身黑，兩隻腿上刺著飛天夜叉；有時性起，恨不得拔樹搖山，騰天倒地。有一篇西江月，單道他弟兄的好處：

世本登州獵戶，生來驍勇英豪。穿山越嶺健如猱，麋鹿見時驚倒。手執蓮花鐵钂，腰懸蒲葉尖刀。豹皮裙子虎筋絛，解氏二難年少。

那兄弟兩個當官受了甘限文書，回到家中，整頓窩弓藥箭，弩子鏜叉，穿了豹皮褲，虎皮套體，拿了鋼叉；兩個逕奔登州山上，下了窩弓，去樹上等了一日，不濟事了，收拾窩弓下去；次日，又帶了乾糧，再上山伺候。看看天晚，兄弟兩個把窩弓下了，爬上樹去，直等到五更，又沒動靜。兩個移了窩弓，來西山邊下了，坐到天明，又等不著。兩個心焦，說道：「限三日內要納大蟲，遲時須用受責，是怎地好！」兩個到第三日夜，伏至四更時分，不覺身體睏倦，兩個背靠著且睡，未曾合眼，忽聽得窩弓發響。兩個跳將起來，拿了鋼叉，四下裡看時，只見一個大蟲中了藥箭，在那地上滾。兩個撚著鋼叉向前來。那大蟲見了人來，帶著箭便走。兩個追將向前去，不到半山裡時，藥力透來，那大蟲擋不住，吼了一聲，骨碌碌滾將下山去了。解寶道：「好了！我認得這山是毛太公莊後園裡，我和你下去他家取討大蟲。」當時兄弟兩個提了鋼叉，逕下山來投毛太公莊上敲門。

此時方才天明，兩個敲開莊門入去，莊客報與太公知道。多時，毛太公出來。解珍、解寶放下鋼叉，聲了喏，說道：「伯伯，多時不見，今日特來拜擾。」毛太公道：「賢侄如何來得這等早？有甚話說？」解珍道：「無事不敢驚動伯伯睡寢，如今小侄因為官司委了甘限文書，要捕獲大蟲，一連等了三日；今早五更射得一個，不想從後山滾下，在伯伯園裡。望煩借一路取大蟲則個。」毛太公道：「不妨！既是落在我園裡，二位且少坐。敢是肚飢了？吃些早飯去取。」叫莊客且去安排早膳來相待。

當時勸二位吃了酒飯。解珍、解寶起身謝道：「感承伯伯厚意，望煩去取大蟲還小侄。」毛太公道：「既是在我莊後，怕怎地？且坐吃茶，去取未遲。」解珍、解寶不敢相違，只得又坐下。莊客拿茶來教二位了。毛太公道：「如今和賢侄去取大蟲。」解珍、解寶道：「深謝伯伯。」毛太公引了二人，入到莊後，方叫莊客把鑰匙來開門，百般開不開。毛太公道：「這園多時不曾有人來開，敢是鎖鏽了，因此開不得。去取鐵鎚來打開罷了。」莊客身邊取出鐵鎚，打開了鎖，眾人都入園裡去看時，遍山邊去看，尋不見。毛太公道：「賢侄，你兩個莫不錯看了，認不仔細，敢不曾落在我園裡？」解珍道：「恁地得我兩個錯看了？是這裡生長的人，如何認不得？」毛太公道：「你自尋便了，有時自去。」解寶道：「哥哥，你且來看。這裡一帶草滾得平平地都倒了，又有血跡在上頭。如何說不在這裡？必是伯伯家莊客抬過了。」毛太公道：「你休這等說；我家莊上的人如何得知大蟲在園裡，便又得過？你也須看見方當面敲開鎖來，和你兩個一同入園裡來尋。你如何這般說話？」解珍道：「伯伯你須還我這個大蟲去解官。」太公道：「你兩個好無道理！我好意請你吃酒飯，你顛倒賴我大蟲！」解寶道：「有甚麼賴處！你家也見當里正，官府中也委了甘限文書；沒本事去捉，倒來就我見成，你倒將去請功，教我兄弟兩個吃限棒！」毛太公道：「你吃限棒，干我甚事！」解珍、解寶睜起眼來，便道：「你敢教我搜麼？」毛太公道：「我家不比你家，各有內外。你看這兩個叫化頭倒來無禮！」

解寶搶近廳前，尋不見，心中火起，便在廳前打將起來。解珍也就廳前攀折欄杆，打將入去。毛太公叫道：「解珍、解寶白晝搶劫！」那兩個打碎了廳前桌椅，見莊上都有準備，兩個便拔步出門，指著莊上罵著：「你賴我大蟲，和你官司裡去理會！」

解氏深機捕獲，毛家巧計牢籠。

當日因爭一虎，後來引起雙龍。

那兩個正罵之間，只見兩三匹馬投莊上來，引著一夥伴當。解珍認得是毛太公兒子毛仲義，接著說道：「你家莊上莊客捉過了我大蟲，你爹不討還我，顛倒要打我弟兄兩個！」毛仲義道：「這村人不省事，我父親必是被他們瞞過了；你兩個不要發怒，隨我到家裡，討還你便了。」解珍、解寶謝了。毛仲義叫開莊門，教他兩個進去；待得解珍、解寶入得門來，便叫關上莊門，喝一聲「下手！」兩廊下走出二三十個莊客。恰才馬後帶來的都是做公的。那兄弟兩個措手不及。眾人一齊上，把解珍、解寶綁了。毛仲義道：「我家昨夜自射得一個大蟲，如何來白賴我的？乘勢搶擄我家財，打碎家中什物，當得何罪？解上本州，也與本州除了一害！」

原來毛仲義五更時，先把大蟲解上州裡去了；帶了若干做公的來捉解珍、解寶。不想他這兩個不識局面，正中了他的計策，分說不得。毛太公教把他兩個使的鋼叉做一包贓物，扛了許多打碎的傢伙什物，將解珍、解寶剝得赤條條地，背剪綁了，解上州裡來。本州有個六案孔目，姓王名正，是毛太公的女婿，已自先去知府面前稟說了，才把解珍、解寶押到廳前，不由分說，綑翻便打，定要他兩個招做「混賴大蟲，各執鋼叉，因而搶擄財物。」解珍、解寶吃拷不過，只得依他招了。知府教取兩面二十五斤的重枷來枷了，釘下大牢裡去。毛太公、毛仲義自回莊上商議道：「這兩個男女放他不得！不如一發結束了他，免致後患。」當時父子二人自來州裡吩咐孔目王正：「與我一發斬草除根，了此一案。我這裡自行與知府透打關節。」

卻說解珍、解寶押到死囚牢裡，引至亭心上來見這個節級。為頭那人姓包名吉，已自得了毛太公銀兩，並聽信王孔目之言，教對付他兩個性命。便來亭心裡坐下。小牢子對他兩個說道：「快過來跪在亭子前！」包節級喝道：「你兩個便是甚麼兩頭蛇、雙尾蝎，是你麼？」解珍道：「雖然別人叫小人這等混名，實不曾陷害良善。」包節級喝道：「你這兩個畜生！今番我手裡教你『兩頭蛇』做『一頭蛇』；『雙尾』做『單尾』。且與我押入大牢裡去！」那一個小牢子把他兩個帶在牢裡來，見沒人，那小牢子便道：「你兩個認得我麼？我是你哥哥的妻舅。」解珍道：「我只親弟兄兩個，別無那個哥哥。」那小牢子道：「你兩個須是孫提轄的弟兄？」解珍道：「孫提轄是我姑舅哥哥。我不曾與你相會。足下莫非是樂和舅？」那小節級道：「正是！我姓樂名和，祖貫茅州人氏。先祖挈家到此，將姐姐嫁與孫提轄為妻。我自在此州裡勾當，做小牢子。人見我唱得好，都叫我做鐵叫子樂和。姐夫見我好武藝，也教我學了幾路槍法在身。」怎見得，有詩為證：

玲瓏心地衣冠整，俊俏肝腸語話清。
能唱人稱鐵叫子，樂和聰慧自天生。

原來這樂和是一個聰明伶俐的人：諸般樂品，學著便會；作事見頭知尾；說起槍棒武藝，如糖似蜜價愛。為見解珍、解寶是個好漢，有心要救他；只是單絲不成線，孤掌難鳴，只報得他一個信。樂和道：「好教你兩個得知：如今包節級得受了毛太公錢財，必然要害你兩個性命。你兩個是怎生好？」解珍道：「你不說孫提轄則休；你既說起他來，只央你寄一個信。」樂和道：「你教我寄信與誰？」解珍道：「我有個姐姐，是我爺面上的，與孫提轄兄弟為妻，現在東門外十里牌住。他是我姑娘的女兒，叫做母大蟲顧大嫂，開張酒店，家裡又殺牛開賭。我那姐姐有三二十人近他不得。姐夫孫新這等本事也輸與他。只有那個姐姐和我弟兄兩個最好。孫新、孫立的姑娘是我母親；以此，他兩個又是我姑舅哥哥。央煩你暗地寄個信與他，把我的事說知，姐姐必然自來救我。」樂和聽罷，吩咐說：「賢親，你兩個且寬心著。」先去藏些燒餅肉食，來牢裡開了門，把與解珍、解寶吃了，推了事故，鎖了牢門，教別個小節級看守了門，一逕奔到東門外，望十里牌來。早望見一個酒店，門前懸掛著牛羊等肉；後面屋下，一簇人在那裡賭博。樂和見酒店裡一個婦人坐在櫃上，但見：

眉粗眼大，胖面肥腰。插一頭異樣釵環，露兩個時興釧鐲。有時怒起，提井欄便打老公頭。忽地心焦，拿石錐敲翻莊客腿。生來不會拈針線，弄棒持槍當女工。

樂和入進店內，看著顧大嫂，唱個喏道：「此間姓孫麼？」顧大嫂慌忙答道：「便是。足下要沽酒，要買肉？如要賭錢，後面請坐。」樂和道：「小人便是孫提轄妻舅樂和的便是。」顧大嫂笑道：「原來卻是樂和舅。可知尊顏和姆姆一般模樣。且請裡面拜茶。」樂和跟進裡面客位裡坐下。顧大嫂便動問道：「聞知得舅舅在州裡勾當，家裡窮忙少閒，不曾相會。今日甚風吹得到此？」樂和道：「小人若無事，也不敢來相惱。今日廳上偶然發下兩個罪人進來，雖不曾相會，多聞他的大名：一個是兩頭蛇解珍，一個是雙尾蠍解寶。」顧大嫂道：「這兩個是我的兄弟！不知因甚罪犯，下在牢裡？」樂和道：「他兩個因射得一個大蟲，被本鄉一個財主毛太公賴了，又把他兩個強扭做賊，搶擄家財，解入州裡中。他又上上下下都使了錢物，早晚間要教包節級牢裡做翻他兩個，結果了性命。小人路見不平，獨力難救。只想一者沾親，二乃義氣為重，特地與他通個消息。他說道：只除是姐姐便救得他。若不早早用心著力，難以救拔。」顧大嫂聽罷，一片聲叫起苦來，便叫伙家：「快去尋得二哥家來說話！」這個伙家去不多時，尋得孫新歸來，與樂和相見。怎見得孫新的好處，有詩為證：

軍班才俊子，眉目有神威。
身在蓬萊寓，家從瓊海移。
自藏鴻鵠志，恰配虎狼妻。
鞭舉龍雙見，槍來蟒獨飛。
年似孫郎少，人稱小尉遲。

原來這孫新，祖是瓊州人氏，軍馬子孫；因調來登州駐紮，弟兄就此為家。孫新生得身長力壯，全學得他哥哥的本事，使得幾路好鞭；因此人多把他弟兄兩個比尉遲恭，叫他做小尉遲。顧大嫂把上件事對孫新說了。孫新道：「既然如此，教舅舅先回去。他兩個已下在牢裡，全望舅舅看覷則個。我夫妻商量個長便道理，逕來相投。」樂和道：「但有用著小人處，盡可出力向前。」顧大嫂置酒相待已了，將出一包碎銀，付與樂和道：「煩舅舅將去牢裡，散與眾人並小牢子們，好生周全他兩個弟兄。」樂和謝了，收了銀兩，自回牢裡來替他使用，不在話下。

且說顧大嫂和孫新商議道：「你有甚麼道理救我兩兄弟？」孫新道：「毛太公那廝有錢有勢；他防你兩個兄弟出來，須不肯干休，定要做翻了他兩個，似此必然死在他手。若不去劫牢，別樣也救他不得。」顧大嫂道：「我和你今夜便去。」孫新笑道：「你好粗魯！我和你也要算個長便，劫了牢，也要個去向。若不得我那哥哥和這兩個人時，行不得這件事。」顧大嫂道：「這兩個是誰？」孫新道：「便是那叔侄兩個，最好賭的鄒淵、鄒潤；如今現在登雲山臺峪里聚眾打劫。他和我最好。若得他兩個相幫，此事便成。」顧大嫂道：「登雲山離這裡不遠，你可連夜請他叔侄兩個來商議。」孫新道：「我如今便去，你可收拾了酒食餚饌，我去定請得來。」顧大嫂吩咐伙家宰了一口豬，鋪下數盤果品按酒，排下桌子。天色黃昏時候，只見孫新引了兩籌好漢歸來。那個為頭的，姓鄒名淵，原來是萊州人氏；自小最好賭錢，閒漢出身；為人忠良慷慨；更兼一身好武藝，性氣高強，不肯容人，江湖上喚他綽號「出林龍」。第二個好漢，名喚鄒潤，是他侄兒；年紀與叔叔彷佛，二人爭差不多；身材長大，天生一等異相，腦後一個肉瘤；往常但和人爭，性起來，一頭撞去；忽然一日，一頭撞折了澗邊一株松樹，看的人都驚呆了；因此都喚他做「獨角龍」。有西江月一首，單道他叔侄的好處：

廝打場中為首，呼盧隊裡稱雄。天生忠直氣如虹，武藝驚人出眾。結寨登雲臺上，英名播滿山東。翻江攪海似雙龍，豈作池中玩弄？

當時顧大嫂見了，請入後面屋下坐地，把上件事告訴與他，次後商量劫牢一節。鄒淵道：「我那裡雖有八九十人，只有二十個心腹的。明日幹了這件事，便是這裡安身不得了。我有個去處，我也有心要去多時，只不知你夫婦二人肯去麼？」顧大嫂道：「遮莫甚麼去處，都隨你去，只要救了我兩個兄弟！」鄒淵道：「如今梁山泊十分興旺，宋公明大肯招賢納士。他手下見有我的三個相識在彼：一個是錦豹子楊林，一個是火眼狻猊鄧飛，一個是石將軍石勇。都在那裡入夥了多時。我們救了你兩個兄弟，都一發上梁山泊，投奔入夥去，如何？」顧大嫂道：「最好！有一個不去的，我便亂槍戳死他！」鄒潤道：「還有一件：我們倘或得了人，誠恐登州有些軍馬追來，如之奈何？」孫新道：「我的親哥哥見做本州軍馬提轄。如今登州只有他一個了得；幾番草寇臨城，都是他殺散了，到處聞名。我明日自去請他來，要他依允便了。」鄒淵道：「只怕他不肯落草。」孫新說道：「我自有良法。」

當夜吃了半夜酒，歇到天明，留下兩個好漢在家裡，卻使一個伙家，帶領了一兩個人，推輛車子，「快去城中營裡，請哥哥孫提轄並嫂嫂樂大娘子，說道：『家中大嫂害病沈重，便煩來家看覷。』」顧大嫂又吩咐伙家道：「只說我病重臨危，有幾句緊要的話，須是便來，只有一番相見囑咐。」伙家推車兒去了。孫新專在門前侍候，等接哥哥。飯罷時分，遠遠望見車兒來了，載著樂大娘子，背後孫提轄騎著馬，十數個軍漢跟著，望十里牌來。孫新入去報與顧大嫂得知，說：「哥嫂來了。」顧太嫂吩咐道：「只依我如此行。」孫新出來接見哥嫂，且請大哥大嫂下了車兒，同到房裡看視弟媳婦病症。孫提轄下了馬，入門來，端的好條大漢！淡黃面皮，落腮鬍鬚，八尺以上身材，姓孫，名立，綽號病尉遲；射得硬弓，騎得劣馬；使一管長槍，腕上懸一條虎眼竹節鋼鞭；海邊人見了，望風便跌。有詩為證：

鬍鬚黑霧飄，性格流星急。
鞭槍最熟慣，弓箭常溫習。
闊臉似妝金，雙睛如點漆。
軍中顯姓名，病尉遲孫立。

當下病尉遲孫立下馬來，進得門，便問道：「兄弟，嬸子害甚麼病？」孫新答道：「他害的症候甚是蹊蹺。請哥哥到裡面說話。」孫立便入來。孫新吩咐伙家，著這夥跟馬的軍士去對門店裡吃酒。便教伙家牽過馬，請孫立入到裡面來坐下。良久，孫新道：「請哥哥嫂嫂去房裡看病。」孫立同樂大娘入進房裡，見沒有病患。孫立問道：「嬸子病在那裡房內？」只見外面走入顧大嫂來；鄒淵、鄒潤跟在背後。孫立道：「嬸子，你正是害甚麼病？」顧大嫂道：「伯伯拜了。我害些救兄弟的病！」孫立道：「又作怪！救甚麼兄弟？」顧大嫂道：「伯伯！你不要推聾裝啞！你在城中，豈不知道他兩個？是我兄弟，偏不是你的兄弟！」孫立道：「我並不知因由。是那兩個兄弟？」顧大嫂道：「伯伯在上。今日事急，只得直言拜稟：這解珍、解寶被登雲山下毛太公與同王孔目設計陷害，早晚要謀他兩個性命。我如今和這兩個好漢商量已定，要去城中劫牢，救出他兩個兄弟，都投梁山泊入夥去。恐怕明日事發，先負累伯伯；因此我只推患病，請伯伯、姆姆到此，說個長便。若是伯伯不肯去時，我們自去上梁山泊去。如今天下有甚分曉！走了的倒沒事，見在的便吃官司！常言道：『近火先焦。』伯伯便替我們吃官司、坐牢，那時沒人送飯來救你。伯伯尊意如何？」孫立道：「我是登州的軍官，怎地敢做這等事？」顧大嫂道：「既是伯伯不肯，我今日便和伯伯併個你死我活！」顧大嫂身邊便掣出兩把刀來。鄒淵、鄒潤各拔出短刀在手。

孫立叫道：「嬸子且住！休要急行。待我從長計較，慢慢地商量。」樂大娘子驚得半晌做聲不得。顧大嫂又道：「既是伯伯不肯去時，即便先送姆姆前行！我們自去下手！」孫立道：「雖要如此行時，也待我歸家去收拾包裹行李，看個虛實，方可行事。」顧大嫂道：「伯伯，你的樂阿舅透風與我們了！一就去劫牢，一就去取行李不遲。」孫立嘆了一口氣，說道：「你眾人既是如此行了，我怎地推得？終不成日後倒要替你們吃官司？罷！罷！罷！都做一處商議了行！」先叫鄒淵登雲山寨裡收拾起財物馬匹，帶了那二十個心腹的人，來店裡取齊。鄒淵去了，又使孫新入城裡來問樂和討信，就約會了，暗通消息解珍、解寶得知。

次日，登雲山寨裡，鄒淵收拾金銀已了，自和那起人到來相助；孫新家裡也有七八個知心腹的伙家，並孫立帶來的十數個軍漢：共有四十餘人。孫新宰了兩口豬，一腔羊，眾人盡了一飽。顧大嫂貼肉藏了尖刀，扮做個送飯的婦人先去。孫新跟著孫立，鄒淵領了鄒潤，各帶了伙家，分作兩路入去。正是：

捉虎翻成縱虎災，虎官虎吏枉安排。
全憑鐵叫通關節，始得牢城鐵甕開。

且說登州府牢裡包節級得了毛太公錢物，只要陷害解珍、解寶的性命。當日樂和拿著水火棍，正立在牢門裡獅子口邊，只聽得拽鈴子響。樂和道：「甚麼人？」顧大嫂道：「送飯的婦人。」樂和已自瞧科了，便來開門放顧大嫂入來，再關了門，將過廊下去。包節級正在亭心裡看見，便喝道：「這婦人是甚麼人？敢進牢裡來送飯！自古獄不通風！」樂和道：「這是解珍、解寶的姐姐自送來飯。」包節級喝道：「休要叫他入去！你們自與他送進去便了。」樂和討了飯，去開了牢門，把與他兩個。解珍、解寶問道：「舅舅，夜來所言的事如何？」樂和道：「你姐姐入來了。只等前後相應。」樂和便把匣床與他兩個開了。只聽得小牢子入來報道：「孫提轄敲門，要走入來。」包節級道：「他自是營管，來我牢裡，有何事幹！休要開門！」顧大嫂一踅，踅下亭心邊去，外面又叫道：「孫提轄焦躁了，打門。」包節級忿怒，便下亭心來。顧大嫂大叫一聲：「我的兄弟在那裡？」身邊便掣出兩把明晃晃尖刀來。包節級見不是頭，望亭心外便走。解珍、解寶提起枷，從牢眼裡鑽將出來，正迎著包節級。包節級措手不及，被解寶一枷梢打去，把腦蓋劈得粉碎。當時顧大嫂手起，早戳翻了三五個小牢子，一齊發喊，從牢裡打將出來。孫立、孫新把兩個當住牢門，見四個從牢裡出來，一發望州衙前便走。鄒淵、鄒潤早從州衙裡提出王孔目頭來。一行人大喊，步行者在前，孫提轄騎著馬，彎著弓，搭著箭，壓在後面。街上人家都關上門，不敢出來。州裡做公的人認得是孫提轄，誰敢向前攔擋。

眾人簇擁著孫立奔山城門去，一直望十里牌來，扶樂大娘子上了車兒，顧大嫂上了馬，幫著便行。解珍、解寶對眾道：「叵耐毛太公老賊冤家！如何不報了去！」孫立道：「說得是。」便令兄弟孫新與舅舅樂和，「先護持車兒前行著，我們隨後趕來。」孫新、樂和簇擁著車兒先行了。孫立引著解珍、解寶、鄒淵、鄒潤並伙家伴當，一逕奔毛太公莊上來，正值毛仲義與太公莊上慶壽飲酒，不提備。一夥好漢吶聲喊殺將入去，就把毛太公、毛仲義並一門老小盡皆殺了，不留一個；去臥房裡搜檢得十數包金銀財寶，後院牽得七八匹馬，把四匹梢帶馱載。解珍、解寶揀幾件好的衣服穿了；將莊院一把火，齊放起燒了。各人上馬，帶了一行人，趕不到三十里路，早趕上車仗人馬，一處上路行程。於路莊戶人家又奪得三五匹好馬，一行星夜奔上梁山泊去。有西江月為證：

忠義立身之本，奸邪壞國之端。狼心狗幸濫居官，致使英雄扼腕。奪虎機謀可惡，劫牢計策堪觀。登州城廓痛悲酸，頃刻橫屍遍滿。

不一二日，來到石勇酒店裡，那鄒淵與他相見了，問起楊林、鄧飛二人。石勇說起：「宋公明去打祝家莊，二人都跟去，兩次失利。聽得報來說，楊林、鄧飛俱被陷在那裡，不知如何。備聞祝家莊三子豪傑，又有教師鐵棒欒廷玉相助，因此二次打不破那莊里。」孫立聽罷，大笑道：「我等眾人來投大寨入夥，正沒半分功勞。獻此一條計，去打破祝家莊，為進身之報，如何？」石勇大喜道：「願聞良策。」孫立道：「欒廷玉和我是一個師父教的武藝。我學的刀，他也知道；他學的武藝，我也盡知。我們今日只做登州對調，來鄆州守把，經過來此相望，他必然出來迎接我們；進身入去，裡應外合，必成大事。此計如何？」正與石勇說計未了，只見小校報道：「吳學究下山來，前往祝家莊救應去。」石勇聽得，便叫小校快去報知軍師，請來這裡相見。說猶未了，已有軍馬來到店前，乃是呂方、郭盛並阮氏三雄；隨後軍師吳用帶領五百餘人馬到來。石勇接入店內，引著這一行人都相見了，備說投托入夥。獻計一節。吳用聽了大喜。說道：「既然眾位好漢肯作成山寨，且休上山，便煩疾往祝家莊，行此一事，成全這段功勞，如何？」孫立等眾人皆喜，一齊都依允了。

吳用道：「小生如今人馬先去。眾位好漢隨後一發便來。」吳學究商議已定，先來宋江寨中，見宋公明眉頭不展，面帶憂容。吳用置酒與宋江解悶，備說起：「石勇、楊林、鄧飛三個的一起相識，是登州兵馬提轄病尉遲孫立，和這祝家莊教師欒廷玉，是一個師父教的。今來共有八人，投大寨入夥。特獻這條計策，以為進身之報。今已計較定了；裡應外合，如此行事。隨後便來參見兄長。」宋江聽說罷，大喜，把愁悶都撇在九霄雲外，忙教寨內安排置酒，等來相待。說孫立教自己的伴當人等跟著車仗人馬投一處歇下，只帶了解珍、解寶、鄒淵、鄒潤、孫新、顧大嫂、樂和共是八人，來參宋江。都講禮已畢，宋江置酒設席等待，不在話下。吳學究暗傳號令與眾人，教第三日如此行，第五日如此行。吩咐已了，孫立等眾人領了計策，一行人自來和車仗人馬投祝家莊，進身行事。再說吳學究道：「啓動戴院長到山寨裡走一遭，快與我取將這四個頭領來，我自有用他處。」不是教戴宗連夜來取這四個人來，有分教：水泊重添新羽翼，山莊無復舊衣冠。畢竟吳學究取那四個人來？且聽下回分解。

第五十回 吳學究雙用連環計 宋公明三打祝家莊

話說當時軍師吳用啓煩戴宗道：「賢弟可與我回山寨去取鐵面孔目裴宣、聖手書生蕭讓、通臂猿侯健、玉臂匠金大監。可教此四人帶了如此行頭連夜下山來。我自有用他處。」戴宗去了。只見寨外軍士來報：「西村扈家莊上扈成，牽牛擔酒，特來求見。」宋江叫請入來。扈成來到中軍帳前，再拜懇告道：「小妹一時粗魯，年幼不省人事。誤犯威顏；今者被擒，望乞將軍寬恕。奈緣小妹原許祝家莊上。前者不合奮一時之勇，陷於縲絏。如蒙將軍饒放，但用之物，當依命拜奉。」宋江道：「且請坐說話。祝家莊那廝好生無禮，平白欺負俺山寨，因此行兵報仇，須與你扈家無冤。只是令妹引人捉了我王矮虎，因此還禮，拿了令妹。你把王矮虎放回還我，我便把令妹還你。」扈成答道：「不期已被祝家莊拿了這個好漢去。」吳學究便道：「我這王矮虎今在何處？」宋江道：「你不去取得王矮虎來還我，如何能夠得你令妹回去！」吳學究道：「兄長休如此說，只依小生而言：今後早晚祝家莊上但有些響亮，你的莊上切不可令人來救護；倘或祝家莊上有人投奔你處。你可就縛在彼。若是捉下得人時，那時送還令妹到貴莊。只是如今不在本寨，前日已使人送在山寨，奉養在宋太公處。你且放心回去。我這裡自有個道理。」扈成道：「今番斷然不去救應他。若是他莊上果有人來投我時，定縛來奉獻將軍麾下。」宋江道：「你若是如此，便強似送我金帛。」扈成拜謝了去。

且說孫立便把旗號上改喚作「登州兵馬提轄孫立」，領了一行人馬，都來到祝家莊後門前。莊上牆裡，望見是登州旗號，報入莊裡去。欒廷玉聽得是登州孫提轄到來相望，說與祝氏三傑道：「這孫提轄是我弟兄，自幼與他同師學藝。今日不知如何到此？」帶了二十餘人馬，開了莊門，放下吊橋，出來迎接。孫立一行人都下了馬。眾人講禮已罷，欒廷玉問道：「賢弟在登州守把，如何到此？」孫立答道：「總兵府行下文書，對調我來此間鄆州守把城池，提防梁山泊強寇；便道經過，聞覓村里，從小路問到村後，入來拜望仁兄。」欒廷玉道：「便是這幾時連日與梁山泊強寇廝殺，已拿得他幾個頭領在莊裡了。只要捉了宋江賊首，一並解官。天幸今得賢弟來此間鎮守。正如錦上添花，旱苗得雨。」孫立笑道：「小弟不才，且看相助捉拿這廝們，成全兄長之功。」

欒廷玉大喜，當下都引一行人進莊裡來，再拽起了吊橋，關上了莊門。孫立一行人安頓車仗人馬，更換衣裳，都在前廳來相見祝朝奉與祝龍、祝虎、祝彪三傑都相見了。一家兒都在廳前相接。欒廷玉引孫立等上到廳上相見。講禮已罷，便對祝朝奉說道：「我這個賢弟孫立，綽號病尉遲，任登州兵馬提轄。今奉總兵府對調他來鎮守此間鄆州。」祝朝奉道：「老夫亦是治下。」孫立道：「卑小之職，何足道哉？早晚也望朝奉提攜指教。」祝氏三傑相請眾位尊坐。孫立動問道：「連日相殺，征陣勞神？」祝龍答道：「也未見勝敗。眾位尊兄鞍馬勞神不易。」孫立便叫顧大嫂，引了樂大娘子叔伯姆去後堂拜見宅眷；喚過孫新、解珍、解寶參見了，說道：「這三個是我兄弟。」指著樂和便道：「這位是此間鄆州差來取的公吏。」指著鄒淵、鄒潤道：「這兩個是登州送來的軍官。」祝朝奉並三子雖是聰明，見他又有老小並許多行李車仗人馬，又是欒廷玉教師的兄弟，那裡有疑心？只顧殺牛宰馬，做筵席款待眾人飲酒。

過了一兩日，到第三日，莊兵報道：「宋江又調軍馬殺奔莊上來了！」祝彪道：「我自去上馬拿此賊！」便出莊門，放下吊橋，引一百餘騎馬軍殺將出來。早迎見一彪軍馬，約有五百來人。當先擁出那個頭領，彎弓插箭拍馬輪槍，乃是小李廣花榮。祝彪見了，躍馬挺槍，向前來鬥。花榮也縱馬來戰祝彪。兩個在獨龍岡前，約鬥了十數合，不分勝敗。花榮賣了個破綻，撥回馬便走，引他趕來。祝彪正要縱馬追去，背後有認得的，說道：「將軍休要去趕，恐防暗器。此人深好弓箭。」祝彪聽罷，便勒轉馬來不趕，領回人馬，投莊上來，拽起吊橋；看花榮時，已引馬回了。祝彪直到廳前下馬，進後堂來飲酒。孫立問道：「小將軍今日拿得甚賊？」祝彪道：「這廝們夥裡有個甚麼小李廣花榮，槍法好生了得。鬥了五十餘合，那廝走了。我待要趕去追他，軍人們道，那廝好弓箭，因此各自收兵回來。」孫立道：「來日看小弟不才，拿他幾個。」當日席上叫樂和唱曲，眾人皆喜。至晚席散，又歇了一夜。

到第四日午牌，忽有莊兵報道：「宋江軍馬又來莊前了！」堂下祝龍、祝虎、祝彪三子都披掛了，出到莊前門外。遠遠地聽得鳴鑼擂鼓，吶喊搖旗，對面早擺下陣勢。這裡祝朝奉坐在莊門上，左旁欒廷玉，右邊孫提轄；祝家三傑並孫立帶來的許多人馬，都擺在門邊。早見宋江陣上，豹子頭林沖高聲叫罵。祝龍焦躁，喝叫放下吊橋，綽槍上馬，引一二百人馬，大喊一聲，直奔林沖陣上。莊門下擂起鼓來，兩邊各把弓弩射住陣腳。林沖挺起丈八蛇矛，和祝龍交戰。連鬥到三十餘合，不分勝敗。兩邊鳴鑼，各回了馬。祝虎大怒，提刀上馬。跑到陣前，高聲大叫：「宋江決戰。」說言未了，宋江陣上早有一將出馬，乃是沒遮攔穆弘，來戰祝虎。兩個鬥了三十餘合，又沒勝敗。祝彪見了大怒，便綽槍飛身上馬，引二百餘騎，奔到陣前。宋江隊裡病關索楊雄，一騎馬，一條槍，飛搶出來戰祝彪。

孫立看見兩隊兒在陣前廝殺，心中忍耐不住，便喚孫新：「取我的鞭來！就將我的衣甲、頭盔、袍襖把來披掛了！」牽過自己馬來，這騎馬號烏騅馬。備上鞍子，扣了三條肚帶，腕上懸了虎眼鋼鞭，綽槍上馬。祝家莊上一聲鑼響，孫立出馬在陣前。宋江陣上，林沖、穆弘、楊雄都勒住馬立於陣前。孫立早跑馬出來，說道：「看小可捉這廝們！」孫立把馬兜住，喝問道：「你那賊兵陣上有好殺的，出來與我決戰！」宋江陣內鸞鈴響處，一騎馬跑將出來。眾人看時，乃是拚命三郎石秀，來戰孫立。兩馬相交，雙槍並舉。兩個鬥到五十合，孫立賣個破綻，讓石秀一槍搠入來；虛閃一個過，把石秀輕輕的從馬上捉過來，直挾到莊門撇下，喝道：「把來縛了！」祝家三子把宋江軍馬一攪，都趕散了。三子收軍回到門樓下，見了孫立，眾皆拱手欽服。

孫立便問道：「共是捉得幾個賊人？」祝朝奉道：「起初先捉得一個時遷，次後拿得一個細作楊林，又捉得一個黃信；扈家莊一丈青捉得一個王矮虎；陣上捉得兩個：秦明、鄧飛，今番將軍又捉得一個石秀，這廝正是燒了我店屋的；共是七個了。」孫立道：「一個也不要壞他；快做七輛囚車裝了，與些飯酒，將養身體，休教餓損了他，不好看。他日拿了宋江，一併解上東京去，教天下傳名，說這個祝家莊三傑！」祝朝奉謝道：「多幸得提轄相助。想是這梁山泊當滅了。」邀請孫立到後堂宴筵。石秀自把囚車裝了。

看官聽說：石秀的武藝不低似孫立，要賺祝家莊人，故意教孫立捉了，使他莊上人一發信他。孫立又暗暗地使鄒淵、鄒潤、樂和去後房裡，把門戶都看了出入的路數。楊林、鄧飛見了鄒淵、鄒潤，心中暗喜。樂和張看得沒人，便透個消息與眾知了。顧大嫂與樂大娘子在裡面，又看了房戶出入的門徑。至第五日，孫立等眾人都在莊上閒行。當日辰牌時候，早飯已後，只見莊兵報道：「今日宋江分兵做四路，來打本莊！」孫立道：「分十路待怎地！你手下人且不要慌，早作準備便了。先安排些撓鉤套索，須要活捉，拿死的也不算！」莊上人都披掛了。祝朝奉親自率引著一班兒上門樓來看時，見正東上一彪人馬，當先一個頭領，乃是豹子頭林沖，背後便是李俊、阮小二；約有五百以上人馬。正西上又有五百來人馬，當先一個頭領乃是小李廣花榮，隨背後是張橫、張順，正南門樓上望時，也有五百來人馬，當先三個頭領，乃是沒遮攔穆弘、病關索楊雄、黑旋風李逵，四面都是兵馬。戰鼓齊鳴，喊聲大舉。欒廷玉聽了道：「今日這廝們廝殺，不可輕敵。我引了一隊人馬出後門，殺這正西北上的人馬。」祝龍道：「我出前門殺這正東上的人馬。」祝虎道：「我也出後門殺那西南上的人馬。」祝彪道：「我自出前門捉宋江，是要緊的賊首！」祝朝奉大喜，都賞了酒，各人上馬，盡帶了三百餘騎，奔出莊門。其餘的都守莊院門樓前吶喊。此時鄒淵、鄒潤已藏了大斧，只守在監門左側；解珍、解寶藏了暗器，不離後門；孫新、樂和已守定前門左右；顧大嫂先撥軍兵保護樂大娘子，自拿了兩把雙刀在堂前踅；只聽風聲，便乃下手。

且說祝家莊上擂了三通戰鼓，放了一個炮，把前後門都開，放了吊橋，一齊殺將出來。四路軍兵出了門，四下裡分投去廝殺。臨後，孫立帶了十數個軍兵，立在吊橋上；門裡孫新便把原帶來的旗號插起在門樓上；樂和便提著槍直唱將入來，直唱將出來；鄒淵、鄒潤聽得樂和唱，便唿哨了幾聲，掄動大斧，早把守監門的莊兵砍翻了數十個；便開了陷車，放出七隻大蟲來，各各架上拔了。一聲喊起，顧大嫂掣出兩把刀，直奔入房裡，把應有婦人，一刀一個，盡都殺了。祝朝奉見勢頭不好了，待要投井時，早被石秀一刀剁翻，割了首級。那十數個好漢分投來殺莊兵。後門頭解珍、解寶便去馬草堆裡放起把火，黑天而起。四路人馬見莊上火起，併力向前。祝虎見莊裡火起，先奔回來。孫立守在吊橋上，大喝一聲：「你那廝那裡去！」攔住吊橋。祝虎省得，便撥轉馬頭，再奔宋江陣上來。這裡呂方、郭盛兩戟齊舉，早把祝虎連人和馬搠翻在地；眾軍亂上，剁做肉泥。前軍四散奔走。孫立、孫新迎接宋公明入莊。

且說東路祝龍鬥林沖不住，飛馬莊後而來；到得吊橋邊，見後門頭解珍、解寶把莊客的屍首，一個個攛將下來火焰裡。祝龍急回馬望北而走，猛然撞著黑旋風，踴身便到，掄動雙斧，早砍翻馬腳。祝龍措手不及，倒撞下來，被李逵只一斧，把頭劈翻在地。祝彪見莊兵走來報知，不敢回，直望扈家莊投奔，被扈成叫莊客捉了，綁縛下。正解將來見宋江，恰好遇著李逵，只一斧，砍翻祝彪頭來，莊客都四散走了。李逵再掄起雙斧，便看著扈成砍來。扈成見局面不好，投馬落荒而走，棄家逃命，投延安府去了；後來中興內也做了個軍官武將。且說李逵正殺得手順，直搶入扈家莊裡，把扈太公一門老幼盡數殺了，不留一個。叫小嘍囉牽了所有的馬匹，把莊裡一應有的財賦，捎搭有四五十馱，將莊院門一把火燒了，回來獻納。

再說宋江已在祝家莊上正廳坐下，眾頭領都來獻功，生擒得四五百人，奪得好馬五百餘匹，活捉牛羊不計其數。宋江見了，大喜道：「只可惜殺了欒廷玉那個好漢！」正嗟嘆間，聞人報道：「黑旋風燒了扈家莊，砍得頭來獻納。」宋江便道：「前日扈成已來投降，誰教他殺了此人？如何燒了他莊院？」只見黑旋風一身血污，腰裡插著兩把板斧，直到宋江面前唱個大喏，說道：「祝龍是兄弟殺了；祝彪也是兄弟砍了；扈成那廝走了；扈太公一家都殺得乾乾淨淨：兄弟特來請功！」宋江喝道：「祝龍曾有人見你殺了，別的怎地是你殺了？」黑旋風道：「我砍得手順，望扈家莊趕去，正撞見一丈青的哥哥解那祝彪出來，被我一斧砍了；只可惜走了扈成那廝！他家莊上被我殺得一個也沒了！」宋江喝道：「你這廝！誰叫你去來？你也須知扈成前日牽羊擔酒前來投降了！如何不聽得我的言語，擅自去殺他一家，故違我的將令？」李逵道：「你便忘記了，我須不忘記！那前日叫那個鳥婆趕著哥哥要殺，你今又做人情！你又不曾和他妹子成親，便又思量阿舅丈人！」宋江喝道：「你這鐵牛，休得胡說！我如何肯要這婦人。我自有個處置。你這黑廝拿得活的有幾個？」李逵答道：「誰鳥耐煩，見著活的便砍了！」宋江道：「他這廝違了我的軍令，本合斬首，且把殺祝龍、祝彪的功勞折過了。下次違令，定行不饒！」黑旋風笑道：「雖然沒了功勞，也吃我殺得快活！」

只見軍師吳學究引著一行人馬，都到莊上來與宋江把盞賀喜。宋江與吳用商議，要把這祝家莊村坊洗蕩了。石秀稟說起：「這鍾離老人指路之力，也有此善心良民在內，亦不可屈壞了好人。」宋江聽罷，叫石秀去尋那老人來。石秀去不多時，引著那個鍾離老人來到莊上，拜見宋江、吳學究。宋江取一包金帛賞與老人，永為鄉民：「不是你這個老人面上有恩，把你這個村坊盡數洗蕩了，不留一家；因為你一家為善，以此饒了你這一境村坊人民。」那鍾離老人只是下拜。宋江又道：「我連日在此攪擾你們百姓，今日打破了祝家莊，與你村中除害。所有各家，賜糧米一石，以表人心。」就著鍾離老人為頭給散。一面把祝家莊多餘糧米盡數裝載上車；金銀財賦犒賞三軍眾將；其餘牛羊騾馬等物、將去山中支用。打破祝家莊，得糧米五十萬石。宋江大喜。大小頭領將軍馬收拾起身。又得若干新的頭領：孫立、孫新、解珍、解寶、鄒淵、鄒潤、樂和、顧大嫂並救出七個好漢。孫立等將自己馬也捎帶了自己的財賦，同老小樂大娘子跟隨了大隊軍馬上山。當有村坊鄉民，扶老挈幼，香花燈燭，於路拜謝。宋江等眾將一齊上馬，將軍兵分作三隊擺開，前隊鞭敲金鐙，後軍齊唱凱歌，正是：

盜可盜，非常盜；強可強，真能強。只因滅惡除凶，聊作打家劫倉。地方恨土豪欺壓，鄉村喜義士濟施。眾虎有情，為救偷雞釣狗。獨龍無助，難留飛虎撲雕。謹具上萬資糧，填平水泊。更賠許多人畜，踏破梁山。

話分兩頭。且說撲天雕李應恰將息得箭瘡平復，閉門在莊上不出，暗地使人常常去探聽祝家莊消息，已知被宋江打破了，驚喜相半。只見莊客人來報說：「有本州知府帶領三五十部漢到莊，便問祝家莊事情。」李應慌忙叫杜興開了莊門，放下吊橋，迎接入莊，李應把條白絹搭膊絡著手，出來迎迓，邀請進莊裡前廳。知府下了馬，來到廳上，居中坐了。側首坐著孔目；下面一個押番，幾個虞候；階下儘是許多節級牢子。李應拜罷，立在廳前。知府問道：「祝家莊被殺一事，如何？」李應答道：「小人因被祝彪射了一箭，有傷左臂，一向閉門，不敢出去，不知其實。」知府道：「胡說！祝家莊見有狀子，告你結連梁山泊強寇，引誘他軍馬打破了莊，前日又受他鞍馬羊酒，彩緞金銀；你如何賴得過？」李應告道：「小人是知法度的人，如何敢受他的東西？」知府道：「難信你說，且提去府裡，你自與他對理明白！」喝教獄卒牢子，「捉了，帶他州裡去與祝家分辯！」兩下押番虞候把李應縛了。眾人簇擁知府上了馬。知府又問道：「那個是杜主管杜興？」杜興道：「小人便是。」知府道：「狀上也有你名，一同帶去。也與他鎖了。」一行人都出莊門。當時拿了李應、杜興離了李家莊，不停地解來。行不過三十餘里，只見林子邊撞出宋江、林沖、花榮、楊雄、石秀一班人馬攔住去路。林沖大喝道：「梁山泊好漢合夥在此！」那知府人等不抵敵，撇了李應、杜興逃命去了。宋江喝叫趕上。眾人趕了一程，回來說道：「我們若趕上時，也把這個鳥知府殺了，但已不知去向。」便與李應、杜興解了縛索，開了鎖，便牽兩匹馬過來，與他兩個騎了。宋江便道：「且請大官人上梁山泊躲幾時如何？」李應道：「卻是使不得。知府是你們殺了，不干我事。」宋江笑道：「官司裡怎肯與你如此分辯？我們去了，必然要負累了你。然大官人不肯落草，且在山寨稍停幾日，打聽得沒事了時，再下山來未遲。」當下不由李應、杜興不行。大隊軍馬中間如何回得來？一行三軍人馬迤邐回到梁山泊了。

寨裡頭領晁蓋等眾人擂鼓吹笛，下山來迎接，把了接風酒，都上大寨裡聚義廳上，扇圈也似坐下。請上李應與眾頭領亦都相見了。兩個講禮已罷，李應稟宋江道：「小可兩個已送將軍到大寨了；既與眾頭領亦都相見了；在此趨侍不妨，只不知家中老小如何，可教小人下山則個。」吳學究笑道：「大官人差矣。寶眷已都取到山寨了。貴莊一把火已都燒做白地，大官人回到那裡去？」李應不信，早見車仗人馬隊隊上山來。李應看時，見是自家的莊客並老小人等。李應連忙來問時，妻子說道：「你被知府捉了來，隨後又有兩個巡檢引著四個都頭，帶三百來士兵，到來抄札家私，把我們好好地叫上車子，將家裡一應有箱籠牛羊馬匹驢騾等項都拿了去。又把莊院放起火來都燒了。」李應聽罷，只得叫苦。晁蓋、宋江都下廳伏罪道：「我等兄弟們端的久聞大官人好處，因此行出這條計來。萬望大官人情恕。」李應見了如此言語，只得隨順了。宋江道：「且請宅眷後廳耳房中安歇。」李應又見廳前廳後，這許多頭領亦有家眷老小在彼，便與妻子道：「只得依允他過。」宋江等當時請至廳前敘說閒話，眾皆大喜。宋江便取笑道：「大官人，你看我叫過兩個巡檢並那知府過來相見。」那扮知府的是蕭讓；扮巡檢的兩個是戴宗、楊林；扮孔目的是裴宣；扮虞候的是金大監、侯健。又叫喚那個四個都頭，是李俊、張順、馬麟、白勝。李應都看了，目瞪口呆，言語不得。

宋江喝叫小頭目快殺牛宰馬，與大官人陪話，慶賀新上山的十二位頭領：乃是李應、孫立、孫新、解珍、解寶、鄒淵、鄒潤、杜興、樂和、時遷、扈三娘、顧大嫂。女頭領同樂大娘子、李應宅眷另做一席，在後堂飲酒。大小三軍自有犒賞。正廳上大吹大擂，眾多好漢飲酒，至晚方散。新到頭領俱各撥房安頓。次日又作席面會請眾頭領作主張。宋江喚王矮虎來說道：「我當初在清風寨時，許下你一頭親事，懸掛在心中，不曾完得此願。今日我父親有個女兒，招你為婿。」宋江自去請出宋太公來，引著一丈青扈三娘到筵前。宋江親自與他陪話，說道：「我這兄弟王英，雖有武藝，不及賢妹。是我當初曾許下他一頭親事，一向未曾成得。今日賢妹認義我父親了。眾頭領都是媒人，今朝是個良辰吉日，賢妹與王英結為夫婦。」一丈青見宋江義氣深重，推不得。兩口兒只得拜謝了。晁蓋等眾人皆喜，都稱讚宋公明真乃有德有義之士。當日盡皆筵席，飲酒慶賀。正飲宴間，只見山下有人來報道：「朱貴頭領酒店裡有個鄆城縣人在那裡，要來見頭領。」晁蓋、宋江聽得報了，大喜道：「既是這恩人上山來入夥，足遂平生之願！」正是：

恩仇不辨非豪傑，黑白分明是丈夫。

畢竟來的是鄆城縣甚麼人？且聽下回分解。

第五十一回　插翅虎枷打白秀英　美髯公誤失小衙內

話說宋江主張一丈青與王英配為夫婦，眾人都稱揚宋公明仁德，當日又設席慶賀。正飲宴間，只見朱貴酒店裡使人上山來，報道：「林子前大路上，一夥客人經過，小嘍囉出去攔截，數內一個稱是鄆城縣都頭雷橫。朱頭領邀請住了，現在店裡飲分例酒食，先使小校報知。」晁蓋、宋江聽了大喜，隨即同軍師吳用三個下山迎接。朱貴早把船送至金沙灘上岸。宋江見了，慌忙下拜，道：「久別尊顏，常切思想。今日緣何經過賤處？」雷橫連忙答禮道：「小弟蒙本縣差遣，往東昌府公幹回來，經過路口，小嘍囉攔討買路錢，小弟提起賤名，因此朱兄堅意留住。」宋江道：「天與之幸！」請到大寨，教眾頭領都相見了，置酒款待。一連住了五日，每日與宋江閒話。晁蓋動問朱仝消息。雷橫答道：「朱仝見今參做本縣當牢節級，新任知縣好生歡喜。」宋江宛曲把話來說雷橫上山入夥。雷橫推辭：「老母年高，不能相從。待小弟送母終年之後，卻來相投。」雷橫當下拜辭了下山。宋江等再三苦留不住。眾頭領各以金帛相贈，宋江、晁蓋自不必說。雷橫得了一大包金銀下山，眾頭領都送至路口辭別，把船渡過大路，自回鄆城縣了，不在話下。

且說晁蓋、宋江回至大寨聚義廳上，起請軍師吳學究定議山寨職事。吳用已與宋公明商議已定，次日會合眾頭領聽號令。先撥外面守店頭領，宋江道：「孫新、顧大嫂原是開酒店之家，著令夫婦二人替回童威、童猛別用。」再令時遷去幫助石勇；樂和去幫助朱貴；鄭天壽去幫助李立。東西南北四座店內賣酒賣肉，每店內設有兩個頭領，招待四方入夥好漢。一丈青、王矮虎後山下寨，監督馬匹。金沙灘小寨，童威、童猛弟兄兩個守把。鴨嘴灘小寨，鄒淵、鄒潤叔侄兩個守把。山前大路，黃信、燕順部領馬軍下寨守護。解珍、解寶守把山前第一關。杜遷、宋萬守把宛子城第二關。劉唐、穆弘守把大寨口第三關。阮家三雄守把山南水寨。孟康仍前監造戰船。李應、杜興、蔣敬總管山寨錢糧金帛。陶宗旺、薛永監築梁山泊內城垣雁臺。侯健專管監造衣袍鎧甲、旌旗戰襖。朱富、宋清提調筵宴。穆春、李雲監造屋宇寨柵。蕭讓、金大堅掌管一應賓客書信公文。裴宣專管軍政司賞功罰罪。其餘呂方、郭盛、孫立、歐鵬、鄧飛、楊林、白勝分調大寨，八面安歇。晁蓋、宋江、吳用居於山頂寨內。花榮、秦明居於山左寨內。林沖、戴宗居於山右寨內。李俊、李逵居於山前，張橫、張順居於山後。楊雄、石秀守護聚義廳兩側。一班頭領分撥已定，每日輪流一位頭領，做筵宴慶賀。山寨體統甚是齊整。有詩為證：

巍巍高寨水中央，列職分頭任所長。
只為朝廷無駕馭，遂令草澤有鷹揚。

再說雷橫離了梁山泊，背了包裹，提了朴刀，取路回到鄆城縣。到家參見老母，更換些衣服，齎了回文，逕投縣裡來拜見了知縣，回了話，銷繳公文批帖，且自歸家暫歇；依舊每日縣中書畫卯酉，聽侯差使。因一日，行到縣衙東首，只聽得背後有人叫道：「都頭幾時回來？」雷橫回過臉來看時，是本縣一個幫閒的李小二。雷橫答道：「我才前日來家。」李小二道：「都頭出去了許多時，不知此處近日有個東京新來打踅的行院，色藝雙絕，叫做白秀英。那妮子來參都頭，卻值公差出外不在。如今現在勾欄裡說唱諸般品調。每日有那一般打散，或是戲舞，或是吹彈，或是歌唱，賺得那人山人海價看。都頭如何不去看一看？端的是好個粉頭！」雷橫聽了，又遇心閒，便和那李小二到勾欄裡來看。

只見門首掛著許多金字帳額，旗桿吊著等身靠背。入到裡面，便去青龍頭上第一位坐了。看戲臺上，做笑樂院本。那李小二人叢裡撇了雷橫，自出外面趕碗頭腦去了。院本下來，只見一個老兒裹著磕腦兒頭巾，穿著一領茶褐羅衫，繫一條皂絛，拿把扇子上來，開科道：「老漢是東京人氏，白玉喬的便是。如今年邁，只憑女兒秀英歌舞吹彈，普天下服侍看官。」鑼聲響處，那白秀英早上戲臺，參拜四方；拈起鑼棒，如撒豆般點動。拍下一聲界方，念出四句七言詩道：

新鳥啾啾舊鳥歸，老羊羸瘦小羊肥。
人生衣食真難事，不及鴛鴦處處飛！

那白秀英便道：「今日秀英招牌上明寫著這場話本，是一段風流蘊藉的格範，喚做『豫章城雙漸趕蘇卿』。」說了開話又唱，唱了又說，合棚價眾人喝采不絕。雷橫坐在上面看那婦人時，果然是色藝雙絕，但見：

羅衣疊雪，寶髻堆雲。櫻桃口，杏臉桃腮；楊柳腰，蘭心蕙性。歌喉宛轉，聲如枝上鶯啼；舞態蹁躚，影似花間鳳轉。腔依古調，音出天然。高低緊慢按宮商，輕重疾徐依格範。笛吹紫竹篇篇錦，板拍紅牙字字新。

那白秀英唱到務頭，這白玉喬按喝道：「『雖無買馬博金藝，要動聰明鑑事人。』看官喝呼是過去了，我兒且回一回，下來便是襯交鼓兒的院本。」白秀英拿起盤子，指著道：「財門上起，利地上住，吉地上過，旺地上行。手到面前，休教空過。」白玉喬道：「我兒且走一遭，看官都待賞你。」白秀英托著盤子，先到雷橫面前。雷橫便去身邊袋裡摸時，不想並無一文。雷橫道：「今日忘了，不曾帶得些出來，明日一發賞你。」白秀英笑道：「『頭醋不釅二醋薄。』官人坐當其位，可出個標首。」雷橫通紅了面皮，道：「我一時不曾帶得出來，非是我捨不得。」白秀英道：「官人既是來聽唱，如何不記得帶錢出來？」雷橫道：「我賞你三五兩銀子也不打緊，恨今日忘記帶來。」白秀英道：「官人今日眼見一文也無，提甚三五兩銀子！正是教俺『望梅止渴，』『畫餅充飢！』」白玉喬叫道：「我兒，你自沒眼，不看城裡人村裡人，只顧問他討甚麼！且過去問曉事的恩官，告個標首。」雷橫道：「我怎地不是曉事的？」白玉喬道：「你若省得這子弟門庭時，狗頭上生角！」眾人齊和哄起來。雷橫大怒，便罵道：「這忤奴，怎敢辱我！」白玉喬道：「便罵你這三家村使牛的，打甚麼緊！」有認得的，喝道：「使不得！這個是本縣雷都頭。」白玉喬道：「只怕是驢筋頭！」雷橫那裡忍耐得住，從坐椅上直跳下戲臺來，揪住白玉喬，一拳一腳，便打得唇綻齒落。眾人見打得凶，都來解拆，又勸雷橫自回去了。勾欄裡人一哄盡散。

原來這白秀英和那新任知縣衙舊在東京兩個來往，今日特地在鄆城縣開勾欄。那花娘見父親被雷橫打了，又帶重傷，叫一乘轎子，逕到知縣衙內訴告：「雷橫毆打父親，攪散勾欄，意在欺騙奴家！」知縣聽了，大怒道：「快寫狀來！」這個喚做「枕邊靈」。便教白玉喬寫了狀子，驗了傷痕，指定證見。本處縣裡有人都和雷橫好的，替他去知縣處打關節。怎當那婆娘守定在縣內，撒嬌撒癡，不由知縣不行；立等知縣差人把雷橫捉拿到官，當廳責打，取了招狀，將具枷來枷了，押出去號令示眾。那婆娘要逞好手，又去把知縣行說了，定要把雷橫號令在勾欄門首。第二日，那婆娘再去做場，知縣教把雷橫號令在勾欄門首。這一班禁子人等，都是雷橫一般的公人，如何肯絣扒他。這婆娘尋思一會：「既是出名奈何了他，只是一怪！」走出勾欄門，去茶坊裡坐下，叫禁子過去，發話道：「你們都和他有首尾，放他自在！知縣相公教你們絣扒他，你倒做人情！少刻我對知縣說了，看道奈何得你們也不！」禁子道：「娘子不必發怒，我們自去絣扒他便了。」白秀英道：「恁地時，我自將錢賞你。」禁子們只得來對雷橫說道：「兄長，沒奈何，且胡亂絣一絣。」把雷橫絣扒在街上。

人鬧裡，卻好雷橫的母親正來送飯；看見兒子吃他絣扒在那裡，便哭起來，罵那禁子們道：「你眾人也和我兒一般在衙門裡出入的人，錢財真這般好使！誰保得常沒事！」禁子答道：「我那老娘聽我說：我們也要容情，怎禁被原告人監定在這裡要絣，我們也沒做道理處。不時便要去和知縣說，苦害我們，因此上做不得面皮。」那婆婆道：「幾曾見原告人自監著被告號令的道理！」禁子們又低低道：「老娘，他和知縣來往得好，一句話便送了我們，因此兩難。」那婆婆一面自去解索。一頭口裡罵道：「這個賊賤人，直恁的倚勢！我自解了！」白秀英卻在茶坊裡聽得，走將過來，便道：「你那老婢子，卻才道甚麼？」那婆婆那裡有好氣，便指責道：「你這千人騎，萬人壓，亂人入的賤母狗！做甚麼倒罵我！」白秀英聽得，柳眉倒豎，星眼圓睜，大罵道：「老咬蟲！乞貧婆！賤人怎敢罵我！」婆婆道：「我罵你待怎的？你須不是鄆城縣知縣！」

白秀英大怒，搶向前，只一掌把那婆婆打個踉蹌，那婆婆卻待掙扎，白秀英再趕入去，老大耳光子只顧打。這雷橫是個大孝的人，又見母親吃打，一時怒從心發，扯起枷來，望著白秀英腦蓋上，只一枷梢，打個正著，劈開了腦蓋，撲地倒了。眾人看時，腦漿迸流，眼珠突出，動彈不得，情知死了。眾人見打死了白秀英，就押帶了雷橫，一發來縣裡首告，見知縣備訴前事。知縣隨即差人押雷橫下來，會集相官，拘喚里正鄰佑人等，對屍檢驗已了，都押回縣來。雷橫一面都招承了，並無難意，他娘自保領回家聽侯。把雷橫枷了，下在牢裡。當牢節級是美髯公朱仝。見發下雷橫來，也沒做奈何處，只得安排些酒食款待，教小牢子打掃一間淨房，安頓了雷橫。少間，他娘來牢裡送飯，哭著哀告朱仝道：「老身年紀六旬之上，眼睜睜地，只看著這個孩兒！望煩節級哥哥看日常間弟兄面上，可憐見我這個孩兒，看覷，看覷！」朱仝道：「老娘自請放心歸去。今後飯食，不必來送，小人自款待他。倘有方便處，可以救之。」雷橫娘道：「哥哥救得孩兒，卻是重生父母！若孩兒有些好歹，老身性命也便休了！」朱仝道：「小人專記在心。老娘不必掛念。」那婆婆拜謝去了。

朱仝尋思了一日，沒做道理救他處；又自央人去知縣處打關節，上下替他使用人情。那知縣雖然愛朱仝，只是恨這雷橫打死了他婊子白秀英，也容不得他說了；又怎奈白玉喬那廝催並疊成文案，要知縣斷教雷橫償命；囚在牢裡六十日，限滿斷結，解上濟州。主案押司抱了文卷先行，卻教朱仝解送雷橫。朱仝引了十數個小牢子，監押雷橫，離了鄆城縣。約行了十數里地，見個酒店。朱仝道：「我等眾人就此吃兩碗酒去。」眾人都到店裡吃酒。朱仝獨自帶過雷橫，只做水火，來後面僻靜處，開了枷，放了雷橫，吩咐道：「賢弟自回，快去取了老母，星夜去別處逃難。這裡我自替你吃官司。」雷橫道：「小弟走了自不妨，必須要連累了哥哥。」朱仝道：「兄弟，你不知！知縣怪你打死了他婊子，把這文案都做死了，解到州裡，必是要你償命。我放了你，我須不該死罪。況兼我又無父母掛念，家私盡可賠償。你顧前程萬里，快去。」雷橫拜謝了，便從後門小路奔回家裡，收拾了細軟包裹，引了老母，星夜自投梁山泊入夥去了，不在話下。

卻說朱仝拿這空枷，攛在草裡，出來對眾小牢子說道：「吃雷橫走了，卻是怎地好！」眾人道：「我們快趕去他家裡捉！」朱仝故意延遲了半晌，料著雷橫去得遠了，卻引眾人來縣裡出首。朱仝道：「小人自不小心，路上被雷橫走了，在逃無獲，情願甘罪無辭。」知縣本愛朱仝，有心將就出脫他，被白玉喬要赴上司陳告朱仝，故意脫放雷橫，知縣只得把朱仝所犯情由，申將濟州去。朱仝家中自著人去上州裡使錢透了，卻解朱仝到濟州來。當廳審錄明白，斷了二十脊杖，刺配滄州牢城。朱仝只得帶上行枷。兩個防送公人領了文案，押道朱仝上路，家間自有人送衣服盤纏，先發了兩個公人。當下離了鄆城縣，迤邐望滄州橫海郡來，於路無話。到得滄州，入進城中，投州衙裡來，正值知府升廳。兩個公人押朱仝在廳階下，呈上公文。知府看了，見朱仝一表非俗，貌如重棗，美髯過腹，知府先有八分歡喜，便教：「這個犯人休發下牢城營裡，只留在本府聽候使喚。」當下除了行枷，便與了回文，兩個公人相辭了自回。

只說朱仝自在府中，每日只在廳前伺候呼喚。那滄州府裡，押番虞候，門子承局節級牢子，都送了些人情；又見朱仝和氣，因此上都歡喜他。忽一日，本官知府正在廳上坐堂，朱仝在階下侍立。知府喚朱仝上廳問道：「你緣何放了雷橫，自遭配在這裡？」朱仝稟道：「小人怎敢故放了雷橫；只是一時間不小心，被他走了。」知府道：「你也不必得此重罪？」朱仝道：「被原告人執定，要小人如此招做故放，以此問得重了。」知府道：「雷橫如何打死了那娼妓？」朱仝卻把雷橫上項的事情細說了一遍。知府道：「你敢見孝道，為義氣上放了他？」朱仝道：「小人怎敢欺公罔上。」

正問之間，只見屏風背後轉出一個小衙內來，年方四歲，生得端嚴美貌，乃是知府親子，知府愛惜，如金似玉。那小衙內見了朱仝，逕走過來便要他抱。朱仝只得抱起小衙內在懷裡。那小衙內雙手扯住朱仝長髯，說道：「我只要這鬍子抱！」知府道：「孩兒快放了手，休要囉唕！」小衙內又道：「我只要這鬍子抱！和我去耍！」朱仝稟道：「小人抱衙內去府前閒走，耍一回了來。」知府道：「孩兒既是要你抱，你和他去耍一回了來。」朱仝抱了小衙內，出府衙前來，買些細糖果子與他吃；轉了一遭，再抱入府裡來。知府看見，問衙內道：「孩兒那裡去來？」小衙內道：「這鬍子和我街上看耍，又買糖和果子請我吃。」知府說道：「你那裡得錢買物事與孩兒吃？」朱仝稟道：「微表小人孝順之心，何足掛齒。」知府教取酒來與朱仝吃。府裡侍婢捧著銀瓶果盒篩酒，連與朱仝吃了三大賞鍾。知府道：「早晚孩兒要你耍時，你可自行去抱他耍去。」朱仝道：「恩相臺旨，怎敢有違。」自此為始，每日來和小衙內上街閒耍。朱仝囊篋又有，只要本官見喜，小衙內面上，盡自賠費。

時過半月之後，便是七月十五日，盂蘭盆大齋之日，年例各處點放河燈，修設好事。當日天晚，堂裡侍婢妳子叫道：「朱都頭，小衙內今夜要去看河燈。夫人吩咐，你可抱他去看一看。」朱仝道：「小人抱去。」那小衙內穿一領紗衫兒，頭上角兒拴兩條珠子頭鬚，從裡面走出來。朱仝抱在肩頭上，轉出府衙門前來，望地藏寺裡去看點放河燈。那時才交初更時分，但見：

鐘聲杳靄，幡影招搖，爐中焚百和名香，盤內貯諸般素食。僧持金杵，誦真言薦拔幽魂。人列銀錢，掛孝服超升滯魂。合堂功德，畫陰司八難三塗。繞寺莊嚴，列地獄四生六道。楊柳枝頭分淨水，蓮花池內放明燈。

朱仝肩背著小衙內，繞寺看了一遭，卻來水陸堂放生池邊看放燈。那小衙內爬在欄杆上，看了笑耍。只見背後有人拽朱仝袖子，道：「哥哥，借一步說話。」朱仝回頭看時，卻是雷橫，吃了一驚，便道：「小衙內，且下來坐在這裡。我去買糖來與你吃，切不要走動。」小衙內道：「你快來，我要橋上看河燈。」朱仝道：「我便來也。」轉身卻與雷橫說話。朱仝道：「賢弟因何到此？」雷橫扯朱仝到靜處，拜道：「自從哥哥救了性命，和老母無處歸著，只得上梁山泊投奔了宋公明入夥。宋公明亦甚思想哥哥舊日放他的恩念，晁天王和眾頭領皆感激不淺，因此特地教吳軍師同兄弟前來相探。」朱仝道：「吳先生現在何處？」背後轉過吳學究道：「吳用在此。」言罷便拜。朱仝慌忙答禮道：「多時不見，先生一向安樂？」吳學究道：「山寨裡眾頭領多多致意，今番教吳用和雷都頭特來相請足下上山，同聚大義。到此多日了，不敢相見。今夜伺候得著，請仁兄便挪尊步，同赴山寨，以滿晁、宋二公之意。」

朱仝聽罷，半晌答應不得，便道：「先生差矣。這話休題，恐被外人聽了不好。雷橫兄弟，他自犯了該死的罪，我因義氣放了他，他出頭不得，上山入夥。我自為他配在這裡，天可憐見，一年半載，掙扎還鄉，復為良民，我卻如何肯做這等的事？你二位便可請回，休在此間惹口面不好。」雷橫道：「哥哥在此，無非只是在人之下，服侍他人，非大丈夫男子漢的勾當。不是小弟糾合上山，端的晁、宋二公仰望哥哥久矣，休得遲延有誤。」朱仝道：「兄弟，你是甚麼言語！你不想，我為你母老家寒上，放了你去，今日你到來陷我為不義！」吳學究道：「既然都頭不肯去時，我們自告退，相辭了去休。」朱仝道：「說我賤名，上覆眾位頭領。」一同到橋邊，朱仝回來，不見了小衙內，叫起苦來，兩頭沒路去尋。雷橫扯住朱仝道：「哥哥休尋，多管是我帶來的兩個伴當，聽得哥哥不肯去，因此到抱了小衙內去了。我們一同去尋。」朱仝道：「兄弟，不是耍處！若這個小衙內有些好歹，知府相公的性命也便休了！」雷橫道：「哥哥，且跟我來。」

朱仝幫住雷橫、吳用三個離了地藏寺，逕出城外，朱仝心慌，便問道：「你伴當抱小衙內在那裡？」雷橫道：「哥哥且走到我下處。包還你小衙內。」朱仝道：「遲了時，恐知府相公見怪。」吳用道：「我那帶來的兩個伴當是沒曉的，一定直抱到我們的下處去了。」朱仝道：「你那伴當姓甚名誰？」雷橫答道：「我也不認得，只聽聞叫做黑旋風。」朱仝失驚道：「莫不是江州殺人的李逵麼？」吳用道：「便是此人。」朱仝跌腳叫苦，慌忙便趕。離城約走到二十里，只見李逵在前面叫道：「我在這裡。」朱仝搶近前來問道：「小衙內放在那裡？」李逵唱個喏道：

「拜揖，節級哥哥，小衙內有在這裡。」朱仝道：「你好好的抱出來還我！」李逵指著頭上道：「小衙內頭鬚兒卻在我頭上！」朱仝看了，慌問：「小衙內正在何處？」李逵道：「被我拿些麻藥抹在口裡，直抱出城來，如今睡在林子裡，你自請去看。」朱仝乘著月色明朗，逕搶入林子裡尋時，只見小衙內倒在地上。朱仝便把手去扶時，只見頭劈成兩半個，已死在那裡。

當時朱仝心下大怒，奔出林子來，早不見了三個人；四下裡望時，只見黑旋風遠遠地拍著雙斧，叫道：「來！來！來！」朱仝性起，奮不顧身，拽扎起布衫，大踏步起將來。李逵回身便走，背後朱仝趕來。那李逵是穿山度嶺慣走的人，朱仝如何趕得上，先自喘做一塊。李逵卻在前面，又叫：「來！來！來！」朱仝恨不得一口氣吞了他，只是趕他不上。天色漸明，李逵在前面急趕急走，慢趕慢行，不趕不走。看看趕入一個大莊院裡去了，朱仝看了道：「那廝既有下落，我和他干休不得！」朱仝直趕入莊院內廳前去，見裡面兩邊都插著許多軍器。朱仝道：「想必也是官宦之家。」立住了腳，高聲叫道：「莊裡有人麼？」只見屏風背後轉出一個人來，那人是誰？正是：

累代金枝玉葉，先朝鳳子龍孫。丹書鐵券護家門，萬里招賢名振。待客一團和氣，揮金
滿面傷春。能文會武孟嘗君，小旋風聰明柴進。

正是小旋風柴進，問道：「兀的是誰？」朱仝見那人趨走如龍，神儀照日，慌忙施禮答道：「小人是鄆城縣當牢節級朱仝，犯罪刺配到此。昨晚因和知府小衙內出來看放河燈，被黑旋風殺了小衙內。見今走在貴莊，望煩添力捉拿送官。」柴進道：「既是美髯公，且請坐。」朱仝道：「小人不敢拜問官人高姓？」柴進答道：「小可小旋風便是。」朱仝道：「久聞柴大官人。」連忙下拜道，「不期今日得識尊顏。」柴進說道：「美髯公亦久聞名，且請後堂說話。」朱仝隨著柴進直到裡面。朱仝道：「黑旋風那廝如何卻敢逕入貴莊躲避？」柴進道：「容覆：小可小旋風，

專愛結識江湖好漢。為是家間祖上有陳橋讓位之功，先朝曾敕賜丹書鐵券，但有做下不是的人，停藏在家，無人敢搜。近聞有個愛友，和足下亦是舊友，目今在梁山泊做頭領，名喚及時雨宋公明，寫一封密書，令吳學究，雷橫，黑旋風俱在敝莊安歇，禮請足下上山，同聚大義。因見足下推阻不從，故意教李逵殺害了小衙內，先絕了足下歸路，只得上山坐把交椅。吳先生、雷橫，如何不出來陪話？」

只見吳用、雷橫從側首閣子裡出來，望著朱仝便拜，說道：「兄長，望乞恕罪！皆是宋公明哥哥將令吩咐如此。若到山寨，自有分曉。」朱仝道：「是則是你們弟兄好情意，只是忒毒些個！」柴進一力相勸。朱仝道：「我去則去，只教我見黑旋風面罷。」柴進道：「李大哥，你也快出來陪話。」李逵也從側首出來，唱個大喏。朱仝見了，心頭一把無名烈火，高三千丈，按納不下，起身搶近前來，要和李逵性命相搏。柴進、雷橫、吳用三個苦死勸住。朱仝道：「若要我上山時，依得我一件事，我便去！」吳用道：「休說一件事，遮莫幾十件也都依你。願聞那一件事。」不爭朱仝說出這件事來，有分教：大鬧高唐州，惹動梁山泊。直教：

招賢國戚遭刑法，好客皇親喪土坑。

畢竟朱仝說出甚麼事來？且聽下回分解。

第五十二回　李逵打死殷天錫　柴進失陷高唐州

話說當下朱仝對眾人說道：「若要我上山時，你只殺了黑旋風，與我出了這口氣，我便罷！」李逵聽了大怒道：「教你咬我鳥！晁、宋二位哥哥將令，干我屁事！」朱仝怒發，又要和李逵廝拼。三個又勸住了。朱仝道：「若有黑旋風時，我死也不上山去！」柴進道：「恁地也卻容易。我自有個道理，只留下李大哥在我這裡便了。你們三個自上山去，以滿晁、宋二公之意。」朱仝道：「如今做下這件事了，知府必然行移文書，去鄆城縣追捉，拿我家小，如之奈何！」吳學究道：「足下放心。此時多敢宋公明已都取寶眷在山上了。」朱仝方才有些放心。柴進置酒相待，就當日送行。三個臨晚辭了柴大官人便行。柴進叫莊客備三騎馬，送出關外。臨別時，吳用又吩咐李逵道：「你且小心，只在大官人莊上住幾時，切不可胡亂惹事累人。待半年三個月，等他性定，卻來取你還山。多管也來請柴大官人入夥。」三個自上馬去了。

不說柴進和李逵回莊。且只說朱仝隨吳用、雷橫來梁山泊入夥，行了一程，出離滄州地界，莊客自騎了馬回去。三個取路投梁山泊來，於路無話，早到朱貴酒店，先使人上山寨報知。晁蓋、宋江引了大小頭目，打鼓吹笛，直到金沙灘迎接。一行人都相見了，各人乘馬回到山上大寨前，下了馬，都到聚義廳上，敘說舊話，朱仝道：「小弟今蒙呼喚到山，滄州知府必然行移文書，去鄆城縣捉我老小，如之奈何？」宋江大喜道：「我教兄長放心，尊嫂並令郎已取到這裡多日了。」朱仝便問道：「現下何處？」宋江道：「奉養在家父太公歇處，兄長，請自己去問慰便了。」朱仝大喜。宋江著人引朱仝到宋太公歇所，見了一家老小並一應細軟行李。妻子說道：「近日有人齎書來說你已在山寨入夥了；因此收拾，星夜到此。」朱仝出來拜謝了眾人。宋江便請朱仝、雷橫山頂下寨。一面且做筵席，連日慶賀新頭領，不在話下。

卻說滄州知府至晚不見朱仝抱小衙內回來，差人四散去尋了半夜，次日，有人見殺死林子裡，報與知府知道。府尹聽了大驚，親自到林子裡看了，痛苦不已，備辦棺木燒化；次日升廳，便行開公文，諸處緝捕，捉拿朱仝正身。鄆城縣已自申報朱仝妻子挈家在逃，不知去向。行開各州縣，出給賞錢捕獲，不在話下。

只說李逵在柴進莊上，住了一個來月，忽一日，見一個人齎一封書，火急奔莊上來，柴大官人卻好迎著，接著看了，大驚道：「既是如此，我只得去走一遭！」李逵便問道：「大官人，有甚緊事？」柴進道：「我有個叔叔柴皇城，現在高唐州居住，今被本州知府高廉的老婆兄弟殷天錫那廝，來要占花園，慪了一口氣，臥病在床，早晚性命不保。必有遺囑的言語吩咐，特來喚我。叔叔無兒無女，必須親身去走一遭。」李逵道：「既是大官人去時，我也跟大官人去走一遭，如何？」柴進道：「大哥肯去，就同走一遭。」柴進即便收拾行李，選了十數匹好馬，帶了幾個莊客。次日五更起來，柴進、李逵並從人都上了馬，離了莊院，望高唐州來。不一日，來到高唐州，入城直至柴皇城宅前下馬，留李逵和從人在外面廳房內。柴進自逕入臥房裡來看叔叔，但見：

面如金紙，體似枯柴。悠悠無七魄三魂，細細只一絲兩氣。牙關緊急，連朝水米不沾唇；心膈膨脹，盡日藥丸難下肚。喪門吊客已隨身，扁鵲盧醫難下手。

柴進看了柴皇城，自坐在榻前，放聲慟哭。皇城的繼室出來勸柴進道：「大官人鞍馬風塵不易，初到此間，且休煩惱。」柴進施禮罷，便問事情，繼室答道：「此間新任知府高廉，兼管本州兵馬，是東京高太尉的叔伯兄弟；倚仗他哥哥勢要，在這裡無所不為；帶將一個妻舅殷天錫來，人盡稱他做殷直閣。那廝年紀卻小，又倚仗他姊夫的勢要，在這裡無所不為。有那等獻勤的賣科，對他說我家宅後有個花園水亭，蓋造得好，那廝帶許多奸詐不良的三二十人，逕入家裡，來宅子後看了，便要發遣我們出去，他要來住。皇城對他說道：『我家是金枝玉葉，有先朝丹書鐵券在門，諸人不許欺侮。你如何敢奪占我的住宅？趕我老小那裡去？』那廝不容所言，定要我們出屋。

皇城去扯他，反被這廝推搶毆打。因此受這口氣，一臥不起，飲食不吃，服藥無效，眼見得上天遠，入地近！今日得大官人來家做個主張，便有山高水低，也更不憂。」柴進答道：「尊嬸放心。只顧請好醫士調治叔叔。但有門戶，小侄自使人回滄州家裡，去取丹書鐵券來，和他理會。便告到官府，今上御前，也不怕他。」繼室道：「皇城幹事全不濟事，還是大官人理論是得。」柴進看視了叔叔一回，卻出來和李逵並帶來人從說知備細。

李逵聽了，跳將起來，說道：「這廝好無道理！我有大斧在這裡！教他吃我幾斧，卻再商量！」柴進道：「李大哥，你且息怒。沒來由和他粗魯做甚麼？他雖倚勢欺人，我家放著有護持聖旨，這裡和他理論不得，須是京師也有大似他的，放著明明的條例和他打官司！」李逵道：「條例！條例！若還依得，天下不亂了！我只是前打後商量！那廝若還去告狀，和那鳥官一發都砍了！」柴進笑道：「可知朱仝要和你廝併，見面不得！這裡是禁城之內，如何比得你山寨橫行！」李逵道：「禁城便怎地？江州無為軍偏我不曾殺人！」柴進道：「等我看了頭勢，用著大哥時，那時相央。無事只在房裡請坐。」

正說之間，裡面侍妾慌忙來請大官人看視皇城。柴進入到裡面臥榻前，只見皇城閣著兩眼淚，對柴進說道：「賢侄志氣軒昂，不辱祖宗。我今被殷天錫毆死，你可看骨肉之面，親齎書往京師攔駕告狀，與我報仇。九泉之下也感賢侄親意！保重，保重，再不多囑！」言罷，便沒了命。柴進痛哭了一場。繼室恐怕昏暈，勸住柴進道：「大官人煩惱有日，且請商量後事。」柴進道：「誓書在我家裡，不曾帶得來，星夜教人去取，須用將往東京告狀。叔叔尊靈，且安排棺槨盛殮，成了孝服，卻再商量。」柴進教依官制，備辦內棺外槨，依禮鋪設靈位。一門穿了重孝，大小舉哀。李逵在外面，聽得堂裡哭泣，自己摩拳擦掌價氣。問從人，都不肯說，宅裡請僧修設好事功果。

至第三日，只見這殷天錫，騎著一匹攛行的馬，將引閒漢三二十人，手執彈弓、川弩，吹筒、氣毬，粘竿、樂器；城外遊玩了一遭，帶五七分酒，佯醉假攧，逕來到柴皇城宅前，勒住馬，叫裡面管家的人出來說話。柴進聽得說，掛著一身孝服，慌忙出來答應。那殷天錫在馬上問道：「你是他家甚麼人？」柴進答道：「小可是柴皇城親侄柴進。」殷天錫道：「我前日吩咐道，教他家搬出屋去，如何不依我言語？」柴進道：「便是叔叔臥病，不敢移動。夜來已是身故，待斷了七了，搬出去。」殷天錫道：「放屁！我只限你三日，便要出屋！三日外不搬，先把你這枷號起，先吃我一百訊棍！」柴進道：「直閣休恁相欺；我家也是龍子龍孫，放著先朝丹書鐵券，誰敢不敬？」殷天錫喝道：「你將出來我看！」柴進道：「現在滄州家裡，已使人去取來。」殷天錫大怒道：「這廝正是胡說！便有誓書鐵券，我也不怕！左右，與我打這廝！」眾人卻待動手。原來黑旋風李逵在門縫裡張看，聽得喝打柴進，便拽開房門，大吼一聲，直搶到馬邊，早把殷天錫揪下馬來，一拳打翻。那二三十人卻待搶他，被李逵手起，早打倒五六個，一哄都走了，李逵再拿殷天錫提起來，拳頭腳尖一發上。柴進那裡勸得住，看那殷天錫時，嗚呼哀哉，伏維尚饗。有詩為證：

慘刻侵謀倚橫豪，豈知天理竟難逃。
李逵猛惡無人敵，不見閻羅不肯饒。

李逵將殷天錫打死在地，柴進只叫苦，便教李逵且去後堂商議。柴進道：「眼見得便有人到這裡，你安身不得了。官司我自支吾，你快走回梁山泊去。」李逵道：「我便走了，須連累你。」柴進道：「我自有誓書鐵券護身，你便去是。事不宜遲！」李逵取了雙斧，帶了盤纏，出後門，自投梁山泊去了。

不多時，只見二百餘人，各執刀杖槍棒，圍住柴皇城家。柴進見來捉人，便出來說道：「我同你們府裡分訴去。」眾人先縛了柴進，便入家裡搜捉行兇黑大漢，不見，只把柴進綁到州衙內，當廳跪下。知府高廉聽得打死了他舅子殷天錫，正在廳上切牙切齒忿恨，只待拿人來，早把柴進驅翻在廳前階下。高廉喝道：「你怎敢打死了我殷天錫！」柴進告道：「小人是柴世宗嫡派子孫，家間有先朝太祖誓書鐵券。現在滄州居住。為是叔叔柴皇城病重，特來看視。不幸身故，見今停喪在家。殷直閣將引三二十人到家，定要趕逐出屋，不容柴進分說，喝令眾人毆打，被莊客李大救護，一時行兇打死。」高廉喝道：「李大現在那裡？」柴進道：「心慌逃走了。」高廉道：「他是莊客，不得你的言語，如何敢打死人？你又故縱他逃走了，來瞞昧官府！你這廝。不打如何肯招！牢子！下手加力與我打這廝！」柴進叫道：「莊客李大救主，誤打死人，非干我事！放著先朝太祖誓書，如何便下刑法打我？」高廉道：「誓書在那裡？」柴進道：「已使人回滄州去取來了。」高廉大怒，喝道：「這正是抗拒官府！左右，腕頭加力，好生痛打！」眾人下手，把柴進打得皮開肉綻，鮮血迸流，只得招做：「使令莊客李大打死殷天錫。」取那二十五斤死囚枷釘了，發下牢裡監收。殷天錫屍首檢驗了，就把棺木殯殮，不在話下。

這殷夫人要與兄弟報仇，教丈夫高廉抄扎了柴皇城家私，監禁下人口，封占了房屋圍院。柴進自在牢中受苦。有詩為證：

脂唇粉面毒如蛇，鐵券金書空裡花。
可怪祖宗能讓位，子孫猶不保身家。

卻說李逵連夜回梁山泊，到得寨裡，來見眾頭領。朱仝一見李逵，怒從心裡，掣條朴刀，逕奔李逵，黑旋風拔出雙斧，便鬥朱仝。晁蓋，宋江並頭領一齊向前勸住。宋江與朱仝陪話道：「前者殺了小衙內，不干我李逵之事；卻是軍師吳學究因請兄長不肯上山，一時定的計策。今日既到山寨，便休記心，只顧同心協助，共興大義，休教外人恥笑。」便叫李逵：「兄弟，與美髯公陪話。」李逵睜著怪眼，叫將起來，說道：「他直恁般做得起！我也多曾在山寨出氣力！他又不曾有半點之功，卻怎地倒教我陪話！」宋江道：「兄弟，卻是你殺了小衙內，雖是軍師嚴令。論齒序，他也是你哥哥。且看我面，與他伏個禮，我自拜你便了。」李逵吃宋江央及不過，便道：「我不是怕你，為是哥哥逼我，沒奈何了，與你陪話！」李逵吃宋江逼住了，只得撇了雙斧，拜了朱仝兩拜。朱仝才消了這口氣。山寨裡，晁頭領且教安排筵席與他兩個和解。

李逵說起：「柴大官人因去高唐州看親叔叔柴皇城病症，卻被本州高知府妻舅殷天錫，要奪屋宇花園，慪罵柴進，吃我打死了殷天錫那廝。」宋江聽罷，失驚道：「你自走了，須連累柴大官人吃官司！」吳學究道：「兄長休驚。等戴宗回山，便有分曉。」李逵問道：「戴宗哥哥那裡去了？」吳用道：「我怕你在柴大官人莊上惹事不好，特地教他來喚你回山。他到那裡不見你時，必去高唐州尋你。」說言未絕，只見小校來報：「戴院長回來了。」宋江便去迎接，到了堂上坐下，便問柴大官人一事。戴宗答道：「去到柴大官人莊上，已知同李逵投高唐州去了。逕奔那裡去打聽，只見滿城人傳說：『殷天錫因爭柴皇城莊屋，被一個黑大漢打死了。』見今負累了柴大官人陷於縲紲，下在牢裡。柴皇城一家人口家私盡都抄扎了。柴大官人性命早晚不保！」晁蓋道：「這個黑廝又做出來了，但到處便惹口面！」李逵道：「柴皇城被他打傷，慪氣死了，又來占他房屋；又喝叫打柴大官人；便是活佛，也忍不得！」晁蓋道：「柴大官人自來與山寨有恩，今日他有危難。如何不下山去救他。我親自去走一遭。」宋江道：「哥哥是山寨之主，如何可便輕動？小可與柴大官人舊來有恩，情願替哥哥下山。」吳學究道：「高唐州城池雖小，人物稠穰，軍廣糧多，不可輕敵。煩請林沖、花榮、秦明、李俊、呂方、郭盛、孫立、歐鵬、楊林、鄧飛、馬麟、白勝等十二個頭領，部引馬步軍兵五千作前隊先鋒；中軍主帥宋公明、吳用並朱仝、雷橫、戴宗、李逵、張橫、張順、楊雄、石秀十個頭領，部引馬步軍兵三千策應。」共該二十二位頭領，辭了晁蓋等眾人，離了山寨，望高唐州進發。端的好整齊，但見：

繡旗飄號帶，畫角間銅鑼。三股叉、五股叉，燦燦秋霜；點鋼槍、蘆葉槍，紛紛瑞雪。蠻牌遮路，強弓硬弩當先；火炮隨車，大戟長戈擁後。鞍上將似南山猛虎，人人好鬥能爭；坐下馬如北海蒼龍，騎騎能衝敢戰。端的槍刀流水急，果然人馬撮風行。

梁山泊前軍得高唐州地界，早有軍卒報知高廉，高廉聽了，冷笑道：「你這夥草賊在梁山泊窩藏，我兀自要來剿捕你；今日你倒來就縛，此是天教我成功，左右！快傳下號令，整點軍馬出城迎敵，著那眾百姓上城守護。」這高知府上馬管軍，下馬管民，一聲號令下去，那帳前都統、監軍、統領、統制、提轄軍職一應官員，各各部領軍馬；就教場裡點視已罷，諸將便擺布出城迎敵。高廉手下有三百梯己軍士，號為「飛天神兵」，一個個都是山東、河北、江西、湖南、兩淮、兩浙選來的精壯好漢。那三百飛天神兵怎生結束，但見：

頭披亂髮，腦後撒一把煙雲；身掛葫蘆，背上藏千條火焰。黃抹額齊分八卦，豹皮甲盡按四方。熟銅面具似金裝，鑌鐵滾刀如掃帚。掩心鎧甲，前後竪兩面青銅；照眼旌旗，左右列千層黑霧。疑是天蓬離斗府，正如月孛下雲衢。

知府高廉親自引了三百神兵，披甲背劍，上馬出到城外，把部下軍官周迴排成陣勢；將神軍列在中軍，搖旗吶喊，擂鼓鳴金，只等敵軍來到。

卻說林沖、花榮、秦明引領五千人馬到來，兩軍相迎，旗鼓相望；各把強弓硬弩，射住陣腳。兩軍吹動畫角，發起擂鼓，花榮、秦明帶同十個頭領都到陣前，把馬勒住。頭領林沖，橫丈八蛇矛，躍馬出陣厲聲高叫：「姓高的賊，快快出來！」高廉把馬一縱，引著三十餘個軍官，都出到門旗下，勒住馬，指著林沖罵道：「你這夥不知死的叛賊！怎敢直犯俺的城池！」林沖喝道：「你這個害民的強盜！我早晚殺到京師，把你那欺君賊臣高俅碎屍萬段，方是願足！」高廉大怒，回頭問道：「誰人出馬先拿此賊去？」軍官隊裡轉出一個統制官，姓于名直，拍馬掄刀，竟出陣前。林沖見了，逕奔于直。兩個戰不到五合，于直被林沖心窩裡一蛇矛刺著，翻筋斗下馬去。高廉見了大驚，「再有誰人出馬報仇？」軍官隊裡又轉出一個統制官，姓溫雙名文寶；使一條長槍，騎一匹黃驃馬，鑾鈴響，珂佩鳴，早出到陣前；四隻馬蹄蕩起征塵，直奔林沖，秦明見了，大叫：

「哥哥稍歇，看我立斬此賊！」林沖勒住馬，收了點鋼矛，讓秦明戰溫文寶。兩個約鬥十合之上，秦明放個門戶，讓他槍搠進來，手起棍落，把溫文寶削去半個天靈蓋，死於馬下，那馬跑回本陣去了。兩陣軍相對齊聲吶喊。

高廉見連折二將，便去背上掣出那口太阿寶劍來，口中念念有詞，喝聲道：「疾！」只見高廉隊中捲起一道黑氣。那道氣散至半空裡，飛沙走石，撼天搖地，刮起怪風，逕掃過對陣來。林沖、秦明、花榮等眾將對面不能相顧，驚得那坐下馬亂攛咆哮，眾人回身便走。高廉把劍一揮，指點那三百神兵從眾裡殺將出來。背後官軍協助，一掩過來，趕得林沖等軍馬星落雲散，七斷八續；呼兄喚弟，覓子尋爺；五千軍兵，折了一千餘人，直退回五十里下寨。高廉見人馬退去，也收了本部軍兵，入高唐州城裡安下。

卻說宋江中軍人馬到來，林沖等接著，且說前事。宋江、吳用聽了大驚。與軍師道：「是何神術，如此利害？」吳學究道：「想是妖法。若能回風返火，便可破敵。」宋江聽罷，打開天書看時，第三卷上有「回風返火破陣」之法。宋江大喜，用心記了咒語並密訣，整點人馬，五更造飯吃了，搖旗擂鼓，殺進城下來。有人報入城中，高廉再點得勝人馬並三百神兵，開放城門，布下吊橋，出來擺成陣勢。宋江帶劍縱馬出陣前，望見高廉軍中一簇皂旗。吳學究道：「那陣內皂旗便是使『神師計』的軍法。但恐又使此法，如何迎敵？」宋江道：「軍師放心，我自有破陣之法。諸軍眾將勿得驚疑，只顧向前殺去。」高廉吩咐大小將校：「不要與他強敵挑鬥。但見牌響一齊併力擒獲宋江，我自有重賞。」兩軍喊聲起處，高廉馬鞍上掛著那面聚獸銅牌，上有龍章鳳篆，手裡拿著寶劍，出到陣前。宋江指著高廉罵道：「昨夜我不曾到，兄弟誤折了一陣。今日我必要把你誅盡殺絕！」高廉喝道：「你這夥反賊，快早早下馬受縛，省得我腥手污腳！」言罷，把劍一揮，口中念念有詞，喝聲道：「疾！」黑氣起處，早捲起怪風來。宋江不等那風到，口中也念念有詞，左手捏訣，右手提劍一指，喝聲道：「疾！」那陣風不望宋江陣裡來，倒望高廉神兵隊裡去了。宋江卻待招呼人馬，殺將過去。高廉見回了風，急取銅牌，把劍敲動，向那神兵隊裡捲一陣黃沙，就中軍走出一群怪獸毒蟲，直衝過來。但見：

狻猊舞爪，獅子搖頭。閃金獬豸逞威雄，奮錦貔貅施勇猛。豺狼作對吐獠牙，直奔雄兵；虎豹成群張巨口，來噴劣馬。帶刺野豬衝陣入，捲毛惡犬撞人來。如龍大蟒撲天飛，吞象頑蛇鑽地落。

宋江陣裡眾多人馬驚呆了。宋江撇了劍，撥回馬先走，眾頭領簇捧著，盡都逃命；大小軍校，你我不能相顧，奪路而走。高廉在後面把劍一揮，神兵在前，官軍在後，一齊掩殺將來。宋江人馬大敗虧輸。高廉趕殺二十餘里，鳴金收軍，城中去了。宋江來到土城下，收住人馬，紮下寨柵，雖是損折了些軍卒，卻喜眾頭領都有；屯住軍馬，便與軍師吳用商議道：「今番打高唐州，連折了兩陣，無計可破神兵，如之奈何？」吳學究道：「若是這廝會使『神師計』，他必然今夜要來劫寨；可先用計提備。此處只可屯紮些少軍馬，我等去舊寨內駐紮。」宋江傳令：只留下楊林、白勝看寨；其餘人馬退去舊寨內將息。且說楊林、白勝引人離寨半里草坡內埋伏；等到一更時分，但見：

雲生四野，霧漲八方。搖天撼地起狂風，倒海翻江飛急雨。雷公忿怒，倒騎火獸逞神威；電母生嗔，亂掣金蛇施聖力。大樹和根拔去，深波徹底捲乾。若非灌口斬蛟龍，疑是泗州降水母。

只見風雷大作。楊林、白勝同三百餘人在草裡看時，只見高廉步走，引領三百神兵，吹風唿哨，殺入寨中來，見是空寨，回身便走。楊林，白勝吶聲喊，高廉只怕中了計，四散便走，三百神兵各自奔逃，楊林、白勝亂放弩箭，只顧射去，一箭正中高廉左肩。眾軍四散，冒雨趕殺。高廉引領了神兵，去得遠了。楊林、白勝人少，不敢深入。少刻，雨過雲收，復見一天星斗。月光之下，草坡前搠翻射倒，拿得神兵二十餘人，解赴宋公明寨內，具說雷風雲之事。宋江、吳用見說，大驚道：「此間只隔得五里遠近，又無雨無風！」眾人議道：「正是妖法。只在本處，離地只有三四十丈，雲雨氣味是左近水泊中攝將來的。」楊林說：「高廉也是披髮仗劍，殺入寨中。身上中了我一弩箭，回城中去了。為是人少，不敢去追。」宋江分賞楊林、白勝；把拿來的中傷神兵斬了。分撥眾頭領，下了七八個小寨，圍繞大寨，提防再來劫寨；一面使人回山寨取軍馬協助。且說高廉自中了箭，回到城中養病。令軍士：「守護城池，曉夜提備，且休與他廝殺。待我箭瘡平復，起來捉宋江未遲。」

卻說宋江見折了人馬，心中憂悶，和軍師吳用商量道：「只這個高廉尚且破不得，倘或別添他處軍馬，並力來助，如之奈何！」吳學究道：「我想要破高廉妖法，只除非依我如此如此。若不去請這個人來，柴大官人性命也是難救，高唐州城子永不能得。」正是：

要除起霧興雲法，須請通天徹地人。

畢竟吳學究說這個人是誰？且聽下回分解。

第五十三回　戴宗二取公孫勝　李逵獨劈羅真人

話說當下吳學究對宋公明說道：「要破此法，只除非快教人去薊州尋取公孫勝來，便可破得高廉。」宋江道：「前番戴宗去了幾時，全然打聽不著，卻那裡去尋？」吳用道：「只說薊州，有管下多少縣治、鎮市、鄉村，他須不曾尋得到。我想公孫勝是個學道的人，必然在個名山大川，洞府真境居住。今番教戴宗可去薊州管下山川，去處尋覓一遭，不愁不見他。」宋江聽罷，隨即叫請戴院長商議，可往薊州尋取公孫勝。戴宗道：「小可願往，只是得一個做伴的去方好。」吳用道：「你作起『神行法』來，誰人趕得你上？」戴宗道：「若是同伴的人，我也把甲馬拴在他腿上，教他也便走得快了。」李逵便道：「我與戴院長做伴走一遭。」戴宗道：「你若要跟我去，須要一路上吃素，都聽我的言語。」李逵道：「這個有甚難處，我都依你便了。」宋江、吳用吩咐道：「路上小心在意，休要惹事。若得見了，早早回來。」李逵道：「我打死了殷天錫，教柴大官人吃官司，我如何不要救？今番並不敢惹事了！」二人各藏了暗器，拴縛了包裹，拜辭了宋江並眾人，離了高唐州，取路投薊州來。

走得二三十里，李逵立住腳道：「大哥，買碗酒吃了走也好。」戴宗道：「你要跟我作『神行法』，須要只吃素酒。」李逵笑道：「便吃些肉也打甚麼緊。」戴宗道：「你又來了。今日已晚，且向前尋個客店宿了，明日早行。」兩個又走了三十餘里，天色昏黑，尋著一個客店歇了，燒起火來煮菜，沽一角酒來吃。李逵搬一碗素飯並一碗菜湯，來房裡與戴宗吃。戴宗道：「你如何不吃飯？」李逵應道：「我且未要吃飯哩。」戴宗尋思：「這廝必然瞞著我，背地裡吃葷。」戴宗自把菜飯吃了，悄悄地來後面張時，見李逵討兩角酒，一盤牛肉，立著在那裡亂吃。戴宗道：「我說甚麼？且不要道破他，明日小小地耍他耍便了！」戴宗先去房裡睡了，李逵吃了一回酒肉，恐怕戴宗問他，也輕輕的來房裡睡了。到五更時分，戴宗起來，叫李逵打火，做些素飯吃了。各分行李在背上，算還了房宿錢，離了客店。行不到二里多路，戴宗說道：「我們昨日不曾使神行法。今日須要趕程途。你先把包裹拴得牢了，我與你作法，行八百里便住。」戴宗取四個甲馬，去李逵兩隻腿上縛了，吩咐道：「你前面酒食店裡等我。」戴宗念念有詞，吹口氣在李逵腿上。李逵拽開腳步，渾如駕雲的一般，飛也似去了。戴宗笑道：「且著他忍一日餓！」戴宗也自拴上甲馬，隨後趕來。

李逵不省得這法，只道和他走路一般，那當得耳朵邊有如風雨之聲，兩邊房屋樹木一似連排價倒了的，腳底下如雲催霧趲。李逵怕將起來，幾遍待要住腳，兩條腿那裡收拾得住，似有人在下面推的相似，腳不點地只管走去了。看見走到紅日平西，肚裡又飢又渴，越不能夠住，驚得一身臭汗，氣喘做一團。戴宗從背後趕來，叫道：「李大哥，怎的不買些點心吃了去？」李逵叫道：「哥哥！救我一救！餓殺鐵牛了！」戴宗懷裡摸出幾個炊餅來自吃。李逵伸著手，只隔一丈遠近，只接不著。李逵叫道：「好哥哥！且住一住！」戴宗道：「便是今日有些蹊蹺，我的兩條腳也不能夠住。」李逵道：「啊也！我的這鳥腳不由我半分，只管自家在下邊奔了去！不要討我性發，把大斧砍了下來！」戴宗道：「只除是恁的般方好。不然，直走到明年正月初一日，也不能夠住！」李逵道：「好哥哥！休使道兒耍我！砍了腿下來，把甚麼走回去？」戴宗道：「你敢是昨夜不依我？今日連我也奔不得住，你自奔去。」李逵叫道：「好爺爺！你饒我住一住！」戴宗道：「我的這法不許吃葷，第一戒的是牛肉。若還吃了一塊牛肉，直要奔一萬里方才得住！」李逵道：「卻是苦也！我昨夜不合瞞著哥哥，其實偷買五七斤牛肉吃了！正是怎麼好！」戴宗道：「怪得今日連我的這腿也收不住！你這鐵牛害殺我也！」

李逵聽罷，叫起撞天屈來。戴宗笑道：「你從今以後，只依得我一件事，我便罷得這法。」李逵道：「老爺！你快說來，看我依你！」戴宗道：「你如今敢再瞞我吃葷麼？」李逵道：「今後但吃時，舌頭上生碗來大疔瘡！我見哥哥要吃素，鐵牛卻其實煩難，因此上瞞著哥哥試一試。今後並不敢了！」戴宗道：「既是恁地，饒你這一遍！」趕上一步，把衣袖去李逵腿上只一拂，喝聲：「住。」李逵應聲立定。戴宗道：「我先去，你且慢慢的來。」李逵正待抬腳，那裡移得動；拽也拽不起，一似生鐵鑄就了的。李逵大叫道：「又是苦也！哥便再救我一救！」戴宗轉回頭來，笑道：「你今番依我說麼？」李逵道：「你是我親爺爺，卻如何敢違了你的言語！」戴宗道：「你今番卻要依我？」便把手綰了李逵，喝聲：「起。」兩個輕輕地走了去。李逵道：「哥哥可憐見鐵牛，早歇了罷！」見個客店，兩個入來投宿。

戴宗、李逵入到房裡，去腿上卸下甲馬，取出幾陌紙錢燒送了，問李逵道：「今番卻如何？」李逵捫著腳，嘆氣道：「這兩條腿方才是我的了！」戴宗便叫李逵安排些素酒素飯吃了，燒湯洗了腳，上床歇息。睡到五更，起來洗漱罷，吃了飯，還了房錢，兩個又上路。行不到三里多路，戴宗取出甲馬道：「兄弟，今日與你只縛兩個，教你慢行些。」李逵道：「親爺！我不要縛了！」戴宗道：「你既依我言語，我和你幹大事，如何肯弄你！你若不依我，教你一似夜來，只釘住在這裡，直等我去薊州，尋見了公孫勝，回來放你！」李逵慌忙叫道：「你縛！你縛！」戴宗與李逵當日各只縛兩個甲馬，作起「神行法」扶著李逵同走。原來戴宗的法，要行便行，要住便住。李逵從此那裡敢違他言語，於路上只是買些素酒素飯，吃了便行。

話休絮煩，兩個用神行法，不旬日，迤邐來薊州城外客店裡歇了。次日，兩個入城來，戴宗扮做主人，李逵扮做僕者。城中尋了一日，並無一個認得公孫勝的，兩個自回店裡歇了。次日，又去城中小街狹巷尋了一日，絕無消耗。李逵心焦，罵道：「這個乞丐道人！卻鳥躲在那裡！我若見時，腦揪將去見哥哥！」戴宗道：「你又來了！便不記得吃苦！」李逵陪笑道：「不敢！不敢！我自這般說一聲兒耍。」戴宗又埋怨一回，李逵不敢回話。兩個又來店裡歇了，次日早起，都去城外近村鎮市尋覓。戴宗但見老人，便施禮拜問公孫勝先生家在那裡居住，並無一人認得。戴宗也問過數十處。當日晌午時分，兩個走得肚飢，路旁邊見一個素麵店。兩個直入來買些點心吃，只見裡面都坐滿，沒一個空處。戴宗，李逵立在當路。過賣問道：「客官要吃麵時，和這老人合坐一坐。」戴宗見個老丈獨自一個占著一副大座頭，便與他施禮，唱個喏，兩個對面坐了，李逵坐在戴宗肩下。吩咐過賣造四個壯麵來。戴宗道：「我吃一個，你吃三個不少麼？」李逵道：「不濟事！一發做六個來，我都包辦！」過賣見了也笑，等了半日，不見把麵來，李逵見都搬入裡面去了，心中已有五分焦躁，老兒低著頭，伏桌兒吃。

李逵性急，叫一聲：「過賣！」罵道：「卻教老爺等了這半日！」把那桌子只一拍，潑那老人一臉熱汁，那分麵都潑翻了，老兒焦躁，便起來揪住李逵，喝道：「你是何道理打翻我麵！」李逵撚起拳頭，要打老兒。戴宗慌忙喝住，與他陪話道：「老丈休和他一般見識。小可賠老丈一分麵。」那老人道：「客官不知，老漢路遠，早要吃了麵回去聽講，遲時誤了程途。」戴宗問道：「老丈何處人氏？聽誰人講甚麼？」老兒答道：「老漢是本處薊州管下九宮縣二仙山下人氏，因來這城中買些好香回去，聽山上羅真人講說長生不老之法。」戴宗尋思：「莫不公孫勝也在那裡？」便問老人道：「老丈貴莊曾有個公孫勝麼？」老人道：「客官問別人定不知，多有人不認得他。老漢和他是鄰舍。他只有個老母在堂。這個先生一向雲遊在外，此時喚做公孫一清。如今出姓，都只叫他清道人，不叫做公孫勝，此是俗名，無人認得。」戴宗道：「正是踏破鐵鞋無覓處，得來全不費工夫！」又拜問老丈：「九宮縣二仙山離此間多少路？清道人在家麼？」老人道：「二仙山只離本縣四十五里便是。清道人他是羅真人上首徒弟。他本師不放他離左右！」戴宗聽了大喜，連忙催趲麵來吃；和那老人一同吃了，算還麵錢，同出店肆，問了路途。戴宗道：「老丈先行；小可買些香紙也便來也。」老人作別去了。

戴宗、李逵回到客店裡，取了行李、包裹，再拴上甲馬，離了客店，兩個取路投九宮縣二仙山來。戴宗使起神行法，四十五里，片時到了。二人來到縣前，問二仙山時，有人指道：「離縣投東，只有五里便是。」兩個又離了縣治，投東而行，果然行不到五里，早望見那座仙山，委實秀麗。但見：

青山削翠，碧岫堆雲。兩崖分虎踞龍盤，四面有猿啼鶴唳。朝看雲封山頂，暮觀日掛林梢。流水潺湲，澗內聲聲鳴玉珮；飛泉瀑布，洞中隱隱奏瑤琴。若非道侶修行，定有仙翁煉藥。

來到二仙山下。見個樵夫，戴宗與他施禮，說道：「借問此間清道人家在何處居住？」樵夫指道：「只過這東山嘴，門外有條小石橋的便是。」兩個抹過山嘴來，見有十數間草房，一周圍矮牆，牆外一座小石橋，兩個來到橋邊，見一個村姑，提一籃新果子出來，戴宗施禮問道：「娘子從清道人家出來，清道人在家麼？」村姑答道：「在屋後煉丹。」戴宗心中暗喜。戴宗吩咐李逵道：「你且去樹多處躲一躲，待我自入去，見了他卻來叫你。」戴宗自入到裡面看時，一帶三間草房，門上懸掛一個蘆簾。戴宗咳嗽一聲，只見一個白髮婆婆從裡面出來。戴宗看那婆婆，但見：

蒼然古貌，鶴髮酡顏。眼昏似秋月籠煙，眉白如曉霜映日。青裙素服，依稀紫府元君；布襖荊釵，仿佛驪山老姥。形如天上翔雲鶴，貌似山中傲雪松。

戴宗當下施禮道：「告稟老娘，小可欲求清道人相見一面。」婆婆問道：「官人高姓？」戴宗道：「小可姓戴名宗，從山東到此。」婆婆道：「孩兒出外雲遊，不曾還家。」戴宗道：「小可是舊時相識，要說一句緊要的話，求見一面。」婆婆道：「不在家裡，有甚話說，留下在此不妨。待回家自來相見。」戴宗道：「小可再來。」就辭了婆婆，卻來門外對李逵道：「今須用著你；方才他娘說道不在家裡，如今你可去請他。他若說不在時，你便打將起來，卻不得傷犯他老母，我來喝住，你便罷。」

李逵先去包裹裡取出雙斧，插在兩胯下，入得門裡，大叫一聲：「著個出來。」婆婆慌忙迎著問道：「是誰？」見了李逵睜著雙眼，先有八分怕他，問道：「哥哥有甚話說？」李逵道：「我乃梁山泊黑旋風，奉著哥哥將令，教我來請公孫勝。你叫他出來，佛眼相看！若還不肯出來，放一把鳥火，把你家當都燒做白地！」又大叫一聲：「早早出來。」婆婆道：「好漢莫要恁地。我這裡不是公孫勝家，自喚做清道人。」李逵道：「你只叫他出來，我自認得他鳥臉！」婆婆道：「出外雲遊未歸。」李逵拔出大斧，先砍翻一堵壁。婆婆向前攔住。李逵道：「你不叫你兒子出來，我只殺了你！」拿起來便砍。把那婆婆驚倒在地。只見公孫勝從裡面奔將出來，叫道：「不得無禮！」有詩為證：

藥爐丹灶學神仙，遁跡深山了萬緣。
不是凶神來屋裡，公孫安肯出堂前。

只見戴宗便來喝道：「鐵牛！如何嚇倒老母！」戴宗連忙扶起。李逵撇了大斧，便唱個喏道：「阿哥休怪。不恁地，你不肯出來。」公孫勝先扶娘入去了，卻出來拜請戴宗、李逵；邀進一間淨室坐下，問道：「虧二位尋得到此。」戴宗道：「自從哥哥下山之後，小可先來薊州尋了一遍，並無打聽處，只糾合得一夥弟兄上山。今次宋公明哥哥因去高唐州救柴大官人，致被知府高廉兩三陣用妖法贏了。無計奈何，只得教小可和李逵逕來尋請足下。遶遍薊州，並無尋處。偶因素麵店中，得個此間老丈指引到此。卻見村姑說足下在家燒煉丹藥，老母只是推卻；因此使李逵激出哥哥來。這個太莽了些，望乞恕罪。宋公明哥哥在高唐州界上度日如年，請哥哥便可行程，以見始終成全大義之美。」

公孫勝道：「貧道幼年飄蕩江湖，多與好漢們相聚。自從梁山泊分別回鄉，非是昧心：一者母親年老，無人奉侍；二乃本師羅真人留在屋前。恐怕有人尋來，故改名清道人，隱藏在此。」戴宗道：「今者宋公明正在危急之際，哥哥慈悲，只得去走一遭。」公孫勝道：「干礙老母無人養贍。本師羅真人如何肯放？其實去不得了。」戴宗再拜懇告。公孫勝扶起戴宗，說道：「再容商議。」公孫勝留戴宗、李逵在淨室裡坐定，安排些素酒素食相待。三個吃了一回，戴宗又苦苦哀告道：「若是哥哥不肯去時，宋公明必被高廉捉了，山寨大義，從此休矣！」公孫勝道：「且容我去稟問本師真人。若肯容許，便一同去。」戴宗道：「只今便去啓問本師。」公孫勝道：「且寬心住一宵，明日早去。」戴宗道：「公明在彼，一日如度一年，煩請師父同往一遭。」

公孫勝便起身引了戴宗、李逵離了家裡，取路上二仙山來。此時已是秋殘初冬時分，日短夜長，容易得晚，來到半山裡，卻早紅輪西墜。松陰裡面一條小路，直到羅真人觀前，見有硃紅牌額，上寫著「紫虛觀」三個金字。三人來到觀前，看那二仙山時，果然是好座仙境。但見：

青松鬱鬱，翠柏森森。一群白鶴聽經，數個青衣碾藥。青梧翠竹，洞門深鎖碧窗寒；白雪黃芽，石室雲封丹灶暖。野鹿銜花穿徑去，山猿擎果度岩來。時聞道士談經，每見仙翁論法。虛皇壇畔，天風吹下步虛聲；禮斗殿中，鸞背忽來環珮韻。只此便為真紫府，更於何處覓蓬萊？

三人就著衣亭上，整頓衣服，從廊下入來，逕投殿後松鶴軒裡去。兩個童子看見公孫勝領人入來，報知羅真人。傳法旨，教請三人入來。當下公孫勝引著戴宗、李逵到松鶴軒內，正值真人朝真才罷，坐在雲床上。公孫勝向前行禮起居，躬身侍立。戴宗、李逵看那羅真人時，端的有神遊八極之表。但見：

星冠攢玉葉，鶴氅縷金霞。長髯廣頰，修行到無漏之天；碧眼方瞳，服食造長生之境。每啖安期之棗，曾嘗方朔之桃。氣滿丹田，端的綠筋紫腦；名登玄籙，定知蒼臀青肝。

正是三更步月鸞聲遠，萬里乘雲鶴背高。

戴宗當下見了，慌忙下拜。李逵只管著眼看。羅真人問公孫勝道：「此二位何來？」公孫勝道：「便是昔日弟子曾告我師，山東義友是也。今為高唐州知府高廉顯逞異術，有兄宋江特令二弟來此呼喚。弟子未敢擅便，故來稟問我師。」羅真人道：「一清既脫火坑，學煉長生，何得再慕此境？」戴宗再拜，道：「容乞暫請公孫先生下山，破了高廉便道還山。」羅真人道：「二位不知，此非出家人閒管之事。汝等自下山去商議。」公孫勝只得引了二人，離了松鶴軒，連晚下山來。李逵問道：「那老仙先生說甚麼？」戴宗道：「你偏不聽得！」李逵道：「便是不省得，這般鳥則聲。」戴宗道：「便是他的師父說道，教他休去！」李逵聽了，叫起來道：「教我兩個走了許多路程，我又吃了若干苦，尋見了，卻放出這個屁來！莫要引老爺性發，一隻手撚碎你這道冠兒，一隻手提住腰胯，把那老賊道直撞下山去！」戴宗瞅著道：「你又要釘住腳？」李逵陪笑道：「不敢！不敢！我自這般說一聲兒耍。」三個再到公孫勝家裡，當夜安排些晚飯。戴宗和公孫勝吃了。李逵卻只呆想，不吃。公孫勝道：「且權宿一宵，明日再去懇求師。若肯時，便去。」戴宗只得叫了安置，收拾行李，和李逵來淨室裡睡。這李逵那裡睡得著。捱到五更左側，輕輕地爬將起來，聽那戴宗時，正齁齁的睡熟；自己尋思道：「卻不是干鳥氣麼？你原是山寨裡人，卻來問甚麼鳥師父！明朝那廝又不肯，卻不誤了哥哥的大事？我忍不得了，只是殺了那個老賊道，教他沒問處，只得和我去。」

李逵當時摸了兩把板斧，輕輕地開了房門，乘著星月明朗，一步步摸上山來；到得紫虛觀前，卻見兩扇大門關了，傍邊籬牆喜不甚高。李逵騰地跳將過去。李逵道：「這賊道！卻不是當死！」一踅，踅過門邊來，把手只一推，撲的兩扇亮槅齊開。李逵開了大門，一步步摸入裡面去，直至松鶴軒前，只聽隔窗有人念誦甚麼經號之聲。李逵爬上來，搠破紙窗張時，見羅真人獨自一個，坐在日間這件東西上。面前桌兒上兩枝蠟燭點得通亮，搶將入去，提起斧頭，便望羅真人腦門上只一劈，早斫倒在雲床上。李逵看時，流出白血來，笑道：「眼見得這賊道是童男子身，頤養得元陽真氣，不曾走洩，正沒半點的紅！」李逵再仔細看時，連那道冠兒劈做兩半，一顆頭直砍到項下。李逵道：「這個人只可驅除了他！不煩惱公孫勝不去！」便轉身，出了松鶴軒，從側首廊下奔將出來。只見一個青衣童子，攔住李逵，喝道：「你殺了我本師，待走那裡去！」李逵道：「你這個小賊道，也吃我一斧。」手起斧落，把頭早砍下臺基邊去。李逵笑道：「如今只好撒開！」逕取路出了觀門，飛也似奔下山來；到得公孫勝家裡，閃入來，閉上了門。淨室裡聽戴宗時，兀自未覺，李逵依前輕輕地睡了。

直到天明，公孫勝起來，安排早飯，相待兩個吃了。戴宗道：「再請先生引我二人上山，懇告真人。」李逵聽了，咬著唇冷笑。三個依原舊路，再上山來；入到紫虛觀松鶴軒中，見兩個童子。公孫勝問道：「真人何在？」童子答道：「真人坐在雲床上養性。」李逵聽了，吃了一驚，把舌頭伸將出來，半日縮不入去。三個揭起簾子入來看時，見羅真人坐在雲床上中間。李逵暗暗想道：「昨夜我敢是錯殺了？」羅真人便道：「汝等三人又來何幹？」戴宗道：「特來哀告我師，慈悲救取眾人免難。」羅真人便道：「這黑大漢是誰？」戴宗答道：「是小可義弟，姓李名逵。」真人笑道：「本待不教公孫勝去；看他的面上，教他去走一遭。」戴宗拜謝，李逵自暗暗尋思：「那廝知道我要殺他，卻又鳥說！」只見羅真人道：「我教你三人片刻時便到高唐州，如何？」三個謝了。戴宗尋思：「這羅真人，又強似我的神行法！」真人喚道童取三個手帕來。戴宗道：「上告我師，卻是怎生教我們便能夠到高唐州？」羅真人便起身，道：「都跟我來。」三個人隨出觀門外石岩上來。先取一個紅手帕鋪在石上道：「一清可登。」公孫勝雙腳踏在上面。羅真人把袖一拂，喝聲道：「起。」那手帕化作一片紅雲，載了公孫勝，冉冉騰空便起，離山約有二十餘丈。羅真人喚聲「住。」那片紅雲不動。卻鋪下一個青手帕，教戴宗踏上，喝聲：「起。」那手帕卻化作一片青雲，載了戴宗，起在半空裡去了。那兩片青紅二雲，如蘆席大，起在天上轉。李逵看得呆了。

羅真人卻把一個白手帕，鋪在石上，喚李逵踏上。李逵笑道：「你不是耍？若跌下來，好個大疙瘩！」羅真人道：「你見二人麼？」李逵立在手帕上。羅真人喝一聲：「起。」那手帕化作一片白雲，飛將起去。李逵叫道：「阿呀！我的不穩，放我下來！」羅真人把右手一招，那青紅二雲平平墜將下來。戴宗拜謝，侍立在面前，公孫勝侍立在左手。李逵在上面叫道：「我也要撒尿撒屎！你不放我下來，我劈頭便撒下來也！」羅真人問道：「我自是出家人，不曾惱犯了你，你因何夜來越牆而過，入來把斧劈我？若是我無道德，已被殺了，又殺了我一個道童！」李逵道：「不是我！你敢認錯了？」羅真人笑道：「雖然只是砍了我兩個葫蘆，其心不善。且教你吃些磨難！」把手一招，喝聲：「去。」一陣惡風，把李逵吹入雲端裡。只見兩個黃巾力士押著李逵，耳朵邊有如風雨之聲，下頭房屋樹木一似連排曳去的，腳底下如雲催霧趲，正不知去了多少遠，嚇得魂不著體，手腳搖動。忽聽得刮剌剌地響一聲，卻從薊州府廳屋上骨碌碌滾將下來。

當日正值府尹馬士弘坐衙，廳前立著許多公吏人等。看見半天裡落下一個黑大漢來，眾皆吃驚。馬知府見了，叫道：「且拿這廝過來！」當下十數個牢子獄卒，把李逵驅至當前。馬府尹喝道：「你這是那裡妖人？如何從半天裡吊將下來？」李逵吃跌得頭破額裂，半晌說不出話來。馬知府道：「必然是個妖人！」教：「去取些法物來！」牢子節級將李逵綑翻，驅下廳前草地裡，一個虞候掇一盆狗血，沒頭一淋；又一個提一桶尿糞來，望李逵頭上直澆到腳底下。李逵口裡耳朵裡都是狗血、尿屎。李逵叫道：「我不是妖人，我是跟羅真人的伴當！」原來薊州人都知道羅真人是個現世的活神仙。因此便不肯下手傷他，再驅李逵到廳前。早有使人稟道：「這薊州羅真人是天下有名的得道活神仙。若是他的從者，不可加刑。」

馬府尹笑道：「我讀千卷之書，每聞古今之事，未見神仙有如此徒弟！即係妖人！牢子，與我加力打那廝！」眾人只得拿翻李逵，打得一佛出世，二佛涅盤。馬知府喝道：「你那廝快招了妖人，便不打你！」李逵只得招做「妖人李二」。取一面大枷釘了，押下大牢裡去。李逵來到死囚獄裡，說道：「我是值日神將，如何枷了我？好歹教你這薊州一城人都死！」那押牢、節級、禁子都知羅真人道德清高，誰不欽服；都來問李逵：「你端的是甚麼人？」李逵道：「我是羅真人親隨值日神將，因一時有失，惡了真人，把我撇在此間，教我受些苦難。三兩日必來取我。你們若不把些酒肉來將息我時，我教你們眾人全家都死！」那節級牢子見了他說，倒都怕他，只得買酒肉請他吃。李逵見他們害怕，越說起風話來。牢裡眾人越怕了，又將熱水來與他洗浴了，換些乾淨衣裳。李逵道：「若還缺了我酒肉，我便飛了去，教你們受苦！」牢裡禁子只得倒陪告他。

李逵陷在薊州牢裡不提，且說羅真人把上項的事，一一說與戴宗。戴宗只是苦苦哀告，求救李逵。羅真人留住戴宗在觀裡宿歇，動問山寨裡事物。戴宗訴說晁天王宋公明仗義疏財，專只替天行道，誓不損害忠臣烈士，孝子賢孫，義夫節婦，許多好處。羅真人聽罷默然。一住五日，戴宗每日磕頭禮拜，求告真人，乞救李逵。羅真人道：「這等人只可驅除了罷，休帶回去！」戴宗告道：「真人不知，這李逵雖是愚蠢，不省禮法，也有些小好處：第一，耿直；第二，不會阿諂於人，雖死其忠不改；第三，並無淫欲邪心，貪財背義，勇敢當先。因此宋公明甚是愛他。不爭沒了這個人回去，教小可難見兄長宋公明之面。」羅真人笑道：「貧道已知這人是上界天殺星之數，為是下土眾生作業太重，故罰他下來殺戮。吾亦安肯逆天，壞了此人？只是磨他一會，我叫取來還你。」戴宗拜謝。羅真人叫一聲：「力士安在？」就松鶴軒前起一陣風。風過處，一尊黃巾力士出現，但見：

面如紅玉，鬚似皂絨。仿佛有一丈身材，縱橫有千斤氣力。黃巾側畔，金環日耀噴霞光；繡襖中間，鐵甲霜鋪吞月影。常在壇前護法，每來世上降魔。

躬身稟覆：「我師有何法旨？」羅真人道：「先差你押去薊州的那人，罪業已滿。你還去薊州牢裡取他回來。速去速回。」力士聲喏去了。約有半個時辰，從虛空裡把李逵撇將下來。戴宗連忙扶住李逵，問道：「兄弟，這兩日在那裡？」李逵看了羅真人，只管磕頭拜說：「親爺爺，鐵牛不敢了也！」羅真人道：「你從今以後可以戒性，竭力扶持宋公明，休生歹心。」李逵再拜道：「你是我親爺，如何敢違了你的言語！」戴宗道：「你正去那裡去了這幾日？」李逵道：「自那日一陣風直刮我去薊州府裡，從廳屋脊上直滾下來，被他府裡眾人拿住。那個鳥知府，道我是妖人，捉翻我綑了，教牢子獄卒把狗血和尿屎淋我一頭一身，打得我兩腿肉爛，把我枷了，下在大牢裡去。眾人問我：『是何神眾，從天上落下來？』只吃我說道：『羅真人的親隨值日神將。因有些過失，罰受此苦，過二、三日，必來取我。』雖是吃了一頓棍棒，卻也得些酒肉吃。那廝們懼怕真人，卻與我洗浴，換了一身衣裳。方才正在亭心裡詐酒肉吃，只見半空裡跳下一個黃巾力士，把枷鎖開了，喝我閉眼，一似睡夢中，直捉到這裡。」公孫勝道：「師父似這般的黃巾力士有一千餘員，都是本師真人的伴當。」李逵聽了，叫道：「活佛！你何不早說，免教我做了這般不是。」只顧下拜。戴宗也再拜懇告道：「小可端的來得多日了。高唐州軍馬甚急，望乞師父慈悲，放公孫先生同弟子去救哥哥宋公明，破了高廉，便送還山。」羅真人道：「我本不教他去，今為汝大義為重，權教他去走一遭。我有片言，汝當記取。」公孫勝向前跪聽真人指教。正是：

滿懷濟世安邦願，來作乘鸞跨鳳人。

畢竟羅真人對公孫勝說出甚話來？且聽下回分解。

第五十四回　入雲龍鬥法破高廉　黑旋風下井救柴進

話說當下羅真人道：「弟子，你往日學的法術與高廉一般。吾今特授與汝五雷天心罡法，依此而行。可救宋江，保國安民，替天行道。你的老母，我自使人早晚看視，勿得憂念。汝本上應天星數，以此暫容汝去；切須專持從前學道之心，休被人搖動，誤了自己跟下大事。」公孫勝跪受了訣法，便和戴宗、李逵拜辭了羅真人，別了眾道伴下山。歸到家中，收拾了寶劍二口並鐵冠道衣等物了當，拜辭老母，離山上路。

行過了三四十里路程，戴宗道：「小可先去報知哥哥，先生和李逵大路上來，卻得再來相接。」公孫勝道：「正好，賢弟先往報知，吾亦趲行來也。」戴宗吩咐李逵道：「於路上小心服侍先生，但有些差池，教你受苦。」李逵道：「他和羅真人一般的法術，我如何敢輕慢了他！」戴宗拴上甲馬，作起「神行法」來，預先去了。卻說公孫勝和李逵兩個離了二仙山九宮縣，取大路而行，到晚尋店安歇。李逵懼怕羅真人法術，十分小心服侍公孫勝，那裡敢使性。兩個行了三日，來到一個去處，地名喚做武岡鎮，只見街市人煙輳集。公孫勝道：「這兩日於路走得困倦，買碗素菜素酒吃了行。」李逵道：「也好。」見驛路旁一個小酒店，兩個人來店裡坐下。公孫勝坐了上首；李逵解了腰包，下首坐下，叫過賣一面打酒，就安排些素饌來吃。公孫勝道：「你這裡有甚素點心賣？」過賣道：「我店裡只賣酒肉，沒有素點心；市口人家有棗糕賣。」李逵道：「我去買些來。」便去包裹取了銅錢，逕投市鎮上來買了一包棗糕。欲待回來，只聽得路旁側首，有人喝采道：「好氣力！」李逵看時，一夥人圍一個大漢，把鐵瓜鎚在那裡使，眾人看了喝采他。

李逵看那大漢時，七尺以上身材，面皮有麻，鼻子上一條大路。李逵看那鐵鎚時，約有三十來斤。那漢使得發了，一瓜鎚正打在壓街石上，把那石頭打做粉碎，眾人喝采，李逵忍不住，便把棗糕揣在懷裡，便來拿那鐵鎚。那漢喝道：「你是甚麼鳥人，敢來拿我的鎚！」李逵道：「你使得甚麼鳥好，教眾人喝采！看了倒污眼，你看老爺使一回教眾人看。」那漢道：「我借與你，你若使不動時，且吃我一頓子拳了去！」李逵接過瓜鎚，如弄彈丸一般，使了一回，輕輕放下，面又不紅，心頭不跳，口內不喘。那漢看了，倒身便拜，說道：「願求哥哥大名。」李逵道：「你家在那裡住？」那漢道：「只在前面便是。」引了李逵到一個所在，見一把鎖鎖著門。

那漢把鑰匙開了門，請李逵到裡面坐地。李逵看他房裡都是鐵砧、鐵鎚、火爐、鉗鑿傢伙，尋思道：「這人必是個打鐵匠人，山寨裡正用得著，何不叫他也去入夥。」李逵又道：「漢子，你通個姓名，教我知道。」那漢道：「小人姓湯名隆，父親原是延安府知寨官，因為打鐵上，遭際老种經略相公帳前敘用。近年父親在任亡故，小人貪賭，流落在江湖上，因此權在此間打鐵度日。入骨好使槍棒；為是自家渾身有麻點，人都叫小人做金錢豹子。敢問哥哥高姓大名？」李逵道：「我便是梁山泊好漢黑旋風李逵。」湯隆聽了再拜道：「多聞哥哥威名，誰想今日偶然得遇！」李逵道：「你在這幾時得發跡！不如跟我上梁山泊入夥，教你也做個頭領。」湯隆道：「若得哥哥不棄，肯帶攜兄弟時，願隨鞭鐙。」就拜李逵為兄，李逵認湯隆為弟。

湯隆道：「我又無家人伴當，同哥哥去市鎮上吃三杯淡酒，表結拜之意。今晚歇一夜，明日早行。」李逵道：「我有個師父在前面酒店裡，等我買棗糕去吃了便行，耽擱不得，只可如今便行。」湯隆道：「如何這般要緊？」李逵道：「你不知，宋公明哥哥見今在高唐州界廝殺，只等我這師父到來救應。」湯隆道：「這個師父是誰？」李逵道：「你且休問，快收拾了去。」湯隆急急拴了包裹盤纏銀兩，戴上笞氈兒，跨了口腰刀，提條朴刀，棄了家中破房舊屋，粗重傢伙，跟了李逵，直到酒店裡來見公孫勝。公孫勝埋怨道：「你如何去了許多時？再來遲些，我依前回去了！」李逵不敢做聲回話，引過湯隆拜了公孫勝，備說結義一事。公孫勝見說他是打鐵出身，心中也喜。李逵取出棗糕，叫過賣將去整理。三個一同飲了幾杯酒，吃了棗糕，算還酒錢。李逵、湯隆各背上包裹，與公孫勝離了武岡鎮，迤邐望高唐州來。

三個於路，三停中走了兩停多路，那日早卻好迎著戴宗來接。公孫勝見了大喜，連忙問道：

「近日相戰如何？」戴宗道：「高廉那廝近日箭瘡平復，每日引兵來搦戰。哥哥堅守，不敢出敵，只等先生到來。」公孫勝道：「這個容易。」李逵引著湯隆拜見戴宗，說了備細。四人一處奔高唐州來。離寨五里遠，早有呂方、郭盛引一百餘軍馬迎接著。四人都上了馬，一同到寨。宋江、吳用等出寨迎接。各施禮罷，擺了接風酒，敘問間闊之情，請入中軍帳內。眾頭領亦來作慶。李逵引過湯隆來參見宋江，吳用並眾頭領等。講禮已罷，寨中且做慶賀筵席。

次日，中軍帳上，宋江、吳用、公孫勝商議破高廉一事。公孫勝道：「主將傳令，且著拔寨都起。看敵軍如何，小弟自有區處。」當日宋江傳令各寨一齊引軍起身，直抵高唐州城壕，下寨已定。次早五更造飯，軍人都披掛衣甲。宋公明、吳學究、公孫勝三騎馬直到軍前，搖旗擂鼓，吶喊篩鑼，殺到城下來。再說知府高廉在城中箭瘡已痊，隔夜小軍來報知宋江軍馬又到，早晨都披掛了衣甲，便開了城門，放下吊橋，將引三百神兵並大小將校出城迎敵。兩軍漸近，旗鼓相望，各擺開陣勢。兩陣裡花腔鼉鼓擂，雜彩繡旗搖。宋江陣門開處，分出十騎馬來，雁翅般擺開在兩邊。左手下五將：花榮、秦明、朱仝、歐鵬、呂方；右手下五將是：林沖、孫立、鄧飛、馬麟、郭盛；中間三騎馬上，為頭是主將宋公明。怎生打扮：

頭頂茜紅巾，腰繫獅蠻帶。錦征袍大鵬貼背，水銀盔彩鳳飛檐。抹綠靴斜踏寶鐙，黃金甲光動龍鱗。描金韉隨定紫絲鞭，錦鞍韉穩稱挑花馬。

左邊那騎馬上，坐著的便是梁山泊掌握兵權軍師吳學究。怎生打扮？

五明扇齊攢白羽，九綸巾巧簇烏紗。素羅袍香皂沿邊，碧玉環絲絛束定。鳧舄穩踏葵花鐙，銀鞍不離紫絲韁。兩條銅鏈腰間掛，一騎青驄出戰場。

右邊那騎馬上，坐著的便是梁山泊掌握行兵布陣副軍師公孫勝，怎生打扮：

星冠耀日，神劍飛霜。九霞衣服繡春雲，六甲雷藏寶訣。腰間繫雜色短鬚絛，背上懸松文古定劍。穿一雙雲頭點翠早朝靴，騎一匹分鬃昂首黃花馬。名標蕊笈玄功著，身列仙班道行高。

中間三個總軍主將，三騎馬出到陣前。看對陣金鼓全鳴，門旗開處也有二三十個軍官簇擁著高唐州知府高廉出在陣前，立馬門旗之下，怎生結束，但見：

束髮冠珍珠嵌就，絳紅袍錦繡攢成。連環鎧甲耀黃金，雙翅銀盔飛彩鳳。足穿雲縫吊墩靴，腰繫獅蠻金鞓帶。手內劍橫三尺水，陣前馬跨一條龍。

那知府高廉出到陣前，厲聲喝罵道：「你那水窪草賊！既有心要來廝殺，定要見個輸贏？走的不是好漢！」宋江問一聲：「誰人出馬，立斬此賊？」小李廣花榮挺槍躍馬，直至垓心。高廉見了，喝問道：「誰與我直取此賊去？」那統制官隊裡轉出一員上將，喚做薛元輝，使兩口雙刀，騎一匹劣馬，飛出垓心，來戰花榮，兩個在陣前鬥了數合，花榮撥回馬望本營便走。薛元輝不知是計，縱馬舞刀，盡力來趕。花榮略帶住了馬，拈弓取箭，扭轉身軀，只一箭把薛元輝頭重腳輕射下馬去。兩軍齊吶聲喊。

高廉在馬上見了大怒，急去馬鞍鞽前，取下那面聚獸銅牌，把劍去擊。那裡敲得三下，只見神兵隊裡捲起一陣黃砂來，罩得天昏地黑，日色無光。喊聲起處，豺狼虎豹、怪獸毒蟲就這黃砂內捲將出來。眾軍恰待都走，公孫勝在馬上早掣出那一把松文古定劍來，指著敵軍，口中念念有詞，喝聲道：「疾！」只見一道金光射去，那夥怪獸毒蟲，都就黃砂中亂紛紛墜於陣前。眾軍人看時，卻都是白紙剪的虎豹走獸，黃砂皆蕩散不起。宋江看了，鞭梢一指，大小三軍一齊掩殺過去；但見人亡馬倒，旗鼓交橫。高廉急把神兵退走入城。宋江軍馬趕到城下，城上急拽起吊橋，閉上城門，擂木炮石如雨般打將下來。宋江叫且鳴金，收聚軍馬下寨，整點人數，各獲大勝，回帳稱謝公孫先生神功道德，隨即賞勞三軍。

次日，分兵四面圍城，盡力攻打。公孫勝對宋江、吳用道：「昨夜雖是殺敗敵軍大半，眼見得那三百神兵退入城中去了。今日攻擊得緊，那廝夜間必來偷營劫寨。今晚可收軍一處，至夜深，分去四面埋伏。這裡虛紮寨柵，教眾將只聽霹靂響，看寨中火起，一齊進兵。」傳令已了，當日攻城至未牌時分，都收四面軍兵還寨，在營中大吹大擂飲酒。看看天色漸晚，眾頭領暗暗分撥開去，四面埋伏已定。

卻說宋江、吳用、公孫勝、花榮、秦明、呂方、郭盛上土城坡等候。是夜高廉果然點起三百神兵，背上各帶鐵葫蘆，於內藏著硫磺焰硝，煙火藥料；各人俱執刃，鐵掃帚，口內都銜著蘆哨。二更前後，大開城門，放下吊橋，高廉當先，驅領神兵前進，背後帶三十餘騎，奔殺前來。離寨漸近，高廉在馬上作起妖法，早黑氣沖天，狂風大作，飛砂走石，播土揚塵。三百神兵取火種，去那葫蘆口上點著，一聲蘆哨齊響，黑氣中間，火光罩身，大刀闊斧，滾入寨裡來，高埠處，公孫勝仗劍作法，就空寨中平地上刮刺刺起個霹靂。三百神兵急待退步，只見那空寨中火起，火焰亂飛，上下通紅。無路可出。四面伏兵齊起，圍定寨柵，黑處偏見。三百神兵不曾走得一個，都被殺在陣裡。高廉急引了三十餘騎奔走回城。背後一枝軍馬追趕將來，乃是豹子頭林沖。看看趕上，急叫得放下吊橋。高廉只帶得八九騎入城，其餘盡被林沖和人連馬生擒活捉了去。高廉退到城中，盡點百姓上城守護。高廉軍馬神兵被宋江、林沖殺個盡絕。

次日，宋江又引軍馬四面圍城甚急。高廉尋思：「我數年學得法術，不想今日被他破了！似此如之奈何？」只得使人去鄰近州府求救。急急修書二封，教去東昌、寇州，「二處離此不遠。這兩個知府都是我哥哥抬舉的人。教星夜起兵來接應。」差了兩個帳前統制官，齎擎書信，放開西門，殺將出來，投西奪路去了。眾將卻待去追趕，吳用傳令：「且放他出去，可以將計就計。」宋江問道：「軍師如何作用？」吳學究道：「城中兵微將寡，所以他去求救。我這裡可使兩支人馬，詐作救應軍兵，於路混戰。高廉必然開門助戰，乘勢一面取城，把高廉引入小路，必然擒獲。」宋江聽了大喜，令戴宗回梁山泊，另取兩支軍馬，分作兩路而來。

且說高廉每夜在城中空闊處堆積柴草，竟天價放火為號，城上只望救兵到來。過了數日，守城軍兵望見宋江陣中不戰自亂，急忙報知。高廉聽了，連忙披掛上城瞻望，只見兩路人馬，戰塵蔽日，喊殺連天，衝奔前來。四面圍城軍馬，四散奔走。高廉知是兩路救軍到了，盡點在城軍馬，大開城門，分頭掩殺出去。且說高廉撞到宋江陣前，看見宋江引著花榮、秦明三騎馬望小路而走。高廉引了人馬急去追趕，急聽得山坡後連珠炮響，心中疑惑，便收轉人馬回來。兩邊鑼響，左手下小溫侯，右手下賽仁貴，各引五百人馬衝將出來。高廉急奪路走時，部下軍馬折其大半；奔走脫得垓心時，望見城上已都是梁山泊旗號；舉眼再看，無一處是救應軍馬；只得引著敗卒殘兵，投山僻小路而走。行不到十里之外，山背後撞出一彪人馬，當先擁出病尉遲，攔住去路，厲聲高叫：「我等你多時！好好下馬受縛！」，高廉引軍便回。背後早有一彪人馬截住去路，當先馬上卻是美髯公。兩頭夾攻將來，四面截了去路，高廉只得棄了馬，走上山。那四下裡部軍一齊趕上山去。高廉慌忙，口中念念有詞，喝聲道：「起！」駕一片黑雲，冉冉騰空，直上山頂。只見山坡邊轉出公孫勝來，見了，便把劍在馬上望空作用，口中也念念有詞，喝聲道：「疾！」將劍望上一指，只見高廉從雲中倒撞下來，側首搶過插翅虎雷橫，一朴刀把高廉揮做兩段。可憐五馬諸侯貴，化做南柯夢裡人。有詩為證：

上臨之以天鑑，下察之以地祇。
明有王法相繼，暗有鬼神相隨。
行凶畢竟逢凶，恃勢還歸失勢。

勸君自警平生，可歎可驚可畏。

雷橫提了首級，都下山來，先使人去飛報主帥，宋江已知殺了高廉，收軍進高唐州城內，先傳下將令，休得傷害百姓；一面出榜安民，秋毫無犯。且去大牢中救出柴大官人來。那當牢節級、押獄禁子已都走了，只有三五十個罪囚，盡數開了枷鎖釋放，數中只不見柴大官人一個，宋江心中憂悶。尋到一處監房內，監著柴皇親一家老小；又一座牢內，監著滄州提捉到柴進一家老小，同監在彼，為是連日廝殺，未曾取問發落。只是沒尋柴大官人處。吳學究教喚集高唐州押獄禁子跟問時，數內有一個稟道：「小人是當牢節級藺仁。前日蒙知府高廉所委，專一牢固監守柴進，不得有失；又吩咐道：『但有凶吉，你可便下手。』三日之前知府高廉要取柴進出來施刑，小人為見本人是個好男子，不忍下手，只推道：『本人病至八分，不必下手。』後又催併得緊，小人回稱：『柴進已死。』因是連日廝殺，知府不閒，小人卻恐他差人下來看視，必見罪責；昨日引柴進去後面枯井邊，開了枷鎖，推放裡面躲避，如今不知存亡。」宋江聽了，慌忙著藺仁引入。直到後牢枯井邊望時，見裡面黑洞洞地，不知多少深淺；上面叫時，那得人應把索子放下去探時，約有八九丈深。宋江道：「柴大官人眼見得都是沒了！」宋江垂淚。

吳學究道：「主帥且休煩惱。誰人敢下去探望一遭，便見有無。」說猶未了，轉過黑旋風李逵來，大叫道：「等我下去！」宋江道：「正好。當初也是你送了他，今日正宜報本。」李逵笑道：「我下去不怕，你們莫要割斷了繩索！」吳學究道：「你卻也忒奸猾！」且取一個大篾籮，把索子絡了，接長索頭，紮起一個架子，把索掛在上面。李逵脫得赤條條的，手拿兩把板斧，坐在籮裡，卻放下井裡去。索上縛兩個銅鈴。漸漸放到底下，李逵卻從籮裡爬將出來，去井底下摸時，摸著一堆，卻是骸骨。李逵道：「爺娘！甚鳥東西在這裡，」又去這邊摸時，底下濕漉漉，沒下腳處。李逵把雙斧拔放籮裡，兩手去摸，底下四面寬。一摸，摸著一個人，做一堆兒蹲在水坑裡。李逵叫一聲：「柴大官人，」那裡見動，搖動銅鈴。眾人扯將上來，卻只李逵一個，備細說了下面的事。

宋江道：「你可再下去，先把柴大官人放在籮裡，先發上來，卻再放籮下來取你。」李逵道：「哥哥不知，我去薊州著了兩道兒，今番休撞第三遍。」宋江笑道：「我如何肯弄你！你快下去。」李逵只得再坐籮裡，又下井去。到得底下，李逵爬將籮去，卻把柴大官人拖在籮裡，搖動索上銅鈴。上面聽得，早扯起來。到上面，眾人大喜。及見柴進頭破額裂，兩腿皮肉打爛，眼目略開又閉，眾人甚是悽慘，叫請醫生調治。李逵卻在井底下發喊大叫。宋江聽得，急叫把籮放將下去，取他上來。李逵到得上面，發作道：「你們也不是好人！便不把籮放下來救我！」宋江道：「我們只顧看柴大官人，因此忘了你，休怪。」宋江就令眾人把柴進扛扶上車睡了。把兩家老小並奪轉許多家財，共有二十餘輛車子，叫李逵、雷橫先護送上梁山泊去，把高廉一家老小良賤三四十口，處斬於市；賞謝了藺仁；再把府庫財帛，倉糧米並高廉所有家私，盡數裝載上山。大小將校，離了高唐州，得勝回梁山泊。所過州縣，秋毫無犯。在路已經數日，回到大寨。柴進扶病起來，稱謝晁、宋二公並眾頭領。晁蓋教請柴大官人就山頂宋公明歇處，另建一所房子與柴進並家眷安歇。晁蓋、宋江等眾皆大喜。自高唐州回來，又添得柴進、湯隆兩頭領，且作慶賀筵席，不在話下。

再說東昌、寇州兩處已知高唐州殺了高廉，失陷了城池，只得寫表差人申奏朝廷；又有高唐州逃難官員，都到京師說知事實。高太尉聽了，知道殺死他兄弟高廉，次日五更，在待漏院中，專等景陽鐘響。百官各具公服，直臨丹墀，伺候朝見。當日五更三點，道君皇帝陞殿。淨鞭三下響，文武兩班齊，天子駕坐。殿頭官喝道：「有事出班啓奏，無事捲簾退朝。」高太尉出班奏道：「今有濟州梁山泊賊首晁蓋、宋江累造大惡，打劫城池，搶擄倉廒，聚集凶徒惡黨，現在濟州殺害官軍，鬧了江州無為軍；今又將高唐州官民殺戮一空，倉廒庫藏盡被擄去。此是心腹大患，若不早行誅剿，他日養成賊勢，難以制服，伏乞聖斷。」天子聞奏大驚，隨即降下聖旨，就委高太尉選將調兵，前去剿捕，務將掃清水泊，殺絕種類。

高太尉又奏道：「量此草寇，不必興舉大兵。臣保一人，可去收服。」天子道：「卿若舉用，必無差錯，即令起行。飛捷報功，加官賜賞，高遷任用。」高太尉奏道：「此人乃開國之初，河東名將呼延贊嫡派子孫，單名喚個灼字；使兩條銅鞭，有萬夫不當之勇；見受汝寧郡都統制，手下多有精兵勇將。臣保舉此，可以征剿梁山泊。可授兵馬指揮使，領馬步精銳軍士，剋日掃清山寨，班師還朝。」天子准奏，降下聖旨：著樞密院即便差人齎勒前往汝寧州星夜宣取。當日朝罷，高太尉就於帥府著樞密院撥一員軍官，齎擎聖旨，前去宣取。當日起行，限時定日，要呼延灼赴京聽命。卻說呼延灼在汝寧州統軍司坐衙，聽得門人報道：「有聖旨特來宣取將軍赴京，有委用的事。」呼延灼與本州官員出郭迎接，到統軍司開讀已罷，設宴款待使臣；火急收拾了頭盔衣甲，鞍馬器械，帶引三、四十從人，一同使命，離了汝寧州，星夜赴京。於路無話，早到京師城內殿司府前下馬，來見高太尉。當日高俅正在殿帥府坐衙。門吏報道：「汝寧州宣到呼延灼，現在門外。」高太尉大喜，叫喚進來參見。看那呼延灼一表非俗，正是：

開國功臣後裔，先朝良將玄孫。家傳鞭法最通神，英武熟經戰陣。仗劍能探虎穴，彎弓解射雕群。將軍出世定乾坤，呼延灼威名大振。

高太尉問慰已畢，與之賞賜；次日早朝，引見道君皇帝。天子看見呼延灼一表非俗，喜動天顏，就賜踢雪烏騅一匹。那馬渾身墨錠似黑，四蹄雪練價白，因此名為「踢雪烏騅」。日行千里。奉聖旨賜與呼延灼騎坐。呼延灼謝恩已罷，隨高太尉再到殿帥府，商議起軍剿捕梁山泊一事。呼延灼道：「稟明恩相：小人覷探梁山泊，兵多將廣，馬劣槍長，不可輕敵小覷。乞保二將為先鋒？」不爭呼延灼舉保此二將，有分教：功名未上凌煙閣，姓字先標聚義廳。畢竟呼延灼對高太尉保出誰來？且聽下回分解。

第五十五回　高太尉大興三路兵　呼延灼擺布連環馬

話說高太尉問呼延灼道：「將軍所保何人，可為先鋒？」呼延灼稟道：「小人舉保陳州團練使，姓韓名滔，原是東京人氏，曾應過武舉出身。使一條棗木槊，人呼為百勝將軍。此人可為正先鋒。又有一人，乃是潁州團練使，姓彭名玘，亦是東京人氏。乃累代將門之子，使一口三尖兩刃刀，武藝出眾，人呼為『天目將軍』；此人可為副先鋒。」高太尉聽了，大喜道：「若是韓、彭二將為先鋒，何愁狂寇不滅！」當日高太尉就殿帥府押了兩道牒文，著樞密院差人，星夜往陳、潁二州調取韓滔、彭玘火速赴京。

不旬日間，逕來殿帥府參見了太尉並呼延灼。次日，高太尉帶領眾人都往御教場中操演武藝；看軍了當，卻來殿帥府會同樞密院計議軍機重事。高太尉問道：「你等三路，總有多少人馬在此？」呼延灼答道：「三路軍馬計有五千，連步軍數及一萬。」高太尉道：「你三人親自回州揀選精銳馬軍三千，步軍五千，約會啓程，收剿梁山泊。」呼延灼稟道：「此三路馬步軍兵都是訓練精熟之士，人強馬壯，不必殿帥憂慮，但恐衣甲未全，只怕誤了日期，取罪不便，乞恩相寬限。」高太尉道：「既是如此說時，你三人可就京師甲仗庫內，不拘數目，任意選揀衣甲盔刀，關領前去。務要軍馬整齊，好與對敵。出師之日，我自差官來點視。」呼延灼領了鈞旨，帶人往甲仗庫關支。呼延灼選得鐵甲三千副，熟皮馬甲五千副，銅鐵頭盔三千頂，長槍二千根，滾刀一千把，弓箭不計其數，火炮、鐵炮五百餘架，都裝載上車。臨辭之日，高太尉又撥與戰馬三千匹。三個將軍，各賞了金銀緞疋，三軍盡關了糧賞。呼延灼和韓滔、彭玘都與了必勝軍狀，辭別了高太尉並樞密院等官。三人上馬，都投汝寧州來。於路無話，到得本州，呼延灼便遣韓滔、彭玘各往陳、潁二州起軍，前來汝寧會合。不到半月之上，三路兵馬都已安足。呼延灼便把京師關到衣甲盔刀，旗槍鞍馬，並打造連環鐵鎧，軍器等物，分三軍已了，伺候出軍。高太尉差到殿帥府兩員軍官前來點視。犒賞三軍已罷，呼延灼擺布三路兵馬出城。端的是：

鞍上人披鐵鎧，坐下馬帶銅鈴。旌旗紅展一天霞，刀劍白鋪千里雪。弓彎鵲畫，飛魚袋半露龍梢，箭插雕翎，獅子壺緊拴豹尾。人頂深盔垂護項，微漏雙睛，馬披重甲帶朱纓，單懸四足。開路人兵，齊擔大斧；合後軍將，盡拈長槍。數千甲馬離州城，三個將軍來水泊。

前軍開路韓滔，中軍主將呼延灼，後軍催督彭玘。馬步三軍人等，浩浩蕩蕩，殺奔梁山泊來。

卻說梁山泊遠探報馬，逕到大寨報知此事。聚義廳上，當中晁蓋、宋江，上首軍師吳用，下首法師公孫勝並眾頭領，各與柴進賀喜，終日筵宴。聽知報道汝寧州雙鞭呼延灼引著軍馬到來征戰，眾皆商議迎敵之策。吳用便道：「我聞此人乃開國功臣河東名將呼延贊之後，武藝精熟；使兩條鋼鞭，卒不可近。必用能征敢戰之將，先以力敵，後用智擒。」說言未了，黑旋風李逵便道：「我與你去捉這廝！」宋江道：「你怎去得！我自有調度。可請霹靂火秦明打頭陣，豹子頭林沖打第二陣，小李廣花榮打第三陣，一丈青扈三娘打第四陣，病尉遲孫立打第五陣。將前面五陣一隊隊戰罷，如紡車般轉作後軍。我親自帶引十個兄弟引大隊人馬押後。左軍五將，朱仝、雷橫、穆弘、黃信、呂方；右軍五將、楊雄、石秀、歐鵬、郭盛。水路中，可請李俊、張橫、張順、阮家三弟兄駕船接應。卻教李逵與楊林引步軍，分作兩路埋伏救應。」宋江調撥已定，前軍秦明早引人馬下山，向平山曠野之處列成陣勢。此時雖是冬天，卻喜和暖。等候了一日，早望見官軍到來。先鋒隊裡，百勝將韓滔領兵紮下寨柵，當晚不戰。

次日天曉，兩軍對陣，三通畫鼓，出到陣前，馬上橫著狼牙棍，望對陣門旗開處，先鋒將韓滔橫槊勒馬，大罵秦明道：「天兵到此，不思早早投降，還敢抗拒，不是討死！我直把你水泊填平，梁山踏碎。生擒活捉你這夥反賊解京，碎屍萬段。」秦明本是性急的人，聽了也不打話，便拍馬舞起狼牙棍，直取韓滔。韓滔挺槊躍馬，來戰秦明，兩個鬥到二十餘合，韓滔力怯，只待要走，背後中軍主將呼延灼已到。見韓滔戰秦明不下，便從中軍舞起雙鞭，縱坐下那匹御賜踢雪烏騅，咆哮嘶喊，來到陣前。秦明見了，欲待來戰呼延灼，第二撥豹子頭林沖已到，便叫：「秦統制少歇，看我戰三百合理會！」林沖挺起蛇矛，直奔呼延灼。秦明自把軍馬從左邊踅向山坡後去。這裡呼延灼自戰林沖。兩個正是對手。槍來鞭去花一團，鞭去槍來錦一簇。兩個鬥到五十合之上，不分勝敗。第三撥小李廣花榮軍到，陣門下大叫道：「林將軍少歇，看我擒捉這廝！」林沖撥轉馬便走。

呼延灼因見林沖武藝高強，也回本陣。林沖自把本部軍馬一轉，轉過山坡後去，讓花榮挺槍出馬。呼延灼後軍也到，天目將彭玘橫著那三尖兩刃四竅八環刀，騎著五明千里黃花馬，出陣大罵花榮道：「反國逆賊，何足為道！與吾併個輸贏！」花榮大怒，也不答話，便與彭玘交馬。兩個戰二十餘合，呼延灼看看彭玘力怯，縱馬舞鞭，直奔花榮，鬥不到三合，第四撥一丈青扈三娘人馬已到，大叫：「花將軍少歇，看我捉這廝！」花榮也引軍望右邊踅轉山坡下去了。彭玘來戰一丈青未定，第五撥病尉遲孫立軍馬早到，勒馬於陣前擺著，看這扈三娘去戰彭玘，兩個正在征塵影裡，殺氣陰中，一個使大桿刀，一個使雙刀。兩個鬥到二十餘合，一丈青把雙刀分開，回馬便走。彭玘要逞功勞，縱馬趕來。一丈青便把雙刀掛在馬鞍鞽上，袍底下取出紅綿套索，上有二十四個金鉤，等彭玘馬來得近，扭過身軀，把套索望空一撒，看得親切。

彭玘措手不及，早拖下馬來。孫立喝教眾軍一發向前，把彭玘捉了。呼延灼看見了大怒，奮力向前來救。一丈青便拍馬來迎敵。呼延灼恨不得一口水吞了那一丈青。兩個鬥到十合之上，急切贏不得一丈青，呼延灼心中想道：「這個潑婦人，在我手裡鬥了許多合，倒恁地了得！」心忙意急，賣個破綻，放他入來，把雙鞭只一蓋，蓋將下來；那雙刀卻在懷裡。提起右手鋼鞭，望一丈青頂門上打下來。卻被一丈青眼明手快，早起刀只一隔，右手那口刀望上直飛起來。卻好那一鞭打將下來，正在刀口上，錚地一聲響，火光迸散。一丈青回馬望本陣便走。呼延灼縱馬趕來。

病尉遲孫立見了，便挺槍縱馬向前迎往廝殺，背後宋江卻好引十對良將都到，列成陣勢。一丈青自引了人馬，也投山坡下去了。

宋江見活捉得天目將彭玘，心中甚喜；且來陣前，看孫立與呼延灼交戰。孫立把槍帶住，手腕上綽起那條竹節鋼鞭，來迎呼延灼。兩個都使鋼鞭，那更一般打扮：病尉遲孫立是交角鐵幞頭，大紅羅抹額，百花點翠皂羅袍，烏油戧金甲，騎一匹烏騅馬，使一條竹節虎眼鞭，賽過尉遲恭；這呼延灼卻是沖天鐵幞頭，鎖金黃羅抹額，七星打釘皂羅袍，烏油對嵌鎧甲，騎一匹御賜踢雪烏騅，使兩條水磨八棱鋼鞭，左手的重十二斤，右手的重十三斤，真似呼延贊。兩個在陣前左盤右旋，鬥到三十餘合，不分勝敗。宋江看了，喝采不已。有詩為證：

各跨烏騅健似龍，呼延贊對尉遲恭。
雙鞭遇敵真奇事，更好同歸水滸中。

官軍陣裡韓滔見說折了彭玘，便去後軍隊裡，盡起軍馬，一發向前廝殺。宋江只怕衝將過來，便把鞭梢一指，十個頭領，引了大小軍士掩殺過去；背後四路軍兵分作兩路夾攻攏來。呼延灼見了，急收轉本部軍馬，各敵個住。為何不能全勝？卻被呼延灼陣裡都是連環馬官軍，馬帶馬甲，人披鐵鎧。馬帶甲，只露得四蹄懸地；人披鎧，只露著一對眼睛。宋江陣上雖有甲馬，只是紅纓面具，銅鈴雉尾而已。這裡射將箭去，那裡都護住了。那三千馬軍各有弓箭，對面射來，因此不敢近前。宋江急叫鳴金收軍。呼延灼也退二十餘里下寨。

宋江收軍，退到山西下寨，屯住軍馬，且教左右群刀手，簇擁彭玘過來。宋江望見，便起身喝退軍士，親解其縛；扶入帳中，分賓而坐，宋江便拜。彭玘連忙答拜道：「小人被擒之人，理合就死，何故將軍賓禮相待？」宋江道：「某等眾人，無處容身，暫占水泊，權時避難。今者，朝廷差遣將軍前來收捕，本合延頸就縛，但恐不能存命，因此負罪交鋒，誤犯虎威，敢乞恕罪。」

彭玘答道：「素知將軍仗義行仁，扶危濟困；不想果然如此義氣！倘蒙存留微命，當以捐軀報効。」宋江道：「某等眾兄弟也只待聖主寬恩，赦宥重罪，忘生報國，萬死不辭。」詩曰：

忠為君王恨賊臣，義連兄弟且藏身。
不因忠義心如一，安得團圓百八人。

宋江當日就將天目將彭玘使人送上大寨，教與晁天王相見，留在寨裡。這裡自一面犒賞三軍並眾頭領，計議軍情。

再說呼延灼收軍下寨，自和韓滔商議，如何取勝梁山泊。韓滔道：「今日這廝們兒看見俺催軍近前，他便慌忙掩擊過來；明日盡數驅馬軍向前，做一排擺著，每三十匹一連，把鐵環連鎖；但遇敵軍，遠用箭射，近則使槍，直衝入去。三千連環馬軍，分作一百隊鎖定；五千步軍在後策應。明日休得挑戰，我和你押後掠陣。但若交鋒，分作三面衝將過去。」計策商量已定，次日天曉出戰。

卻說宋江次日把軍馬分作五隊在前，後軍十將簇擁；兩路伏兵分於左右。秦明當先，搦呼延灼出馬交戰，只見對陣但只吶喊，並不交鋒。為頭五軍都一字兒擺在陣前：中是秦明，左是林沖、一丈青，右是花榮、孫立。在後隨即宋江引十將也到，重重疊疊擺著人馬。看對陣時，約有一千步軍，只見擂鼓發喊，並無一人出馬交鋒。宋江看了，心中疑惑，暗傳號令，教後軍且退；卻縱馬直到花榮隊裡窺望。猛聽對陣裡連珠炮響，一千步軍，忽然分作兩下，放出三面連環馬軍，直衝將來。兩邊把弓箭亂射，中間盡是長槍。宋江看了大驚，急令眾軍把弓箭施放。那裡抵敵得住，每一隊三十匹馬，一齊跑發，不容你不向前走；那連環馬軍，漫山遍野，橫衝直撞將來。前面五隊軍馬望見，便亂攛了，策立不定；後面大隊人馬攔擋不住，各自逃生。宋江慌忙飛馬便走，十將擁護而行，背後早有一隊連環馬軍追將來，卻得伏兵李逵、楊林引人從蘆葦中殺出來，救得宋江。逃至水邊，卻有李俊、張橫、張順、三阮六個水軍頭領擺下戰船接應。宋江急急上船，便傳令卻教分頭去救應眾頭領下船。那連環馬直趕到水邊，亂箭射來，船上卻有傍牌遮護，不能損傷，慌忙把船棹到鴨嘴灘，盡行上岸，就水寨裡整點人馬，折其大半。卻喜眾頭領都全，雖然折了些馬匹，都救得性命。

少刻，只見石勇、時遷、孫新、顧大嫂都逃命上山卻說：「步軍衝殺將來，把店屋平折了去。我等若無號船接應，盡被擒捉！」宋江一一親自撫慰，計點眾頭領時，中箭者六人：林沖、雷橫、李逵、石秀、孫新、黃信。小嘍囉中傷帶箭者不計其數。晁蓋聞知，同吳用、公孫勝下山來動問。宋江眉頭不展，面帶憂容。吳用勸道：「哥哥休憂。勝敗乃兵家常事，何必掛心？別生良策，可破『連環軍馬』。」晁蓋便傳號令，吩咐水軍，牢固寨柵船隻，保守灘頭，曉夜提備；請宋公明上山安歇。宋江不肯上山，只就鴨嘴灘寨內駐紮，只教帶傷頭領上山養病。

卻說呼延灼大獲全勝，回到本寨，開放連環馬，都次第前來請功。殺死者不計其數，生擒得五百餘人，奪得戰馬三百餘匹。即差人前去京師報捷，一面犒賞三軍。卻說高太尉正在殿帥府坐衙。門上報道：「呼延灼收捕梁山泊得勝，差人報捷。」心中大喜。次日早朝，越班奏聞天子。天子甚喜，敕賞黃封御酒十瓶，錦袍一領，差官一員，齎錢十萬貫，前去行營賞軍。高太尉領了聖旨，回到殿帥府，隨即差官齎捧前去。卻說呼延灼已知有天使到，與韓滔出二十里外迎接。接到寨中，謝恩受賞已畢，置酒款待天使；一面令韓滔先鋒俵錢賞軍，且將捉到五百餘人囚在寨中，待拿到賊首，一併解走京師，示眾施行。天使問：「彭團練如何不見？」呼延灼道：「為因貪捉宋江賊，深入重地，致被擒捉。今次群賊必不敢再來。小可分兵攻打，務要肅清山寨，掃盡水泊，擒獲眾賊，拆毀巢穴；但恨四面是水，無路可進。遙觀寨柵，只非得火炮飛打，以碎賊巢。久聞東京有個炮手凌振，名號轟天雷，此人善造火炮，能去十四五里遠近，石炮落處，天崩地陷，山倒石裂。若得此人，可以攻打賊巢。更兼他深通武藝，弓馬熟嫻。若得天使回京，於太尉前言知此事，可以急急差遣到來，剋日可取賊巢。」天使應允，次日啓行，於路無話，回到京師，來見高太尉，備說呼延灼求索炮手凌振，要建大功。高太尉聽罷，傳下鈞旨，叫喚甲仗庫副使炮手凌振那人來。原來凌振，祖貫燕陵人，是宋朝天下第一個炮手，所以人都號他是轟天雷。更兼他武藝精熟。曾有四句詩讚凌振的好處：

強火發時城郭碎，煙雲散處鬼神愁。
金輪子母轟天振，炮手名聞四百州。

當下凌振來參見了高太尉，就受了行軍統領官文憑，便教收拾鞍馬軍器起身。且說凌振把應用的煙火，藥料，就將做下的諸色火炮並一應的炮石、炮架裝載上車；帶了隨身衣甲、盔刀、行李等件，並三四十個軍漢，離了東京，取路投梁山泊來。到得行營，先來參見主將呼延灼，次見先鋒韓滔，備問水寨遠近路程，山寨險峻去處，安排三等炮石攻打：第一是風火炮，第二是金輪炮，第三是子母炮。先令軍健整頓炮架，直去水邊豎起，準備放炮。

卻說宋江在鴨嘴灘上小寨內，和軍師吳學究商議破陣之法，無計可施。有探細人來報道：「東京新差一個炮手，號作轟天雷凌振，即日在於水邊豎起架子，安排施放火炮，攻打寨柵。」吳學究道：「這個不妨。我山寨四面都是水泊，港汊甚多，宛子城離水又遠；縱有飛天炮，如何能夠打得到城邊？且棄了鴨嘴灘小寨，看他怎地設法施放，卻做商議。」當下宋江棄了小寨，便都起身，且上關來。晁蓋、公孫勝接到聚義廳上，問道：「似此如何破敵？」動問未絕，早聽得山下炮響。一連放了三個火炮：兩個打在水裡，一個直打到鴨嘴灘邊小寨上。宋江見說，心中輾轉憂悶；眾頭領盡皆失色。吳學究道：「若得一人誘引凌振到水邊，先捉了此人，方可商議破敵之法。」晁蓋道：「可著李俊、張橫、張順、三阮六人棹船，如此行事。岸上朱仝、雷橫如此接應。」

且說六個水軍頭領領了將令，分作兩隊：李俊和張橫先帶了四五十個會水的軍士，用兩隻快船，從蘆葦深處悄悄過去；背後張順、三阮棹四十餘隻小船接應。再說李俊、張橫上到對岸，便去炮架子邊，吶聲喊，把炮架推翻。軍士慌忙報與凌振知道。凌振便帶了風火二炮，拿槍上馬，引了一千餘人趕將來。李俊、張橫領人便走。凌振追至蘆葦灘邊，看見一字兒擺開四十餘隻小船，船上共有百十餘個水軍。李俊便來搶船。朱仝、雷橫在對岸吶喊擂鼓。凌振奪得許多船隻，叫軍健盡數上船，便殺過去。船才行到波心之中，只見岸上朱仝、雷橫鳴起鑼來；水底下早鑽起四五十水軍，盡把船尾楔子拔了，水都滲入船裡來；外邊就勢扳翻船，軍健都撞在水裡。凌振急待回船，船尾柁櫓已自被拽下水底去了。兩邊鑽上兩個頭領來，把船隻一扳，仰合轉來，凌振卻被合下水裡去，水底下卻是阮小二，一把抱住，直拖到對岸來。岸上早有頭領接著，便把索子綁了，先解上山來，水中生擒二百餘人，一半水中渰死，些少逃得性命回去。詩曰：

怎許船軍便渡河，不施火炮卻如何。
空說半天轟霹靂，卻愁尺水起風波。

呼延灼得知，急領軍馬趕將來時，船都已過鴨嘴灘去了。箭又射不著，人都不見了，只忍得氣。呼延灼恨了半晌，只得引人馬回去。

且說眾頭領捉得轟天雷凌振，解上山寨，先使人報知。宋江便同滿寨頭領下第二關迎接，見了凌振，連忙親解其縛，便埋怨眾人道：「我教你們禮請統領上山，如何恁地無禮！」凌振拜謝不殺之恩。宋江便與他把盞已了，自執其手，相請上山。到大寨見了彭玘已做了頭領，凌振閉口無言。彭玘勸道：「晁、宋二頭領替天行道，招納豪傑，專等招安，與國家出力。既然我等在此，只得從命。」宋江卻又陪話，凌振答道：「小的在此趨待不妨；爭奈老母妻子都在京師，倘或有人知覺，必遭誅戮，如之奈何！」宋江道：「且請放心，限日取還統領。」凌振謝道：「若得頭領如此周全，死亦瞑目！」晁蓋道：「且教做筵席慶賀。」次日，廳上大聚會眾頭領。飲酒之間，宋江與眾人商議破「連環馬」之策。正無良法，只見金錢豹子湯隆起身道：「小人不材，願獻一計；除是得這般軍器，和我一個哥哥，可以破得『連環甲馬。』」吳學究便問道：「賢弟，你且說用何等軍器？你這個令親哥哥是誰？」湯隆不慌不忙，叉手向前，說出這般軍器和那個人來。正是：

計就玉京擒獬豸，謀成金闕捉狻猊。

畢竟湯隆對眾說出那般軍器，甚麼人來？且聽下回分解。

第五十六回　吳用使時遷偷甲　湯隆賺徐寧上山

話說當時湯隆對眾頭領說道：「小可是祖代打造軍器為生。先父因此藝上，遭際老种經略相公，得做延安知寨。先朝曾用這『連環甲馬』取勝。欲破陣時，須用『鉤鐮槍』可破。湯隆祖傳已有畫樣在此，若要打造，便可下手。湯隆雖是會打，卻不會使。若要會使的人，只除非是我那個姑舅哥哥。會使這鉤鐮槍法，只有他一個教頭。他家祖傳習學，不教外人。或是馬上，或是步行，都是法則；端的使動，神出鬼沒！」

說言未了，林沖問道：「莫不是現做金槍班教師徐寧？」湯隆應道：「正是此人。」林沖道：「你不說起，我也忘了。這徐寧的『金槍法』、『鉤鐮槍法』，端的是天下獨步。在京師時與我相會，較量武藝，彼此相敬相愛；只是如何能夠得他上山？」湯隆道：「徐寧祖傳一件寶貝，世上無對，乃是鎮家之寶。湯隆比時曾隨先父知寨往東京視探姑母時，多曾見來，是一副雁翎砌就圈金甲，這副甲披在身上，又輕又穩，刀劍箭矢急不能透；人都喚做『賽唐猊』。多有貴公子要求一見，造次不肯與人看。這副甲是他的性命；用一個皮匣子盛著，直掛在臥房梁上。若是先對付得他這副甲來時，不由他不到這裡。」吳用道：「若是如此，何難之有？放著有高手弟兄在此。今次用著鼓上蚤時遷去走一遭。」時遷隨即應道：「只怕無此一物在彼；若端的有時，好歹定要取了來。」湯隆說：「你若盜得甲來，我便包辦賺他上山。」宋江問道：「你如何去賺他上山？」湯隆去宋江耳邊低低說了數句。

宋江笑道：「此計大妙！」吳學究道：「再用得三個人，同上東京走一遭。一個到東京收買煙火藥料，並炮內用的藥材，兩個去取凌統領家老小。」彭玘見了，便起身稟道：「若得一人到潁州取得小弟家眷上山，實拜成全之德。」宋江便道：「團練放心。便請二位修書，小可自教人去。」便喊楊林可將金銀書信，帶領伴當，前往潁州取彭玘將軍老小；薛永扮作使槍棒賣藥的，往東京取凌統領老小；李雲扮作客商，同往東京收買煙火藥料等物；樂和隨湯隆同行，又挈薛永往來作伴；一面先送時遷下山去了。次後，且叫湯隆打起一把鉤鐮槍做樣，教雷橫提調監督。再說湯隆打起鉤鐮槍樣子，教山寨裡打軍器的照著樣子打造，自有雷橫提調監督。大寨做個送路筵席，當下楊林、薛永、李雲、樂和、湯隆辭別下山去了。次日又送戴宗下山往來探聽事情。這段話，一時難盡。

這裡且說時遷離了梁山泊，身邊藏了暗器，諸般行頭，在路迤邐來到東京，投個客店安下了；次日，踅進城來，尋問金槍班教師徐寧家。有人指點道：「入得班門裡，靠東第五家黑角子門便是。」時遷轉入班門裡，先看了前門；次後踅來，相了後門，見是一帶高牆，牆裡望見兩間小巧樓屋，側首卻是一根戧柱。時遷看了一回，又去街坊問道：「徐教師在家裡麼？」人應道：「直到晚方歸家，五更便去內裡隨班。」時遷叫了：「相擾。」且回客店裡來，取了行頭，藏在身邊，吩咐店小二道：「我今夜多敢是不歸，照管房中則個。」小二道：「但放心自去，這裡禁城地面，並無小人。」時遷再入到城裡，買了些晚飯吃了，踅到金槍班徐寧家左右看時，沒有一個好安身處。看看天色黑了，時遷挨入班門裡面。

是夜，寒冬天色，卻無月光。時遷看見土地廟後一株大柏樹，便把兩隻腿夾定，一節節爬將樹頭頂上去，騎馬兒坐在枝柯上，悄悄望時，只見徐寧歸來，望家裡去了。只見班裡兩個人，提著燈籠出來關門，把一把鎖鎖了，各自歸家去了。早聽得譙樓禁鼓，卻轉初更。雲寒星斗無光，露散霜花漸白。只見班裡靜悄悄地，從樹上溜將下來，踅到徐寧後門邊，從牆上下來，不費半點氣力，爬將過去，看裡面時，卻是個小小院子。時遷伏在廚房外張時，見廚房下燈明，兩個丫鬟兀自收拾未了。時遷卻從戧柱上盤到膊風板邊，伏做一塊兒，張那樓上時，見那金槍手徐寧和娘子對坐爐邊向火，懷裡抱著一個六七歲孩兒。時遷看那臥房裡時，見梁上果然有個大皮匣拴在上面；房門口掛著一副弓箭，一口腰刀；衣架上掛著各色衣服；徐寧口裡叫道：「梅香，你來與我摺了衣服。」下面一個丫鬟上來，就側首春臺上先摺了一領紫綉圓領；又摺一領官綠襯裡襖子，並下面五色花繡踢串，一個護項彩色錦帕，一條紅綠結子並手帕一包；另用一個小黃帕兒，包著一條雙獺尾荔枝金帶；也放在包袱內，把來安在烘籠上。時遷多看在眼裡。

約至二更以後，徐寧收拾上床。娘子問道：「明日隨值也不？」徐寧道：「明日正是天子駕幸龍符宮，須用早起，五更去伺候。」娘子聽了，便吩咐梅香道：「官人明日要起五更，出去隨班；你們四更起來燒湯，安排點心。」時遷自忖道：「眼見得梁上那個皮匣，便是盛甲在裡面。我若趁半夜下手便好。倘若鬧將起來，明日出不得城，卻不誤了大事？且捱到五更裡下手不遲。」聽得徐寧夫妻兩口兒上床睡，兩個丫鬟在房門外打鋪，房裡桌上點著碗燈。那五個人都睡著了。兩個梅香一日服侍到晚，精神困倦，齁齁打呼。時遷溜下來，去身邊取個蘆管兒，就窗櫺眼裡只一吹，把那碗燈早吹滅了。看看伏到四更左側，徐寧起來，便喚丫鬟起來燒湯。那兩個使女從睡夢裡起來，看房裡沒了燈，叫道：「呵呀！今夜卻沒了燈！」徐寧道：「你不去後面討燈，等幾時。」那個梅香開樓門，下胡梯響。時遷聽得，從柱上只一溜，來到後門邊黑影裡伏了。聽得丫鬟正開後門出來，便去開牆門，時遷卻潛入廚桌下。

梅香討了燈火入來，又去關門，卻來灶前燒火。這個使女便也起來生炭火，上樓去。多時湯滾，捧面湯上去，徐寧洗漱了，叫盪些熱酒上來。丫鬟安排肉食炊餅上去，徐寧吃罷，叫把飯與外面當值的吃。時遷聽得徐寧下來，叫伴當吃了飯，背著包袱，拿了金槍出門。兩個梅香點著燈，送徐寧出去。時遷從廚桌下出來，便上樓去，從槅子邊直踅到梁上，卻把身軀伏了。兩個丫鬟又關閉了門戶，吹滅了燈火，上樓來，脫了衣裳，倒頭便睡。時遷聽得兩個丫鬟睡著了，在梁上把那蘆管兒指燈一吹，那燈又早滅了。時遷卻從梁上輕輕解了皮匣。正要下來，徐寧的娘子覺來，聽得響，叫梅香道：「梁上甚麼響？」時遷做老鼠叫。丫鬟道：「娘子不聽得是老鼠叫？因廝打這般響。」時遷就便學老鼠廝打，溜將下來；悄悄地開了樓門，款款地背著皮匣，下得胡梯，從裡面直開到外面，來到班門口，已自有那隨班的人出門，四更便開了鎖。時遷得了皮匣，從人隊裡，趁鬧出去了；一口氣奔出城外，到客店門前。

此時天色未曉，敲開店門，去房裡取出行李，拴束做一擔兒挑了，計算還了房錢，出離店肆，投東便走；行到四十里外，方才去食店裡打火做些飯吃，只見一個人也撞將入來。時遷看時，不是別人，卻是神行太保戴宗。見時遷已得了物，兩個暗暗說了幾句話。戴宗道：「我先將甲投山寨去；你與湯隆慢慢地來。」時遷打開皮匣，取出那副雁翎鎖子甲來，做一包袱包了；戴宗拴在身上，出了店門，作起神行法，自投梁山泊去了。時遷把空皮匣子明明的拴在擔子上，吃了飯食，還了打伙錢，挑上擔兒，出店門便走。到二十里路上，撞見湯隆，兩個便入酒店裡商量。湯隆道：「你只依我從這條路去。但過路上酒店、飯店、客店門上若見有白粉圈兒，你便可就在那店裡買酒買肉吃，客店之中，就便安歇。特地把這皮匣子放在他眼睛頭，離此間一程外等我。」時遷依計去了。湯隆慢慢的吃了一回酒，卻投東京城裡來。

且說徐寧家裡，天明，兩個丫鬟起來，只見樓門也開了，下面中門大間都不開；慌忙家裡看時，一應物件都有。兩個丫鬟上樓來對娘子說道：「不知怎的，門戶都開了！不曾失了物件。」娘子便道：「五更裡，聽得梁上響，你說是老鼠廝打；你且看那皮匣子沒甚事麼？」兩個丫鬟看了，只叫得苦：「皮匣子不知那裡去了！」那娘子聽了，慌忙起來，道：「快央人去龍符宮裡報與官人知道，教他早來跟尋！」丫鬟急急尋人去龍符宮報徐寧。連央了三四替人，都回來說道：「金槍班直隨駕內苑去了，外面都是親軍護禦守把，誰人能夠入去！直須等他自歸。」徐寧娘子並兩個丫鬟和熱鍋子上螞蟻，走頭無路，不茶不飯，慌忙做一團。徐寧直到黃昏時候，方才卸了衣袍服色，著當值的背了，將著金槍，慢慢家來；到得班門口，鄰舍說道：「官人五更出去，被賊入閃將入來，單單只把梁上那個皮匣子盜將去了！」

徐寧聽罷，只叫那連聲的苦，從丹田底下直滾退場門角來。娘子道：「這賊正不知幾時閃在屋裡！」徐寧道：「別的都不打緊，這副雁翎甲乃是祖宗留傳四代之寶，不曾有失花兒！王太尉曾還我三萬貫錢，我不曾捨得賣與他。恐怕久後軍前陣後要用，生怕有些差池，因此拴在梁上。多少人要看我的，我只推沒了。今次聲張起來，枉惹他人恥笑！今卻失去，如之奈何！」徐寧一夜睡不著，思量道：「不知是甚麼人盜了去？也是曾知我這副甲的人！」娘子想道：「敢是夜來滅了燈時，那賊已躲在家裡了。必然是有人愛你的，將錢問你買不得，因此使這個高手賊來盜了去。你可央人慢慢緝訪出來，別作商議，且不要打草驚蛇。」徐寧聽了，到天明起來，坐在家中納悶。好似：

蜀王春恨，宋玉秋悲；呂虔遺腰下之刀，雷煥失獄中之劍。珠亡照乘，璧碎連城，王愷之珊瑚已毀，無可賠償，裴航之玉杵未逢，難諧歡好。正是鳳落荒坡凋錦羽，龍居淺水失明珠。

早飯時分，只聽得有人扣門。當值的出去問了名姓，入來報道：「有個延安府湯知寨兒子湯隆，特來拜望。」徐寧聽罷，教請進客位裡相見。湯隆見了徐寧，納頭拜下，說道：「哥哥一向安樂？」徐寧答道：「聞知舅舅歸天去了，一者官身羈絆，二乃路途遙遠，不能前來弔問。並不知兄弟訊息。一向在何處？今次自何而來？」湯隆道：「言之不盡！自從父親亡故之後，時乖運蹇，一向流落江湖。今從山東逕來京師探望兄長。」徐寧道：「兄弟少坐。」便叫安排酒食相待。湯隆去包袱內取出兩錠蒜條金，重有二十兩，送與徐寧，說道：「先父臨終之日，留下這些東西，教寄與哥哥做遺念。為因無心腹之人，不曾捎來。今次兄弟特地到京師納還哥哥。」徐寧道：「感承舅舅如此掛念。我又不曾有半分孝順處，怎麼報答！」湯隆道：「哥哥，休恁地說。先父在日之時，常是想念哥哥一身武藝，只恨山遙水遠，不能夠相見一面，因此留這些物與哥哥做遺念。」徐寧謝了湯隆，交收過了，且安排酒來款待。

湯隆和徐寧飲酒中間，徐寧只是眉頭不展，面帶憂容。湯隆起身道：「哥哥，如何尊顏有些不喜？心中必有憂疑不決之事。」徐寧嘆口氣道：「兄弟不知，一言難盡！夜來家間被盜！」湯隆道：「不知失去了多少物事？」徐寧道：「單單只盜去了先祖留下那副雁翎鎖子甲，又喚作『賽唐猊』。昨夜失了這件東西，以此心不樂。」湯隆道：「哥哥那副甲，兄弟也曾見來，端的無比，先父常常稱讚不盡。卻是放在何處，被盜了去。」徐寧道：「我把一個皮匣子盛著，拴縛在臥房中梁上，正不知賊人甚麼時候入來，盜了去。」湯隆問道：「卻是甚等樣皮匣子盛著？」徐寧道：「是個紅羊皮匣子盛著，裡面又用香綿裹住。」湯隆意失驚道：「紅羊皮匣子！」問道：「不是上面有白線刺著綠雲頭如意，中間有獅子滾繡球的？」徐寧道：「兄弟，你那裡見來？」湯隆道：「小弟夜來離城四十里在一個村店沽酒吃，見個鮮眼睛黑瘦漢子，擔兒上挑著。我見了，心中也自暗忖道：『這個皮匣子卻是盛甚麼東西的？』臨出店時，我問道：『你這皮匣子作何用？』那漢子應道：『原是盛甲的，如今胡亂放些衣服。』必是這個人了。我見那廝卻似閃朒了腿的，一步步捱著了走。何不我們追趕他去？」徐寧道：「若是趕得著時，卻不是天賜其便！」湯隆道：「既是如此，不要耽擱，便趕去罷。」

徐寧聽了，急急換上麻鞋，帶了腰刀，提條朴刀，便和湯隆兩個出了東郭門，拽開腳步，迤邐趕來。前面見有白圈壁上酒店裡。湯隆道：「我們且吃碗酒了趕，就這裡問一聲。」湯隆入得門坐下，便問道：「主人家，借問一聲，曾有個鮮眼黑瘦漢子，挑個紅羊皮匣子過去麼？」店主人道：「昨夜晚是有這般一個人，挑著個紅羊皮匣子過去了。一似腿上吃跌了的，一步一攧走。」湯隆道：「哥哥，你聽卻如何？」徐寧聽了，做聲不得。兩個連忙還了酒錢，出門便去。前面又見一個客店，壁上有那白圈。湯隆立住了腳。說道：「哥哥，兄弟走不動了，和哥哥且就這客店裡歇了，明日早去趕。」徐寧道：「我卻是官身，倘或點名不到，官司必然見責，如之奈何？」湯隆道：「這個不用兄長憂心，嫂嫂必自推個事故。」當晚又在店裡問時，店小二答道：「昨夜有一個鮮眼黑瘦漢子，在我店裡歇了一夜，直睡到今日小日中，方才去了，口裡只問山東路程。」湯隆道：「恁地，可以趕了。」當夜兩個歇了，次日起個四更，離了客店，又迤邐趕來。湯隆但見壁上有白粉圈兒，便做買酒買食吃了問路，處處皆說得一般。

徐寧心中急切要那副甲，只顧跟著湯隆趕了去。看看天色又晚了，望見前面一所古廟，廟前樹下，時遷放著擔兒在那裡坐地。湯隆看見，叫道：「好了！前面樹下那個不是哥哥盛甲的紅羊皮匣子？」徐寧見了，搶向前來，一把揪住了時遷，喝道：「你這廝好大膽！如何盜了我這副甲來！」時遷道：「住，住，不要叫！是我盜了你這副甲來，你如何卻是要怎地？」徐寧喝道：「畜生無禮！倒問我要怎地！」時遷道：「你且看匣子裡有甲也無！」湯隆便把匣子打開看時，裡面卻是空的。徐寧道：「你這廝把我這副甲那裡去了！」時遷道：「你聽我說：小人姓張，排行第一，泰安州人氏。本州有個財主要結識老种經略相公，知道你家有這副雁翎鎖子甲，不肯貨賣，特地使我同一個李三，兩人來你家偷盜，許俺們一萬貫。不想我在你家柱子上跌下來，閃朒了腿，因此走不動，先教李三拿了甲去，只留得空匣在此。你若要奈何我時，便到官司，就拚死我也不招。若還有肯饒我時，我和你去討來還你。」

徐寧躊躇了半晌，決斷不下。湯隆便道：「哥哥，不怕他飛了去。只和他去討甲，若無甲時，須有本處官司告理！」徐寧道：「兄弟也說的是。」三個趕著，又投客店裡來歇了。徐寧、湯隆監住時遷一處宿歇。原來時遷故把些絹帛紮縛了腿，只做閃朒了腿的。徐寧見他又走不動，因此十分中只有五分防他。三個又歇了一夜，次日早起來再行。時遷一路買酒買肉陪告。又行了一日，次日，徐寧在路上心焦起來，不知畢竟有甲也無。正走之間，只見路傍邊三四個頭口，拽出一輛空車子，背後一個人駕車，傍邊一個客人，看著湯隆，納頭便拜。湯隆問道：「兄弟因何到此？」那人答道：「鄭州做了買賣，要回泰安州去。」湯隆道：「最好；我三個要搭車子，也要到泰安州去走一遭。」那人道：「莫說三個上車，再多些也不計較。」湯隆大喜，叫與徐寧相見。徐寧問道：「此人是誰？」湯隆答道：「我去年在泰安州燒香，結織得這個兄弟，姓李名榮，是個有義氣的人。」徐寧道：「既然如此，這張一又走不動，都上車子坐地。」只叫車客駕車子行。四個人坐在車子上，徐寧問道：「張一，你且說我那個財主姓名。」時遷推托再三，說道：「他是有名的郭大官人。」徐寧卻問李榮道：「你那泰安州曾有個郭大官人麼？」李榮答道：「我那本州郭大官人是個上戶財主，專好結識官宦來往，門下養著多少閒人。」徐寧聽罷，心中想道：「既有主在，必不礙事。」又見李榮一路上說些槍棒，喝幾個曲兒，不覺又過了一日。

看看到梁山泊只有兩程多路，只見李榮叫車客把葫蘆去沽些酒來，買些肉來，就車子上吃三杯。李榮把出一個瓢來，先傾一瓢來勸徐寧。徐寧一飲而盡。李榮再叫傾酒，車客假做手脫，把這一葫蘆酒，都翻在地上。李榮喝罵車客再去沽些，只見徐寧口角流涎，撲地倒在車子上了。李榮是誰？便是鐵叫子樂和。三個從車上跳將下來，趕著車子，直送到旱地忽律朱貴酒店裡。眾人就把徐寧扛扶下船，都到金沙灘上岸。宋江已有人報知，和眾頭領下山接著。徐寧此時麻藥已醒，眾人又用解藥解了。

徐寧開眼，見了眾人，吃了一驚，便問湯隆道：「兄弟，你如何賺我來到這裡？」湯隆道：「哥哥聽我說：小弟今次聞知宋公明招接四方豪傑，因此上在武岡鎮拜黑旋風李逵做哥哥，投托大寨入夥。今被呼延灼用連環甲馬衝陣，無計可破，是小弟獻此鉤鐮槍法。只除是哥哥會使。由此定這條計，使時遷先來偷了你的甲，卻教小弟賺哥哥上路；後使樂和假做李榮，過山時，下了蒙汗藥，請哥哥上山來坐把交椅。」徐寧道：「卻是兄弟送了我也！」宋江執杯向前陪告道：「見今宋江暫居水泊，專待朝廷招安，盡忠竭力報國，非敢貪財好殺，行不仁不義之事。萬望觀察憐此真情，一同替天行道。」林沖也把盞陪話道：「小弟亦到此間，兄長休要推卻。」徐寧道：「湯隆兄弟，你卻賺我到此，家中妻子，必被官司擒捉，如之奈何？」宋江道：「這個不妨，觀察放心。只在小可身上，早晚便取寶眷到此完聚。」

晁蓋、吳用、公孫勝都來與徐寧陪話，安排筵席作慶，一面選揀精壯小嘍囉，學使鉤鐮槍法，一面使戴宗和湯隆星夜往東京，搬取徐寧老小。旬日之間，楊林自潁州取到彭玘老小；薛永自東京取到凌振老小；李雲收買到五車煙火藥料到得這裡。更過數日，戴宗、湯隆取到徐寧老小上山，徐寧見了妻子到來，吃了一驚。問：「是如何便得到這裡？」妻子答道：「自你轉背，官司點名不到，我使了些金銀首飾，只推道患病在床，因此不來叫喚。忽見湯叔叔齎著雁翎甲來說道：『甲便奪得來了，哥哥只是於路染病，將次死在客店裡，叫嫂嫂和孩兒便來看視。』把我賺上車子，我又不知路徑，迤邐來到這裡。」徐寧道：「兄弟，好卻好了，只可惜，將我這副甲陷在家裡了！」湯隆笑道：「好教哥哥歡喜：打發嫂嫂上車之後，我便翻身去賺了這甲，誘了這兩個丫鬟，收拾了家中塵有細軟，做一擔兒挑在這裡。」徐寧道：「恁地時，我們不能夠回東京去了！」湯隆道：「我又教哥哥再知一件事來：在半路上撞見一夥客人，我把哥哥雁翎甲穿了，搽畫了臉，說哥哥名姓，劫了那夥客人的財物，這早晚，東京已自遍行文書捉拿哥哥。」徐寧道：「兄弟，你也害得我不淺！」晁蓋、宋江都來陪話道：「若不是如此，觀察如何肯在這裡住？」隨即撥定房屋與徐寧安頓老小。眾頭領且商議破連環馬軍之法。此時雷橫監造鉤鐮槍已都完備，宋江、吳用等啓請徐寧教眾軍健學使鉤鐮槍法。徐寧道：「小弟今當盡情剖露，訓練眾軍頭目，揀選身材長壯之士。」眾頭領都在聚義廳上看徐寧選軍，卻說那個鉤鐮槍法。有分教：三千軍馬登時破，一個英雄指日降。畢竟金槍徐寧怎的教演鉤鐮法？且聽下回分解。

第五十七回　徐寧教使鉤鐮槍　宋江大破連環馬

話說晁蓋、宋江、吳用、公孫勝與眾頭領，就聚義廳啓請徐寧，教鉤鐮槍法。眾人看徐寧時，果是一表好人物，六尺五六長身體，團團的一個白臉，三牙細黑髭髯，十分腰圍膀闊。曾有一篇西江月單道徐寧模樣：

臂健開弓有準，身輕上馬如飛。彎彎兩道臥蠶眉，鳳翥鸞翔子弟。戰鎧細穿柳葉，烏巾斜帶花枝。常隨寶駕侍丹墀，槍手徐寧無對。

當下徐寧選軍已罷，便下聚義廳來，拿起一把鉤鐮槍，自使一回。眾人見了喝采。徐寧便教眾軍道：「但凡馬上使這般軍器，就腰胯裡做步上來，上中七路，三鉤四撥，一搠一分，共使九個變法。若是步行使這鉤鐮槍，亦最得用。先使八步四撥，蕩開門戶，十二步一變，十六步大轉身。分鉤、鐮、搠、繳，二十四步，挪上攛下，鉤東撥西；三十六步，渾身蓋護，奪硬鬥強。此是鉤鐮槍正法。」有詩訣為證：

四撥三鉤通七路，共分九變合神機。二十四步挪前後，一十六翻大轉圍。

徐寧將正法一路路教演，教眾頭領看。眾軍漢見了徐寧使鉤鐮槍，都喜歡。就當日為始，將選揀精銳壯健之人，曉夜習學。又教步軍藏林伏草，鉤蹄拽腿，下面三路暗法。不到半月之間，教成山寨五七百人。宋江並眾頭領看了大喜，準備破敵。

卻說呼延灼自從折了彭玘、凌振，每日只把馬軍來水邊搦戰。山寨中只教水軍頭領牢守各處灘頭，水底釘了暗樁。呼延灼雖是在山西山北兩路出哨，決不能夠到山寨邊。梁山泊卻叫凌振製造了諸般水炮，剋日定時，下山對敵。學使鉤鐮槍軍士已都成熟。宋江道：「不才淺見，未知合眾位心意否？」吳用便道：「願聞其略。」宋江道：「明日並不用一騎馬軍，眾頭領都是步戰。孫吳兵法卻利於山林沮澤。今將步軍下山，分作十隊誘敵；但見軍馬衝掩將來，都望蘆葦荊棘林中亂走。卻先把鉤鐮槍軍士埋伏在彼，每十個會使鉤鐮槍的，間著十個撓鉤手，但見馬到，一攪鉤翻，便把撓鉤搭將入去捉了。平川窄路也如此埋伏。此法如何？」吳學究道：「正應如此藏兵捉將。」徐寧道：「鉤鐮槍並撓鉤，正是此法。」宋江當日分撥十隊步軍人馬：劉唐、杜遷引一隊，穆弘、穆春引一隊，楊雄、陶宗旺引一隊，朱仝、鄧飛引一隊，解珍、解寶引一隊，鄒淵、鄒潤引一隊，一丈青、王矮虎引一隊，薛永、馬麟引一隊，燕順、鄭天壽引一隊，楊林、李雲引一隊：這十隊步軍先行下山誘引敵軍。再差李俊、張橫、張順、三阮、童威、童猛、孟康九個水軍頭領，乘駕戰船接應。再叫花榮、秦明、李應、柴進、孫立、歐鵬，六個頭領乘馬引軍，只在山邊搦戰，凌振、杜興專放號炮；卻叫徐寧、湯隆總行招引使鉤鐮槍軍士。中軍宋江、吳用、公孫勝、戴宗、呂方、郭盛總製軍馬，指揮號令；其餘頭領俱各守寨。

宋江分撥已定，是夜三更，先載使鉤鐮槍軍士過渡，四面去分頭埋伏已定。四更，渡十隊步軍過去。凌振、杜興載過風火炮，架上高阜去處，豎起炮架，擱上火炮。徐寧、湯隆各執號帶渡水。平明時分，宋江守中軍人馬，隔水擂鼓吶喊搖旗。呼延灼正在中軍帳內，聽得探子報知，傳令便差先鋒韓滔先來出哨，隨即鎖上連環甲馬。呼延灼全身披掛，騎了踢雪烏騅馬，仗著雙鞭，大驅軍馬殺奔梁山泊來。隔水望見宋江引著許多人馬，呼延灼教擺開馬軍。先鋒韓滔來與呼延灼商議道：「正南上一隊步軍，不知多少的？」呼延灼道：「休問他多少，只顧把連環馬衝將去！」韓滔引著五百馬軍，飛哨出去，又見東南上一隊軍兵起來。卻欲分兵去哨，只西南上又擁起一隊旗號，招颭吶喊。韓滔再引軍回來，對呼延灼道：「南邊三隊賊兵，都是梁山泊旗號。」呼延灼道：「這廝許多時不出來廝殺，必有計策。」

說言未了，只聽得北邊一聲炮響，呼延灼罵道：「這炮必是凌振從賊，教他施放！」眾人平南一望，只見北邊又擁起三隊旗號。呼延灼對韓滔道：「此必是賊人奸計！我和你把人馬分為兩路：我去殺北邊人馬，你去殺南邊人馬。」正欲分兵之際，只見西邊又是四隊人馬起來，呼延灼心慌；又聽得正北上連珠炮響，一帶直接到土坡上。那一個母炮周遭接著四十九個子炮，名「子母炮」，響處風威大作。呼延灼軍兵，不戰自亂，急和韓滔各引馬步軍兵四下衝突。這十隊步軍，東趕東走，西趕西走。呼延灼看了大怒，引兵望北衝將來。宋江軍兵盡投蘆葦中亂走。呼延灼大驅連環馬，捲地而來，那甲馬一齊跑發，收勒不住，盡望敗葦折蘆之中，枯草荒林之內跑了去。只聽裡面唿哨響處，鉤鐮槍一齊舉手，先鉤倒兩邊馬腳，中間的甲馬便自咆哮起來。那撓鉤手軍士一齊搭住，蘆葦中只顧縛人。

呼延灼見中了鉤鐮槍計，便勒馬回南邊去趕韓滔。背後風火炮當頭打將下來；這邊那邊，漫山遍野，都是步軍追趕著。韓滔、呼延灼部領的連環甲馬，亂滾滾都攧入荒草蘆葦之中，盡被捉了。二人情知中了計策，縱馬去四面跟尋馬軍，奪路奔走時，更兼那幾條路上，麻林般擺著梁山泊旗號；不敢投那幾條路走，一直便望西北上來。行不到五六里路，早擁出一隊強人，當先兩個好漢攔路。一個是沒遮攔穆弘，一個是小遮攔穆春。撚兩條朴刀，大喝道：「敗將休走！」呼延灼忿怒，舞起雙鞭，縱馬直取穆弘，穆春。略鬥四五合，穆春便走。呼延灼只怕中了計，不來追趕，望正北大路而走。山坡下又轉出一隊強人。當先兩個好漢攔路；一個是兩頭蛇解珍，一個雙尾蠍解寶。各挺鋼叉，直奔前來。呼延灼舞起雙鞭來戰兩個。鬥不到五七合，解珍解寶拔步便走。呼延灼趕不過半里多路，兩邊鑽出二十四把鉤鐮槍，著地捲將來。呼延灼無心戀戰，撥轉馬頭望東北上大路便走。又撞著王矮虎、一丈青夫妻二人，截住去路。呼延灼見路徑不平，四下兼有荊棘遮攔，拍馬舞鞭，殺開條路，直衝過去。王矮虎、一丈青趕了，一直趕不上，呼延灼自投東北上去了，殺得大敗虧輸，雨零星散。有詩為證：

十路軍兵振地來，烏騅踢雪望風回。
連環盡被鉤鐮破，剩得雙鞭出九垓。

且說宋江鳴金收軍回山，各請功賞。三千連環甲馬，有停半被鉤鐮槍撥倒，傷損了馬蹄，剝去皮甲，把來做菜馬食；二停多好馬，牽上山去餵養，作坐馬。帶甲軍士都被生擒上山。五千步軍，被三面圍得緊急，有望中軍躲的，都被鉤鐮槍拖翻捉了。望水邊逃命的，盡被水軍頭領圍裡上船去，拽過灘頭，拘捉上山。先前被拿去的馬匹，並捉去軍士盡行復奪回寨。把呼延灼寨柵盡數拆來，水邊泊內，搭蓋小寨。再造兩處做眼酒店房屋等項，仍前著孫新、顧大嫂、石勇、時遷兩處開店。劉唐、杜遷拿得韓滔，把來綁縛解到山寨。宋江見了，親解其縛，請上廳來，以禮陪話，相待筵宴，令彭玘、凌振說他入夥。韓滔也是七十二煞之數，自然意氣相投，就梁山泊做了頭領。宋江便教修書，使人往陳州投取韓滔老小，來山寨中完聚。宋江喜得破了連環馬，又得了許多軍馬衣甲盔刀，每日做筵席慶功；仍舊調撥各路守把，提防官兵，不在話下。

卻說呼延灼折了許多官軍人馬，不敢回京，獨自一個騎著那匹踢雪烏騅馬，把衣甲拴在馬上，於路逃難，卻無盤纏。解下束腰金帶，賣來盤纏。在路尋思道：「不想今日閃得我如此！是去投誰好？」猛然想起：「青州慕容知府，舊與我有一面相識，何不去那裡投奔他？打慕容貴妃的關節，那時再引軍來報仇不遲！」在路行了二日，當晚又飢又渴，見路傍一個村酒店，呼延灼下馬，把馬拴住在門前樹上；入來店內，把鞭子放在桌上坐下了，叫酒保取酒肉來吃。酒保道：「小人這裡只賣酒。要肉時，村裡卻才殺羊；若要，小人去回買。」呼延灼把腰裡料袋解下來，取出些金帶倒換的碎銀兩，把與酒保，道：「你可回一腳羊肉與我煮了，就對付草料，餵養我這匹馬。今夜只就你這裡宿一宵，明日自投青州府裡去。」酒保道：「官人，此間宿不妨，只是沒好床帳。」呼延灼道：「我出軍的人，但有歇處便罷。」酒保拿了銀子，自去買羊肉。呼延灼把馬背上捎的衣甲取將下來，鬆了肚帶，坐在門前。

等了半晌，只見酒保提一腳羊肉歸來。呼延灼便叫煮了，回三斤麵來打餅，打兩角酒來。酒保一面煮肉打餅，一面燒湯與呼延灼洗了腳，便把馬牽放屋後小屋下。酒保一面切草煮料，呼延灼先討熱酒吃了一回。少刻肉熟，呼延灼叫酒保，也與他些酒肉吃了，吩咐道：「我是朝廷軍官，為因收捕梁山泊失利，待往青州投慕容知府。你好生與我餵養這匹馬，是今上御賜的，名為『踢雪烏騅』。明日我重重賞你。」酒保道：「感承相公。卻有一件事教相公得知：離此間不遠有座山，喚做桃花山。山上有一夥強人，為頭的是打虎將李忠，第二個是小霸王周通。聚集著五七百小嘍囉，打家劫舍，時常來攪惱村坊。官司累次著仰捕盜官軍來，收捕他不得。相公夜間須用小心醒睡。」呼延灼說道：「我有萬夫不當之勇，便道那廝們全夥都來，也待怎生！只與我好生餵養這匹馬。」吃了一回酒肉餅子。酒保就店裡打了一鋪，安排呼延灼睡了。一者呼延灼連日心悶，二乃又多吃了幾杯酒，就和衣而臥。一覺直睡到三更方醒，只聽得屋後酒保在那裡叫屈起來。呼延灼聽得，連忙跳將起來，提了雙鞭，走去屋後問道：「你如何叫屈？」酒保道：「小人起來上草，只見籬笆推翻，被人將相公的馬偷將去了！遠遠地望見三四里火把尚明，一定是那裡去了！」呼延灼道：「那裡正是何處？」酒保道：「眼見那條路上正是桃花山小嘍囉偷得去了！」呼延灼吃了一驚，便叫酒保引路，就田塍上趕了二三里。火把看看不見，正不知投那裡去了。呼延灼說道：「若無了御賜的馬，怎的是好？」酒保道：「相公明日須去州裡告了，差官軍來剿捕，方能奪回這匹馬。」

呼延灼悶悶不已，坐到天明，叫酒保挑了衣甲，逕投青州。來到城裡時，天色已晚了，且在客店裡歇了一夜。次日天曉，逕到府堂階下，參拜了慕容知府。知府大驚，問道：「聞知將軍收捕梁山泊草寇，如何卻到此間？」呼延灼只得把上項訴說了一遍。慕容知府聽了道：「雖是將軍折了許多人馬，此非慢功之罪，中了賊人奸計，亦無奈何。下官所轄地面多被草寇侵害。將軍到此，可先掃清桃花山，奪取那匹御賜的馬；卻連那二龍山、白虎山兩處強人一發剿捕了時，下官自當一力保奏，再教將軍引兵復仇，如何？」呼延灼再拜道：「深謝恩相主監。若蒙如此，誓當效死報德！」慕容知府教請呼延灼去客裡暫歇，一面更衣宿食。那挑甲酒保，自叫他回去了。一住三日，呼延灼急欲要這匹御賜馬，又來稟覆知府，便教點軍。慕容知府便點馬步軍二千，借與呼延灼，又與了一匹青鬃馬。呼延灼謝了恩相，披掛上馬，帶領軍兵前去奪馬，逕往桃花山進發。

且說桃花山上打虎將李忠，與小霸王周通，自得了這匹踢雪烏騅馬，每日在山上慶喜飲酒。當日有伏路小嘍囉報道：「青州軍馬來也！」小霸王周通起來道：「哥哥守寨，兄弟去退官軍。」便點起一百嘍囉，綽槍上馬，下山來迎敵官軍。卻說呼延灼引起二千兵馬來到山前，擺開陣勢。呼延灼出馬厲聲高叫：「強賊早來受縛！」小霸王周通將小嘍囉一字擺開，便挺槍出馬。怎生模樣：

身著團花宮錦襖，手持走水綠沈槍。
聲雄面闊鬚如戟，盡道周通賽霸王。

呼延灼見了，便縱馬向前來戰。周通也躍馬來迎。二馬相交，鬥不到六七合，周通氣力不加，撥轉馬頭，往山上便走。呼延灼趕了一直，怕有計策，急下山來紮住寨柵，等候再戰。卻說周通回寨，見了李忠，訴說：「呼延灼武藝高強，遮攔不住，只得且退上山。倘或趕到寨前來，如之奈何！」李忠道：「我聞二龍山寶珠寺花和尚魯智深在彼，多有人伴；更兼有個甚麼青面獸楊志，又新有個行者武松，多有萬夫不當之勇。不如寫一封書，使小嘍囉去那裡求救。若解得危難，拚得投托大寨，月終納他些進奉也好。」周通道：「小弟也多知他那裡豪傑；只恐那和尚記當初之事，不肯來救。」李忠笑道：「不然，他是個直性的人，使人到彼，必然親引軍來救我。」周通道：「哥哥也說得是。」就寫了一封書，差兩個了事的小嘍囉，從後山滾將下去，取路投二龍山來。行了兩日，早到山下，那裡小嘍囉問了備細來情。

且說寶珠寺裡，大殿上坐著三個頭領：為首是花和尚魯智深，第二是青面獸楊志，第三是行者二郎武松。前面山門下，坐著四個小頭領：一個是金眼彪施恩，原是孟州牢城施管營的兒子，為因武松殺了張都監一家人口，官司著落他家追捉凶身，以此連夜挈家逃走在江湖上，後來父母俱亡，打聽得武松在二龍山，連夜投奔入夥；一個是操刀鬼曹正，原是同魯智深、楊志奪取寶珠寺，殺了鄧龍，後來入夥。一個是菜園子張青，一個是母夜叉孫二娘，夫妻兩個，原是孟州道十字坡賣人肉饅頭的，因魯智深、武松連連寄書招他，亦來投奔入夥。

曹正聽得說桃花山有書，先來問了詳細，直上殿上稟覆三個大頭領知道。智深道：「洒家當初離五臺山時，到一個桃花村投宿，好生打了那周通撮鳥一頓。那廝卻來認得洒家，倒請上山去吃了一日酒，結識洒家為兄，便留俺做個寨主。俺見這廝們慳吝，被俺捲了若干金銀酒器撒開他。如今卻來求救，且放那小嘍囉上關來，看他說甚麼。」曹正去不多時，把那嘍囉引到殿下，唱了喏，說道：「青州慕容知府近日收得個征進梁山泊失利的雙鞭呼延灼。如今慕容知府先教掃蕩俺這裡桃花山、二龍山、白虎山幾座山寨，卻借軍與他收捕梁山泊復仇。俺的頭領今欲啓請大頭領將軍下山相救，明朝無事了時，情願來納進奉。」楊志道：「俺們各守山寨，保護山頭，本不去救應的是。洒家一者怕壞了江湖上豪傑；二者恐那廝得了桃花山，便小覷了洒家這裡。可留下張青、孫二娘、施恩、曹正看守寨柵，俺三個親自走一遭。」隨即點起五百小嘍囉，六十餘騎軍馬。各帶了衣甲軍器，逕往桃花山來。

卻說李忠知二龍山消息，自引了三百小嘍囉下山策應。呼延灼聞知，急領所部軍馬，攔路列陣，舞鞭出馬，來與李忠相持。怎見李忠模樣：

頭尖骨臉似蛇形，槍棒林中獨擅名。
打虎將軍心膽大，李忠祖是霸陵生。

原來李忠祖貫濠州定遠人氏，家中祖傳靠使槍棒為生；人見他身材壯健，因此呼他做打虎將。當時下山來與呼延灼交戰，卻如何敵得呼延灼過；鬥了十合之上，見不是頭，撥開軍器便走。呼延灼見他本事低微，縱馬趕上山來。小霸王周通正在半山裡看見，便飛下鵝卵石來。呼延灼慌忙回馬下山來，只見官軍迭頭吶喊。呼延灼便問道：「為何吶喊？」後軍答道：「遠望見一彪軍馬飛奔而來！」呼延灼聽了，便來後軍隊裡看時。見塵頭起處，當頭一個胖大和尚，騎了一匹白馬，那人是誰？正是：

自從落髮寓禪林，萬里曾將壯士尋。臂負千斤扛鼎力，天生一片殺人心。欺佛祖，喝觀音，戒刀禪杖冷森森。不看經卷花和尚，酒肉沙門魯智深。

魯智深在馬上大喝道：「那個是梁山泊殺敗的撮鳥，敢來俺這裡唬嚇人！」呼延灼道：「先殺你這個禿驢，豁我心中怒氣！」魯智深掄動鐵禪杖，呼延灼舞起雙鞭，二馬相交，兩邊吶喊。鬥至四五十合，不分勝敗。呼延灼暗暗喝采道：「這個和尚倒恁地了得！」兩邊鳴金，各自收軍暫歇。呼延灼少停，再縱馬出陣，大叫：「賊和尚！再出來與你定個輸贏，見個勝敗！」魯智深卻待正要出馬，側首惱犯了這個英雄叫道：「大哥少歇，看洒家去捉這廝！」那人舞刀出馬來與呼延灼交鋒。正是：

曾向京師為制使，花石綱累受艱難。虹霓氣逼牛斗寒。刀能安宇宙，弓可定塵寰。虎體狼腰猿臂健，跨龍駒穩坐雕鞍。英雄聲價滿梁山。人稱青面獸，楊志是軍班。

當下楊志與呼延灼兩個鬥到四五十合，不分勝敗。呼延灼又暗暗喝采道：「怎的那裡走出這兩個來？恁地了得？不是綠林中手段！」楊志也見呼延灼武藝高強，賣個破綻，撥回馬，跑回本陣。呼延灼也勒轉馬頭，不來追趕。兩邊各自收軍。魯智深便和楊志商議道：「俺們初到此處，不宜逼近下寨。且退二十里，明日再來廝殺。」帶領小嘍囉，自過附近山岡下寨去了。卻說呼延灼在帳中納悶，心內想道：「指望到此勢如破竹，便拿了這夥草寇，怎知卻又逢著這般對手！我直如此命薄！」正沒擺布處，只見慕容知府使人喚道：「叫將軍且領兵回來保守城中。今有白虎山強人孔明、孔亮引人馬來青州劫牢。怕府庫有失，特令來請將軍回城守備。」呼延灼聽了，就這機會，帶領軍馬，連夜回青州去了。次日，魯智深和楊志、武松又引了小嘍囉搖旗吶喊，直到山下來看時，一個軍馬也無了，倒吃了一驚。山上李忠、周通引人下來，拜請三位頭領上到山寨裡，殺羊宰馬，筵席相待。一面使人下山探聽前路消息。

且說呼延灼引軍回到城下，卻見了一彪軍馬，正來到城邊。為頭的乃是白虎山下孔太公兒子毛頭星孔明，獨火星孔亮。兩個因和本鄉一個財主爭競，把他一門良賤盡都殺了，聚集起五七百人，占住白虎山，打家劫舍；因為青州城裡有他的叔叔孔賓，被慕容知府捉下，監在牢裡。孔明、孔亮特地點起山寨小嘍囉來打青州，要救叔叔出去。正迎著呼延灼軍馬，兩邊擁著，敵住廝殺。呼延灼便出馬到陣前。慕容知在城樓上觀看，見孔明當先挺搶出馬，直取呼延灼。兩馬相交，鬥到二十餘合，呼延灼要在知府跟前顯本事；又值孔明武藝低微，只辦得架隔遮攔；鬥到間深裡，呼延灼就馬上把孔明活捉了去，孔亮只得引了小嘍囉便走。慕容知府城樓上指著，叫呼延灼引兵去趕，官兵一掩，活捉得百十餘人。孔亮大敗，四散奔走，至晚尋個古廟安歇。

卻說呼延灼活捉得孔明，解入城中，來見慕容知府。知府大喜，叫把孔明大枷釘下牢裡，和孔賓一處監收。一面賞勞三軍，一面款待呼延灼，備問桃花山消息。呼延灼道：「本待是『甕中捉鱉，手到拿來』，無端又被一夥強人前來救應。數內一個和尚，一個青臉大漢，二次交鋒，各無勝敗。這兩個武藝不比尋常，不是綠林中手段。因此未曾拿得。」慕容知府道：「這個和尚便是延安府老种經略帳前軍官提轄魯達。今次落髮為僧，喚做花和尚魯智深。這一個青臉大漢，亦是東京殿帥府制使官，喚做青面獸楊志。再有一個行者，喚做武松，原是景陽岡打虎的武都頭。這三個占住了二龍山，打家劫舍，累次拒敵官軍，殺了三五個捕盜官，直至如今，未曾捉得！」

呼延灼道：「我見這廝們武藝精熟，原是楊制使、魯提轄，真名不虛傳！恩相放心，呼延灼今日在此，少不得一個個活捉了解官！」知府大喜，設筵款待已了，且請房客內歇，不在話下。

卻說孔亮引了敗殘人馬，正行之間，猛可裡樹林中撞出一彪人馬，當先一籌好漢，怎生打扮，有西江月為證：

直裰冷披黑霧，戒箍光射秋霜。額前剪髮拂眉長，腦後護頭齊項。頂骨數珠燦白，雜絨
絛結微黃。鋼刀兩口迸寒光，行者武松形象。

孔亮見了是武松慌忙滾鞍下馬，便拜道：「壯士無恙？」武松連忙答應，扶起問道：「聞知足下弟兄們占住白虎山聚義，幾次要來拜望。一者不得下山，二乃路途不順，以此難得相見。今日有事到此？」孔亮把救叔叔孔賓，陷兄之事告訴了一遍。武松道：「足下休慌。我有六七個弟兄，現在二龍山聚義。今為桃花山李忠、周通，被青州官軍攻擊得緊，來我山寨求救。魯、楊二頭領同了孩兒們先來與呼延灼交戰，兩個廝併了一日，不知何故，呼延灼忽然夜間去了。桃花山留我弟兄三人筵宴，把這踢雪烏騅馬送與我們。今我部領頭隊人馬回山，他二位隨後便到。我叫他去打青州，救你叔兄如何？」孔亮拜謝武松。等了半晌，只見魯智深、楊志兩個並馬都到。武松引孔亮拜見二位，備說：「那時我與宋江在他莊上相會，多有相擾。今日俺們可以義氣為重，聚集三山人馬，攻打青州，殺了慕容知府，擒獲呼延灼，各取府庫錢糧，以供山寨之用，如何？」魯智深道：「洒家也是這般思想。便使人去桃花山報知，叫李忠、周通引孩兒們來，俺三處一同去打青州。」楊志便道：「青州城池堅固，人馬強壯；又有呼延灼那廝英勇；不是俺自滅威風，若要攻打青州時，只除非依我一言，指日可得。」武松道：「哥哥，願聞其略。」那楊志言無數句，話不一席，有分教：青州百姓，家家瓦裂煙飛。水滸英雄，個個摩拳擦掌。畢竟楊志對武松說出怎地打青州？且聽下回分解。

第五十八回　三山聚義打青州　眾虎同心歸水泊

話說武松引孔亮拜告魯智深、楊志，求救哥哥孔明，並叔叔孔賓，魯智深便要聚集三山人馬，前去攻打。楊志道：「若要打青州，須用大隊軍馬，方可打得。俺知梁山泊宋公明大名，江湖上都喚他做及時雨宋江，更兼呼延灼是他那裡仇人。俺們弟兄和孔家弟兄的人馬，都併做一處。洒家這裡，再等桃花山人馬齊備，一面且去攻打青州。孔亮兄弟，你可親身星夜去梁山泊，請下宋公明來併力攻城，此為上計。亦且宋三郎與你至厚。你們弟兄心下如何？」魯智深道：「正是如此。我只見今日也有人說宋三郎好，明日也有人說宋三郎好，可惜洒家不曾相會。眾人說他的名字，聒得洒家耳朵也聾了，想必其人是個真男子，以至天下聞名。前番和花知寨在清風山時，洒家有心要去和他廝會。及至洒家去時，又聽得說道去了；以此無緣，不得相見。罷了，孔亮兄弟，你要救你哥哥時，快親自去那裡告請他來。洒家等先在這裡和那撮鳥廝殺！」孔亮交付小嘍囉與了魯智深，只帶一個伴當，扮做客商，星夜投梁山泊來。且說魯智深、楊志、武松三人去山寨裡喚將施恩、曹正再帶一二百人下山來相助。桃花山李忠、周通得了消息，便帶本山人馬，盡數點起，只留三五十個小嘍囉看守寨柵，其餘都帶下山來青州城下聚集，一同攻打城池，不在話下。

卻說孔亮自離了青州，迤邐來到梁山泊邊催命判官李立酒店裡買酒吃，問路。李立見他兩個來得面生，便請坐地，問道：「客人從那裡來？」孔亮道：「從青州來。」李立問道：「客人要去梁山泊尋誰？」孔亮答道：「有個相識在山上，特來尋他。」李立道：「山上寨中都是大王住處。你如何去得！」孔亮道：「便是要尋宋大王。」李立道：「即是來尋宋頭領，我這裡有分例。」便叫伙家快去安排分例酒來相待。孔亮道：「素不相識，如何見款？」李立道：「客官不知：但是來尋山寨頭領，必然是社火中人故舊交友，豈敢有失支應？便當去報。」孔亮道：「小人便是白虎山前莊戶孔亮的便是。」李立道：「曾聽得宋公明哥哥說大名來，今日且喜上山。」

二人飲罷分例酒，隨即開窗，就水亭上放了一枝響箭，見對港蘆葦深處，早有小嘍囉棹過船來，到水亭下。

李立便請孔亮下了船，一同搖到金沙灘上岸，上關來。孔亮看見三關雄壯，槍刀劍戟如林，心下想道：「聽得說梁山泊興旺，不想做下這等大事業！」已有小嘍囉先去報知，宋江慌忙下來迎接。孔亮見了，連忙下拜。宋江問道：「賢弟緣何到此？」孔亮拜罷，放聲大哭。宋江道：「賢弟心中有何危厄不決之難，但請盡說不妨。便當不避水火，一力與汝相助。賢弟且請起來。」孔亮道：「自從師父離別之後，老父亡化，哥哥孔明與本鄉上戶爭些閒氣起來，殺了他一家老小，官司來捕捉得緊；因此反上白虎山，聚集五七百人，打家劫舍。青州城裡卻有叔父孔賓，被慕容知府捉了，重枷釘在獄中，因此，我弟兄兩個去打城子，指望取叔叔孔賓。誰想去到城下，正撞了那個使雙鞭的呼延灼。哥哥與他交鋒，致被他捉了，解送青州，下在牢裡，存亡未保。小弟又被他追殺一陣。次日，正撞著武松，他便引我去拜見同伴的；一個是花和尚魯智深，一個是青面獸楊志。他二人一見如故，便商議救兄一事。他道：『我請魯、楊二頭領並桃花山李忠、周通聚集二山人馬攻打青州。你可連夜快去梁山泊內，告你師父宋公明來救你叔兄兩個。』以此今日一逕到此。」宋江道：「此是易為之事，你且放心。」宋江便引孔亮參見晁蓋、吳用、公孫勝並眾頭領，備說呼延灼走在青州，投奔慕容知府，今來捉了孔明，以此孔亮來到，懇告求救。晁蓋道：「既然他兩處好漢尚兀自仗義行仁，今者三郎和他至愛交友，如何不去？三郎賢弟，你連次下山多遍，今番權且守寨，愚兄替你走一遭。」宋江道：「哥哥是山寨之主，不可輕動。這個是兄弟的事。既是他遠來相投，小可若是不去，恐他弟兄們心下不安；小可情願請幾位弟兄同走一遭。」說言未了，廳上廳下一齊都道：「願效犬馬之勞，跟隨同去。」宋江大喜，當日設筵款待孔亮。

飲筵之間，宋江喚鐵面孔目裴宣定撥下山人數，分作五軍起行：前軍便差花榮、秦明、燕順、王矮虎開路作先鋒；第二隊便差穆弘、楊雄、解珍、解寶；中軍便是主將宋江、吳用、呂方、郭盛；第四隊便是朱仝、柴進、李俊、張橫；後軍便差孫立、楊林、歐鵬、凌振，催軍作合後。梁山泊點起五軍，共計二十個頭領，馬步軍兵二千人馬。其餘頭領，自與晁蓋守把寨柵。當下宋江別了晁蓋，自同孔亮下山前進。梁山人馬分作五軍起發，正是：

初離水泊，渾如海內縱蛟龍；乍出梁山，卻似風中奔虎豹。五軍並進，前後列二十輩英雄；一陣同行，首尾分三千名士卒。繡彩旗如雲似霧，蘸鋼刀燦雪鋪霜。鸞鈴響，戰馬奔馳；畫鼓振，征夫踴躍。捲地黃塵靄靄，漫天土雨濛濛。寶纛旗中，簇擁著多智足謀吳學究；碧油幢下，端坐定替天行道宋公明。過去鬼神皆拱手，回來民庶盡歌謠。

所過州縣，秋毫無犯。已到青州，孔亮先到魯智深等軍中報知，眾好漢安排迎接。宋江中軍到了，武松引魯智深、楊志、李忠、周通、施恩、曹正都來相見了。宋江讓魯智深坐地。魯智深道：「久聞阿哥大名，無緣不曾拜會，今日且喜認得阿哥。」宋江答道：「不才何足道哉！江湖上義士，甚稱吾師清德，今日得識慈顏，平生甚幸。」楊志起身再拜道：「楊志舊日經過梁山泊，多蒙山寨重義相留：為是洒家愚迷，不曾肯住。今日幸得義士壯觀山寨。此是天下第一好事。」宋江答道：「制使威名，播於江湖，只恨宋江相見太晚！」魯智深便令左右置酒招待，一一相見了。次日，宋江問青州一節，近日勝敗如何。楊志道：「自從孔亮去了，前後也交鋒三五次，各無輸贏。如今青州只憑呼延灼一個；若是拿下此人，虛此城子，如湯潑雪。」吳學究笑道：「此人不可力敵，可用智擒。」宋江道：「用何智可獲此人？」吳學究道：「只除如此，如此。」宋江大喜道：「此計大妙！」

當日分撥了人馬。次早起軍，前到青州城下，四面盡著軍馬圍住，擂鼓搖旗，吶喊搦戰。城裡慕容知府見報，慌忙教請呼延灼商議道：「今次群賊又去報知梁山泊宋江到來，似此如之奈何？」呼延灼道：「恩相放心。群賊到來，先失地利。這廝們只好在水泊裡張狂，今卻擅離巢穴，一個來捉一個，那廝們如何施展得？請恩相上城看呼延灼廝殺。」呼延灼連忙披掛衣甲上馬，叫開城門，放下吊橋，領了一千人馬，近城擺開。宋江陣中一將出馬。那人手掿狼牙棍，厲聲高罵知府：「濫官，害民賊徒！把我全家誅戮，今日正好報仇雪恨！」慕容知府認得秦明，便罵道：「你這廝是朝廷命官，國家不曾負你，緣何便敢造反？若拿住你時，碎屍萬段！呼延將軍，可先下手拿這賊！」呼延灼聽了，舞起雙鞭，縱馬直取秦明。秦明也出馬，舞動狼牙大棍來迎呼延灼。二將交馬，正是對手，有西江月為證：

> 鞭舞兩條龍尾，棍橫一串狼牙，三軍看得眼睛花。二將縱橫交馬，使棍的軍班領袖，使鞭的將種堪誇。天昏地慘日揚沙，這廝殺鬼神須怕。

直鬥到四五十合，不分勝敗。慕容知府見鬥得多時，恐怕呼延灼有失，慌忙鳴金，收軍入城。秦明也不追趕，退回本陣，宋江教眾頭領軍校且退十五里下寨。卻說呼延灼回到城中，下馬來見慕容知府，說道：「小將正要擒那秦明，恩相如何收軍？」知府道：「我見你鬥了許多合，但恐勞困：因此收軍暫歇。秦明那廝原是我這裡統制，與花榮一同背反，這廝亦不可輕敵。」呼延灼道：「恩相放心，小將必要擒此背義之賊！適間和他鬥時，棍法已自亂了。來日教恩師看我立斬此賊！」知府道：「既是將軍如此英雄，來日若臨敵之時，可殺開條路，送三個人出去：一個教他去東京求救；兩個教他去鄰近府州會合起兵，相助勦捕。」呼延灼道：「恩相高見極明。」當日知府寫了求救文書，選了三個軍官，都發放了當。

只說呼延灼回到歇處，卸了衣甲暫歇。天色未明，只聽得軍校來報：「城北門外土坡上，有三騎私自在那裡埋伏：中間一個穿紅袍騎白馬的；兩邊兩個。只認右邊那個是小李廣花榮，左邊那個道裝打扮。」呼延灼道：「那個穿紅的是宋江了。道裝的必是軍師吳用。你們休驚動了他，便點一百馬軍，跟我捉這三個！」呼延灼連忙披掛上馬，提了雙鞭，帶領一百餘騎軍馬，悄悄地開了北門，放下吊橋，引軍趕上坡來，只見三個正自呆了臉看城。呼延灼拍馬上坡，三個勒轉馬頭，慢慢走去。呼延灼奮力趕到前面幾株枯樹邊廂，只見三個齊齊的勒住馬。呼延灼方才趕到枯樹邊，只聽得吶聲喊。呼延灼正踏著陷坑，人馬都跌將下坑去了。兩邊走出五六十個撓鉤手，先把呼延灼鈎起來，綁縛了去，後面牽著那匹馬。其餘馬軍趕來，花榮射倒當頭五七個，後面的勒轉馬一哄都走了。

宋江回到寨裡，那左右群刀手卻把呼延灼推將過來。宋江見了，連忙起身，喝叫快解了繩索，親自扶呼延灼上帳坐定。宋江拜見。呼延灼道：「何故如此？」宋江道：「小可宋江怎敢背負朝廷？蓋為官吏污濫，威逼得緊，誤犯大罪，因此權借水泊裡隨時避難，只待朝廷赦罪招安。不想起動將軍，致勞神力。實慕將軍虎威，今者誤有冒犯切乞恕罪。」呼延灼道：「被擒之人，萬死尚輕，義士何故重禮陪話？」宋江道：「量宋江怎敢壞得將軍性命？皇天可表寸心。只是懇告哀求。」呼延灼道：「兄長尊意，莫非教呼延灼往東京，告請招安，到山赦罪？」宋江道：「將軍如何去得？高太尉那廝是心地偏窄之徒，忘人大恩，記人小過。將軍折了許多軍馬錢糧，他如何不見你罪責？如今韓滔、彭玘、凌振，已多在敝山入夥。倘蒙將軍不棄山寨微賤，宋江情願讓位與將軍；等朝廷見用，受了招安，那時盡忠報國，未為晚矣。」

呼延灼沈吟了半晌，一者是宋江禮數甚恭，二者見宋江語言有理，嘆了一口氣，跪下在地道：「非是呼延灼不忠於國，實感兄長義氣過人，不容呼延灼不依！願隨鞭鐙，事既如此決無還理。」有詩為證：

親承天語淨狼煙，不著先鞭願執鞭。
豈昧忠心翻作賊，降魔殿內有因緣。

宋江大喜，請呼延灼和眾頭領相見了。叫問李忠、周通討這匹踢雪烏騅馬，還將軍坐騎。眾人再議救孔明之計。吳用道：「只除非教呼延將軍賺開城門，唾手可得。更兼絕了這呼灼將軍念頭。」宋江聽了，來與呼延灼陪話道：「非是宋江貪劫城池，實因孔明叔侄陷在縲絏之中，非將軍賺開城門，必不可得。」呼延灼答道：「小弟既蒙兄長收錄，理當效力。」當晚點起秦明、花榮、孫立、燕順、呂方、郭盛、解珍、解寶、歐鵬、王英，十個頭領，都扮作軍士模樣，跟了呼延灼，共是十一騎軍馬，來到城邊，直至壕塹上，大呼：「城上開門！我逃得性命回來！」城上人聽得是呼延灼聲音，慌忙報與慕容知府。此時知府為折了呼延灼，正納悶間，聽得報說呼延灼逃得回來，心中歡喜，連忙上馬，奔到城上；望見呼延灼有十數騎馬跟著，又不見面顏，只認得呼延灼聲音。知府問道：「將軍如何走得回來？」呼延灼道：「我被那廝的陷坑捉了我寨裡，卻有原跟我的頭目，暗地盜這匹馬與我騎，就跟我來了。」知府只聽得呼延灼說了，便叫軍士開了城門，放下吊橋。十個頭領跟到城門裡，迎著知府，早被秦明一棍，把慕容知府打下馬來。解珍、解寶便放起火來；歐鵬、王矮虎奔上城，把軍士殺散。宋江大隊人馬，見城上火起，一齊擁將入來。宋江急急傳令：休教殘害百姓，且收倉庫錢糧。就大牢裡救出孔明，並他叔父孔賓一家老小，便教救滅了火，把慕容知府一家老幼，盡皆斬首，抄扎家私，分諸眾軍。

　　天明，計點在城百姓被火燒之家，給散糧米救濟。把府庫金帛，倉廒米糧，裝載五六百車；又得了二百餘匹好馬；就青州府裡，做個慶喜筵席，請三山頭領同歸大寨。李忠、周通，使人回桃花山盡數收拾人馬錢糧下山，放火燒毀寨柵。魯智深也使施恩、曹正回二龍山與張青、孫二娘收拾人馬錢糧，也燒了寶珠寺寨柵。數日之間，三山人馬都皆完備。宋江領了大隊人馬，班師回山。先叫花榮、秦明、呼延灼、朱仝，四將開路。所過州縣，分毫不擾。鄉村百姓，扶老挈幼，燒香羅拜迎接。數日之間，已到梁山泊邊。眾多水軍頭領具舟迎接。晁蓋引領山寨馬步頭領，都在金沙灘迎接，直到大寨，向聚義廳上，列位坐定。大排筵席，慶賀新到山寨頭領。呼延灼、魯智深、楊志、武松、施恩、曹正、張青、孫二娘、李忠、周通、孔明、孔亮，共十二位新上山頭領。坐間，林沖說起相謝魯智深相救一事。魯智深動問道：「洒家自與教頭別後，無日不念阿嫂，近來有信息否？」林沖道：「自火併王倫之後，使人回家搬取老小，已知拙婦被高太尉所逼，隨即自縊而死。妻父亦為憂疑，染病而亡。」楊志舉起舊日王倫手內山前相會之事。眾人皆道：「此皆注定，非偶然也！」晁蓋說起黃泥岡劫取生辰綱一事，眾皆大笑。次日輪流做筵席，不在話下。

且說宋江見山寨又添了許多人馬，如何不喜，便叫湯隆做鐵匠總管，提督打造諸般軍器並鐵葉連環甲等；侯健管做旌旗袍服總管，添造三才、九曜、四斗、五方、二十八宿等旗，飛龍、飛虎，飛熊、飛豹旗，黃鉞金白旄，朱纓皂蓋。山邊四面築起墩臺，重造西路二處酒店，招接往來上山好漢，一就探聽飛報軍情。山西路酒店，今令張青、孫二娘夫妻二人，原是酒家，前去看守；山南路酒店，仍令顧大嫂夫婦看守；山東路酒店依舊朱貴、樂和；山北路酒店還是李立、時遷。三關上添造寨柵，分調頭看守，部領已定，各各遵依，不在話下。

忽一日，花和尚魯智深來對宋江道：「智深有個相識，是李忠兄弟徒弟，喚叫九紋龍史進，現在華州華陰縣少華山上，和那一個神機軍師朱武，又有一個跳澗虎陳達，一個白花蛇楊春，四個在那裡聚義。洒家常思念他。自從瓦官寺與他別了，無一日不在心上。今洒家要去那裡探望一遭，就取他四個同來入夥，未知尊意如何？」宋江道：「我也曾聞得史進大名，若得吾師請他來，最好。雖然如此，不可獨自行，可煩武松兄弟相伴走一遭：他是行者，一般出家人。正好同行。」武松應道：「我和師兄去。」當日便收拾腰包行李。魯智深只做禪和子打扮，武松粧做隨侍行者。兩個相辭了眾頭領下山，過了金沙灘，曉行夜住，不止一日，來到華州華陰縣界，逕投少華山來。

且說宋江自魯智深、武松去後，一時容他下山，常自放心不下；便喚神行太保戴宗隨後跟來，探聽消息。再說魯智深兩個來到少華山下，伏路小嘍囉出來攔住，問道：「你兩個出家人那裡來？」武松便答道：「這山上有史大官人麼？」小嘍囉說道：「既是要尋史大王的，且在這裡少等。我上山報知，頭領便下來迎接。」武松道：「你只說魯智深到來相探。」小嘍囉去不多時，只見神機軍師朱武，並跳澗虎陳達、白花蛇楊春，三個下山來接魯智深、武松，卻不見有史進。魯智深便問道：「史大官人在那裡？卻如何不見他？」朱武近前上覆道：「吾師不是延安府魯提轄麼？」魯智深道：「洒家便是。這行者便是景陽岡打虎都頭武松。」三個慌忙翦拂道：「聞名久矣！聽知二位在二龍山紮寨，今日緣何到此？」魯智深道：「我們如今不在二龍山了，投托梁山泊宋公明大寨入夥，今者特來尋史大官人。」朱武道：「既是二位到此，且請到山寨中，容小可備細告訴。」魯智深道：「有話便說。史家兄弟又不見，誰鳥耐煩到你山上去！」武松道：「師兄是個急性的人，有話便說甚好。」朱武道：「小人等三個在此山寨，自從史大官人上山以後，好生興旺。近日史大官人下山，因撞見一個畫匠，原是北京大名府人氏，姓王名義；因許下西嶽華山金天聖帝廟內裝畫影壁，前去還願。因為帶將一個女兒，名喚玉嬌枝同行，卻被本州賀太守，原是蔡太師門人；那廝為官貪濫，非理害民。一日因來廟裡行香，不想見了玉嬌枝有些顏色，累次著人來說，要取他為妾。王義不從，太守將他女兒強奪了去，卻把王義刺配遠惡軍州。路過這裡，正撞見史大官人，告說這件事。史大官人把王義救在山上，將兩個防送公人殺了，直去府裡要刺賀太守；被人知覺，倒吃拿了，見監在牢裡。又要聚起軍馬，掃蕩山寨。我等正在這裡無計可施。」魯智深聽了道：「這撮鳥敢如此無禮，倒恁麼利害！洒家便去結果了那廝！」朱武道：「且請二位到寨裡商議。」魯智深立意不肯。武松一手挽住禪杖，一手指著道：「哥哥不見日色已到樹梢盡頭？」魯智深看一看，吼了一聲，憤著氣，只得都到山寨裡坐下。朱武便叫王義出來拜見，再訴太守貪酷害民，強占良家女子。三人一面殺牛宰馬，款待魯智深、武松。

魯智深道：「史家兄弟不在這裡，酒是一滴不吃！要便睡一夜，明日卻去州裡打死那廝罷！」武松道：「哥哥不得造次。我和你星夜回梁山泊去，報宋公明，領大隊人馬來打華州，方可救得史大官人。」魯智深叫道：「等我們去山寨裡叫得人來，史家兄弟性命不知那裡去了！」武松道：「便打殺了太守，也怎地救得史大官人？武松卻決不肯放哥哥去。」朱武又勸道：「師兄且息怒。武都頭實論得是。」魯智深焦躁起來，便道：「都是你這般性慢，直娘賊送了我史家兄弟！只今性命在他人裡，還要飲酒細商！」眾人那裡勸得他呷一半盞。當晚和衣歇宿，明早起個四更，提了禪杖，帶了戒刀，不知那裡去了。武松道：「不聽人說，此去必然有失。」朱武隨即差兩個精細小嘍囉，前去打聽消息。

卻說魯智深奔到華州城裡，路傍借問州衙在那裡。人指道：「只過州橋，投東便是。」魯智深卻好來到浮橋上，只見人都道：「和尚且躲一躲，太守相公過來！」魯智深道：「我正要尋他，卻正好撞在洒家手裡！那廝多敢是當死！」賀太守頭踏一對對擺將過來，看見太守那乘轎子，卻是暖轎。轎窗兩邊，各有十個虞候簇擁著，人人手執鞭槍鐵鍊，守護兩下，魯智深看了尋思道：「不好打那撮鳥；若打不著，倒吃他笑！」賀太守卻在轎窗眼裡，看見了魯智深欲進不進，過了渭橋，到府中下了轎，便叫兩個虞候吩咐道：「你與我去請橋上那個胖大和尚到府裡赴齋。」虞候領了言語，來到橋上，對魯智深道：「太守相公請你赴齋。」魯智深想道：「這廝合當死在洒家手裡！我卻才正要打他，只怕打不著，讓他過去了。我要尋他，他卻來請洒家！」魯智深便隨了虞候逕到府裡。太守已自吩咐下了，一見魯智深進到廳前，太守叫放了禪杖，去了戒刀，請後堂赴齋。魯智深初時不肯。眾人說道：「你是出家人，好不曉事！府堂深處，如何許你帶刀杖入去？」魯智深想道：「只我兩個拳頭也打碎了那廝腦袋！」廊下放了禪杖、戒刀，跟虞候入來。賀太守正在後堂，把手一招，喝聲：「捉下這禿賊！」兩邊壁衣內，走出三四十個做公的來，橫拖倒拽，捉了魯智深。你便是哪吒太子，怎逃地網天羅？火首金剛，難脫龍潭虎窟！正是：

飛蛾投火身傾喪，蝙蝠遺竿命必傷。

畢竟魯智深被賀太守拿下，性命如何？且聽下回分解。

第五十九回　吳用賺金鈴吊掛　宋江鬧西嶽華山

話說賀太守把魯智深賺到後堂內，喝聲：「拿下。」眾多做公的，把魯智深簇擁到廳階下。太守喝道：「你這禿驢，從那裡來？」魯智深應道：「洒家有甚罪犯？」太守道：「你只實說，誰教你來刺我？」魯智深道：「俺是出家人，你卻如何問俺這話？」太守喝道：「卻才見你這禿驢，意欲要把禪杖打我轎子，卻又思量，不敢下手。你這禿驢好好招了。」魯智深道：「洒家又不曾殺你，你如何拿住洒家，妄指平人？」太守喝罵：「幾曾見出家人自稱洒家。這禿驢必是個關西五路打家劫舍的強盜，來與史進那廝報仇，不打如何肯招？左右好生加力打那禿驢！」魯智深大叫道：「不要打傷老爺。我說與你，俺是梁山泊好漢花和尚魯智深。我死倒不打緊，洒家的哥哥宋公明得知，下山來時，你這顆驢頭趁早兒都砍了送去。」賀太守聽了大怒，把魯智深拷打了一回，教取面大枷來釘了，押下死囚牢裡去；一面申聞都省，乞請明降。禪杖、戒刀封入府堂裡去了。

此時鬧動了華州一府。小嘍囉得了這個消息，飛報上山來。武松大驚道：「我兩個來華州幹事，折了一個，怎地回去見眾頭領！」正沒理會處，只見山下小嘍囉報道：「有個梁山泊差來的頭領，喚做神行太保戴宗，現在山下。」武松慌忙下來，迎接上山，和朱武等三人都相見了，訴說魯智深不聽勸諫失陷一事。戴宗聽了，大驚道：「我不可久停了！就便回梁山泊，報與哥哥知道，早遣兵將前來救取！」武松道：「小弟在這裡專等，萬望兄長早去急來！」戴宗吃了些素食，作起神行法。再回梁山泊來；三日之間，已到山寨。見了晁、宋二頭領，訴說魯智深因救史進，要刺賀太守，被陷一事。晁蓋聽罷，失驚道：「既然兩個兄弟有難，如何不救！我今不可耽擱，便親去走一遭！」宋江道：「哥哥山寨之主，未可輕動，原只兄弟代哥哥去。」當日點起人馬，作三隊而行：前軍點五員先鋒，林沖、楊志、秦明、呼延灼，吊領一千甲馬，二千步軍先行，逢山開路，遇水疊橋；中軍領兵主將宋公明，軍師吳用、朱仝、徐寧、解珍、解寶，共是六個頭領，馬步軍兵二千；後軍主掌糧草，李應、楊雄、石秀、李俊、張順，共是五個頭領押後，馬步軍兵二千：共計七千人馬，離了梁山泊，直取華州來。在路趲行，不止一日，早過了半路，先使戴宗去報少華山上。朱武等三人，安排下豬羊牛馬，釀造下好酒等候。

再說宋江軍馬三隊都到少華山下，武松引了朱武、陳達、楊春三人下山拜請宋江、吳用並眾頭領都到山寨裡坐下。宋江備問城中之事。朱武道：「兩個頭領已被賀太守監在牢裡，只等朝廷降發落。」宋江與吳用說道：「怎地定計去救取便好？」朱武道：「華州城郭廣闊，濠溝深遠，急切難打；只除非得裡應外合，方可取得。」吳學究道：「明日且去城邊看那城池如何，卻再商量。」宋江飲酒到晚，巴不得天明，要去看城。吳用諫道：「城中監著兩隻大蟲在牢裡，如何不做提備？白日不可去看。今夜月色必然明朗，申牌前後下山，一更時分可到那裡窺望。」當日捱到午後，宋江、吳用、花榮、秦明、朱仝，共是五騎下山，迤邐前行。初更時分，已到華州城外；在山坡高處，立馬望華州城裡時，正是二月中旬天氣，月華如晝，天上無一片雲彩。看見華州周圍有數座城門，城高地壯，塹壕深闊。看了半晌，遠遠地也便望見那西嶽華山。端的是好座名山，但見：

峰名仙掌，觀隱雲臺。上連玉女洗頭盆，下接天河分派水。乾坤皆秀，尖峰仿佛接雲根；山嶽推尊，怪石巍峨侵斗柄。青如澄黛，碧若浮藍。張僧繇妙筆畫難成，李龍眠天機描不就。深沈洞府，月光飛萬道金霞；崒嵂岩崖，日影動千條紫焰。旁人遙指，雲池波內藕如船；故老傳聞，玉井水中花十丈。巨靈神忿怒，劈開山頂逞神通；陳處士清高，結就茅庵來盹睡。千古傳名推華嶽，萬年香火祀金天。

宋江等見城池厚壯，情勢堅牢，無計可施。吳用道：「且回寨裡去，再作商議。」五騎連夜回到少華山上。宋江眉頭不展，面帶憂容。吳學究道：「且差十數個精細小嘍囉，下山去遠近探聽消息。」兩日內，忽有一人上山來報道：「如今朝廷差個殿司太尉，將領御賜金鈴吊掛來西嶽降香，從黃河入渭河而來。」吳用聽了，便道：「哥哥休憂，計在這裡了！」便叫李俊、張順：「你兩個與我如此如此而行。」李俊道：「只是無人識得地境，得一個引領路道最好。」白花蛇楊春便道：「小弟相幫同去，如何？」宋江大喜。三個下山去了。

次日，李應、朱仝、呼延灼、花榮、秦明、徐寧，共七個人，悄悄只帶五百餘人下山。到渭河渡口，李俊、張順、楊春已奪下十餘隻大船在彼。吳用便叫花榮、秦明、徐寧、呼延灼，四個伏在岸上；宋江、吳用、朱仝、李應，下在船裡；李俊、張順、楊春分船都去灘頭藏了。眾人等了一夜。次日天明，聽得遠遠地鑼鳴鼓響，三隻官船下來，船上插著一面黃旗，上寫「欽奉聖旨西嶽降香太尉宿元景」。宋江看了，心中暗喜道：「昔日玄女有言，『遇宿重重喜』，今日既見此人，必有主意。」太尉官船將近河口，朱仝、李應各執長槍，立在宋江背後。吳用立在船頭。太尉船到，當港截住。船裡走出紫衫銀帶虞候二十餘人，喝道：「你等甚麼船隻，敢當港攔截大臣！」宋江執著骨朵，躬身聲喏。吳學究立在船頭上，說道：「梁山泊義士宋江，謹參祇候。」船上客帳司出來答道：「此是朝廷太尉，奉聖旨去西嶽降香。汝等是梁山泊亂寇，何故攔截？」宋江躬身不起。船頭上吳用道：「我們義士，只要求見太尉尊顏，有告覆的事。」客帳司道：「你等是何人，敢造次要見太尉。」兩邊虞候喝道：「低聲！」宋江卻躬身不起。

船頭上吳用道：「暫請太尉到岸上，自有商量的事。」客帳司道：「休胡說！太尉是朝廷命臣，如何與你商量！」宋江立起身來道：「太尉不肯相見，只怕孩兒們驚了太尉。」朱仝把槍上小號旗只一招動，岸下花榮、秦明、徐寧、呼延灼引出軍馬，一齊搭上弓箭，都到河，擺列在岸上。那船上梢公都驚得鑽入船艙裡去了。客帳司人慌了，只得入去稟覆。宿太尉只得出到船頭坐定。宋江又躬拜唱喏，道：「宋江等不敢造次。」宿太尉道：「義士何故如此邀截船隻？」宋江道：「某等怎敢邀截太尉？只欲求太尉上岸，別有稟覆。」宿太尉道：「我今特奉聖旨，自去西嶽降香，與義士有何商議？朝廷大臣如何輕易登岸！」船頭上吳用道：「太尉若不肯時，只怕下面伴當亦不相容。」李應把號帶槍一招，李俊、張順、楊春，一齊撐出船來。宿太尉看見大驚。李俊、張順明晃晃掣出尖刀在手，早跳過船來，手起先把兩個虞候丟下水裡去。宋江忙喝道：「休得胡做，驚了貴人！」李俊、張順撲通地跳下水去，早把這兩虞候又送上船來；自己兩個也便托地又跳上船來。嚇得宿太尉魂不著體。宋江、吳用一齊喝道：「孩兒們且退去！休驚著貴人！我慢慢地請太尉登岸。」宿太尉道：「義士有甚事，就此說不妨。」宋江、吳用道：「這裡不是話說處，謹請太尉到山寨告稟，並無損害之心，若懷此念，西嶽神靈誅滅！」到此時候，不容太尉不上岸，宿太尉只得離船上岸。

眾人在樹林裡牽出一匹馬來，扶策太尉上馬，不得已，隨眾同行。宋江、吳用先叫花榮、秦明、陪奉太尉上山。宋江、吳用也上了馬，吩咐教把船上一應人等並御香、祭物、金鈴吊掛齊齊收拾上山；只留下李俊、張順，帶領一百餘人看船。一行眾頭領都到山上。宋江、吳用下馬入寨，把宿太尉扶在聚義廳上當中坐定，兩邊眾頭領拔刀侍立。宋江獨自下了四拜，跪在面前，告稟道：「宋江原是鄆城小吏，為被官所逼，不得已哨聚山林，權借梁山泊避難，專等朝廷招安，與國家出力。今有兩個兄弟，無事被賀太守生事陷害，下在牢裡。欲借太尉御香、儀從並金鈴吊掛，去賺華州，事畢並還，於太尉身上並無侵犯。乞太尉鈞監。」宿太尉道：「不爭你將了御香等物去，明日事露，須連累下官！」宋江道：「太尉回京，都推在宋江身上便是了。」宿太尉看了那一班模樣，怎地推托得，只得應允了。宋江執盞擎杯，設筵拜謝；就把太尉帶來的人，穿的衣服都借穿了；於小嘍囉內，選揀一個俊俏的，剃了髭鬚，穿了太尉的衣服，扮作宿元景；宋江、吳用扮作客帳司；解珍、解寶、楊雄、石秀，扮作虞候；小嘍囉都是紫衫銀帶。執著旌節、旗幡、儀杖、法物，擎抬了御香、祭禮、金鈴吊掛；花榮、徐寧、朱仝、李應，扮作四個衛兵。朱武、陳達、楊春款住太尉並跟隨一應人等，置酒款待；卻教秦明、呼延灼引一隊人馬，林沖、楊志引一隊人馬，分作兩路取城；教武松先去西嶽門下伺候，只聽號起行事。

話休絮繁。且說一行人等，離了山寨，逕到河口下船而行，不去報與華州太守，一逕奔西嶽廟來。戴宗先去報知雲臺觀主，並廟裡職事人等。直到船邊，迎接上岸。香花燈燭，幢幡寶蓋，擺列在前；先請御香上了香亭，廟裡人夫扛抬了，導引金鈴吊掛前行。觀主拜見了太尉。吳學究道：「太尉一路染病不快，且把暖轎來。」左右人等扶策太尉上轎，逕到嶽廟官廳內歇下。客帳司吳學究對觀主道：「這是特奉聖旨，齎捧御香，金鈴吊掛，來與聖帝供養；緣何本州官員輕慢，不來迎接？」觀主答道：「已使人去報了。敢是便到。」

說猶未了，本州先使一員推官，帶領做公的五七十人，將著酒果，來見太尉。原來那小嘍囉，雖然模樣相似，卻語言發放不得；因此只教粧做染病，把靠褥圍定在床上坐。推官一眼看那來的旌節，門旗，牙杖等物都是內府製造出的，如何不信。客帳司匆匆入去稟覆了兩遭，卻引推官入去，遠遠地階下參拜了，見那太尉只把手指，並不聽得說甚麼。客帳司直走下來，埋怨推官道：「太尉是天子前近幸大臣，不辭千里之遙，特奉聖旨到此降香，不想於路染病未痊；本州眾管，如何不來遠接！」推官答道：「前路官司雖有文書到州，不見近報，因此有失迎迓，不期太尉先到廟裡。本是太守便來，奈緣少華山賊人糾合梁山泊強盜，要打城池，每日在彼提防；以此不敢擅離，特差小官先來貢獻酒禮。太守隨後便來參見。」客帳司：「太尉涓滴不飲，只叫太守快來商議行禮。」推官隨即教取酒來，與客帳司親隨人把盞了。客帳司又入去稟一遭，請了鑰匙出來，引著推官去開了鎖，就香帛袋中取出那御賜金鈴吊掛來，把條竹竿叉起，叫推官仔細自看。果然好一對金鈴吊掛！但見：

渾金打就，五彩妝成。雙懸纓絡金鈴，上掛珠璣寶蓋。黃羅密布，中間八爪玉龍盤；紫帶低垂，外壁雙飛金鳳遞。對嵌珊瑚瑪瑙，重圍琥珀珍珠。碧琉璃掩映絳紗燈，紅菡萏參差青翠葉。堪宜金屋瓊樓掛，雅稱瑤臺寶殿懸。

這一封金鈴吊掛，乃是東京內府高手匠做成的，渾是七寶珍珠嵌造，中間點著碗紅紗燈籠，乃是聖帝殿上正中掛的。不是內府降來，民間如何做得？客帳司叫推官看了，再收入櫃匣內鎖了；又將出中書省許多公文付與推官；便叫太守快來商議揀日祭祀。推官和眾多做公的都見了許多物件文憑，便辭了客帳司，逕回到華州府裡來報賀太守。

卻說宋江暗暗地喝采道：「這廝雖然奸猾，也騙得他眼花心亂了！」此時武松已在廟門下了。吳學究又使石秀藏了尖刀，也來廟門下相幫武松行事；卻又喚戴宗扮虞候。雲臺觀主進獻素齋，一面教執事人等安排鋪陳嶽廟。宋江閒步看那西嶽廟時，果然是蓋造得好；殿宇非凡，真乃人間天上！宋江看了一回，回至官廳前。門上報道：「賀太守來也。」宋江便叫花榮、徐寧、朱仝、李應，四個衛兵，各執著器械，分列在兩旁；解珍、解寶、楊雄、戴宗各藏暗器，侍立在左右。

卻說賀太守將領三百餘人，來到廟前下馬，簇擁入來。客帳司吳學究、宋江，見賀太守帶著三百餘人，都是帶刀公吏人等入來。客帳司喝道：「朝廷貴人在此，閒雜人不許近前！」眾人立住了腳，賀太守獨自進前來拜見。客帳司道：「太尉教請太守入來廝見。」賀太守入到官廳前，望著小嘍囉拜。客帳司道：「太守，你知罪麼？」太守道：「賀某不知太尉到來，伏乞恕罪！」客帳司道：「太尉奉敕到此西嶽降香，如何不來遠接？」太守答道：「不曾有近報到州，有失迎迓。」吳學究喝聲：「拿下。」解珍、解寶弟兄兩個颼地掣出短刀，一腳把賀太守踢翻，便割了頭。宋江喝道：「兄弟們動手！」早把那跟來的人三百餘個，驚得呆了，正走不動，花榮等一齊向前，把那一干人，算子般都倒在地下，有一半搶出廟門下。武松、石秀，舞刀殺將入來，小嘍囉四下趕殺，三百餘人不剩一個回去；續後到廟來的都被張順、李俊殺了。宋江急叫收了御香吊掛下船；都趕到華州時，早見城中兩路火起；一齊殺將入來，先去牢中救了史進、魯智深。就打開庫藏，取了財帛，裝載上車。魯智深逕奔後堂，取了戒刀、禪杖。玉嬌枝早已投井而死。眾人離了華州，上船回到少華山上，都來拜見宿太尉，納還御香、金鈴吊掛、旌旗、門旗、儀仗等物，拜謝了太尉恩相。宋江教取一盤金銀相送太尉；隨從人等，不分高低，都與了金銀；就山寨裡做了個送路筵席，謝承太尉。眾頭領直送下山，到河口交割了一應什物船隻，一些不少，還了原來的人等。

宋江謝別了宿太尉，回到少華山上，便與四籌好漢商議收拾山寨錢糧，放火燒了寨柵。一行人等，軍馬糧草，都望梁山泊來。王義自齎發盤纏，投奔別處不提。且說宿太尉下船來華州城中，已知梁山泊賊人殺死軍兵人馬，劫了府庫錢糧；城中殺死軍校一百餘人，馬匹盡皆擄去；西嶽廟中又殺了許多人性命；便叫本州推官動文書申達中書省起奏，都做「宋江在途中劫了御香、吊掛；因此賺知府到廟，殺害性命。」宿太尉到廟裡焚了御香，把這金鈴吊掛吩咐與了雲臺觀主，星夜急急自回京師奏知此事，不在話下。

再說宋江救史進、魯智深，帶了少華山四個好漢，仍舊作三隊分人馬，回梁山泊來；所過州縣，秋毫無犯。先使戴宗前來上山報知。晁蓋並眾頭領下山迎接宋江等，一同到山寨裡聚義廳上，都相見已罷，一面做慶喜筵席。次日，史進、朱武、陳達、楊春，各以己財做筵宴，拜謝晁、宋二公。酒席間，晁蓋說道：「我有一事，為是公明賢弟連日不在山寨，只得權時擱起；昨日又是四位兄弟新到，不好便說出來。三日前，有朱貴上山報說：徐州沛縣芒碭山中，新有一夥強人，聚集著三千人馬。為頭一個先生，姓樊名瑞，綽號混世魔王；能呼風喚雨，用兵如神。手下兩個副將：一個姓項名充，綽號八臂哪吒，能仗一面團牌，牌上插飛刀二十四把，百步取人，無有不中，手中仗一條鐵標槍；又有一個姓李名袞，綽號飛天大聖，也使一面團牌，牌上插標槍二十四根，亦能百步取人，無有不中，手中使一口寶劍。這三個結為兄弟，占住芒碭山，打家劫舍。三個商量了，要來吞併我梁山泊大寨。」

宋江聽了，大怒道：「這賊怎敢如此無禮！小弟便再下山走一遭！」只見九紋龍史進便起身道：「小弟等四個初到大寨，無半米之功，情願引本部人馬前去收捕這夥強人！」宋江大喜。當下史進點起本部人馬，與朱武、陳達、楊春都披掛了，來辭宋江下山，把船渡過金沙灘，上路逕奔芒碭山來。三日之內，早望見那座山。乃是昔日漢高祖斬蛇起義之處。不一時，來到山下，早有伏路小嘍囉上山報知。且說史進把少華山帶來的人馬一字擺開，自己全身披掛，騎一匹火炭赤馬，當先出陣，怎見得史進的英雄，但見：

久在華州城外住，出身原是莊農，學成武藝慣心胸。三尖刀似雪，渾赤馬如龍。體掛連環鑌鐵鎧，戰袍鳳颭猩紅，雕青鐫玉更玲瓏。江湖稱史進，綽號九紋龍。

手中橫著三尖取兩刃刀；背後三個頭領。中間的便是神機軍師朱武。那人原是定遠縣人氏，平生足智多謀，亦能使兩口雙刀，出到陣前，亦有八句詩單道朱武好處：

道服裁棕葉，雲冠剪鹿皮。
臉紅雙眼俊，面目細髯垂。
智可張良比，才將范蠡欺。
今堪副吳用，朱武號神機。

上首馬上坐著一籌好漢，手中橫著一條出白點鋼槍，綽號跳澗虎陳達，原是鄴城人氏。當時提槍躍馬，出到陣前，也有一首詩單道著陳達好處：

每見力人能虎跳，亦知猛虎跳山溪。
果然陳達人中虎，躍馬騰槍奮鼓鼙。

下首馬上坐著一籌好漢，手中使一口大桿刀，綽號白花蛇楊春，原是解良縣蒲城人氏。當下挺刀立馬，守住陣門，也有一首詩單題楊春的好處：

楊春名姓亦奢遮，劫客多年在少華。
伸臂展腰長有力，能吞巨象白花蛇。

四個好漢，勒馬陣前，望不多時，只見芒碭山上，飛下一彪人馬來，當先兩個好漢：為頭馬個便是徐州沛縣人，姓項名充，果然使一面團牌，背插飛刀二十四把，右手仗條標槍；後面打著一面認軍旗，上書『八臂哪吒』四個大字。步行下山。有八句詩單題項充：

鐵帽深遮頂，銅環半掩腮。
傍牌懸獸面，飛刃插龍胎。
腳到如風火，身先降禍災。
哪吒號八臂，此是項充來。

次後那個便是邳縣人，姓李名袞！果然也使一面團牌，背插二十四把標槍；左手把牌，右手仗劍；後面打著『飛天大聖』四個大字。出到陣前。有八句詩單道李袞：

纓蓋盔兜頂，袍遮鐵掩襟。
胸藏拖地膽，毛蓋殺人心。
飛刃齊攢玉，蠻牌滿畫金。
飛天號大聖，李袞眾人欽。

小嘍囉篩起鑼來，兩個好漢舞動團牌，一齊上，直滾入陣來。史進等攔擋不住，後軍先走。

史進前抵敵，朱武等中軍吶喊，退三四十里。史進險些兒中了飛刀；楊春轉身得遲，被一飛刀，戰馬著傷，棄了馬，逃命而走。史進點軍，折了一半，和朱武等商議，欲要差人回梁山泊求援。正憂疑之間，只見軍士來報：「北邊大路上塵頭起處，約有二千軍馬到來！」史進等上馬望時，卻是梁山泊旗號，當先馬上兩員上將：一個是小李廣花榮，一個是金槍手徐寧。史進接著，備說項充、李袞蠻牌滾動，軍馬遮攔不住。花榮道：「宋公明哥哥見兄長來了，放心不下，好生懊悔，特差我兩個到來幫助。」史進等大喜，合兵一處下寨。

次日天曉，正欲起兵對敵，軍士又報：「北邊大路上又有軍馬到來！」花榮、徐寧、史進一齊上馬望時，卻是宋公明親自和軍師吳學究、公孫勝、柴進、朱仝、呼延灼、穆弘、孫立、黃信、呂方、郭盛，帶領三千人馬來到。史進備說項充、李袞、飛刀標槍滾牌難近，折了人馬一事。宋江大驚。吳用道：「且把軍馬紮下寨柵，別作商議。」宋江性急，便要起兵剿捕，直到山下。此時天色已晚，望見芒碭山下都是青色燈籠。公孫勝看了，便道：「此寨中青色燈籠，便是會行妖法之人在內。我等且把軍馬退去，來日貧道獻一個陣法，要捉此二人。」宋江大喜，傳令教軍馬且退二十里，紮住營寨。次日清晨，公孫勝獻出這個陣法，有分教：魔王拱手上梁山，神將傾心歸水泊。畢竟公孫勝獻出甚麼陣法？且聽下回分解。

第六十回　公孫勝芒碭山降魔　晁天王曾頭市中箭

話說公孫勝對宋江、吳用獻出那個陣圖，道：「便是漢末三分，諸葛孔明擺石為陣之法：四面八方，分八八六十四隊，中間大將居之。左旋右轉，按天地風雲之機，龍虎鳥蛇之狀；待他下山衝入陣來，兩軍齊開，有如伺候；等他一入陣，只看七星號帶起處，把陣變為長蛇之勢。貧道作起道法，教這三人在陣中，前後無路，左右無門。卻於坎地上掘一陷坑，直逼此三人到於那裡。兩邊埋伏下撓鉤手，準備捉將。」宋江聽了大喜，便傳將令，叫大小將校依令而行。再用八員猛將守陣。那八員：呼延灼、朱仝、花榮、徐寧、穆弘、孫立、史進、黃信。卻教柴進、呂方、郭盛權攝中軍。宋江、吳用、公孫勝帶領陳達麾旗。叫朱武指引五個軍士，在近山高坡上看對陣報事。是日巳牌時分，眾軍近山擺開陣勢，搖旗擂鼓搦戰。

只見芒碭山下有三二十面鑼聲震地價響。三個頭領一齊來到山下，便將三千餘人擺開：左右兩邊，項充、李袞；中間馬上，擁出那個為頭的好漢，姓樊名瑞，祖貫濮州人氏。幼年作全真先生，江湖上學得一身好武藝。馬上慣使一個流星鎚，神出鬼沒，斬將搴旗。人不敢近，綽號混世魔王。怎見得樊瑞英雄，有西江月為證：

頭散青絲細髮，身穿絨繡皂袍，連環鐵甲晃寒霄，慣使銅錘神妙。好似北方真武，世間伏怪除妖，雲遊江海把名標，混世魔王綽號。

那個混世魔王樊瑞騎一匹黑馬，立於陣前。上首是項充，下首是李袞。那樊瑞雖會使些妖法，卻不識陣勢；看了宋江軍馬，四面八方，團團密密，心中暗喜道：「你若擺陣，中我計了！」吩咐項充、李袞：「若見風起，你兩個便引五百滾刀手殺入陣去。」項充、李袞得令，各執定蠻牌，挺著標槍飛劍，只等樊瑞作法。只見樊瑞立在馬上，挽定流星銅鎚，右手仗著混世魔王寶劍，口中念念有詞，喝聲道：「疾！」卻早狂風四起，飛沙走石；天昏地暗，日色無光。項充、李袞吶喊聲，帶了五百滾刀手殺將過去。宋江軍馬見殺將過來，便分開做兩下。項充、李袞一攪入陣，兩下裡強弓硬弩射住，來人只帶得四五十人入來，其餘的回本陣去了。宋江望見項充、李袞已入陣裡，便叫陳達把七星號旗只一招，那座陣勢，紛紛滾滾，變作長蛇之陣。項充、李袞正在陣裡，東趕西走，左盤右轉，尋路不見。高坡上，朱武把小旗在那裡指引：他兩個投東，朱武便望東指；若是投西，便望西指。原來公孫勝在高處看了，已先拔出那松文古定劍來，口中念動咒語，喝聲道：「疾！」便借著那風，盡隨著項充、李袞腳邊亂捲。兩個在陣中，只見天昏地暗，日色無光，四邊並不見一個軍馬，一望都是黑氣，後面跟的都不見了。項充、李袞心慌起來，只要奪路出陣，百般地尋歸路處。正走之間，忽然地雷大震一聲，兩個在陣叫苦不迭，一齊蹉了雙足，翻筋斗攧陷馬坑裡去。兩邊撓鉤手，早把兩個將起來，便把麻繩綁縛了，解上山坡請功。宋江把鞭梢一指，三軍一齊掩殺過去。樊瑞引軍馬奔走上山，三千人馬，折了大半。宋江收軍，眾頭領都在帳前坐下。

軍健早解項充、李袞到於麾下。忙叫解了繩索，親自把盞，說道：「二位壯士，其實休怪，臨敵之際，不如此不得，小可宋江久聞三位壯士大名，欲來拜請上山，同聚大義；蓋因不得其便，因此錯過。倘若不棄，同歸山寨，不勝萬幸。」兩個聽了，拜伏在地，道：「久聞及時雨大名，只是小弟等無緣，不曾拜識。原來兄長果有大義！我等兩個不識好人，要與天地相拗；今日既被擒獲，萬死尚輕，反以禮待。若蒙不殺，誓當效死報答大恩。樊瑞那人，無我兩個如何行得？義士頭領，若肯放我們一個回去，就說樊瑞來投拜，不知頭領尊意如何？」宋江便道：「壯士不必留一人在此為當。便請兩個回貴寨。宋江來日傳候佳音。」兩個拜謝道：「真乃大丈夫！若是樊瑞不從投降，我等擒來，奉獻頭領麾下。」

宋江聽說大喜，請入中軍，待了酒食，換了兩套新衣，取兩匹好馬，呼小嘍囉拿了槍牌，親送二人下坡回寨。兩個於路，在馬上感恩不盡；來到芒碭山下，小嘍囉見了大驚，接上山寨。樊瑞問兩個來意如何。項充、李袞道：「我逆天之人。合該萬死！」樊瑞道：「兄弟，如何說話？」兩個便把宋江如此義氣說了一遍。樊瑞道：「既然宋公明如此大義，我等不可逆天，來早都下山投拜。」兩個道：「我們也為如此而來。」當夜把寨內收拾已了，次日天曉，三個一齊下山，直到宋江寨前，拜伏在地。宋江扶起三人，請入帳中坐定。三個見了宋江，沒半點相疑，彼此傾心吐膽，訴說平生之事。三人拜請眾頭領都到芒碭山寨中，殺牛宰馬，款待宋公明等眾多頭領，一面賞勞三軍。飲宴已罷，樊瑞就拜公孫勝為師。宋江立主教公孫勝傳授五雷天心正法與樊瑞。樊瑞大喜，數日之間，牽牛拽馬，捲了山寨錢糧，馱了行李，收聚人馬，燒毀了寨柵，跟宋江等班師回梁山泊，於路無話。

宋江同眾好漢軍馬已到梁山泊邊，卻欲過渡，只見蘆葦岸邊大路上，一個大漢望著宋江便拜。宋江慌忙下馬扶住，問道：「足下姓甚名誰？何處人氏？」那漢答道：「小人姓段，雙名景住。人見小人赤髮黃鬚，都喚小人為『金毛犬』。祖貫是涿州人氏。生平只靠去北邊地面盜馬。今春去到槍竿嶺北邊，盜得一匹好馬，雪練也似價白，渾身並無一根雜毛。頭至尾長一丈，蹄至脊高八尺。那馬一日能行千里，北方有名，喚做『照夜玉獅子馬』，乃是大金王子騎坐的，放在槍竿嶺下，被小人盜得來。江湖上只聞及時雨大名，無路可見，欲將此馬前來進獻與頭領，權表我進身之意。不期來到凌州西南上曾頭市過，被那『曾家五虎』奪去了。小人稱說梁山泊宋公明的，不想那廝多有污穢的言語，小人不敢盡說。逃走得脫，特來告知。」宋江看這人時，雖是骨瘦形粗，卻甚生得奇怪。怎見得，有詩為證：

焦黃頭髮髭鬚捲，捷足不辭千里遠。
但能盜馬不看家，如何喚做金毛犬？

宋江見段景住一表非俗。心中暗喜，便道：「既然如此，且回到山寨裡商議。」帶了段景住，一同都下船，到金沙灘上岸。晁天王並眾頭領接到聚義廳上。宋江教樊瑞、項充、李衮和眾頭領相見。段景住一同都參拜了。打起聒廳鼓來，且做慶賀筵席。宋江見山寨連添了許多人馬，四方豪傑望風而來，因此叫李雲、陶宗旺監工，添造房屋並四邊寨柵。段景住又說起那匹馬的好處，宋江叫神行太保戴宗，去曾頭市探聽那匹馬的下落。

戴宗去了四五日，回來對眾頭領說道：「這個曾頭市上共有三千餘家。內有一家喚做曾家府。這老子原是大金國人，名為曾長者，生下五個孩兒，號為曾家五虎：大的兒子喚做曾塗，第二個喚做曾密，第三個喚做曾索，第四個喚做曾魁，第五個喚做曾升，又有一個教師史文恭，一個副教師蘇定。去那曾頭市上，聚集著五七千人馬，紮下寨柵，造下五十餘輛陷車，發願要與我們勢不兩立，定要捉盡我山寨中頭領，做個對頭。那匹千里玉獅馬現今與教師史文恭騎坐。更有一般堪恨那廝之處，杜撰幾句言語，教市上小兒們都唱道：

搖動鐵鐶鈴，神鬼盡皆驚。鐵車並鐵鎖，上下有尖釘。掃蕩梁山清水泊，剿除晁蓋上東京；生擒及時雨，活捉智多星。曾家生五虎！天下盡聞名！

」晁蓋聽罷，心中大怒道：「這畜生怎敢如此無禮！我須親自走一遭！不捉得這畜生，誓不回山！」宋江道：「哥哥是山寨之主，不可輕動，小弟願往。」晁蓋道：「不是我要奪你的功勞。你下山多遍了，廝殺勞困。我今替你走一遭。下次有事，卻是賢弟去。」宋江苦勸不聽。

晁蓋忿怒，便點五千人馬，啟請二十個頭領相助下山；其餘都和宋公明保守山寨。當日晁蓋便點林沖、呼延灼、徐寧、穆弘、張橫、楊雄、石秀、孫立、黃信、燕順、鄧飛、歐鵬、劉唐、阮小五、阮小二、阮小七、白勝、杜遷、宋萬：共是二十個領，部領三軍人馬下山。宋江與吳用、公孫勝眾頭領就山下金沙灘餞行。飲酒之間，忽起一陣狂風，正把晁蓋新制的認軍旗，半腰吹折。

眾人見了，盡皆失色。吳學究諫道：「哥哥才出軍，風吹折認旗，於軍不利。不若停待幾日，卻去和那廝理會。」晁蓋道：「天地風雲，何足為怪？趁此春暖之時，不去拿他，直待養成那廝氣勢，卻去進兵，那時遲了。你且休阻我，遮莫怎地，要去走一遭！」宋江那裡別拗得住，晁蓋引兵渡水去了。宋江悒怏不已，回到山寨，叫戴宗下山去探聽消息。

且說晁蓋領著五千人馬二十個頭領來到曾頭市相近，對面下了寨柵。次日，先引眾頭領上馬去看曾頭市。果然這曾頭市是個險隘去處。但見：

週迴一遭野水，四圍三面高岡，塹邊河港似蛇盤，濠下柳林如雨密。憑高遠望，綠陰濃不見人家；附近潛窺，青影亂深藏寨柵。村中壯漢，出來的勇似金剛；田野小兒，生下地便如鬼子。果然是鐵壁銅牆，端的盡人強馬壯。

眾多好漢立馬正看之間，只見柳林中飛出一彪人馬來，約有七八百人。當先一個好漢，便是曾家第四子曾魁，高聲喝道：「你等梁山泊反國草寇！我正要來拿你解官請賞，原來天賜其便！還不下馬受縛，更待何時！」晁蓋大怒，回頭一看，早有一將出馬去戰曾魁。那人是梁山泊初結義的好漢豹子頭林沖。兩個交馬，鬥了二十餘合，曾魁料道鬥林沖不過，掣槍回馬便往柳林中走，林沖勒馬不趕。晁蓋引轉軍馬回寨，商議打曾頭市之策。林沖道：「來日直去市口搦戰，就看虛實如何，再作商議。」次日平明，引領五千人馬，向曾頭市口平川曠野之地，列成陣勢，擂鼓吶喊。曾頭市上炮聲響處，大隊人馬出來，一字兒擺著七個好漢。中間便是都教師史文恭；上首副教師蘇定；下首便是曾家長子曾塗；左邊曾密、曾魁；右邊曾升、曾索：都是全身披掛。教師史文恭彎弓插箭，坐下那匹便是千里玉獅子馬，手裡使一枝方天畫戟。三通鼓罷，只見曾家陣裡推出數輛陷車，放在陣前，曾塗指著對陣，罵道：「反國草賊，見我陷車麼？我曾家府裡殺你死的，不算好漢！我一個個直要捉你活的，裝載陷車裡解下東京，方顯是五虎手段。你們趁早納降，還有商議！」晁蓋聽了大怒，挺槍出馬，直奔曾塗；眾將一發掩殺過去，兩軍混戰，曾家軍馬一步步退入退村裡。林沖、呼延灼東西趕殺，卻見路途不好，急退回收兵。當日兩邊各折了些人馬。晁蓋回到寨中，心中甚憂。眾將勸道：「哥哥且寬心，休得愁悶，有傷貴體。往常宋公明哥哥出軍，亦曾失利，好歹得勝回寨。今日混戰，各折了些軍馬，又不曾輸了與他，何須憂悶？」晁蓋只是鬱鬱不樂。一連三日搦戰，曾頭市並不曾見一個。

第四日，忽有兩個僧人直到晁蓋寨裡投拜。軍人引到中軍帳前，兩僧人跪下告道：「小僧是曾頭市上東邊法華寺裡監寺僧人。今被曾家五虎不時常來本寺作踐囉唣，索要金銀財帛無所不至！小僧盡知他的備細出沒去處，只今特來拜請頭領入去劫寨。剿除了他時，當坊有幸！」晁蓋見說大喜，便請兩個僧人坐了，置酒相待。林沖諫道：「哥哥休得聽信，其中莫非有詐。」和尚道：「小僧是個出家人，怎敢妄語?久聞梁山泊久行仁義之道，所過之處並不擾民；因此特來拜投，如何故來掇賺?況兼曾家未必贏得頭領大軍，何故相疑？」晁蓋道：「兄弟休生疑心，誤了大事。我今晚自去走一遭。」林沖苦諫道：「哥哥休去，我等分一半人馬去劫寨，哥哥只在外面接應。」晁蓋道：「我不自去，誰肯向前?你可留一半軍馬在外接應。」林沖道：「哥哥帶誰人去？」晁蓋道：「點十個頭領分二千五百人馬入去。」十個頭領是：劉唐、呼延灼、阮小二、歐鵬、阮小五、燕順、阮小七、杜遷、白勝、宋萬。當晚造飯吃了，馬摘鸞鈴，軍士銜枚，黑夜疾走，便悄悄地跟了兩個僧人直奔法華寺來。

晁蓋看時，卻是一座古寺。晁蓋下馬，入到寺內，見沒僧眾，問那兩個僧人道：「怎地這個大寺院沒一個和尚？」僧人道：「便是曾家畜生薅惱，不得已，各自歸俗去了。只有長老並幾個侍者，自在塔院裡居住。頭領暫且屯住了人馬，等更深些，小僧直引到那廝寨裡。」晁蓋道：「他的寨在那裡？」和尚道：「他有四個寨柵，只是北寨裡，便是曾家兄弟屯軍之處。若只打那個寨子時，都不打緊。這三個寨便罷了。」晁蓋道：「那個時分可去？」和尚道：「如今只是二更天氣，且待三更時分，他無準備。」初時聽得曾頭市上時，整整齊齊打更鼓響；又聽了半個更次，絕不聞更點之聲。僧人道：「軍人想是都睡了。如今可去。」僧人當先引路。晁蓋帶同諸將上馬，領兵離了法華寺，跟著便走。行不到五里多路，黑影處不見了兩個僧人，前軍不敢行動；看四處時，又且路徑甚雜，都不見有人家。軍士卻慌起來，報與晁蓋知道。呼延灼便叫急回舊路。走不到百十步，只見四下裡金鼓齊鳴，喊聲震地，一望都是火把。晁蓋眾將引軍奪路而走，才轉得兩個彎，撞見一彪軍馬，當頭亂箭射將來，不期一箭，正中晁蓋臉上，倒撞下馬來；卻得呼延灼、燕順兩騎馬，死併將去，背後劉唐、白勝救得晁蓋上馬，殺出村中來。村口林沖等引軍接應。剛才敵得個住。兩軍混戰，直殺到天明，各自歸寨。

林沖回來點軍時，三阮、宋萬、杜遷，水裡逃得自家性命；帶去二千五百人馬只剩得一千二三百人，跟歐鵬都回到寨中。眾頭領且來看晁蓋時，那枝箭正射在面頰上；急拔得箭出，血暈倒了；看那箭時，上有「史文恭」字。林沖叫取金瘡藥敷貼上。原來卻是一枝藥箭。晁蓋中了箭毒，已自言語不得。林沖叫扶上車子，便差劉唐、三阮、杜遷、宋萬先送回山寨。其餘十五個頭領在寨中商議：「今番晁天王哥哥下山來，不想遭這一場，正應了風折認旗之兆。我等只可收兵回去。這曾頭市急切不能取得。」呼延灼道：「須等公明哥哥將令下來，方可回軍。」當日眾頭領悶悶不已，眾軍亦無戀戰之心，人人都有還山之意。當是晚二更時分，天色微明，十五個頭領都在寨中嗟咨不安，進退無措，忽聽伏路小校慌急來報：「前面四五路軍馬殺來，火把不計其數！」林沖聽了，一齊上馬。三面上山，火把齊明，照見如同白日，四下裡吶喊到寨前。林沖領了眾頭領，不去抵敵，拔寨都起，回馬便走。曾家軍馬背後捲殺將來。兩軍且戰且走。走過了五六十里，方才得脫；計點人兵，又折了五七百人；大敗虧輸，急取舊路，望梁山泊回來。退到半路，正迎著戴宗傳下軍令，教眾頭領引軍且回山寨，別作良策。眾頭領已回到水滸寨上山，都來看視晁頭領時，已自水米不能入口，飲食不進，渾身虛腫。宋江等守定在床前啼哭，眾頭領都守在帳前看視。當日夜至三更，晁蓋身體沈重，轉頭看著宋江，囑咐道：「賢弟保重，若那個捉得射死我的，便教他做梁山泊主。」言罷便瞑目而死。

宋江見晁蓋已死，放聲大哭，如喪考妣。眾頭領扶策宋江出來主事。吳用、公孫勝勸道：「哥哥且省煩惱；生死人之分定，何故痛傷？且請理會大事。」宋江哭罷，便教把香湯浴了屍首，裝殮衣服巾幘，停在聚義廳上。眾頭領都來舉哀祭祀。一面合造內棺外槨，選了吉時，盛放在正廳上，建起靈幃，中間設個神主，上寫道：「梁山泊主天王晁公神主。」山寨中頭領，自宋公明以下，都帶重孝；小頭目並眾小嘍囉亦帶孝頭巾。把那枝誓箭，就供養在靈前。寨內揚起長旛，請附近寺院僧眾上山做功德，追薦晁天王。宋江每日領眾舉哀，無心管理山寨事務。林沖與吳用、公孫勝並眾頭領商議，立宋公明為梁山泊主，諸人拱聽號令。次日清晨，香花燈燭，林沖為首，與眾等請出宋公明在聚義廳上坐定。

吳用、林沖開話道：「哥哥聽稟：國一日不可無君，家一日不可無主。晁頭領是歸天去了，山寨中事業，豈可無主？四海之內，皆聞哥哥大名；來日吉日良辰，請哥哥為山寨之主，諸人拱聽號令。」宋江道：「晁天王臨死時囑咐：『如有人捉得史文恭者，便立為梁山泊主。』此話眾頭領皆知。誓箭在彼，豈可忘了？又不曾報得仇，雪得恨，如何便居得此位？」吳學究道：「晁天王雖如此說，今日又未曾捉那人，山寨中豈可一日無主？若哥哥不坐時，其餘便都是哥哥手下之人，誰人敢當此位？寨中人馬如何管領？然雖遺言如此，哥哥權且尊臨此位坐一坐，待日後別有計較。」宋江道：「軍師言之極當；今日小可權當此位，待日後報仇雪恨已了，拿住史文恭的，不拘何人，須當此位。」黑旋風李逵在側邊叫道：「哥哥休說做梁山泊主，便做個大宋皇帝，卻不好！」宋江喝道：「這黑廝又來胡說！再若如此亂言，先割了你這廝舌頭！」李逵道：「我又不教哥哥做社長，說請哥哥做皇帝，倒要先割我舌頭！」吳學究道：「這廝不識尊卑的人，兄長不要和他一般見識，且請息怒，主張大事。」

宋江焚香已罷，林沖、吳用扶到主位，居中正面坐了第一把椅子。上首軍師吳用，下首公孫勝。左一帶林沖為頭，右一帶呼延灼居長。眾人參拜了，兩邊坐下。宋江便說道：「小可今日權居此位，全賴眾兄弟扶助，回心合意，共為股肱，一同替天行道。如今山寨人馬數多，非比往日，可請眾兄弟分做六寨駐紮。聚義廳今改為忠義堂。前後左右立四個旱寨。後山兩個小寨，前三座關隘，山下一個水寨，兩灘兩個小寨，今日各請弟兄分投去管。忠義堂上是我權居尊位，第二位軍師吳學究，第三位法師公孫勝，第四位花榮，第五位秦明，第六位呂方，第七位郭盛。左軍寨內：第一位林沖，第二位劉唐，第三位史進，第四位楊雄，第五位石秀，第六位宋萬。右軍寨內：第一位呼延灼，第二位朱仝，第三位戴宗，第四位穆弘，第五位李逵，第六位歐鵬，第七位穆春。前軍寨內：第一位李應，第二位徐寧，第三位魯智深，第四位武松，第五位楊志，第六位馬麟，第七位施恩。後軍寨內：第一位柴進，第二位孫立，第三位黃信，第四位韓滔，第五位彭玘，第六位鄧飛，第七位薛永。水軍寨內：第一位李俊，第二位阮小二，第三位阮小五，第四位阮小七，第五位張橫，第六位張順，第七位童威，第八位童猛。六寨計四十三員頭領。山前第一關，令雷橫、樊瑞守把；第二關令解珍、解寶守把；第三關令項充、李袞守把；金沙灘小寨令燕順、鄭天壽、孔明、孔亮四個守把；鴨嘴灘小寨令李忠、周通、鄒淵、鄒潤四個守把。山後兩個小寨，左一個旱寨令王矮虎、一丈青、曹正；右一個旱寨令朱武、陳達、楊春：六人守把。忠義堂內，左一帶房中：掌文卷，蕭讓；掌賞罰，裴宣；掌印信，金大堅；掌算錢糧，蔣敬。右一帶房中：管炮，凌振；管造船，孟康；管造衣甲，侯健；管築城垣，陶宗旺。忠義堂後兩廂房中管事人員：竪造房屋，李雲；鐵匠總管，湯隆；監造酒醋，朱富；監備筵宴，宋清；掌管什物，杜興、白勝。山下四路作眼酒店，原撥定朱貴、樂和、時遷、李立、孫新、顧大嫂、張青、孫二娘。管北地收買馬匹，楊林、石勇、段景住。分撥已定，各自遵守，毋得違犯。」梁山泊水寨內，大小頭領，自從宋公明為寨主，盡皆歡喜，拱聽約束。

一日，宋江聚眾商議：「本要與晁天王報仇，興兵去打曾頭市，卻思庶民居喪，尚且不可輕動，我們豈可不待百日之後，然後舉兵？」眾頭領依宋江之言，守在山寨，每日修設好事，只做功果，追薦晁蓋。一日，請到一僧，法名大圓，乃是北京大名府在城龍華寺法主；只為遊方來到濟寧，經過梁山泊，就請在寨內做道場。因吃齋閒語間，宋江問起北京風土人物。那大圓和尚說道：「頭領如何不聞河北玉麒麟之名？」宋江聽了，猛然省起，說道：「你看我們未老，卻恁地忘事！北京城裡是有個盧員外，雙名俊義，綽號玉麒麟；是河北三絕。祖居北京人氏；一身好武藝，棍棒天下無對！梁山泊寨中若得此人時，小可心上還有甚麼煩惱不釋？」吳用笑道：「哥哥何故自喪志氣？若要此人上山，有何難哉！」宋江答道：「他是北京大名府第一等長者，如何能夠得他來落草？」吳學究道：「吳用也在心多時了，不想一向忘卻。小生略施小計，便教本人上山。」宋江便道：「人稱足下為智多星，端的名不虛傳！敢問軍師用甚計策，賺得本人上山？」吳用不慌不忙說出這段計來，有分教：盧俊義撇卻錦簇珠圍，來試龍潭虎穴。正是：

只為一人歸水滸，致令百姓受兵戈。

畢竟吳學究怎麼賺盧俊義上山？且聽下回分解。

國家圖書館出版品預行編目資料

水滸傳／(明)施耐庵原著. --二版. --臺北市：五南, 2013.12
冊； 公分
ISBN 978-957-11-7348-1(全套 : 平裝). --
ISBN 978-957-11-7409-9(上冊 : 平裝). --
ISBN 978-957-11-7410-5(下冊 : 平裝)

857.46 102019285

中國經典 06

8R36 水滸傳(上)

作　　者— 明・施耐庵
發 行 人— 楊榮川
總 編 輯— 王翠華
副總編輯— 蘇美嬌
責任編輯— 邱紫綾
封面設計— 童安安
出 版 者— 五南圖書出版股份有限公司
地　　址：106台北市大安區和平東路二段339號4樓
電　　話：(02)2705-5066　傳　　真：(02)2706-6100
網　　址：http://www.wunan.com.tw
電子郵件：wunan@wunan.com.tw
劃撥帳號：01068953
戶　　名：五南圖書出版股份有限公司
法律顧問　林勝安律師事務所　林勝安律師
出版日期　2008年 9 月初版一刷
　　　　　2013年12月二版一刷
　　　　　2016年 7 月二版二刷
定　　價　新臺幣320元

台灣書房

台灣書房